新潮文庫

魔の山

下巻

トーマス・マン
高橋義孝訳

新潮社版

1866

目次

魔の山

下巻

第六章

移り変り

時間とは何か。これは一個の謎《なぞ》である――実体がなく、しかも全能である。現象世界の一条件であり、ひとつの運動であって、空間内の物体の存在とその運動に結びつけられ、混ざり合わされている。しかし運動がなければ、時間はないであろうか。時間がなければ、運動はないのであろうか。さあ尋ねられるがいい。時間は空間の機能のひとつであろうか。それとも逆であろうか。あるいは、ふたつは同じものだろうか。さあ問いつづけたまえ。時間は活動し、動詞の性質を持っている。時間は「生みだす」のである。時間はいったい何を生みだすのか。時間は変化を生みだすのである。現在は当時でなく、ここはあそこでない。ふたつの間に運動があるからである。しかし時間測定の基準とされる運動は、循環して、完結するのだから、それはほとんど静止、休止と呼んでいいような運動であり、変化である。なぜなら当時は現在の中に、あそこがここに、たえず反復するからである。さらに、終りある時間とか局限された空間とかは、どんなに努力してみても考えられないことなので、業《ごう》を煮やしたあげくに、時間と空間は永遠で無限であると「考えるように」決めてしまったというわけである。——こういう考え方は完璧《かんぺき》とはいえないまでも、そう考えるほうが考えやすいからという意味で。しかし永遠なるものと無限なるものを定立することは、局限された存在、終りある存在をことごとく論理的、数学的に廃棄してしまい、相対的に零《ゼロ》に還元することを意味しないだろうか。永遠のなかでの事の継起、無限のなかでの物の配列がありうるであろうか。永遠なるものと無限なるものを已《や》むなく仮定しても、距離、運動、変化などという概念、それのみか、宇宙のなかの局限された物体の存在すらも、この仮定とどういうふうに調和できるであろうか。さあどんどん問い進めてみるがいい。

ハンス・カストルプは頭の中でこの種の事柄を思いめぐらした。ここの上に到着すると、待っていましたとばかり、彼の精神はこうした慎みを欠く、不平がましい物思いを好む本性を現わし、始末の悪い烈《はげ》しい欲望を満足させたのちは、とくにその傾向を強めて、厚かましく告訴するようになったらしい。彼はそれについて自問し、善良なヨーアヒムに問い、はるかな昔から深く雪に埋まっている谷に尋ねたが、そのどこからも答えらしいものは期待すべくもなかった。——どこから最も期待できないか、それをいうのは困難だった。自分自身にそういう問題を与えたのは、まさに彼がそれに対する解答を知らなかったからにほかならない。ヨーアヒムはというと、これはとてもそんな問題に関心を寄せそうもなかった。というのも、ヨーアヒムは、ハンス・カストルプがある晩フランス語でいったように、平地で兵隊になることのほかは何事も念頭になく、その希望が近づいてくるかと思えば、からかうようにふたたびはるか彼方《かなた》に姿を消してしまうので、次第に腹をたて、最近では、強行手段で希望との闘争にけりをつけようとする様子をみせていた。そうだ、善良で、辛抱強く、実直で、精勤と規律を持《じ》しているヨーアヒムが、反抗の発作に屈して、「ガフキー番号」に悪態をついたのである。ガフキー表は、普通「実験」と呼ばれている下の実験室で患者の保菌度を調べて表示する、例の診断法であった。つまり、分析された痰《たん》の中に、菌がごく分散的に存在するか、または無数に集団的に存在するか、それがガフキー番号の大小を決める。そしてまさにガフキー番号にこそすべてがかかっていたのである。というのもガフキー番号は、当該患者が予期すべき回復の見込みを確実に現わすからである。患者がまだ滞在しなければならない月数あるいは年数は、半年ほどの「短期逗留《とうりゅう》」にはじまって、「終身」の宣告にいたるまで、これも時間的にはほんのわずかの間である場合が多かったが、ガフキー番号によって簡単に決定された。ヨーアヒムはそこでガフキー番号に反抗し、公然とその権威に不信を表明した。幹部連に直言するほど公然とではなかったが、いとこに向って、また食事の席でさえも言い放った。「もうたくさんだ。これ以上ばかにされるものか」と彼は大声でいって、濃く陽灼《ひや》けした顔に血がのぼった。「二週間前ぼくはガフキー二番、ほんのすこし悪いだけで、見込み上々だった。それがきょうは九番だ。それこそ菌の巣《そう》窟《くつ》で、平地の話などもってのほかなのだそうだ。どんな具合になっているのか、悪魔でもなければわかるまい。もう我慢できない。上のシャッツアルプにある男が寝ている。ギリシアのお百姓で、アルカーディエンから送りこまれた男だ。代理業者の手でここへ送りこまれてきたのだ。——見込みのない症状、奔馬性だ。きょうかあすかという容態なのに、その男はこれまでただの一度も痰《たん》に菌がでていない。その反対に、ぼくがここへきたとき、元気になって退院していった、肥《ふと》ったベルギーの大尉《たいい》は、ガフキー十番だった。それこそ菌がうようよしていたんだが、それでいてごく小さな空洞《くうどう》がひとつしかなかった。ガフキーなんぞくそをくらえだ。ぼくはけりをつける。家へ帰るよ、死んだっていい」そうヨーアヒムはいった。おとなしくて分別のある青年がこんなに興奮するのを見て、みんなはいたく当惑した。すべてを投げうって平地へ発《た》っていくというヨーアヒムのおどしを聞いて、ハンス・カストルプは第三者からフランス語で聞いたある言葉を思いださずにはいられなかった。しかし彼は黙っていた。なぜならシュテール夫人がしたように、彼がいいとこに向って、自分の忍耐強さを鑑《かがみ》にせよなどといましめることができるだろうか。事実シュテール夫人は、そんなに口ぎたなくいきりたつものではありません、おとなしくするのです、私の貞淑をお手本になさい、私、カロリーネは貞淑にもここの上で我慢して、カンシュタットのわが家で主婦として采配《さいはい》を振ることを、意志堅固に思いとどまっているのです、そのうちまたすっかり健康な妻となって夫にお返しがしたいためなのですよなどといって、ヨーアヒムに訓戒を垂《た》れた。いや、ハンス・カストルプには、どうしてもそんなまねはできそうになかった。まして彼は謝肉祭以来、ヨーアヒムに対してうしろめたい思いをしていたのである。――つまり、ふたりはそのことについて話し合わなかったけれども、ヨーアヒムがそれを知っていることはたしかで、そこに背信、脱営行為、不実のごときものを感じとっているにちがいない。ことにふたつのつぶらな褐色《かっしょく》の眼、さしたる理由もないのに笑う癖、オレンジ香水の匂《にお》いを思ってみるがいい。ヨーアヒムは一日に五回もそれらの効力に身を曝《さら》しながら、厳格に、端然と眼を伏せ、皿を見たまま相対しているのだから……そんなふうに彼の良心がささやくのであった。そうだ、「時間」に関する彼の思弁や見解に対して、ヨーアヒムが示したもの静かな抵抗にも、ハンス・カストルプは彼の良心に対する非難をひそめた、軍人らしい礼節をかぎつけるような気がしたのである。さて、彼が申し分のない寝椅子《ねいす》の上から、同じく彼の形而上学的《けいじじょうがく》な質問を投げかけた谷、深く雪に閉ざされた冬の谷はといえば、その尖頂《せんちょう》、円頂、皺襞《しわひだ》、そして褐色と緑色と淡紅色に染め分けられた谷の森は、時間の中にひっそりと鎮《しず》まりかえっていた。静かに流れゆく地上の時間に包まれて、あるときは深い紺碧《こんぺき》の空に照り映《は》え、あるときは煙霧に覆《おお》われ、あるときは落日の光で上方が薄赤く燃えるかと思うと――あるときは妖《あや》しい月夜にダイヤモンドのように硬《かた》く冷たくきらめいた。――しかし六カ月、疾駆し去ったとはいえ、想像を絶するばかりに長いこの六カ月以来、谷はいつも雪の中にあった。療養客たちはみな、雪を見るのはもうたくさんだ、雪はうんざりさせる、雪を見たい気持は夏だけで十分満足させられてしまったのに、いまでは明けても暮れても積雪だ、雪の山、雪の褥《しとね》、雪の斜面、こうまで雪、雪で攻めつけられては、精神も気持も死んでしまいそうだといい合った。そしてひとびとは緑や黄や赤などの色眼鏡《めがね》をかけたが、それは眼を守るためというよりは、むしろ精神を保護するためであった。

山や谷が雪に覆われてからもう六カ月になるだろうか。いや七カ月だ。私たちが物語っている間にも、時は歩みつづけている。――この物語に費やしている私たちの時間もそうだが、あそこの上の雪の中にいるハンス・カストルプおよび彼と同じ運命にあるひとびとの、深く沈み去った時間も同じく進行していて、そこには移り変り、推移があった。ハンス・カストルプは謝肉祭の日、「街《プラッツ》」からの帰途、軽はずみな予言で、セテムブリーニ氏の怒りをかったが、万事がその予言どおりになりそうであった。夏至《げし》が目前に迫っているというわけではないが、復活祭はもう白い谷を通りすぎ、四月は歩みを進めて、聖霊降臨祭をのぞみ見るころとなっていた。やがて春になり、雪解けがはじまるだろう。――しかし雪はすっかり消えてしまうわけでない。夏を通じて降る雪は積りはしないから、論外だが、南の山頂や、北のレティコン連山の峡谷にはいつまでも雪が残っていることだろう。それにしても、一年の転換期が、近く決定的な変革を約束していることはたしかであった。というのは、ハンス・カストルプがショーシャ夫人から鉛筆を借りて、あとでそれをまた彼女に返しにいき、代りに別のもの、つまり彼がいまポケットに持っている記念の品を所望してもらい受けた、あの謝肉祭の夜から、すでに六週間が経《た》っていたからである。——六週間といえば、ハンス・カストルプが最初ここの上に滞在するつもりにしていた期間のちょうど二倍である。

ハンス・カストルプがクラウディア・ショーシャと知合いになり、勤勉なヨーアヒムが部屋にひきあげてからずっと遅れて自分の部屋に戻ったあの夜以来、実に六週間たったのである。その翌日はショーシャ夫人の出発、コーカサス山脈のかなた、はるか東方のダーゲスタンに向うかりの旅だちがあったが、あれから六週間である。この出発はしばらくのもの、一時的な旅だちにすぎない、ショーシャ夫人は帰ってくるつもりである——いつとは定めがたいが、いずれは戻ってくるつもりだし、またそうせざるをえないということを、ハンス・カストルプは直接本人の口から保証してもらっていた。この約束は前に伝えたフランス語の対話の中でなされたのではなく、私たちが時間と結びついた私たちの物語の流れを中断させ、ただあの純粋な時間のみを流れるにまかせた、私たちにとっては無言の間《ま》に与えられたものである。ともかく青年は、三十四号室に帰る前に、そういう約束と慰めの言葉をもらっていた。翌日彼はショーシャ夫人ともはやひと言もまじえず、その姿を遠くから二度見ただけであった。一度は昼食のとき、彼女が青い毛織のスカートに白い毛糸のスウェーターを着て、ガラス戸を音高くあけたてして、愛らしい忍び足でもう一度食卓の方へ歩いていったときである。彼は心臓の鼓動が喉《のど》もとまでとどきそうで、エンゲルハルト嬢が鋭く注視していなかったら、両手で顔を覆《おお》ってしまったであろう。——つぎは午後三時、彼女が出発するときで、彼はその場にでかけなかったが、車寄せが見える廊下の窓から出発の様子を眺《なが》めていたときである。

出発は、ハンス・カストルプがここの上に滞在している間に、いくども見た場面をくりひろげた。橇《そり》か馬車が玄関に通じる車道にとまっていて、馭者《ぎょしゃ》と小使がトランクをくくりつける。サナトリウムの客たち、全快してかしないでか、生きるためにかあるいは死ぬためにか、平地へ帰ろうと旅だつ者の友人たち、さらにこの事件から刺激を受けようがために療養勤務をさぼってでてきた弥次馬《やじうま》たちが玄関前に集まっていた。フロックコートを着た事務局の紳士、それのみか医師らしいひとびとも姿を見せる。それから出発する当人が現われるのである。——たいていは顔を輝かせ、物見高い観衆と残留者に丁重な挨拶《あいさつ》をし、この冒険のため、このときばかりは見るからに心をはずませて……ところでこんどの場合、立ち現われたのはショーシャ夫人であった。微笑を浮べて、腕いっぱいの花を抱《かか》え、毛革の縁どりをした粗《あら》い地の長い旅行マントに大きな帽子というでたちで、彼女と少し同道する同じくロシア人で扁平《へんぺい》胸のブリギン氏に伴われていた。

彼女も出発する者の例に洩《も》れず、うきうきと興奮している様子だった。——医者の許可を得て旅行するにせよ、ただもうやけになって旅だつにせよ、危険を賭《と》し、やましさを感じながら滞在を打切ったにせよ、それらの事情にはまったくお構いなく、ただ生活の変化だけで、出発者は喜び勇んでいった。ショーシャ夫人の頰《ほお》は紅潮し、膝《ひざ》を毛革の膝掛でくるんでもらう間も、たぶんロシア語でひっきりなしにしゃべりつづけていた。……ショーシャ夫人の同国人と食卓仲間のみならず、他の客も大勢立ち会っていた。ドクトル・クロコフスキーは精力的な微笑をたたえて、ひげの中から黄色い歯をのぞかせていた。さらに花が贈呈された。大叔母《おおおば》さんはお菓子を、彼女のいわゆる「小菓子」すなわちロシアのマーマレードを贈った。女教師もそこに立っていた。マンハイムの男はといえば——彼は少し離れたところで、憂鬱《ゆううつ》そうにうかがい見ていたが、やがてその憂《うれ》わしげな眼が建物伝いに上ってきて、廊下の窓辺にハンス・カストルプを認めると、陰気に彼を見つめたままになった。……ベーレンス顧問官は姿を見せなかった。きっと彼は出発する婦人と、別の睦《むつ》まじい場でお別れをすませていたのであろう……それから取巻くひとびとが手を振ったり呼びかけたりする中を、馬が橇を引きはじめた。橇が前進してショーシャ夫人の上体はうしろのクッションに倒れかかったが、彼女の流し眼は微笑をこめてもう一度「ベルクホーフ」の建物の前面をかすめ、一秒の何分の一かの間ハンス・カストルプの顔の上にとどまった。……あとに取残された青年は色あおざめ、大急ぎで自室にとって返し、バルコニーへでて、鈴を鳴らしながら車寄せに続く道路を「村《ドルフ》」に向って滑《すべ》りおりる橇をそこからもう一度見やってから寝椅子に身を投じて、胸のポケットから記念に贈られた品、担保の品を取りだした。こんどは鉛筆の赤褐色の削り屑《くず》などではなく、細枠《ほそわく》にはめこまれた一枚の小板、光にすかしてみなければ何も見えない一枚のガラス板であった。——クラウディアのレントゲン写真で、顔は写っていないが、上半身の華奢《きゃしゃ》な骨格が、肉の柔らかい形に明るくおぼろに包まれて、胸腔《きょうこう》内の諸器官とともに認められた。……

その後、彼はいくどこれを眺め、唇《くちびる》に押し当てたことか。そしてその間にも時間は依然として変化を生みつつ流れていった。たとえばクラウディア・ショーシャと空間的に遠く離れたここの上の生活に慣れるということも時間の仕業《しわざ》であった。それも想像以上に早く慣れた。この地の時間は慣れを生みだすのに特別適した性質を持っているのみならず、その目的のために組織されていた。ただし、それは、慣れないことに慣れるという意味においてであるが。五回の大袈裟《おおげさ》な食事がはじまるときのあのがたん、ぴしゃんは、もはや心待ちすべくもなく、もう聞かれなかった。どこかほかのおそろしく遠いところで、ショーシャ夫人はいまドアを派手に締めているのであろう——これは時間が空間の中の諸物体と結びつき混ざり合っているのにも似て、彼女の存在、彼女の病気に結びつき混ざり合った心性の表出、要するに彼女の病気であり、それ以上のものではないのであろう……しかし彼女の姿は眼に見えず、彼女はそこにいなかった。とはいえ、ハンス・カストルプの感覚にとって、彼女は姿が見えないままに現存していたのである。――彼女はこの地の守護神、危険きわまりない放埒《ほうらつ》甘美な悪《あ》しき時間、平地ののどかな恋の歌などが適すべくもない時間に、彼が知り、かつ所有した守護神だった。そして彼はこの守護神の体内の影像を九カ月このかた多忙をきわめている心臓の上に懸《か》けていたのである。

あのとき、彼のおののく唇は異国の言葉と自国語とで、放埒きわまりないさまざまなことを半ば無意識に、半ば息も絶えだえに口走った。いろいろな提案、申し出、気違いじみた計画と企図、それには当然のことながら彼女の同意を得《う》ることはできなかった。――たとえば、守護神にコーカサス山脈のかなたまで同伴したいとか、あとを追って旅にでて、彼女が居住移転の自由に従って、気の向くままにつぎの場所に選ぶ土地で待ちもうけ、それからはもう二度と別れまいとか、そのほかにも何かと無責任な話をもちかけた。単純な青年があの底知れぬ冒険の夜から持ち帰ったものは、まさしく例のレントゲン写真という担保であり、彼女に自由を与えてくれる病気が指図《さしず》するがままに、早晩ここへ四度目の滞在をしに帰ってくるだろうという、かなり実現されそうな可能性だけであった。しかしその時期が遅かれ早かれ、――ハンス・カストルプは、別れに際してふたたびこういわれた、彼はそのときには間違いなく「とっくに遠くへいってしまって」いるだろうと。この予言の侮蔑《ぶべつ》的な意味は、ある種のことは実現を願って予言されるのではなく、そうならないようにという、いわば魔除《まよ》けの意味で予言されるのだということを考ええなかったならば、いっそう忍び難いものだったであろう。この種の予言者は、未来がどんな情勢になるかを告げ、実際そのとおりになるのを未来が恥じるように仕向けることによって、未来を嘲弄《ちょうろう》するのである。守護神は前に述べた会話の中でも、それ以外のときでも、ハンス・カストルプを、「小サナ浸潤個所ヲ持ツ愛スベキ市民」(joli bourgeois au petit endroit humide) と呼んだ。これは「人生の厄介息子」というセテムブリーニの言いぐさを翻訳したようなものであったが、問題はこの混淆《こんこう》した特性のどの成分がより強く発現するかということだった。市民 (bourgeois) か、それとも他方か……それに守護神は、彼女自身なんどか出発してはまた舞い戻ってきたこと、したがってハンス・カストルプとても、しかるべきときにまた帰ってくるだろうということを、考慮に入れていなかった。——もっとも彼がここの上に相変らず腰を据えているのは、そもそも二度とここへ戻らなくてすむようにと思ってのことで、そのほかに多くの意味があったとしても、これこそ、彼の滞在の厳然たる意味であった。

謝肉祭の夜のあざけりの予言がひとつ的中した。ハンス・カストルプの体温曲線ははかばかしくなかった。曲線はぎざぎざした線で急角度に上昇し、彼はそれを一種晴れがましい気持で記録したが、その後二、三度下降してからは、高原状に走りつづけ、わずかに起伏の波を見せはしたものの、ひきつづき従来の平常位より高い線にとどまっていた。顧問官の意見では、この体温は、高さといい、頑固《がんこ》さといい、患部の症状とどうにも辻褄《つじつま》があわない高熱である。「見かけによらず毒がおありですな、あなたは」と彼はいった。「どうです、ひとつ注射をやってみますか。効果があるでしょう。こう申す私の予想どおりになりましたら、あなたは三、四カ月もすれば、魚が水を得たごとくにおなりになるでしょう」そんなわけでハンス・カストルプは週に二度、水曜日と土曜日、朝の運動の直後に、下の「実験室」に出向いて注射を受けることになった。

ふたりの医師が、その薬を注射してくれた。ときに応じてどちらかがするのだが、顧問官のほうが老練だった。針を刺すと同時に、たちまち注射をすませてしまうのである。もっとも、彼はどこに刺そうと無頓着《むとんじゃく》だったので、ときどき飛びあがらんばかりの痛みで、しばらくは燃えるようなしこりが残った。それに注射は有機体全体を激しく疲れさせ、スポーツか何か猛烈な運動をしたときのように、神経組織を震盪《しんとう》させた。これこそ注射にひそむ効力を証明するもので、効力は注射の直後しばらく体温が上昇することによっても明らかだった。これは顧問官が予言していたことであるし、実際決ってそうなるので、予言された現象には異議をとなえる余地もなかった。順番がきさえすれば注射はすぐすんだ。掌《てのひら》を返す間に大腿部《だいたいぶ》であれ腕であれその皮下に解毒剤《げどくざい》が入っていた。しかし二、三度、顧問官がたばこのせいでふさぎこんでいる様子もなく、たまたま口をきく気分になっていて、注射の折に少し話し合うということがあった。するとハンス・カストルプはたとえばこんなふうに水を向けることを心得ていた。

「いつかお宅でコーヒーをいただいた愉快なときのことを、ぼくはいまでも心楽しく思いだします。顧問官さん、去年、秋でしたが、たまたまそういうことになったのでしたね。ついきのうも、それとももっと前になりますか、いいことそのときの話をしましたが……」

「ガフキー七番」と顧問官はいった。「最新の結果です。あの青年はどうしても毒が消えようとしない。だというのに彼は、ここをでて、サーベルを下げるんだといって、私をこづいたり悩ましたり、最近はいままでにないほどひどい。まるでやんちゃ坊主《ぼうず》だ。三カ月の五倍くらいいいたからといって、まるで永遠をすごしたとでもいわんばかりに喚《わめ》きたてるんだから。何がなんでもでるという――あなたにもそういっているのですか。ひとつあなたからよくいい聞かせてください、あなた自身の意見として、それも強くいってください。そこの地図の右上の地で早まって情趣あふれる霧を吸ったりしようものなら、あの先生は雲散霧消ですぞ。ああいう大言壮語の徒にはたいして脳味噌《のうみそ》も要《い》りませんが、だがあなたはもっと分別もあり、文化人で、市民的教養人であられる。あなたは先生がばかげたことをしでかさないうちに、頭を冷やしてやるべきです」

「そういたしましょう、顧問官さん」ハンス・カストルプは話の誘導を諦《あきら》めないままにそう答えた。「彼がそんなに楯突《たてつ》くのでしたら、なんどでも頭を冷やしてやります。それに彼はききわけてくれるだろうと思います。それにしても眼に触れる例が、必ずしもいいものではありませんからね。あれが有害なんですよ。ひっきりなしに退院していく――勝手気儘《きまま》に、本当の資格がないのに、平地へ向って発《た》っていく。しかもまるで正規の退院ででもあるかのように、あのお祭り騒ぎです。性格の弱いものは誘惑されますよ。たとえば最近も……最近に出発したのは誰でしたっけ、ご婦人ですよ、上流ロシア人席の、そうだ、ショーシャ夫人です。それで、ダーゲスタンへとかいう話ですね。ダーゲスタンというのは、ぼくはそこの気候は知りませんが、とにかくハムブルクよりはましなのでしょう。でもぼくたちから見れば、そこもやはり平地です、地理的には山地なのでしょうが。ぼくは地理にはあまりくわしくないんです。でもそんなところで、全快していない身で、いったいどんな生活をするつもりなのでしょう。根本概念がなくて、この上のぼくたちの規律を心得た者もいず、横臥《おうが》や検温の仕方も知られていない土地で。それに彼女はまた帰ってくるというじゃありませんか、何かの折にぼくにそういいましたよ、――いったいどういうはずみで彼女の話などになったのでしょう。――そうそう、あのときぼくたちは庭であなたにお会いしたのですね、顧問官さん、憶《おぼ》えておいででしょうか。つまりあなたがぼくたちに出会われたのですよ。なぜって、ぼくたちはベンチに腰かけていたんですから。どのベンチだったか、いまでも憶えています。ぼくたちが腰かけて、たばこを吸っていたベンチを、ぼくはあなたに正確にお教えすることもできます。つまりぼくがたばこを吸っていたのです。いとこはなぜかたばこを吸いませんから。あなたもちょうどたばこを吸っておられた。そしていま思いだしましたが、ぼくたちはおたがいに自分のたばこをすすめ合ったのですね。――あなたのブラジル葉巻はすばらしい味でしたが、あれは若い馬に騎《の》るつもりでおつきあいすべきものだと思いますよ。でないと、あなたがいつか、二本のささやかな輸入葉巻をおふかしになった後、胸を波うたせて踊りながらご退場ということになりかけたように、変な仕儀にもなりかねない。――まあ無事にすみましたから、笑っていられるのですが。ところでぼくは最近またマリア・マンツィーニを二、三百本ブレーメンから取寄せました。ぼくはこの製品に首ったけなんです。あらゆる点で気に入っています。ただ関税と送料とで高くつくのが少々こたえます。で、もしこんどの診察でまた相当期間追加されるようなことになれば、顧問官さん、ぼくもいよいよ当地の葉巻に転向する覚悟です。――飾り窓になかなか立派なのが見えますからね。さてそれからぼくたちはあなたの絵を見せていただいたんですね、まだきのうのことのように覚えています。実に楽しく拝見したのです。――あなたが油絵具で冒険をなさるので、ぼくはまったく度胆《どぎも》を抜かれました。ぼくなどとてもあの勇気はありません。ぼくたちはショーシャ夫人の肖像も拝見しましたが、皮膚の描き方は第一流で――ぼくは感激したといっていいでしょう。あのころ、ぼくはまだそのモデルを知りませんでした、容姿と名前だけしか。その後、彼女がこんどここを出発する直前に、ぼくは彼女を個人的にも知るようになったのです」

「何をおっしゃることか」と顧問官は答えた。――以前にさかのぼることが許されるなら、ハンス・カストルプがはじめて診察を受ける前に、熱も少しあると告げたとき、顧問官はこれと同じ返事をしたものである。顧問官はそれ以上何もいわなかった。

「いや、そうなんです、本当なんです」とハンス・カストルプは力説した。「経験上からいって、ここの上で知合いになるということは、決して容易じゃありません。しかしショーシャ夫人とぼくとの場合は、最後のときに及んでそういう運びになったのです。会話を通じてぼくたちは……」ハンス・カストルプは、歯を食いしばって、息を吸いこんだ。注射針が刺されたのである。「ふう」と彼は顔をそむけた。「偶然に刺されたところが、きっと非常に大事な神経だったのでしょうね、顧問官さん。ええ、ええ、まったくもって地獄の責苦《せめく》です。ありがとうございます、すこしマッサージすればよくなりましょう。……会話を通じてぼくたちは近づきになったのです」

「そう。――で？」と顧問官はいった。彼はうなずきながら尋ねたが、そういう彼の表情は、相手が賞《ほ》めるのを予期していて、問いそのものに、予期される賞讃《しょうさん》への、自分の経験にもとづく承認をもふくませるひとのそれだった。

「ぼくのフランス語は多少しどろもどろだったかと思います」とハンス・カストルプは

体をかわした。「流暢《りゅうちょう》にしゃべれるわけがないでしょう。でもいざとなると、いろいろ思いつくものです。そんなわけで、どうにか意を通じ合うことはできました」

「そうでしょうとも。それで？」と顧問官はくり返し催促した。彼は自分から付け加えた。「悪くなかったでしょう、ええ？」

ハンス・カストルプはワイシャツのカラーをはめながら、脚《あし》をふんばり、肘《ひじ》を張り、顔を天井に向けて立っていた。

「結局とくに風変りなことじゃありません」と彼はいった。「ある療養地でふたりの人間が、あるいはふたつの家族が、何週間も同じ屋根の下で距離をおいて暮している。ある日彼らが近づきになる、お互いに率直な好感を持つ、と同時に片方がいましも出発しようとしていることがわかる。こういう残念な経験はよくあることだと思います。そこで、生きている間、少なくとも接触を絶やさないで、お互いの消息を知りたいと思う、つまり手紙でです。ところが、ショーシャ夫人は……」

「そう、彼女はそれを望まないのでしょう」顧問官は楽しげに笑った。

「そうなんです。彼女はてんで相手にしませんでした。彼女はあなたにも、ときどき便《たよ》りはよこさないんですか、彼女の滞在するさきざきから」

「とんでもないことだ」とベーレンスは答えた。「そんなことを、あれは思ってもみないでしょう。だいいち不精だし、それにまた、いったいどんなふうに書けばいいんです。

ロシア語は私には読めません、――必要に迫られれば、まあなんとかでたらめでもしゃべりますよ。でも読むとなるとただの一語もだめです。あなただってそうでしょう。それにねえ、あの小猫はフランス語、さらには新高ドイツ語までも、いかにも可憐《かれん》ににゃおにゃおやりますが、書くとなると、――それこそ周章狼狽《ろうばい》でしょう。正書法というものが、あなた。そうなんです、お互いに慰め合うほかありませんよ、君。彼女はいつも舞い戻ってくる、いったりきたりです。いわゆるテクニックの問題、気質の問題です。ある者はときどき出発して、そのつど舞い戻ってこなければならない。しかるにある者は、二度と帰ってこないですむように、はじめからゆっくり滞在する、というわけです。あなたのいとこさんが、いま出発なさるとすると、あなたから彼にこういっていただきたい、あなたがまだここにいられるうちに、またもや彼は厳《おごそ》かに入城してくる。たぶんそういうことになるでしょう」

「しかし顧問官さん、あなたのお考えでは、ぼくはどのくらいの期間……」

「あなた？　彼のことですよ。彼はここの上にいたほども、下にはおられまいといってるんです。個人としての意見を率直に申しあげるとそういうことです。これをあなたから彼に伝えていただきたい。お願いできればですが」

　会話はハンス・カストルプに抜け目なく誘導されて、まずこんな調子で進んでいったが、その収穫はむなしく、あいまいなものだった。時をまたずに出発したひとの帰還を迎えるには、どのくらい滞在しなくてはならないか、その点はあいまいで、姿を消した婦人については、ほとんど何ひとつきき だせなかったからである。空間と時間の神秘がふたりを隔てているかぎり、ハンス・カストルプは彼女の消息を聞くことはできないであろう。彼女は手紙を書かないだろうし、彼にも手紙を書く機会はないだろう。……それによく考えてみれば、そもそもなぜ、事態がいまと違ったものでなければならないというのか。以前には、ふたりが話し合うことは望ましくはあっても必要ではないと思われたのに、手紙をやりとりしなければならないなどというのは、実に小市民的でペダンティックな考え方ではなかったか。それに彼はあの謝肉祭の夜、彼女のそばで、教養のあるヨーロッパ人らしいやり方で「話し」ただろうか、それともむしろ、異国の言葉で、夢の中で語るように、あまり文明的ではないやり方で話したのではなかったか。それをいまさらいったいなんのために書くのだろうか。便箋《びんせん》で、それとも彼が診察結果の変動を報告するため、時折平地の家へ書き送ったような絵葉書で？　クラウディアが、病気の与えてくれる自由のおかげで、手紙を書くことから解放されていると感じているのは、もっともなことではなかったか。話すこと、書くこと――これは実際にすこぶる人文主義的、共和主義的な事柄であり、美徳と悪徳に関する書を著わし、フロレンス人に磨《みが》きをかけ、話術を教え、その共和国を政治のルールに従って管理する術《すべ》を教えたブルネットー・ラティーニ氏の問題だ。……

そこでハンス・カストルプの考えは、ロドヴィコ・セテムブリーニに至り、彼はかつてこの著述家が思いがけなく彼の病室に入ってきたとき、急に明るくなった病室で顔を赤らめたのと同じく、またも赤くなった。セテムブリーニ氏にもやはりハンス・カストルプは、形而上学的《けいじじょうがく》な謎《なぞ》に関する例の質問を向けることができたであろう。現在の生活利害に心を向けている人文主義者からそれに対する解答を期待してではなく、ただ挑戦し、絡《から》むという意味においてではあるにしても。しかし、謝肉祭の集《つど》いで、セテムブリーニが興奮してピアノ室から退場して以来、ハンス・カストルプとイタリア人との間には、ある気まずさが領していた。それは前者のうしろめたさと、後者の深刻な教育者的不機嫌《ふきげん》に帰しうるもので、彼らが互いに避け合い、一週間にわたってひとことも口をきかないという事態をひきおこした。セテムブリーニ氏の眼にうつるハンス・カストルプは依然「人生の厄介息子」だったであろうか。いや、道徳を理性と徳操のなかに求める人文主義者の眼には、彼はすでに見切りをつけられた人間だったにちがいない。……ハンス・カストルプはセテムブリーニ氏に対して頑固に意地を張り、出会ったときには、眉根《まゆね》をひそめ、唇《くちびる》を反《そ》らせたが、セテムブリーニ氏の黒く輝く眼差《まなざ》しは、無言の非難をこめて彼の上に注がれた。しかしながらこの頑《かたく》なこだわりは、前に述べたように、何週間かののちはじめて、文学者がふたたび彼に言葉をかけたとき、たちまち解消してしまった。もっともその言葉は通りすがりに、ヨーロッパ的教養がなければ理解できない、神話的なあてこすりの形で語られた。それは昼食後のことで、ふたりはもはや音高く締められることもないガラス戸のところで出会ったのである。セテムブリーニ氏は青年を追いこし、最初からすぐ青年から離れるつもりでいった。

「ところで、エンジニア、*ざくろはお口にあいましたか」

ハンス・カストルプは喜び、かつ狼狽《ろうばい》して微笑した。

「とおっしゃいますと……どういう意味でしょうか、セテムブリーニさん。ざくろですって？　ざくろなんてでなかったんじゃありませんか。ぼくはまだ一度も……いや、一度だけ、ざくろの果汁をソーダ水に混ぜて飲んだことがあります。甘ったるいものでした」

イタリア人はもう通りすぎていたが、ふり返ると、一語々々に力をこめていった。

「神々と人間はときどき冥府《めいふ》を訪れて、また帰ってくることができました。しかし冥府の者は、冥府の木の実を味わった者が彼らの手に落ちてしまったことを知っているのです」

そういって彼は、例の永遠に派手な弁慶格子《べんけいごうし》のズボン姿で、かくも意味深長なあてこすりで「一本釘《くぎ》を打たれた」はずのハンス・カストルプを背後に残して去った。事実ハンス・カストルプは多少こたえはしたものの、そうなるはずと見越していたイタリア人の心事が、腹だたしくもあればおかしくもあって、ひとり呟《つぶや》いた。

「ラティーニ、カルドゥチ、イタリアの鼠捕器《ねずみとり》（Ratzi＝Mausi＝Falli）、ぼくをそっとしておいてくれ」

それでも彼はこうしてはじめて話しかけられたことで、非常に幸福な感動をおぼえていた。なぜなら、戦利品、不気味な記念の贈物を胸に秘め隠してはいながらも、彼はセテムブリーニ氏に愛着し、彼の存在を重視していて、彼から完全かつ永遠にしりぞけられ、見捨てられているという考えは、彼にすれば、学校でもう問題にされなくなり、アルビンさんのように、恥辱の特典にあずかった少年の気持にもまして、悲痛な恐ろしいものだったであろうから。……しかし彼は自分から先生に言葉をかける勇気がなく、先生のほうでもさらに何週間かがすぎ去るにまかせたのち、ふたたび「厄介息子」に近づいてきた。

それは、永遠に単調なリズムで打寄せる時間の波濤《はとう》に乗って、復活祭がめぐってきて、「ベルクホーフ」でお祝いがあったときのことである。季節の区分もない一様さを避けようとして、ここではすべての段落と切れ目が几帳面《きちょうめん》に祝われた。最初の朝食では、どの客にも食器の横にすみれの花束が置かれていたし、二度目の朝食では、みんなが彩色した卵をもらい、祭日にふさわしい昼食のテーブルは、砂糖とチョコレートで作った小さな兎《うさぎ》で飾られていた。

「あなたは船旅をなさったことがありますか、少尉《しょうい》さん。それともあなた、エンジニアは」とセテムブリーニは、食事後、広間のいいとこたちのテーブルに、爪楊子《つまようじ》を手に近づいてきて、尋ねた。……多くの客と同じく、彼らはきょう、昼の安静療養を十五分ばかり短縮して、コニャック入りのコーヒーを飲もうと、ここに腰をおろしたのであった。

「この小さな兎、この色つき卵で、私は大きな汽船の上の生活を思いだしました。塩水の曠野《こうや》で何週間も空虚な水平線、至れり尽せりの設備も、曠野の空恐ろしい広さをただうわべだけ忘れさせてくれるだけで、心の奥深い所では広大さの意識がひそかな恐怖となって、じわじわと心を蝕《むしば》んでいく……そういう方船《はこぶね》にいて、陸地（terra ferma）の祝祭を敬虔《けいけん》に暗示する精神を、私はここでまたも見出《みいだ》す。それは世界の外にいる者の回想、カレンダーによる感傷的な追憶です。……陸地ではきょう復活祭じゃありませんか。陸地ではきょう、主の復活を祝っています。——で、私たちも、私たちに及ぶかぎりのお祝いをしているわけです。私たちも人間ですからね……そうではありませんか？」

　いいとこたちは同意した。「本当です、そのとおりです」ハンス・カストルプは話しかけられて感動したのと、うしろめたい気持に拍車をかけられたのとで、その発言を口をきわめてほめそやし、機知に富んだ著述家らしい名言だとして、一所懸命セテムブリーニ氏に調子を合わせた。「たしかに、セテムブリーニさんが実に造型的におっしゃったとおり、大洋汽船の快適さは、周囲の状況とその危険な冒険性をほんのうわべだけしか忘れさせてくれません。それに、私からあえて付け加えさせていただくならば、この完全な快適さのなかには、一種の浮薄さと挑戦、古人が増上慢と名付けたものに類似する何か（彼はご機嫌とりに古人の言葉をさえ引用した）、もしくは『我はバビロンの王なり』*というような、要するに、犯罪的なものがあります。しかしまたその一方、船上の贅沢《ぜいたく》は、人間精神と人間の名誉の偉大な勝利を内包する（「内包する」とは！）ものでもあります。――人間はこの贅沢さ、快適さを泡《あわ》だつ洋上にまで運びだし、そこに大胆に樹立することによって、いわば四大を、狂暴な自然の力を征服するのです。これこそ、自己流の表現を使わせていただけるなら、混沌《こんとん》に対する、人間文明の勝利を内包するものです……」

セテムブリーニ氏は足を組み、腕をこまぬいて、反《そ》り上がったひげを爪楊子で上品に撫《な》でながら、注意深く聞き入っていた。

「おもしろいことだ」と彼はいった。「人間は少しでもまとまった普遍的な意見を述べると、かならず、完全に自分をさらけだし、それと知らず自己のすべてをそのなかに投入し、自分の生活の根本主題と基本問題をなんらかの方法で比喩《ひゆ》的に披瀝《ひれき》してしまうものらしい。いまのあなたがまさにそうでしたよ、エンジニア。あなたがいま話されたことは、実際、あなたの人格の根底からでたもので、その人格の現在の状態をも詩的に表現しています。つまり、相変らず実験の状態です……」

「試験採用（placet experiri）」とハンス・カストルプはうなずき、笑って、cをイタリア語ふうに「チェ」と発音していった。

「然《しか》り（sicuro）、――それが人生実験の尊敬すべき情熱によるものであって、放埒《ほうらつ》さによるものでないとすればです。あなたは『増上慢』といわれた。そういう表現を用いられました。しかし暗い自然力に対する理性の増上慢は、至高の人間性を意味し、そのために嫉妬《しっと》深い神々の復讐《ふくしゅう》を呼び起します。たとえば（per esempio）豪華な方船が坐《ざ》礁《しょう》して、まっすぐ海底に沈んでいくとしても、それは名誉ある沈没です。プロメテウスの行為も増上慢でした。スキューテの岩上での彼の苦難は、私たちにはきわめて神聖な殉教だと思われます。ところで、これに反してもうひとつの増上慢、理性に反し、人類に敵対する諸力といちゃつきながらの実験で没落するのはどうでしょう。これも名誉あることでしょうか。名誉がありうるでしょうか。然りか否《いな》か（sì o no）」

ハンス・カストルプは、空《から》になっているのに、コーヒー茶碗《ぢゃわん》の中をかきまわしていた。

「エンジニア、エンジニア」とイタリア人は、うなずきながらいって、その黒い瞳《ひとみ》を瞑《めい》想《そう》的に「じっと凝《こ》ら」した。「あなたは地獄の第二圏*の旋風をこわいと思いませんか。肉欲の罪人、理性を快楽の犠牲に供した不運なひとびとをはね飛ばし、振りまわすあの旋風を。おお偉大なる神よ（gran Dio）、あなたが風にまきこまれ、きりきり舞いでくずおれしまれるところを想像すると、私は心痛のあまり、死体がくずおれるように、くずおれそうです……」

いとこたちは、彼がふざけて詩的なことをいったのにほっとして、笑った。しかし、セテムブリーニは言葉を付け加えた。

「謝肉祭の晩ぶどう酒を飲みながら、覚えていらっしゃるでしょう、エンジニア、あなたは私にいわば別れを告げられた。そうです、たしかにそういう感じでした。ところできょうは私の番です。ごらんのとおり、みなさん、私はあなたがたに、さようならを申しあげようとしているのです。私はここを去ります」

　ふたりはすっかり驚いてしまった。

「ありえないことだ。ご冗談でしょう」とハンス・カストルプは、いつか別の機会にも叫んだように、叫んだ。彼はあのときとほとんど同じくらいに驚いた。しかしセテムブリーニも答えた。

「冗談どころではありません。いま申しあげたとおりなのです。それにこのお知らせは唐突なものではありません。あなたがたに申しあげたことがありますが、なんとか見通しのつく期間に仕事の世界へ帰れるという望みが由《よし》なきものとわかれば、その瞬間にもここの仮ずまいをたたんで、どこかこの土地で永住の場を設けることに決心していました。ところでどうでしょう――その瞬間が到来したのです。私は治《なお》る見込みがない、はっきり決りました。生きながらえることはできますが、ただここでだけです。最終判定は終身ということになりました――持ち前の上機嫌で、ベーレンス顧問官が私にそれを宣告してくれました。よろしい、それでは、私も結論をひきだします。部屋を借り、私はわずかばかりの世俗の持物と文学上の仕事道具をそこへ運ばせようとしているところです。……ここからそう遠くもありません、『村《ドルフ》』の中です。私たちはお会いできるでしょう、きっと。私はあなた方から眼を離さないでしょう。しかし同宿人としては、私はうやうやしくあなたがたにおいとまごいをするのです」

これが復活祭の日曜日にセテムブリーニの打明けたことである。いいとこたちはそれを聞いていたく感動した様子だった。彼らはなおしばらく、くり返し、その決心について文学者と語り合った。彼がひとりきりで療養勤務をどういうふうに続けていくかということ、また彼が引受けている広大な百科辞典の仕事、すなわち苦悩の葛藤《かっとう》とその解消という観点から、あらゆる文学の傑作を概観するという仕事を携えていって継続する件について、それからセテムブリーニ氏が「薬味店」と呼んでいる家にある、彼の新たな住居について。彼の話では、薬味屋が、持家の二階を、ボヘミア人の婦人服仕立師に貸し、その仕立師がさらに下宿人をおくのであった。……この談話も過去のことになった。時間は歩みを進めて、すでにひとつならずの変化を生みだしていた。セテムブリーニは実際にもはや国際サナトリウム「ベルクホーフ」に滞在せず、婦人服仕立師ルカセクの家に下宿していた。――もう二、三週間来のことである。彼の退院は橇《そり》に乗った旅だちという形ではなく、徒歩でなされた。襟《えり》と袖口《そでくち》に少しばかり毛革をあしらった、短い黄色の外套《がいとう》を着て、玄関さきで給仕女の頬《ほお》を二本の指の背でつねったのち、文学上の手荷物と世俗の手荷物を載せた手押車をひとりの男に引かせて、ステッキを振りながら立ち去っていったのである。……前にも述べたとおり、四月もすでに大部分、四分の三が仄暗《ほのぐら》い過去となっていたが、まだたしかに冬はたけなわで、室内の朝の温度はちょうど六度、戸外は零下九度の寒さ、バルコニーに置き忘れたインキつぼのインキは、一夜のうちに凍って石炭のような氷塊に変ってしまった。しかし春の近づきが認められ、日が照っている昼間には、すでにそこここで、ごく仄《ほの》かな、やさしい春の予感が空気のなかに漂っているのが感じられた。雪解けの季節が目前に迫り、「ベルクホーフ」で絶えまなく生じる変化がそれに呼応した。――それは、権威の力をもってしても、顧問官の熱心な言葉によっても、おしとどめることができなかった。彼は病室で、食堂で、診察のたびに、回診のたびに、食事のたびに、雪解けの季節に対する一般の偏見を打破しようと、奮闘これ努めた。

彼が扱っているのは、ウインター・スポーツマンなのか、それとも病人、患者だろうか、と彼はたずねた。一体全体、彼らに、雪が、凍った雪がどうして必要なのか。好ましくない季節だというのか――雪解けが？　とんでもない、最上の季節である。一年のほかのどの季節よりも、このころに谷全体で病臥者《びょうがしゃ》が少ないことは、比較証明できることなのだ。結核患者にとってこの季節の気象状態は広い世界のどんな所でもここよりよくはないのである。ほんのわずかでも分別のある人間なら、とどまって、当地の気象状態の鍛練作用を利用すべきである。そうすれば切られようと突かれようとびくともせず、世界じゅうのどんな気候にも不死身になるはずだ、ただしこれは完全に治癒するのを待った上での話であるが——等々。顧問官は衷心から説得したのであるが——雪解け期に対する偏見はすでに抜き難くひとびとの頭を領していて、療養地はさびれはじめた。近づく春がひとびとの血を騒がせ、落着いていたひとびとをそわそわさせ、変化を求めさせるのでもあろうか。——とにかくベルクホーフ病舎でも、「無茶な」出発と「誤りの」出発が多くなり、容易ならぬ事態を現出した。たとえばアムステルダム出身のザーロモン夫人は、診察の楽しみと、上等のレースの下着を披露する診察に結びついた楽しみがあったにもかかわらず、まったく無茶な、間違った出発をしてしまった。なんら許可はなく、それも良くなっていたからではなく、ますます悪化するばかりだったのに出発してしまったのである。彼女がここの上に滞在するようになったのは、ハンス・カストルプの到着よりもずっと前のことだった。彼女はここへきてから一年以上たっていた。——ほんの軽症で、三カ月の宣告だった。四カ月後には、「四週間もすればきっと健康になる」はずだった。ところが六週間ののち、回復などもってのほかということになり、少なくともまだ四カ月は滞在しなければならないといわれた。そんな調子で続いてきたのだが、こことても牢獄《ろうごく》やシベリアの鉱山でなかった、——ザーロモン夫人はとどまって、上等の下着を公開したのである。しかし最近の診察で、雪解けをまのあたりにしながら、左上の笛声音と左腋《わき》下のまぎれもない濁音のため、さらに五カ月追加されてしまって、彼女は堪忍袋《かんにんぶくろ》の緒《お》を切らし、「村」と「街」、有名な空気、国際サナトリウム「ベルクホーフ」と医者たちに抗議し、さんざん悪態をつきながら、家へ、アムステルダムへ、風の強い水の都へと出発してしまったのである。

それは賢明な行動だったであろうか。ベーレンス顧問官は肩をそびやかし腕を上げ、その腕を音をたてて腿《もも》の上に落してみせた。おそくとも秋には、と彼はいった、ザーロモン夫人はまたここへ帰ってくるだろう――だがそうなれば終身だ。彼の言葉が的中するだろうか。私たちはそれを知ることができるだろう、私たちはまだかなりの期間この歓楽境にしばりつけられているだろうから。しかしザーロモン夫人のような場合は決してひとつにとどまらなかった。時は変化を生みだしつつあった。――いつもそうだったが、いつもはもっと徐々にであって、こんなに顕著にではなかった。食堂には空席が見られた、七つのテーブルのどれにも、上流ロシア人席にも下層ロシア人席にも、横向きのテーブルにも縦向きのテーブルにも空席が見られた。この光景が療養所の景気不景気を正確に物語っているというのではない。いつものように到着するひともあり、部屋はふさがっているらしかった。しかしそれは、末期症状のために、移転の自由を制限されているひとびとであった。いま述べたとおり、食堂に姿をみせないひとはまだ残っている移転の自由を行使した場合も多かったが、とくに深刻で空《むな》しい方法でいなくなったひとも多かった。たとえばドクトル・ブルーメンコールで、彼はいまは亡《な》きひとだった。何かまずいものを口に入れているような表情がますますつのってきたと思うと、始終ベッドに寝たきりとなり、そうして死んでしまった。――いつ死んだのか、誰も正しくは知らなかった。いつものように、ことは細心慎重に運ばれていたのである。こうして空席がひとつできた。シュテール夫人は空席の隣に坐《すわ》って、それをこわがった。そこで彼女はツィームセン青年の向う側、全快して釈放されたミス・ロビンスンの席に移り、ハンス・カストルプの左側でゆるぎなく部署にとどまっている女教師と対座した。女教師はこのところ、テーブルのその側にひとりきりで坐っており、他の三つの席はあいていた。学生ラスムッセンは日ごとに、ぼんやりと締りがなくなってきていたが、ついに寝たきりとなって、死期も近い（moribund）とみなされていた。また大叔母さんは、姪《めい》と豊満な胸のマルシャをつれて旅にでていた、――私たちはみんなにならって「旅にでた」といっておこう。彼女たちが近く帰ってくるのは、既定のことなのだから。秋にはもう帰ってくるだろう――これが出発といえるだろうか。目前に迫っている聖霊降臨祭がきてしまえば、夏至《げし》も間近くはないだろうか。そして夏至になると、冬に向って急降下である。――要するに大叔母さんとマルシャはもうほとんどここへ帰ってきているようなもので、そしてそれは結構なことだった。笑い上戸《じょうご》のマルシャは全治しているわけでも、毒がなくなっているわけでもなかったのだから。女教師の知るところでは、褐色の眼をしたマルシャはあの豊満な胸に、何か結核性の潰瘍《かいよう》を持っている由で、これまでにもなんどか手術してもらわなければならなかったという。女教師がその話をしたとき、ハンス・カストルプはすばやくヨーアヒムを見やったが、彼は斑《まだら》になった顔を皿の上に伏せたままだった。

陽気な大叔母さんは食卓仲間、つまりいいとこたちと女教師、そしてシュテール夫人に、レストランでお別れの夕食をふるまった。キャヴィアにシャンパンとリキュールというご馳走《ちそう》だったが、ヨーアヒムは席上実にひっそりしていて、二言三言ほとんど響きのない声で話すだけだったので、大叔母さんは持ち前のきさくさで彼を励まし、文明社会の作法をかなぐりすてて、彼を「あんた」と呼びさえした。「なんでもないことを、あんた、気にすることはないわ、飲んで食べておしゃべりしなさいよ、私たちはすぐ帰ってくるんだから」と彼女はいった。「さあみなさん、食べて飲んでおしゃべりして、心配ごとは――くよくよするのはよしましょう。意外に早く神さまは秋にしてくださるでしょう。考えてもごらんなさい、思いわずらういわれがありますか」翌朝彼女は食堂を訪れるほとんどすべてのひとに、「小菓子」入りの色とりどりの小箱を記念にくばって、ふたりの若い娘とともにしばしの旅にでていった。

さてヨーアヒムであるが、彼はどうだったであろうか。それ以来彼は解放され、気楽になっただろうか、それとも無人の食卓に相対して、激しい欠乏感に悩まされただろうか。彼の常ならぬ反抗的な焦燥、これ以上長くなぶりものにされるなら、やけの出発をしてやるなぞという脅迫は、マルシャの出発と関係があったのであろうか。それともむしろ、彼がとにかくさし当っては出発せず、顧問官の雪解け称讃《しょうさん》に耳を藉《か》していた事実は、豊満な胸のマルシャが本気で出発してしまったわけでなく、しばしの旅にでただけで、当地の時間の最小単位が五つもすぎれば、ふたたび戻ってくるだろうという、もうひとつの事実に帰しうるものだったであろうか。ああ、それらはすべて同時に、同じ程度に当っていたであろう。ハンス・カストルプは、ヨーアヒムと一度もその問題について話し合わなかったが、そういう想像はできた。ヨーアヒムがもうひとりのしばらく旅にでた婦人の名を口にするのを避けていたように、彼もそれを口にすることを厳《きび》しくさし控えていたからである。

ところで、そうこうするうち、セテムブリーニのテーブル、このイタリア人の席には──オランダ人の客たちにまじって、このごろでは誰が坐っていたか。このオランダ人たちの食欲たるやすさまじく、彼らはみな五品料理の毎日の昼食の前に、まだスープもでないうちに、目玉焼きを三つ持ってこさせるほどだった。そこに着席したのはアントン・カルロヴィッチ・フェルゲ、胸膜震盪《しんとう》の地獄のような冒険を経たひとだった。フェルゲ氏は床離れしていた。人工気胸もしないままに、彼の容態はもち直し、一日の大部分を服を着て動いてすごし、あの善良そうなふさふさした口ひげと、同じく善良な印象を与える大きな喉仏《のどぼとけ》をみせて、食事をともにしていた。いとこたちは食堂や広間でしばしば彼としゃべったし、ときにたまたま出会うと、療養勤務の散歩をともにすることもあった。いとこたちは素朴な忍従者に好意を寄せていたのである。霧の中で雪解けのぬかるみを歩きながら、彼は高尚な話は何ひとつわからないと前置きした後、ゴム靴《ぐつ》製造のこと、ロシアの僻地《へきち》のサマラやグルジアのことなどを、実に楽しく話してくれた。

いまのところ道は実際ほとんど歩けないくらいで、まったくどろどろに溶けて、霧もたちこめていた。顧問官はこれは霧でなく、雲だといったが、ハンス・カストルプにいわせれば、それは詭弁《きべん》だった。春は悪戦苦闘していた。いくども厳冬の気候のために後退させられながら、何カ月もたち、戦いは六月に入っても続けられた。三月でも晴れた日には、バルコニーで寝椅子《ねいす》に横たわっていると、どんなに薄着をしてパラソルをひろげていても、暑さは我慢できないくらいだった。そしてそのころからもう夏姿になり、第一回の朝食にモスリンの服でおめみえする婦人たちもあった。四季を気象的に混淆《こんこう》させ、混乱を起しがちなここの上の気候の特殊性を思えば、彼女たちのやり方もある程度正当化される。しかし彼女たちのさしでがましさにも、多分に浅慮と想像力の貧困、事態がまたどう変るかもしれないということに思い及ばない刹那《せつな》人の愚かしさ、それに何よりも、変化をもとめる貪婪《どんらん》さと時間を鵜呑《うの》みにする性急さがはたらいていた。時は三月、春だった。しかし夏も同然で、モスリン服がとりだされ、秋にならないうちにそれを着た姿を見せようというのである。それに秋はもうほとんど訪れていたといってもよかった。四月になって、曇って冷湿な日がつづき、連日の雨が雪に、渦まく新雪に変った。バルコニーにいると指がかじかみ、二枚のラクダの毛布がふたたび動員され、毛革袋さえ引きだされかねなかった。事務局はスチームを通すことに決め、誰も春をごまかされたとこぼした。月末のころには、すべてが厚く雪に閉ざされていた。しかしそれから、経験のある敏感な客たちが感づいて予言したとおり、南風がふいてきた。シュテール夫人も、象牙《ぞうげ》色のレーヴィ嬢も、さらにヘッセンフェルト夫人も、南方の花崗岩《かこうがん》の山頂の上にまだ一片の雲も現われないうちから、もう口をそろえて南風になりそうだといっていた。ヘッセンフェルト夫人はたちまち発作的に泣きだす傾向を示しはじめ、レーヴィ嬢は寝こんでしまい、シュテール夫人は兎《うさぎ》のような歯をしぶとくむきだして、喀《かっ》血《けっ》におそわれるかもしれないという迷信的な懸《け》念《ねん》を一時間ごとに表明した。南風が喀血を促進し、ひき起すとうわさされていたからである。信じられないほど温かくなり、スチームはとめられ、夜どおしバルコニーのドアを開《あ》け放しておいても、朝の室内は十一度だった。雪は猛然と解けて氷のような色になり、蜂《はち》の巣のように孔《あな》が多くなり、堆積《たいせき》しているところでは崩《くず》れ落ちて、地面に忍びこもうとしているかに見えた。水がいたるところで滲《にじ》みだし、滴《したた》り、さらさら流れ、森では水のしたたり流れる音と雪崩《なだれ》の音がし、そしてシャベルでかき寄せられた街路の雪垣《ゆきがき》も、草原の青白い雪の絨毯《じゅうたん》も、あまりに多量で急に消えてしまうというわけにはいかないまでも、ついには消えていった。すると谷の療養散歩道に、不思議な現象、いまだかつて見たこともない、童話めいた春の驚異が現われた。――そこにはひろびろとした草原があって、その背後には、まだすっかり雪に覆《おお》われたシュヴァルツホルンの円錐《えんすい》状の頂がそびえ、そのすぐ右手には、これまた雪に埋もれたスカレタ氷河が見えた。乾草《ほしぐさ》小屋のある野原もまだ雪につつまれてはいたが、上層の雪はもう薄くまばらで、粗《あら》く黒い地面がところどころにもりあがり、いたるところで枯れ草がのぞいていた。しかし散歩者たちが気づいたように、この牧場に見られる積雪の具合は均等ではなかった。――遠く森の傾斜に向ってだんだん深くなっていたが、近く、観《み》ているひとびとの目前では、まだ冬枯れて色褪《いろあ》せた草に雪は点々とまだらに、花のように残っているのみだった。……彼らはそれをもっと近くから見て、驚いてその上に屈《かが》みこんだ。――それは雪でなかった、花だった。雪の花、花の雪、白と淡青色の茎の短い小さな花冠、間違いなくサフランだった。雪解け水のにじむ草地から、無数に、雪と見まごうばかりにぎっしりと萌《も》えいでて、遠ざかるにつれて雪と見分けがつかなくなり、雪に変っているのであった。

彼らは自分たちの錯覚を笑い、目前の春の奇蹟《きせき》、けなげにもまっさきにふたたび地上へ躍《おど》りでた有機生命の、この可憐《かれん》にもおずおずした、周囲を真似《まね》る順応ぶりを、笑い興じた。彼らはそれを摘みとり、やさしい杯形《さかずき》の姿を観察吟味し、それをボタン穴にさし、持ち帰って、部屋のガラス瓶《びん》にいけた。谷の無機的な硬直が久しく続いたから――冬はしばらくのあいだだったとはいえやはり長かったからである。

しかし花の雪もまた本物の雪に覆いかくされた。サフランのつぎに咲きでた青いいわかがみだましや、黄と赤の桜草も同じ運命に襲われた。まったく、戦いぬいてこの地の冬を征服するのに、春はなんと苦闘したことか。春は十度も撃退された末に、やっと、ここの上に地歩を占めることができたのである、――白い吹雪《ふぶき》と、氷まじりの風と、暖房装置を伴ってつぎの冬が襲来するまで。五月のはじめでも（私たちが雪の花について話している間に、もう五月になっていた）、バルコニーで平地へたった一枚葉書を書くことはまさしく苦痛だった。十一月のような厳しい湿気をふくんだ冷気に指が痛んだ。あたりの数本の濶葉樹《かつようじゅ》は、平地の一月のころのように、葉を落していた。いく日も雨が続き、一週間ほどは滝のように降った。ここの寝椅子の慰撫《いぶ》するような快適さがなければ、ここの水煙の中で、顔を湿らせ硬《こわ》ばらせて、何時間もの療養を戸外でつとめるのは、実に辛《つら》いことだったであろう。しかし問題の雨はなんとなくやはり春の雨で、降りつづくにつれて、その感はますますはっきりしてきた。ほとんどすべての雪がこの雨で溶け去って、もう白いものはなくなり、ただそこここに汚《よご》れた灰色の氷のような雪が残っているのみで、いよいよ草原は本当に緑になりはじめた。

無限に白一色だったのちの草原の緑は、眼になんとやさしく快い恵みだったことか。そこには、繊細なやさしさと可憐な柔らかさにおいて、若草の緑にはるかにまさる、もうひとつの緑があった。それはから松の若い針葉だった。――ハンス・カストルプは療養散歩の途上、それを手でいつくしみ、それで頬を撫《な》でてみずにはいられなかった。そのしなやかさ、初々《ういうい》しさは、あらがいがたく愛らしかった。「植物学者になってもいいね」と青年は道連れにいった。「ここの上のぼくたちのところでは、冬が終って自然がふたたび眼ざめるのを見る喜びから、本気で植物学に興味を持つようになりそうだ。あれあれ、あれは竜胆《りんどう》だよ、あの斜面に見えるのは。こっちのそれは黄色い小さな菫《すみれ》の一種だ、ぼくの知らないものだが。それから、ここには金鳳花《きんぽうげ》がある、平地で見かけるのとあまり違わないね、うまのあしがた科に属していて、これは珍しく八重咲きだ。実に魅力的な植物だよ。それに両性花で、ほらそこにたくさん花粉袋といくつかの子房が見える。たしか雄《お》蕊《しべ》（Andrözeum）と雌《め》蕊《しべ》（Gynäzeum）というんだと思う。ぼくは植物学の古本を一、二冊買いこんで、生命と科学のこの分野を、もっとよく研究してみようかと思っている。いやまったく、世界がなんと色はなやかになってきたことか」

「六月にはもっとみごとになるよ」とヨーアヒムはいった。「ここの野花は有名なんだ。もっともぼくはそれまで待とうとは思わないがね。――ところで君が植物学をやろうというのはクロコフスキーの影響だろうね」

クロコフスキー？　それはどういう意味だろう。ああ、そうだ、ドクトル・クロコフスキーが彼の連続講演で、最近植物学者のような口吻《こうふん》で話したことがあるので、こういうことになったのである。時間の生みだす変化が進んで、もうドクトル・クロコフスキーの講演もおしまいになったと考えるひとがいるとすれば、それはむろん間違いである。二週間ごとに彼は講演した。季節のせいでサンダルがけではないが、相変らずフロックコート姿で。彼はサンダルを夏だけはくから、やがてまたはくことになるであろう。――ハンス・カストルプが、ここへやってきてまもないころ、血にまみれて遅刻して入っていったときと同じく、二週間に一度、月曜日ごとに、食堂で講演が行われた。九カ月にわたって分析学者は愛と病気について話していた――決して一度に多くを語らず、少しずつ、三十分から四十五分くらいの気軽な雑談で、彼はその豊富な知識と思想をひろげてみせ、誰もが、彼はとだえることがないだろう、永遠にこうして続いていくだろうという印象を持った。それはいわば半月ごとの「千一夜物語」で、一回ごとに気の向くままに脱線していって、シャハラザードのお伽話《とぎばなし》のように、好奇心の強い主君を満足させて暴挙を思いとどまらせるのに適していた。ドクトル・クロコフスキーの主題は際限がないという点でセテムブリーニが協力している企画、苦悩の百科全書を思わせた。それがどんなに変幻自在であるかは、講演者が最近植物学について、くわしくは茸《きのこ》について弁じたことからも察しがつくだろう。……ところで彼は対象を少し変えたらしく、いまではむしろ愛と死とが問題になっていた。これは一面では繊細で詩的な性質の、また一面では無情な科学的性質の考察をさそいだすテーマであった。これに関連して学者は、東方的な引きずるようなアクセントで、一度だけ上顎《うわあご》に舌を打ちつけてrを発音しながら、植物学すなわち茸に話し及んだのである、——この繁殖のさかんで幻想的な有機生命の隠花植物は、肉感的な性質を持ち、動物に非常に近い。——動物性新陳代謝の産物、蛋白《たんぱく》、グリコーゲン、動物性の澱粉《でんぷん》などがその組織内に認められる。そしてドクトル・クロコフスキーは、すでに古典古代の昔から、その形態ゆえに、それが持つといわれる力のゆえにひろく知られた、ある茸の話をした。——つまり編笠茸《あみがさだけ》のことで、そのラテン名には「淫《みだ》らな」（impudicus）という言葉が付け加えられており、その形は愛を、だがその匂《にお》いは死を想起させる。というのも、イムプディークスの釣鐘形《つりがねがた》の笠から滴《したた》り落ちる、かさの表面で被膜をなして胞子《ほうし》を付着させている緑色がかったねばり気の強い粘液は不思議にも屍臭《ししゅう》を放っていたから。しかし無知なひとびとの間では、この茸は今日でも媚薬《びやく》とされている。

いや、これはご婦人たちには少々どぎつかったとパラヴァント検事は判断した、彼は顧問官の宣伝を道徳的なよりどころとして、ここに居残り、雪解け期をすごしていた。同じく志操堅固にふみとどまって、やけの出発をうながすあらゆる誘惑に屈しないでいるシュテール夫人も、食事のとき、きょうのクロコフスキーの古典茸の話はどうも「猥《わい》味《まい》だ」といった。気の毒な婦人のこの「猥昧」は、名状しがたい教養的あやまりによって、彼女の病気を辱《はずか》しめた。しかし、ハンス・カストルプが驚いたのは、ヨーアヒムがドクトル・クロコフスキーとその植物学をあてこすったことであった。というのも実際にふたりの間では、クラウディア・ショーシャやマルシャのことが話題になったことがないのと同様、分析学者が話題にのぼることはかつてなかったからである。――彼らはクロコフスキーのことに触れず、その人物と活動をむしろ黙殺していた。ところがいまヨーアヒムは代診の名を口にした――それも不機嫌《ふきげん》な口調で。野原の花ざかりなど待ってはいないという彼の言葉からしてひどく不機嫌な調子のものだった。善良なヨーアヒム、彼は次第に心の平静を失おうとしている様子だった。話すときの声はいらだちのあまりふるえ、もはやかつての柔和で思慮深い彼とは別人のようだった。オレンジ香水の匂いが嗅《か》げなくなったので苦しんでいるのであろうか。ガフキー番号の嘲弄《ちょうろう》で絶望してしまったのであろうか。ここで秋を待つべきか、それとも、手前勝手な出発をすべきか、自分でも決心がつきかねていたのであろうか。

ヨーアヒムの声がいらだちにふるえ、ほとんど嘲笑的な口調で最近の植物学の講義に言及したのには、実はそこにまだ何か別なわけがあったのである。この何かについてハンス・カストルプにはまったく思いあたるところがなかった、あるいはむしろ彼はヨーアヒムがそれを知っていることを知らなかった。実は彼自身は、この向うみずな、人生と教育学の厄介息子であるハンス・カストルプ自身は、それを知りすぎるほど知っていたのであるが。ひと言でいうならば、ヨーアヒムはいとこのある種の奸計《かんけい》を見破っていた。いとこが謝肉祭の火曜日に犯したのに似た背信行為を、思いがけなく盗み聞きしてしまったのである、――それは、ハンス・カストルプがそれを常習的に犯していることを疑わせない証拠があるために、一層悪質なものになった新たな不実の場面である。

時間経過の永遠に単調なリズム、いつも同じで、混同し、とほうにくれるほどよく似通っており、みな同一で、静止した永遠であるので、これがどのようにして変化を生みだしうるのか、理解に苦しむような平日の、短時間ごとに区切られて固定した構成――犯すべからざる日常の秩序に、ドクトル・クロコフスキーの午後三時半から四時までの全病室の回診が属していることは誰しも覚えているところであろう。すべてのバルコニーを一巡し、寝椅子から寝椅子へとまわる回診である。ハンス・カストルプは、代診が彼を迂回《うかい》し、無視したといって、水平状態で憤慨したことがあったが、あれ以来、「ベルクホーフ」の平日はいくど更新されたことだろうか。当時の客はとっくに戦友《カメラート》に変っていて、――ドクトル・クロコフスキーは巡察のとき、しばしばこの名で彼に呼びかけた。彼は異国ふうに、舌を上顎《うわあご》の前方に一度だけ打ちつけてr音をだした。この軍隊用語は、ハンス・カストルプがヨーアヒムに向っていったように、ドクトル・クロコフスキーにはぞっとするほど不似合いだったが、それでも彼のたくましさ、男らしい快活さ、嬉々《きき》として信頼することを促す様子には、この言葉も満更不調和ではなかった。しかしその様子も、黒いひげと青白い顔色のせいで、何となくうさんくさく、事実そこにはいつも何かいかがわしいものが漂っていた。

「さて、戦友、いかがです、どんな具合です」とドクトル・クロコフスキーは、行儀の悪いロシア人夫婦を離れて、ハンス・カストルプの枕《まくら》もとに歩み寄りながらいった。そしてこんなにさっそうと呼びかけられたほうは、両手を胸の上に重ね、黒いひげの中に見えるドクトルの黄色い歯を見ながら、いまわしい呼びかけに毎日苦心して愛想のいい微笑を返した。「十分おやすみになれましたか」とドクトル・クロコフスキーは続ける。「カーヴは下り坂? きょうは上がってる? いや、なんでもない、結婚式までにはきっとよくなります。ではご機嫌よう」この挨拶《あいさつ》も、「ごぎげんよう」とでもいうように発音されるので、やはり、いまわしい感じだったが、この言葉とともに彼はもうつぎのヨーアヒムのところへ移っていった。――要するにこれはただの見回り、ちょっと様子を見るだけのもので、それ以上の何ものでもなかった。

むろん時折は、ドクトル・クロコフスキーも、「ごぎげんよう」をいってつぎにまわる前に、少々長居して、広い肩を見せて立ち、たえず男らしい微笑を浮べて、戦友とあれこれ雑談することがあった。天気のこと、出発したひとと到着したひとのこと、患者の気分のこと、ご機嫌の良し悪《あ》し、さらには彼の個人的な事情、経歴と将来の見込みなどについて。ハンス・カストルプは気分転換のために頭の下で両手をかさね、やはり微《ほほ》笑《え》みながら、そのすべてに答えた——むろん身にしみわたる嫌悪《けんお》感をもって。だが彼は返事をした。彼らは声を低くして話した。——ガラスの仕切り壁は、各バルコニーを完全には隔てていなかったが、ヨーアヒムは隣の話を聞きとることはできなかったし、聞こうとつとめたことはさらになかった。彼はい、と、こが寝椅子《ねいす》から起きあがりさえして、ドクトル・クロコフスキーと部屋に入っていくのを耳にした。たぶん彼に体温カーヴを見せるためであろうが、代診が内廊下を通ってヨーアヒムのところに現われるのに手間どったところから察するに、部屋の中でも話はなおしばらく続いたらしかった。

戦友たちは何を話し合ったのであろう。——ヨーアヒムはそれを問わなかった。しかし私たちの中にヨーアヒムを範とせず、話の中身を知りたいと思うひとがあるとすれば、一般的につぎのようなことを指摘しておけばよろしかろう。すなわち、両者とも理想主義的な刻印を帯びた根本見解を持ち、その一方は修養の途上で、物質を精神の堕落、精神の悪しき刺激増大と解するに至っており、他のひとりは医者でありながら、有機疾患の第二義的性格をもっぱら説いているといった場合、ふたりの男たち、戦友たちの間に精神的交換の素材と契機がどんなにたくさんあるかということである。非物質の不名誉な退化である物質、物質の淫蕩《いんとう》の結果である生命、生命の放縦な形式である病気などについて、いかに多く討論され、意見の交換が行われただろうかと私たちは想像するのである。そこでは進行中の講演に関連して、病気を形成する力としての愛、症状の超感性的な性質、「古い」患部と「新鮮な」患部、可溶性毒素と媚薬、無意識界の透視、精神分析の収穫、症状の回帰的変化などが話し合われたことであろう。――しかし私たちに何がわかろう――これらすべては、ドクトル・クロコフスキーとハンス・カストルプ青年とがお互いに何を話し合ったかが問われた場合の、私たちの想像の手がかりであり臆《おく》測《そく》であるにすぎないのである。

とにかく彼らはもはや話し合わなくなっていた。それはすぎ去ったことで、ほんのしばらくの間、二、三週間話し合ったにすぎない。最近ではドクトル・クロコフスキーは、この患者のところに、ほかのすべての患者のところ以上に長居することもなくなっていた。――「さて、戦友」と、「ごきげんよう」、訪問はふたたびそれだけに限られていた。そのかわりヨーアヒムはもうひとつの発見をした。それは彼がハンス・カストルプの裏切りと感じた、ほかならぬその発見である。それも軍人らしく邪心を持たない彼がスパイ活動などしたわけではなくて、まったく思いがけずに発見したことであるから、これは信じていい。彼は水曜日の最初の安静療養のとき呼びだされ、マッサージをしてもらうよう指令されて地下室へおりていっただけなのだが――そこで彼は見たのだ。彼は階段を、診察室のドアが見通せる清潔なリノリウム張りの階段をおりてきた。診察室の両側は透視室になっていて、左側は有機透視室、右側のすみを曲ったところは一段低くなった精神透視室で、ドアにドクトル・クロコフスキーの名刺があった。階段のなかばでヨーアヒムは足をとめた、ハンス・カストルプが注射をすませて、ちょうど診察室からでてきたところだった。彼は急ぎ足ででてきて、そのドアを両手で締めると、わき目もふらずに右の方へ、名刺が鋲《びょう》でとめてあるドアに向い、音もなく前屈《まえかが》みに数歩をすすめて、ドアに達した。彼はノックし、ノックしながら身を傾け、叩《たた》いている指に耳を近づけた。すると部屋の主の「どうぞ」というバリトンの声が、外国人らしい発音のr音と、ゆがんだ複母音とをもって、部屋の中から聞えてきて、ヨーアヒムは、いとこがドクトル・クロコフスキーの分析用のほの暗い穴蔵に姿を消すのを見たのであった。

その上もうひとり

長い毎日、事実に即し、日照時間数に関していえば、もっとも長い毎日がやってきた。とはいうものの、一日々々についても、また毎日の単調な流れについても、天文学上の長さとは無関係に、実は一日は短く感じられた。春分はほとんど三カ月も前のことで、いまはもう夏至だった。しかしここの上の私たちのところでは実際の季節が暦より遅れ、やっといま、どうにか春になったところである。それは、まだ夏の重々しさが少しもなく、かぐわしく、空気は希薄で軽く、銀色に輝きわたる青空とあどけない色とりどりの野花に飾られた春であった。

ハンス・カストルプは、かつてヨーアヒムが親切にも咲き残りの数本を部屋に飾って歓迎の意を表してくれたのと同じ花をふたたび斜面に見つけた。のこぎり草と風鈴草《ふうりんそう》。——これは彼にとって一年がひとまわりしたことのしるしであった。それにしても、谷間の斜面や草原のエメラルド色の若草から、なんと多くの有機生命が、星の形、杯の形、鐘の形、あるいはもっと不規則な形をなして、うららかな空気を乾《かわ》いた芳香でみたしつつ姿を現わしてきたことか。おびただしくむらがり咲いた虫取り撫子《なでしこ》と野生の三色菫《すみれ》、雛菊《ひなぎく》、マーガレット、黄と赤の桜草など、それらはハンス・カストルプが平地で見たおぼえのあるものよりも、といっても彼が下界でそういうものに心を留めたかぎりにおいてであるが、はるかに美しく大きかった。さらに、この地域だけに見られる、青、紫、薔薇《ばら》色のいわかがみだましが、繊毛のついた鐘状の小さな花を咲かせて、うなずいていた。

彼は愛らしい花をどれもみんな摘み取り、花束を持ち帰ったが、それは真面目《まじめ》な気持からで、部屋を飾るためというより、むしろ厳密な科学的実験に供することを企図してであった。草花栽培の道具がいくつかとりそろえられ、植物学の概説書、植物を掘るための小さい手ごろなシャベル、乾燥植物標本、度の強い拡大鏡などがあった。これらを使って青年はバルコニーで仕事した。——またも夏姿で、あのころ持ってきた服のひとつを着て――これもまた一年が循環したことの目印だった。
新鮮な花はいくつかのコップにいけられて、室内の家具の上や快適な寝椅子《ねいす》のかたわらの小卓の上などに置かれていた。しおれかかって、もうぐったりしてはいるものの、まだ枯れきっていない花は、バルコニーの手摺《てす》りの上や床にばらまかれていたし、その他の花はていねいに拡《ひろ》げられ、水分を吸収する吸取紙の間にはさまれ、石の重しをのせられていた。ハンス・カストルプはこうしてできた扁平《へんぺい》な乾燥標本を、ゴム糊《のり》つきの紙テープでアルバムに貼《は》りつけた。彼は両膝《りょうひざ》を立てたうえ、さらに脚を組んで横たわり、開いたままの入門書を胸の上に屋根形にして伏せ、拡大鏡の厚い円形レンズを、単純な青い眼と花の間にかざしていた。花托《かたく》がよく観察できるようにポケット・ナイフで花冠を少し切り取っておいた花は、度の強いレンズのかなたで奇妙なほど肉の厚い像にもりあがった。花糸の先端で葯《やく》は黄色い花粉を散らしているし、子房からは柱頭を持った花柱がつきだし、その花柱を切り開くと、花粉核と花粉管を、糖質の分泌物《ぶんぴつぶつ》によって胚嚢《はいのう》の中に流しこむ繊細な導管が見られた。ハンス・カストルプは数え、調べ、比較した。萼葉《がくよう》と花弁の構造と位置、雌雄の生殖器官の構造と位置を調べ、眼に見えるものと図版や写真の挿画《さしえ》との一致を検査し、自分の知っている植物の構造が、学問が説明しているとおりであることを確認して満足し、さらに名前を知らない花を、リンネの分類に照らして、類、群、科、種、族、属に分類した。彼は非常に閑《ひま》だったので、比較形態学にもとづく植物分類学にいくらか通ずるようになった。彼はアルバムの乾燥標本の下に、人文科学がみやびやかに付したラテン名を、気どった書体で書きこみ、その特性をも付記して、それを善良なヨーアヒムに見せて驚かせた。

晩になると彼は星辰《せいしん》を観察する。彼は循環する年への興味に捉《とら》われた。――すでに二十数回地球が公転する間を地上で時をすごしながら、いまだかつてそんなことを心に留めたことがなかったのに。私たちはそれと知らずに「春分」なぞという表現を使ってきたが、それは彼の精神に即してのことであり、現在物語っているものを念頭においてのことである。なぜなら、彼がこのごろ好んで口にのぼせる術語はこの種のもので、その方面の知識によっても彼はいとこを驚嘆させていたからである。

「いま太陽は巨蟹宮《きよかいきゆう》に入ろうとしているところだ」と彼は散歩のときに話しはじめた。「君にはそれがわかる？　十二宮の中で最初の夏の宮だ、わかる？　それから獅子宮《ししきゆう》と処女宮を通って秋分点、つまり昼夜平分点のひとつに向っていく、九月の終りごろだ。そのときには、この三月、太陽が白羊宮《はくようきゆう》に入ったときのように、太陽の位置がまた赤道の上にくる」

「そんなことは知らなかったよ」とヨーアヒムはにがにがしくいった。「君はいったいなんのご託を並べているんだい、白羊宮、十二宮」

「そう、十二宮だ、獣帯だよ。太古以来の獣帯だ、――天蠍宮《てんけつきゆう》、人馬宮、磨羯宮《まかつきゆう》、宝瓶《ほうへい》宮《きゅう》その他いろいろとあるが、どうして興味を持たないでいられよう。十二あるが、そのくらいは知ってるだろうね、各季節に三つ、のぼりの宮とくだりの宮がある。太陽の通過していく星座の環《わ》なのだ。——ぼくにいわせると、雄大なものだ。考えてもみたまえ、これがエジプトのある寺院の天井絵になっているのが発見された——しかも、アフロディテの寺院だ、テーベから遠くない。カルデア人もすでにそれを知っていた——いいかい、カルデア人だよ。アラビア系セム族で、占星術と占いに深く通じていた古い魔術師の民族だ。これがすでに、遊星の軌道をなす獣帯を研究していて、それを十二の星座宮に分けていた。いまに伝わるドデカテモーリア（dodekatemoria）だ。これは雄大じゃないか。これが人類だ」

「ついに君は『人類』を云々《うんぬん》するのか。セテムブリーニ張りだね」

「そう、彼のように、あるいは、多少違う意味で。人類をありのままに受取らなければならない、しかし、これだけでもすばらしいよ。ぼくはこうして寝たまま、カルデア人もすでに知っていた遊星を眺《なが》めていると、彼らのことが、共感をもってしのばれる。彼らは利発だったが、全部の遊星を知っていたわけじゃないのだから。しかし彼らが知らなかった遊星は、ぼくにも見えない。天王星は近年やっと望遠鏡で発見されたばかりだからね、百二十年前に」

「近年だって」

『近年』といわせていただきたいよ。それにいたるまでの三千年にくらべれば。だが横になって遊星を観察していると、その三千年もつい『近年』のように思えてくるね。そしてやはり遊星を眺め、それを究《きわ》めようとしたカルデア人のことなんかも、何か親しみ深い気持で考えてしまうんだ。これこそ人類だよ」

「いや、よかろう、君は壮大な構想をめぐらせているというわけだ」

「君は『壮大』といい、ぼくは『親しみ深い』という――どういったってかまわないがね。ところで、太陽がこれから約三カ月たって天秤宮《てんびんきゅう》へ入ると、昼はまた短くなって、昼夜が同じ長さになり、それからクリスマスのころまで昼は短くなるばかり、これは君も知ってるはずだ。だが考えてもらいたい、太陽が冬の宮、つまり、磨羯宮、宝瓶宮、双魚宮を通って行く間に、昼がまた長くなるんだ。そうしてまた新たに春分がめぐってくる、カルデア人の時代から三千回目の春分が。そして昼は長くなるばかりで年を越し、ふたたび夏のはじめになるまで、それが続く」

「わかりきったことだ」

「いや、これは一種の悪ふざけだよ。冬に昼が長くなりはじめて、最も昼が長い日、夏の初めの六月二十一日がくると、また下り坂、昼はもうふたたび短くなりはじめて、冬に向う。君はこれをわかりきったことだという。しかしわかりきったことだという考えをひとたび捨ててみると、不安で心細くなってくるよ、一瞬ね。そして発作的に何かにすがりつきたくなる。まるでいたずら者のティル・オイレンシュピーゲル*が、冬の初めに実は春がはじまり、夏の初めに実は秋がはじまるというふうに仕組んだみたいだよ。……鼻面《はなづら》を引きまわされ、ある点を望み見ながらそそのかされてぐるぐるめぐっている、ところがその一点はもうふたたび転回点になっている……円周上の転回点だ。円とはただ延長を持たない転回点の集合だから。曲線は測りえないものだ、方向の持続性がない。だから永遠は『まっすぐに、まっすぐに』ではなく、メリーゴーラウンド、『まわれ、まわれ』なんだ」

「やめてくれよ」

「夏至《げし》の祝い！」とハンス・カストルプはいった。「夏至。山の上で火をたき、燃えさかる炎のまわりを手をつないでめぐる輪舞、ぼくはそれを見たことがない。しかし未開人はそんなことをすると聞いている。そんなふうにして彼らは、秋のはじまりでもある夏の最初の夜を祝うんだそうだ。それは一年の正午であり絶頂であって、そこから下り坂になるのだが。――彼らは踊って、ぐるぐる回って、歓声をあげる。原始自然の本能のままに、彼らは何に対して歓声をあげるのか――君にわかるかい。なんで彼らはそんなに奔放にはしゃぐんだろう。これから下り坂になって、暗闇《くらやみ》に入っていくからだろうか。それともおそらくは、いままで上り坂でやってきたのが、遂《つい》に転機となり、持続のない転回点、真夏の夜、極点が、有頂天の喜びのなかに憂鬱《ゆううつ》をひそめて訪れてきたからだろうか。ぼくはありのままを、思い浮ぶままの言葉でいってるんだが。未開人たちが歓声をあげ、炎のまわりを踊りめぐるのは、憂鬱な有頂天の喜び、喜びあふれる憂鬱からなのだ。彼らがそうするのは陽性の絶望からだ、お望みならそういってもよかろう。円の悪ふざけ、方向の持続がなく、すべてを回帰させる永遠の悪ふざけに敬意を表してなんだ」

「ぼくはそんなことはいいたくない」とヨーアヒムは呟《つぶや》いた。「そんなことをぼくに押しつけないでくれたまえ。君が晩に横になって思いふけっていることは、まったく雄大なことだな」

「そう、君のようにロシア語の文法を勉強しているほうが有益なことは、ぼくだって否定しない。君はそのうちロシア語をすらすら話せるようになるにちがいない。君、戦争になれば、大いに役にたつよ。戦争はごめんだが」

「ごめんだって？　文化人のいいそうなことだ。戦争は必要だよ。戦争がなければ世界はたちまち腐敗するだろうと、モルトケもいっている」

「そう、世界にはたしかにその傾向があるだろう。それだけはぼくも認めることができる」とハンス・カストルプはいいはじめ、カルデア人のことに話を戻し、彼らもやはり戦争をし、セム族であり、したがってほとんどユダヤ人だったのに、バビロンを占領したといおうとした、——と、そのとき、ふたりは同時に、すぐ前を歩いているふたりの紳士が彼らの話に注意をひかれ、自分たちの談話を中断して、彼らの方を振返ったのに気づいた。

それは本通り、療養所とベルヴェデーレ・ホテルとの中間、ダヴォス村への帰り道でのことだった。谷は晴着姿で、淡く明るく、陽気な色彩に包まれていた。空気はかぐわしかった。晴朗な野花の香りの交響楽が、清らかに乾いた、くまなく日に照らされて明るい大気を満たしていた。

彼らは、見知らぬ男と連れだっているロドヴィコ・セテムブリーニに気づいた。だが彼のほうでは彼らがわからないか、あるいは邂逅《かいこう》を望まないかのようにみえ、すばやく顔を向けなおして、身ぶりを交えて道連れとの話に身を入れ、足を速めようとさえした。しかしいとこたちが彼の右にでて、快活に身を屈《かが》めて挨拶《あいさつ》すると、彼は「これはこれは(sapristi)」とか、「これはまた」なぞといって、驚きをよそおい、思いがけぬ出会いを喜ぶ様子を見せたが、すぐ控えめになり、ふたりをやりすごそうとした。しかし彼らにはそれがわからなかった。つまり、そんなことはありえないと思っていて、それに気づかなかったのである。むしろ彼らは久しぶりの再会を心から喜んで、彼のそばにとどまり、握手して、近況を尋ね、いんぎんな期待をもって同行者の方を見やった。こうして彼らはセテムブリーニを強《し》いて、彼としては明らかに気が進まなかったこと、しかしふたりにはごく自然な、当然期待すべきものに思われたことを実行させるにいたったのである。つまり彼らを同行者に紹介することである。――それは歩きながら、なかば立ちどまってなされることになった。セテムブリーニが結び合せるような手ぶりとおどけた言葉で、紳士たちをそれぞれ引合せ、彼の胸の前で握手させたのである。

　セテムブリーニと同年配とおぼしき初対面の男は、その同宿者であることがわかった。彼もまた婦人服仕立師ルカセクの部屋を又借《またが》りしていて、青年たちの聞きえたところでは、名をナフタという。小柄なやせた男で、ひげは剃《そ》っていたが、鋭い醜さ、腐蝕《ふしょく》的ともいうべき醜さで、いとこたちが驚きあきれたほどだった。彼にあってはすべてが鋭かった。顔に君臨しているかぎ鼻、細く結んだ口、淡灰色の眼にかけた、全体に華奢《きゃしゃ》な作りの眼鏡のぶ厚い球《たま》、さらには沈黙までも。彼は沈黙を守っていたが、その沈黙は、彼の弁舌が鋭く、理路整然たるものであることを推察させる沈黙だった。彼は当然のことながら無帽で、外套《がいとう》も着ていなかった。――だが非常に立派な服装だった。濃紺に白い縞《しま》の入ったフラノの服は、いとこたちが世間なれた青年らしい眼で見てとったところでは、控えめに流行をとりいれた、いい型のものだった。そしていとこたちは、小柄なナフタの同じような眼差《まなざ》し、ただもっとすばやくもっと鋭い眼差しが、彼らのからだを滑《すべ》りおりるのを感じた。もしもロドヴィコ・セテムブリーニが糸目の粗《あら》いフラノの上着と弁慶格子《べんけいごうし》のズボンを、あんなに優雅に品位をもって着こなす術《すべ》を心得ていなかったら――彼の風采《ふうさい》はこの粋《いき》な道連れにならんで、見劣りしたにちがいない。しかし、弁慶格子のズボンがアイロンをかけられ、一見ほとんど仕立ておろしにみえるくらいきちんとしていたので、彼の風采もそれほど見劣りはしなかった。——青年たちがついでに考えたところでは、アイロンがけは、彼の下宿の主人の功績にちがいない。醜いナフタは、服装が立派で世俗的な点で、その同宿人よりもいとこたちに近かったが、年長であるということのみならず、明らかにもうひとつのことでも、青年たちに対抗してセテムブリーニの仲間になっていた。そのもうひとつとは二組の顔色に帰するのがもっとも便利で、つまり、一方は褐色《かっしょく》で赤く陽灼《ひや》けしているが、他方は青白かったということである。ヨーアヒムの顔色は冬の間にますます赤銅色《しゃくどういろ》に焦《こ》げ、ハンス・カストルプの顔はブロンドの髪の下で薔薇《ばら》色に火照《ほて》っていた。しかしセテムブリーニ氏のイタリア人らしい青白さは、黒い口ひげにいかにも品よく似合っていて、太陽光線も手だしができないというところだったし、彼の仲間も髪はブロンドだったが——といってもそれは灰色がかったブロンドで、金属的でつやがなく、高くそびえた額からオールバックにぴったりなでつけられ——顔色は褐色種族《ブリュネット》の艶《つや》のない白色をしていた。四人のうちのふたり、つまりハンス・カストルプとセテムブリーニはステッキを持っていた。ヨーアヒムは軍人的な理由からステッキを持たなかったし、ナフタは紹介がすむとすぐまた両手を背中にまわしてしまったから。その手は、彼の足も非常に愛らしかったが、同様に小さく華奢で、彼の体軀《たいく》にふさわしかった。彼は風邪《かぜ》をひいているような感じで、どことなく弱々しい、力のない咳《せき》をしたが、この咳はさしてひとの注意をひかなかった。

セテムブリーニは青年たちをみとめたときのあのかすかな当惑、あるいは不機嫌を、すぐさま優雅に抑《おさ》えてしまった。彼は上機嫌な様子を見せ、冗談をいいながら三人を引合せた、——たとえば彼はナフタを「スコラ学派の頭目（princeps scholasticorum）」と呼んだ。喜悦は、と彼はいった、アレティーノの言葉をかりれば、「わが胸の広間に燦《さん》然《ぜん》と宮居している」が、これは春の功績、彼の讃《たた》える春の功績である。皆さんもご存じのとおり、私はここの上の世界にいろいろ含むところがあり、これまでにもそのつど鬱《うっ》憤《ぷん》を洩《も》らしてきた。しかしこの高山の春には敬意を表する。春はこの領界のあらゆるいとわしいものと、かりそめの仲直りをさせてくれる。平地の春のように心をかき乱し、血をわきたたせるものがここには少しもない。深い奥底の沸騰《ふっとう》がない。湿った霞《かすみ》、うっとうしい靄《もや》がない。明るさ、乾燥、晴朗、そして厳しい優美がある。これは自分の心にかなう壮麗である。

彼らは不規則な隊列で歩いていた。できるだけ四人が並んでいったが、向うからくるひととすれちがうとき、右端にいるセテムブリーニが車道へ踏みだしたり、また、四人のうちの誰か、たとえば左端のナフタか、あるいは、人文主義者といとこヨーアヒムとの間を占めるハンス・カストルプかが、後に残ったりまた列に戻ったりで、前線が一時くずれることもあった。ナフタは鼻風邪に少し濁った声で短く笑ったが、話すときの声は、ひびの入った皿を指関節で叩《たた》く響きを思わせた。イタリア人の方に頭をしゃくってみせて、彼は引きずるようなアクセントでいった。

「ヴォルテール主義者にして合理主義者なる彼のいうことをお聞きください。もっとも多産な時期にも自然が神秘的な水蒸気でわれわれを惑乱させることなく、古典的な乾燥を保持しているからといって、彼は自然を讃美《さんび》しているのです。ところで湿気とはラテン語でなんといいましたっけね」

「フーモル（humor）」とセテムブリーニは左肩越しにいった。「しかしわが教授先生の自然観のフモール（ユーモア）は、彼がシエーナの聖女カタリーナのごとく、赤い桜草を見ると、キリストの傷口を連想するという点にあります」

ナフタは応酬した。

「それはユーモアがあるというより、むしろ機知に富むというべきでしょう。しかしそれはとにかく精神を自然の中に持ちこむことを意味します。自然はその必要がありますよ」

「自然は」とセテムブリーニは声を落し、こんどは肩越しにはっきりとは振向かず、自分の肩を見おろすにとどめていった。「あなたの精神をまったく必要としていません。自然はそれ自体精神です」

「そんな一元論であなたはよく退屈なさいませんね」

「ああ、それではあなたは、あなたはたのしみのために世界を二分して敵対させ、神と自然を切り離すというわけですね」

「私が情熱とか精神とかいう場合に考えていることを、あなたはたのしみのためとおっしゃる。これはおもしろい」

「そういうくだらない欲求にそんな大仰な言葉をあてはめるあなたが、私のことをよく修辞家とおっしゃるのですからな」

「あなたは精神とはくだらぬものだと思いこんでいらっしゃる。しかし精神はもともと二元論的であり、だからといってどうすることもできない。二元論、反対命題、これこそは運動原理、情熱的、弁証法的な原理、才知あふれる原理です。世界を敵対的に分裂したものと見る、これが精神です。あらゆる一元論は退屈です。アリストテレスモ常ニ闘争ヲ好ンダノデス（Solet Aristoteles quaerere pugnam）」

「アリストテレス？　アリストテレスは普遍的理念の実在性を各個体に移入したひとですよ。これは汎神論《はんしん》です」

「ちがう。トマスやボナヴェントゥーラがアリストテレス学徒としてそうしたように、あなたが個体に実体性を与え、事物の本性を普遍的なるものから個々の事象に移して考えられるなら、あなたは世界を最高の理念との合一から切り離してしまうことになる。世界は神の外に存在するものとなり、神は超越的な存在となる。これは古典的中世ですよ、あなた」

「古典的中世とはすばらしい言葉の組合せだ」

「これは失礼。しかし私は古典的という概念を、適当な場合には、つまりひとつの理念が絶頂に達する場合には通用させるのです。古代は必ずしも古典的ではありませんでした。あなたがその……範疇《はんちゅう》の任意な移転をきらっていらっしゃる、つまり絶対的なものを嫌悪《けんお》していられることは、よくわかります。あなたは絶対的精神をもお望みにならない。あなたは精神があくまでも民主主義的進歩であることを欲していらっしゃるのです」

「精神はどれほど絶対的であるとしても、決して反動の代理人になることができないと確信する点で、私たちが一致することを希望します」

「しかし、精神は常に自由の代理人です」

「しかしですって？　自由は人間愛の法則ですよ、ニヒリズムと悪意じゃなくてね」

「そのふたつをあなたは明らかに恐れている」

セテムブリーニは腕を頭上に振りあげた。小ぜりあいがとだえた。ヨーアヒムは驚いてふたりを見くらべ、ハンス・カストルプは眉《まゆ》を吊りあげ、足もとを見やったままだった。ナフタは広義の自由を擁護する立場だったが、鋭い口調で異論をゆるさなかった。とくに「ちがう《ファルシュ》」と抗議する調子、「シュ」の音で唇《くちびる》を突きだし、それから口を固く結ぶ様子は不快だった。セテムブリーニのほうはもっと明朗に対抗したし、またたとえば、ある種の根本的志操においては互いに一致していると注意をうながしたときなど、言葉に美しい温かみをこめていた。そしてナフタが黙ってしまうと、彼はいとこたちにこの初対面の人物について説明しはじめた。この議論を聞いたからには、彼らもナフタについていろいろと知りたがっているであろうと察して、それに応《こた》えたのである。ナフタは素知らぬ顔でなすがままにまかせていた。イタリア人の流儀で被紹介者の身分をできるだけはなやかにひきたたせながらセテムブリーニは説明した。ナフタ氏はフレデリクス大王学校の最上級の古典語教授である。彼の運命は私、セテムブリーニ自身のそれと同じである。健康状態のため五年前に上に送られてきたが、長期の滞在を必要とすることを納得せざるをえなくなり、サナトリウムを去って、婦人服仕立師ルカセクのところに下宿人として落着いた。この秀抜なラテン語学者、さる修道院付属学校の卒業生を、とセテムブリーニはいくぶん不確かな表現をした、賢明にもこの地の高等学校はすかさず講師に迎えて、金看板にしている。……要するにセテムブリーニはいましがたまで理論闘争めいた議論をたたかわせていた醜いナフタを少なからずひきたてた。そしてまた、このいささかいに似た議論はただちに継続されることになった。

　セテムブリーニは、こんどはナフタ氏にいとこたちを紹介しはじめたが、その口調から、彼がそれまでにもふたりのことを話してあることがわかった。こちらがベーレンス顧問官に浸潤個所を発見された三週間の青年エンジニア、こちらはあのプロシア軍隊のホープ、ツィームセン少尉《しょうい》、と彼はいった。そして彼はヨーアヒムの反抗的気分と旅行計画について話し、エンジニアのほうも同じように仕事の世界へ帰りたくてじりじりしていると考えなければ、きっと気を悪くさせることになろうと付け加えた。

ナフタは顔をしかめた。彼はいった。

「おふたかたは雄弁な後見人をお持ちです。私は彼があなたがたの思想と希望を的確に通訳されたことを疑いますまい。仕事、仕事、――どうです、彼がこのファンファーレでいつもの効果をまったく博しえなかったであろうような時代、つまり彼の理想と反対のものが比較にならぬほど高く尊敬されていた時代のことを私があえて持ちだそうものなら、たちまち彼は私を人道の敵、人間性の敵（inimicus humanae naturae）だとののしるでしょう。ベルンハルト・フォン・クレールヴォーなどは、ロドヴィコ氏が夢にも考えたことがないような、完成の段階を教えています。どういう段階か知りたいと思われますか。その最下位は『粉ひき場』にあり、第二段階は『畑』に、ところが第三のもっとも賞讃すべき段階は――お聞きにならないでくださいよ、セテムブリーニさん――『ベッドの上』にあるのです。粉ひき場、これは世俗生活の象徴です、――悪くない措辞です。畑は説教師や聖職にある教師が耕すべき世俗人の魂を意味します。この段階は第一の段階よりもすでにより価値あるものなのです。しかしベッドの上となると――」

「たくさんだ。わかっています」とセテムブリーニは叫んだ。「皆さん、つぎにこのひとはベッドの目的と用途を説いてみせるでしょう」

「あなたがそんなに慎み深い方だということは知りませんでした、ロドヴィコさん。あなたが女の子に色眼を使うところなどを見ていると……あの異教徒的な天真爛漫《らんまん》さはどこへいってしまいました。ベッドとは愛する者と愛される者とがひとつ寝する場所で、神とひとつ寝するために、世界と被造物から瞑想《めいそう》的に隠遁《いんとん》した状態を象徴します」

「ふう、中止、中止(andate, andate)」と、イタリア人は泣かんばかりにさえぎった。みんなが笑った。しかしそれから、セテムブリーニは品位をもって続けた。

「そうです、私はヨーロッパ人、西洋人です。あなたの階位は純然たる東洋だ。東方は活動を嫌悪《けんお》します、老子は、無為が天地の間のいっさいの事物よりも有益だと教えました。すべての人間が行動をやめるならば、完全な平穏と至福が地上を支配するであろうというのです。これがあなたのひとつ寝ですよ」

「これはしたり、それでは西洋の神秘主義は。フェヌロンをその派のひとりにかぞえうる静寂主義、神はひとりで行動することを欲するがゆえに、活動的たらんと欲することは、神の不興を買うことであり、したがっていっさいの行動は誤てるものであると説く静寂主義はどうしたというのです。私はモリノスの提唱を引用しているのです。静止のなかに至福を見いだす精神的可能性は、人間世界に普遍的にひろまっています」

ここでハンス・カストルプが口だしした。単純な人間の大胆不敵さで議論に加わり、宙を見つめたままいった。

「瞑想、隠遁状態。そこには何かがあります。聞いておくべきことですね。ぼくたちは実際かなり高度に隠遁して暮していますから、ここの上のぼくたちは、そういえるでしょう。五千フィートの高みで、ぼくたちは特別に快適な椅子《いす》に横たわり、世界と被造物を見おろして、考えごとにふけっています。よく考えてみますと、そして本当のことをいってみますと、ベッドは、というのは寝椅子のことですが、この十カ月で、平地の粉ひき場がこれまでの年月になしえたよりも、はるかにぼくを進歩させ、より多くを考えさせてくれました。それは否定できないことです」

セテムブリーニは悲しみの色を宿した黒い眼で彼を見た。「エンジニア」と彼は締めつけられるようにいった。「エンジニア」そしてハンス・カストルプの腕をとり、他のひとびとの背後で、そっといさめようとするかのように、彼を少し引きとめた。

「自分を知り、自分にふさわしい考え方をすべきだとあなたになんども申しあげたじゃありませんか。ヨーロッパ人の本務は、どんな提唱があろうとも、理性、分析、行為、そして進歩です――修道士の怠惰なベッドではありません」

ナフタは聞いていた。彼はうしろに向けていった。

「修道士のとはなんです。ヨーロッパの文化があるのは修道士のおかげですよ。ドイツ、フランス、イタリアが原始林や原始の沼沢に覆《おお》われていないで、私たちに穀物と果実とぶどうを恵んでくれるのは、彼らのおかげです。修道士は、あなた、実によく働きました……」

「いやはや（ebbè）。それでどうなんです」

「いえ、そうです。宗教家の労働は自己目的つまり麻酔手段ではなく、また世界を進歩させたり、経済的利益を獲得したりする点にその意義があるわけでもありませんでした。それは純粋な禁欲的修行、贖罪《しょくざい》苦行の一部、救済手段でした。それは人間を肉欲から庇護《ひご》し、官能を抑圧するのに力を貸しました。したがってそれは――断言するのを許していただきたい――完全に非社会的な性格を帯びていました。それはいささかの曇りもない宗教的エゴイズムだったのです」

「啓蒙《けいもう》してくださって感謝にたえません。それに、労働のめぐみが人間の意志に反しても実証されることを知って、喜ばしい」

「そうです、人間の意図に反してです。そこにみられるのは、功利的なものと人間的なものとの差異にほかならないのです」

「あなたがまたも世界を二分なさるのをみて、私ははなはだ不満です」

「ご不興を買ったのは残念ですが、物事は区分し整理され、神の子、人間（Homo Dei）という理念は不純な諸要素から守られなければなりません。あなたがたイタリア人は両替業と銀行を発明しました……神があなたがたをゆるしたまわんことを。しかし、イギリス人は経済社会学を考えだしました。このことを人類の守護神は決してゆるさないでしょう」

「ああ、人類の守護神はあの島国の偉大な経済思想家たちのなかにも生きていたのです。――何かおっしゃろうとしたのですか、エンジニア？」

ハンス・カストルプは否定したが、それでもやはりいった。――そこで、ナフタもセテムブリーニもいくらか緊張して耳を傾けた。

「そうとしますと、ぼくのいとこの職業はあなたのお気に召すはずです、ナフタさん。そうしていとこが自分の職業に就《つ》きたいあまり、あせりにあせっているのがおわかりになるでしょう……ぼくはあくまでも市民なのです。いとこはそれをよく非難します。ぼくは兵役に服したことがなく、まったく平和の子であることを言明していますし、すでにしばしば宗教家にだって結構なりえただろうにとさえ考えました。――いとこにきいてみてください、ぼくはなんどかそういうふうなことを口にしたのです。しかし個人的な好みを別にしますと――いや、本当をいうと――厳密にいってそれを度外視する必要などないでしょうが――ぼくは軍人階級に対して大いに理解と好意を持っています。そこには実際、とほうもなく生真面目《きまじめ》な、なんでしたら『禁欲的』ともいえるような事情があります。――あなたはさきほど、そういう表現をどこかで使ってくださいましたね

——それにこの階級はいつも死とかかわり合う場合を考慮に入れておかなければなりません。——聖職階級も結局は死とかかわり合うのです。——でないとすれば、いったい何を相手にしますか。ですから軍人階級は礼儀作法（bienséance）と階級序列と服従、それにこういってよければスペイン的名誉を保っているのです。そして、軍服の固いカラーをつけるか、それとも糊《のり》づけした襞襟《ひだえり》をつけているかは、かなりどうでもいいことで、帰するところは同じ、あなたがさきほど実にみごとにいい現わされたように『禁欲的なるもの』ということになります、……どうでしょうか、ぼくの考え方をあなたにうまくお伝えでき……」

「わかります、わかります」とナフタはいってセテムブリーニの方をちらりと見やったが、彼はステッキを回しながら空を眺めていた。

「だからぼくは」とハンス・カストルプは続けた。「あなたのおっしゃることすべてに照らして、いとこ、ツィームセンの好みはあなたの同感を得《う》るにちがいないと思うのです。こういってもぼくは決して『王座と祭壇』とか、その種の組合せ、多くのひとびとが、ひたすら秩序を愛し、ただもう善意一点ばりのひとびとが、しばしばその一体性を正当化するために用いる組合せ文句のことを考えているわけではありません。ぼくが考えているのは、軍人階級の仕事、つまり勤務は、——この場合は勤務といわれていますが——まったく商業的利益を目的とせず、あなたのいわれた『経済社会学』などとはなんの関係もありません。したがってまたイギリス人はほんのわずかしか兵隊を持たない、インドのためのわずかばかりの兵隊と本国で観兵式用に少々……」

「続けてもむだですよ、エンジニア」とセテムブリーニがさえぎった。「兵士の存在は――これは私たちの少尉の気持を傷つけようとしていうのではありませんが――精神的には議論の余地なきものです、純粋に形式的で、それ自体では内容を持たないものです。軍人の原型は、あれこれの事変に応募した傭兵《ようへい》、――要するに、スペインの反宗教改革の兵士、革命軍の兵隊、ナポレオンの、ガリバルディの兵士があっただけ、プロシア兵士があるだけです。軍人はなんのために戦うかを知ってはじめて、軍人について語ることができるのです」

「戦うことは」とナフタが答えた。「とにかくこの階級の明瞭《めいりよう》な特性です、ここまではいいとしましょう。その特性は、この階級をあなたのいわれる意味で『精神的に議論の余地ある』ものたらしむるに十分でないかもしれません。しかしその特性はこの階級を、市民的な現世肯定などがうかがい知るべくもないある次元へと高めるのです」

「あなたが好んで市民的な現世肯定といわれるものは」とセテムブリーニ氏は反りあがった口ひげの下で口隅を強く一文字に引きしめ、実に奇妙に頸《くび》をカラーから斜めにぐっとねじあげて、唇のさきだけ動かして答えた。「いかなる形式ででも理性と道義の理念をまもり、その理念が青年の動揺する魂に正当な影響を与えるのを助けるのにいつもやぶさかでないでしょう」

　沈黙が生れた。青年たちは当惑して前方を見つめていた。数歩すすめた後、セテムブリーニは頭と頸を普通の位置に戻していった。

「驚くにはおよびません。このひとと私はしばしば議論しますが、しかしそれも非常な好意をもって、また多くの了解にもとづいてのことなのですから」

　これは効果的だった。セテムブリーニのはからいは紳士的で人間味があった。しかしヨーアヒムは同じく善意をもって、会話をさしさわりなく続けさせるつもりでありながら、何か圧迫を受け、強制されてでもいるかのように、いわば意に反していった。

「偶然にぼくたちは戦争の話をしていたところです、いいとことぼくは。さっき、あなたがたのうしろを歩いていましたときに」

「聞きましたよ」とナフタが答えた。「私はそれを耳にして振返ったのです。政治を論じていたのですか。世界情勢を議論していたのですか」

「いえ、とんでもない」とハンス・カストルプは笑った。「そんな話になるはずがありませんよ。このいいとこには、職業がら政治をかえりみるのは不似合いでしょうし、ぼくもこちらからご免こうむります、政治のことは全然わかりません。ここへきてから、ぼくはまだ一度も新聞を手にしたことがなく……」

　セテムブリーニは、前にも一度そうだったように、それを感心できないことだといった。彼はさっそく時局の大勢に精通しているところを示し、事態が文明に有利な経過をたどっているかぎりにおいて、それに賛意を表した。ヨーロッパの雰囲気《ふんいき》は全般に平和思想と軍縮案でみたされている。民主主義の理念が前進している。彼は、青年トルコ党がいましも革命運動の準備を完了しようとしているという信頼すべき情報を握っていると言明した。民族国家、立憲国家としてのトルコ、――なんという人間性の勝利。「回教の自由主義化」とナフタはあざけった。「結構ですな。啓蒙された狂信――まことに結構。それにこれはあなたにも関係がありますよ」と彼はヨーアヒムにほこ先を向けた。「アブドゥル・ハミトが失脚すると、トルコにおけるお国の勢力はおしまい、イギリスがトルコの保護者にのしあがるでしょう……あなたがたはセテムブリーニ氏の連絡や情報を大いに重大視しなければなりません」と彼はいとこたちふたりにいったが、ナフタはふたりがセテムブリーニ氏の言葉を真に受けようなどとは考えてもいない様子なので、この言葉にも無礼なひびきがこもっていた。「民族革命の問題に彼は精通しているのです。彼の国ではイギリスのバルカン委員会と縁故関係が保たれていますから。しかし、もしあなたの進歩的トルコ人たちが功を奏したら、ロドヴィコさん、レーヴァル協定はどうなります。エドワード七世はロシアに対してダーダネルス海峡の自由通行権を承認できなくなるでしょう、そしてオーストリアがなおかつ積極的なバルカン政策に踏みきるとします、そうなると……」

「あなたの破局予言なんて」とセテムブリーニはさえぎった。「ロシア皇帝ニコライ二世は平和を愛します。いまなお第一級の道徳的事実であるハーグの平和会議は、その存在を彼に負っているのですよ」

「おやおや、ロシアは東洋でのちょっとした失敗の後、少々休養を必要としたというだけのことですよ」

「ふん、あなたは。あなたは社会的完成への人類の憧憬《どうけい》を嘲笑《ちょうしょう》なさるべきではないでしょう。そういう努力を妨害する民族は、かならずや道徳的な破門を甘受せざるをえなくなるでしょう」

「道徳的に汚名をこうむる機会を与え合う以外に、なんの目的あって政治が存在するというのです」

「あなたは汎《はん》ゲルマン主義に帰依《きえ》していますね」

ナフタは必ずしも均斉のとれていない肩をすくめた。彼は他の醜さに加えて、からだつきも実際いくらか歪《ゆが》んでいるらしかった。彼は相手をあなどって答えようともしなかった。セテムブリーニは批評した。

「とにかくあなたのおっしゃることは冷笑的です。国際的に地歩を占めようとする民主主義の高邁《こうまい》な努力のなかに、あなたは政治的権謀術数以外の何ものも認めようとなさらない……」

「そこにあなたは理想主義ないしは敬虔《けいけん》な精神を認めることを要求なさるのでしょう。それは否認された世界秩序が、まだその手に残された自己保存の本能をもってする、最後の弱々しい足掻《あが》きにすぎません。破局は訪れるべきだし、また訪れるにちがいない、あらゆる道から、あらゆる方途で。イギリスの政策をごらんなさい。インドという斜堤(glacis)を確保しようとするイギリスの要求は正当です。しかしその結果は？　ペテルスブルクの主権者たちが満洲での失敗を挽回《ばんかい》しなければならず、革命をそらせることをパン同様に必要としていることを、エドワードはあなたや私と同じく知っています。にもかかわらず彼は、――そうせざるをえないのでしょうが――ロシアの拡張欲をヨーロッパにさし向け、ペテルスブルクとヴィーンとの間にまどろんでいた対抗意識を目ざめさせようという――」

「ああ、ヴィーン。あなたは世界の障害であるヴィーンを気づかっておられる。たぶんそれを首都とする腐朽した帝国に、ドイツ国民の神聖ローマ帝国のミイラをおみとめになるからでしょう」

「そのあなたは親露派とお見受けする、たぶん政教合一主義に対する人文主義的共感から」

「あなた、民主主義はヴィーンの宮廷からよりも、むしろクレムリンから多くを期待できるんですよ。これはルターとグーテンベルクの国にとって恥辱です――」

「そのうえおそらくは愚昧《ぐまい》でもありましょう。しかしこの愚昧も宿命の傀儡《かいらい》です――」

「ああ、宿命を持ちだすのはやめてください。人間理性が宿命よりも強かれと欲しさえすればいいのです。すると事実そうなります」

「欲せられるのはいつも運命だけです。資本主義的ヨーロッパもみずからの運命を欲している」

「戦争を十分に嫌悪《けんお》しないとき、戦争の到来が信じられる」

「あなたの嫌悪は、国家そのものを嫌悪してかからないかぎり、論理的に分裂していますね」

「民族国家は現世の原理です。それをあなたは悪魔のもののようにいわれる。しかし、諸民族を自由平等にし、弱小民族を抑圧から庇護《ひご》し、正義を樹立し、民族間の境界を確定してごらんになれば……」

「ブレンネル峠の国境、知っていますよ。そしてオーストリアの破産整理。あなたはそれを戦争なしでどうして実現させるおつもりか。伺いたいものです」

「私のほうでもぜひ伺いたい。私がいつ民族戦争を弾劾《だんがい》したというのです」

「でも私はたしかに聞いている――」

「いや、それはぼくがセテムブリーニさんのために保証しなければなりません」とハンス・カストルプが論争に割りこんだ。話し手が代るたびごとに頭をその人の方へ向けて注意深く横から観察しながら、彼はふたりの議論のあとを追っていたのである。「いと、ことぼくはこれまでにいくどかセテムブリーニさんとこういう問題や類似の問題について話し合う機会にめぐまれました。といってもむろん、このかたが意見を開陳し、すべてを解明してくださるのを、ぼくたちが傾聴しているという結果にはなったのですが。したがってぼくは保証できますし、ここにいるいとこも覚えているでしょうが、セテムブリーニさんは一度ならず非常に感激して、運動と叛乱《はんらん》と世界改良の原理のことをお話しくださいました。それは、ぼくにいわせると、それ自身あまり平和的な原理ではありません。そしてこの原理がいたるところで勝利をおさめ、幸福な普遍的世界共和制が実現されるまで、その前途にはまだ多大な辛苦がある、そういうご意見でした。ぼくがお伝えしたよりもはるかに造型的で、文学者らしいお話だったことはいうまでもありませんが。ところで、あくまでも市民であるぼくが実際いささか驚いたために、正確に言葉どおりに憶《おぼ》えているのは、セテムブリーニさんがこういわれたことです。その日は鳩《はと》の足をもって訪れないとすれば、鷲《わし》の翼をもって訪れるだろう（憶えていますが、この鷲の翼にぼくは驚いたのです）。そして、その幸福を準備しようとすれば、ヴィーンをうち負かさなければならない。したがってセテムブリーニさんが戦争一般を排斥なさったとはいえないわけです。ぼくのいうとおりでしょうか、セテムブリーニさん？」

「まずまず」とイタリア人は顔をそむけてステッキを振りながら、言葉少なくいった。

「困りましたね」とナフタは醜く微笑した。「あなたはご自分のお弟子さんから、好戦的傾向の確認をせまられている。ナンジ鷲ノ翼モテ来《きた》レ（Assument pennas ut aquilae）……」

「ヴォルテール自身も文明戦争を肯定して、フリードリヒ二世に対トルコ戦を進言しました」

「戦争するかわりに、トルコ人と同盟を結んだのですよ、へへ。それから世界共和制だ。幸福と統一が成就《じょうじゅ》されたら、運動と叛乱の原理はどうなるか。それをお尋ねするのはやめておきましょう。その瞬間に叛乱は犯罪になるでしょう……」

「あなたもよくご存じでしょうし、この青年諸君も知っていることですが、無限なものと考えられた人類の進歩が問題なのです」

「しかし、すべての運動は円環をなしています」とハンス・カストルプがいった。「空間的にも、時間的にも。これは質量不変の法則と周期律が教えるところです。いとこぼくはさっきそのことを話していたのです。方向の持続のない完結した運動について、進歩を云々《うんぬん》できるでしょうか。ぼくは晩に横になり、獣帯を、つまり、眼に見える半分だけを眺めながら、古代の賢明な民族のことを考えますと……」

「瞑想《めいそう》や夢想にふけっていてはいけません、エンジニア」とセテムブリーニがさえぎった。「活動へと駆りたてずにはいないあなたの年齢とあなたの種族の本能に決然と身をゆだねるべきなのです。あなたの自然科学的教養もあなたを進歩の理念に結びつけるはずです。あなたは、測り知れぬ時間のなかで生命が滴虫類《てきちゅうるい》から人間へと進化発達してきたことをご存じでしょう。人間にはまだ無限な完成の可能性が開かれていることを、あなたは疑いえないでしょう。あなたが数学を固執されるのでしたら、あなたの循環を、完全から完全へと導き、わが十八世紀の教養によって元気をとりもどしてください。いわく、人間はもともと善良で幸福で完全だった、ただ社会の誤謬《ごびゅう》が人間を歪曲《わいきょく》し堕落させた、したがって社会機構に批判を向ける労作を通じて、人間はふたたび善良に幸福に完全になるはずであるし、そうなるであろう――」

「セテムブリーニ氏は付け加えるのを怠っていられる」とナフタが言葉をはさんだ。「ルソーの牧歌は、人間はかつて無国家、無罪悪の状態にあり、本来は神に直接つながり、神の子の性格を保っていた、その状態に人は復帰すべきであると説く教会の教義を、詭弁《きべん》的に改悪したものだということを。しかし、地上のあらゆる形式が解体したのちでは、神の国の再建は、地上と天上、感覚的なるものと超感覚的なるものが触れ合うところでなされる。救済は超越的です。ところで、あなたの資本主義的世界共和国についていえば、ドクトル、あなたがそれに関連して『本能』を云々されるのはまことに奇妙なことです。本能的なものはもっぱら民族的なるものにくみしているのです。神自らが人間に自然的本能を植えつけられ、その本能が諸民族をしてさまざまな国家に分岐せしめたのです。戦争は……」

「戦争」とセテムブリーニは叫んだ。「戦争でさえも、あなた、進歩に奉仕する結果になったのです。あなたのお好きな時代のある事件、つまり十字軍のことを想起なされば、私に同意されることでしょう。この文明戦争は、経済的および商業政策的な交渉の面で、諸国民の関係に実に幸運な成果をもたらし、ヨーロッパの人類をひとつの理念の旗印のもとに統合させたのです」

「あなたは理念に対してははなはだ寛容でいらっしゃる。それだけに私もいっそう礼儀正しくあなたのお説を訂正させていただきますが、十字軍とそれが生みだした交易の活潑《かっぱつ》化は、諸国民を一致させる効果を持つどころか、逆に、諸国民に互いの相違を自覚させ、民族的国家理念の形成を強力に促進させたのです」

「まさにそのとおりです。聖職者階級に対する諸国民の関係を問題とするかぎりでは。そうです、そのころから教権の専横に対抗して国家的、民族的な名誉の感情が強まりはじめたのです……」

「そして、あなたが教権の専横と呼ばれるものは、精神の旗印のもとでなされた人類統合の理念にほかなりません」

「私たちはその精神を知っています。そして謝絶する」

「あなたの民族主義的熱狂が、世界克服的な、教会の四海同胞主義を嫌悪《けんお》することは明らかです。ただあなたは戦争嫌悪をそれとどういうふうに一致させるおつもりか、それが知りたい。あなたの古代趣味の国家礼讃《らいさん》はあなたを実証的法律解釈の擁護者たらしめるはずですが、その立場で……」

「法律論ですか。国際法には、あなた、自然法思想と普遍的人間理性の思想が依然として生きています……」

「ふん、あなたの国際法はまたもや、自然とも理性ともなんら関係なく、啓示にもとづく神権（ius divinum）の、ルソー的改悪にほかならない……」

「名称をあげつらうのはやめましょう、教授。私が自然法、国際法として崇拝するものを、あなたはご自由に神権（ius divinum）と呼ばれるがいい。要は、民族国家の実定法の上に、より高度の妥当性を持つ普遍的な法律があって、利害問題の係争が仲裁裁判によって調停できるということです」

「仲裁裁判によって。あきれた話だ。生活上の諸問題を決裁する市民的仲裁裁判によって神意をさぐり、歴史を規定するとは。よろしい、鳩の足についてはそのくらいにして。さて鷲の翼はどうなります」

「市民文明は――」

「いや、市民文明は自分が何を欲しているのか、わかっていない。彼らは出産率減少に打克《うちか》つべしと叫んで、子女の養育費と職業準備教育費の引下げを要求している。それでいて、人ごみで窒息せんばかり、あらゆる職業は人員過剰で、生存競争の恐ろしさは過去のすべての戦争を顔色なからしめているほどです。なるほど、空地と田園都市。種族の心身鍛練。しかし文明と進歩とがもはや戦争なきことを欲するとすれば、なんのための心身鍛練です。戦争はすべてに抗し、すべてを助ける手段でしょう。心身鍛練を助成し、そして出産率減少を妨げさえもする」

「あなたは茶化している。もう真面目《まじめ》な話じゃない。私たちの議論はこれでお開きです、それもいい潮時に。私たちは帰り着きました」とセテムブリーニはいって、足をとめた彼らの前にある生垣《いけがき》の門の小ぢんまりした家を、いとこたちにステッキで指し示した。それは「村」の入口近くの街路ぞいにあり、狭い前庭だけで街路から隔てられた質素な家だった。野葡萄《のぶどう》がむきだしになった根から身をひるがえして玄関のドアを囲繞《いにょう》し、壁によりそってうねり曲った腕を右の一階の窓、小さな商店の飾り窓の方へ延ばしていた。一階は小売商の住居だ、とセテムブリーニが説明した。ナフタの下宿部屋は二階で仕立屋の住居のなかにあり、彼自身は屋根裏に住まっている。のどかな書斎だという。

不意に掌《たなごころ》を返したような愛嬌《あいきょう》を見せて、ナフタはこれを機に今後もたびたび会いたいという希望を表明した。「私たちをお訪《たず》ねください」と彼はいった。「このドクトル・セテムブリーニがあなたがたとの友誼《ゆうぎ》の点で古参でないのでしたら、『わたしをお訪ねください』というところなんですが。ささやかな対話をなさりたくなれば、いつでもおいでください。私は若い人との交際を重んじています。私もたぶん教育者の伝統をまったく具《そな》えていないわけではないのでしょう……私たちのフリーメイスン*の支部長が（彼はセテムブリーニを指さした）あらゆる教育者的資質と天職を市民的人文主義のためにとっておくおつもりなら、彼に抗議しなければなりません。ではまた近いうちに」

セテムブリーニが、そうはいくまいといった。むずかしいことだろう、と彼はいった。少尉《しょうい》のここの上での滞在日数はいくらもないし、エンジニアも少尉のあとを追って平地に帰れるように、療養勤務に一段とはげみを加えるだろうから。

青年たちはふたりのどちらにも、交互に同意を示した。彼らはナフタの招待をお辞儀して受け、つぎの瞬間にはセテムブリーニの配慮を頭と肩で至当だと認めたのである、こうしてすべては未決定のままにされた。

「彼はセテムブリーニをなんと呼んだっけ」とヨーアヒムは「ベルクホーフ」への曲りくねった道をのぼりながら尋ねた。……

「『フリーメイスンの支部長』だと思う」とハンス・カストルプはいった。「ちょうどそのことを考えていたところなんだ。たぶん何か洒落《しゃれ》のようなものだろう。彼らはお互いに奇妙な名前を付けあっているものだ。セテムブリーニはナフタを『スコラ学派の頭目』（princeps scholasticorum）と呼んだが――それも悪くないね。スコラ学者というとたしか中世の神学者だ、教条哲学者といってもいい。それに、中世がいろいろと話題にのぼったね。——それでぼくは思いだしたんだが、セテムブリーニは最初の日にさっそく、ここの上のわれわれのところでは、多くのものが中世を思わせるといったね。アドリアティカ・フォン・ミュレンドンクから、その名前のことから、そんな話になったのだ。——君はあの男をどう感じた」

「あの小男？　好きじゃないね。彼はいろいろとぼくの気に入ることを話したが。仲裁裁判なんてむろん偽善だよ。しかし彼自身はあまり好きになれなかったね。どんなに立派なことをいろいろ話そうとも、人間そのものが怪しげだとなんにもならない。怪しげだよ、あの男は。それは君も否定できないはずだ。『ひとつ寝の場所』の話だけでも、明らかにいかがわしい。それに、あのかぎ鼻はどうだ、まあ彼を見たまえ。あんなに小さいからだつきをしているのはユダヤ人に決っている。君は本気であの男を訪ねようと思っているのかい」

「むろんぼくたちは彼を訪ねるさ」とハンス・カストルプは宣言した。「からだがちっぽけだということ——それは君のなかの軍人階級がいっている言葉だ。しかしカルデア人もああいう鼻をしていたが、それでもおそろしく優秀だったんだよ、それも単に神秘科学においてだけでなく。ナフタも神秘科学めいたものを持っていて、少なからずぼくに興味を感じさせる。ぼくはきょうだけでもう彼がわかってしまったと主張するつもりはないが、彼とたびたび出会うことになれば、たぶんわかってくるだろう。そしてぼくたちがこの機会にほかの点でももっと賢明になることは、不可能だとはいえないように思う」

「まったくね、君、君はここの上でますます利口になる一方だ。君の生物学と植物学、それにとどめがたい旋回点なんかで。そして『時間』にも君は最初の日からさっそくかかわり合ったものだ。しかしぼくたちがここにいるのは、より健康になるためで、利口になるためじゃないのだから。——もっと健康になり、すっかり健康になって、彼らがとうとうぼくたちを自由にし、全快したものとして平地へ釈放してくれるようにならなければね」

「山上に自由は宿る」とハンス・カストルプは軽薄に歌った。「まず自由とは何かを教えていただきたいね」と彼は普通の語調で続けた。「ナフタとセテムブリーニはさっきそれについても論争したが、意見の一致をみなかった。『自由は人間愛の法則だ』とセテムブリーニはいう。これは彼の祖先、炭焼党員の言い草だ。しかし、炭焼党員がいかに勇敢であったとしても、またぼくたちのセテムブリーニがいかに勇敢であるとしても
……」

「そうだ、個人的な勇気に話が及んだとき、彼は不機嫌になったね」

「……で、ぼくは思うのだが、彼は小男のナフタがこわがらない多くのことをこわがっているんじゃないか。いいかい、そして彼のいう自由と勇気はかなりとりすましたもの

だろう。彼に、身ヲホロボシ、アルイハソノウエ身ヲ汚辱《おじょく》ニユダネルダケの勇気があると君は思うか」

「なんでフランス語をしゃべりはじめるんだ」

「いや、ただ何となくさ……ここの雰囲気が実に国際的なもんだから。あのふたりのどちらがこの雰囲気をより好むだろう。市民的な世界共和制のためにセテムブリーニか、それとも聖職者的な四海同胞主義のナフタか、ぼくにはわからない。ぼくは注意を怠らなかったが、ごらんのとおり、問題はぼくにははっきりわからないままだ。逆に、ぼくは思ったよ、彼らの議論から生れた混乱は大きいと」

「それはいつもそうしたものだ。議論をして意見を述べる場合には、ただ混乱が生れるにすぎないということは、わかりきったことじゃないか。君にいっておきたいが、ひとがどんな意見を持っているかなど、そもそも問題ではなく、立派な人間であるかどうかが問題なんだ。いちばんいいのは意見など最初から持たないで、勤めをはたすことだ」

「そう、君はそういうふうにいうことができる、傭兵《ようへい》として、純粋に形式的な存在として。ぼくの場合は少し事情が違う。僕は市民で、ある程度の責任を帯びている。それで、ああいう混乱を見ると興奮してしまう。ひとりは国際的な世界共和制を説教し、戦争を原則的に嫌悪《けんお》する、が、同時に非常に愛国的で、あくまでブレンネル境界線を要求し、そのために文明戦争をするつもりでいる——もうひとりは国家を悪魔の作品と考えて、地球上の普遍的統一を謳歌《おうか》するのに、つぎの瞬間には自然な本能の権利を擁護して、平和会議をからかうという始末だ。これをはっきりさせるために、ぼくたちはぜひあそこへいかなければならない。ぼくたちはここでより利口になるのでなく、より健康になるべきだ、と君はいう。しかしこれは両立させなければならないことだよ、君。君がそう思わないとすれば、君は世界二分をこころみているのだ。そんなことをするのはいつだって大間違いだよ、これはいまちょっと君にいっておきたいのだ」

神の国と悪《あ》しき救済について

ハンス・カストルプは自分の桟敷《さじき》である植物を調べていた。それは天文学上の夏がはじまって、日が短くなりはじめた昨今、方々にはびこっている、金鳳花《きんぽうげ》科のおだまき、別名アキレギアで、むらがり茂って、茎が高く、青と菫色《すみれいろ》、さらには赤褐色《せっかっしょく》の花をつけ、野菜のように広い葉を持っていた。この植物はあちこちに生《は》えていたが、あれからやがて一年になるが、彼がはじめてそれを見たあの静かな谷間にとくにおびただしく繁茂していた。小橋と休憩用ベンチがしつらえられ、急流のざわめく音に充《み》たされ、ひとの気配もない森の峡谷、向うみずに足のおもむくにまかせ、不首尾に終ったあのときの散歩はそこでいきどまりになったものだったが、いまでは彼はまたしばしばそこを訪《たず》ねるようになっていた。

あのときのようにがむしゃらなことをやりさえしなければ、そこまではさほど遠くはなかった。「村」にある橇《そり》競走の決勝点から斜面を少し登って、シャッツアルプに発する二連橇《ボッブスレー》競走路の上をいくつかの木橋で横切る森の道をいくと、回り道をしたり、歌劇の歌をうたったり、疲れて休んだりしなければ、二十分ばかりでその絵のような場所に着くことができた。ヨーアヒムが診察、レントゲン写真、血液検査、注射、体重測定など、療養勤務のために足どめされているとき、ハンス・カストルプは明るく晴れた日には二度目の朝食のあと、ときにはもう最初の朝食ののちにそこへでかけていった。お茶と夕食の間の時間を、このお気に入りの場所の訪問にあてることもあった。彼は、かつてそこで激しい鼻血をだした、あのベンチに腰をおろし、首をかしげて奔流のひびきに耳をすまし、一幅の絵のように整った周囲の風景と、いままた同じ地面に群がり咲く青いおだまきをながめた。

彼はただそのためにやってきたのだろうか。いや、彼がそこにすわっていたのは、ひとりになるため、回想するため、いく月もの印象と冒険とに思いをめぐらして、すべてをよく考えてみようがためであった。それらは数多く、多様で——容易に整理できなかった。というのも、それらはさまざまにからみあい、入りまじって、明瞭《めいりょう》な事実と、単に考えたこと、夢想したこと、想像したこととが、ほとんど区別しがたいように見えたからである。ただどれもみな冒険的な性質を帯びていて、それらのことを思い浮べると、ここの上での第一日以来動揺しやすくなったままでいる心臓がとどこおったり早鐘をうったりするほどであった。あるいはまた、アキレギアはここに、かつて生命活動が弱まった状態の彼にプシービスラフ・ヒッペがまざまざと姿を現わしたこの場所に、いまも変りなく咲きつづけているわけでなく、ふたたびまた花を開いたのだということ、そして、「三週間」がほどなく丸一年にもなろうとしていることを冷静に考えてみるだけでも、それは彼の動揺しやすい心臓に烈《はげ》しい冒険的な驚きを与えるに十分だった。

いずれにせよ、彼は急流のそばのベンチの上で、もはや鼻血をだすこともなかった。それはすぎ去ったことだった。彼の気候順応は進んでいた。ヨーアヒムは彼がここへきた早々にそれが容易でないといったし、またそのむずかしさは実証されたのだが、十一カ月たってみるともう完了したといえそうで、この面でのこれ以上の進歩はほとんど期待しえなかった。胃の化学的機能も整い、順応し終えて、マリア・マンツィーニはおいしく、乾いた粘膜の神経はとっくにまた、この値段相応な製品の芳香を享受《きょうじゅ》していた。国際的療養地のショーウインドーに非常に心を引く葉巻が眼にとまったが、彼は一種敬虔《けいけん》な感情から、貯蔵がなくなりそうになると、依然ブレーメンからこれを取寄せていた。マリアは、彼、平地からの離反者と、平地、彼の古い故郷とを結ぶ一種のきずなをなしていなかったであろうか。マリアはたとえばハンス・カストルプがときおり下の叔父たちにあてた葉書などよりも、このような関係をより有効に保持し、守ったのではないだろうか。葉書の間隔は、彼がこの地の概念をとりいれて、より大ざっぱな時間管理を身につけるにつれて、大きくなっていった。それはせめてもの愛嬌《あいきょう》に、たいてい絵葉書で、そこには雪に埋もれた谷や夏景色の谷の美しい光景が描かれていて、通信文を書く場所には、最近の医者の指示や月例診察や総合診察の結果を肉親に報告するのに必要なだけの余裕しか残っていなかった。たとえばこんな調子である。「聴診によってもレントゲン検査によっても明らかな回復が記録されています。しかしまだ完全に毒が消えたわけではなく、相変らず微熱がありますが、これは小さな患部がまだあるためです。気長にしていればその患部もきっと残りなく消えてしまって、そうなればふたたびここへやってくる必要もないでしょう」それ以上の通信は要求されも期待されもしないことを、彼は確信していてよかった。彼が呼びかける世界は、人文主義的雄弁の世界ではなく、彼が受取る返事も同じように言葉少ないものだった。返書はたいてい、彼が家から受取っている生活費の送金に添えられていた。父の遺産の利子で、この国の金にすると割がよく、新たに送金が届くとき、前月分を使いはたしていることはないくらいだった。返書はタイプライターで数行、ジェイムズ・ティーナッペルの署名があり、大叔父の、ときには船に乗っているペーターの挨拶《あいさつ》と見舞い言葉とが添えられていた。

顧問官は最近注射を中止してしまった。ハンス・カストルプは、これもありのまま家へ書き送った。注射はこの若い患者にききめがなく、頭痛、食欲不振、体重減少、疲労の原因になり、まず「体温」を上昇させ、その後も下げさせないのである。それは乾《かわ》いた熱となって、彼の薔薇《ばら》のように紅《あか》い顔にひとり燃えつづけ、この低地の子、そこの微《び》醺《くん》をおびた風土の子にとって、気候順応といえども、おおむねその実は慣れないということへの慣れだということを警告していた。――ちなみにラダマンテュス自身も慣れないで、いつも蒼《あお》い頰《ほお》をしていた。「多くのひとがどうしても慣れない」とヨーアヒムははじめにいったものだが、ハンス・カストルプの場合はそれらしかった。というのは、彼がここの上に到着してまもなく彼を悩ましはじめた頸《くび》の震えも、おさまろうとはせず、歩行中、談話中、さらには、高いところの、青い花の咲きほこる、冒険の複合体を追想する場所においてさえ、避けがたくはじまるので、頤《あご》を引いたハンス・ローレンツ・カストルプの品位ある姿勢がもうほとんど彼のゆるがぬ習性になっていた。――その姿勢をとるとき、老人の立ち襟《えり》、礼服の襞襟《ひだえり》をつけたかりの姿、洗礼盤の淡黄色のくぼみ、敬虔な曾《ウル》――曾《ウル》の音など、さらにはその種のあれこれをひそかに思いだし、あらためて自分の人生を思ってみずにはいられなかった。

　プシービスラフ・ヒッペは、もはや十一カ月前のように、まざまざと姿を現わすことがなかった。気候順応は完了していて、もはや幻覚は見ず、現在のからだはベンチの上に横たわりながら、その自我が遠い過去をさまようということはなかった。――そんな偶発事はもう絶無だった。この記憶像が眼前に漂うことがあっても、その明瞭さとなまなましさは正常で健康な限界内でのものだった。それに関連して、ハンス・カストルプはよく胸ポケットから、二重封筒に入れ、さらに紙入れのなかに保存しているガラスの記念品を取りだした。地面と平行に持つと、黒い鏡のように輝き、不透明にみえる一枚の小板、しかし持ちあげて日光にかざすと、明るくなって、人文主義的な諸物体を示す。人体の透視像、肋骨《ろっこつ》の構造、心臓の形姿、横隔膜のアーチと肺臓のふいご、さらに鎖骨と上膊骨《じょうはくこつ》などが、そのすべてを青白く不透明に覆《おお》っているもの、すなわちハンス・カストルプが謝肉祭の週に理性に反して味わった肉に包まれている。この記念品を眺めたのち、簡素な細工の休憩ベンチの背によりかかって、腕を組み、頭を横にかしげて、奔流のひびきの中で、青く咲いたおだまきを眺めやりながら、「すべて」を思いつらねて、考えこむとき、動揺しやすい彼の心臓が止ったり早鐘を打ったりするのになんの不思議があっただろうか。

あの凍《い》てつく星あかりの夜、学術的な研究に没頭したときのように、有機生命の気高い像、人間の形姿が彼の眼前に浮び、それについての瞑想《めいそう》は、ハンス・カストルプ青年を、多くの問題と分析とへ連れていった。善良なヨーアヒムはそれらにかかわりあう義務を拒否した。しかし、ハンス・カストルプは市民としてそれらに対する責任を感じはじめていたのであった。彼にしても下の低地では、たえてそれらを心に留めたことはなかったし、たぶん心に留めないままでいたであろう。しかしここは、高度五千フィートの静観的な隠遁《いんとん》状態から世界と被造物を見おろし、物思いにふけるところなのである。——そこにはまた、可溶性毒素によって生じ、乾いた熱となって顔に燃えている、肉体の自己主張という事情もあったであろう。あの瞑想に関連して、彼はセテムブリーニを思った。ギリシア生れの父を持ち、その父は気高い像への愛を政治、叛乱《はんらん》、そして雄弁と解し、彼自身は市民の槍《やり》を人類の祭壇に奉献する教育的筒琴《つつごと》弾きを。また戦友クロコフスキーを思い、しばらく前から暗室で彼としていることを思い、分析の二重の本質、それがどの程度まで行動と進歩を促進し、どの程度まで墓穴とその汚名ある解剖に近いかについて思いめぐらした。彼は反抗的な祖父と忠誠な祖父、どちらもそれぞれ別の理由で黒衣をまとっていたふたりの祖父の姿をよびさまし、並べくらべて、その真価を考量した。さらには、形式と自由、精神と肉体、名誉と恥辱、時間と永遠というような深遠な観念についてもひとりで思索にふけった——そしておだまきがふたたび花を開いて一年が循環したことを思って、突然、強烈なめまいに襲われた。

絵のような隠遁の場で彼が自分の責任で行なった思索に、彼は、奇妙な名前をつけていた。彼はそれを「鬼ごっこ」と呼んだ。——この遊戯語、少年の言葉、この子供の表現を用いて、それを彼が好む遊戯にみたてたのである。この遊戯は恐怖、めまい、それから心臓のさまざまなときめきと結びつき、顔の熱を過度に強めた。しかし彼はこの遊戯によって起る緊張が、頤《あご》を引いた姿勢をとらせずにはいないことを不当だとも思わなかった。なぜならこの姿勢は、眼に浮ぶ気高い像を前にしての「鬼ごっこ」が彼の心に与える尊厳によく調和していたからである。

醜いナフタは高貴な像を「神の子、人間（Homo Dei）」と呼んで、これをイギリスの社会学に対して擁護した。ハンス・カストルプが文化人としての責任上、また「鬼ごっこ」の興味から、ヨーアヒムとともにこの小男を訪問する義務を負っていると考えたとしても、そこになんの不思議があろう。しかしセテムブリーニはそれを喜ばなかった。――それを十分に察しないほどハンス・カストルプはおろかでも鈍感でもなかった。人文主義者には最初の邂逅《かいこう》からしてすでに不快であった。彼は断然それを阻止しようとして、青年たち、しかしとくにこの自分を――と抜け目ない厄介息子は思った――教育的見地からしてナフタと知り合せまいとした。彼自身はといえばナフタと交際し、議論を交わしていたのだが。教育者とはそういうものだ。自分たちは「備え」があると称して、自分自身には自分の興味をひくものを与えて惜しまない。だが青年にはそれを禁じ、青年は興味をひくものに対してまだ「備え」がないということを心得べきだというのである。ただ、幸運にも、そもそも筒琴弾きは現実にハンス・カストルプ青年に何かを禁ずる権利を持たなかったし、またそういう試みをしたこともなかった。厄介な弟子は自分の感じやすさを無視して、無邪気さにかこつけさえすれば、小男ナフタの招待に快く応じるのになんの支障もなかった。——彼は実際にそうしたのである。最初の出会いから数日たった日曜の午後、正午の安静療養の後、しぶしぶ連れだったヨーアヒムとともに彼はナフタを訪れた。

「ベルクホーフ」から下って、玄関のドアがぶどう蔓《づる》に飾られた家までは数分の道のりだった。玄関を入って、小売商店の入口を右に、狭い褐色の階段をよじのぼると、二階のドアの前にでたが、そこの呼鈴に並んでは婦人服仕立師ルカセクの表札があるだけだった。彼らにドアを開けてくれたのはまだ年端《としは》もいかない少年、縞《しま》の上着にスパッツという一種のお仕着せ姿の、髪を短く刈り、頬《ほお》の赤い召使だった。彼らはその少年にナフタ教授の在否をたずね、名刺を持ち合せなかったので、自分たちの名を覚えこませると、少年はそれをナフタ氏に——彼は肩書をつけなかった——取次ぎにいった。入口に向いあった部屋のドアが開いたままになっていて、仕立師の仕事場が見えた。そこでは休日にもかかわらず、ルカセクが脚を組み、仕事台に腰をおろして縫物をしていた。彼は血色がわるく、頭ははげていた。大きすぎるかぎ鼻から、黒いひげが口の両側に気むずかしげに垂《た》れさがって、こわい顔をしていた。

「こんにちは」とハンス・カストルプは挨拶した。

「やあ」と仕立師は方言で答えた。スイスなまりは彼の名前にも風采《ふうさい》にもそぐわず、いくらか場ちがいで奇妙に聞えた。

「ご精がでますね」とハンス・カストルプはうなずきながら続けた。……「日曜日ですのに」

「急ぎの仕事で」とルカセクは短く答えて縫いつづけた。

「何か上等なもののようですね」とハンス・カストルプは臆測《おくそく》した。「至急入用なんですね、舞踏会か何かで」

仕立師はこの問いにしばらく答えないままで、糸をかみ切り、新しく糸をとおした。おくればせに彼はうなずいた。

「きれいなものになりますね」とハンス・カストルプはなおもたずねた。「袖《そで》をつけるのですか」

「そうです、袖つきです。お年寄りのもので」とルカセクはひどいボヘミア訛《なまり》で答えた。召使の少年が帰ってきたために、このドアごしの会話は中断された。ナフタ氏が入っていただくようにいっている、と彼は知らせ、二、三歩右によったドアを青年たちのために開けて、垂れさがっている緞帳《どんちょう》も上げてくれた。苔色《こけいろ》の絨毯《じゅうたん》の上で、革スリッパをはいたナフタがふたりを迎えた。

いとこたちは通されたふたつ窓の書斎の豪華さに驚いた。いや、それは眼もくらむほどだった。小ぢんまりした家、階段、みすぼらしい廊下などの貧弱さはこのような部屋のあることをさらに予想させず、その著しい対照は、ナフタの家具調度の優雅さに、それ自身にはそなわっていず、ハンス・カストルプとヨーアヒム・ツィームセンの見るところでも備わってはいなかったであろうような、何か童話めいたものを添える効果があった。とにかくその調度は優美で光り輝くばかりで、書き物机と書棚《しょだな》があるのにもかかわらず、実際には男の部屋という感じがなかった。ふんだんに絹が使われていた。臙脂《えんじ》の絹、深紅の絹。粗末なドアを隠している帳《とばり》は絹製、窓のカーテン、家具セットのカバーも同様だった。家具セットは部屋の細長い側に、二番目のドアに相対して、壁をほとんどすっかりおおいつくすゴブラン織りの壁掛の前に配されていた。小さなクッションを置いたバロック式の肘掛椅子《ひじかけいす》が、金具つきの円テーブルのまわりに並べられ、テーブルのうしろには、絹フラシ天のクッションを配した同じくバロック式のソファがあった。書棚はふたつのドアの横の部分の壁を占めていた。これはふたつの窓の間に置かれている書き物机、というよりはむしろアーチ状の巻込蓋《まきこみぶた》をつけた事務机と同じくマホガニー製で、ガラス戸が嵌《は》まっていて、そのうしろには緑色の絹が張ってあった。ところがソファ・セットの左の一隅《いちぐう》には、ひとつの美術品が置かれていた。——赤い布張りの台座にのせられた、彩色した大きな木彫の像である。おしせまるようなすさまじさ、素朴で、グロテスクなまでに印象強烈なピエタ*であった。頭巾《ずきん》をかぶった聖母は眉根《まゆね》を寄せ、悲嘆に歪《ゆが》んだ口を開いて、膝《ひざ》には受難のキリストを抱いている。大きさの釣合いに幼稚な誤りがあり、極端に誇張しながら、解剖学を無視した像であった。いばらを巻かれてうなだれた頭、血にまみれ、血を流す顔と四肢《しし》、脇腹《わきばら》の傷口と手足の釘痕《くぎあと》から流れでた血は大粒のぶどうの房《ふさ》のようになっていた。この置物がこの絹ずくめの部屋に特別なアクセントを与えていたことはいうまでもない。書棚の上や窓の左右の壁紙も、明らかにこの間借人が特別に張らせたものであった。それは縦縞《たてじま》の緑色の壁紙であったが、赤い床板の上に拡《ひろ》げられた柔らかな絨毯の色も緑であった。低い天井だけは手の施しようがなかったとみえて、むきだしのままひび割れていた。それでも小さなヴェニスふうのシャンデリアが下がっていた。窓には床までとどくクリーム色のカーテンが下がっていた。

「お話を伺いに参上しました」とハンス・カストルプはいったが、彼の眼は驚くべき部屋の主人よりも、隅《すみ》にある敬虔《けいけん》な怪物に吸い寄せられていた。主人はいとこたちが約束を守ったことに謝意を表した。小さな右手を請《しょう》じいれるように動かしながら、彼はふたりを絹張りの椅子に導こうとした。しかしハンス・カストルプはまっすぐ、呪縛《じゅばく》されたように木彫の群像に歩み寄り、両手を腰にあて、首をかしげてその前に立ちどまっていた。

「これはまあなんというものでしょう」と彼は小声でいった。「まったく凄《すご》いほどよくできています。これほどの苦悩がかつて見られたでしょうか。むろんかなり古いものでしょう」

「十四世紀です」とナフタは答えた。「おそらくライン地方からでたものでしょう。感心されましたか」

「ひどく感心しました」とハンス・カストルプはいった。「見る人に感銘を与えずにはおかない。ぼくはこれまでこれほどに醜く――失礼ですが――同時にこれほどに美しい物がありえようとは思ってもみませんでした」

「魂の世界と表現の世界の産物は」とナフタは答えた。「いつも美のあまり醜く、醜のあまり美しい、それが常例です。要は精神的な美であって、肉体の美ではありません。肉体の美は無条件に愚かしい。そのうえ抽象的でもあります」と彼は付け加えた。「肉体の美は抽象的です。ただ内面的な、宗教的表現の美だけが現実性を持っています」

「たいへん正確に区別し整理してくださいましたね」とハンス・カストルプはいった。「十四世紀」と彼は自分にいい聞かせた。……「千三百何年ですね。そうです、完璧《かんぺき》な中世です。ぼくが最近中世について作りあげた観念を、ある程度までこのなかに再認できます。ぼくはだいたいそういうことは皆目わからなかったのです、ぼくは技術的進歩の世界に属する人間ですから。そもそもぼくなんかが問題になるとすればですが。しかし、ここの上では中世の観念がぼくにもいろいろな面で親しいものになってきました。経済社会学などはそのころまだなかった、それは確かでしょう。作者は誰なのですか」

　ナフタは肩をすくめた。

「そんなことは問題ではないのです」と彼はいった。「私たちはそれを問題にすべきではないと思いますね。これができた当時もそういうことは問題にされなかったのですから。これはしかじかという個人を作者に持つ作品ではありません。無名で共同のものです。とにかく、これはずっと後期の中世、ゴシック、禁欲のしるし（signum mortificationis）です。まだロマネスク時代が磔刑《はりつけ》のキリストを表現するのに必要だと考えていた容赦と美化がここにはもういささかも見られません。王冠も、世界と殉教死に対する威厳に満ちた勝利も見られない。すべては苦悩と肉の弱さとの徹底的な告知です。ゴシック趣味こそはじめて真に厭世《えんせい》的、禁欲的なものなのです。あなたはインノセント三世の『人間の条件の悲惨について（De miseria humanae conditionis）』という著書をご存じないでしょうね。――きわめて機知に富んだ著作です。十二世紀の末に書かれたものですが、この彫像があってはじめてその本が理解できるのです」

「ナフタさん」とハンス・カストルプは溜息《ためいき》をついていった。「あなたの口にされるすべての言葉がぼくの興味をひきます。『禁欲のしるし』とおっしゃいましたね。よく憶《おぼ》えておきましょう。まえには『無名で共同のもの』というふうにおっしゃいましたが、それも考察の労に値するように思います。私が法王の著書を――インノセント三世は法王だったと思いますが――知らないだろうとおっしゃいましたが、残念ながらご推察はあたっています。それは禁欲的で機知に富んでいる、このとおりでしょうか。実をいいますと、ぼくはこのふたつがこんなふうに手をつないでいけようとは思ってもみませんでした。でもよく考えてみますと、ぼくにもわかってきます。もちろん、人間の悲惨に関する論文には初めからすでに機知の入りこんでくる余地はあるわけですね、肉体を犠牲にしてね。その著書は手に入るでしょうか。ぼくのラテン語の知識を動員したら、どうにか読めるかもしれません」

「私が持っています」と書棚のひとつを頭で示しながら、ナフタは答えた。「ご自由にお使いください。しかし、まずおかけになりませんか。ピエタはソファからでもごらんになれます。ちょうどささやかな召し上がりものが参りました……」

お茶と、いく片かに切りわけたバウムクーヘンを入れた、銀の金具つきのきれいな籠《かご》を持って入ってきたのは、召使の少年だった。だがそのうしろから、開け放しになっていたドアをとおって、「これはなんと（sapperlot）！」「思いがけない（accidenti）」といいながら微笑をたたえて、足早に登場したのは誰だったか。それは一階上に住むセテムブリーニ氏で、客たちのお相手をするつもりで現われたのである。小窓ごしに、と彼はいった。いとこたちがくるのを見て、ちょうど書きかけていた百科辞典の一ページを急いで書きあげ、彼もここへおよばれにきたのである。彼がやってきたのは、別に不思議でもなんでもなかった。「ベルクホーフ」の住人たちとの古い友誼《ゆうぎ》が彼にその資格を与えたし、またナフタとの交際も、両者の間にある深い見解の相違にもかかわらず、おおむね非常に活潑《かっぱつ》なものだったにちがいない。――というのも、主人側は驚きもせずあっさりと彼を迎え入れ、客に加えたからである。それにしてもハンス・カストルプは彼の入来にはっきりと二重の印象を受けざるをえなかった。まず第一に、と彼は感じた、セテムブリーニ氏は彼とヨーアヒムを、あるいは実のところ彼だけを、醜い小男ナフタにだけまかせておかないように、自分がその場に居合せることによって、教育的な均衡を作りだすために姿を現わしたのであろう。第二に、屋根裏の生活をナフタの優雅な絹の部屋としばし取代えて、支度《したく》のととのったお茶をいただくことに、彼はなんの異論もなく、心から喜んでその機会を利用しようとしたことは明らかだった。手の甲の小指よりに黒い毛の生えた、黄ばんだ手をすりあわせたのち、彼は手をのばして、薄く弓形に切って、チョコレートを縦横にかけたバウムクーヘンを、お世辞をいいながら、おいしそうに食べた。

談話はなおもピエタをめぐって続けられた。それはハンス・カストルプが視線も言葉もその彫像に向けたままだったからである。彼はセテムブリーニ氏に水を向け、いわば氏をしてこの美術品を批判させようとした。——しかし、この置物に対する人文主義者の嫌悪《けんお》は、振返ってそれを見る彼の表情にありありと読みとることができた。彼はあの隅に背を向けて坐《すわ》っていたのである。礼儀正しい彼は、考えていることをあけすけにいわずに、ただ群像の釣合いと体形に見られる欠陥に抗議するにとどめた。彼によれば、ここに見られる反写実性は古い時代の技能不足に原因するのではなくて、悪意、根本的、敵対的な原理に発するものだから、自分を感動させるにはほど遠いと彼はいった。――この点でナフタは意地悪く彼に同意した。彼は、たしかに技術的未熟などはまったく問題にならない、問題は自然から精神を意識的に解放することであって、この木彫は自然に対するいっさいの恭順を拒むことによって自然の侮蔑《ぶべつ》さるべきゆえんを宗教的に告知しているのだといった。しかしセテムブリーニが、自然と自然研究を軽んずることは人間として邪道であると言明し、中世とそれを模倣した時代が崇《あが》め仕えた不条理な無形式に対して、ギリシア・ローマの遺産、古典主義、形式、美、理性、自然崇拝の明朗さを弾《はず》みのある言葉で称揚しはじめ、これらのみが人間の問題を促進する使命を帯びているといったとき、ハンス・カストルプは割りこんで尋ねた。事情がそうだとすると、あきらかに自分の肉体を恥じたとみられるプロティノスはどうなるのであろう。それから、理性の名においてリスボンの不届きな地震に抗議をしたというヴォルテールも不条理だろうか。それは不条理かもしれない、しかしすべてをよく考えてみると、彼の意見では不条理なものこそ精神的に尊敬すべきものと呼ぶこともできるだろう。そしてゴシック芸術の不条理な反自然性も、つまるところプロティノスとヴォルテールの行為と同じように尊敬すべきものだったであろう、なぜなら、そこに表現されているのは、宿命と事実からの同様な解放、愚昧《ぐまい》な力たる自然に譲歩することを拒む、同じ毅然《きぜん》たる誇りだからである。……

ナフタはふきだし、例の皿の響きを思わせる笑いが、しまいには咳《せき》に変った。セテムブリーニは上品にいった。

「そんなにまぜっかえしては私たちのご主人にお気の毒ですし、この結構なお菓子を感謝しないことになります。そもそもあなたは感謝するということをわきまえていますか。感謝するとは、受取った贈物を善用することだと思うのですが……」

ハンス・カストルプが恥じ入ったので、彼は愛想よくいいそえた。

「あなたがお茶目なことはわかっていますよ、エンジニア。善を心やすだてにひやかすあなたの流儀も、善に対するあなたの愛に望みを絶たせるものではありません。あなたはむろんご存じのはずですが、自然に対する精神の反抗といっても、人間の尊厳と美を意図するものだけが尊敬されるべきものなのであって、人間の尊厳を失わせ落させることを目指さないまでも、とにかくそういう結果をもたらす反抗は決して尊敬されるべきものとはいえません。また私のうしろにある美術品を生んだ時代が、いかに非人間的残《ざん》虐《ぎゃく》と殺気だった非寛容を暴露していたかも、あなたはご存じでしょう。あの宗教裁判官の身の毛もよだつような人間タイプ、たとえばコンラート・フォン・マールブルクの血ぬられた姿、超自然の支配に逆らうすべてのものに向けられたこの司祭の卑劣な憤怒《ふんぬ》を思いだしていただくだけで十分です。あなたはまさか剣と火焙《ひあぶ》りの刑のたきぎを人間愛の道具だとはお認めにならないでしょう……」

「ところが人間愛に」とナフタがいった。「そういう道具は奉仕したのです。僧院はそれを使って悪《あ》しき市民を除き世界を清めました。教会の刑罰は、すべて、火焙りの刑にしろ破門にしろ、人間の魂を永遠の堕罪から救わんがために下されたもので、これはジャコバン党の殺戮《さつりく》欲についてはあてはまらないことなのです。失礼ながら、彼岸への信仰に発していない拷問《ごうもん》と血の裁判はどれも残忍なナンセンスだといわせていただきます。それから人間の品位失墜について申しますと、その歴史は市民精神の歴史と正確に符合しています。ルネッサンス、啓蒙《けいもう》主義、十九世紀の自然科学と経済思想は、何も持ち合せてはいない代りには、人間の堕落を促すのに役だちそうなものならすべて人間に教えることを怠らなかったのです。その手はじめが近世の天文学で、万物の中心、どちらもが渇望《かつぼう》している被造物の所有をめぐって神と悪魔が戦う高貴な舞台を、取るに足りない小さな一遊星に変えてしまい、占星術のよりどころでもある人間の崇高な宇宙的地位をさしあたり終らせてしまったのです」

「さしあたり」待ちぶせていたかのようにただすセテムブリーニ氏の顔つきは、供述者が疑うべくもない罪にまきこまれるのを待つ宗教裁判官か審問者のそれをすら思わせるようなものを持っていた。

「もちろん。ここ数百年来のことです」とナフタは冷たく保証した。「万事が見込み違いでないかぎり、スコラ学派の名誉回復はこの方面でもさし迫っている、いやすでに着々と進んでいます。コペルニクスはプトレマイオス*に撃退されるでしょう。太陽中心説は次第に精神的抵抗に遭《あ》って、この抵抗の試みはおそらく目的を達することでしょう。教会の教理が地球のために保持しようとしたすべての品位を、科学がふたたび地球に対して、哲学的にやむなく承認せざるをえなくなるでしょう」

「なんですと、精神的抵抗？　哲学的にやむなく？　目的を達する？　なんという主意*説を口にされるのです。で、無前提的研究は？　純粋認識は？　真理は？　あなた、自由と密接に結びついている真理はどうなるのです。真理の殉教者をあなたは地球の侮辱者たらしめようとする、しかしむしろ地球なる星の永遠の誉れというべきその真理はどうなるのです」

セテムブリーニ氏の詰問《きつもん》は猛烈だった。昂然《こうぜん》と胸を張って坐り、その高潔な言葉を小さなナフタ氏の上にばりばりと浴せかけ、最後に声を力強く張りあげた。相手の応答は恥じ入った沈黙でしかありえないと確信しているような様子だった。彼は話している間、バウムクーヘンをひと切れ指につまんでいたが、このように問いただしたあとでかぶりつく気にもならないのか、それを皿に戻した。

ナフタは不愉快な冷静さで答えた。

「親友、純粋認識などは存在しません。『認識せんがためにわれ信ず』というアウグスティヌスの命題に要約される教会哲学の正当さには、まったく議論の余地がないのです。

信仰が認識の機関であって、知性は第二義的なものです。あなたのいわれる無前提の科学などというものはひとつの神話にすぎないのです。ひとつの信仰、ひとつの世界観、ひとつの理念、要するにひとつの意志が一般に存在している、そしてこれを論じ、これを証明することが理性の本務なのです。いつも、いかなる場合にも、問題は『証明せらるべきもの（quod erat demonstrandum）』です。すでに証明という概念が、心理的にみて、強度に主意主義の要素をふくんでいます。十二世紀と十三世紀の偉大なスコラ哲学者は、神学からみて誤っていることは、哲学においても真実ではありえないと確信する点で一致していました。お望みなら神学には構わないことにしましょう。しかし、哲学からみて誤っていることは、自然科学においても真実ではありえないということを認めない人文主義、それはもう人文主義じゃありません。ガリレイに対する宗教裁判の有罪論証は、彼の命題が哲学的に不条理だということをいっていたのです。これ以上に明快な論証はないのです」

「ところが、私たちの不幸な偉大なガリレイの論議は、もっともっと確実だったことが証明されたのです。いや、お互いに真面目《まじめ》に話をしましょう、教授。このふたりの注意深く聞いている青年の前で私の問いにお答えください。あなたは真理を信じていますか。それを追求することがあらゆる道義の至上の法則であり、権威に対するその勝利が、人間精神の栄《は》えある歴史を形成する、客観的、科学的真理を」

ハンス・カストルプとヨーアヒムはセテムブリーニからナフタへ頭を向けた、前者が後者よりも速く。ナフタは答えた。

「そのような勝利は不可能です。なぜなら、権威は人間であり、人間の利害、尊厳、救済が権威なのですから。それに、権威と真理の間に矛盾はありえません。両者は一致します」

「そうすると真理は――」

「人間に役だつものが真実なのです。自然は人間の中に要約されています。すべての自然の中で人間のみが創造されたものであって、すべての自然は人間のためにのみあるのです。人間は諸物の尺度であり、人間の救済が真理の判断基準です。人間の救済理念に対する実際的な関連を欠く理論的認識などは興味のないもので、真理としての価値をことごとく否認され、入場を拒否される必要があるくらいです。キリスト教的諸世紀は、自然科学が人間にとって何の価値も持たないという点で完全に一致していました。コンスタンティヌス大帝が王子の教師に選んだラクタンティウスは、ナイル河の水源地や、物理学者が天界について語るたわごとを知っていたところで、いったいどんな至福にあずかるかと、あけすけに問いを発しました。ひとつあなたから、それに答えてやってください。プラトン哲学が他のどんな哲学より好まれたのは、それが自然認識にたずさわるのでなく、神の認識にたずさわるものだからです。あなたに保証してもよろしいが、人類はまさにこのような観点にたち帰ろうとし、真の科学の課題は、救いのない認識を追いかけることでなく、有害なもの、あるいは、ただ理念的に無意味なものをも原則として除き去り、一言にしていえば、本能、節度、選択を告知するにあるということを洞《どう》察《さつ》しはじめています。教会が光に対して闇《やみ》を弁護したと考えるのは、子供じみたことです。教会が事物の認識を目指す『無前提的』努力を、つまり、精神性とか救済獲得の目的とかをかえりみようとしない努力を、罰すべきものと宣言したのは、まことに当を得た処置でした。人間を暗黒に導いてきたし、ますます深く導いていくであろうものは、むしろ、『無前提的』、非哲学的な自然科学なのです」

「あなたは実用主義を説いていらっしゃる」とセテムブリーニは答えた。「それを政治の領域に移してごらんになるだけで、それがどんなに危険なものであるかがおわかりになるでしょう。国家に役だつものだけが善であり、真実であり、正義である。国家の幸福、尊厳、権力が道義の判断基準である。結構です。かくてあらゆる犯罪に門戸が開かれます。さて人間の真理、個人の正義、民主主義、――そういうものがどうなるか、まあごらんになるがよろしい……」

「少し論理的にお願いいたしたい」とナフタが応じた。「プトレマイオスとスコラ派が正しいとします。すると世界は時間的、空間的に有限です。そうなると神性は超越的であり、神と世界との対立は保持され、人間も二元的存在である。すなわち魂の問題は感覚的なものと超感覚的なものとの抗争にあり、すべての社会的要素はずっと下の方の二義的なものになる。こういう個人主義だけを、私は首尾一貫せるものとして承認できるのです。ところがこんどは、あなたのルネッサンス天文学者が真理を発見したとします。するとと宇宙は無限です。そうなれば超感覚的世界は存在せず、二元論は存在しない。彼岸は此岸《しがん》に吸収され、神と自然の対立は根拠を失う。そしてこの場合には人間の人格も、ふたつの敵対的原理の闘争の舞台ではなくなり、調和的であり、統一的である。したがって人間の内面的葛藤《かっとう》は、ただ個人と全体との利害の葛藤にのみもとづくことになり、実に異教的なことに、国家の目的が道徳の法則になる。これか、あれかです」

「私は抗議する」とセテムブリーニは腕をのばし、紅茶茶碗《ぢゃわん》を主人につきつけて叫んだ。「近代国家が個人の呪《のろ》わしい隷属《れいぞく》を意味するというこじつけに抗議します。つぎに私は抗議する。あなたが私たちにつきつけようとする、プロイセン主義かゴシック的反動かという、からかい半分の二者択一に対して。民主主義の意義は、すべての国家至上主義を個人主義の立場から補正するということにほかなりません。真理と正義は個人主義道徳の至宝です。そして、国家の利害と相剋《そうこく》する場合、それらは反国家的勢力のごとき観を呈するかもしれません。しかし実のところそれらはより高い、あえて申せば、国家の超地上的福祉を目標としているのです。ルネッサンスが国家神化の根源だとは。なんという詭弁《きべん》です。戦果――この言葉を私は語源的に強調していうのですが、ルネッサンスと啓蒙主義が戦いとった戦果は、あなた、個性、人権、自由なのです」

傍聴者はほっとひと息ついた。彼らはセテムブリーニ氏の堂々たる答弁に息をのんでいたからである。ハンス・カストルプは控えめにではあったが、テーブルのふちを手で叩《たた》かずにはいられなかった。「すばらしい」と彼は歯の間でいった。プロイセン主義を少々けなされはしたが、ヨーアヒムも大いに満足の様子であった。それからふたりはいま撃退された相手の方へ向き、ハンス・カストルプは熱心のあまり、仔豚《こぶた》を描いたときのように、肘《ひじ》をテーブルにつき、頤《あご》をこぶしでささえて、ナフタ氏の顔を間近から緊張して見つめた。

ナフタ氏はやせた両手を膝《ひざ》にして、静かに緊張して坐《すわ》っていた。彼はいった。

「私は私たちの議論に論理を導きいれようとしたのですが、あなたはこれに懸河《けんが》の弁をもって応じられた。ルネッサンスが自由主義、個人主義、人文主義的市民性と呼ばれるものをすべてこの世にもたらしたことは、私もどうやら存じています。しかし、あなたの『語源的強調』はいただけませんね。なぜなら、あなたのいろいろな理想の『戦闘的』、英雄的な時代はもうとっくにすぎ去ってしまっているからです。そういう理想は死んでしまいました、今日では少なくとも瀕死《ひんし》の床《とこ》にあります。そしてそれにとどめをさすであろうものが、もう戸口に立っているのです。私の思い違いでなければ、あなたは革命家と自称していらっしゃる。しかし未来の革命の結果は――自由であろうなどとお考えでしたら、それは間違いです。自由の原理はこの五百年間に成就《じょうじゅ》され、時代おくれになってしまったのです。今日なお啓蒙主義の娘をもって任じ、批評、自我の解放と育成、絶対視された生活様式の廃止などを教養手段と見なす教育学――そんな教育学はまだ美辞麗句による束の間《つかま》の成功を博しうるかもしれませんが、その時代おくれの性格は識者には疑う余地のないものなのです。真に教育的なすべての団体は、あらゆる教育学の存在にもかかわらず、事実上つねに重要なものは何かを、以前から承知していました。つまり、要は絶対命令、鉄の束縛、紀律、犠牲、自我の否定、人格の抑圧なのです。最後に、青年が自由を喜ぶと考えるのは思いやりのない誤解にすぎない。青年のもっとも深い喜びは服従なのです」

ヨーアヒムは居ずまいを正した。ハンス・カストルプは赤くなった。セテムブリーニ氏は興奮して美しい口ひげをひねった。

「いや」とナフタは続けた。「自我の解放と発展に時代の秘密と命令などがあるのではないのです。時代が必要とし、要求し、やがては手に入れるであろうところのもの、それは――テロリズムです」

ナフタは身じろぎもせず最後の言葉を、それまでの調子よりも低い声でいった。ただ眼鏡の玉が一瞬きらめいたのみだった。彼の話を聞いていた三人はぎくりとした、セテムブリーニも。しかし彼はまもなく微笑して落着きをとりもどした。

「そこでうかがっていいとすれば」と彼は尋ねた。「誰を、あるいは、何を――ごらんのとおり、私は全身これ疑問です、どうお尋ねすべきかもわかりませんが――あなたは誰を、あるいは、何をその――この言葉をくり返したくありませんが――そのテロリズムの担《にな》い手とお考えなのですか？」

ナフタは静かに、鋭く、眼鏡をきらめかせて坐っていた。彼はいった。

「畏《かしこ》まりました。人類の理想的な原始状態を仮定する点で、私たちは一致していると前提して間違いないと思います。つまり国家も権力もない状態、直接に神の子だった状態、支配も奉仕もなく、法律も刑罰もなく、不正、肉の結合、階級差、労働、所有などがなく、平等と友愛と道徳的完全があった状態です」

「大いに結構。賛成です」とセテムブリーニは言明した。「肉の結合を除いて賛成します。これは明らかにいつの時代にも行われたにちがいないからです。人間は高度に発達した脊椎《せきつい》動物にすぎず、他の生物と変りませんから――」

「お好きなようにお考えください。私は、原罪によって失われた原初の楽園状態、司法がなく、神に直接つながった状態に関する、私たちの根本的な一致を確認します。私たちはさらにしばらく歩調をともにできると考えます。すなわち、さかのぼって国家の起源を、罪を斟酌《しんしゃく》して、不正を防止すべく結ばれた社会契約に求め、そこに支配権力の根源をみる点においてです」

「名言です（benissimo）」とセテムブリーニは叫んだ。「社会契約……それは啓蒙思想、それはルソーです。思いもよりませんでしたね――」

「待ってください。私たちの進路はここから分れるのです。すべての支配と権力は本来人民にあった。そして人民が立法権およびすべての権力を国家に、君主に委託したという事実から、あなたの学派は何よりもまず王権に対する人民の革命の権利を結論する。私たちはそれに反して――」

「私たち」ハンス・カストルプは緊張して考えた……「私たち」とは誰か。あとでぜひセテムブリーニに尋ねてみなければならない、彼のいう「私たち」とは誰なのかを。

「私たちのほうは」とナフタは話した。「おそらくあなた方に劣らず革命的でしょうが、むかしからまず第一に世俗国家に対する教会の優位という結論を導きだしてきたのです。なぜなら、たとい国家の神的ならざる性格がその額にはっきり記《しる》されていないとしても、国家がもとは人民の意志にもとづくものであり、教会のように、神による建立《こんりゅう》にさかのぼるものではないという、まさにこの歴史的事実を指示するならば、それが悪意による施設でないまでも、やはり必要にせまられての施設、罪に陥りやすい不完全な施設であることを証明するのには十分でしょうから」

「国家は、あなた――」

「民族国家に関するあなたの考え方は先刻存じています。『祖国愛と限りなき名誉心はすべてに優先す』これはウェルギリウスです。あなたは彼をやや自由主義的な個人主義によって修正する。すると民主主義がでてくるのです。しかし国家に対するあなたの根本的関係はそれによっていささかも変りません。国家の魂は金銭であるといっても、あなたは決して反論なさらないでしょう。それとも異議がおありでしょうか。古代は国家崇拝的なるがゆえに資本主義的でした。キリスト教的中世は世俗国家の内在的資本主義をはっきり認めていました。『金銭は皇帝とならん』——これは十一世紀の予言です。それが言葉どおりに的中し、そうして人生の悪魔化が完全に達成されたことを、あなたは否定されるでしょうか」

「親友、さきを続けてください。私は偉大なる未知のひと、恐怖政治の担《にな》い手におひきあわせいただきたくてうずうずしているのです」

「世界を破滅させた自由の担い手たる社会階級を代弁する方にしては、勇敢な好奇心をお持ちだと申上げたい。私はあなたの反論を、場合によっては断念しても構いません。市民階級の政治的イデオロギーは存じていますから。その目標は民主主義的帝国、民族国家原理の普遍性への自己超越、世界国家です。そして、この帝国の皇帝が誰であるかは私たちは知っています。あなたのユートピアはぞっとするようなものです。けれども——私たちはこの点でふたたびある程度まで意見の一致をみます。というのは、あなたの資本主義的世界共和国はある超越性を持っているからです。実際に世界国家は世俗国家を超越したものです。そこで私たちは、人類の完全な原初状態に、はるかな地平線上における完全な終末状態が照応すると信じる点で一致するのです。神の国の創立者、グレゴリウス大法王の時代から、教会は人間を神の指揮下につれ戻すことを任務と考えてきました。法王の支配権要求はそれ自身のために提起されたのではなく、代理者としての法王の独裁は救済目的のための手段と方法であり、異教的国家から神の国にいたる過渡的形式でした。あなたはここにおられるお弟子《でし》さんたちに、教会の残虐《ざんぎゃく》行為や処罰の非寛容性のことをお話しになったが——これは実にばかげています。熱烈な信仰が平和主義的でありえないことはいうまでもないのですからね。そしてグレゴリウスもいっています、『剣に血塗るをためらう者は呪《のろ》われてあれ』と。権力が悪だということは私たちも知っています。しかし、善と悪、彼岸と此岸《しがん》、精神と権力の二元論は、神の国が到来せんがためには、禁欲と支配を統合するひとつの原理によって、しばらく止揚されなければなりません。私がテロリズムの必然性と呼ぶのはこれなのです」

「その担い手は、担い手は——」

「これはしたり、経済主義の人間的な克服を意味し、その原理と目標がキリスト教的神の国のそれと正確に符合する社会理論の存在を、あなたの自由貿易主義が見逃《みのが》しているとは。教会の教父たちは、我がもの、汝《なんじ》のものという言葉をわざわいをもたらす言葉と呼び、私有財産を横領、窃盗と呼びました。彼らは土地所有を非難しました。神の自然法によれば土地はすべての人間の共有にかかわるものであり、すべてのひとびとが共に用いるようにそのみのりをもたらすからです。彼らは原罪の結果である貪慾《どんよく》のみが所有権を代表し、私有財産制を生みだしたのだと教えました。彼らは経済活動一般を魂の救済に対する、すなわち人間性に対する危険と呼ぶほどに人道的であり、反商業的でした。物価は需要供給関係の結果であるという経済の原則を彼らは心底から軽蔑《けいべつ》して、景気の変動を利用するのを、隣人の窮状につけこむ冷笑的な搾取《さくしゅ》として断罪しました。しかし、彼らの眼にさらに冒瀆《ぼうとく》的な搾取と映じたのは、時間による搾取、単なる時間の経過に対して、プレミアムすなわち利子を支払わせ、こうして普遍的な神的組織たる時間を悪用し、一方には利益、他方には損害をもたらす狼藉《ろうぜき》ぶりだったのです」

「至言です（benissimo）」ハンス・カストルプは感激のあまりセテムブリーニ氏の賛成の文句を使って叫んだ。「時間……普遍的な神的組織……これは実に重要なことですね……」

「もちろんです」とナフタは続けた。「彼らは、金銭の自動的増加という思想を嘔吐《おうと》をもよおすものと感じ、あらゆる金利事業、投機事業を暴利行為という概念のもとに片づけて、富めるものはみんな盗人か盗人の相続者だと言明しました。彼らはさらに一歩をすすめて、トーマス・フォン・アクィーノと同じく、そもそも商売なるもの、純然たる商取引き、つまり、利益はふところに入れるが経済的財貨の加工や改良を伴わない売買を、恥ずべき職業とみなした。彼らは労働そのものをあまり高く評価しない傾向を持っていた。労働は倫理的な問題であって、宗教的な問題ではなく、神に奉仕してではなく生活に奉仕してなされるからです。そしてただ生活と経済が問題になる場合には、彼らは生産的な活動が経済的利益を得《う》るための条件となり、品位の基準となることを要求したのです。農夫、手工業者は彼らにとって名誉あるものであり、商人、機械工業家はそうではなかったのです。教父たちは生産が需要に応じて行われることをのぞみ、大量生産をきらったからです。ところで——こういう経済の原則と基準は何世紀にもわたって埋もれていたのち、現代の共産主義運動の中に復活してきたのです。これら二者は、国際労働者階級が国際商業階級や投機業階級に対して掲げている支配権要求の意味にいたるまで、完全に一致しています。今日、市民的資本主義的な腐敗に、人道と神の国の基準を対置させる世界無産者階級の要求も一致しています。無産者階級の独裁、時代の政治経済的な救済要求は、自己目的で永遠にわたる支配を意味するわけでなく、十字架のしるしにおいて精神と権力の対立を一時的に止揚するという意義、世界支配という手段による世界超克の意義、すなわち、移行と超越の意義、神の国の意義を持っているのです。無産者階級は法王グレゴリウスの仕事をふたたびはじめたのです。神に対する法王の熱誠は無産者階級の中にもあり、グレゴリウスと同じく彼らも血を恐れてはならないでしょう。彼らの課題は、世界救済のために、救済目標を達成するために、国家も階級もない神の子の状態を成就するための恐怖政治を行うことにあるのです」

これがナフタの尖鋭《せんえい》な主張だった。少数の聴衆は黙っていた。青年たちはセテムブリーニ氏を見た。彼がなんらかの態度を表明すべき番だった。彼はいった。

「驚くべきことだ。たしかに、正直のところショックです。予期しなかったことです。『ローマは発言せり（Roma locuta）』*です。それにまたなんと――なんというお話しぶりです。あなたは私たちの眼前で僧侶《そうりょ》的曲芸をしてみせたのです。――そういっては形容詞に矛盾があるとしても、この矛盾は『一時的に止揚』された。ああ、そうなのです。くり返しますが、驚くべきことです。異議の余地ありとお考えでしょうか、教授――単に論理の首尾一貫性という立場からの異議ですが？　あなたはさきほど、神と世界の二元性にもとづくキリスト教的個人主義を私たちに理解させせようとし、それが政治的に規定されたすべての道義に優《まさ》ることを証明しようと努力された。それから数分たってあなたは社会主義を独裁と恐怖にまでおしすすめられる。これがどういうふうに調和しますか？」

「対立は」とナフタはいった。「調和しうるものです。調和しないのは中途半端《はんぱ》なもの、凡庸なものだけです。あなたの個人主義は、すでにご注意申しあげたように、中途半端なもの、ひとつの妥協です。それはあなたの異教的国家道徳をいくらかのキリスト教、いくらかの『個人の権利』、いくらかのいわゆる自由で補正した、それだけのものです。これに反して、個人の魂の宇宙的占星術的な重要性から出発する個人主義、人間的なものを自我と社会の相剋《そうこく》としてでなく、自我と神、肉体と精神の相剋として体験する社会的でない宗教的な個人主義、――このような本来の個人主義は、非常に拘束の多い共同体ともよく調和します……」

「無名で共同的なのですね」とハンス・カストルプがいった。

セテムブリーニは眼をまるくして彼を見つめた。

「黙っているのです。エンジニア」神経質と緊張からきたものとみられる厳《きび》しさで彼は命令した。「研究するのです。しかし意見を発表してはなりません。――それもひとつの答えです」彼はふたたびナフタの方へ向き直っていった。「あまり慰めになるものではありませんが、それもひとつの答えではあります。すべての結論に注目してみましょう……工業とともに、キリスト教的共産主義は、技術、機械、進歩をも否定することになります。あなたが商人階級と呼ばれるもの、金銭、古代にあっては農業と手工業よりもはるかに高いものと見られていた金融業とともに、それは自由を否定することになります。なぜなら、そうすることによって中世におけるように、あらゆる公私の関係が――どうもいいたくはないのですが――人格すらも土地に縛られることは明らかであって、これをいやでも認めないわけにいきません。土地だけがひとを養いうるとすれば、自由を与えるのも土地だけということになります。手工業者と農夫はいかに尊敬すべき存在であろうとも――土地を所有しなければ、土地を所有する者の奴隷《どれい》です。事実、中世もずっとあとになってからも都市においてすら大多数の者が奴隷だったのです。あなたはお話の中で人間の尊厳についてあれこれと口にされました。それでいてあなたは、個人の従属と品位失墜をもたらすような経済道徳を弁護なさるのですな」

「人間の尊厳と品位失墜については」とナフタは答えた。「いろいろ論ずべきことがあるでしょう。さしあたってはこれらの関連があなたにとって、自由をあまり美しい身ぶりとしてではなく、ひとつの問題として考える契機になれば私としては満足です。あなたは、キリスト教的経済道徳が美しく人間的であるのにもかかわらず、非自由民を作りだすということを確認されましたね。私はそれに対して、自由の問題、もっと具体的にいえば都市の問題ですが、――この問題は、いかに道徳的であるにしても、経済道徳の実に非人間的な変質、近代の商業主義と投機行為のあらゆる惨禍、金銭や取引きの悪魔の支配などと歴史的に結びついていると主張します」

「私はあなたが懐疑と二律背反の背後に退かないで、もっとも邪悪な反動に与《くみ》すると明《めい》瞭《りよう》に公言されることをあくまで要求します」

「真の自由と人間性に向う第一歩は、『反動』という概念に恐れおののく気持を捨てることでしょう」

「もうたくさんです」とセテムブリーニ氏は紅茶茶碗《ぢやわん》と菓子皿を、どちらも空《から》になっていたが、押しやって、絹のソファから立ちあがりながら、かすかにふるえる声でいった。
「きょうのところはたくさん、一日分としてはたくさんかと思います。教授、私たちはおいしいご馳走《ちそう》と、非常に精神的なお話とに対してあつくお礼を申しあげます。この『ベルクホーフ』の友人たちを安静療養が呼んでいますし、私もおふたりが帰られる前に、上の私の庵室《あんしつ》をお見せしたいと思います。さあ、参りましょう、おふた方。さようなら、神父さん（addio, padre）」

いまや彼はナフタを実に「神父」（padre）と呼んだのである。ハンス・カストルプは驚きに眉《まゆ》を吊《つ》りあげてそれを心に銘記した。セテムブリーニは散会を宣し、いいとこたちを意のままにし、ナフタも一行に加わる気がないかどうかということは不問に付してしまった。青年たちも同じように礼をいいながら別れを告げ、また訪《たず》ねてくるようにとすすめられた。彼らはイタリア人と連れだってでたが、ハンス・カストルプは『人間の条件の悲惨について（De miseria humanae conditionis）』の厚い紙表紙がぼろぼろになった一冊を借りだすのを忘れなかった。不機嫌《ふきげん》そうなひげの生やし方をしたルカセクは相変らず仕事台について、老婦人の袖《そで》つきの服を縫っていた。彼らはその開け放したドアの前を通りすぎて、ほとんど梯子《はしご》のような階段を屋根裏の階へのぼっていった。ところでそれはよく見ると、階などとはいえないものだった。板葺《いたぶき》屋根の内側のむきだしになった梁《はり》、穀倉の夏らしい雰囲気、温まった木材のにおいがしていて、要するに屋根裏だった。しかしこの屋根裏にはふたつの部屋があり、共和主義的資本主義者、『苦悩の社会学』の文学部門担当者の書斎と寝室の役割をはたしていた。彼は快活に若い友人に部屋を見せ、彼らに適切なほめ言葉を貸してやろうとして、その部屋を、他の部屋から離れていて気楽でいいといった。――彼らもまた口をそろえてその言葉を借用した。まったくすてきだ、とふたりはいった。彼のいうとおり、独立していて、気がおけない。彼らは、屋根裏部屋の隅《すみ》に狭くて短い寝台が置かれ、その前に小さなつづれ織りの絨毯《じゅうたん》がある小さい寝室をちらりと見て、それからふたたび書斎の方へ向いた。そこも寝室に負けず劣らず貧しげな備えつけだったが、同時に一種誇示するような整頓《せいとん》ぶり、冷えびえとした秩序をすら示していた。坐《すわ》る部分が藁《わら》で詰められている無骨で古風な椅子《いす》が四脚、ドアの両側に左右対称に配置され、長椅子も壁ぎわに寄せられていて、緑のおおいをかけた円卓がひとつだけわびしげに部屋の真ん中を占め、卓上には、頸《くび》にコップでふたをした水差しが、装飾のためか飲用のためか、いずれにせよ飾りけなくのせられていた。本綴《ほんとじ》や仮綴の書籍が、壁に取りつけられた小さな書架に斜めに寄りそっていて、開かれた小窓のそばには、簡単な作りの、引き戸のついた机が高い脚《あし》でそびえ立ち、その前にはひとひとりが立てるくらいの大きさの厚い小さなフェルトの敷物があった。ハンス・カストルプは試《ため》しに一瞬そこで「部署について」みた――セテムブリーニ氏が人間の苦悩という観点からする百科辞典のために文学を取扱っている仕事場で。――机の斜面に肘《ひじ》をささえてみて、なるほど、ここはほかから独立していて気楽だと思った。ロドヴィコの父もかつてパドゥヴァで斜面机のまえに立ったのであろう、長い上品な鼻をして。――そして彼はそれが実際に亡《な》き学者の仕事机であることを知った。いや、藁敷きの椅子、テーブル、それに水差しさえも父の持物だったのだ。それのみか、藁敷きの椅子にいたっては、すでに炭焼党員だった祖父のものだった。ミラノでその弁護士事務所の壁を飾ったものだという。それは感銘の深いことだった。青年たちの眼にそれらの椅子は政治的煽動性《せんどうせい》を帯びた相貌《そうぼう》を示し、ヨーアヒムは何気なく足を組んで腰かけていた椅子を離れ、不信をこめてそれを眺《なが》め、二度とそこにはかけなかった。しかしハンス・カストルプはセテムブリーニの父が使った立ち机のそばに立って、息子が祖父の政治と父の人文主義を文学の中に結びつけながら、ここで仕事をしている様子を想像してみた。それから三人はそろって外へでた。著述家がいとこたちを送ろうと申しでたからである。

彼らはしばらくの道のりを黙ったまま歩いていったが、沈黙の原因はナフタであった。ハンス・カストルプは黙って待っていればよかった。セテムブリーニ氏が同宿人のことを話しはじめるであろうこと、いや、彼がこの目的で彼らについてきたことは確かだったからである。これは彼の思い違いではなかった。スタートを切るような吐息ののちに、イタリア人ははじめた。

「みなさん——私はあなたがたに警告したいのです」

彼が間を置いたのでハンス・カストルプはむろん驚きをよそおって尋ねた。「なんのことでですか」彼は少なくとも「誰のことでですか？」と問いえたであろうが、完全な無邪気さを示すために非人称の形にしたのである。事情はヨーアヒムにさえわかっていたのだが。

「私たちがいましがたまで客になっていた人物のことです」とセテムブリーニは答えた。「私が心ならずもあなた方におひきあわせした人物です。ご存じのとおり、これは偶然のなせるわざで、私にはどうしようもありませんでした。しかし私はそのことに責任を感じ、重荷を感じています。少なくともあの男との交友であなた方の青春がこうむる精神的な危険をお教えし、とにかく彼との交際を賢明な枠《わく》内にとどめるようにお願いするのは私の義務です。彼の話の外面的形式は論理的ですが、その本質は混乱なのです」

そういわれるとたしかに、とハンス・カストルプはいった、あのナフタ氏には多少無気味なところがなくもないし、彼の話はときおりいささか異様な感じを起させる、太陽が地球のまわりを回転していると本気で思いこもうとしているかのような調子である。それにしても結局、彼セテムブリーニの友人と社交的なつきあいをはじめるのが賢明なことではないなどと、そんなことがどうして彼ら、いとこたちに考えられようか。彼自身そういうように、彼を通じて彼らはナフタと知合いになったのであり、彼と連れだっているところへぶつかったのである。彼はいっしょに散歩し、遠慮なくお茶を飲みにおりてくる。その意味はつまり――

「たしかに、エンジニア、たしかにそうです」セテムブリーニの声は穏やかで、そこには諦《あきら》めのひびきがあったが、かすかな震えを帯びていた。「私はそういわれてしかるべきですし、だからあなたはそうおっしゃる。よろしい、すすんで申しひらきをします。私はあのひとと同じ屋根の下に住み、顔を合わせることは避けられません。ひとことがふたことになり、交際するようになります。ナフタ氏は頭脳の俊敏なひとです――めずらしいほどです。彼は議論ずきで、私もまたそうです。ですから、私を非としたい方はそうなさって結構です。しかし私はとにかくも対等である相手と、観念の刃《やいば》を交える可能性を利用します。私にはこの界隈《かいわい》で誰ひとり……要するに、それは本当です、私が彼のところへいき、彼は私のところへくる、いっしょに散歩もします。私たちは議論します。私たちは徹底的に議論します、ほとんど毎日。しかし白状しますと、彼の考えが私の考えの正反対で敵対的だという、そのことが、かえって私には彼と出会う魅力になっているのです。私は摩擦を必要とするのです。信念は闘う機会がなければ生命を保ちえないからです、そして――私の信念は固められました。あなたはご自分について同じことを主張することがおできでしょうか――あなたは、少尉《しょうい》さん、それともエンジニア、あなたは？　あなた方は知的妖術《ようじゅつ》に対して無防備でいらっしゃる。あなた方は、あのなかば狂信的、なかば悪意ある三百代言的議論の影響で精神と魂をそこなわれる危険にさらされているのです」

そうです、そうですとハンス・カストルプはいった、たぶんそのとおりでしょう、いいことぼく、ふたりは多少とも脅威にさらされた人間なのでしょう。人生の厄介息子ということで、これは自分にはわかっている。しかしそれに対しては、ペトラルカを引用できるであろう、セテムブリーニ氏がご存じの箴言《しんげん》を。しかしなんといってもナフタ氏の主張は傾聴に値する。公平に認めなければならないが、時間の経過に対して誰も利子を取ってはならないという共産主義的時間の話はすばらしかったし、また教育学についていくらか聞いたことも非常に興味深かった、ナフタからでなければとても聞けそうもない話ではあるまいか。……

セテムブリーニ氏が唇《くちびる》をひきしめた。そこでハンス・カストルプはあわてて、彼自身はもちろんどちらかに与《くみ》したり、立場を決定したりすることをさしひかえる、ただナフタが青年の欲求について述べたことを傾聴の価値ありと思ったまでだと付け加えた。「ところでひとつだけご説明いただきたいのです」と彼は続けた。「あのナフタというひとは、――『というひと』などというのは、ぼくが彼に無条件には共感できない、それどころか内心では非常にうちとけないでいることを暗示するためなのですが――」

「それが利口なやり方なのです」とセテムブリーニはほっとしたように叫んだ。

「――で、彼は金銭、彼の表現によれば国家の魂をさんざん非難し、私有財産は窃盗であるとしてけなし、要するに、資本主義の富を非難して、業火《ごうか》のたきぎだといったと思いますが――ぼくの思い違いでなければほぼそれに近いことを一度述べ、そうして中世の利子禁止を言葉をつくして讃美《さんび》しました。ところが彼自身は……失礼ですが、彼はしかし……彼のところへ入っていくと、なんともひどく驚きましたよ。絹ずくめで……」

「そうですとも」とセテムブリーニは微笑した。「独特の好みですよ」

「……すばらしい古い家具」ハンス・カストルプは思いだすままに続けた。「十四世紀のピエタ像……ヴェニス製のシャンデリア……お仕着せ姿の侍童……それからチョコレートつきのバウムクーヘンもふんだんにありましたし……彼自身はきっと――」

「ナフタ氏は」とセテムブリーニが答えた。「個人としては私と同じように資本家ではありません」

「しかし」とハンス・カストルプはたずねた……「この『しかし』はむりもないでしょう、セテムブリーニさん」

「あのひとたちは一味のものを飢えさせないのですよ」

「だれです、『あのひとたち』って」

「あの神父たち」

「神父」

「そうなんですよ、エンジニア、*イェズス会士のことです」

この答えは話をとだえさせた。いとこたちは非常な驚愕《きょうがく》ぶりを示した。ハンス・カストルプが叫んだ。

「なんですって、これはなんたることだ、いやはや、とほうもない——あのひとがイェズス会士ですって」

「ご推察のとおりです」とセテムブリーニ氏は上品にいった。

「いや、夢にもぼくは……誰がそんなことに思いいたるでしょう。だからあなたは彼を神父（padre）の称号でお呼びになったのですね」

「ちょっとお世辞の度がすぎました」とセテムブリーニは答えた。「ナフタ氏は神父でありません。彼がただいまのところまだそこまでいっていないのは病気のせいです。しかし彼は修練期を終えて、最初の誓願をすませています。病気のために神学の勉強を中断せざるをえなくなったのです。彼はその後もう二、三年、修道会の付属学校で主事を勤めました。つまり、若い生徒たちの監督者、教師、指導者の任についていたのです。これは彼の教育者的な性向にかなっていました。この土地でも彼はフレデリクス大王学校でラテン語を教えて、さらにその性向を追っていられるのです。彼は五年来ここにいます。この土地を去ることができるようになるかどうか、それもいつのことか、いまでは不確かなことになってしまいました。しかし彼は修道会に属しています、会と彼自身との結びつきは弛《ゆる》くなっていようとも、どこにいても生活に困るようなことはないでしょう。私はあなたに彼自身は貧しいといいましたね。これは資産がないという意味なのです。もちろんです、それが会則ですから。しかし修道会は計り知れない富を意のままにしていいて、あなたがごらんになったとおり、会士の生活を保証しているのです」

「これは——なんとも」とハンス・カストルプはつぶやいた。「そんなものが大まじめでまだ存在していようとは、ぼくは全然知らなかったし、そんなことは思ってもみませんでした。イェズス会士。なるほどねえ……しかし、ひとつ教えていただきたいのです。彼がそちらからそんなになんの心配もいらないほど生活を保証されているのでしたら——いったいなぜあんな所に……ぼくは決してあなたのお住居《すまい》について失礼なことをいうつもりはないのです、セテムブリーニさん。ルカセクのところのあなたのお住居は魅力的です、とても快適にほかのひとたちのところから離れているし、何よりも気がおけない。ただ、ぼくのいうのは、ナフタが、俗ないい方ですけれども、そんな気楽な身分なら——なぜほかの宿を取らないのでしょうか、もっと立派で、まともな階段と大きな部屋のある、上等な家に。あれではまったく秘密めいて奇妙ですよ。彼があんなふうに、穴蔵で絹ずくめの……」

セテムブリーニは肩をすくめた。

「たぶん外聞と趣味上の理由から」と彼はいった。「ああしているのでしょう。貧乏人の部屋に住み、暮し方でその埋め合せをすることによって、反資本主義的良心を救っているのだと私は解釈しています。それに外聞ということもあるでしょう。悪魔が裏口からどんなによくまかなってくれるかを世間に吹聴《ふいちょう》する者はいませんからね。正面はごく地味にしておいて、裏にまわって絹ずくめの僧侶《そうりょ》趣味を発揮する……」

「いや驚いた、驚いた」とハンス・カストルプはいった。「正直のところ、まったく耳新しいことで、すっかり興奮させられますね。いや、あのひとと近づきになったことをぼくは本当に感謝しています、セテムブリーニさん。ぼくたちは今後なんどもでかけていって、あのひとを訪ねることになるでしょうが、あなたはそれをどうお思いになりますか。ぼくたちはたしかにあのひとを訪ねにいきます。そういう交際はまったく思いがけないほど視野を広めてくれますし、そういうものがあろうとは夢思わぬような世界をのぞかせてくれますからね。本物のイェズス会士。『本物の』といいましたが、それは、ぼくの頭のなかを往来している思いを、これからいい現わさなければなりませんので、そのために自分自身ではずみをつけたわけです。彼はそもそも本物だろうかと疑問を感じるのです。悪魔が裏口からまかなっているような者は決して本物でないとおっしゃることはぼくにもよくわかっています。しかしぼくが考えていることは、彼はイェズス会士として本物であるかどうかという設問に帰着します——これがぼくには気がかりです。彼はいろんなことをいいました——僕が何をいっているのかおわかりでしょう——近代の共産主義について、手に血塗ることをためらってはならない無産者階級の神に対する熱誠について——要するにいろんなことです。くわしくはいいませんが、しかし市民の槍《やり》を持つあなたのお祖父《じい》さんはそれにくらべればまったく清純な小羊です、こんな言い方をおゆるしください。いったい、それでいいのでしょうか。上のひとの承認を得ているのでしょうか。ローマの教えと折り合えるものなのでしょうか。ぼくの知るかぎりではあの修道会は世界中でローマの教えをまもって術策をめぐらしているといわれていますが。あれは——なんというべきでしょうか——異端的、逸脱的、不正確じゃないでしょうか。そんなことをぼくはナフタについて考えているのですが、あなたはどうお考えか、おききしたいのです」

セテムブリーニは微笑した。

「いたって簡単です。ナフタ氏はむろんまず第一にイェズス会士です、正真正銘にそうです。しかし第二に彼は知性のひとです——でなければ私は彼との交わりをもとめないでしょう——知性のひととして、彼は新たな組合せ、適合、連繫《れんけい》、時代に即した変容を志向しています。あなたがごらんになったように、私自身彼の理論にはびっくりさせられました。彼はこれまでに私に向ってまだあれほど本音を吐いてみせたことはなかったのです。あなた方と同席して明らかに興奮しているのを利用して、私は彼を刺激し、ある点で彼のぎりぎりの言葉を吐かせようと思ったのですが、さてその結果でてきたものは実に奇怪な、実におぞましい……」

「そう、そうです。しかしなぜ彼は神父にならなかったのでしょう。もうなっていい年配でしょうに」

「さっき申しましたように、さしあたり病気がそれを妨げているのです」

「なるほど。しかし、あなたはこうお考えになりませんか。彼が第一にイェズス会士で、第二に知性のひとであり、いろいろな思想の組合せをこととする人間だとしますと、――この第二の付け足しのほうは病気と関係があるとお考えにはならないでしょうか」

「それで何をおっしゃろうというのです」

「いや、なんでもありません、セテムブリーニさん。ぼくはただこう考えるのです。彼には浸潤個所があって、それが神父になるのを妨げた。しかし彼の思想組合せもやはりその妨げとなったであろう、そしてそのかぎりでは――ある程度、思想組合せと浸潤個所とは関連し合っている。彼も彼なりに人生の厄介息子のごときもの、小サナ浸潤個所(petite tache humide)を持つ粋《いき》ナイェズス会士(joli jésuite)ではないでしょうか」

　彼らはサナトリウムに着いた。別れる前になおしばらく建物の前の高台に寄りそって立っていた。玄関のあたりをぶらつく数人の患者が彼らの方を見やっていた。セテムブリーニ氏はいった。

「くり返して申します、若いお友達、私はあなた方に警告します。一度できあがってしまった関係をこのうえさらに培《つちか》っていかれることを私はあなた方に禁止することはできません。あなた方は好奇心にかられているのですから。しかしその場合には、心と精神を不信で武装し、決して批判的抵抗を怠ってはなりません。あの人間の特色を一言でいい現わしてみましょう。彼は淫蕩《いんとう》な男です」

いとこたちの顔が歪《ゆが》んだ。それからハンス・カストルプは尋ねた。

「その……なんですって？　失礼ですが、彼は修道会士ではありませんか。一定の誓願をはたさなければならないと聞いていますし、そのうえ彼はあんなにちっぽけで貧弱なからだで……」

「ばかなことをおっしゃる、エンジニア」とセテムブリーニ氏は答えた。「これはからだの貧弱さとはなんの関係もないことです。それに誓願の件ですが、これにも例外があります。しかし、私はさきほどの言葉を、広い、より精神的な意味でいったのです。それはあなたもだんだん理解されるようになったと考えていいと思ったのです。まだ憶《おぼ》えていらっしゃるでしょうか、私がある日あなたのお部屋へお訪ねしたときのことを――もうずっと前のことです、おそろしく前のことです――あなたは撮影の結果による横臥《おうが》生活をちょうど終えられたばかりでした……」

「むろんです。あなたは薄暗いなかに入ってこられて、明りをおつけになった。きのうのことのように憶えています……」

「結構です。あのとき私たちはおしゃべりして、ありがたいことにしばしばそうなるのですが、かなり高尚な問題に話が及びました。私たちは死と生について話し合ったと思います。生の条件であり付属物であるかぎり、死は尊厳性を持つということ、精神が死をいまわしくも原理として分離させるとき、死は醜怪なものに堕すということなどでした。皆さん」とセテムブリーニ氏は続けた、ふたりの青年の前にひたと進みより、注意を集中させようとするかのように左手の親指と中指を彼らに向ってホークのように立て、右手の人差し指を警告するように上へあげながら。……「精神が至上のものであることを肝に銘じてください。精神の意志は自由であり、精神は道義的世界を規定します。それが二元的に死を分離させるとき、死はこの精神の意志によって実在的になり、ほんとうに、現実に（actu）、いいですか、生に対立する独立の力、敵対的な原理、強大な誘惑に変ります。そしてその国は淫蕩の国です。なぜ淫蕩のとおたずねですか。お答えします。死は分離させ救済するからです、死は救済だからです。しかし悪からの救済ではなく、悪《あ》しき救済だからです。死は風紀と道義性を分解させ、ひとを規律と体面とから解放する、淫蕩へと解放する。私が不承々々に紹介の労をとったあの男を警戒するようにと申しあげるのも、また彼との交際や談論に際しては、批判の帯であなたがたの心を幾重にも防備されるようにとおすすめするのも、彼の思想がすべて淫蕩な性質のものだからです。なぜならそれらは死の支配下にあるからです——死という放縦至極の力の、あのときそう申しましたね、エンジニア――私は自分の表現をよく憶えています。私は機会あって使った有効適切な表現をいつも記憶にとどめていますから――礼節、進歩、労働、生命に対立する力、その悪魔的な息吹《いぶ》きから青年の魂を守ることは、教育者のもっとも崇高な義務なのです」

セテムブリーニ氏よりも立派に、明晰《めいせき》かつ完全に話すことは不可能だった。ハンス・カストルプとヨーアヒム・ツィームセンは話を聞かせてもらったことに対して丁重な礼を述べ、別れを告げて、「ベルクホーフ」の玄関にのぼっていき、セテムブリーニ氏はナフタの絹の僧房の一階上へ、人文主義者の斜面机へ帰っていった。

私たちがここでその経過を追って述べたのは、いとこたちの最初のナフタ訪問である。その後さらに二度か三度の訪問がそれに続き、一度などはセテムブリーニ氏の不在のときに訪問がなされた。そしてそれらの訪問もまた、神の子、人間(Homo Dei)と呼ばれる気高い像を心眼に浮べ、ハンス・カストルプ青年が青く花咲く隠遁《いんとん》の場所に坐《すわ》って、「鬼ごっこ」をするときには、省察の材料を提供してくれた。

激怒。そしてなんともやりきれないこと

八月がやってきた。そして好運にも、私たちの主人公がここの上の私たちのところへ

到着した記念の日は、月のはじめの数日のうちにすり抜けるように去っていた。それが通りすぎてしまったのは結構なことだった――その日の近づくのがハンス・カストルプ青年にはいくぶん不愉快に思われていたからである。多くのひとの場合、それが当然だった。誰も自分たちがここに到着した日を思いだしたがらなかったし、まる一年ないし数年になるひとびとの間では思いだされもしなかった。普通ならお祭り騒ぎと乾杯の音をひびかせる口実が利用されないままになることはなく、一年のリズムと脈搏《みゃくはく》の中にある一般の大きなアクセントに、できるだけ多くの私的な不規則なそれが追加され、誕生日、総合診察、間近かに迫ったやけか本物の出発、さらに類似の機会がレストランでご馳走《ちそう》とシャンパンの栓《せん》の音で記念され祝われるのに――この到着記念日には沈黙しか捧《ささ》げられず、それを飛び越え、気にとめることが実際に忘れられていることもあり、ひとびとがそれをあまり正確に覚えてなどいないということはたしかだった。分節は重んじられ、カレンダー、循環、外的な反覆などは注意深く見守られたが、しかしここの上の空間と結びついた各人の時間、したがって人間的で私的な時間を計ったり数えたりするのは、短期のひとと初心者のすることであった。定住者はこの点では計測されないもの、気づかれもせずに流れていく永遠の時間、常に同じように経過する日を好み、そして優しい思いやりで他のひとの場合にも自分自身が抱《いだ》くのと同じ望みを予想した。誰かに向って、きょうで三年ここにいらっしゃることになりますね、などというのは、ひどく不作法で残酷なこととされたであろう、――そんなことは起りえなかったのである。シュテール夫人でさえ、ほかのことでは始終へまばかりしているのに、この点はたしかで洗練されていて、そういう違反は決して犯さなかったことであろう。彼女が病気であること、彼女のからだの熱の状態が、はなはだしい無教養に結びついていることはたしかだったとしても。つい最近も彼女は食卓で、自分の肺尖《はいせん》の病的状態《アフエクツイオン》というべきところを虚飾《アフエクタツイオン》といい違えたし、話が歴史のことになったとき、歴史的事件の生起年月日をいい当てるのは自分の「十七番《おはこ》」であると宣言して、これまた、周囲に坐《すわ》っているひとびとをびっくり仰天させた。しかし、彼女がたとえば二月に、ツィームセン青年にその到着記念日を思いださせるようなことをしようなどとは考えられなかった。たぶん彼女はそれを考えていたであろうが。というのも、彼女の不運な頭は当然、役にもたたない日付と事柄でいっぱいだったし、彼女は他人に代って計算をしてみることが好きだった。しかし当地の慣習が彼女をおしとどめていたのである。

ハンス・カストルプの日も同様だった。彼女は食事のときに一度意味ありげに目くばせしようとしたが、彼がその合図に空虚な表情で応じたので、彼女は急いでそれをひっこめてしまった。ヨーアヒムもいいとこには黙っていた。とはいえ、彼は訪問にきたひとを「村」駅に迎えにいった日付をよくおぼえているのであった。しかしヨーアヒム――生れつきあまり話しずきでなく、彼らの知人の人文主義者と三百代言はいうに及ばず、ハンス・カストルプが少なくともここの上でお喋《しゃべ》りになったのとくらべてもはるかに無口なヨーアヒムは、最近ではとくに目だって黙りがちになり、わずかに短い言葉がその唇《くちびる》から洩《も》れるのみだった。しかし彼の表情には何ものかがあった。彼にとって「村」駅への出迎えと到着とには何か別の観念が結びつきはじめていることは明らかであった。……彼は平地と活潑《かっぱつ》に文通していた。ある決意が彼のなかに熟しつつあった。彼のしている準備は終りに近づいていた。

七月は暖かく晴朗だった。しかし新しい月の開始とともに悪天候がやってきた。うっとうしい湿気、雪まじりの雨、それからまごうかたなき降雪、いく日かのきらびやかな夏の日をさしはさみながらそれが続き、月末を越えて九月に入った。はじめ部屋はまだ先日来の夏期の暖かさを保ち、室内で十度、快適といえた。しかし急速に寒くなり、谷を覆《おお》う雪が喜ばれた。というのは、雪を見ることが――気温の低さのみではだめで、ただこのことだけが――事務局にスチームを通す気をおこさせたからである。まず食堂だけ、ついで各部屋も暖められ、安静療養をすませたのち、身をくるんでいた二枚の毛布からでて、バルコニーから部屋に入ってくると、湿ってこわばった手で活気づいたスチーム管に触れることができたが、その乾燥した空気はもちろん頬《ほお》の火照《ほて》りを強めた。

もう冬なのであろうか。感覚はそういう印象を拒むことができず、みなが「夏をごまかしとられた」とこぼした。実は自然と人工の環境に後援され、内的にも外的にもぜいたくな時間浪費によって、自ら夏をごまかしすごしていたのに。理性はこれからまだ秋晴れの日がやってくるかどうかを知りたがった。たぶんそれは続きさえもするだろう。しかも、太陽の一日の軌道がすでに低く平らになっていること、すでに早まった日没などを忘れてしまえば、夏と呼んでも賞《ほ》めすぎではないほどに暖かいきらびやかさであらわれるであろう。しかし戸外の冬景色から受ける影響のほうがこういう気休めよりも強かった。バルコニーの閉ざされたドアのそばに立ち、吐き気をもよおす思いで外の吹雪《ふぶき》を凝視しているひとがあった――それはヨーアヒムだった。しめつけられたような声で彼はいった。

「またはじまるのか」

ハンス・カストルプは彼の背後の部屋のなかで答えた。

「少し早いようだね、決定的というわけじゃあるまい。しかしたしかにぞっとするほど決定的な様子をみせるね。冬というものが薄暗さ、雪、寒さ、それに暖まったスチーム管にあるとすれば、これではまた冬だ。これは否定できない。ついいましがたまで冬だった、そして雪解けがやっとすぎ去ったばかりだと思うと――とにかくぼくたちにはそう思えるよ、ね、そうだろう、ついこの間まで春だったように――こう考えると急に気分が悪くなる、それはぼくも認める。これは人間の生命欲にとって危険だ。それがどういう意味かを説明させてくれたまえ。ぼくは思うんだが、世界は正常な状態なら人間の要求に適合し、生命欲を迎えるように調整されている、これは認めなければならない。ぼくは自然の秩序、たとえばまず地球の大きさ、地球が自転や公転に要する時間、一日の時間の推移と季節の変化、お望みなら、宇宙のリズムといってもいいが――それらがぼくたちの要求に合わせて測定されているとまでいうつもりはない。――そんなことはあつかましくて愚かしいだろうからね。それは思想家のいう目的論だろう。しかしぼくたちの要求と普遍的で根本的な自然の事実とが、ありがたいことに調和し合っている、これは単純明瞭《めいりよう》なことだ。――ありがたいことにというのは、それは実際に神をたたえる動機になるからだ。――そして、平地で夏があるいは冬がくると、前の夏か冬が終ってから、夏と冬がぼくたちにふたたび新鮮な喜ばしいものに感じられるだけの時がたっている、それが生命欲をささえてくれるのだ。ところが、ここの上のぼくたちのところでは、この秩序とこの調和が乱されている。まず、君自身いつかいったように、ここには実際ほんとうの季節と呼ぶことのできるようなものがなく、ただ夏の日と冬の日がごちゃまぜに（pêle-mêle）入り乱れているだけなのだから。そしておまけに、ここですぎていく時間はそもそも時間などというものではないから、したがって、新しい冬がきても、それが少しも新しくなく、古い冬のくり返しにすぎない。君がそこでガラス越しに覗《のぞ》いて感じている不満はここから説明できる」

「どうもありがとう」とヨーアヒムはいった。「君はそういう説明をして、それでさぞかし満足だろう、何よりも状況そのものに満足しているらしいね。それはしかし……いや」とヨーアヒムはいった。「止《や》めた」と彼はいった。「不潔だ。なにもかもおそろしくむかつくほど不潔だ。もし君がまだ……。しかしぼくは……」そして彼は足早に部屋をでて、憤然とドアをうしろ手に締めたが、もし見誤りでなければ、彼の美しい柔和な眼には涙が浮んでいた。

　もうひとりのほうは当惑してあとにひとり残った。彼はいとこが公然と通告しているかぎりその種の決意をあまり真に受けなかった。しかし、それが無言のままヨーアヒムの表情に現われ、彼がいまのような振舞いを見せると、ハンス・カストルプは、この兵士が決心を行動に移しかねないと感じて、ぎょっとした。——ハンス・カストルプは顔色が青ざめるほどに驚いたが、それも彼らふたりのため、彼自身といとこのためにであった。アノ人ハオソラク死ヌダロウ、と彼は思ったが、これはたしかに第三者からの情報にちがいなかったので、決して消えたことのない以前からの疑惑の苦痛がまた新たにされ、同時に彼は考えるのだった。彼がぼくをひとりここの上に残していくなどということがありうるだろうか、——彼を見舞いにきただけのぼくを、とすればこれは実に気違いじみた恐ろしいことだ——顔が冷たくなり、心臓が不規則に搏《う》つほどに気違いじみていて恐ろしい、なぜって、ぼくがひとりここの上に残ることになれば、——彼が出発するなら、ぼくはそうなる、ぼくが彼といっしょにいくなんて絶対に不可能だから——、そうなるとそれは――しかしもう心臓はまったく止ってしまう――そうなるとそれはいつまでも永遠にということになるからだ、なぜならぼくひとりではどうしても平地へ帰る道は見つけられまいから。……

ハンス・カストルプは戦々兢々《きようきよう》としてそこまで考えた。同じ日の午後のうちに彼はことの推移についてはっきりとしたことを知る羽目になった。ヨーアヒムが声明を発し、賽《さい》は投げられ、衝突し決定が下されたのである。

お茶ののち彼らは月例検診のために明るい地下室へおりていった。九月のはじめだった。スチームで乾燥した診察室に入ると、ドクトル・クロコフスキーは事務机についていて、顧問官のほうはひどく青い顔で、腕を組んで壁によりかかり、片手に聴診器を持ち、それで肩をたたいていた。彼は天井を仰いであくびをした。

「こんにちは、諸君」と彼はだるそうにいって、いかにもものうげで、憂鬱《ゆううつ》そうで、何もしたくないといったふうに見えた。たぶん煙草《たばこ》の吸いすぎであろう。しかし実際に不快の種もあったのである。それについてはいとこたちもすでに聞いていたが、あきあきするほどありふれた院内の一事件である。アミー・ネルティングという若い娘、一昨年の秋はじめて入院し、九カ月後の八月に全快退院、九月も終らぬうちに、自宅で「気分がすぐれない」とのことで、また出現、二月にはふたたび完全に雑音なしと診断され平地へ帰され、しかし七月なかば以来もうまたイルティス夫人の食卓にその席を与えられている、——このアミーが夜の一時にポリプラクシオスという患者、謝肉祭の晩に脚の美しさで当然なセンセーションを起したあのギリシア人、父がピレーウスに染料工場を持つという若い化学者と自室にいる現場を押えられたのである。しかも不意をおそったのは嫉妬《しっと》に狂った同性の女の友人で、ポリプラクシオスと同じ通路を経て、つまりバルコニー伝いでアミーの部屋にたどり着き、見るものを見て、苦痛と憤怒《ふんぬ》にひきさかれ、恐ろしい叫びをあげて、上を下への騒動をひき起し、事件を派手におおやけにしてしまったのである。ベーレンスは三人全員に、アテネ人、ネルティング、激情のあまり自身の体面をほとんど顧みなかったその女友達に追放を申渡さなければならなかったし、いまも代診を相手に不快な事件のことを話し合っていたところだった。ついでながらアミーも、秘密を発《あば》いた女友達も、代診の私的な精神分析療法を受けていたのである。いとこたちを診察している間も、彼は憂鬱とあきらめの口調でそれについて話しつづけていた。というのも彼は聴診の達人で、人間の体内に耳を傾け、何か別のことを話し、代診に聞きとったところを口授筆記させることが同時にできたから。

「いやまったく、紳士諸君（gentlemen）いまいましい性欲（libido）です」と彼はいった。「あなた方はもちろんまだこういうことをおもしろがっている。あなた方としてはもっともなことだ。——肺泡音《はいほう》。——しかし院長ともなるとうんざりしますよ、ほんとうに——濁音——ほんとうにそうです。肺病には特別な肉欲がつきものだからといって、私にどうすることができるでしょう――軽いラッセル。私がそうとりはからったわけではありませんが、でも知らないうちに、こうしてまるで娼家《しょうか》の亭主みたいになっているのです。――ここ左肩の下が打診音短縮。ここでは分析をやっている、ここでは打明けて話せる、――いやとんでもない。あの騒々しい連中は口にだせばだすほど、性欲が鎮《しず》まるどころか逆にますますおさかんになるんです。私は数学をすすめています。――ここは回復、雑音解消――数学の勉強は、性欲鎮静の最上の薬だと私はいっています。パラヴァント検事はひどく悩まされていたのですが、数学にうちこむようになって、いまは円の求積法をやっていますが、非常なやすらぎを感じています。しかし大部分は愚鈍で怠《なま》け者で、数学どころではない、憐《あわ》れなものです。――肺泡音。――ねえ、私はよく知っていますよ、若いひとたちがここで簡単に堕落し、だめになってしまうことを。それで前にはときどきご乱行を取締まろうとしてみました。ところがある兄だか婚約者だかが私に面と向って、いったいお前は自分たちとなんの関係があるのかと開き直ったことがあったのです。それ以来私はただの医者になっているのです。――右上胸部、軽いラッセル」

彼はヨーアヒムを片づけて、聴診器を診察着のポケットに入れ、「失敗」し憂鬱なときのくせで巨大な左手で両方の眼をこすった。なかば機械的に、不機嫌《ふきげん》のためにときおりあくびをしながら彼はご託宣を与えた。

「それじゃ、ツィームセン君、とにかく元気にやることです。まだすべてが生理学の本に書いてあるとおりとはいえません、まだあちこちでぐずついています。それにガフキーの件もまだすっかり解決したわけじゃない。それどころか目盛りは最近になって一段昇進した、――こんどは六番だ、しかしそのために厭世的《えんせい》になってはいけない。あなたはここへやってきたときにはもっと悪かった。それは書類で証明してあげてもいい。それでもしあなたがこのさきもう五カ月か六カ月――昔は月のことを『マーノート（mânôt）』といって『モーナト（Monat）』とはいわなかったのをご存じですか。実際にずっと響きがよかったわけだ。私はこんご『マーノート』としかいわないことに決めました――」

「顧問官さん」とヨーアヒムがやおら切りだした……彼は上半身裸で、胸を突きだし、靴《くつ》の踵《かかと》を合わせ、気をつけの姿勢で立った。その顔色は、ハンス・カストルプがある機会に、濃く陽灼《ひや》けした顔が青ざめるとこうなるのかと、はじめて気づいたときのように斑《まだら》になっていた。

「もしあなたが」とベーレンスは調子にのってしゃべった。「もうまる半年ここで厳格な勤務を張りきって遂行なされば、そのときにはあなたは成功者です。あなたはコンスタンチノープルを征服できるだろうし、実力を買われて国境地方の総司令官になることもできるでしょう――」

ヨーアヒムの断乎《だんこ》たる態度、話そう、それも勇敢に話そうというまぎれもない気魄《きはく》に当惑させられなかったなら、彼は陰鬱な気分にまかせてまだどんな駄弁を弄《ろう》したかしれない。

「顧問官さん」と青年はいった。「ぼくが出発する決心をしたことを謹《つつし》んでご報告いたします」

「なんですと？　旅行者になりたい？　あなたはもっとのちに健康体で軍人になるおつもりだろうと思っていたが」

「いいえ、ぼくはいま出発しなければなりません、顧問官さん、一週間のうちに」

「私の聞き違いじゃありますまいな。あなたは投げだして、逐電《ちくてん》しようというおつもりか。それは脱走だということをご存じか」

「いいえ、ぼくはそう考えません、顧問官さん。ぼくはもう連隊へいかなければならないのです」

「半年たったら必ずだしてあげる、だが半年たたないうちはだしてあげられないと、私がいっているのに」

ヨーアヒムの態度はますます軍隊的になった。彼は腹を引いて、短く圧《お》しつけた声でいった。

「ぼくは一年半以上ここにいます。顧問官さん。ぼくはもうこれ以上待てません。顧問官さんははじめ三カ月といわれました。それからぼくの療養はいつも三カ月か半年ずつ延長されました。そして、ぼくは依然として健康でないのです」

「私の手落ちかな」

「いいえ、顧問官さん。しかしぼくはもうこれ以上待てません。連隊とのつながりを全然なくしてしまいたくなければ、ぼくはここの上でまともな全快を待っているわけにいきません。ぼくはいまおりていかなければなりません。装備やその他の支度《したく》にまだしばらく時間が必要なのです」

「ご家族の了解を得てあるのですね」

「母は了解しています。すっかり話はついています。ぼくは十月一日に士官候補生として第七十六連隊に入隊します」

「どんな危険をおかしても」とベーレンスはたずねて、血走った眼で青年を見つめた。

……

「そうであります、顧問官さん」とヨーアヒムは唇《くちびる》を痙攣《けいれん》させながら答えた。

「いや、それならよろしい、ツィームセン君」顧問官は表情を変え、姿勢をくずし、からだも気持もぐったりするにまかせた。「よかろう、ツィームセン君。行動開始。無事でいきなさい。あなたは自分の意志がよくわかっているようだ、あなたは問題を自分で引受けようとおっしゃる。そしてあなたがそれを引受けられる瞬間から、それはあなたの問題であって、私の問題ではない。これはたしかです。男は自主独行です。あなたは保証なしで旅行する。私はまったく責任を負いません。しかし、まあいい、うまくいくでしょう。あなたがお就《つ》きになるのは屋外の職務です。それがきっとからだのためになって、あなたは切りぬけることができるでしょう」

「そうですとも、顧問官さん」

「さて、ところであなた、文明社会の青年は？　あなたもいっしょにご出発でしょうな」

返事を求められたのは、ハンス・カストルプであった。彼は入院という結果につながった一年前のあの診察のときと同じく、青ざめて立っていた、当時と同じ場所に立って、肋骨《ろっこつ》に響く心臓の動悸《どうき》がまたもはっきりと見られた。彼はいった。

「あなたのご決定に従いたいと思います、顧問官さん」

「私の決定に。結構」彼は青年の腕をとって引寄せ、聴診し、打診した。彼は診察の結果を書きとらせなかった。かなり早くすすんだ。すむと彼はいった。

「あなたは旅行してよろしい」

ハンス・カストルプは吃《ども》った。

「とおっしゃいますと……どういうわけで。でぼくは健康なんでしょうか」

「そう、あなたは健康です。左上の患部はもう問題になりません。あなたの熱はその患部にふさわしくありません。どこからくるのか、私には申しあげられないが。それはたいして心配も要《い》らないと考えます。私にいわせれば、あなたは出発してよろしい」

「でも……顧問官さん……いまのお話はたぶん、本気でおっしゃったわけでないでしょう」

「本気でない？ いったいなぜです。いったいあなたは何を考えてるんです。あなたはこの私のことをついでながらどう考えているんです。伺いたいもんです。私をなんだと思っているんです。女郎屋の亭主とでも思っておられるのか」

癇癪玉《かんしゃくだま》だった。顧問官の青い顔はたぎり寄せる血で紫色に染まり、小さな口ひげをたくわえた唇の片方のひきつれが度を強めて、そこの上の歯並がのぞいた。彼は牡牛《おうし》のように頭を突きだし、眼は充血し涙ぐんでとびだした。

「それは願いさげだ」と彼は叫んだ。「私は第一にここの持主なんかじゃない。ここの使用人にすぎない。私は医者だ。ただの医者です、おわかりか。私はぽん引きおやじじゃない、麗《うるわ》しのナポリの*トレードの色男殿（signor amoroso）ではない。おわかりか、私は苦しむ人類の従僕だ。あなた方が私について別な見方をしていられたのなら、ふたりともどうなろうと知ったことじゃない、消滅しようと破滅しようと、どうぞご勝手に。道中ご無事で」

彼はドアの方へ大股《おおまた》に幅広く歩いていき、レントゲン室の待合室に通じているドアをうしろに叩《たた》きつけてでていった。

いとこたちは助言を求めるようにドクトル・クロコフスキーを見たが、彼は書類に読みふけっているようなふりをしていた。彼らは急いで服を着た。階段でハンス・カストルプがいった。

「すさまじいものだったね。前にもあんなだったことがあったかい」

「ない、あんなのはまだない。あれが上官の雷というやつだ。落度のない態度で受流すに限るよ。彼はポリプラクシオスとネルティングの一件で当然いらいらしてたんだよ。しかし君も見たろう」とヨーアヒムは言葉を続け、ことを貫徹した喜びに胸がせまってくるようであった。「君も見たろう、真剣だと知って、彼が譲歩し降服したのを。白刃《はくじん》をかざし、してやられないことだな。これでまあ許しをもらったようなものだ、――彼自身も、ぼくが切り抜けるだろうっていったから。――一週間後にはぼくたち出発して……ぼくは三週間たてば連隊にいるわけだ」彼はハンス・カストルプを除外し、喜びにふるえる言葉を、自分の身の上だけに限った。

ハンス・カストルプは黙っていた。彼はヨーアヒムの「お許し」について何もいわず、また一言あって然《しか》るべき彼自身のそれについても、何もいわなかった。彼は横臥《おうが》療養の身じまいを整え、体温計を口にさし、すばやくたしかな手つき、完成したこつ、平地では誰もが予想だにもしないあのうやうやしい手順にしたがって、二枚のラクダの毛布をからだに巻きつけ、ひっそりと丸太棒《まるたんぼう》になって初秋の午後の冷たい湿気のなかで、すばらしい寝椅子《ねいす》に横たわった。

雨雲が低く垂れこめ、下のわけのわからない図柄の旗はとりこまれていて、残雪が樅《もみ》の濡《ぬ》れた枝の上にあった。一年あまり前アルビン氏の声がはじめて耳に届いた下の安静ホールからは、かすかな話し声が療養勤務者の方に立ちのぼり、彼の指と顔はたちまち湿っぽく冷たくこわばった。彼はそれに慣れていて、彼にとってはこれがもう考えられうる唯一《ゆいいつ》の生活方式となっていた。そして彼は、この地の生活方式の恩恵、誰にわずらわされることもなしに寝て、いっさいを思量できることを感謝した。

決断が下された。ヨーアヒムは旅だつだろう。ラダマンテュスは彼を釈放した――それも「正式に」(rite) ではなく、健康者としてではないが、彼のゆるがぬ決意を認め、それにもとづいて、不承々々ながらもとにかく釈放したのである。彼はおりていくだろう、狭軌鉄道ではるか下方のラントクヴァルトへ、ローマンスホルンへ、そしてある詩の中の騎士が馬で渡った広い底なしの湖を越え、ドイツ全土をよぎってわが家へ向っていくだろう。彼はそこで暮すだろう、平地の世界で、どんな生活をしなければならないか予想もつかないひとびとばかりの間で。体温計について、毛布にくるまるやり方について、毛革袋について、一日三回の散歩について、そういう事柄についてはなにひとつ知らないひとびとの中で……下のひとびとがなんにも知らないことをいいたて、列挙するのは容易でなかった。しかし、ヨーアヒムが一年半以上もここの上ですごしたのちに、何も知らないひとびとの間で暮さなければならないという思いは、――ヨーアヒムだけに関係し、はるか遠くから試験的にのみ彼ハンス・カストルプにも関係するこの思いは――彼を非常に混乱させた。彼は眼を閉じて拒絶するように手を動かした。「不可能だ、だめだ」と彼はつぶやいた。

しかし、それが不可能だとすると、それでは彼はひとり、ヨーアヒムなしに、ここの上でこのさきさらに暮していくのだろうか。そうである。どのくらいの間？　ベーレンスが彼を全快したとして、それもきょうのようにでなく本気で釈放してくれるまで。しかし第一にそれは、ヨーアヒムがかつてある機会にしたように、果てしもないという身ぶりで現わそうとしたような時点だったし、第二に不可能がそのときに多少は可能に近づいているであろうか。むしろその逆であろう。そのかぎりでは公正にみて、彼に救いの手がさしのべられていると認められるべきだった。いまはまだ不可能がのちに予想されるほど完全な不可能になりきっていないであろうときなのだから。――ヨーアヒムの無茶な出発は彼にとって、自分では永遠に見いだせそうもない平地への帰還へのささえと導きを与えるものだった。もし人文主義的教育学者がこのことを聞き知ったならば、それはすかさずこの機をとらえ、――導きに従うべしとどんなにかすすめることであろう。しかしセテムブリーニ氏は一代弁者にすぎなかった、――傾聴には値するが、唯一でもなく絶対でもない事柄と力の代弁者にすぎなかった。ヨーアヒムにしても同じことである。彼は軍人である、そのとおりだ。そして彼は出発するのだ――豊満な胸のマルシャが帰ってくるという間際《まぎわ》に（彼女は周知のとおり十月一日に帰ってくることになっていた）。これに反して彼、市民たるハンス・カストルプには、ずばりと要点をいうならば、まだ帰るという噂《うわさ》もさらにないクラウディア・ショーシャを待たなければならないために、出発は不可能に思われた。ラダマンテュスが脱走のことを話したとき、それはヨーアヒムについては明らかに、ふさぎこんだ顧問官の無意味なたわごとにすぎなかった。ヨーアヒムは「ぼくはそう考えません」といったものである。しかし市民である彼については事情はやはり違っていたであろう。機会をとらえて、やけから、もしくはなかばやけから平地へ旅だつことは、彼にとっては（しかり、まったく疑いもなく、それは脱走だった。この決定的な考えを彼の気持の中からつかみとるために、彼はきょうここで冷湿のなかに身を横たえていたのである）――彼にとってそれは実際に脱走だったであろう。それは、神の子、人間（Homo Dei）と呼ばれる高貴な像を観照することによってここの上で生じた拡大せる責任からの脱走であり、彼がここのバルコニーと青く花咲く場所で専心した、困難で、熱をもよおす、彼の生得の力を越えはするものの冒険的な歓喜を与えてくれる「鬼ごっこ」の義務に対する裏切りを意味するものだっただろう。

彼は体温計を口から乱暴に抜きとった、以前にただ一度だけ、婦長にこの優雅な器具を買わされて、はじめて使ったのちに見せたのと同じ乱暴さで。そして彼は、そのときと同じような貪婪《どんらん》さで水銀柱を覗《のぞ》きこんだ。水銀はぐんと昇っていて、三十七度八分、ほとんど九分を指していた。

ハンス・カストルプは毛布をはねのけて、とび起き、急いで部屋に駆けこみ、廊下側のドアの所へいったが、とって返した。それからふたたび水平状態で、彼は小声でヨーアヒムに呼びかけ、その曲線を尋ねた。

「ぼくはもう検温しない」とヨーアヒムは答えた。

「そう、ぼくは熱《テムプス》があるよ」とハンス・カストルプはシャパンをシャンプスといったシュテール夫人に倣《なら》って言葉を少しかえていった。これに対してガラス仕切りのかなたのヨーアヒムは黙ったままだった。

その後も彼は何もいわなかった、この日も、それに続く日々にも、ヨーアヒムはハンス・カストルプの計画と決心については、口にだして尋ねることをしなかった。それらは定められた短い期間に、行動か、あるいは行動の不履行かによって、おのずと明らかになるにちがいなかったし、実際にそのとおりになった。すなわち、ハンス・カストルプは出発しなかったのである。彼は、人間の行動とは、自分だけが行動するのを望む神を蔑《ないがし》ろにすることだ、と主張する静寂主義に与《くみ》するというようなふうだった。とにかくこの数日間のハンス・カストルプの活動は一度のベーレンス訪問に限られていた。その相談についてヨーアヒムは知っていたし、その経過と結果も手に取るように想像できた。いいとこは説明したのだった。顧問官がご機嫌《きげん》の悪いときにいわれた短気なお言葉よりも、ここで病気を徹底的に治《なお》して、二度とこなくてすむようにすべきだという前々からの、なんどもいわれた訓戒に重きをおきたい。自分は三十七度八分も熱があり、正式に釈放されたような気がしない。それで、もし顧問官の最近のお言葉をたとえば追放の意味にとるべきでないとすれば、そんな処分を受けることをした覚えはまったくないのだから、それなら、彼は冷静な熟慮の結果、意識してヨーアヒム・ツィームセンとは反対に、なおもここにとどまり、完全な病毒消滅の期を待つことに決心したと顧問官に伝えたのである。それに対して顧問官はほとんど一語もたがわずこう答えたに相違ない。「よろしい（bon）、結構」さらに「なかなかわるくない」。そして、それをしも自分は分別ある男の言葉といいたいといい添えて、さらに、ハンス・カストルプがあの脱走兵、荒武者よりも患者の天分に富むことは自分にははじめからわかっていた、といったり、その他いろいろなことをしゃべった。

これが、ヨーアヒムの近似的に正確な算定による会談の経過であった。したがって彼は何もいわず、ハンス・カストルプが彼の出発準備に歩調を合わせないことを黙ったままで確認した。それに善良なヨーアヒムは自分自身のことでもどんなに多忙だったことだろう。彼は実際いとこの運命や残留を、気にかけたりしてはいられなかったのである。嵐《あらし》が彼の胸に逆巻《さかま》いていた――それは想像にかたくない。彼がもう検温せず、彼のいうところでは、落して体温計をこわしてしまったのは、むしろいいことだったであろう。検温は気持を惑わす結果をもたらすかもしれなかった――ヨーアヒムのようにひどく興奮して、歓喜と緊張のあまり顔を真っ赤にしたり、蒼白《そうはく》にしたりしているときには。彼はもう寝ていることができなかった。ハンス・カストルプに聞えたところによれば、彼は終日部屋のなかを歩きまわっていた。「ベルクホーフ」を水平状態が支配する一日四回の時間のあいだも。一年半、そして、いよいよ平地に下り、家へ帰り、いよいよ晴れて連隊に入るのである、半端《はんぱ》な許可の下に。いかなる意味においても決してこれはどうでもいいようなことではなかった。ハンス・カストルプは落着きなく歩きまわっているいとこの心事を思いやった。十八カ月、まる一年とさらに半年をここの上ですごし、この秩序の軌道、この犯しがたい生活の歩みに同調し、深く慣れ、七十日の七倍の日々、あらゆる時刻にその歩みを確かめてきて、――そしていよいよ家へ、異郷へ、何も知らないひとびとのところへ彼は帰っていくのだ。風土に慣れるのに、そこではどんな困難が待ちかまえていることであろう。ヨーアヒムの大きな興奮は、喜びからばかりではなかった。完全に慣れきったものに離別する不安や悲しみも彼を駆りたてて部屋のなかを歩きまわらせたとしても、そこになんの不思議があろう。――マルシャのことは別にしても。

　だが喜びがうち勝った。善良なヨーアヒムは心も舌も喜びにあふれていた。彼は自分のことを話し、いとこの将来には触れなかった。彼は話した、すべてがどんなに新しく、さわやかになることだろう、生活が、彼自身が、時間が、——どの日も、どの時も。彼はふたたび充実した時間を持つだろう。ゆっくりとしていて重みのある青春の歳月を。彼は母親、ハンス・カストルプの義理の叔母《おば》ツィームセン未亡人のことを話した。彼そっくりの柔和な黒い眼をした母親に、ヨーアヒムは山にいた間中ずっと会っていなかった、彼女も彼と同じように、ひと月またひと月、半年また半年とくりのべて、ついに息子を見舞う決心がつかなかったからである。彼は感激の微笑をうかべて、まもなくはたすであろう入隊宣誓について語った、——それは軍旗を前に、荘重な儀式の下に行われる、軍旗そのものに、連隊旗に対する宣誓である。「なんだって」とハンス・カストルプは尋ねた。「まじめにかい？　竿《さお》に？　布切れに向って？」——そうだ、むろんのことである。砲兵隊では大砲に向って宣誓をする、象徴として。——それはまた突拍子もない慣習だね、と市民がいった、感傷的狂信的といってもいい。これに対してヨーアヒムは誇らしげに幸福そうにうなずいてみせた。

　彼は引揚げ準備に没頭した。事務局で最後の勘定を払い、自分で定めた出発期日の数日前に、もう荷造りをはじめた。夏服と冬服を包んで、毛革袋とラクダの毛布はサナトリウムの使用人に麻袋の中へ縫いこんでもらった。演習のおりに使うこともあろうと考えてのことらしい。彼はお別れの挨拶《あいさつ》をはじめた。彼はナフタとセテムブリーニのところにお別れの訪問をした――ひとりで。というのも、いとこはこれに同行せず、セテムブリーニがヨーアヒムのさし迫った出発とハンス・カストルプのさし迫った残留について、どう考え、どういったかを尋ねもしなかった。彼が「これは、これは」といったか、「ははあ」といったか、もしくはその両方をいったか、あるいは「哀れなるかな（poveretto）」といったか、それは彼にはどうでもいいらしかった。

こうして出発の前夜がやってきた。ヨーアヒムは万事を、すべての食事、すべての安静療養、すべての散歩を、これを最後にやり終えて、医者たちや婦長に暇乞《いとまご》いした。そして出発日の朝になった。眼を赤くし、冷たい手でヨーアヒムは朝食にやってきた。ひと晩中眠らなかったのである。食事にもほとんど手をつけず、荷物が馬車に積みこまれたという侏儒《こびと》の女の知らせがあると、食卓仲間にお別れをいうために急いで椅子から立ちあがった。シュテール夫人はさよならをいうとき涙を、無教養な女の、流れやすい、塩気のない涙を流し、そのあとすぐヨーアヒムの背後で、女教師に向って頭を振ったり指をひろげた手をあちこち回したり、ヨーアヒムの出発資格と健康状態に対する下品きわまりない疑いを表明する愚かしい顔つきをしてみせた。ハンス・カストルプはいとこの後《あと》に続こうとして、立ったままでコーヒーを飲み干しながら、そのシュテール夫人の顔を見た。ヨーアヒムはまだチップを渡したり、玄関で事務局の代表者の公式の別れの挨拶に応じたりしなければならなかった。例によって出発を見物しようとして患者たちが待ち受けていた。「短刃《たんじん》」のイルティス夫人、象牙《ぞうげ》色のレーヴィ、身持ちの悪いポポフとその新妻など。彼らはハンカチを振り、馬車は後輪にブレーキをかけながら車道を滑《すべ》りおりた。ヨーアヒムは薔薇《ばら》を贈られた。彼は帽子をかぶっていたが、ハンス・カストルプはかぶっていなかった。

長く続いた曇り日の後はじめての晴れたすばらしい朝だった。シアホルン、グリューネ・テュルメ、ドルフベルクの円頂などが、不変の記章のように青空を背にして立ち、ヨーアヒムの眼はそういう山々の上にたゆたっていた。何だか残念みたいだね、とハンス・カストルプはいった。ちょうど出発の日にこんな上天気になるなんて。意地がわるいよ、最後の印象が非常に無愛想だと別れやすくなるが。ヨーアヒムは答えた、別れやすくしてもらいたいとも思わない、これはすばらしい演習日和《びより》だ、下では大いに利用できるだろう。それ以外に彼らはあまり話さなかった。各自についても、相互の間にも実にあらゆることがあったが、言葉にだしていうことはなかった。それに前の馭者台《ぎょしゃだい》に馭者と並んで、びっこの門番が腰かけていたということもあった。

一頭だて二輪馬車の堅いクッションの上で浮き沈みしながら、彼らは水流を、狭軌道をあとにし、不規則に舗装されて鉄道と平行に走っている街道を進み、物置小屋と大差ない「村」駅の建物の前の石の多い広場に着いた。ハンス・カストルプは愕然《がくぜん》としてすべてのものをふたたび見いだした。十三カ月前の、たそがれそめるころにここに到着して以来、彼は駅を二度と見ていなかったのである。「ここへぼくは着いたんだったね」と彼はわかりきったことをいい、ヨーアヒムは「そう、そうなんだよ」と答えただけで、馭者に料金を払った。

働き者のびっこの門番が切符や荷物などすべて世話をしてくれた。彼らはおもちゃのように小さな汽車の停まっているプラットホームに並んで立った。席はその前に、かたわらの小さな、灰色のクッションを張った車室に、外套《がいとう》、膝掛《ひざか》け、薔薇などを置いて取ってあった。「で、これから君は熱烈な宣誓をするんだね」とハンス・カストルプがいい、ヨーアヒムは答えた。「やるとも」ほかに何があっただろう。最後の挨拶を彼らはたがいに託した、平地の人々、この山の上の人々への挨拶を。それからハンス・カストルプはステッキの先でアスファルトの上に何か描いてばかりいた。乗車の呼び声があったとき、彼はわれに返ってヨーアヒムを見、ヨーアヒムは彼を見た。ふたりは手を握り合った。ハンス・カストルプは曖昧《あいまい》に微笑し、相手の眼は真剣で、悲しげに切実だった。「ハンス」と彼はいった——神よ、こんなに悲痛なことがかつてこの世にあっただろうか。彼はハンス・カストルプを名前で呼んだのである。それまでずっとまもってきた「君」とか「おい」とかでなく、慣習の持つ慎み深さをすっかり無視し、耐えがたいまでに感情に溺《おぼ》れて、名を呼んだのである。「ハンス」といって、彼は迫ってくる不安でいとこの手を握りしめ、ハンス・カストルプは、眠れぬ夜をすごした彼、出発に興奮した彼、深く心を動かされている彼が、「鬼ごっこ」のときの自分と同じように、頸《くび》を震わせているのを見なければならなかった。——「ハンス」と彼は切実にいった。「後からすぐおりてくるようにね」そして彼はデッキへ飛び乗った。ドアが締り、汽笛が鳴り、車輛《しゃりょう》がぶつかりあい、小さな機関車に引かれて、汽車は滑っていった。旅だつ者は窓から帽子を振り、後に残る者は手を振った。胸をかきむしられて、彼はなおしばらくひとりで立っていた。それから、彼はヨーアヒムが一年あまり前に彼を案内してくれた道をゆっくりと帰っていった。

ほうほうの体で

車輪はめぐった。時計の針は進んだ。はくさんちどりとおだまきの花は散り、野生の撫子《なでしこ》も同様だった。竜胆《りんどう》の濃青色の星、蒼白《そうはく》で有毒ないぬサフランが湿った草の中にふたたび姿を現わし、森の面《おも》が赤みを帯びていった。秋分がすぎて、万霊節が近づいてきた。てだりの時間浪費家たちにとっては降臨祭の第一日、冬至、クリスマスの祝日も手に届くところにあった。しかしまだ美しい十月の日々が連なっていた、——いとこたちが顧問官の油絵を見せてもらった日と同じような日々が。

ヨーアヒムが去ってからハンス・カストルプはシュテール夫人の食卓に坐《すわ》らなくなっていた。ドクトル・ブルーメンコールが死んで姿を消し、マルシャが理由のない笑いをオレンジ香水のハンカチで圧《お》し殺していた食卓である。いまそこには新しい客たち、まったく知らない客たちが坐っていた。私たちの友人は二年目に二カ月半入りこんで、事務局から別の席を指定されて、これまでの食卓の斜め隣、左のベランダに通ずるドア近くの、彼の以前の食卓と上流ロシア人席の間にある食卓、要するに、セテムブリーニの食卓についていた。そうだ、あの人文主義者の空席にいまハンス・カストルプは坐っていたのである。こんども食卓の端で、顧問官と代診が随時会食できるように、七つの食卓のどれにも空けてある医者席に向い合っていた。

上端の医者席の左には、メキシコのせむしのアマチュア写真師がいくつも重ね合せたクッションの上にうずくまり、言語の孤立ゆえに聾《つんぼ》者の表情をしていた。彼の隣にはジーベンビュルゲン出身の老嬢が座を占め、すでにセテムブリーニ氏がこぼしていたとおり、誰もが知りもしないし、知ろうともしない、彼女の義兄に、世界中の関心を要求した。療養規定の散歩にも用いているロシア産の銀のにぎりのついた小さいステッキをうなじにはすかいに当てて、彼女は毎日定められた時間にバルコニーの手摺《てす》りのそばで、衛生深呼吸で皿のように平たい胸をひろげる姿を見せた。彼女に向い合って坐っているチェッコ人はヴェンツェル氏と呼ばれていた。誰も彼の姓を発音できなかったのである。セテムブリーニ氏もここにいた当時、この名を構成している混乱した子音の列を発音してみようとときおり試みたものだったが、——もちろん本気になってやってみたのではなく、それは音の原始の茂みをまえにした、ラテン語法の上品な当惑を上機嫌《じょうきげん》で確かめるためにすぎなかった。穴熊《あなぐま》のように肥満して、ここの上のひとびとでさえ驚くほどの、きわだった食欲を示しながら、ボヘミア人は四年来、自分は死ぬにちがいないといいつづけていた。夜の集《つど》いで彼はときどきリボンをつけたマンドリンで故郷の歌を弾《ひ》き鳴らしたり、きれいな娘たちばかりが働いている彼の甜菜《てんさい》栽培場の話をしたりした。ハンス・カストルプの席近くには、ハレのビール醸造家夫妻、マグヌス氏とマグヌス夫人が食卓の両側に続いていた。憂鬱《ゆううつ》がこの夫婦の身辺を空気のようにとりまいていた、マグヌス氏は糖分を、マグヌス夫人は蛋白《たんぱく》をと、ふたりとも生命に大切な新陳代謝の産物を失っていたからである。とりわけ蒼白《あおじろ》いマグヌス夫人の気分は希望というものを少しも持たないもののようだった。精神荒廃の気配を単調な地下室の空気のように発散させ、彼女はハンス・カストルプが精神的な異議を唱えて、セテムブリーニ氏にたしなめられたあの病気と愚鈍の結合を、無教養なシュテール夫人よりも鮮《あざ》やかなくらいに示していた。マグヌス氏はまだしも活気があり、かつてセテムブリーニの文学的いらだちを触発した流儀によってではあるが、とにかく話しずきだった。彼はまた怒りっぽくて、しばしばヴェンツェル氏と政治上のことやその他のことで衝突した。ボヘミア人の国民主義的気炎が彼を憤激させたし、おまけにボヘミア人は禁酒運動に賛成し、醸造家の産業部門を道徳的に否定するかのような言辞を吐いた。それに対して醸造家は、彼の利害と非常に密接な関係を持つ醸造酒が衛生的に否定されえない所以《ゆえん》を真っ赤になって弁じたてた。こういう場合、以前にはセテムブリーニ氏がユーモアたっぷりに調停役をつとめたのであるが、ハンス・カストルプは彼の代りとしてはあまり器用でなかったし、彼にはセテムブリーニ氏の代役をつとめるのに十分な権威がなかった。

彼は食卓仲間のふたりとだけかなり親しい関係で結ばれていた。そのひとりは、彼の左隣のペテルスブルクのアントン・カルロヴィッチ・フェルゲだった。この善良な忍従者は、茶褐色《ちゃかっしょく》の口ひげの茂みから、ゴム靴製造と遠い地方のこと、北極圏、ノースケープの永遠の冬などについて物語り、ハンス・カストルプは彼と療養散歩をときどきともにすることもあった。偶然の許すかぎり、彼らの散歩に同行するもうひとりは、食卓の上端にメキシコのせむしに相対して席につく、髪が薄く歯の悪いマンハイム出身の男で、名はヴェーザル、フェルディナント・ヴェーザル、職業は商人、陰鬱な欲情をたたえた眼をショーシャ夫人の優婉《ゆうえん》な姿にたえずつきまとわせ、謝肉祭の夜以来ハンス・カストルプの友情を求めている男だった。

彼はそれを根気強さと恭順をもってし、下から見あげる献身をもってしたが、献身を向けられるほうはこの入りくんだ意味を理解するがゆえに、実に厭《いと》わしくぞっとする感じを受けながら、努めて人間的に応対していた。眉《まゆ》をかすかに寄せるだけで、憐《あわ》れむべきセンチメンタルな男をすくませ、ひるませるに十分であることがわかっていたので、彼は自分におじぎし、おもねる機会をのがさないヴェーザルの下僕根性を悠々《ゆうゆう》と眺《なが》めて我慢したばかりか、彼がときどき散歩のときに外套《がいとう》を持ってくれることとさえ——一種の敬虔《けいけん》さで彼は腕にかけ持ったが——我慢し、ついにはこのマンハイムから来た男の陰鬱なおしゃべりをさえ我慢した。ヴェーザルはしきりに問いをかけてきた。たとえば、自分のほうでは愛しているのにまるで意に介しない女に、愛の告白をすることに意味があるだろうか——つまり、見込みの無い愛の告白というものを皆さんはどうお考えになるかといったふうな問いである。自分としてはそれを最高のものと考え、無限の幸福が結びついているものだと思う、むろん告白の行為そのものは嘔吐《おうと》をもよおさせ、非常な自己卑下をひそめ持つが、しかし瞬間、熱望せる対象の完全な愛の近接を作りだし、それを信頼の中へ、おのが情熱の元素の中に引入れる、むろんそのために万事終りとなるにしても、永遠の喪失は一瞬の絶望の恍惚《こうこつ》によって十二分に償われる、なぜなら告白は暴力を意味し、それに逆らう嫌悪《けんお》が大きければ大きいほど、いっそう享楽《きょうらく》に富むものだから。——話がここまでくるとハンス・カストルプの表情の曇りが、ヴェーザルをひるみ退かせたが、それは私たちの主人公の側からいえば、道学者流の固苦しさからというよりはむしろ、あらゆる高尚でむずかしい問題にはまったく無縁だとしばしば強調している善良なフェルゲが居合せたのを顧慮してのことであった。私たちは主人公を実際以上に良くも悪くも見せるつもりは毛頭ないのだから、ここでつぎのことを報告しておこう。哀れなヴェーザルがある晩ふたりきりのとき、謝肉祭の集いのあとでの体験と見聞について、後生だからぜひ委細を聞かせてくれと、声をふるわせてせがんだとき、ハンス・カストルプはおだやかな好意をもって彼の意を迎えた。読者も信じられるであろうが、このひそやかな一情景には、下品で軽薄なところは少しもなかった。それにもかかわらず、私たちはいろいろな理由から彼と私たちをそれに関与させず、ただ、ヴェーザルがその後以前に倍する献身をもって人づき合いのいいハンス・カストルプの外套を持ち歩いたことをいい添えておくにとどめよう。

ハンスの新しい食卓仲間についてはこのくらいにしておく。彼の右隣の席は空いていた。ほんのつかの間ふさがっただけだった。数日間だけ、彼がかつてそうであったような臨時聴講生、親戚《しんせき》の訪問者、平地からの客、いわばそこからの使者——一言にしていえば、ハンスの叔父《おじ》ジェイムズ・ティーナッペルによってふさがれた。

これは冒険的だった、突然に故郷の代表者、使者が、古きもの、沈み去ったもの、以前の生活、深く下方にある「平地」の空気を、その服のイギリス生地にまださわやかに含ませたまま、彼に並んで坐ったということは。しかしそれは起らずにはすまないことであった。早くからハンス・カストルプは平地のそのような突撃をひそかに予期していたし、いまや実際に偵察の任を帯びて現われたのも、的確に予想していたとおりの人物であった、――この予想は決してむずかしくはなかった。船乗りのペーターはこの点であまり問題にならなかったし、ティーナッペル大叔父については、この地方の気圧状況から何かと心配されることがあったので、十頭の馬で引っぱられてもやってこないことは明らかだった。いや、故郷《くに》のひとたちを代表して、失踪者《しっそうしゃ》を捜しにやってくるのはジェイムズでなければならなかった。すでに早くから彼の来訪は予期されていたのである。しかしヨーアヒムがひとりで帰って、親戚のひとびとにこの地の状況を報告して以来、攻撃の時が満ち、機は熟していたのである。したがってハンス・カストルプはヨーアヒムの出発からちょうど二週間たって門衛に一通の電報を手渡され、胸騒ぎがしてこれを開いて、これがジェイムズ・ティーナッペルの短期滞在申告とわかったとき、少しも驚かなかった。叔父はスイスに所用があり、その機会にハンスの山へ遠足することに決めたのである。彼は明後日に着くはずだった。

「よろしい」とハンス・カストルプは思った。「結構です」と彼は思った。「さあどうぞ」というようなことさえも彼は内心で付け加えた。「あなたに何がわかるだろう」と彼は近づいてくるひとに頭の中でいってみた。一言でいえば、彼はその通知を非常な平静さで受取り、それをさらにベーレンス顧問官と事務局に伝え、一部屋用意してもらい、

——ヨーアヒムの部屋がまだそのまま使えた——翌々日、自分が到着した時刻、したがって午後八時ころ、すでに暗くなってから、ヨーアヒムを送っていったのと同じの、固い乗り心地の悪い車で「村」駅へ、査察のために訪れようとする平地の使者を迎えに出向いた。

真っ赤に陽灼《ひや》けのした顔で、無帽、外套も着けないまま、彼はプラットホームの端に立っていたが、小さな列車が入ってくると叔父の坐っている窓の下へいって、おりるようにうながした、さあ、着いたのですよ。ティーナッペル領事は——彼は副領事で、この名誉職の方面でも老父の負担を軽くして大いに功があった——冬外套にくるまってこごえていた。というのも十月の夕暮は実際に厳《きび》しい寒さで、冴《さ》えた寒冷といってもいいほどで、夜明けには間違いなく霜がおりそうだったから。北西ドイツの紳士らしく、いくぶん弱々しい、非常に洗練された挙動で晴れやかな驚きを示しながら、彼は車室からでてきて、いとこのような甥《おい》に挨拶《あいさつ》し、健康そうな様子に対する満足を強調し、びっこが荷物の世話をすべて引受けてくれると知ると、外でハンス・カストルプといっしょに馬車の高くて固い座席にのぼった。彼らは華麗な星空の下を走りすすみ、ハンス・カストルプは頭をうしろへもたせて人差し指を宙に浮かし、いとこのような叔父に高原の説明をし、言葉と身ぶりできらめく星座のあれこれを要約し、遊星の名を呼んで聞かせた。

——しかし叔父のほうは宇宙よりも同道者の様子に注意をひかれ、ひそかに思うのだった、いまここでいきなり星の話をするのもありえないことではなく、気がふれているとはいわないが、それにしてもほかにいろいろ話がありそうなものだが。いったいいつごろから空のことにそう詳しくなったのか、と彼はハンス・カストルプに尋ねた。それに対してこちらは答えた、それは春夏秋冬バルコニーで夜の安静療養をした収穫である。――なんだって？　夜バルコニーで寝る？――そうですとも。副領事もそうするだろう。そうするほかはないだろう。

「たしかに、もち――ろん」とジェイムズ・ティーナッペルは意を迎えるように、いささか威圧されたようにいった。いっしょに弟のように育った甥は、悠々と単調に話した。秋の夕暮の凍《い》てつきそうな冷気の中で、彼は帽子も外套もつけずに並んで坐っていた。「君は少しも寒くないようだね」とジェイムズは尋ねた。彼自身は分厚い羅紗《らしゃ》の外套の下でふるえ、歯ががちがちしそうで、話しぶりもいくらか性急で不安定だった。「ぼくたちは寒くないのです」とハンス・カストルプは静かに短く答えた。

領事は彼を横からとくと見てあきなかった。ハンス・カストルプは故郷の親戚のひとびとのことも知人のことも尋ねなかった。ジェイムズが伝えた故郷からの挨拶、もう連隊に入っていて幸福と得意に輝くヨーアヒムの挨拶さえも、ハンス・カストルプは平静に礼をいって受け、それ以上故郷の事情に立ち入ろうとしなかった。彼はある漠《ばく》とした不安を感じたが、それが甥に原因するのか、あるいは彼自身、旅行者の身体状態に起因するのか、そのどちらともいえないままに、高原の風景もろくに眼に入らず、ただあたりを見まわし、空気を深く吸いこんで、吐きだしながら、それをすばらしいといった。たしかに、と相手は答えた。広く名が知れているだけのことはある。この空気は強い性質を持っている。全身の燃焼作用を早めるが、からだには蛋白をつけてくれる。どの人間もが潜在的に宿している病気を治す力を持っているが、まず一度病気を強力に促進させる、全有機体を刺激し昂進《こうしん》させることによって、病気をいわばはなばなしく爆発させるのである。——失礼だが、——はなばなしくだって——むろん。病気の爆発にはあるはなばなしさがあり、一種の肉体的なお祭りのようなものであることに気づいたことはありませんか。——「たしかに、もち——ろん」と叔父は下顎《したあご》をふがふがさせて急《せ》きこんで、八日、すなわち一週間、したがって七日間、もしかしたら六日間いられるだろうと告げた。さきにもいったように、君の様子を見ると、あらゆる予想を上まわって長引いた療養滞在のおかげで、すばらしく元気で丈夫そうだから、自分といっしょにすぐ故郷へ帰れるだろう、といった。

「まあまあ、さっそく無理をおっしゃらないで」とハンス・カストルプはいった。ジェイムズ叔父さんは下のひとそのままの見方をなさっていらっしゃる。ここのぼくたちの所でまあ少し見学し、慣れてみられるがよろしい。そうすればきっと考えを変えられるだろう。完全な治癒《ちゆ》が問題である、完全ということが決定的なのだ。ベーレンスはつい最近、あと半年という申渡しをした。ここで叔父は彼を「お前」と呼び、気は確かかと尋ねた。「お前は少しどうかしているんじゃないのかい」と彼は尋ねた。結局一年と三カ月の休暇滞在である、それにあと半年とは。いくらなんでもそんなに時間があるものではない。――そこでハンス・カストルプは星を仰いで悠然《ゆうぜん》と短く笑った。そう、時間ですね。まさに時間、人間の時間に関するかぎり、ジェイムズがここの上でそれについてともに語るには、前もってまず第一に身につけてこられた下界の時間概念に再検討を加える必要があるであろう。――お前の件で明日にも顧問官さんとしっかり話し合ってみよう、とティーナッペルは約束した。――

「どうぞ」とハンス・カストルプはいった。「彼はきっとあなたの気に入るでしょう。おもしろい性格です、派手でしかも憂鬱《ゆううつ》でね」それから彼はシャッツアルプ療養所の灯火を指《さ》し示し、ついでに二連橇《ボッブスレー》で谷へおろされる死体の話をした。

ふたりは「ベルクホーフ」のレストランで食事をともにした。その前にハンス・カストルプは客をヨーアヒムの部屋へ案内して、ひと休みする機会を与えた。H_2COで部屋は消毒されている、とハンス・カストルプはいった、――無茶な出発ではなく、まったく別の出発、脱出（exodus）でなく、退出（exitus）がなされたときと同じように徹底的に消毒されている、といった。叔父がその意味を尋ねると、「隠語ですよ」と甥がいった。「いい回しです」と彼はいった。「ヨーアヒムは逃亡したんです――軍旗のもとへ逃亡です、そういうこともあるんです。しかしいきましょう、温かい食事ができるように」こうして彼らは心地よく暖かいレストランで、一段高くなった席に向い合って腰をおろした。侏儒《こびと》の女が敏捷《びんしょう》に給仕し、ジェイムズはブルグント産の葡萄酒《ぶどうしゅ》を一本注文した。それは小さい籠《かご》に横たわったまま供された。彼らはグラスを合わせて、おだやかな焔《ほのお》を体内にくまなくめぐらせた。年少者は季節の変転の中のここの上の生活、食堂に姿を現わす患者たちのひとりひとりについて話し、人工気胸がどんなものか、善良なフェルゲの例を引いて説明し、胸膜震盪《しんとう》の恐ろしさをことこまかく説き、フェルゲ氏が陥ったという三色の失神、震盪に際して一役演じた嗅覚《きゅうかく》の幻覚、気絶しながら放った哄笑《こうしょう》のことなどを述べた。彼は談話を一手に引受けていた。ジェイムズはさかんに食べて飲んだ。日ごろからそうだったうえに、旅行と空気の変化でさらに食欲が進んでいた。それでも彼はときどき栄養摂取を中断し、――口いっぱいの食物を嚙《か》むのも忘れて、ナイフとホークを皿の上に鈍角に休ませたまま、たぶんそれと気づかずハンス・カストルプの顔をまじろぎもせず見つめた。こちらも格別それを気にする様子はなかった。ふくれあがった血管が、ブロンドの薄い髪に覆《おお》われたティーナッペル領事の顳顬《こめかみ》にくっきり浮きでていた。

故郷のことは個人的、家族的なことも、町のことも、商売のことも、造船、機械製造、ボイラー製作のトゥンダー・アンド・ヴィルムス会社のことも、話題にのぼらなかった。

会社は依然としてこの若い見習技師の入社を待っていたが、むろんそれが会社の唯一《ゆいいつ》の仕事ではないのだから、いったいいつまでも待っていてくれるかどうかは疑問であった。ジェイムズ・ティーナッペルは馬車の中でも、その後も、これらすべての問題にいい及んだが、そういう話題は地に落ちてそのままになってしまった――ハンス・カストルプの静かな、断固とした嘘《うそ》いつわりのない無関心な態度にはね返されて。この取りつくしまのない、ないしは不死身ともいえる様子は、秋の夕暮の冷気に対する無感覚、「ぼくたちは寒くないのです」という言葉を思いださせ、叔父がしばしばまじろぎもせず彼を見つめた原因でもあったであろう。婦長や医者たちのことも話題にのぼった。ドクトル・クロコフスキーが催す会も――ジェイムズが八日間いるとすれば、それに一度出席することになるだろう。叔父が講演を聞くつもりでいるなどと誰が甥にいっただろうか。誰ひとりいわなかった。彼がそうと決めこみ、悠々として断固として、それを決定ずみのこととしていたのである。叔父には、それに参加しないかもしれないと考えることさえも不自然に感じられ、彼は一瞬でもそういうことを考えたかのような嫌疑《けんぎ》を受けまいとして、あわただしく「たしかに、もち――ろん」と相槌《あいづち》を打って身をまもった。こういう甥の態度こそ、ティーナッペル氏にある力を漠然《ばくぜん》とながら、有無をいわせずに感じさせ、無意識のうちにいいとこを見つめさせたところのものであった――しかもいままでは口を開けて。鼻風邪《かぜ》をひいたおぼえはないのに、領事は鼻で呼吸する道をふさがれていたのである。彼は甥がここでみんなの共通な職業的関心を集めている病気について、病気に対する好感染性について話すのを聞いた。ハンス・カストルプ自身の控えめながら長びく症状について、細菌が気管支分枝や肺葉の組織細胞に及ぼす刺激について、結核形成について、可溶性の麻痺《まひ》性毒素の産出について、細胞の崩壊と乾酪化過程についいて。さらに乾酪化過程の場合には、石灰化と結締組織の癒着《ゆちやく》によって無事に停止してしまうか、それとも、より大きな軟化竈《なんかそう》を形成しつづけ、空洞をむしばみひろげ、器官を破壊するかが問題である。彼はこの破壊過程の狂暴な奔馬性の形態、すでに二、三カ月で、いや二、三週間で患者に脱出ならざる退出を迫る形態について聞かされ、顧問官が腕をふるう肺切開について、新来の重症の婦人に明日か明後日施されるはずの肺切除について聞かされた。本来なら魅力的なこのスコットランド婦人は肺壊疽《はいえそ》（gangraena pulmonum）に冒されていて、暗緑色の病毒が体内を領し、自分自身に嘔《は》き気をもよおして正気を失わないように、一日中石炭酸溶液の噴霧を吸っている。——ここで突然に領事は自分でもまったく不意のことで、大いに恥じ入ったのであるが、ふきだすという羽目になった。彼はふきだしたが、もちろんすぐさま驚いて我に返り、笑いを制して、咳《せき》ばらいし、思いがけない出来事をあらゆる方法で取りつくろおうとした。——そうしながら彼は、ハンス・カストルプが、気づかぬはずもない失態を一向に気にかけず、むしろ注意も払わずやりすごすのを認めてほっとしたが、それは新たな不安を宿す安心だった。その不注意は気転、配慮、礼儀などというべきものでなく、こういう出来事に不快を感じるなどということを、とっくに忘れてしまったかのような、純粋な無感動と無感覚、無気味なほどの寛容というべきものであった。唐突な笑いのほとばしりに遅まきながら道理と意味をそえようと願ってか、それともほかのどういう連関においてなのか、——領事はだしぬけに男同士のクラブでの話をやりだし、顳顬《こめかみ》の血管を緊張させたまま、いわゆる「シャンソン歌手」女芸人のことを話しはじめた。とほうもない女で、目下ザンクト・パウリで活躍し、故郷の自由市ハムブルクの紳士連に息もつがせないといい、その情熱的な魅力をいとこに説明した。彼の舌はこの物語のとき少しもつれたが、彼はそれを思いわずらうには及ばなかった。相手の動じることなき寛容は明らかにこの現象にもおし及ぼされたから。とにかく、彼をとらえている激しい旅疲れが次第にはっきりしてきたので、彼はもう十時半ころに閉会を提議し、広間で、なんどか話にでたドクトル・クロコフスキーに出会うことになったのを内心あまり歓迎しなかった。ドクトルは新聞を読みながらサロンのドアのそばに腰かけていた。甥が彼を紹介した。ドクトルの逞《たくま》しく快活なあいさつにも彼は、「たしかに、もち——ろん」のほかほとんど何も答えることができず、甥が明朝八時に朝食に迎えにくると通告して、ヨーアヒムの消毒ずみの部屋から、バルコニー伝いに自分の部屋へ引揚げてしまってから、習慣になった就寝前の巻煙草《まきたばこ》をくわえて、脱走兵のベッドに倒れこんだとき、実は心底からほっとしたのであった。火のついているたばこをくわえたまま二度ばかりうとうとしはじめ、彼はあやうく火事をだすところであった。

ハンス・カストルプが「ジェイムズ叔父さん」と呼ぶこともあれば、ただ「ジェイムズ」とだけ呼びもするジェイムズ・ティーナッペルは、脚の長い四十歳近い紳士で、イギリス地の服に柔らかな純白のシャツをつけ、カナリヤ色の髪は薄くなり、青い眼が狭い間隔で並び、短く刈りこみ半ば剃《そ》り落した藁色《わらいろ》の口ひげと、手入れの行き届いた手をしていた。数年来夫であり父であったが、ハルヴェステフーデ街の老領事の広い別邸を立ち退《の》く必要はなかった。——妻は彼と同じ階級の出身で、彼と同じように洗練されて上品で、彼と同じように小声で早口で皮肉かつ慇懃《いんぎん》な話し方をする婦人だった。彼は家庭では非常に精力的で、慎重で、きわめて優雅でありながらも冷静で実際的な実務家であったが、異なった風俗圏では、たとえば南ドイツなどを旅行するときには、その態度に大急ぎでひとの意を迎えるようなところを加えるのであった。

慇懃で、しかもあわただしく自説を撤回するこの気の良さは、彼自身の文化に対する確信のなさを現わすどころか、逆にその強固な閉鎖性の意識の現われであり、自分の貴族的な狭量を補正し、信じがたいと思われる生活様式のただなかにあっても、怪訝《けげん》に思う様子をつゆ見せまいとする願望の現われでもあった。「ごもっとも、たしかに、もちろん」と彼は、洗練されてはいるが、狭量だと誰にも思われたくないために、急《せ》きこんでいった。ここへはむろんある実際的な用事でやってきたのであり、つまり、精力的に情勢を判断し、ぐずぐずしている親戚《しんせき》の青年を、彼のひそかな表現を借りれば、「引きはがし」て、故郷へ連れ戻すという委託、意図を持ってやってきたのであるが、彼はここの上が彼のまったく知らない別世界であることを、はっきりと悟らされた。――すでに最初の瞬間から、閉鎖的な自信において、彼自身の世界に劣らないどころか、それを凌駕《りようが》しさえもする、ひとつの世界と風俗圏が彼を客として迎えいれたという予感に手ひどく打ちのめされて、彼の実務的精力はたちまち育ちの良さとの不和、それも非常に面倒な不和に陥った。客を迎えたこの世界のひとびとが持っている自信は、実にひとを有無をいわさず圧《お》し殺してしまうほどのものであることがわかったのである。

ハンス・カストルプは領事の電報に、心の中で平然と「さあ、どうぞ」と答えたとき、まさにこのことを予見したのであった。しかし、彼が叔父に対して自分の環境の個性の強さを意識的に利用したというのは当らない。そうするには彼はもうとうに環境の一部でありすぎた。彼が攻撃者に対してそれを利用したのでなく、その反対であり、したがってすべては事実の単純さをもって成就《じようじゆ》されたのである。自分の企画に見込みがないという最初の予感が甥《おい》の様子からそこはかとなく領事に吹き寄せた瞬間から、ハンス・カストルプが憂鬱な微笑で見送らずにはいられなかった終末と大団円にいたるまで。

最初の朝の食事の席で、ここに永く居ついている者がこの聴講生を食卓仲間のサークルに紹介し、それから、ティーナッペルはベーレンス顧問官から実に思いがけないことを聞かされた。黒いひげ、蒼《あお》い顔の代診を従え、長身でざわざわと食堂へ泳ぎこんできて、例の修辞学的な朝の挨拶《あいさつ》、「ぐっすり眠れましたかな」とともに食堂の中をすばやく遊弋《ゆうよく》して廻る顧問官から、――彼は聞かされたのである、ここの上でひとりぼっちになった甥に少し相手をしてやろうというのはあなたのすばらしい思いつきであった、というのみならず、ほかならぬあなた御自身のためにもこれは実に適正な振舞いである、なぜならあなたは明らかに完全に貧血しているからと。――貧血、私、ティーナッペルが？――そう、そのとおり、とベーレンスはいって、人差し指で彼の下瞼《したまぶた》を下に引いた。高度の貧血です、と彼はいった。叔父上には数週間ここのバルコニーで長々と寛《くつろ》いで、あらゆる点で甥御を手本に精進されるならば、これはまさしく抜け目ないご行動と申すべきである。叔父上のような容態では、しばらく軽い肺結核（tuberculosis pulmonum）の場合のような生活をされるのがいちばんの得策であろう。それに軽い肺結核なら決して珍しいことではない。――「たしかに、もち――ろん」と領事はすばやくいって、うなじをもりあげて泳ぎ去るひとを、なおしばらく、熱心かつ慇懃に口を開いて見送り、甥は平然とあつかましくそのかたわらに立っていた。それから彼らは寛《かけひ》のそばのベンチまで所定の散歩にでかけて、そののちジェイムズ・ティーナッペルは彼の最初の安静時間をつとめた。指導にあたるハンス・カストルプは彼が携行した旅行用膝《ひざ》掛けに加えて、自分のラクダの毛布を一枚貸し与え――美しい秋日和《あきびより》を思えば彼自身は一枚で十分だった――毛布にくるまる伝来の技法を逐一忠実に伝授した、――しかり、彼はすでに領事を丸くし、なめらかにしてミイラに変えたのち、もう一度すっかりほどいて、こんどはあちこち手をかして直してやるだけで領事にひとりで定まりの手続きをくり返させ、リンネルの日除《ひよ》けを椅子《いす》に固定して、太陽の動きにつれてこれを移動させることを教えた。

領事はだじゃれをいった。まだ彼の中には平地の精神が強く、すでに朝食後の規定の散歩をひやかしたように、いま教えてもらったことをもからかった。しかし、彼の冗談を迎える甥の悠然とした、相手をまったく理解しようとしない微笑を、またそこに描きだされるここの上の世界の閉鎖的な完全無欠の自信を見ると、彼は不安になってきた。彼は自分の実務的エネルギーのことを心配し、甥の件に関する顧問官との決定的な話し合いを直ちに、できるだけ早く、この午後にもはたそう、下界から持ってきた自意識、諸々《もろもろ》の力をまだ動員できるうちにと、性急に決心した。なぜなら彼は、それらが衰弱していること、この地の精神が彼の紳士的教養と結んで、それらに敵対する危険な同盟を形成していることを感じたからである。

さらに彼は、貧血だからここの上で患者たちの習慣に従うようにと顧問官がすすめたのを、まったく余計なことと感じていた。それは当然のなりゆきで、それ以外に全然考えようがないかに見えた。そして、それがどの程度までハンス・カストルプの平静と取りつくしまのない自信による仮象であるのか、またどの程度まで実際にかつ必然的にそれ以外のことが不可能で考えられないのか、それは育ちのいい人間にははじめから判別できないところであった。最初の横臥《おうが》療養ののち豊富な二度目の朝食になり、それから「街」への散歩というもっともな結果になる、これほど明瞭《めいりょう》なことはありえなかった。――そして散歩ののちハンス・カストルプは叔父をふたたびくるみこんだ。文字どおりにくるみこんだのである。そして秋の陽ざしの中で、寝心地のよさがまったく論議の余地を持たず、きわめて賞讃《しょうさん》すべき椅子に、彼自身と同じように叔父を寝かせておくと、やがて銅鑼《どら》が患者たちに昼食を報《し》らせ、昼食は最上級、とびきり（tipptopp）で、非常に盛りだくさんなので、それに続く総員横臥勤務は外的な慣習以上のものとなり、内面的必然性であり、きわめて個人的な信念から遂行されるのであった。かくしてこってりとした夕食になり、光学的な娯楽器具をしつらえた客間での夜の集いになる――かくも温和な自明さで押しせまる日課に対しては、なんの異論もさしはさみようがなく、たとい領事の批判力が健康状態のために低下させられていなかったとしても、それは文句をつける機会を与えないものだったであろう。彼の健康状態は、病気とまではいいたくなかったが、しかしほてりと寒気を同時に感じ、疲労と興奮からなる不快な状態であった。

落着きなく待ち望んだベーレンス顧問官との会談を実現させるために、規定の手続きが踏まれた。ハンス・カストルプがマッサージの先生に申込み、この先生がさらに婦長に伝えて、ティーナッペル領事はこの機会に、彼女と風変りな対面をすることになった。つまり、彼女は彼が寝ているバルコニーに現われ、丸太棒《まるたんぼう》のように寄るべなくくるまれた者の育ちのよさを珍奇な慣習によって大いに煩《わずら》わせたのである。尊敬すべきあなたは、と彼はいわれた、どうか二、三日待っていただきたい。顧問官はふさがっている、手術に一般検査。キリスト教の建前に従って、悩める人類が優先する。彼は健康だと称しているのであるから、ここでは第一号でなく、退いて待たなければならないということに慣れるべきである。診察でも受けたいと申出るのなら話は別である。――そうされても、このアドリアティカはさほど意外に思わない、まあ、ちょっとわたしの眼を見つめるがよろしい、そう、眼と眼を見合せて。あなたの眼は少し濁ってちらちらしている。それにそうして自分の前で寝ている様子を見れば、結局のところあなたも完全に大丈夫、清浄潔白とはいえないようである、どうかここのところをわかっていただきたい、――そこでお申込みは診察であろうか、それとも私的会談であろうか。――あとのほうです、むろん、私的会談です！　と横臥者は断言した。――それでは通知を受けるまで待っているように。顧問官には私的会談をする暇はめったにないのです。

　要するに、万事ジェイムズが想像していたのとは違ったふうになってしまい、婦長との対話は彼の平静な心にいつまでも消えない衝撃を与えた。その取りつくしまのない平静から推して、明らかにここの上の諸現象と和合している甥に、彼は、あの婦人がなんとすさまじく感じられたことかなどとぶしつけないい方をするには、あまりにも紳士でありすぎたので、控えめに、婦長はどうやら相当に風変りなご婦人らしいね、と甥の意を打診するにとどめた。――ハンス・カストルプは吟味するようにちらと宙を見やったのち、ミュレンドンクが体温計を売りつけたかと問い返して、叔父の言葉をなかば承認することになった。「私に？　いいや、それが彼女の仕事かい」と叔父は尋ねた……しかし、始末が悪いのは、甥の表情にはっきり現われているように、甥が今しがた尋ねたことが実際に起っていたとしても、甥は驚かなかっただろうということであった。「ぼくたちは寒くないのです」とその顔には書かれていた。しかし領事は寒かった。頭が熱しているのに、たえず寒気がした。そして彼はこんなふうに考えた、もし婦長が本当に自分に体温計をさしだしたなら、自分はきっとそれをおし返したことであろう、しかしそれは結局正しくなかっただろう。文明社会のならわしで他人の体温計、たとえば甥のそれを使わせてもらうことはできないのだから。

そんなふうにして数日、四日か五日かがすぎた。使者の生活は軌道に乗っていた――彼のために敷かれた軌道に。そして彼の生活がその軌道の外を走りうるということは考えられないことであった。領事はさまざまな体験をし、いろいろな印象を受けた、――私たちはあまりこれにかかわり合わないことにしよう。彼はある日ハンス・カストルプの部屋で黒いガラス板を手に取った。それは部屋の主が清潔な部屋を飾っている他のこまごました私物にまじって、彫刻をほどこした小さな写真立てにはめられて、箪笥《たんす》の上にのせられていたが、光にかざしてみると写真の陰画であることがわかった。「これはいったいなんだい」と叔父は眺《なが》めながら尋ねた……そう尋ねるのも無理はなかった。肖像には頭がなく、それはおぼろな肉に包まれた人間の上半身の骸骨《がいこつ》だった、――それも女性のトルソーらしいことが見てとれた。「それですか、記念品です」とハンス・カストルプは答えた。それを聞くと叔父は、「これは失礼」といい、写真を写真立てに戻し、あわててそこを離れた。この四、五日の間の彼の体験と印象の一例としてこれだけをあげておこう。ドクトル・クロコフスキーの講演にも、出席しないでいるなどということは考えられなかったので、出席した。そして、待ちに待ったベーレンス顧問官との私的会談のほうは、六日目に行われた。彼は呼びだしを受け、朝食ののち、甥とその時間浪費について顧問官とまじめに談判する決心で地下室へおりていった。

ふたたびあがってきたとき、彼は声をひそめてこう尋ねた。

「あんな話を聞いたことがあるかね?」

しかし、ハンス・カストルプがもうそんな話を聞いたことがあるにちがいないこと、そんな話を聞いてもびくともしないことは明らかだった。それで彼は口をつぐみ、あまり気乗りのしない甥の反問に、「なんでもない、なんでもない」と答えただけだったが、彼はそのときから新しい癖を見せるようになった。眉《まゆ》を寄せ唇《くちびる》を尖らせて、どことなく斜め上をうかがい、それから激しい動きで頭をふり向け、同じ眼差《まなざ》しを反対の斜め上の方へ向けるのであった……ベーレンスとの会談も、領事が予想したのとは違ったふうに進んだのであろうか。話すうちに、ハンス・カストルプのことだけでなく、彼ジェイムズ・ティーナッペルそのひとのことも話題になり、談話から私的会談の性格が失われてしまったのであろうか。彼の挙動はそういう推測をさせた。領事はひどく上機嫌《じょうきげん》な様子で、よくしゃべり、わけもなく笑い、甥の脇腹《わきばら》をこぶしでつついて、「やあ、先輩」と叫ぶのであった。そんな間にも彼は例のまなざしを、あちらに向け突然またこちらに向けた。しかし彼の眼は、ある一定の方向へ向けられもした、食事のときも、規定の散歩のときも、夜の集いのときも。

領事はレーディシュ夫人なるひとに、はじめのうちは特別な注意を払っていなかった。目下不在のザーロモン夫人や丸眼鏡をかけた大食家の学生と同じ食卓に坐《すわ》っているポーランドの工業家の夫人で、事実彼女は安静ホールのありふれた一婦人にすぎなかったし、それもずんぐり肥《ふと》ったブリュネットの髪の女で、もう若くもなく、髪にはすでに白いものもまじっていたが、二重顎《あご》が愛らしく、褐色の目が活《い》きいきとしていた。洗練という点で彼女が下の平地にいるティーナッペル領事夫人と競いえようとは考えられなかった。ところが日曜の晩、夕食後のロビーで領事は、彼女の着ていた金属箔《きんぞくはく》をつけたきらびやかな黒いデコルテのおかげで、レーディシュ夫人が立派な乳房《ちぶさ》の持ち主であるのを発見したのであった。艶《つや》のない白さでむっちりくっつき合った乳房の分れ目がかなり下までみとめられた。この発見が、まったく新しい思いも寄らぬ未曾有《みぞう》の仔細《しさい》を持つものでであるかのように、この成熟し洗練された男を魂の奥底まで震撼《しんかん》させ感激させたのである。彼はさっそくレーディシュ夫人と近づきになろうとし、それに成功して、まず立ったまま、つぎには坐って、長い間彼女と話し、歌をくちずさみながら眠りについた。翌日レーディシュ夫人はもうきらびやかな黒服を着ず、胸を覆《おお》い包んでいた。しかし領事は昨夜見たものの印象を忠実にまもろうとした。彼は療養歩道で夫人に追いつこうと努め、せつなげに魅惑的な特別なしぐさで彼女の方へからだを向けたりかしげたりしながら、並んで歩き、食事のときには彼女のために乾杯し、彼女もいくつかの歯を覆う金冠をきらめかせながら微笑して乾杯を返した。彼は甥《おい》と話しながら、彼女を「神のごとき女性」とまで呼び、――それからまたも歌をくちずさみはじめるのであった。これらすべてをハンス・カストルプは平静な寛容さで、こうなって当然だといわんばかりの表情で是認した。しかしこれは年上の親族の権威を強めるわけもなく、また領事の使命とも一致しがたいところであった。

彼がグラスをかかげて、それも魚のラグーのときと、その後シャーベットのときと二度も、レーディシュ夫人に敬意を表したのは、ベーレンス顧問官がハンス・カストルプとその見舞客との食卓で会食したときのことだった。――彼は七つの食卓のどれにも順に臨席してまわることになっており、どの食卓にも上席の幅のせまい側に彼のための食器がひと揃《そろ》い用意されていた。皿の前に巨大な手を組み合せ、はねあがったひげを見せて、彼はヴェーザル氏とメキシコのせむしの間に坐って、メキシコ人とスペイン語で話し、――彼はあらゆる言語をあやつり、トルコ語やハンガリー語まで話せたのである――ティーナッペル領事がボルドー酒のグラスで向うのレーディィシュ夫人に挨拶する様子を、青くうるみ赤く充血した眼で眺めていた。しばらくして食事中に、顧問官はちょっとした講話をしたが、これはジェイムズにたきつけられてのことであった。彼は食卓の端から端へはるばると、人間が腐敗するときはどうなるのかと即興の質問を呈したのである。顧問官は肉体のことを研究された、肉体はもちろん、ご専門の分野である、こんな表現が許されるなら、彼はいわば肉体の君主であられる、ついては肉体が分解するときにはどうなるのか、そこをお話し願いたい。

「何よりもまずあなたの腹部が破裂します」と顧問官は肘《ひじ》をつき、組み合せた手の上へ屈《かが》みこんで答えた。「あなたは鉋屑《かんなくず》と鋸屑《おがくず》の上に横になっておられる。するとガスが、いいですね、ガスがあなたをふくらませます。ガスがあなたを強力に膨脹《ぼうちょう》させます、腕白小僧どもが蛙《かえる》に息を吹きこんでするように、――ついにあなたは風船玉そのものです。そしてお腹《なか》の皮はこの高圧にもはや耐えられなくなり、破裂するのです。パーン、あなたは眼に見えて楽になる、イスカリオテのユダが枝から落ちたときのようにするわけです。あなたは中身をぶちまけてしまう。そうです、それがすんでからあなたはまた人中にでることができる。休暇がもらえたら、ご遺族をお訪《たず》ねになっても、そう厭《いや》がられないですみましょう。これをガス放出ずみといいます。そのあとで空気に当りますと、またもや粋《いき》な男子になります、ポルタ・ヌオヴァ近郊の*カプチン派僧院の地下道にぶら下がっているパレルモ市民たちのように。彼らはそこで乾《ひ》からびて優雅にぶら下がり、ひろく尊敬を受けています。肝心なことは、ガスを放出してしまうことです」

「なーるほど」と領事はいった。「まことにありがとうございました」そしてつぎの朝彼は姿を消していた。

彼は去った。早朝の一番列車で平地をさして旅だってしまったのである。――もちろん、要件を片づけずにいってしまったわけでない。それはいうまでもないことである。彼は支払いをすまし、なされた診察に謝礼を置き、こっそりと、甥に一言もいわずに、ふたつの手提鞄《てさげかばん》を整えたのである、――たぶんそれは、夕方かあるいは明け方のまだ寝しずまっているときになされたのであろう。――ハンス・カストルプが一回目の朝食の時間に叔父の部屋へ入ると、部屋は空《から》になっていた。

腰に両手を当てがって立ち、彼はいった、「そうか、そうか」憂鬱《ゆううつ》な微笑が彼の顔に浮んできたのはここでだった。「ああ、そうか」といって彼はうなずいた。逃《のが》げだしてしまったのである。一瞬の決断力に乗じなければならない、この瞬間を断じて逃してならないとばかりに、あわてふためき、無言のまま大急ぎで持物を鞄に投げこんで、逐電《ちくてん》したのである。ひとりきりで、ふたりではなく、名誉ある使命をはたしおえてではないが、せめてひとりだけでも逃げだせるのにほっとして。正直者の、下界の旗への逃亡者、ジェイムズ叔父さん、では道中ご無事で。

ハンス・カストルプは見舞いの叔父の急な出発について少しも知らなかったということを、誰にも気どらせなかった、ことに領事を駅まで送っていったびっこには。彼はボーデン湖から葉書を受取ったが、それは商用のため即刻平地へ呼び戻す電報が届いた、甥のじゃまをしたくなかったので云々《うんぬん》という内容のものであった。――苦しまぎれについた嘘《うそ》である。――「今後とも愉快なご滞在を」――これは嘲笑《ちょうしょう》だろうか。そうだとすると実に俗悪な嘲笑だ、とハンス・カストルプは考えた。なぜなら、あわてふためいて出発したときの叔父は、とても嘲笑や冗談がでるような気分でなく、叔父は心の中で、顔を蒼《あお》ざめさせるような驚きをもって、ここの上で一週間滞在したのちに平地へ帰ったならば、朝食後に療養勤務の散歩に出ることもなく、それから儀式的なしぐさで毛布にくるまって、水平状態で戸外に身を横たえることもなく、その代りに自分の事務所へ顔出しするあの下の生活が、当分の間完全に間違った不自然な不法なものと感じられるであろうと想像し、悟ったからである。そしてこの恐ろしい予感が彼の逃亡の直接の原因だったのである。

でていったままのハンス・カストルプをふたたび取返そうとする下界の試みは、こうして終りを告げた。青年は彼が予見していた完全な失敗があの下界のひとたちに対する彼の関係にとって決定的な意義を持つという事実に眼をふさごうとしなかった。その失敗は、下界にとっては肩をすくめる最終的な断念を意味し、彼にとっては、自由の完成を意味したが、彼の心臓はそれを前にしてもいまではもう高鳴ろうとはしなかった。

「精神錬成」(operationes spirituales)

レオ・ナフタはオーストリアのガリシアとポーランドのヴォリニアの境に近い小部落に生れた。彼は父親のことを尊敬をもって話したが、それは生いたった世界を好意的に語りうるほどにその世界を超脱してしまっているという感情をはっきりと示していた。彼の父親はそこで屠殺者《とさつしや》(schochet)をしていた。――そしてこの職業は、職人であり商売人であるキリスト教の屠殺者のそれとは、どんなに違っていたことであろうか。レオの父親はそんなものではなかった。彼は役人、しかも宗教関係の役人であった。ユダヤの律法学者に敬虔《けいけん》な技能をためされ、モーゼの掟《おきて》によって屠殺を認められた家畜を、ユダヤ教律法説明集タルムードの規定に従って殺す権能を与えられたエリア・ナフタは、息子の描写によれば、青い眼が星の光を放って静かな精神性に満たされ、その人柄に祭司のおもかげを、太古には屠殺が実際に祭司の仕事であったことを思いださせるある荘重さを宿していた。レオ、もしくは、幼いころの呼び名によるとライプは、父が中庭でたくましい下男の手を借りてその儀式的な職務を執行するのを見せてもらった。下男は闘技者ふうのユダヤ人タイプの若者で、彼と並ぶと、ブロンドのひげを丸く刈りこんだ華奢《きゃしゃ》なエリアは、いっそう優美に、か細くみえた。四肢《しし》をしばられ、横木に締めつけられているが、意識は失っていない動物に向って、彼は大きな屠殺刀をふるい、それを頸《けい》椎《つい》のあたりへ深く刺しこみ、下男がほとばしりでる湯気の立つ血をたちまちにいっぱいになってしまう鉢《はち》に受けとめる。レオはこの光景を、感覚的なものを通じて本質的なものに迫るあの子供の眼、星の眼を持つエリアの息子には特別にそなわっていたであろう眼で、心に写しとったのであった。キリスト教徒の屠殺者は動物を殺すまえに、棍棒《こんぼう》か手斧《ておの》の一撃で意識を失わせておかなければならないとされていること、そしてこのおきては動物虐待《ぎゃくたい》と残酷を避けるために課されていることを彼は知っていた。ところが彼の父親は、かのキリスト教国の不作法者たちよりもはるかに繊細で賢明であり、しかも彼らの誰もが持っていない星の眼を持っていたが、意識を失っていない生物に屠殺刀を刺しこみ、倒れるまで血を流させた。少年ライプには、あの粗野なキリスト教徒の方法はだらしない世俗的な善良さによって定められていて、それをもってしては父の慣習の荘重な無慈悲をもってするほどには、聖なるものに敬意が捧《ささ》げられないと感じた。彼にとって敬虔の観念は残酷のそれと結びついていたのである。彼の空想の中では、ほとばしる血の流れる光景とその匂《にお》いとが、聖なるもの、精神的なるものの理念に結びついたのと同じように。父がこの血なまぐさい職業を選んだのは、筋骨たくましいキリスト教徒の徒弟ども、あるいは父自身のユダヤ人の下男でもこの仕事に感じているかもしれない残虐な趣味からではなくて、精神的な意味からであり、華奢なからだつきから考えても、その星の眼がもつ意味においてであることを彼はよく知っていたのであった。

実際にエリア・ナフタはせんさく家であり、思索家であった。モーゼ五書の研究家であったのみならず、この律法の批評家でもあり、その章句について律法学者と議論し、論争することもまれではなかった。その地方で、それも同宗のひとびとの間だけでなく、彼は何か特別な存在とみなされていた。他のひとびとよりも多くを知る者、――一部は宗教的な意味において、しかし一部はあまり尋常とはいえない流儀、とにかくも普通の秩序をはずれている流儀において。彼には、ある特別な宗派に属しているものによく見られる異常さがつきまとっていた。神に親しい者、バール・シェムもしくはツァディク、つまり奇蹟《きせき》を行うひとという感じがつきまとっていた。まして彼は実際に一度はある女の悪性の吹出物を、一度はある少年の痙攣《けいれん》を、それも血と呪文《じゅもん》とで治《なお》してやったことがあった。そこにはしかし彼の職業の血の匂いも一役演じていた。このなんとなく冒険的な敬虔という特徴こそは彼の破滅の因《もと》となったのである。キリスト教徒のふたりの子供の不可解な死のために、大衆運動と暴動がおこったとき、エリアは惨殺《ざんさつ》された。彼は燃える家のドアに釘《くぎ》で磔刑《はりつけ》にされた姿で発見され、彼の妻は、胸を病んで寝ていたが、子供たち、ライプ少年とその四人の弟妹とともに、手をあげ泣き叫びながら、国を逃《のが》れたのであった。

エリアが将来に備えておいてくれたおかげで、打ちのめされた一家は、無一文になることもなく、オーストリアのフォアアールベルク地方の小さな町に落着き、ナフタ夫人はそこのある紡績工場に仕事を見つけ、体力の許すかぎり、許す間、仕事にはげみ、上の子供たちは小学校にかよった。この学校が授け与える精神的内容は、レオの弟妹の素質と要求を満足させえたかもしれないが、長男の彼自身については、事情はまったく異なっていた。彼は母親からは胸部疾患の萌芽《ほうが》を受継いでいたが、父親からは優美な体格のほかに、抜群の悟性を享《う》け、この天分は早くから不遜《ふそん》な本能、強大な野心、高踏的生活様式への刺すような憧憬《どうけい》などと結びつき、彼に自分の生いたった世界から抜けだそうと情熱的に努力させた。学業のほかに、十四歳と十五歳のころの彼は、調達できた書物によって、不規則な性急な方法で精神を形成しつづけ、その悟性に養分を補給した。彼は病みおとろえていく母親が頭をななめに肩の間に引き、痩《や》せ細った両手を開いて差上げて慨嘆するようなことを考えたり、口にしたりした。宗教の授業における態度、返答によって、彼は地区の律法学者の注意をひき、この敬虔な学者は彼を個人的な弟子《でし》として、その形式衝動をヘブライ語と古典語の訓練で、その論理衝動を数学の手ほどきで満足させた。しかし、これに対してこの善良な学者は、恩を仇《あだ》で返される羽目になった。ときが経《た》つにつれて、蛇《へび》をふところにはぐくんでいたことが明らかになってきたのである。かつてエリア・ナフタとその論敵ラビとの間に生じたようなことが、いまやここでも起ってきた。師弟は不和になり、ふたりの間に宗教上、哲学上の摩擦《まさつ》が生ずるにいたり、それがますます鋭くなり、実直な律法学者は、若いレオの精神的敵意、酷評癖と懐疑癖、反抗的精神、鋭利な弁証論法のためにありとあらゆる苦悩を味わわされた。加うるに、レオの詭弁《きべん》癖と精神的煽動《せんどう》性は、今や革命的刻印を帯びるにいたった。オーストリアの国会議員である社会民主主義者の息子と知り合い、父親その人とも知合いになったことが、彼の精神を政治の小径《こみち》に向わせ、彼の論理的情熱に社会批判的方向を与えたのである。彼は忠勤を旨《むね》としている善良なタルムード学者の頭髪を逆立たせ、師弟間の和合にとどめをさす弁舌をふるった。要するに、ナフタは師にしりぞけられ、永久にその書斎から追放されてしまうにいたったのであった。それはしかも、ちょうど母ラーヘル・ナフタが臨終の床についていたときであった。

しかしそのころ、母の死去の直後に、レオはウンターペルティンガー神父と知り合った。十六歳の彼はマルガレーテンコップと呼ばれる公園のベンチにひとりで坐《すわ》っていた。町の西に当る丘陵でイル河のほとり、ラインの渓谷が広々と明るくのぞまれるところである。——そこに坐って、彼が自分の運命と将来について暗くにがい物思いにふけっていたとき、イェズス会の「暁星学園《モルゲンシュテルン》」という寄宿学校の教授のひとりが散策していて、横に腰をおろし、帽子をそばへ置き、教区付司祭の長衣の下で足を組み、聖務日禱書《にっとうしょ》をしばらく読んだのち談話をはじめ、話が非常に活潑《かっぱつ》に発展して、そしてこの出会いは、レオの運命にとって決定的な意味を持つにいたったのである。言動も優雅な遍歴者、情熱的な教育家、人を見る眼があり、人を漁《あさ》るのにたけたそのイェズス会士は、みすぼらしいユダヤ人の少年が彼の質問に答えるときの、嘲笑《ちょうしょう》的にはっきり区切りのついた最初の言葉を耳にしておやと思った。彼は鋭いしいたげられた知性の息吹《いぶ》きがそこから吹きよせてくるのを感じ、さらに深く迫ってある知識と思考の悪意ある優雅さに逢着《ほうちゃく》したが、それは少年の見る影もない外見によっていっそう意外に感じられたのである。マルクスのことが話にでると、レオ・ナフタはすでにその「資本論」を普及版で学んでいたし、マルクスからヘーゲルに及ぶと、レオは彼の著書あるいは彼に関する文献をもやはり読んでいて、彼についてもいくつかの卓抜な意見を述べることができた。逆説を好む性向からか、それとも、儀礼的な配慮からか、——彼はヘーゲルを「カトリック的思想家」と呼んだ。そして、それはどのように論証されうるか、ヘーゲルはプロイセンの国家哲学者として、もともと本質的にプロテスタントとみなされるべきだがという、神父のほほえみながらの問いに、彼は答えた。「国家哲学者」という言葉こそ、ヘーゲルのカトリック性という自分の主張が、教会教義的意味においては別だとしても、宗教的な意味においては、正当であることを裏づける。なぜなら（この接続詞をナフタは特に好んだ。それは彼の口にかかると意気揚々とした非情なひびきを帯び、この接続詞をさしはさむことができるときには、彼の眼が眼鏡の玉のうしろできらりときらめくのであった）、なぜなら、政治的という概念はカトリック的という概念と心理的に結びついていて、両者は客観的なもの、実践的なもの、活動的なもの、実現させるもの、外部に影響を及ぼすもののすべてを包括するひとつの範疇《はんちゅう》を形成しているからである。この範疇に対立するのが敬虔主義的な、神秘主義思想から生れたプロテスタンティズムである。イェズス会の性格には、と彼は付け加えた、カトリシズムの政治的、教育的な本質が明らかに見られる。政治と教育をこの修道会は常にその専門領域と考えてきた。そして彼はさらにゲーテをあげて、ゲーテは敬虔主義に根をおろし、プロテスタントにちがいないが、非常にカトリック的な一面を持っていた。つまり彼の客観主義と行動説によってである。ゲーテは秘密懺悔《ざんげ》を擁護し、教育者としてはほとんどイェズス会士だったといった。

ナフタがこういうことを述べたのは、それを信じていたからか、あるいは、それが機知に富んでいると考えたからか、あるいは、お世辞をいわなければならない貧しい者、どうすれば自分の利益になり、どうすれば不利になるかを十分に打算する貧しい者として、相手に調子を合わせるためからか、いずれにせよ、神父は少年の言葉の真理としての価値よりは、むしろそれが証明する全体的な利発さに心を惹《ひ》かれたのであった。会話は絶えることなく紡《つむ》ぎだされ、レオの個人的事情はまもなくイェズス会士の知るところとなり、出会いは、ウンターペルティンガーがレオに近いうちに寄宿学校へ訪ねてくるように勧誘することで終った。

こうしてナフタは暁星学園（Stella matutina）の門を潜《くぐ》ることを許されたのであった。そこの学問的にも社会的にも尊大な雰囲気は、彼がかねて想像しながらあこがれていたものであった。のみならず、事態のこういう転換によって、彼は以前の師よりもはるかによく彼の本質を評価し促進させてくれる、新たな教師と、後援者、広い世間知にもとづく冷静な性質の慈悲をそなえた師とを授かり、そして、この師の世界に入りこむことに彼は非常なあこがれを感じたのであった。多くの聡明《そうめい》なユダヤ人に似て、ナフタは本能的に革命家であると同時に貴族主義者であった。社会主義者であり――同時に誇り高く上品な、排他的で戒律の多い生活様式の中に生きるという夢にとりつかれていた。カトリック神学者を前にして彼が洩《も》らした最初の言葉は、純粋に分析的比較的な意味においてではあったが、ローマ教会への愛の告白であった。彼はローマ教会を、高貴で精神的な力、すなわち、反唯物《はんゆいぶつ》的、反現実的、反世俗的、したがって革命的な力と感じたのであった。そしてこの求愛は純正であり、彼の本性の中心から発するものであった。なぜなら、彼自身が分析したとおり、ユダヤ教は現世的即物的なものを目指すその傾向、社会主義、その政治的精神によって、沈潜癖と神秘主義的主観性におけるプロテスタンティズムよりも、はるかにカトリック世界に近く、比較にならないほどこれに類似していたからである。――したがって、ユダヤ人のローマ教会への改宗は、プロテスタントのローマ教会への改宗にくらべて明らかに、精神的にははるかに自然な成行きを意味していたからである。

自分の生れた宗教共同体の師とは仲たがいし、孤児になって身寄りもなく、加うるに、もっと清浄な雰囲気《ふんいき》、彼の天分からすれば当然要求していい生活様式への希求に満ちたナフタは、とっくに法律上の成年に達していて、改宗告白をじりじりしながら待っていたので、彼の「発見者」はこの魂を、というよりはこの非凡な頭脳を、自らの宗派の世界へ引きこむのにどんな苦労も必要としないことを悟った。まだ洗礼を受けないうちからレオは神父の世話で「暁星」にひとまず落着き、身辺と精神上の世話を受けていた。彼は至極平然と精神的貴族主義者の冷淡さで、弟妹たちを貧民救済所にゆだね、彼らの乏しい天分にふさわしい運命にゆだねて、自分だけは「学園」に移り住んだ。

学園の地所は広大で、その建物も四百人近い生徒を収容できる広さを持っていた。構内にはいくつかの森と牧場、六カ所の運動場、農業用の建物、何百頭かの牝牛《めうし》のための牧舎があった。学園は寄宿学校であり、模範農場であり、体育学校であり、ラテン語学校であり、同時にミューズの神々の神殿でもあった。つまり演劇と音楽が始終もよおされていたからである。ここの生活は貴族的で修道院ふうであった。規律と優雅、明朗な穏やかさ、精神性と行き届いた処遇、変化に富んだ日課の厳格さによって、レオの深い本性を喜ばせた。彼はこの上なく幸福であった。彼が立派な食事をする広い食堂には学園の廊下におけると同じく沈黙の義務が支配し、中央で若い生徒監が高い壇に坐り、食事をする生徒たちを朗読で楽しませた。授業にのぞむ彼の熱意はすさまじく、胸が弱いにもかかわらず、彼は午後の遊戯とスポーツで人後に落ちまいと最善を尽した。彼が毎日早朝のミサを聞き、日曜日に荘厳ミサに列する敬虔《けいけん》さは、神父である教育者たちを喜ばせずにはいなかった。彼の社交的態度もそれに劣らず彼らを満足させた。祝祭日の午後には、お菓子と葡萄酒《ぶどうしゅ》をいただいたのち、彼は灰緑色の制服、立ちカラー、縞《しま》ズボン、ケピー帽といういでたちで、きちんと並んで散歩した。

彼の素姓、キリスト教に改宗したばかりだということ、個人的な境遇全般などにさしむけられたいたわりは、彼を感謝と歓喜で満たした。彼が給費生であることは誰も知らないらしかった。学園の規則は、彼が身寄りも故郷もないという事実から学友の注意をそらせた。食料品や菓子などの小包を送ってもらうことは一般に禁じられていた。それでも何かが届くと、それは分配され、レオも分け前をもらった。学園の国際主義は彼の人種的特性がことさらに目だつのを妨げた。彼よりも「ユダヤ人的」に見えるポルトガル系南アメリカ人のような若い異邦人もいて、「ユダヤ人的」という概念は失われていた。ナフタと同時に入学したエチオピアの王子は、縮れ毛の典型的なモール人であったが、しかし非常に上品であった。

修辞学級のとき、レオは神学を学びたいという希望を明らかにした。どうにかその資格ありと認められたら、いずれはイェズス会に所属したいというのであった。その結果として彼は、食事と生活が比較的つつましい「第二寮」から、「第一寮」の給費生になった。食事のときに今度は給仕人がつき、寝室は一方ではシュレージエンのフォン・アルビュヴァル・ウント・シャマレ伯爵《はくしゃく》のそれに、他方ではモデナのディ・ランゴニー・サンタクローチェ侯爵のそれに隣り合っていた。彼は輝かしい成績で卒業し、決意をもって学園の寄宿生生活を近くのティージスにある修道院の生活に換え、恭順な奉仕、無言の服従、宗教的鍛錬の生活から、以前の狂信的な思想と同じ意味の精神的な快楽を得たのであった。

しかしその間に彼の健康は害《そこな》われていた――それも肉体の鍛練にはことを欠かない修練生生活のきびしさによるというよりも、むしろ内面から病気に近づいていったのである。彼に適用された教育手段は、その賢明さと尖鋭《せんえい》さにおいて、彼の資質に迎合し、同時にそれを挑発した。彼の日々を、昼はもとより夜の一部をも捧《ささ》げた精神的修練、あらゆる良心の探究、省察、思考、観想において、彼は意地悪く絡《から》みつくような情熱をもって無数の困難、矛盾、論点にぶつかっていった。彼は修練指導僧の大きな希望であると同時に——絶望であった。その弁証癖と皮肉によって、彼は毎日担任の指導僧に地獄の苦しみを与えたのである。「これをどうお考えですか（Ad haec quid tu?）」と彼は眼鏡の玉をきらめかせて質問した……すると進退きわまった神父は、祈禱《きとう》をして魂の平安に到達するように（ut in aliquem gradum quietis in anima perveniat）とすすめるよりほかはなかった。しかし、この「平安」は、達成されたとしても、自分の生活を完全に鈍磨し、圧殺して単なる道具におとしめることになり、それは精神的な墓場の平和を意味するにすぎない。そういう平和の無気味な徴候を修道士ナフタは空虚な眼差《まなざ》しを持った周囲の多くの顔に認めることができたが、それに到達することは、肉体の崩壊によるのでなければ、彼にはとてもできそうにはなかった。

こういう懐疑と不満が長上のひとびとの彼に寄せる信望をそこなわなかったのは、彼らの精神的高さを証明していた。二年間の修練期が終ったとき、管区長は自ら彼を呼び迎えて、彼と話し合い、彼を教団へ受入れることを許可した。こうして若きスコラ哲学者は四つの下級叙階、つまり、守門、侍祭、読師、祓魔師《ふつまし》の資格を受け、「通常」誓願をすませ、いよいよ正式に教団に所属することになって、神学の勉強を始めるために、オランダのファルケンブルクの神学院へおもむいた。

当時彼は二十歳であったが、三年後には、彼の肉体にとっては危険な風土と精神的緊張とが影響して母譲りの病気が昂進《こうしん》し、滞在は生命にかかわると見られるほどになった。彼は喀血《かっけつ》して長上のひとびとを驚かせ、何週間も生死の境をさまよったのち、わずかに元気をとりもどしたところで、出発点に送り返された。彼は以前自分がそこの生徒だった学園で生徒監として、寄宿生の監督者、古典文学と哲学の教師として採用されたのである。このような一時的勤務はもともと規定されていたところであり、普通は数年後にこういう勤務から学院へ帰り七年間の神学研究を続け、これを完了することになっていた。それが修道士ナフタにはできなかった。彼はひき続き病気がちで、医師と長上のひとびとは、空気のいいところで生徒たちと暮し、農業の仕事でもしながら、ここの学園に勤めるのが彼にはさしあたり適した勤務だと判断した。彼は最初の上級叙階を受け、日曜日の荘厳ミサに使徒書翰《しょかん》を朗詠する資格を得た。——それは彼が行使しえない資格であった。まず彼はまったく音楽の才能がなかったし、また病気のために声がつぶれていて歌うには適さなかったからである。副助祭以上に彼は昇進しなかった。——助祭になれず、まして、司祭叙品まではいたらなかった。喀血がくり返され、熱もひかなかったので、彼は教団の費用で長期の療養をするために、ここの上に滞在することになった。そして療養が長びいて六年目に入り、——もうほとんど療養といえなくなり、病人のためのギムナジウムでラテン語教師を勤めて何とか格好をつけてはいたものの、空気の希薄な高原での生活はもう次第に彼の絶対的な生活条件となりつつあったのである。

……

これらのことをハンス・カストルプは、もっと広汎《こうはん》で詳細な話も加えてナフタ自身の口から聞き知ったのであった。彼がひとりでナフタを絹の部屋に訪ねたとき、または、食卓仲間のフェルゲとヴェーザルを伴っていったとき、あるいは散歩の途中でナフタに出会い、連れだって「村」へ引返したときなどである。——おりにふれて、断片的に、あるいは連続物語の形で聞き、自分で非常に変った話だと思ったのみならず、フェルゲとヴェーザルにもそう思うようにうながし、彼らもそれに応じた。フェルゲはむろん、高尚なことはすべて自分に縁がないということを控えめに表現しながらであった（胸膜震盪《しんとう》の経験だけが、彼に人間的な平凡さを超越させたものだったから）。これに反してヴェーザルには、かつて窮境にあったナフタが一度は幸福になったが、樹木が天を摩することのないように、その道がとどこおり、共通な病気の中に埋もれようとしているという、その経緯が明らかに気に入っていた。

ハンス・カストルプはといえば、この頓挫《とんざ》を気の毒に思い、誇りと不安の気持で、名誉を愛するヨーアヒムを思いだした。英雄的な努力でラダマンテュスの詭弁《きべん》の強靭《きょうじん》な網を断ち切り、軍旗のもとへ逃げ去った彼は、ハンス・カストルプの想像の中でいまや旗《はた》竿《ざお》にしがみつき、忠誠の誓いに右手の三本指をあげていた。ナフタもまたひとつの旗に忠誠を誓っていた。ハンス・カストルプに自分の教団の性質を話して聞かせたときの表現によれば、彼もまたひとつの旗のもとに迎え入れられたのだった。しかし見たところ、ナフタは脇道《わきみち》にそれたり、他の物に心を奪われたりしたので、ヨーアヒムほどには自分の軍旗に忠実ではなかったようである。——むろん市民として、平和の子としてハンス・カストルプは、かつての、あるいは未来のイェズス会士の言葉に耳を傾けるたびごとに、ヨーアヒムとナフタが互いに相手の職業と身分に好意を感じ合い、自分のそれに近いものと解したにちがいないという意見が裏づけされるのを感じた。というのはどちらも軍隊的な身分、それもいろいろな意味でそうだったからである。「禁欲」という意味でも、また位階、服従、スペイン的名誉という意味でも。とくにスペイン的名誉はナフタの教団では大きな意味を持っていた。むろんスペインに発したこの教団の心霊修練操典は、後年プロイセンのフリードリヒ大王がその歩兵のために発布した服務規則と好一対をなすもので、もともとスペイン語で書かれていたために、ナフタは彼の物語と説明にしばしばスペイン語の表現を用いた。たとえば彼は、地獄の軍勢と聖職者の軍勢とが大戦争のためにそれぞれそのまわりに結集した「ふたつの軍旗」のことをdos banderas《ドス・バンデラス》といった。聖職者の軍勢はエルサレム地方にあって、あらゆる「善人の総帥《そうすい》」（capitan《カピタン》・general《ゲネラル》）であるキリストがそれを指揮し——地獄の軍勢はバビロンの平原にあって、悪魔ルチフェルが首領（caudillo《カウディルヨ》）となっていた……

生徒を「隊」に分け、宗教的、軍隊的な礼節を誠実にまもらせた「暁星学園」はまさしく幼年学校、――こういってよければ「固い立ちカラー」と「スペインふうの飾り襟《えり》」との結合ではなかっただろうか。ヨーアヒムが身を置く階級社会で非常に輝かしい役割を演じている名誉と顕賞の理念、――と、ハンス・カストルプは考えた、それはナフタが残念ながら病気のために十分の成功を収められなかったあの身分社会においても、なんとはっきりと現われていることであろうか。ナフタの話を聞くと、教団は極度に功名心のさかんな士官ばかりの集まりであって、彼らは勤務において秀《ひい》でるというただひとつの考えに取りつかれていた（それはラテン語で insignes esse『衆にぬきんでる』といわれた）。創立者で初代の大将であるスペインのロヨラの教説と規律に従って、彼らは健全な理性だけで行動するすべてのひとびとよりも多くのことをなし、立派な勤めをはたした。それどころか彼らはその仕事を必要以上に（ex supererogatione）はたした。つまりそれだけでも平均的な常識人なら手も足も出ないところであるのに、彼らは単に肉の叛乱《はんらん》（rebellioni carnis）に抵抗しただけではなく官能、利己心、世俗的執着の傾向に対して、普通に許されている事柄においても、はじめから戦闘的に立ち向っていった。敵に対して戦闘的にのぞむ、すなわち正反対の態度を取ること（agere contra）、攻勢にでることは、ただ防戦する（resistere）ことよりも重大であり、尊敬すべきことだったから。敵を弱め粉砕せよと戦陣訓にいわれているが、その作成者スペインのロヨラはここでもヨーアヒムの総帥（capitan general）、プロイセンのフリードリヒ大王とその戦闘規則の「攻撃、攻撃」「敵に食い下がれ」「常ニ攻撃セヨ」（attaquez donc toujours）とまったく同一の精神を示していた。

しかしナフタの世界とヨーアヒムの世界にとくに共通しているのは、血に対する関係、手に血塗ることを恐れないという原理であった。とくにこの点で彼らはふたつの世界、教団と階級として堅固に一致していた。そして平和の子ハンス・カストルプにとって、中世の好戦的な修道士のタイプについてナフタが語ったところは、非常に傾聴すべきものを持っていた。疲労衰弱するほどに禁欲的でありながらも宗教的な権力欲に満ち、神の国、超自然的なるものの世界支配を招来するためには、血を流すことをも辞さなかった修道士たちの話、不信心者に対する戦いで死ぬことはベッドの中で死ぬことよりも名誉あるものと考え、キリストのために殺されたり殺したりすることを罪とはせず、これを至高の栄誉とした好戦的な聖堂騎士修道会士の話などがそれである。セテムブリーニがこういう話のときに居合さないのは幸いだった。そうでなければ、彼はまたしても筒《つつ》琴弾《ごとひ》きの役割を演じて一座をかき乱し、平和の牧笛を奏《かな》でたことであろう。――おりからイタリア人の神聖な民族戦争と文明戦争が、ヴィーンに対して行われていたにもかかわらず、セテムブリーニはこの戦争に決して否を唱えることがなかった。まさしくこの情熱と弱点こそナフタが嘲笑《ちょうしょう》と軽蔑《けいべつ》とによって罰したものであった。少なくともこのイタリア人がこういう感情に熱しているのを見ると、ナフタはそれに対してキリスト教的世界市民主義で対戦し、どの国をも祖国と呼ぶことによってどの国をも祖国とせず、ニッケルというイェズス会の将軍の言葉、祖国愛は「ペストであり、キリスト教的愛の最も確実な死である」という言葉を断乎《だんこ》たる口調でくり返すのであった。ナフタが祖国愛をペストと呼んだのは、「禁欲」のためであることはむろんである。——なぜなら、彼はペストという言葉に人間存在のすべてを包括しようとしたのではなかったか。彼の考えではすべてが禁欲と神の国に違反するものではなかっただろうか。家族や故郷への愛着がそうであったのみならず、健康と生への愛着も。人文主義者が平和と幸福を奏でると、ナフタはまさしくその健康と生への愛着を非難した。ナフタは人文主義者の肉の愛(amor carnalis)、肉体的快楽(commodorum corporis)への愛を口やかましくとがめだてし、生と健康に少しでも重きを置くのは完全に市民的な不信仰だと、面と向ってきめつけた。

健康と病気とに関する大討論は、すでにクリスマスも間近くなったある日、雪の中を「街」まで往復散歩しながら、こういう意見の相違から発展したものだった。みんながそれに加わった、セテムブリーニ、ナフタ、ハンス・カストルプ、フェルゲそしてヴェーザル、——そろって少し熱に浮かされて、高原の厳寒の中を歩いたりしゃべったりすることで、知覚を失うと同時に興奮し、例外なく震えがちであり、ナフタやセテムブリーニのようにさかんにしゃべっている者も、たいていはただ黙って聞いていて、時どき短い所見を述べるだけで議論の伴奏をしていた者も、みんな非常に熱中していたので、しばしば我を忘れて立ちどまり、身ぶりをし入り乱れて話す夢中になった一群となって道を塞《ふさ》ぎ、ひとのことはお構いなしで、ひとびとはそれを避けて回っていかなければならなかったが、同じように立ちどまって耳をそばだて、驚いて彼らの放埒《ほうらつ》な議論に聞き入る者もあった。

そもそもこの論争の発端は壊疽《えそ》のためにささくれた指先をしたかわいそうなカーレン、最近死んだカーレン・カールシュテットにあった。ハンス・カストルプは彼女の突然の悪化と「退去」について少しも知らないでいた。さもなければ彼は戦友としてすすんで彼女の埋葬に参列したであろう、――葬式好みを自認していることからも。しかしこの地の慣習的な配慮によって、彼はカーレンの死、彼女が最終的な水平状態に入るために、雪の帽子を斜めにかぶった守護神の童子像の立つ墓地にすでに入ってしまったことをのちになって聞き知ったのである。永遠の安息あれ（requiem aeternam）……彼は彼女を追憶して二、三の優しい言葉を捧《ささ》げ、それを聞いたセテムブリーニ氏は、ハンスの慈善活動、彼がライラ・ゲルングロース、商売熱心のロートバイン、詰めすぎのツィンメルマン夫人、大言壮語の息子フタリトモ（Tous-les-deux）、悩み多きナターリエ・フォン・マリンクロート夫人を見舞ったことに対して嘲笑的な意見を述べ、さらに加えて、エンジニアがこれら希望なき滑稽《こっけい》な一味に高価な花で敬虔《けいけん》の念を表したことについて悪口をいった。ハンス・カストルプは、自分の心づくしを受けたひとびとが、フォン・マリンクロート夫人とテディ少年とをしばらく別にして、深刻な苦悩に満ちた死を遂げたということに注意していただきたいといったが、これに対してセテムブリーニは、それが彼らを少しでも尊敬すべきものたらしめるかと反論した。それにしても、とハンス・カストルプが応じた、悲惨に対するキリスト教的崇敬というようなものがあるはずである。セテムブリーニが彼に説教をはじめないうちに、ナフタは、中世に見られた愛徳行為が敬虔さのゆえに羽目をはずした実例、病人看護における狂信と陶酔の驚くべき実例を話しはじめた。王女たちは癩《らい》患者の悪臭を放つ傷口に接吻《せっぷん》してまさに自らすすんで癩病に感染し、わが身に招きよせた潰瘍《かいよう》を彼女たちの薔薇《ばら》と呼び、膿《うみ》の出る患者を洗った水を飲んで、これほど美味なものを口にしたことがないといったというのである。

セテムブリーニは嘔吐《おうと》をもよおさずにいられないという様子をした。この情景と観念にまつわる生理的な不快感よりも、と彼はいった、吐き気をさそうのはむしろ、活動的な人間愛のこのような解釈に示された奇怪な精神錯乱である。そして彼は居ずまいを正し、朗らかな威厳をとりもどして、近代の進歩した博愛福祉の諸形態や伝染病防止の勝利について語り、衛生、社会改良、および医学の功績をあのおぞましい行為に対置させた。

しかし、それらの市民的には尊敬すべき事象も、とナフタは答えた、いま自分が引合いに出した中世のひとびとにはあまり役にたたなかっただろう、それも両者にとって、つまり病気で悲惨なひとびとにとっても、また、同情からというよりもむしろ自分自身の魂の救いのために、彼らに慈悲を施した健康で幸福なひとびとにとっても。社会改革の成功によって、後者は神に是認されるための最も大切な手段を失い、前者はその神聖な後ろだてを奪われてしまうであろうから。だから貧困と病気を絶やさないことが双方の利益にかなっていたのであり、純粋に宗教的な観点を堅持しうるかぎりは、こういう考え方も可能である。

汚らわしい考え方だ、とセテムブリーニが宣言した、そういう考え方の愚劣さは反駁《はんばく》するにも値しないほどである。なぜなら「神聖なうしろだて」という観念もまた、エンジニアが他人の口まねで「悲惨に対するキリスト教的崇敬」について云々《うんぬん》されたことも、まどわしであり、錯覚、誤った感情移入、心理的誤謬《ごびゅう》にもとづいているからである。健康なひとが病人に向ける同情、自分がそういう苦しみを課された場合、どうそれに耐えていいかわからないがゆえに、畏敬《いけい》にまで高められる同情――そういう同情ははなはだしく誇張されていて、病人にまったくふさわしくなく、見当違いと想像違いの結果である、健康人が自分の体験の仕方を病人に転嫁《てんか》し、病人とはいわば病人の苦しみを負わなければならない健康なひとだと考えるかぎりは――これはまったくの誤りなのである。

病人はやはり病人であって、病人としての性質と変質した感受性をそなえている。病気は病人を調整して、互いに折り合っていけるようにする。知覚の減退・脱落・麻痺《まひ》の恩恵、精神的にも道徳的にも病気に順応させ、病苦を緩和させる自然の対処があるのに、健康人は無邪気にもそういうものを考慮することを忘れている。最もいい例はここの上の肺病患者のやから、その軽薄さ、無知、放縦、健康になろうとする善き意志の欠如である。要するに、同情的な敬意を寄せている健康人が、自分自身病気になり、もはや健康でなくなってみさえすれば、病気であることはひとつの独立した状態ではあるが、決して名誉ある状態でないこと、自分はそれをあまり真面目《まじめ》に考えすぎていたということを悟るであろう。

ここでアントン・カルロヴィッチ・フェルゲが興奮し、中傷と侮蔑《ぶべつ》に対して胸膜震盪を弁護した。なに、なんだって、真面目に考えすぎただって、胸膜震盪を？　とんでもない、もってのほかである。彼の大きい喉仏《のどぼとけ》と善良そうな口ひげがあがったり下がったりし、彼は自分があのとき経験したことを軽蔑してもらいたくはないといった。自分は単純な人間にすぎず、保険会社の出張員であり、万事高尚な話には縁遠い、――この話にしても、自分の知的水準をはるかに越えている。しかしセテムブリーニ氏がたとえば胸膜震盪をも、いまいわれたことの中に含めるおつもりなら、――硫黄《いおう》の悪臭と三色の気絶を伴ったあの地獄のようなくすぐったさを、――それはどうも困ったことで、うやうやしくお断わりする。あれには減退だの、麻痺の恩恵だの、想像の誤りなどというものはひとかけらもなく、それは日の下でもっとも大きい、もっともひどい下劣さなのであって、自分のようにそれを経験したものでないと、ああいう下品さというものは全然

——

そうですとも、そうですとも、とセテムブリーニはいった。フェルゲ氏の病例は、氏がそれを経験されてから日が経《た》てば経つほど、ますます壮大なものになっていって、いまでは後光のように氏の頭をとりまいている。しかし彼、セテムブリーニは、他人の感嘆を要求する病人をあまり尊敬しない。彼自身が病気であり、それも軽くはない。しかし、てらいなしにいって彼は、むしろそれを恥ずかしく思いがちである。とにかく私は個人的にではなく、哲学的に話しているのだ。私が病人と健康人の性質と感受性の相違についていったことは、立派に根拠のあることであって、皆さんはひとつ精神病のことを考えていただきたい、たとえば幻覚のことを。現に連れだっている皆さんのひとり、たとえばエンジニア、それともヴェーザル氏が、今晩薄暗がりの中で、亡《な》くなられたお父上が部屋の隅《すみ》でこちらを向いて話しかけられるのを見たとすれば、——それは当人にとってはまったく奇怪なこと、極度に震撼《しんかん》させ惑乱させる体験で、自分の五官や理性が信じられなくなり、すぐさまその部屋を引払って、神経科へ出かけていって診《み》てもらう気になるであろう。それとも、そうではないだろうか？　しかし、皆さんは精神的に健

康でいらっしゃるから、そういうことが起りえないので、そんなことも冗談ですむ。もし起るとすれば、皆さんは健康ではなくて病気であり、そして健康人のように、つまりびっくり仰天して逃げだすというふうな反応を示さないで、その幻覚を当り前のもののように受取り、幻覚症患者の流儀で、それと対話をはじめるだろう。そういう患者が健康な人間同様幻覚をこわがると思うのが、つまり病気でない人間が犯し易《やす》い想像の誤りである。

セテムブリーニ氏は部屋の隅に坐《すわ》っている「お父上」のことを非常におどけて「造型的」に話したので、これにはみんなが笑わずにいられず、その地獄の苦しみを軽蔑されて、気分をそこねていたフェルゲ氏も同様だった。人文主義者のほうではこのもりあがった気分を利用して、幻覚症患者や一般にあらゆる気違い（pazzi）が尊敬に値しないことをさらに論じ主張した。そういう連中は、と彼はいった、不法に多くのことで自分たちを大目に見させているのであり、しかもばかなまねを慎もうとすれば慎むことのできる場合も多いのだ。それは彼がおりにふれて精神病院を訪れて眼にしたところである。医者か外来者が入口に姿を現わすと、幻覚症患者はたいていしかめ面《つら》、ひとり言《ごと》、狂態をやめて、ひとに見られていると知っている間は、行儀よく振舞い、そののちまた勝手気ままをはじめるのである。なぜなら自分を制御しないことは多くの場合疑いもなく愚行を意味するからで、それも大きな心痛からの逃避となり、弱い人間が正気で耐える勇気のない圧倒的な運命の打撃に対する弱者の防御手段となるほどの愚行である。そこでいわば誰にでもできることであるが、彼、セテムブリーニはすでに多くの狂人をただまなざしだけで、つまり、彼らのたわ言に峻厳《しゅんげん》な理性的態度でのぞむことによって、少なくともしばらくの間正気に返したことがある……

ナフタは嘲《あざけ》るように笑ったが、ハンス・カストルプはセテムブリーニ氏がいわれたことを言葉どおりに信じるつもりだと確言した。氏がひげの下で微笑しながら、不屈の理性を見せて低能を睨《にら》みすえる様子を想像すると、あわれなばか者が自制して、明晰《めいせき》さに敬意を表さずにいられなかったことはよくわかる。もっとも当の気違いのほうではセテムブリーニ氏の出現をはなはだ歓迎できない邪魔と感じたであろうが。……しかしナフタも精神病院を訪れたことがあって、そういう施設の「特別病棟《びょうとう》」に立ち寄ったときの思い出話をした。そこにくりひろげられた場面と光景たるや、ああ神よ、セテムブリーニ氏の理性的なまなざしと、端正な感化もほとんどいかんともなしがたかったであろう。ダンテの神曲に描かれたような場面、恐怖と苦悩のグロテスクな光景、裸体の狂人たちが湯につかりっ放しで、激しい不安と恐怖性痴呆《ちほう》のあらゆるポーズをして、ある者は大声でわめき悲しみ、ある者は腕をあげて口を締りなく開いたまま、地獄の全成分がまじりあっているかのような哄笑《こうしょう》を発し……

「それ、それ」とフェルゲ氏はいって、どうか皆さんも気胸切開のときに洩《も》らした彼自身の哄笑を思いだしていただきたいと述べた。

これを要するに、セテムブリーニ氏の峻厳な教育学も、特別病棟の情景を前にしてはすごすごと立ち去るだけだったであろう。あの情景に対しては、宗教的畏怖《いふ》のおののきのほうが、我らの燦然《さんぜん》たる太陽騎士、ここなるソロモンの代理者が好んで狂気に対置した高慢ちきな理性道徳家ぶりよりも、より人間的な反応だったであろう。

ハンス・カストルプには、ナフタがまたしてもセテムブリーニ氏に授けた称号にかかわり合っている暇がなかった。彼は瞬間、機会のあり次第にそれを究《きわ》めることにしようと考えたが、いまは進行中の会話が彼の注意を奪いつくしていた。なぜなら、ナフタがちょうど、人文主義者を規定している一般的な傾向を、鋭く論駁《ろんばく》しているところだったからである。健康に原則としていっさいの名誉を与え、病気をできるだけ卑《いや》しめ軽んずる、――この考え方にはたしかに、注目すべき、ほとんど称讃《しょうさん》すべき自己無視が認められる、セテムブリーニ氏自身が病気なのだから。しかし彼の考え方そのものは、その並々ならぬ気品によっても、誤っていることになんの変りもない。その考え方の生じた起源は、肉体の尊重崇拝であるが、これは肉体が堕落の状態――statu degradationis――にはなくて、神によって作られた本来の状態にある場合にのみ正当とされるであろう。なぜならもともと不死に作られながら、肉体は原罪による自然の堕落によって、よこしまな嫌悪《けんお》すべきもの、死すべきもの、腐敗すべきものとなり、魂の牢獄《ろうごく》と獄吏と見られるほかはなく、聖イグナツィウスもいったように、羞恥《しゅうち》と困惑の感情（pudoris et confusionis sensum）をよびさますだけのものになってしまったのである。

そのことを、とハンス・カストルプが叫んだ、周知のとおり、人文主義者プロティノスもいっている。しかしセテムブリーニ氏は手を肩から頭の上に振りあげ、ハンス・カストルプに向って、いろいろな立場をごっちゃにしてはいけない、観点を混同せず、こういう意見はむしろ聞きとめておくだけにしたほうがよろしいと命じた。

そうするうちにナフタは、キリスト教的中世が肉体の悲惨に捧《ささ》げた畏怖を、人々が肉の惨状を見て感じた宗教的共鳴から説明した。なぜなら、肉体の膿瘍《のうよう》は単に肉体の堕落をまざまざと感じさせたのみならず、非常に教化的で、宗教的な満足をよびさます仕方で、魂の毒された堕落をも感じさせたからである。――ところが咲きほこる肉体は魂を邪路に導き、良心を辱《はずか》しめる現象であって、これは病苦の前に深く頭を垂れることによって否認されることが最も有益である。誰がこの死すべき肉体から私を解放してくれるのか（Quis me liberabit de corpore mortis hujus?）これは精神の声であり、真実の人間性の永遠の声である。

いや、それは、とセテムブリーニ氏が感動的に述べた見解によれば、――暗黒の叫び、理性と人間性の太陽がまだ現われなかった暗黒の世界の声である。しかり、肉体こそ病苦にむしばまれてはいたが、彼は精神を健康に、病毒に汚されずに保持していて、抹香《まっこう》臭いナフタに肉体の問題については鮮やかに反論し、ナフタの言っている魂を茶化す余裕を見せた。彼は、人体を神の真実の神殿として讃《たた》えさえもし、これに対して、ナフタはこの組織体はわれわれと永遠との間にかかっている幕以上のものでないと主張して、その結果、セテムブリーニはナフタに「人間性」という言葉の使用を断乎《だんこ》として禁止するということになり、――議論はこういう調子でさらに続いた。

寒さにこわばった顔で、帽子もかぶらず、ゴムのオーバーシューズをつけて、人道に高く積まれて、その上に灰の撒《ま》いてある雪のしとねを鋭くきしませながら踏みつけたり、車道の柔らかい雪塊を踏みわけたりしながら、セテムブリーニは海狸《かいり》の襟《えり》と袖《そで》の折返しの所どころの毛が剝《は》げて疥癬《かいせん》にかかったように見える防寒ジャケツを粋《いき》に着こなし、ナフタは毛革の裏がついているが外からはまったくそれとわからない、黒い、踝《くるぶし》まで届く長い、襟の詰ったマントを着て、一身上の一大事といわんばかりの熱心さで霊と肉の問題を中心に論争し、それも、互いに議論を交わすのではなく、ハンス・カストルプに向って、話しているほうが相手を頤《あご》でしゃくったり、親指で指さしたりしながら、自分の意見を述べたり、反論したりすることがしばしばだった。ふたりに挟《はさ》まれた青年は頭をあちこちに向けながら、あるいはこちら、あるいはあちらに賛成し、または、立ちどまって上体を斜めに反《そ》らし、裏つきの山羊革《やぎがわ》手袋をはめた手で身ぶりをしながら、自分の意見、むろんきわめて周到ならざる意見を主張し、フェルゲとヴェーザルはといえば、この三人の周《まわ》りをめぐり、前に出たり、うしろへついたり、あるいは三人と一列に並び、人通りがあるとまたその列を解いたりしていた。

聞き手役の彼らがときどきさしはさんだ言葉につられて、討論はもっと具体的な主題に移り、みんなはますます話に熱中して、火葬、体刑、拷問《ごうもん》、死刑の問題を矢つぎばやにとりあげていった。笞刑《ちけい》を議題にのぼせたのはフェルディナント・ヴェーザルで、ハンス・カストルプも感じたように、彼には似合いの発議だった。セテムブリーニ氏が朗々たる言葉で、人間の尊厳に訴え、教育学上も、さらには司法上も、この粗野な処罰に反対したことは異とするに足りなかったし、――ナフタが笞刑を弁護したことも決して意外ではなかったものの、この弁護論に漂っているある陰鬱《いんうつ》なあつかましさがみんなを呆《あき》れさせた。彼によれば、ここで人間の尊厳などということを言いだすのはお門違いだというのである。なぜなら、われわれの真の尊厳は精神にあり、肉にあるのではないから。そして、人間の魂は人生のすべての快楽をとかく肉体からのみ吸いとろうとしがちであるから、肉体に加える苦痛は、感覚的なものへの喜びを殺してしまい、いわば魂を肉体から精神へと追い返し、精神をふたたび支配者の位置につかせるために、実に推奨すべき手段である。懲罰方法としての笞刑を何かとくに屈辱的なものと考えてこれを非難するのは、まことにばかげている。聖エリーザベトは、その聴罪司祭コンラート・フォン・マールブルクに血のでるほど折檻《せっかん》されたが、そのために「彼女の魂」は聖人伝にあるように「拉致《らち》」されて「第三級天使にまで」いたり、聖女自身も、眠さのあまり懺悔《ざんげ》できなかった哀れな老女を笞《むち》で打った。ある修道会と宗派に属するひとびと、および一般に物事を真剣に考えようとするひとびとが、精神性の原理を自らの中で強力ならしめるために、すすんでわが身に加えた鞭打《むちうち》を、本気で野蛮とか非人間的とか呼ぶ者があるだろうか？　先進国だなどとうぬぼれている国々は笞刑が法律上廃止されたのを実際の進歩だと信じこんでいるが、信じこめばこむほど傍目《はため》には滑稽《こっけい》至極である。

それで、そこまでは、とハンス・カストルプがいった、絶対にそのとおりだと言わざるをえない。つまり、肉体と精神との対立においては、肉体は疑いもなく邪悪な悪魔的な原理を……体現している、ははは、だから、体現なのである。というのも、肉体は当然（natürlich）自然（Natur）であって、――当然、自然、なるほど、この洒落《しゃれ》もわるくはありませんね――肉体は自然に属するから、精神や理性との対立において絶対に邪悪である、――神秘的に邪悪、教養と知識にもとづいていささか冒険するならばそうもいえるであろう。この見地をまもるならば、肉体をそれに従って扱うこと、つまりもう一度冒険すれば、神秘的に邪悪なものと呼びうる懲戒手段を肉体にほどこすことが、論理的に首尾一貫している。おそらくセテムブリーニ氏も、肉体の脆弱《ぜいじゃく》がバルセローナの進歩会議へいくさまたげとなったとき、聖エリーザベトのような女性をそばにつれていたなら……

笑い声がおこった。人文主義者がいきりたちそうになったので、ハンス・カストルプは急いで、彼自身がかつて受けた鞭打のことを話した。彼がいた高等学校《ギムナジウム》では、下級のクラスにこの刑罰がまだいくらか行われていて、乗馬用の鞭《むち》がおかれていた。社会的な顧慮から、教師たちは彼に手をくだそうとはしなかったが、彼はそれでも一度、彼より強い同級生で、背の高い腕白小僧に、そのしなやかな鞭で太腿《ふともも》の上と、靴下一枚の腓《ふくらはぎ》を打たれたことがあった。それはまったくひどい痛みで、恥ずかしい、忘れられない、それこそ神秘的と言ってもいいような痛さだった。彼は不面目にも烈《はげ》しくしゃくりあげ、怒りと恥知らずな苦痛《ヴェーザル》のあまり――ヴェーザル氏がどうかこの言葉を許してくださるように――涙があふれでた。自分はまたこういうことを読んだこともある、監獄で笞刑を受けるときには、どんなに粗暴な強盗殺人犯でも子供のように泣きわめく、と。

セテムブリーニ氏がすり切れた革手袋をはめた両手で顔を覆《おお》っている間に、ナフタは政治家のような冷淡さで、手に負えない犯罪人は拷問台と笞《むち》によるほかに、どのようにして押えつけられるだろうかと尋ねた。それにそういう道具は実に趣のある、監獄にふさわしい道具である。人道的な監獄などというものは美的にも中途半端《はんぱ》であり、ひとつの妥協にすぎない。セテムブリーニ氏は美辞麗句をたくみに駆使する弁舌家であるが、根底において美を少しも解していない。まして教育学においては、ナフタによると、肉体に加える懲戒方法を追放しようとするひとびとの考える人間の尊厳という概念は、市民的人道主義時代の自由主義的個人主義、啓蒙《けいもう》された自我絶対主義に根ざしているのだが、この自我絶対主義そのものが今や死に瀕《ひん》しており、新たに擡頭《たいとう》しつつある、もっと剛健な社会理念に席をゆずろうとしている。それは束縛と屈服の理念、強制と服従の理念であり、そこでは神聖な残酷さなしにはすますことはできず、獣の腐肉に等しい穢《けが》らわしい肉体に加える懲罰も別な眼で見なおされるようになるであろう。

「だから絶対服従（獣の屍体《したい》の服従）というわけですよ」とセテムブリーニがあざけった。するとナフタが、神は罪を罰せんがためにわれわれの肉体を腐敗のぞっとするような汚辱《おじよく》にゆだねたもうたのだから、その肉体がときとして笞打たれても、それは所詮《しよせん》大逆罪でない、と口をすべらせ、――話はたちまち火葬のことに及んだ。

セテムブリーニは火葬を讃美《さんび》した。そのいわゆる汚辱は火葬によって除かれることになる、と彼はうれしそうにいった。人類は合理的な理由から、また精神的な動機に促されて、腐敗の汚辱を除こうとしているのである。そして彼は、彼が国際火葬会議の準備に協力しているといい、この会議の開催地はたぶんスウェーデンになるだろうといった。いままでのあらゆる経験に照らして設計された模範的な火葬場および納骨堂の展覧が計画されており、これが広く世間を刺激し勇気づけることは刮目《かつもく》して待つべきである。なんという時代おくれの古めかしい処理方法か、土葬とは。――現代社会の諸事情にまったく合っていないではないか。都市の膨脹《ぼうちょう》、場所ふさぎな墓地はますます都市の周辺に押し出されていく、地価の問題、近代的交通機関を出来るだけ利用して埋葬行事を簡素化すること、セテムブリーニ氏はこれらすべてについて冷静で適切な意見を述べた。彼は、亡《な》くなった愛妻の墓に日ごと詣《もう》でて、墓前で彼女と語り合う意気銷沈《しょうちん》したやもめ男の姿を笑いぐさにした。こういう牧歌的人物は何よりも最も貴重な人生の財貨、つまり時間を不思議にもあり余るほど持っているのにちがいない。それはとにかく、近代的共同墓地の大規模経営を見たら、懐古的な感傷などはたちまちどこかへ吹っ飛んでしまうだろう。火炎による死体の消滅、——なんという清潔で衛生的で品位のある、いや、英雄的な考え方であろうか、死体をみじめな自然分解と下等動物の餌食《えじき》となるにまかせるという考え方にくらべて。しかり、不死永生を願う人間の気持もこの新しい処置によってよりよくかなえられる。なぜなら、火の中で消滅するのは、肉体の可変的な、生存中すでに新陳代謝に服していた成分であり、それに反して、新陳代謝の流れに関与するところのもっとも少ない、一生涯にわたってほとんど変化しない成分は、火にも耐えるものだからである。それが灰になり、その灰によって遺族たちは故人の不滅であった部分を手にすることになるのである。

「まことに結構」とナフタはいった。いや、これは実に、実にどうも申し分がない、人間の不滅の部分が灰であるとは。

ああ、むろんですとも、とセテムブリーニが言った、ナフタ氏は人類を生物学的な事実に対するその非合理的な態度にしばりつけておこうとするのだ。氏が固守される原始的な宗教的段階では、死は恐ろしいものであり、神秘的な畏怖《いふ》に包まれているので、この現象に明るい理性の眼を向けることはご法度《はっと》である。これはなんたる野蛮であろうか。死に対する恐怖というものは、横死が普通だった、文化の非常に低い時代に発するものであって、こういう死にまつわる恐ろしさが、人間の感情にとって、久しい間に、死についての思想一般に結びついてしまったのである。しかしながら、全般的な衛生思想の発達と個人の安全の確保によって、だんだんと自然死が普通になり、近代の労働人にとっては、自分の力を合理的に使い尽したのち、永遠の休息に入るという考えはもう少しも恐ろしいものではなく、むしろ正常な望ましいものに思われるのである。いや、死は恐ろしいものでも神秘なものでもない、それは明白な、理性的な、生理的必然性を持つ、歓迎すべき現象であり、したがって度をすごして死について考えるということは生の毀《き》損《そん》を意味する。そこで、あの模範火葬場とその付属納骨堂、つまり、「死のホール」に「生のホール」を併設し、そこで建築、絵画、彫刻、音楽、文芸が協力して、遺族の心を死の経験から、無気力な悲しみと無為の嘆きから生の財宝へ転じさせることも計画されているのだ……

「それではぐずぐずしてはいられませんな」とナフタがあざけった。「遺族が死に対する勤行《ごんぎょう》を過度にしないうちにやらなければ。そうです、かくも単純な事実、それなしには建築も、絵画も、彫刻も、音楽も、文芸も、むろん存在しもしない事実を、礼拝しすぎないうちにね」

「遺族が死の軍旗のもとへ脱走しないうちにですね」とハンス・カストルプは夢みるようにいった。「そのあなたの言葉の曖昧《あいまい》さが、エンジニア」とセテムブリーニが彼に応じた。「うさんくさいのです。死の経験はつまるところ生の経験でなければならない、さもなくば死の経験というものは仮幻にすぎないことになります」

「淫《みだ》らな象徴が『生のホール』に持ちこまれるでしょうか、古代の石棺によく見かけるような」と、ハンス・カストルプは大真面目《おおまじめ》で尋ねた。

とにかくこってりした眼の保養があることだろう、とナフタが断定した。大理石と油絵具で擬古趣味が肉体を絢爛《けんらん》と誇示させるだろう、腐敗から救いだした罪の肉体を。それも不思議なことでない、ただ愛《いと》しさのあまりに手を上げることさえゆるさないのだから……

ここでヴェーザルが拷問のテーマをさげて割りこんできた。彼には似合いのテーマだった。肉体的苦痛を与えながらの訊問《じんもん》——皆さんはこれをどうお考えか。彼、フェルディナントは商用旅行の途《みち》で機会あるごとに、古い文化都市でかつてこの種の良心探求が行われた秘密の場所を見学した。こうして彼はニュルンベルク、レーゲンスブルクの拷問部屋を知り、教養の目的でそこを詳しく見物した。たしかにそこでは、魂のために肉体がおよそ思いやりなく、さまざまの巧妙な方法で痛めつけられたのである。叫び声ひとつたたなかった。梨《なし》を口いっぱいに詰められて、有名な梨です、そうでなくとも美味とはいえない梨を、——こうしてたいへんな騒ぎの最中に、そこには静寂が支配していたのである……

「けがらわしい（porcheria）」とセテムブリーニがつぶやいた。

フェルゲはいった、梨といい、また、静まりかえった大騒ぎといわれるが、しかし胸膜をさぐるより以上に下卑たことは、その当時でさえ誰も工夫できなかっただろう。

それは治療のためにされたことなのだ、とセテムブリーニがいう。

これに対してナフタは、悔い改めない魂、傷つけられた正義もそれに劣らず束《つか》の間《ま》の無慈悲を正当化する。第二に拷問は理性的進歩の所産だったのだ、とやり返す。

あなた、気はたしかか、とセテムブリーニが呆《あき》れる。

いや、かなりたしかである。セテムブリーニ氏は文学者だから、それで中世の裁判の歴史がとっさには見通せないのだ。それは実は進展する合理化の過程であった。それも理性の考量にもとづいて、神を裁判から次第に除外していく過程だったのである。神明裁判はすたれた、不正であっても強者が勝つことがわかったからである。セテムブリーニ氏のようなひとびと、つまり懐疑家、批評家がそういう事実を確認して、古来の素朴《くみ》な裁判のかわりに審問裁判を登場させることに成功したのであるが、これは真理に与してなされる神の干渉に信頼をよせず、被告から真実の告白を得ることを目ざした。自白なくして判決なし、――今日でも民衆の間を聞いてまわるがいい。こういう本能は民衆の心の中に深く根ざしている。証拠固めにどれほどすきがなくても、自白がなければ判決は違法と感じられるのである。どうして自白を引きだすか。たんなる見込み、たんなる嫌疑《けんぎ》以上の真実はどうして探知すべきか。真実を隠し、拒む人間の心の中、頭の中をどうして覗《のぞ》くべきか。精神が手に負えなければ、手に負える肉体に尋ねるほかはない。拷問《ごうもん》はどうしても手に入れたい自白を引きだす手段として、理性の要求によって提案されたものなのだ。しかし自白による裁判を要求し採用したひと、それはセテムブリーニ氏だったのである。したがって氏は拷問の元祖でもある。

人文主義者は他の紳士たちに、ナフタのいうことを信じないようにと頼んだ。悪質の冗談だ。すべてがナフタ氏の教えるとおりであり、ほんとうに理性が残忍な拷問の発明者であるとしても、それはどんなに切実に理性がつねに周囲の支持と啓蒙を必要としているか、自然本能の崇拝者が地上は理性的になりすぎるかもしれないと心配するいわれがいかほど根拠のないものかを、証明するだけなのである。しかしさきに述べられたことは、たしかに間違っている。かの裁判の残虐《ざんぎやく》行為は、その起源が地獄の信仰にあったということからしてすでに、理性に帰することはできない。博物館や拷問部屋を見学されるがいい、あの挟みつけたり、引っぱったり、締めつけたり、炙《あぶ》ったりするのは、幼稚にも目のくらんだ空想、彼岸の永遠の責苦の場、地獄で起ることをうやうやしく模倣しようという願望に発したのにちがいない。しかも拷問によって犯罪者を助けてやるつもりだったというのだから笑止千万である。犯罪者の哀れな魂は自白しようとしているのに、悪の原理である肉のみがその良き意志に対抗していると考えられたからである。したがって、その肉を拷問によってくじくのは、まさに愛の奉仕を示すことだと信じられた。禁欲的な妄想《もうそう》というべきだ……

古代ローマ人もそういう妄想にとらわれていたのだろうか、とナフタがやり返した。ローマ人が？　冗談じゃない（ma che）。しかし、彼らも拷問を裁判の手段として知っていたではないか。

論争は今や論理的千日手に陥ってしまった。……ハンス・カストルプはそれを救おうとして、ここで司会の役をやっているかのように、ひとり決めで死刑の問題を持ちだしてきた。今日でも予審判事は被告に音《ね》をあげさせる術策を弄《ろう》しはするが、しかし拷問は廃止されてしまった。ところが死刑は不滅の、欠くべからざるもののようである。もっともひらけた国民でも、それを固持している。フランス人は死刑のかわりに犯罪者の国外追放を実践して、非常ににがい経験をした。ある種の人非人《にんぴにん》共は首を切り縮めるほかには、実際どう扱うべきかわからないことがある。

「人非人」などというものはない、とセテムブリーニ氏が彼をたしなめた。エンジニアや話している彼自身と同じように、彼らも人間なのだ、——ただ意志が弱く、欠陥ある社会の犠牲になっているにすぎない。それから、彼はある重罪人、罪をかさねたある殺人者について話した。それは検事が論告で、「獣のごとき」とか、「人間の姿をした野獣」と呼びならわす型に属する男だった。この男が独房の壁一面に詩を書きつけた。そして、その詩は決してまずいものでなかった、——検事たちがおりにふれて物した詩よりはるかにすぐれていた。

それは芸術のある特異性を明らかにする事実かもしれないが、とナフタが応じた。しかしそのほかにはいかなる点においても注目に値するものではない。

ハンス・カストルプは、ナフタ氏は死刑の存続をお望みであろうと予期していた、といった。ナフタ氏は、セテムブリーニ氏と同じように革命的である、しかし、保守的な意味でのそれ、保守の革命家である。

世界は、とセテムブリーニ氏は自信たっぷりに微笑した。反人間的な反動の革命を無視して本来の筋道に復帰するであろう。ナフタ氏は芸術が極悪人をも人間に列せしめるという事実に対して眼をつむりたいために、むしろ芸術そのものに嫌疑をかけたいところであろう。そんな狂信をもってしては光明を求める青年たちの心をとらえることはできない。あらゆる文明国における死刑の法律的廃止を目的とする国際同盟がいま組織されたところである。セテムブリーニ氏はその一員たる光栄に浴している。その第一回の会議開催地はこれから決められるが、そこで意見を述べる弁士が前もって死刑反対論を準備しているであろうことには、信ずべき理由がある。そして彼は死刑反対の論拠をいくつかあげ、その中には、誤審の可能性、無実の人を死刑にする可能性がつねにあること、改心の希望が決して棄《す》てられないことなどに言及した。彼は、聖書の「復讐《ふくしゅう》するはわれにあり」という言葉さえも引用して、もし国家の関心事が教化にあって、暴力にないとすれば、国家は悪に報いるに悪をもってしてはならないと説き、「罪」の概念を科学的決定論にもとづいて論難したのち、「罰」の概念を否認した。

ついで「光明を求める青年たち」は、ナフタがひとつひとつその論拠の首をしめていくのに立ち会わされた。彼は人道主義者セテムブリーニが血を恐れ生命を尊重するのを笑って、こう主張した。個人の生命の尊重ということはきわめて浅薄なものであって、いつ降ってくるともわからない雨に備えて、始終こうもり傘《かさ》を携えてまわらなければ安心ができないという市民的な小心さの付属物である。しかし、かなり激した情勢のもとでは、「安全」の観念を超《こ》えるただひとつの観念、したがって何か超人格的な、超個人的な理念が関与するや否《いな》や――これこそ人間にふさわしい状態、したがってより高い意味で正常な状態であるが――いつも、個人の生命はさっさとより高い思想の犠牲にされるだけでなく、個人が自発的にもためらいなく自己の生命をなげうつであろう、と。あなたの博愛主義は、と彼はいった、生命から重みのある真剣なアクセントをすべて取去ることを目ざしている。それは生命の去勢をねらういわゆる科学の決定論についても同様である。しかし真実はというと、罪の概念は決定論によって廃棄されないばかりか、むしろそれによってさらに重みと恐ろしさを増すのである。

なるほどね、とセテムブリーニが受けてたった。それでは貴下は、社会の不運な犠牲者が真面目に罪を自覚し、信念の上から断頭台にのぼることを要求なさるのか。

むろんである。犯罪者は自分自身を意識しているとともに自分の罪を意識しているものである。なぜなら、彼はあるがままの彼であり、別な彼になることはできないし、欲しもしない。そしてこれこそが彼の罪なのだ。ナフタはこうして罪と功業を経験的な次元から形而上学的《けいじじようがく》な次元へ転移させてしまった。仕事や行動にはむろん決定論が支配していて、そこに自由はない。しかし人間存在にはあるであろう。人間はかくあろうと欲したとおりの人間であり、かくあろうと滅びるまで欲してやまないであろうとおりの人間である。犯罪者はまさに「生命をかけて」すすんで殺した、したがってその償いを生命で支払っても高価すぎることはない。彼は人を殺すというもっとも深い快楽を味わったのだから、死んでも差支《さしつか》えないのである。

もっとも深い快楽を？

さよう、もっとも深い快楽を。

唇《くちびる》が強く結ばれた。ハンス・カストルプが咳払《せきばら》いをした。ヴェーザルは下顎《したあご》を歪《ゆが》めていた。フェルゲ氏が溜息《ためいき》をついた。セテムブリーニは上品にいった。

「一般化しながら、対象を個人的な好みに従って処理するという話し方があるようですな。あなたは人殺しがなさりたいらしいが？」

「それはあなたになんの関係もない。しかし、もし私がひとを殺したとすれば、私を殺人の罪ゆえに殺すかわりに、私が天寿を全うするまで豆スープだけで養ってやろうという人道主義の無知を、私は面と向って笑ってやりたいのです。殺した人間が殺された人間より生きのびているのはまったく無意味です。彼らはひそかに、ふたりだけで、ふたつの生き物がこれと似た、もうひとつの場合にもそうであるように、一方は受動的、他方は能動的に、ひとつの秘密を分かちあい、その秘密によって永久に結びつけられるのです。彼らは不可分の一体をなしているのです」

セテムブリーニは、自分にはそういう死と殺人の神秘主義を理解する能力が欠けていること、またそんな能力がなくても一向に残念だとは思わないことを冷たく告白した。ナフタ氏の宗教的才能には異を唱えない、――それは疑いもなく自分のそれを凌駕《りようが》している。しかし彼はそれを少しも羨《うらや》ましく思わない。実験好きのハンス・カストルプ青年がさっきいったような悲惨に対する崇敬が、明らかに生理的な方面のみならず精神的な方面にも及んでいる世界、つまり美徳と理性と健康が少しも評価されず、その反対に悪徳と病気が奇妙にも尊重されている世界にかかわり合いを持つことは、自分の宿命的な潔癖が許さない。

ナフタは、美徳と健康は実際に宗教的状態ではないと確言した。宗教が理性と道徳にそもそもなんのかかわりもないことが明らかにされるならば、と彼はいった、それだけでも大いに得るところがある。なぜなら、と彼は付け加えた、宗教は生となんの関係も持たないからである。生は一部は認識論に、一部は道徳の領域に属するもろもろの条件と基礎にもとづいている。認識論に属するそれは時間、空間、因果律と呼ばれ、道徳の領域に属するそれは倫理と理性と呼ばれる。これらすべては宗教の本質に疎遠《そえん》であり無頓着《とんじゃく》であるのみならず、敵対的でさえある。なぜなら、それらこそは生を形成するものであり、いわゆる健康であるから。すなわち、それは最大の俗物性と根っからの小市民性であり、宗教の世界はそれの絶対的な反対物、しかも絶対的に天才的な反対物として規定されるものだからである。もっとも、彼ナフタは生の領域に天才の可能性がまったくないと宣告するつもりはない。そのあまりにも見事な愚直に異を唱えるべくもない生の市民性というものがあり、俗物の尊厳というものがあるからであって、それが両手を背にし、胸を突きだして立ちはだかる威厳のうちには、それが非宗教性の具現を意味すると考えるかぎり、尊敬するに値するものがあるからである。

ハンス・カストルプは教室でするように人差し指をあげた。自分はどちらの感情をも損《そこ》ねたくないが、と彼はいった。しかしここで問題になっているのは明らかに進歩、人類の進歩のことであり、したがってある程度まで政治と雄弁な共和制と教養ある西欧の文明のことである。そこで彼は思うのだが、人生と宗教との差異、あるいは、ナフタ氏がどうしてもお望みなら、対立といってもいいが、これは時間と永遠の対立に帰着するであろう。なぜなら、進歩は時間の中にのみあって、永遠の中に進歩はなく、政治も雄弁もないからである。そこでは、ひとはいわば神に頭をよりかからせて、眼を閉じる。そしてこれが宗教と道徳の差異である、混乱した表現ではあるが、と彼はいった。

表現の素朴さよりも、とセテムブリーニがいった。他人の感情を損なうまいとする気の弱さと、悪魔に譲歩しようとする傾向のほうが自分には気がかりだ。

いや、その悪魔については、すでに一年あまり前に論じ合ったことがある。セテムブリーニ氏と彼ハンス・カストルプとの間で。「おお悪魔よ、おお叛逆者《はんぎやくしや》よ（o Satana, o ribellione）」彼がいまそもそもどの悪魔に譲歩したというのか。叛逆と仕事と批評の悪魔にか、それとも他の悪魔にか？　実にけんのんな話だ、――右にも悪魔、左にも悪魔。悪魔の名にかけて、どうして切り抜けるべきか。

そういうやり方では、とナフタがいった。セテムブリーニ氏が見たいと望んでおられる状況は正しく表現されない。氏の世界像に決定的なことは、氏が神と悪魔をふたつの異なる人格あるいは原理とし、「生」を、それも厳密に中世の範にならって係争物としてふたつの間に置くことである。しかし事実、神と悪魔は一体であって、一致して生に、生の市民性、倫理、理性、美徳に対立しているのである、――神と悪魔とは共同で宗教的原理を示現しながら。

「吐き気をもよおさせるような混淆《こんこう》ですな、――胸がむかむかする（che guazzabuglio proprio stomachevole)」とセテムブリーニは叫んだ。善と悪、神聖と悪業《あくごう》、すべてごちゃまぜだ。批判もない。意志もない。よこしまなものを排斥する能力もない。いったいナフタ氏は、青年の聞いているところで神と悪魔をいっしょくたにして、その雑然たる二者一体の名において倫理的原理を否定されるとき、何を否定することになるのかおわかりか。氏は価値を否定するのである、――あらゆる価値定立を、――口にするのもいまわしいが。よろしい、では善もなく悪もなく、道義的に無秩序な全体があるだけだとしよう。批判的な尊厳を持つ個人もなく、ただすべてを呑《の》みこみ均等化する共同体、その中への神秘的な沈没があるのみなのか。個人は……

結構なことだ、セテムブリーニ氏がまたしても個人主義者をもって自任されるのは。しかし個人主義者であるためには、道義と宗教的至福の区別を知らなければならないが、*照明派異端者、一元論者たるセテムブリーニ氏の場合はまったくそうでない。生が愚かにも自己目的と考えられ、それを超《こ》える意義と目的が少しも問われないところでは、種族の倫理、社会倫理、脊椎《せきつい》動物の道徳は支配していても、真の個人主義はないのだ。――本当の個人主義はもっぱら宗教的なものと神秘的なものの領域、いわゆる「道義的に無秩序な全体」にのみ存在するのである。セテムブリーニ氏の道義とは、いったい何であり、何を欲するのであろう。それは生に結びついていて、有用なという以外の何のでもなく、憐《あわ》れむべきほどに非英雄的である。それは人が老いて、幸福になり、富んで健康になるためにあり、それでおしまいだ。この理性と労働の俗物根性が氏にとっては倫理なのである。それに反して自分がそういう倫理を、くり返しみじめな生の市民性と呼ぶことをお許しいただきたい。

セテムブリーニは、どうか気を落着けていただきたいといったが、そういう彼の声も興奮してふるえていた。ナフタ氏はなぜか知らぬが貴族的に吐きすてるような口調で、始終「生の市民性」ということを口にして、まるでその反対のものが——生の反対が何かはよくわかっているが——より高貴なものででもあるかのようにいうのは、とても我慢がならない。

こうして新しい標語、スローガンが出てきた。こんどは高貴、貴族性の問題になった。ハンス・カストルプは厳寒と問題で熱しすぎ疲れはて、彼自身の話し方がひとに理解されるだけの明瞭《めいりよう》さを持つか、あるいは熱に浮かされた大胆さを示しているにすぎないのか、そのへんの判断もあやふやに、しびれた唇で告白した。自分は前々から死を、糊《のり》をきかしたスペインふうの襞《ひだ》付き襟《えり》をつけたもの、あるいはもしかすると略式の礼服姿で古風な高いカラーをつけたものとして思い浮べてきたが、生は、それに反してごく普通の現代の低い立ちカラーとともに思い浮べられる……しかし彼自身、自分の話し方の陶然と夢みるような非社会性に驚いて、実はこんなことをいうつもりではなかったのだが、と弁解した。しかし、事情はこうではないだろうか、ある種の人間、死ぬとは思えないような人間がある、それも彼らが俗人であるがゆえに。それはつまり、彼らは生活に堪《たん》能《のう》に見え、そのために、彼らは決して死ぬことができないだろう、死の浄化に値しないと感じられるような人間がいはしないだろうか。

セテムブリーニ氏は、ハンス・カストルプが反駁《はんばく》されんがためにのみそういうことをいうのだろうと皮肉をいった。そういう誘惑を精神的に防禦《ぼうぎょ》しようとする青年を応援する準備は彼にはいつでもできている。「生活に堪能な」といわれるのですな？　しかもこの言葉を軽蔑《けいべつ》的な卑俗な意味で使われるのですな？　自分はその代りに「生活に値する」という言葉を使いたい、——そうすれば概念は接合して真の美しい秩序を生むであろう。「生活に値すること」lebenswürdig　こうすればたちまち、もっとも容易で当然な連想によって、愛すべきもの　liebenswürdig　という理念が浮んでくる、第一の理念に非常に親密で、真に生活に値するものだけがまた真に愛すべきものである。しかし両者が相寄ったときにはじめて、つまり生活に値するものと愛すべきものとで「高貴」と呼ばれるものが成立するのである。

ハンス・カストルプはその話を魅力的で、実に傾聴に値すると認めた。完全に、と彼はいった、セテムブリーニ氏はその造型的な理論で自分の心をとらえてしまった。いいたいことをいわせていただければ――それに、いくつか反対論もいえないことはないのだが、たとえば、病気は高められた生命の状態であり、したがって、そこには何か祝祭的なものがありはしないだろうか。――しかし、病気は肉体的なものの過度の強調を意味し、人間をいわば完全にその肉体に突きもどし投げ帰し、こうして人間を単なる肉体におとしめることによって、人間の尊厳には有害で、これを否定してしまうほどに有害なものである。病気はそれゆえに非人間的である。この程度のことは、たしかだとしてよくはあるまいか。

病気はきわめて人間的だ、とナフタが直ちに応酬した。なぜなら、人間であることは病気であることだから。たしかに、人間は本質的に病気である。病気であるという、このことこそ人間をして人間たらしめるのである。そして人間を健康にし、自然と睦《むつ》み合うことをすすめ、「自然に帰ること」（人間は一度も自然であったことはないのに）をすすめようとする者、今日、復古主義者、生食主義者、屋外生活礼讃者《らいさんしゃ》、日光浴推奨者などなどの、予言者づらでうろついているものすべて、したがってあらゆる種類のルソーは、人間の非人間化と動物化以外の何ものをも追求してはいないのだ……人間性？　高貴？　精神こそは人間を、自然から高度に解き放たれたこの存在、高度に自然との対立を自覚しているこの存在を、その他の全有機生命から区別するものなのである。したがって精神に、病気に、人間の尊厳とその高貴が存在するのである。人間は一言でいえば、病気であればあるほど、ますます高度に人間であり、病気の守護神は健康のそれよりもより人間的である。人間の愛好者を演ずるどなたかが、人間性のこのような基本的真理に眼を閉じるのは不審である。セテムブリーニ氏は進歩を口ぐせにしている。しかしその進歩は、そんなものが存在すればの話だが、自己の存在をただ病気にのみ、すなわち天才にのみ負っているのだ。――天才とはまさしく病気にほかならない。事実、健康人たちはいつも病気が作りあげたものによって生きてきたのである。人類のために真理を認識しようとして、意識して故意に病気と狂気に身を委《ゆだ》ねた人間があった。彼らが狂気によって獲得したこの認識はのちに健康に変じ、あの英雄的な犠牲行為のあったのちは、認識を所有し利用するのに、もはや病気と狂気とがかかわり合うことを要しなくなったのである。これぞまことの十字架上の死だ……

「ははあ」とハンス・カストルプは思った、これがこのいんちきイェズス会士の、詭弁《きべん》と十字架の死の新解釈なのだな。なぜ君が神父になれなかったか、わかった。小サナ浸潤個所ノアル粋《いき》ナイェズス会士サン(joli jésuite à la petite tache humide)。さあ、吼《ほ》えろ、ライオン君、と彼は心の中でセテムブリーニ氏に向った。そしてこちらは「吼えた」。彼は、ナフタがいまいいつのったことはすべてまやかし、詭弁、世界攪乱《かくらん》であると宣言した。「さあ、おっしゃい」と彼は論敵にわめきかけた。「さあ、いうのです、教育者としての責任において、教化されやすい青年の聞いているところで、ずばりといってのけるがよろしい、精神は――病気である、と。たしかに、それによってあなたは青年を激励して精神に向わせ、精神の信仰に引入れるでしょう。また一方で病気と死を高貴だといい、健康と生を卑俗だと言明するがよろしい、――それが弟子《でし》に人類への奉仕を続けさせるもっとも確実な方法ですよ。これは紛れもなき犯罪だ（davvero, é criminoso）」そして騎士のごとくに彼は健康と生の貴族性を弁護して立った。自然が賦与《ふよ》する貴族性、精神を怖《おそ》れる必要のない貴族性を。「形態」と彼がいうと、ナフタは高慢に、「ロゴス」といった。しかし、ロゴスに耳を藉《か》そうともしないほうが「理性」というと、ロゴスのひとは「情熱」を擁護した。これは混乱だった。「客体」と一方がいい、他方は「主体」。ついには一方で「芸術」が、他方で「批評」が語られさえもしたが、とにかく、くり返し「自然」と「精神」、どちらがより高貴であるかという「貴族性」の問題が論じられた。しかし、そこには秩序と明快さがなかった、二者が抗争するという形でのそれすらも。なぜなら、すべてが衝突し合ったばかりでなく、雑然と入り乱れ、論者が互いに対立し合ったばかりか、自分自身に対しても矛盾撞着《どうちゃく》におちいったからである。セテムブリーニはしばしば「批評」に雄弁な万歳を唱えておきながら、しかも、批評の反対物であるべき「芸術」を貴族的な原理として主張した。そして、ナフタはセテムブリーニに対して、一度ならず「自然的本能」の弁護者として立ち、セテムブリーニのほうでは自然を「愚昧《ぐまい》な力」、単なる事実と宿命として論じ、理性と人間の矜持《きょうじ》はそれに譲位するにおよばないと説き、こんどは前者が精神と「病気」に与《くみ》する立場を取って、後者は自然とその健康の貴族性との弁護に身をやつして、自分がこれまで主張してきた解放的思想をすっかり忘れていた。「客体」と「主体」についても、それに劣らぬ混乱ぶりであった。いや、ここでは相も変らぬ混乱がもっとも救いがたいものとさえなり、本当に誰が信心家で、誰が自由思想家なのか、文字どおり誰にもわからないほどであった。ナフタはセテムブリーニ氏に鋭い言葉で「個人主義者」と自称することを禁じた。なぜなら、氏は神と自然の対立を否認し、人間の問題、人格内部の葛藤《かっとう》を、ただ個人の利害と集団のそれとの葛藤と解するのみで、したがって生を自己目的と考え、非英雄的にも実益のみを目ざし、国家の目的を道徳の法則と見、生に結びついた市民的道義を信奉しているから。――それに反して、彼、ナフタは人間の内面の問題はむしろ感覚的なものと超感覚的なものとの抗争にもとづくことをよく承知していて、真の、神秘的な個人主義を代表し、れっきとした自由と主体の人である。しかし、彼がそうであるとすれば、とハンス・カストルプは考えた、「無名性と共同性」はどうなるのであろうか――さっそくにもひとつだけ不整合の例をあげるならば。さらに、神父ウンターペルティンガーとの対話で、国家哲学者ヘーゲルの「カトリック性」について、「政治的」と「カトリック的」の概念の内的な結びつきとこの両者がともに形成する客体的なものの範疇《はんちゅう》について、彼が巧みに論及したあの目ざましい言葉はどうなのか。政治と教育がナフタの教団の専門的な活動分野をなしていたのではなかったか。そしてなんという教育だろう。セテムブリーニ氏もたしかに熱心な教育家である。しかし禁欲的で没我的な客観性という点で、彼の教育原理はナフタのそれとはとても太刀《たち》うちできなかった。絶対命令。鉄の拘束。強圧。服従。恐怖。それはそれで結構な原理かもしれない。しかし、個人の批判の尊厳をそれはほとんど顧慮しない。それは敬虔《けいけん》で血を恐れぬまでに厳格なプロイセンのフリードリヒとスペインのロヨラの操典である。ここでただひとつ問題になるのは、つまりどうしてナフタは、血なまぐさい絶対主義だけはこれを信ずるというようになったかということである、純粋認識、無前提の研究、要するに、真理、客観的科学的真理を信じないのに。この客観的科学的真理を追求するということが、ロドヴィコ・セテムブリーニ氏にとってはすべての人倫の最高法則を意味していた。その点セテムブリーニ氏は敬虔で厳格であるが、ナフタは真理をふたたび人間との関連に帰し、真理とは人間を益するものだと宣言する点で、だらしなく放縦である。真理をこのように人間の利害に従属させることこそ、生の市民性と功利的俗物性でないだろうか。それは厳密にいって鉄の客観性でない。そこにはレオ・ナフタが認めようとするよりもさらに多くの自由と主観がある、――むろんそれは、セテムブリーニ氏の教訓、自由は人間愛の法則だという教訓と実によく似たあり方で実は「政治」だったのであるが。セテムブリーニの教訓は明らかに、人間に自由を結びつけること、ナフタが真理を結びつけたと同じように、それを人間に結びつけることを意味していた。それは自由であるよりも、むしろ決定的に敬虔であるが、これもまたこんなふうに定義を下していくうちに消失してしまいそうな区別であった。ああ、このセテムブリーニというひとは。彼が文学者、すなわち政治家の孫であり人文主義者の息子であるのはゆえなきことではなかった。批判と美しい解放を気高くも心に留めながら、彼は街頭で娘たちに鼻歌をあびせ、一方、鋭い小男ナフタは、厳格な誓願に縛られているのである。しかるに後者は過激な自由思想のために、ほとんど放蕩者《ほうとうもの》であり、前者はその反対にいわば美徳気違いなのであった。セテムブリーニ氏は「絶対精神」を怖れ、精神を躍起になって民主的進歩に繋《つな》ぎとめようとする、――神と悪魔、神聖と悪業、天才と病気をいっしょくたにして、価値づけも、理性の判断も、意志も認めない軍隊的ナフタの宗教的放縦に慄然《りつぜん》として。それでいったい誰が本当に自由なのか。誰が敬虔か。何が人間の真の立場と本質を作りなすのか。それは、すべてを併呑《へいどん》し、均等化する共同体への、放縦でもあれば禁欲的でもある埋没であろうか、それとも、駄法螺《だぼら》と市民的謹厳が縄張《なわば》り争いをする「批判的主体」がそれであろうか。いやはや、原理と意見が、たえず縄張りを侵し合い、内的矛盾だらけで、市民的責任感にとっては、もろもろの対立の中で自己をそのどちらかに決定することはもとより、対立をプレパラートとして分類し汚れなく保存することすらも並々ならず困難で、ナフタの「道義的に無秩序な全体」の中へまっさかさまに飛びこみたい誘惑が大きかった。それは全体的な交錯、絡《から》み合い、大混乱であった。そしてハンス・カストルプは悟りえたかに思った、もしこの大混乱が論争中の彼ら自身の魂に重くのしかからなかったとすれば、論争者はこれほどいらだたなくてもすんだであろうに、と。

そろって「ベルクホーフ」までのぼっていった。それから、ここに住む三人は外に住むひとびとをその小さな館《やかた》まで送っていき、そこでまだ久しく雪の中にたたずみ、ナフタとセテムブリーニが論争した。――ハンス・カストルプがよく承知していたとおり、それは、教育家的意図で、光明を求める青年の柔軟さに働きかけるための論争であった。フェルゲ氏にとってすべては、彼自身がくり返し述べたようにあまりにも高尚すぎたし、ヴェーザルは、もはや笞刑《ちけい》と拷問《ごうもん》が問題にされなくなってからは、ほとんど興味がない様子だった。ハンス・カストルプはうなだれて、ステッキで雪を掘り、大混乱に思いをはせていた。

ついに解散になった。永遠に立っていることはできなかったし、いくら言い争っていてもきりがなかったからである。三人の「ベルクホーフ」療養客はふたたび彼らのわが家へ向い、ふたりの教育的競争者はいっしょに小さな家に入っていかなければならなかった。ひとりは絹の僧房に、もうひとりは斜面机と水さしのある人文主義者の小部屋に戻りつくために。ハンス・カストルプは彼のバルコニーの桟敷《さじき》におもむいたが、イェルサレムとバビロンから前進した両軍が、ふたつの軍旗（dos banderas）のもとに相会して乱れ戦う雄叫《おたけ》びと物の具のとよもしで、耳がまだがんがんしていた。

雪

日に五回、七つの食卓で、今年の冬の気候状態について全員一致の不満が表明された。今年の冬は、高地の冬としての義務をはなはだ不完全にしかはたしていない。この地の名声をささえている気象学的療養効果を案内書が約束するほどに、また、長年組が慣れ、新来者が思い描いていたほどには決してあげていないという不満だった。陽光がひどく不足していた。太陽光線、その助けなしには治癒《ちゆ》が必ずとどこおる、この重要な治療要因の脱落が……山の療養客たちが、治癒とここの上の「故郷」から平地への帰還とを待ちのぞむ真剣さについてセテムブリーニ氏がどう考えているにしても、とにかく彼らは自分たちの権利を要求した。とにかく彼らの元手、両親や夫たちが彼らのために支払ってくれた元手を取返そうとし、そこで、食卓でもエレベーターの中でも広間でも不平話がはじまった。事務局も代用品の調達と損害賠償の義務を十分に承知しているところを見せた。「人工的な高原の太陽」という太陽灯がさらに一台購入された。手持ちの二台では電気の力で褐色に灼《や》けようとするひとびとの需要が充《み》たせなかったからである。太陽灯による陽灼けは若い娘や婦人たちによく似合ったし、男子連にも、実はみな水平状態で暮しているのにもかかわらず、みごとなスポーツマンらしい、征服者らしい外見を与えた。そうだ、この外見は現実に実を結んだ。婦人たちは、この男らしさの工学的で化粧的な由来を完全に承知していながら、愚かでか狡猾《こうかつ》でか、錯覚にすっかりうつつをぬかし、幻影に酔い、女らしく心を奪われた。「あら、おきれいね」と、赤髪で、目の縁の赤いベルリン出身の婦人患者、シェーンフェルト夫人は、ある晩、広間で、脚が長く胸の落ちくぼんだ伊達男《だておとこ》に向っていった。名刺に「免許飛行士、ドイツ海軍少尉《しょうい》（Aviateur diplômé et Enseigne de la Marine allemande）」と刷らせ、気胸療法を受けている男で、それも昼食にはスモーキング姿で現われ、晩にはそれを脱ぎ、海軍ではこうするのがしきたりだといっていた男である。――「あら、おきれいね」と彼女は海軍少尉をむさぼるように見つめていった。「なんてすてきに陽灼けしていらっしゃるのでしょう、高原の太陽で。まるで鷲狩人《わしかりうど》のようですわ、この悪魔さん」――「見てらっしゃい、水の妖精《ようせい》さん」と彼はエレベーターで彼女の耳もとにささやき、彼女は総毛だった。「償っていただきますからね、男殺しの眼くばせは」そしてバルコニーを越え、ガラスの仕切り壁を通りすぎて、悪魔の鷲狩人は水の妖精の部屋へ忍び入ったのである。……

それでも、人工の高原太陽が今年の本物の日光不足をほんとうに補うものと感じられるのにはほど遠かった。月に二日か三日の雲ひとつなく晴れわたった日、――白い峰のかなたの限りなく深いビロードの青、ダイヤモンドのきらめき、貴重な灼熱《しゃくねつ》とともに、薄れていく霧の灰色と厚い被覆から特にきらびやかに輝きでて、ひとびとのうなじと顔に光を送る日々――数週の間に二日か三日かのそのような日、それはみんなの気持からすればあまりにも少なすぎた。その運命によって並みなみならぬ慰安の要求を是認されているひとびと、平地の人類の喜びと悩みを断念した代りに、活気はないが、まったく気楽で愉快な生活――時間を廃棄するまでにのんきな、完璧《かんぺき》に快適な生活を保証する契約をあてにしているひとびとにとっては。このような状況のもとでも「ベルクホーフ」の生活は監獄やシベリア鉱山での滞在と同じものではないということ、この地の空気は希薄で軽く、ほとんど宇宙の空虚なエーテルであり、地上の夾雑物《きょうざつぶつ》は、いいものも悪いものもここには乏しくて、太陽がなくても平地の霧や靄《もや》にくらべてやはりどんな利点を持っているかということを顧問官は指摘したが、これはあまり効《き》き目がなかった。憂鬱《ゆううつ》と抗議が蔓延《まんえん》し、やけの出発の強迫は日常茶飯事となり、ついにはそれが実行されるにいたった、ザーロモン夫人の最近の悲しい帰還のような実例があったにもかかわらず。彼女の病気は長びくとはいえ重症ではなかったのに、しめっぽい吹きさらしのアムステルダムへ勝手に帰っていってしまったために、終身刑の性格を帯びてしまった。……

太陽の代りに、しかし雪があった、大量の雪、ハンス・カストルプが生れてからまだ見たことがないほどの法外な雪が。去年の冬もこの雪を降らせるという点では実に気前がよかったが、その業績は今年の冬のそれにくらべれば微々たるものだった。今年の冬の業績は化け物じみていて無節制で、このあたりの世界の冒険性と奇矯性の意識でひとの心を満たした。雪はくる日もくる日も、昼夜の別なく降った。まばらであったり、あるいは濃密な吹雪《ふぶき》になったりしたが、とにかく降った。通行できるようにされているわずかな道は、凹路《おうろ》のように見え、人の背丈《せたけ》よりも高い雪の壁を両側にめぐらせており、石膏《せっこう》のように純白なその表面は、水晶の粒のようにきらめいて、見た眼に心地よく、山の客たちがそこに書いたり、描いたりして、いろいろな通信、冗談、あてこすりを伝え合うのに役だった。しかし壁の間の通路も、ずいぶん深く雪をすくいあげてあったが、なおかなり高くなっていた。それは、ゆるんだ個所や穴のために、急に足が深く、ほとんど膝《ひざ》ぐらいまで沈みこんだりするときによくわかった。うっかりして脚を折ったりしないように十分に用心しなければならなかった。休憩用のベンチはかき消され、雪の中に埋没していた。凭《もた》れの一部がわずかにまだ白い墳墓から突きだしていた。下の村では街路の高さが奇妙に変って、建物の一階にある店が地下室になり、そこへは雪の階段で人道からおりていった。

そして、横たわったままの堆積《たいせき》のうえに雪はさらに降り積んだ。明けても暮れても、程よい寒冷の中をしんしんと降り積もった。氷点下十度か十五度、骨身に徹するというほどではなかった。——寒気はさほどに感じられず、五度か二度ぐらいだということもできたであろう。凪《なぎ》と空気の乾燥が冷気から突き刺さる針を取除いていた。朝はとても暗かった。朝食は円天井の飾り縁に愉《たの》しい模様がついた食堂で、シャンデリアの人工の月光のもとでとられた。戸外は陰鬱な虚無、窓ガラスに迫る灰白色の綿、雪煙と靄《もや》に分厚く包み閉ざされた世界だった。山々は見えなかった。せいぜいのところ、すぐ近くの針葉樹林がときとして垣間《かいま》見えるくらいのものだった。重く押しひしがれた林は、沸きたつ煙霧の中にすばやく姿を消し、ときおり、一本のえぞ松が重荷をおろし、乱れ逆巻く純白を灰色の中へ振払った。十時ごろ、太陽はぼんやりと光る靄となって山の上空に現われ、ものうい妖怪《ようかい》じみた生気を、官能の色あせた薄明を、むなしく見分けがたい風景に投げ与えた。しかし、すべては朦朧《もうろう》たる柔らかみと鈍色《にびいろ》の中に溶けこんだままで、眼ではっきりと辿《たど》りうるいっさいの線を欠いていた。峰の輪郭は薄れ、霧につつまれ、煙の中にかき消されていた。青白く照らされた雪のおもてが前後上下に積み重なって、視線を漠《ばく》たるかなたへ導いた。そして、明るく光を含んだ雲が、煙のように、長く、形を変えずに岩壁のまえに漂っていることもあった。

　昼ごろ、太陽は霧をなかば突き破りながら、それを紺碧《こんぺき》の中へ解消させる努力を示した。その試みも成功にはほど遠かった。それでも青空が一瞬予感され、わずかの陽光は、雪の冒険で奇妙に歪《ゆが》められた一帯を、はるか遠くまでダイヤモンドのようにきらめきたたせるに十分だった。ふつうこの時間に雪は降りやんだ。いわばその成果を展望させようとするかのように。そうだ、まばらに散りばめられた晴天の日も、この目的に仕えるかのようであった。その日、吹雪はやみ、さえぎるものもない空の炎熱が、うず高い新雪の貴重にも清浄な表面を溶かそうとしていた。あたりの光景はお伽噺《とぎばなし》のようで、何か無邪気でおかしみがあった。木々の枝のうえの、厚く、ゆるやかな、柔らかくふくらませたようなクッション、匍匐《ほふく》する樹木や岩の突出を下に隠し持つ地面の隆起、風景の中のうずくまったもの、陥没したもの、おどけて仮装したものなどが、地の精の世界を現出し、こっけいな様子で、童話の本からでてきたようであった。苦労して歩くときの近景が、幻想的でいたずらっぽく感じられるとすれば、こちらを覗《のぞ》きみる遠い背景、雪に包まれたアルプスのそそり立つ立像の呼びさますものは、崇高と神聖の感覚であった。

午後、二時から四時までの間、ハンス・カストルプはバルコニーの桟敷《さじき》で横になり、毛布にぬくぬくとくるまって、すばらしい寝椅子《ねいす》の立てすぎもせず平らすぎもしないように調節した寄り掛りに頭をもたせかけ、雪のクッションをのせた欄干《きぎ》ごしに森と連山を眺《なが》めた。雪を荷《にな》った暗緑色の樅《もみ》の森が斜面をよじのぼっていて、樹々の間の地面はすっかり雪の柔らかいしとねに覆《おお》われていた。その上方には岩山が灰白色の中へそびえ立ち、その巨大な雪原は黒っぽく突出したいくつかの岩鼻で断ち切られ、稜線《りようせん》はほんのりと蒸気につつまれていた。雪は静かに降っていた。万象は次第にぼやけてきた。視線は綿のような無に向い、ともすれば、まどろみの中へ屈折していった。眠りこむ瞬間にぞっとする寒気が伴ったが、ここの凍《い》てつく冷気の中での眠りほどに純粋な眠りはなく、夢のない眠りは、ひとを有機体の何とはなしの圧迫感からも解放した。湿気を含まず、無にひとしい、むなしい空気を呼吸することは、死人が呼吸しないのと同じく有機体を煩《わずら》わせないからである。目ざめると、連山はすっかり雪煙の中にかき消えて、ほんのところどころ、円頂、岩鼻などが交互に数分間立ち現われるが、それもふたたび包みかくされてしまう。この軽やかな精霊のたわむれは見ていてことのほか楽しかった。ヴェールの幻像のひそかな変転をとらえるには鋭く注視しなければならなかった。峨々《がが》として巨大に、頂も裾《すそ》も見えない岩山の一部が、靄の中に浮遊していた。しかしほんの一分間も眼を離すと、それはもう跡形もなかった。

ついで吹雪になって、両側をガラスの壁でまもられたバルコニー桟敷《さじき》に踏みとどまることなどとてもできなくなる。吹きすさぶ純白が大量に押し寄せて、床《ゆか》も家具もすべてを厚く覆ってしまうからである。いや、周りをぐるりと山々にとりまかれた高原にも吹雪が吹き荒れることはあった。むなしい大気が激しく揺れ動き、ひしめきあう雪片に充《み》たされて、一寸先も見えない。息づまる強風が吹雪を狂暴に横なぐりに疾駆させ、下から上へ、谷底から空中へと渦巻かせ、縦横無尽にかき乱し、狂乱の舞踏にかりたてた、――それはもはや雪が降るというようなものではなかった。白い闇《やみ》の混沌《こんとん》、乱脈、中庸を越えた世界の驚くべき放埒《ほうらつ》で、突然群をなして姿をあらわす雪ひわだけが、ここを我が家のようにふるまっていた。

　しかし、ハンス・カストルプは雪の中の生活を愛した。それは多くの点で海辺の生活に似ているように思われた。自然の姿の根源的単調さはこれらふたつの世界に共通していた。雪が、深い、ふんわりした、無垢《むく》の粉雪が、ここでは、下界の海岸の黄ばんだ白砂と同じ役割を演じていた。どちらの感触も同じく清潔で、凍ってかわいた白雪は、平地の、海底からうちあげられた清らかな石や貝殻の粉と同じように、靴や衣服から振りおとすと微塵《みじん》もあとに残らなかったし、雪の中を前進するのは砂丘をさすらうのとまったく同じように骨がおれた。ただし、表面が太陽の熱で浅く溶け、夜になって固く凍りついた場合は別で、そのときは床のうえよりも軽やかで心地よく歩けた、――ちょうど波打ちぎわの滑《なめ》らかな、堅固な、水に洗われてはずみのある砂地を歩くのと同じように軽やかで心地よかった。

　スキーヤーを除くすべてのひとに、戸外で運動する可能性をあわれなまでにせばめたのは、今年は、ひとえに降雪とおびただしい積雪であった。除雪機が活躍した。しかし、それはもっとも人通りの多い街路と療養地の本通りを通れるようにしておくのに苦心したというにとどまった。除雪されているが、たちまち不通個所にいき着くわずかの道を、健康人と病人、土地のひとと国際的なホテル客がしきりに往来していた。しかし歩行者の脚には、一人乗りの橇《そり》で滑走するひとがぶつかりかかった。橇に乗った男女はからだをうしろにもたせかけ、両足を前につきだして、彼らの企ての重要さを心底から確信しているらしい調子で警告の叫びをあげながら、子供用の小型橇で、前後左右に揺れ傾きながら斜面を滑降し、下に着くと、その流行の玩具《がんぐ》を綱で引いてふたたび山の上へ引きずりあげた。

こういう散歩道にハンス・カストルプはもう飽きあきしていた。彼はふたつの願望をはぐくんでいた。そのより強いほうは、ひとりきりになって瞑想《めいそう》し「鬼ごっこ」をしたいという願いで、これはバルコニー桟敷によって表面的ながらもかなえられた。しかし、もうひとつは、この願いと結びつき、彼が興味を寄せていた山、雪に荒れすさんだ山とより親密に自由に接触したいという願いであった。しかし、この願望は、装備もなければ翼も持たない歩行者がいだくかぎり、充たされえないものだった。雪搔《ゆきか》きされた通路は、たちどころにいきどまりになり、このような歩行者がそれを越えて進もうとすれば、たちまち胸の上まで雪にはまりこんでしまったであろうから。

そこでハンス・カストルプは、ある日、ここの上でのこの二度目の冬に、スキーを買って、実際に必要な程度の使い方を習得しようと決心した。彼はスポーツマンではなかった。からだについてどうこうしようという考えがなかったから、かつてスポーツマンだったことはなく、「ベルクホーフ」の多くの客たちと違《こと》ってスポーツマンを気どりもしなかった。彼らは土地の精神と流行に媚びて、ばかげた服装をしていた。――ことに婦人たち、たとえば、ヘルミーネ・クレーフェルトは、呼吸の苦しさから鼻の先と唇《くちびる》がいつも青かったが、ランチにはウールのズボン姿で食堂に出てくるのを好み、食後はそのいでたちで膝《ひざ》を開きロビーの籐椅子《とういす》に実にはしたない格好で寄りかかっていた。ハンス・カストルプがその奔放な計画に対して顧問官の許可を得ようとしたとすれば、これは絶対にはねつけられたことであろう。スポーツ活動はここの上のひとびとの社会では、「ベルクホーフ」でも似たような施設のどこででも、絶対に禁じられていた。というのは、そうでなくとも、実に軽やかに入ってくるかにみえるこの高地の大気は、心臓の筋肉に重い負担をかけていたし、また、ハンス・カストルプ自身についていえば、「慣れないということに慣れる」という彼の目ざましい言葉が少しも効力を失わないままだったし、ラダマンテュスが浸潤個所から説明する発熱の傾向も依然として執拗《しつよう》に続いていたからである。さもなければ彼は何をここの上で求める必要があるだろう？　したがって彼の願望と計画は彼がここに滞在していることと矛盾し、したがって許されないものであった。ただ彼の真意だけは正しく理解してやらなければならないであろう。彼は、それがはやりということでさえあれば、同じように全力を傾倒して、息づまる室内でのカルタ遊びに熱中したであろう戸外散歩の洒落者《しやれもの》や伊達《だて》な衣裳《いしよう》だけのスポーツマンと、張り合おうとする野心に駆られたのではなかった。彼は自分が観光客とは違った、もっと拘束された社会に属していることをあくまでも感じていたし、さらにもっと広い新しい観点から、自分を世間一般から疎外《そがい》する気位と抑制的な義務感から、観光客のようにあさはかにかけずりまわったり、阿呆《あほう》のように雪の中をころがりまわることは、自分の本領ではないと思っていた。彼は跳《は》ねっ返りをするつもりはなく、節度をまもるつもりだったので、彼の企てるところは本来ならラダマンテュスも許してよかったであろう。しかし彼は療養所の規則のためにやはり禁止するであろうから、ハンス・カストルプは彼には内緒で敢行する決心をした。

機会あって彼はセテムブリーニ氏にこのことを話してみた。セテムブリーニ氏は喜びのあまり、彼を抱きしめんばかりだった。「そうですよ、そうですとも、エンジニア、どうかぜひそうなさい。誰にも相談しないでおやりなさい、――守護天使があなたにささやきかけたのです。すぐにおやりなさい、この立派な気持が消えてしまわないうちに。私がごいっしょします、店へお伴《とも》します、さっそくいっしょにその祝福された道具を買いましょう。山へだってお供したいくらいです、そうして、ごいっしょに滑《すべ》ってみたい、翼のついた靴をはいて、*メルクリウスのように。でも私にはそれは許されません……あ、許されるという、このことはいったいなんでしょう。ただ『許されない』だけなら、私はきっとするでしょう。しかし私はできないのです。私はだめになった人間です。しかしあなたは……あなたには害はありますまい、全然。分別をもって、はめをはずしさえしなければ。なんのことがありましょう、たとい少々障《さわ》ったって。やはりそれはあなたの守護天使が……もう何も申しません。なんというすばらしい計画でしょう。二年ここにいて、まだこういう思いつきができる、――いや、あなたの本心は立派です。あなたに絶望する理由はありません。ブラヴォー、ブラヴォー。あなたはあそこの上の閻魔《えんま》大王をだましてやるのです、スキーを買う、それを私のところに届けさせる、それともルカセクのところか、あるいは私たちの家の下の香料店へ。それをつけて練習するために、そこから持ちだしていく、そして滑っていくのです。……」

まさにそのとおりになった。スポーツのことなど全然わからないのに、ひとかどの批評家を気どるセテムブリーニ氏が見ている前で、ハンス・カストルプは本通りの専門店で一組のスマートなスキーを買い求めた。淡褐色のラックを塗った上質のとねりこ材で、立派な革のビンディングがつき、先端は尖《とが》って上に反《そ》っていた。さらに鉄の石突きと輪のついた杖《ストック》をも買い、店員にとどけさせないで、全部自分で肩にかついでセテムブリーニの下宿まで運んでいき、道具類を毎日預ってもらうことで香料店のひととまもなく話をつけた。使い方はいくども見て知っていたので、彼は練習場の雑沓《ざっとう》を離れた。「ベルクホーフ」の裏から遠くない、ほとんど木の生《は》えていない斜面で、ひとりで毎日拙《まず》いスキーをはじめ、一、二度はセテムブリーニ氏が、少し離れたところで、ステッキに身をもたせ、両脚を上品に組み、技術の上達にブラヴォーを送りながら眺《なが》めていた。ハンス・カストルプはある日スキーをまた小売商人のところに持ち帰ろうとして、雪掻きした路《みち》を「村《ドルフ》」へ向って滑り下っていくとき、顧問官に出くわしたが、ことなくすんだ。白昼でもあり、初心者のハンス・カストルプはほとんど彼に衝突しそうになったが、ベーレンスは気づかなかった。彼は葉巻の煙の雲に包まれて、足を踏みしめながら通りすぎていった。

ハンス・カストルプは本当に必要な技術はまたたくまに身につけられるものだということを知った。彼は名人芸を求めはしなかった。彼が必要としたものは、高熱をだしたり息を切らしたりするまでもなく、数日で習得された。彼は両足をきれいに並べて、シュプールが平行になるように努め、また滑降のとき操縦に杖《ストック》をどう使うかを念入りに吟味し、地面の小さな隆起などの障害を腕をひろげて跳躍《ちょうやく》し、荒海の小舟のように浮き沈みしながら進む術をおぼえ、試みはじめて二十回目からは、全速力で滑降しながら、片脚を前に伸ばし、片脚の膝《ひざ》を屈してテレマーク回転法でブレーキをかけても、もう転倒しなかった。次第に彼は練習の場所の範囲を拡《ひろ》げていった。ある日セテムブリーニ氏は彼が白っぽい霧の中に消え去るのを見て、くぼめた両手を口にあてて、警告の声をかけてから、教育家らしく満足して家へ帰っていった。

冬の山は美しかった、——温和な親密な美しさではなく、強い西風のときの、荒れ狂う北海が美しいように、——そこには、むろん雷鳴のような轟音《ごうおん》はなく、そこは死の静寂に包まれていたが、まったく類似の畏敬《いけい》の感情をよびさました。ハンス・カストルプの長くしなやかな足は彼をあらゆる方面へ運んでいった。左側のゆるやかな傾斜に沿ってクラヴァデルへ向ったり、あるいは、右の方、アムゼルフルー山塊の影が霧の中に出没するフラウエンキルヒとグラリスのそばを通りすぎたりした。デイシュマ渓谷へおり、あるいは、「ベルクホーフ」の裏手を、雪の尖頂《せんちょう》のみが樹林帯の上にそびえた、森におおわれたゼーホルンの方向へのぼり、深い雪をかぶったレティコン山系が青白い影絵のような背景をなしているドゥルザチャ森へもいってみた。彼はまたスキーを持ったままケーブルカーでシャッツアルプの急斜面を引上げてもらい、そこの上方、二千メートルの高みに連れ去られたところで、粉雪が微光を放つ斜面でのんびりと滑りまわった。天気がよくて見はらしが利《き》くときには、そこからは彼の数々の冒険の場が崇高な景観をなしてはるかに望まれた。

彼は近づきがたい場所の門戸を開かせ、障害をほとんど無に帰してしまう自分の練習の成果を喜んだ。それは望みどおりの孤独、考えられるもっとも深い孤独の中に彼を置いてくれた。人間世界と完全に隔絶している危険の感覚が心をかすめる孤独。一方では樅《もみ》の生い茂った絶壁が雪の煙霧の中へ落ちこんでおり、もう一方の側は屹立《きつりつ》する岩山で、そこには一つ眼の巨人のような堆雪《たいせつ》が、胸を反《そ》らしたり背を曲げたりして洞窟《どうくつ》と穹窿《きゅうりゅう》をつくっていた。自分自身の音も聞くまいと、身じろぎもせずに立ちつくすとき、静寂は絶対的で、完璧《かんぺき》だった。未知の、未聞《みもん》の、他のどこにも生じたことのない、綿を詰めたような無音。樹々《きぎ》をごくかすかに撫《な》でる微風もなく、ざわめきもなく、鳥の声だになかった。ハンス・カストルプがストックにもたれて、頭を肩の方にかしげ、口を開いて聞き入っていたのは、太古の沈黙であった。そして静かに、絶えまなく、雪はしじまの中に降りつづき、音もなく平和に降り積んでいった。

いや、この底なしの沈黙につつまれた世界は、まったく不愛想だった。それは来訪者を迎え入れはしたものの、危険が生じてもなんの責任もとろうとはしない世界だった。それに、これは迎え入れるというようなものではなかった。彼の侵入、彼の滞留を、ある無気味な、何ものをも保証しない仕方で甘受するこの世界からでてくるものは、無言で脅かす原始的なもの、敵意すらなく、むしろ無関心に生命を奪うものという感情であった。文明の子は生れながらにして野生の自然とは縁遠く、幼少のときから自然に頼り、冷静な馴《な》れ合いの中に生きている朴訥《ぼくとつ》な自然の息子よりも、自然の偉大さにはるかに近づきやすいものである。文明の子が眉《まゆ》を吊《つ》りあげて自然の前に進みでるときの、あの宗教的な畏怖を、自然児はほとんど知らないが、それは文明の子のあらゆる対自然感覚を奥深いところで規定し、その魂の中で絶えまない敬虔《けいけん》な感動とおずおずした興奮を保持するのである。ハンス・カストルプは袖《そで》の長いラクダのチョッキを着て、巻ゲートルをつけ、立派なスキーに乗って、原初の静寂、生命を奪う無音の冬の荒涼に聞き耳をたてるとき、自分が実にひどく大胆に感じられ、帰り路で、最初の人家がヴェールの中にふたたび浮びあがるときに覚える安堵《あんど》感は、それまでの自分の状態を意識させ、数時間にわたってひそかで神聖な恐怖が彼の心情を領していたことを教えてくれた。北海の北フリジアのジルト島で彼はかつて白ズボンをつけ、安全に、優雅に、うやうやしく、怒濤《どとう》の打寄せる水際《みずぎわ》にたたずんだことがある、ちょうど、格子《こうし》のかなたで恐ろしい牙《きば》を持つ大きな口で咽喉《のど》の深淵《しんえん》もあらわにあくびするライオンの檻《おり》を前にしたときのように。それから彼は泳いだ。海岸見張人は角笛を吹き鳴らして、不敵にも最初の大波を乗り切って進んだり、押し寄せる怒濤の間近かに近づこうとしたりするひとびとに危険を知らせていた。くずれ寄せる瀑布《ばくふ》のような波濤の最後の波頭すらも、猛獣の前脚のような力強さでうなじを撃った。そのときから、青年は、完全に抱擁し合えば身の破滅となるであろうもろもろの自然力との軽い愛の接触が、狂喜させんばかりの幸福をもたらすものであることを知った。しかし、彼は自分の中に、生命を脅かす自然とのこの熱狂させる接触を、完全な抱擁が迫るところまで持ちこたえてみたいという気持があったことにはついぞ気がつかなかったのである。——武装され、文明によってどうにか装備を整えていたとはいえ、か弱い人の子である彼が、交わりが危険な限界に近づき、もはや思いのままに限界を定めかねるにいたるまで、もはや砕け寄せる泡沫《ほうまつ》や前脚での軽い打擲《ちょうちゃく》どころでなく、波濤が、大きく開いたのどが、海が問題となるところまでぎりぎりのおそろしく広漠《こうばく》たる中へ冒険の歩を進めるか、あるいは、そこへいきつくまでは逃げだささずにふみとどまってみたいという気持がそれだった。

一言でいえば、ハンス・カストルプはここの上で勇気が出てきたのである。――諸元素に対する勇気が、それらとの関係における鈍感な冷静を意味するのでなく、意識的な帰依《きえ》と、共感によって制圧された死の恐怖を意味するとすれば。――共感?――たしかに、ハンス・カストルプはその狭い文明化した胸に、諸元素への共感をいだいていた。そしてこの共感は、彼が橇遊《そりあそ》びをするひとびとを見て意識した新しい自負の感情と関連し、この気位はバルコニー桟敷《さじき》の孤独よりもさらに深く大きな、ホテルふうに快適な孤独ではない、別の孤独を、彼にふさわしく望ましいものと感じさせた。バルコニーから彼は霧の連山や吹雪の舞踏を眺め、そして快適な生活の胸壁ごしにぼんやり見とれている自分の姿を心に恥じた。そのために彼はスキーを習ったのであって、スポーツ狂や生れつきの運動好きからではなかった。あの巨大な自然、雪の降りしきる死の静寂の中で、彼は無気味な思いをしたが――これは文明の子にとってはたしかに無気味であった――しかし彼はこの無気味さを、とっくにここの上で精神と感覚で味わっていたのである。ナフタとセテムブリーニとの対話にしても、決して無気味でないことはなかった。それは同じく道なきところと極度に危険なところへ通じていた。ハンス・カストルプが偉大な冬の荒涼に共感を覚えたといえるならば、彼がそれを、敬虔な恐怖にもかかわらず、彼の思念の複合体をほぐすための格好の舞台と感じ、またどうしてそうするに至ったかよくはわからないままに、神の子、人間（Homo Dei）の位置と状態に関する「鬼ごっこ」の仕事を課された者にとって、そこをふさわしい滞在地だと感じたからであった。

向う見ずな人間に対して、角笛を吹いて危険を知らせる者はここにはひとりもいなかった。視界から消えていくハンス・カストルプに、くぼめた両掌《りょうて》を口に当てて、叫びかけたときのセテムブリーニ氏がそのひとでないとすれば。しかし、ハンス・カストルプは勇気と共感を持っていた。彼は背後の呼びかけをもはやかえりみなかった、かつて謝肉祭の夜、ある種の行動にのぞんだとき、うしろから響いてきた叫び声を気にかけなかったように。「ああ、エンジニア、もっと理性を、さあ（Eh, Ingegnere, un po' di ragione, sa!）」ああ、理性（ragione）と叛逆《はんぎゃく》（ribellione）の教育家的悪魔君、と彼は考えた。それでもぼくは君が好きだ。なるほど君はほら吹きの筒琴弾きだ。でも君は善意を持っている、善かれかしと思っている。鋭く小さいイェズス会士のテロリストよりも善意があるからぼくは君が好きなのだ。眼鏡の光るスペインの拷問吏《ごうもんり》と笞刑吏《ちけいり》、君たちが口論するときには、後者がほとんどいつも正しいのだが、……ちょうど中世に神と悪魔が人間をめぐってしたように、教育的な見地からぼくの哀れな魂をめぐっていがみあうときには。……

両脚を粉雪だらけにして、彼は杖《ストック》を使ってどこかの雪の丘陵をのぼっていった。敷布をひろげたようなその丘は、次ぎつぎとテラスをつくりながら次第に高まっていき、それがどこまで続くものやら見きわめがつかなかった。そこには終点というものはないように思われた。上のほうは同じように白くかすんだ空に溶けこみ、さて、どこから空になるのかも見定められなかった。峰も山稜《さんりょう》の線も見えず、ハンス・カストルプが身を引きずってのぼっていく目標は、霧ぶかい無であった。そして彼の背後でも、世界は、ひとの住む谷は、またたく間に閉ざされ見失われ、そこからはもはや物音ひとつ届かなかったので、彼の孤独、いや失踪《しっそう》は、それと知らぬ間に、望みうるかぎりの深さとなり、恐怖を覚えるまでに深まったが、この恐怖こそは勇気の源《みなもと》なのである。「ナベテコノ世ノモノハ無常ナリ（Praeterit figura hujus mundi）」と、彼は人文主義精神とは無関係のラテン語で呟《つぶや》いた。――彼はナフタのいったことを聞いて憶《おぼ》えていたのである。彼は立ち止って、あたりを見まわした。高所の純白からでて地面の純白に降り下ってくるいくつかのごく小さな雪片のほかは、見渡すかぎり、まったくの無で、どこにも眼に見えるものはなく、あたりの静寂は力強く無言だった。めくるめくばかりの白い空虚の中で視線の定まらぬままに、彼は登攀《とうはん》のために高鳴る心臓の動きを感じた。――筋肉からできているこの器官、その動物のような形態と鼓動する様子を、彼はかつてレントゲン室のパチパチ音をたてる電光のもとで、おそらくは冒瀆《ぼうとく》的にうかがい見た。そして一種の感動が、彼の心臓、脈打つ人間の心臓、この上の氷の虚無の中で、完全にひとりぼっちで、自己の疑問と謎《なぞ》とを抱《かか》えて鼓動している心臓に対する単純で敬虔な共感が彼を襲った。

彼はさらに遠く、より高く、空に向って押し進んでいった。ときどき彼は杖《ストック》の尖端を雪の中に突きさし、それを引抜くときに、青い光が穴の底から杖《ストック》を追って沸きのぼってくるのを見やった。それは彼を楽しませた。彼は長い間たたずんだままで、小さな光学的現象をなんどもくり返し実験してみた。それはいかにも独特な優しい、山と地底の光であった、緑がかった青色で、氷のように澄明《ちょうめい》で、しかも陰影があり、秘密に充《み》ちて魅力的だった。それは彼に、ある種の眼の光と色を思いださせた、セテムブリーニ氏が人文主義の立場から軽蔑《けいべつ》的に「タタール人の切れ長の眼」「ステップ狼《おおかみ》の眼」と呼んだ、運命を覗《のぞ》き見る斜視の眼、――幼時に見て、ふたたび宿命的に見いだした眼、ヒッペとクラウディア・ショーシャの眼を。「ええ、いいわ」と彼女は四囲の静寂の中で小声にいった。「でも、折らないでね。ネジッテダスノヨ（Il est à visser, tu sais）」そして心の中で、彼は理性に訴える朗々たる警告の声を背後に聞いた。

右側の少し隔たったところに森が霧のようにただよっていた。彼は白一色の超越世界の代りに、現実的な目標に見当をつけようとして、そちらに向い、ゲレンデが下りにさしかかるのに少しも気づかないで、急に滑りだした。眩《まぶ》しさが地形の識別を完全に妨げた。何も見えなかった。すべては眼の前でぼやけていた。まったく思いがけなく障害が彼を突きあげたりした。彼は傾斜の度合を見定めることなく、下降に身をまかせた。

彼をひきつけた叢林《そうりん》は、彼が思いがけなくも滑りこんでいった深い谷のかなたにあった。柔らかい雪でおおわれた谷底は、彼がしばらくその方向を辿《たど》って気づいたとおり、山の側面に向って下りになっていた。両側の傾斜は高まっていた。凹路《おうろ》のように褶曲《しゅうきょく》が山に切れこんでいるらしかった。それから彼の乗物の先端はふたたび上向きになった。地面が高まり、まもなく側壁をのぼる必要もなくなった。ハンス・カストルプの道なきさすらいはふたたび開けた山腹の上を空に向って進められていった。

彼は横の後方と下方に針葉樹の森を見て、そちらへ向きを変え、急降下して、樅の木立に着いた。重く雪をかぶった樅はくさび形に並んで、斜面の霧のかかった森林の支脈をなし、木のない地帯に張りだしていた。その枝の下で彼はひと休みして巻煙草《まきたばこ》を一本吸ったが、心は依然として深すぎる静寂、冒険的な孤独感にいくぶん圧迫され、緊張し、胸苦しさを感じながらも、またそれを征服した誇りと、この世界に入りこむことのできる資格は自分にあるという自負のために、彼は勇気を感じもした。

午後三時だった。彼は、正午の横臥《おうが》療養の一部とおやつの時間を怠けて、暗くならないうちに帰るつもりで、食後まもなく出発した。これからまだ何時間も戸外の雄大な世界を放浪するのだと思うと、彼の気持は楽しさで満たされた。彼は乗馬ズボンのポケットにチョコレートを少々、チョッキのポケットにはポートワインの小瓶《こびん》を入れて持っていた。

濃密な靄《もや》のために、太陽の位置はほとんどわからなかった。うしろの方、見えない谷の出口、連山の隅《すみ》のあたりに雲の峰が黒ずんで、靄が深まり、こちらの方へ進んでくる気配だった。雪になるらしかった、もっと多くの雪に、さし迫った需要に応じようとでもいうように、――本格的な吹雪《ふぶき》になるらしかった。そして実際に、もう小さな音もない雪片が山腹におびただしく降ってきた。

ハンス・カストルプは歩みでて、いくつかの雪片を袖に受止め、アマチュア研究家の知識でこれを観察した。それは形のない小さなかたまりのように見えるにすぎなかった。しかし、彼は一度ならずこういう雪片を倍率の高いレンズの下に置いたことがあり、それがどんなに優美で精密な小さな宝石から合成されているかをよく知っていた。どんなに誠実な宝石細工師もそれ以上豪華に綿密に製作できないほどの宝玉、星形勲章、ダイヤのブローチ、――そうだ、おびただしい量で森を圧し、原野をおおい、彼がその上をスキーで運ばれていくこの軽いふんわりした白粉は、故郷の海浜の砂を連想させながらも、それとはまた違った性質をそなえていた。その成分は周知のように砂粒ではなく、規則正しく多様な形に凝固し、結晶した無数の水滴である、――植物体や人体の生命原形質をもふくらませる無機物の粒、――そして丸みを帯び、肉眼に見えない、ひめやかで微細な華美をほこる魔法の星は、無数でありながらも、そこにはどれひとつとして同じものはないのだ。ひとつの、つねに同一の基本形、等辺等角の六角形に加えられた無限の創作欲と繊細きわまりない形成がそこにはあった。しかし、冷たい製品のすべてはそれ自体において絶対的な均斉と氷のように徹底的な規則正しさを示していた。そうだ、これこそは、この花の無気味さ、反有機性、生命への敵対性を意味していた。それはあまりにも整然としていた。生命を構成する物質は決してこれほどまでに整然とはしていない。生命は厳密な正確さを前にして慄然《りつぜん》とし、それを生命を脅《おびや》かすもの、死の秘密そのものと感じるのである。ハンス・カストルプは、なぜ古代の寺院建築家がわざとひそかに柱の配置のシンメトリイにわずかな狂いを設けたかが理解できるように思った。

彼は杖《ストック》を突き、スキーを踏みだして前進し、森のふちに沿って、厚く雪におおわれた傾斜を深い霧の中へ滑降し、のぼったり下ったり、当てもなくのんびりと死のゲレンデを動きまわった。そこは、空漠たる波状の原野、黒ずんで突きだしたはい松の枯木、柔らかな隆起による視界の局限などで、砂丘の風景に酷似していた。ハンス・カストルプはたたずんでこの類似を楽しみながら、満足してうなずいた。顔のほてり、四肢の震える傾向、彼の感じている興奮と疲労の独特な、酔ったような混淆《こんこう》も、彼は共感をもって甘受した。これらすべてが、興奮させ、同時に眠りを呼ぶ成分をいっぱいに含んだ海の空気の、よく似た効果を思いださせたからである。彼は翼を持つ独立自由な放浪に満足を感じた。前方に彼を拘束する道はなく、背後にも、きたとおりに帰らせてくれる道はなかった。はじめは棒、植えこまれた杖などが雪の中の道標になっていたが、まもなく彼はわざとそういう後見から脱けだした。それらは角笛を持つ男を思いださせ、偉大な冬の荒涼に対する彼の精神的な関係にふさわしくないように思われたからである。

彼が右に左にスキーを操《あやつ》りながら滑《すべ》りぬけていった雪の岩の丘陵の背後は斜面だったが、それがやがて平地になり、その向うには大きな連山がそびえていたが、柔らかな雪のしとねをつけたその峡谷と峠道はいかにも近づきやすく、ひとを招き寄せるかに見えた。そうだ、遠景と高峰、次ぎつぎに新しく開けてくる孤独の世界が、ハンス・カストルプを強く誘惑し、遅刻する危険をおかして、彼はますます野生の沈黙の中へ、無気味な、何ものをも保証しない世界の中へ深入りしていった。——普通よりも早く空が暗くなってきて、灰色のヴェールのようなものがあたり一面に垂れこめて、内心の緊張と不安が今や現実の恐怖に変ったにもかかわらず。この恐怖は、彼がこれまでひそかに、方角を見失い、どの方向に谷と部落があるかを忘れてしまうことを願っていて、それがまた望みどおり完璧《かんぺき》に成功したということを意識させた。それにしても、すぐに引返してずっと山を下っていけば、おそらくは「ベルクホーフ」から離れたところであるにしても、谷にほどなく帰れるだろうという安心はあった——しかし、あまりにも早く。彼は早く着きすぎて、時間を十分に利用しなかったことになるであろう。もっとも、思いがけぬ吹雪にでも襲われれば、さしあたり帰り道が全然わからなくなってしまうであろうが。しかし、だからといって、早目に逃げ腰になる気にはなれなかった、——恐怖、四大に対する彼の率直な恐怖は、お気に召すまま彼の胸を締めつけるがいい。ただしそれはスポーツマン的とはいいがたい振舞いだった。なぜなら、スポーツマンは四大を支配し制御できると見るかぎり、これを相手にするが、慎重にふるまって、進退の潮時をちゃんと心得ているからである。ところがハンス・カストルプの心にあるものは、一言でいえば挑戦であった。そしてこの言葉が示している不遜《ふそん》な感情が心底からの恐怖と結びついている場合でも、――あるいはそういう場合にはとくに――この言葉は多くの非難を含んでいるのだが、しかし、彼のようにここで何年にもわたって生活してきた青年の魂の底には、多くのものが沈澱《ちんでん》しており、あるいは、エンジニアであるハンス・カストルプがいいそうな言葉を使えば「集積」していて、それがある日自然力にも似た「ばかばかしい」とか「くるならこい」という腹だたしい焦慮、要するにほかならぬ挑戦と、賢明な思慮の拒絶という形をとって爆発することは、少し人間的に考えてみさえすれば、どうやら理解できないこともあるまい。こうしてハンス・カストルプは長々しいスリッパに乗って走りつづけ、目の前の斜面を滑降し、それに続く山腹をのぼりはじめた。そこには、少し離れたところに木造小屋、屋根に石の重しをのせた、乾草《ほしぐさ》置場か牧人小屋のような木造小屋が立っていた。彼はその山腹を滑っていちばん手近かな山に向って進んでいった。その山の背には樅《もみ》の木が剛毛のように屹立《きつりつ》し、そのうしろには高峰がもうろうとそびえていた。ところどころに木立が群がっている目前の壁はけわしかったが、斜め右はほどよいのぼりになっていて、それをなかば迂回《うかい》し、背後へでれば、その先がどうなっているかを見ることができるだろう。ハンス・カストルプは小屋のあるあたりの手前で、右から左へ落ちこんでいるかなり深い峡谷へ滑りおりて、この探検にとりかかった。

さて、予期しなければならなかったとおり、本格的な降雪と嵐《あらし》がはじまったのは、おりしもふたたびのぼりにさしかかったときだった。――一言にしていえば、久しく威嚇《いかく》しつづけていた吹雪《ふぶき》がやってきたのである。盲目で無知な四大について「威嚇する」などといいうるとすれば。四大はわれわれを破滅させようと意図しているわけでなく（それなら、まだしも少しは納得できないこともないが）、たといはからずもそういう羽目になったところで、それは四大にとって無気味きわまりない仕方で無頓着《むとんじゃく》なことなのである。「おいでなすったな」、最初の突風が濃い吹雪を貫いて、彼に襲いかかってきたとき、ハンス・カストルプはそういって立ちどまった。「相当なものだ。こいつはこたえる」。実際この風はまったく意地が悪かった。一帯に君臨する恐ろしい寒冷も実にほぼ零下二十度、湿気を含まない空気が平素のように静かで動かないときには、それも感じられず、そうたいして寒いとも思われないのであるが、しかしひとたび風が吹き起るや、それはナイフのように身を切り、そしていまのように吹きまくると、――最初かすめた疾風はほんの前触れにすぎなかったから、――氷のような死の恐怖から全身を守るには、七枚の毛革も十分ではなかったであろう。しかもハンス・カストルプは七枚の毛革どころか、羊毛のチョッキを一枚着ているだけで、いつもならこれで完全に足りたし、ごくわずかに陽《ひ》がさすとこれが重荷になるくらいだったのである。ところで風はやや斜めうしろから吹いてくるので、回れ右をして風をまともに受けるのはあまり得策でなかった。それにこういう思慮が、彼の反抗と彼の魂にひそむ根本的な「なにくそ」という感情とまじり合っていたので、気違いじみた青年は、あちこちに立っている樅の木の間を通りぬけて相変らずのぼりつづけ、目ざす山のうしろにでようとした。

それはしかし、決して楽な作業ではなかった。というのは、雪片の舞踏は降下する様子もなく、濃密にひしめきあって旋回しながら、全空間を充《み》たし、そのために何も見えなかったからである。吹きつける氷のような烈風は鋭い痛みで耳を燃やし、四肢を麻痺《まひ》させ、手の感覚を失わせて、杖《ストック》を持っているのかどうかもわからなかった。雪はうしろから吹きこんで、背中を伝わって溶け、肩に積もり、からだの右側を覆《おお》った。彼は手に杖をこわばらせたまま、ここで凍りついて、雪だるまになってしまいはしないかと思った。これらすべての不都合は、かなり順調な状況のもとで生じたのであって、もし向きを変えたら、もっとひどいことになるだろう。こうして帰り道は文字どおりの苦役になったが、それに着手するのを彼はもはやためらうべきでなかったであろう。

そこで彼は立ちどまったまま、腹だたしげに肩をすくめ、スキーの向きをまわした。

向い風がたちまち息をふさぎ、彼は面倒な方向転換の操作にもう一度とりかかり、息をついて、もっと沈着にこの泰然たる敵に反抗した。頭を下げ、注意深く呼吸を調節して、彼は逆の方向に滑りだすことに成功した、——不都合を予期してはいたものの、とりわけ、目先が利《き》かないことと、呼吸困難による前進のむずかしさに驚きながら。たえず彼は停止を余儀なくされた。第一には嵐にそむいて息を吸うために、それからまた、頭を下げて上眼づかいに視線を走らせるとき、白の暗がりを前にして何も見えず、樹木に衝突したり、障害物のために投げ倒されたりしないように用心しなければならなかったからである。雪片はおびただしく顔に吹きつけて溶け、顔が凍りついた。それらは口の中へも舞いこんで、かすかな水っぽい味を残して溶け、瞼《まぶた》に向って飛んできて、それを痙《けい》攣《れん》的に閉じさせ、眼には涙があふれて見通しを妨げた。——しかし、見通しが利いても無益だっただろう、視野は厚いヴェールに覆われ、白一色のために眼がくらみ、そうでなくとも視覚はほとんど完全にその機能を停止させられていたから。強《し》いて見ようとしても、見えるものといえば、それは無、白く渦巻く無であった。そしてただときおり、その中に現象界の妖怪《ようかい》じみた影が浮びあがった。はい松の叢《くさむら》、とうひの群生、彼がさっきそばを通りすぎた乾草《ほしぐさ》小屋の弱々しいシルエットなどが。

彼はそれを後《あと》にして、小屋のある山腹を越えて帰路を捜した。しかし道などというもののあろうはずはなかった。方向を、家へ、谷へのおおよその方向を定めることは思慮の問題というより、むしろ僥倖《ぎょうこう》の問題だった。せいぜい眼の前にかざした手が見えるくらいで、スキーの尖端《せんたん》さえも見えなかったのだから。もっとよく見えたとしても、やはり前進を極度に困難にするものはいくらもあっただろう。そこには顔に降りかかる雪があったし、呼吸を乱し、断ち、空気を吸うことも吐くこともさまたげ、始終あえぎながら顔をそむけさせる烈風を敵にまわしているということもあった。——こんな場合、誰かが、たとえばハンス・カストルプ、あるいは彼よりももっと強い誰かが前進していこうと思っても——誰にしたところが立ちどまり、あえぎ、瞬《まばた》いて睫《まつげ》毛の水をはらい、からだの前面についた雪のよろいをはたき落し、このような状況のもとで前進せよというのはばかげた要求だと感じたことであろう。

ハンス・カストルプはそれでも前進した。つまりその場から移動していった。しかし、それが目的にかなった移動、正しい方向への移動であるか、また、いまいるところにそのままとどまっているほうが（しかしこれも賢明なやり方だったかどうか）間違いが少ないのではないか、それはいずれも不確かだったし、理論的にいってもその辺のことはわからなかった。それに実際のところ、ハンス・カストルプにはまもなく、現在彼がいる地点が少しおかしくて、彼が踏みしめているのは自分が目ざしていた場所ではない、つまり彼が谷からのぼってきて、たいへんな労苦とともにふたたびたどりついた平坦《へいたん》な山腹、なんとしてもふたたびそこを後にしなければならないあの山腹ではないように思われてきた。平坦な部分はあまりにも短くて、すぐのぼりになった。明らかに、南西から、谷の出口の方からきた烈風が、怒り狂う圧力で彼を押し戻し、進路を横にそらせてしまったようである。彼が疲れはてながらも、もうかなり長い間前進してきたのは、誤った方向だった。盲《めくら》めっぽうに、渦巻く白い夜につつまれて、彼はいよいよ深く泰然とした威嚇的な世界の中へ入りこんでいったのであった。

「何たるざまだ」と彼は歯の間でいって立ちどまった。彼は悲愴《ひそう》な感慨の言葉などは洩《も》らさなかった。一瞬、心臓は氷のように冷たい手でつかまれたかのように、痙攣《けいれん》的に跳《と》びあがり、それから、ラダマンテュスが浸潤個所を発見したときのように、肋骨《ろっこつ》を叩《たた》かんばかりに急調子で鼓動したのだが。というのは、挑戦したのは彼のほうで、危険な情勢もすべて彼自身の責任に帰せしめられるべきだったので、自分に大げさな言葉を口にしたり、またそういう身ぶりをする権利のないことを彼は悟っていたからである。「おもしろい」と、彼はいって、彼の表情、つまり、顔の表情筋肉がもはや心に従わず、何ものも、恐怖の怒りも軽蔑《けいべつ》も再現できないのを感じた。筋肉は硬直していた。「さて、どうしたものか。ここを斜めにおりて、どこまでもひたすらまっすぐに、ずっとまともに風に逆らっていけばいいか。むろんいうは易《やす》く行うはかたしだが」彼はふたたび滑りだしながら、あえいで切れぎれに、だが実際は小声でつぶやきながら続けた。「しかし、どうにかしなければなるまい。ここに坐《すわ》りこんで待っているわけにはいかない。そんなことをしたら、己《おれ》は規則正しい六角形に埋められてしまうだろうし、セテムブリーニが角笛を持って捜しにきたとき、己はここでガラスのような眼をしてうずくまっているということになるだろう、雪の帽子を斜めに頭にのっけて……」彼は自分がひとり言を、しかもいささか奇妙なことをいっているのに気がついた。そのために彼は自分を責めたが、またしても小声ではっきりとひとり言をいった。もっとも唇《くちびる》がしびれていたので、それを使うのは諦《あきら》め、唇の助けをまって形成される子音を略したが、それは彼に同じような、かつての一夜を思いださせた。「黙って、帰り道のことを考えるがいい」と彼はいって、付け加えた。「うわ言をいったりしてて、頭があまりはっきりしていないような気がする。これはある意味でまずいことだ」

しかし、彼の脱出という見地からしてまずいことになったという認識は、検証する理性による純粋な確認、いわば、心配してはくれるが口出しもせず係わり合いも持たない他人の確認であった。彼の自然の部分に属する肉体は、いや増す疲労とともに彼を所有しようとする昏迷《こんめい》の状態に身をゆだねたいという気持を強くしていったが、その気持に気づいて、彼の思念はそれを非難した。「これは山の中で吹雪にあって帰途を見失った人間が経験する状態の一形態なのだ」と、彼は雪の中を懸命に動きまわりながら考え、息も絶えだえに切れぎれの言葉をつぶやいて、もっとはっきりした言い回しはわざと避けた。「あとでこの話を聞かされた者は、恐しい状態を想像し、病気が——己の状況はたしかにある程度病気なのだ――病人をして、病気と折り合っていけるように調整するということを忘れてしまうのだ。知覚の減退、麻痺《まひ》の恩恵、自然が講ずる苦痛緩和の処置などというものを、そうだとも……だがそれに対しては戦わなくてはならない。それは二重の顔を持ったきわめて曖昧《あいまい》なものなのだから。それをどう評価するかはすべて観点の問題だ。家へ帰れなくなってしまった者、それは善意によるもので慈善行為だが、己のように、とにかくまだ帰宅が問題になる場合には、これは非常に悪意のある、全力をあげて征服すべきものなのだ。己はここで、あのばかばかしいほどに規則正しい結晶体で身を埋めようなんて考えてはいない。この嵐のように高鳴る心臓は、そんなことは考えていない。……」

実際に彼はもう激しく疲労していて、意識が朦朧《もうろう》としはじめるのに対して、ぼんやりとした、熱に浮かされたような調子で戦いつづけていた。彼はすでに、ふたたび平坦なコースからそれてしまったことに気づいたときも、健康な状態で驚いたであろうようには驚かなかった。こんどは明らかに別の側、山腹が下りになっている方へでたらしかった。というのも、彼は向い風を斜めに受けて下っていたから。そして、彼はさしあたりそうすべきではなかったであろうが、目下のところこうして滑るのがいちばん楽だった。「構うものか」と彼は考えた。「もっと下へいけばまた方向が決められるだろう」そして彼はそうした。あるいは、そうしようと思った。あるいは、自分でもそう信じられなくなった。あるいは、これはもっと危険なことだが、そうしたのかしないのか、そんなことはどうでもよくなりはじめたのである。こうしていかがわしい意識の脱落があらわれはじめて、彼はただ力なくそれと戦っていた。疲労と興奮のあの混淆《こんこう》は、慣れないということの習慣化にその順応の実を示した療養客の、持続的で、慣れ親しんだ状態をなすものだったが、まじりあった両成分が非常に強まって、虚脱に処して思慮ある態度をとることなどもはや問題外だった。めまいがして足もともさだかならず、彼は陶酔と興奮に震えた。ナフタとセテムブリーニとの論争を聞いたのちのそれに非常によく似ていたが、それは比較にならぬほど強烈だった。したがって、彼が麻痺したような虚脱に抵抗する怠惰を、あのような議論をうっとりと追想することで美化しようとしたのも無理からぬことだったであろう、――規則正しい六角形の結晶に埋没してしまうことに、軽蔑まじりの憤慨を覚えていたにもかかわらず、彼は何事か、意味あることか無意味なことかを、ひとりぼそぼそ口走った。「怪しげな意識の減退を克服せよと励ます義務感は、ただの倫理以外の何ものでもない、すなわち、けちくさい生の市民性であり、非宗教的な俗物根性にすぎない」横になって休みたいという願望と誘惑が彼の意識にしのびこみ、彼はこんなことを考えた、これは砂漠の砂嵐に似ている、そんなときアラビア人は顔を下に身を伏せ、頭巾《ずきん》のついた外套《がいとう》、ブルヌスを頭にかぶるという。ただ自分がブルヌスを持たず、毛糸のチョッキはすっぽりと頭にかぶれないという事情を、彼はアラビア人のような処置を講じえない根拠だと感じた。もっとも、彼はむろん子供ではなく、いろいろな話から、ひとはどんなふうにして凍死するものか、これをかなり詳しく知ってはいたのである。

かなり急速な短い滑降としばらくの平地滑行ののち、ふたたびのぼりになったが、それも実にけわしかった。まちがっているとはかぎらなかった。なぜなら、谷へ下る途中には、ときとしてまたのぼりになることもあるはずだったから。そして風はというと、たぶん気まぐれに向きを変えたのであろう。ハンス・カストルプは先ほどから風を背に受けていたが、これはそれ自体としてはありがたいことだった。それにしても、烈風が彼を前屈《まえかが》みにさせるのだろうか、それとも、彼の前にある、薄明の吹雪にヴェールをかけられた柔らかく白い斜面が、彼のからだに魅力を及ぼして、彼を斜面に傾けさせるのだろうか。魅力に身をまかせるには、ただ傾いていきさえすればいいであろう。そして、その誘惑は大きかった、――完璧《かんぺき》に、典型的に危険な状態としてものの本に特筆されているとおりに大きかった。しかし、そういうふうに本に書いてあっても、誘惑の活《い》きいきと現存する力はいささかも減殺《げんさい》されるものでなかった。それはそれ自体の権利を主張し、普遍的に知られたものの中に分類され、その中で再認されることを望まず、その迫力において、一回かぎりの比類なきものであることを示していた。むろんそれが、ある方面からのささやきであることは否定すべくもなかった。それは、ひだをつけた雪白の皿型飾り襟《えり》のついたスペインふうの黒衣をまとったある存在の暗示であった。その理念と原理的観念に、あらゆる陰惨なもの、鋭利なイェズス会的で反人間的なもの、拷問吏《ごうもんり》や笞刑吏《ちけいり》のあらゆる性格が結びつき、セテムブリーニ氏は慄然《りつぜん》としてこれを拒絶したが、それに対比させると、セテムブリーニ氏は筒琴と理性（ragione）をかかげた笑止な存在にすぎなくなるようなある世界の暗示であった……

それでもハンス・カストルプは実直に持ちこたえ、倒れてしまいたい誘惑に抵抗した。彼は何も見えなかった、しかし戦って移動した、――目的にかなっているかどうか、いずれにせよ、彼は最善をつくして動きまわった。寒冷の暴風によってますます重たく彼の四肢を締めつけるわずらわしいクッションに反抗しながら。のぼり道があまりにもけわしくなったので、彼はよく考えもしないで横へ方向をずらし、しばらくそのまま斜面にそって進んでいった。痙攣《けいれん》してこわばったまぶたを押し開いて、あたりの様子を見ようというのはひと苦労で、それが無益なことは試験ずみだったので、そういう努力をしてみようという気力はあまり湧《わ》かなかった。それでもときどき何かが見えた。群生するえぞ松や小川か溝《みぞ》の黒ずんだ影が、覆いかぶさる雪の縁に挟《はさ》まれて、ゲレンデから、くっきりときわだって見えた。変化をつけようとするかのように地面がまたも下りになり、それも強風にまともに向っていったとき、彼は前方の少し離れたところに、いわば風を受けてはためき乱れるヴェールのなかに浮遊するような人家の影をみとめた。

これはうれしい、心の慰まる発見であった。あらゆる困難に耐えて頑張《がんば》りとおした結果、ついに人家さえ現われて、人の住む谷が近いことを知らせてくれた。たぶん、あそこには人がいることだろう。たぶん、中へ入れてもらえて、屋根の下で庇護《ひご》されて悪天候の終りを待ち、そのうちに本当の夕闇《ゆうやみ》が迫ってきたとき、必要とあらば、同行と案内を頼むことができるだろう。彼はしばしば吹雪の暗がりの中にすっかり消えうせてしまう幻影に似たあるものに向って進んでいったが、そこへ到着するためには、さらに風に逆らって力を消尽させる登攀《とうはん》をあえてしなければならなかった。そして彼がそこにたどりついたとき、つまりありとあらゆる回り道をして、誠実きわまりない努力を払ってたどりついたのが例の小屋、屋根に石の重しをのせた乾草《ほしぐさ》置場であったことを知って彼は憤慨し、驚き、恐ろしさのあまりめまいがした。

いまいましいことだった。ひどい呪《のろ》いの言葉がハンス・カストルプのこわばった唇から、唇音《しんおん》が脱落したまま放たれた。彼は方位を定めるために小屋のまわりを迂回《うかい》してみて、自分が裏側からふたたびここに到着し、したがってたっぷり一時間にわたって――これは彼の見積りであるが――こよなく純粋で無益なナンセンスな努力をしていたことを確かめた。しかし、これもまた、まさに本に書いてあるとおりのことだった。ぐるぐる旋回し、悪戦苦闘しながら、心では筋の通ったことをしているつもりでいながら、人をたぶらかす一年の循環と同じようにふたたび出発点に戻ってくるという、ある広大なばかげた弧を描いたのだった。ひとはこのようにぐるぐるさ迷って、ついに帰途を見失うものなのである。ハンス・カストルプは話に聞いた現象をある種の満足とともに認めたが、これは恐ろしいことだった。こんな場合に普通に起るとされていることが彼の特殊な、個人的な、この現実の場合にかくも正確に起ったので、彼は憤《いきどお》りと驚きのために、自分の腿《もも》を叩いた。

このぽつんと立った一軒屋の中へは入れなかった。ドアが閉ざされていてどこからも入れなかった。しかしそれでもハンス・カストルプはさし当りここにとどまる決心をした。突きだした庇《ひさし》がある種の歓待の幻想を与えてくれたし、小屋そのものも、ハンス・カストルプが捜しあてた山に面した側は、丸木作りの壁に肩をもたせかけていると、実際にいくらか風雪を防いでくれたからである。背中全体をもたせかけることは長いスキーのためにうまくいきそうになかった。彼は杖《ストック》をわきの雪の中に突き刺し、両手をポケットに入れ、毛糸のジャケツの襟を立てて、外側の足をささえにして、斜めによりかかって立ち、眼を閉じて、ふらつく頭を厚板の壁に休め、ただときおり肩ごしに峡谷のかなたの山壁を眺《なが》めやった。それはヴェールの中にときどきぼんやりと姿を現わした。

彼の姿勢は比較的に快適だった。「これなら、いざとなれば夜どおし立っていることもできる」と彼は考えた。「ときどき脚を変えて、いわば寝返りをうって、その合間にむろん少しからだを動かしさえすれば。これはぜひやらなければならない。からだの外側は凍えてかじかんでいても、これまで動きまわって体内には熱が蓄積されている。とすると、ピクニックはやはりまったくむだだったわけではない。同じ小屋から小屋へと放浪して、どうどうめぐりしたとしても。……『どうどうめぐり』*これはなんというい方だろう。全然使われない表現だ。己の身にふりかかったようなことに対しては、普通に使われる言葉ではない。まったく勝手気ままにそんな言葉をいってみたのだ、頭があまりはっきりしていないものだから。それにしても、これはこれなりに適切な言葉のように思われる……とにかくありがたいことだ、こうして凌《しの》げるというのは。この騒ぎ、吹雪、暴力行為はたっぷりあすの朝まで続きそうだから。これが暗くなるまで続くだけでも、随分けんのんなことなのだから。なぜって、夜には、どうどうめぐりをする危険、同じところをぐるぐる回る危険が、吹雪のときと同じように大きいから。……もうそろそろ夕方にちがいない、おおよそ六時だろう、――それほどの時間をどうどうめぐりするのに空費したとは。いったい何時だろう」そして彼は時計を見た。かじかんだ指で、感触のないまま時計を衣服から引っぱりだすのは容易でなかったが、――名前のイニシャルを組み合せて刻みこんだ撥《は》ね蓋《ぶた》の金時計は、ここの荒涼たる孤独世界で、活きいきと義務に忠実に時を刻んでいた。彼の心臓、胸郭の有機的な温かみの中で動く人間の心臓に似て。……

四時半だった。なんたることだ、吹雪がはじまったとき、ほとんどもうそのくらいの時刻だったではないか。彼の彷徨《ほうこう》がほとんど十五分も続かなかったとは信じられるだろうか？「時間が已には長くなったのだ」と彼は考えた。「どうどうめぐりは時間を伸ばしてしまうらしい。しかし五時か五時半には本式に暗くなる、これはたしかだ。そのまえに吹雪はやむだろうか、さらにどうどうめぐりしなくてもすむような、ほどよい時機に？　そうなることを期待してポートワインをひと口飲んで、元気をつけるとしよう」

この俗っぽい飲物を彼がポケットに忍ばせてきたのは、ただ「ベルクホーフ」でこの平たい小瓶《こびん》が用意されていて、遠足者に売られていたからであったが、とはいうもののこれは決して、許可も受けずに、雪と厳寒の山中をさ迷い歩き、こんな状況下で夜を待つ者のために売られていたのではなかった。もっと感覚が鈍っていなかったら、ポートワインをたしなむなどというのは、家へ帰るという観点からは、誤りもはなはだしいということを自戒しなければならなかっただろう。そして実際に自戒したのだったが、それも二口、三口飲んでしまったのちのことで、飲んだワインはたちまち、ここの上ですごした彼の最初の晩のクルムバッハ・ビールの効《き》き目と実によく似た効き目を発揮した。あの晩、彼は魚料理のソースの話であるとか、それに類するだらしなくも自制を欠いた話をして、セテムブリーニの機嫌《きげん》をそこねたことだった、――ロドヴィコ氏の、はめをはずしている狂人をさえそのひとにらみで理性に引戻したという教育家の、あの朗々と響く角笛をハンス・カストルプはいましも風の流れの中に聞く思いがした。雄弁な教育家が厄介をかける弟子、人生の厄介息子をその狂気じみた状況から解放して、家へ連れ帰るために、堂々と進軍して近づいてくるしるしとして……むろんこれはまったくのナンセンスで、うっかり飲んだクルムバッハのためだった。なぜなら、第一にセテムブリーニ氏が持っているのは角笛などではなくて、一脚の義足で舗道に立って弾《ひ》く筒琴にすぎず、それを達者に弾き鳴らしながら、彼は人文主義者のまなざしを、高く家々の窓へ送るだけだったからである。そして、第二に、彼はもはやサナトリウム「ベルクホーフ」にはいず、婦人服仕立師ルカセクのところの、水さしのある物置小屋、ナフタの絹の僧房の上にいて、この事件については何も知らず、何も気づいていなかったし、また干渉する権利も可能性も持たなかったのである。かつて謝肉祭の夜、ハンス・カストルプが同じような気違いじみた不都合な状態（Lage）にあって、病めるクラウディア・ショーシャに彼ノ鉛筆（son crayon）、プシービスラフ・ヒッペの鉛筆を返したときと同様に……それにしても、「状態」とはどういう状態だったのか？　ある状態にあるためには、彼は横たわっているべきで、立っていてはならないのだ。この言葉が、たんに比喩《ひゆ》的な意味のかわりに、正当にして正規の意味をうるために。水平、これこそここの上にいる高学年者にふさわしい状態だった。彼は雪と厳寒の戸外に寝るのに慣れていはしなかったか、夜も昼も？　そう思って彼はうずくまろうとしたが、そのとき、すなわち、「状態」に関するばからしい思念もクルムバッハ・ビールの責《せめ》に帰すべきものであり、横になって眠りたいという、典型的な危険と本に書かれている、非個性的な欲望にのみ発するもので、この欲望が詭弁《きべん》と語呂《ごろ》合せで彼をたぶらかそうとしたのだという認識が彼を震撼《しんかん》させ、この認識がいわば彼の襟首をつかんで直立させたのである。

「これはしまった」と彼は悟った。「ポートワインはよくなかった。ほんのわずかしか飲まなかったのに、頭がひどく重たくなった。頭が胸につきそうだ。考えることもはっきりせず、まぬけな駄洒落《だじゃれ》で信用できない、——はじめに思いつく自然のままの考えだけでなく、それに対する批評らしきものである第二の考えも信用ならない。これは災難だ。『彼ノ鉛筆（son crayon）』それはつまり『彼女の』鉛筆だ、彼のじゃない、この場合は。『鉛筆（crayon）』が男性名詞だから、『彼ノ（son）』というだけのことだ。ほかのことはみんな駄洒落だ。大体己《おれ》がこんなことにかかずらっているなんて。もっと緊急の事実があるのに。たとえば、己がからだをささえているこの左脚が、目だってセテムブリーニの筒琴をささえる木の足を思いださせる。それを彼はいつも膝《ひざ》で前方に押しやって、舗道の上を進んでいく。窓の下へ歩み寄って娘たちが上からいくらか投げこんでくれるようにビロードの帽子を差しだしているのだ。ところで己は人間ならざるものに本当に手で引っぱられているようで、雪のなかに横になりそうだ。これに対してはただ動くことだけが助けてくれる。己は動かなければならない。クルムバッハ・ビールを飲んだ罰に、それから、この木のように固くなった脚をしなやかにするために」

彼は肩を使ってからだを壁から突き離した。しかし、彼が小屋から身を解き放って、一歩でも前へ踏みだすやいなや、風は大鎌《おおかま》のように彼に切りかかり、彼を保護する壁ぎわへ押し戻した。疑いもなくこの壁は彼に指定された滞在地で、彼はさし当りそれで満足しなければならなかったが、気分転換に、左肩でよりかかり、右足をささえにし、左足を少しぶらぶらさせて、これがしびれないようにすることだけは自由にやれた。こんな天候に家を離れるものでない、と彼は考えた。ほどほどの気晴らしは差支《さしつか》えない。しかし革新を求めたり、旋風に喧嘩《けんか》を売ったりしないことだ。じっとして、なんとしても頭を垂れていることだ、なにしろ頭がとても重いのだから。この壁は具合がいい、この材木は。ある種の温かみがここからでてくるようだ。ここで温かみなどといえるなら。木材にこもっているつつましやかな温かみだ。おそらくは、むしろ気分の問題、主観的……ああ、たくさんの樹木。ああ、生あるものの活《い》きいきとした大地。なんという芳《かぐわ》しい香りだろう。……

彼の眼下、彼がたたずんでいるらしいバルコニーの下は公園になっていた、――広々として、あふれるばかりの緑の闊葉樹《かつようじゅ》の公園で、にれ、プラタナス、ぶな、かえで、白樺《しらかば》などが、豊満な、新鮮な、微光を放つ葉の飾りの色調にかすかな陰影を見せ、梢《こずえ》にかすかな葉ずれの音をたてていた。甘美な、しめった、樹々《きぎ》の放つ芳香に充《み》たされた微風がそよいでいた。温かい驟雨《しゅうう》がさっと通りすぎたが、雨には光が充ちていた。空高くまで、大気が光沢を放つせせらぎに充たされているのが見えた。実に美しい。ああ、故郷の息吹《いぶ》き、低地の芳香と生命の充溢《じゅういつ》、久しく味わわずにいたもの。空は鳥の声でいっぱいだった。一羽の小鳥の姿も見られないのに、愛らしく親しみぶかい、甘美な笛の音、さえずり、くうくう鳴く声、すすり泣きがあたりに充ちあふれていた。ハンス・カストルプは微笑し、感謝に充ちて息づいた。しかしその間にすべてはさらに美しくなっていった。虹《にじ》がかたわらで風景の上方にかかり、完全な弧を描いて鮮烈に、至純の壮麗さを見せ、その油のように濃厚な七色を見せてしめやかに微光を放ち、稠密《ちゅうみつ》な、輝く緑の中に流れ落ちていた。それはまさしく音楽のようで、フルートとヴァイオリンがまざりあった清らかなハープのようであった。青色と菫色《ヴァイオレット》がとりわけ絶妙に流れていた。すべてがその色の中に魔術的にぼやけて沈降し、変転し、新しく、いよいよ美しく展開した。それはかつて、すでに何年も前のことになるが、ハンス・カストルプが世界的に有名な声楽家を聞いたときのようであった。イタリアのテノール歌手の喉《のど》からはめぐみ豊かな芸術と力が人々の心の上に氾濫《はんらん》した。歌手は高い音色を保ち、それは歌いはじめから美しかった。しかし、おもむろに、一瞬ごとに、その情熱的な美しさが増し、もりあがり、光輝を放っていよいよ冴《さ》えわたった。それまで誰も気がつかなかったヴェールが一枚々々と、いわば剝《は》がれ落ち、――さらに最後のヴェールが落ちて、これでもう極限のもっとも清らかな光が輝き現われるかと思うと、またもこれを限りの一枚、そしてまた、信じがたいような最後の最後のヴェールが落ちて、あふれるばかりの輝きと、涙にきらめく壮麗さを解きはなち、ほとんど抗議のように響く恍惚《こうこつ》の息苦しい声が聴衆の間から湧《わ》きおこり、彼自身ハンス・カストルプ青年は、すすりなきにおそわれたのだった。いまの風景についても同様だった。それはいや増す光明のうちに変転していった。青い色がただよっていた。……きらめく雨のヴェールが落ちて、海が現われてきた。——海、それは南国の海だった。銀色の光にきらめく深いふかい紺碧《こんぺき》の海、すばらしく美しい入江、片側は靄《もや》がたれこめて開け、別の側はいよいよ青がすむ山並みに遠くとりまかれ、あいだに配された島々には、棕櫚《しゅろ》がそびえていたり、糸杉の林から小さな白い家が輝いていたりした。ああ、ああ、もう十分だ、本当に過分なことだ。なんという光の浄福、深い空の清冽《せいれつ》、日に輝くさわやかな海の至福。ハンス・カストルプはこういう風景をいまだかつて見たことがなかった。まったく見たことがなかった。彼は休暇旅行でもほとんど南国へいったことはなく、荒涼とけわしい色あせた海しか知らず、その海に子供らしい鈍重な愛着を感じていたが、地中海、たとえば、ナポリ、シシリア、あるいはギリシアへは一度もいったことがなかった。にもかかわらず彼は思いだしたのである。そうだ、奇妙にも、彼が味わったのは再会の悦《よろこ》びだったのだ。「ああ、そうだ、これなのだ」と心のなかに叫び声が起った——あたかもそこの眼前に拡《ひろ》がっている青い海の幸福を、ひそかに、自分自身にも秘めたまま、以前から胸にいだいていたかのようだった。そしてこの「以前」は遠く、無限に遠かった。空が優しいすみれ色をなしてその上に垂れこめている左側の外海のように。

水平線は高く、遠方はのぼっているかに見えたが、それはハンスが内海を上方から、いく分高まった所から見おろしているためだった。入江は山々にとりかこまれ、叢林《そうりん》が岬《みさき》をなして海の中に突きだし、連山は眺望《ちょうぼう》の中ほどから半円をなして、彼の坐《すわ》っている所までのび、さらに続いていた。彼が日に温まった石段の上にうずくまっている所は、山ぞいの海岸だった。彼の前には、苔《こけ》むした石の多い海岸が段丘をなして、やぶの茂みを配しつつ、平坦《へいたん》な水際《みずぎわ》まで下っていて、下では葦《あし》のあいだに砂礫《されき》が、青みを帯びた入江、小さな港、湖を形造っていた。そして、この陽当りのいい一帯、こののぼっていける浜辺の丘、このほほえみかける岩のくぼみ、そしてボートが往来している島々までの海の、いたるところに人が群れていた。太陽と海の子らが、どこにも活溌《かっぱつ》にうごめいたり休んだりしていた。賢く朗らかで、見た目にも心地のよい美しい青年たち――ハンス・カストルプの胸は彼らを眺めて、広く開かれ、痛ましいまでに広く愛情に満ちて打開かれた。

若者たちは馬を駆けまわらせ、端綱を取って、いななき頭を振りたてて跑足《だくあし》で走る馬と並んで走ったり、背を丸めて宙に飛びあがる馬を長い手綱で引きずったり、あるいは、鞍《くら》もつけずに跨《また》がって、踵《かかと》で馬の横腹を蹴《け》りながら海のなかへ駆りたてていったりした。

そのとき彼らの背中の筋肉は金褐色の皮膚の下に日光をあびて躍動し、彼らが互いに交わしたり、馬に向けて発したりする叫び声は、どういうわけかわからないがひどく魅惑的だった。山の湖のように岸を反映し、ずっと陸に入りこんだ入江の、そのほとりには少女たちの舞踊が見られた。高く束《たば》ねたうしろ髪にとくに愛らしい魅力のあるひとりの少女が、足を地面のくぼみにおろして坐り、牧笛を吹きながら、その眼は笛の上を滑っていく指のたわむれを越えて、仲間の少女たちに注がれ、彼女たちは長いゆったりとした服を着て、ひとりでほほえみながら腕をひろげたり、または群れをなして、愛らしくこめかみを寄りそわせたりしながら踊り歩き、笛を吹く少女の、白くすらりと伸び、しなやかで、腕の位置のせいで横の方に丸味を帯びた背のうしろで、抱き合ってたたずみ、踊りを見やって静かに話し合っていた。さらに向うでは、若者の群れが弓の練習をしていた。年長者がまだ未熟な巻毛の少年たちに、弦《つる》の張り方や、矢のつがえ方を教え、いっしょに狙《ねら》いを定め、矢が唸《うな》りをたてて放たれるとき、反動でよろめく少年を笑いながらささえてやっている情景は、見るからに幸福そうでむつまじかった。釣をしている者もあった。彼らは岸辺の平らな岩の上に腹ばいになって、片脚を振り動かしながら、釣糸を海へ垂らし、のんびりとしゃべりながら隣の仲間の方に頭を向け、こちらは傾斜した場所にからだを伸ばして、ずっと遠くへ餌《えさ》を投げていた。また、他の者たちはマストと帆げたのついた舟縁《ふなべり》の高いボートを引っぱったり、押しやったり、ささえとどめたりしながら、海へだそうと懸命になっていた。子供たちは防波堤のあいだで遊びたわむれ、きゃあきゃあいっていた。ひとりの若い女が長ながと寝そべって、うしろ上を見やりながら、片手ではなやかな着物を乳房のあいだに高く引上げ、もう一方の手を求めるように宙にあげ、腰のほっそりした青年が彼女の頭近くに立って腕をのばし、葉のついた果実をたわむれにさしだしているのをとろうとしていた。岩壁のくぼみによりかかったり、腕を胸の上で組み合せて両の手で肩を押え、足のつま先で水の冷たさを吟味しながら、水際で水浴をためらっている者もあった。二人組がいくつも岸に沿って散策し、少女の耳もとには、彼女を親しく導く青年の口が寄せられていた。ふさふさした毛の長い山羊《やぎ》が平たい岩板から岩板へと跳《と》び伝い、それを見張っている若い牧人は、片手を腰に、片手で長い杖《つえ》によりかかり、つばがうしろで反《そ》り返っている小さな帽子を褐色の巻毛の上にのせて、高い所に立っていた。

「すばらしい」とハンス・カストルプは心底から思った。「まったく楽しく、気持がいい。なんという美しい、健康的な聡明《そうめい》な幸福な人たちだろう。いや、姿かたちが美しいだけではない——賢く心から愛らしいのだ。だからこそ己をこんなにも感動させ、夢中にさせるのだ。それはつまり精神と感覚、己はそういいたいのだが、彼らの人柄の根本にあって、そのなかで彼らがいっしょに生きている精神と感覚のせいなのだ」彼はこうして、太陽の子たちが交わり合うときの非常な親密さと、差別なく分かたれるみやびやかな心づかいのことを思った。それには、ほとんど気づかれずに、明らかに彼らすべてを結びつけ支配する意思と、深く身に徹した理念の力で、小止《おや》みなく互いに示される、軽やかで、微笑のかげにかくされた慇懃《いんぎん》さがあって、ある気品と謹厳さすらも、まったき晴朗さのなかに溶け去り、暗さのない厳粛、思慮に富む敬虔《けいけん》が名状しがたい精神的な影響力となって、彼らの言動をつらぬいているのであった、——もっとも儀礼的なものが絶無というわけではなかったが。たとえば、むこうの丸い、苔《こけ》むした石の上には、褐色の着物の一方の肩をゆるめて若い母親が坐り、子供に乳をやっていた。そして、通りすがりのひとはみんな、一種特別なしぐさで彼女に挨拶《あいさつ》した。その挨拶の仕方の中には人間の普遍的な振舞いのなかに秘められたすべてのものが集められていた。若者たちは母性的なものに向って、軽くすばやく儀礼的に両腕を胸のうえで十字に組み、微笑しながら頭を下げ、乙女《おとめ》たちは、それとなくひざまずくようにして通りすぎた。教会を訪れるひとが大祭壇の前を通りすぎながら簡単な跪礼《きれい》を捧《ささ》げるように。しかし彼らはそれとともに、いくども活潑に、陽気に、心から彼女にうなずきかけた、——この儀礼的な謙譲と晴れやかな友愛の混合、加うるに母親が人差し指で胸を押して乳を飲みやすくしてやりながら、赤ん坊から眼をあげて、敬意を表するひとびとに、微笑をたたえて感謝するゆったりした柔和さは、ハンス・カストルプの心を完全に魅了した。彼は見飽きることがなかったが、胸を締めつけられるような思いで自問した、そもそも自分にはこの光景を見ることが許されているのだろうか、われながら卑《いや》しく醜く、ぶざまな編上げ靴をはいた局外者の自分が、この暖かく礼儀正しい幸福をうかがい見ることは、この上ない罪悪ではないのか、と。

その心配はなさそうだった。豊かな髪が横で分けられ、額の上でもりあがって、こめかみに垂れ下がっている一人の美しい少年が、両腕を胸の上に組み合せて、仲間から離れ、ちょうど彼の坐っている下に立ちどまった――悲しそうでも反抗的でもなく、ただなにげなく仲間から離れて。そして、この少年は彼を見て、彼に向ってまなざしをあげ、彼がこの光景を眺《なが》め見ているのをうかがい見ながら、彼と浜辺の光景とのあいだに眼を往《ゆ》き来《き》させていた。しかし突然、少年は彼の頭ごしに、彼の背後のはるか彼方《かなた》を眺めた。その瞬間、少年の美しい、彫りの深い、なかば幼い顔からは、例の丁重で兄弟のような心づかいを持つ、みなに共通のほほえみが消え去った。――そうだ、その眉《まゆ》は曇らなかったが、少年の顔つきには、まるで石に刻まれたような、無表情な、究《きわ》めがたい厳粛さ、死のよそよそしさが現われ、そのために、ようやく平静になったばかりのハンス・カストルプは、顔の蒼《あお》ざめるような恐怖におそわれたが、その表情の意味について定かならぬ予感がないでもなかった。

彼もうしろを見た。……円筒形の石材を積みかさね、その接《つ》ぎ目に苔《こけ》が萌《も》え出しているたくましい円柱が、台座もなく、彼の背後にそびえていた。――それは神殿の門柱であった。門の中央に開けた石段の上に彼は坐っていたのであった。彼は重い気持で立ちあがり、石段を横におり、深い門道に入り、それを抜けて、敷石《しきいし》で覆《おお》った道を進んでいくと、ほどなく新たな前庭門の前へ導かれた。それをも通り抜けると、神殿の前に出た。重々しく、灰緑色に風化し、土台にはけわしい階段があり、広い前面は力強くほとんどずんぐりし、上へ向って細くなっていく石柱の柱頭にのり、柱の接合部からはところどころ、溝《みぞ》を彫った円筒形の石材がずれて、横にはみだしていた。ますます胸苦しくなってくるためにうめき声をあげながら、ハンス・カストルプは両手までも使って高い石段を苦労してよじのぼり、円柱が森のように立ち並んでいる広間のところへやってきた。それは非常に奥深く、彼はその中を、色あせた海のほとりのぶなの森の樹間を縫っていくようにさすらい歩き、故意に中央をはばかり、避けて通るようにした。しかし彼はふたたび中央へさまよい戻り、列柱が左右へ分かれるところでひとつの群像*の前にでた。台座にのったふたりの女性の石像で、母と娘のようだった。ひとりは坐っていて、年長で、威厳もあり、柔和そのもので神々《こうごう》しかったが、瞳《ひとみ》のないうつろな眼の上の眉は嘆きをたたえ、ひだの多い下着と上衣《うわぎ》をつけ、老貴婦人然とした波打つ髪をヴェールで覆っていた。他のひとりは立って、母のようなこの像にかきいだかれ、まるい処女の顔をして、腕と手を上衣のひだにからませ、隠していた。

この立像を見つめているうちに、ハンス・カストルプの心は、なんとはなしにさらに重くなり、不安がつのり、胸騒ぎがしてきた。彼にはほとんどその勇気がなかったが、強《し》いられる思いで群像を迂回《うかい》し、そのうしろにある、つぎの二列の円柱の間を通り抜けた。そこには神殿の内陣の金属の扉が開け放たれていた。この哀れな青年は、今しも目《ま》のあたりにしたものに身をこわばらせ、ひざがくず折れんばかりになった。年老いた醜い女がふたり、半裸で、髪をふり乱し、垂れさがった魔女の乳房と、指の長さほどもある乳首を見せ、奥でゆらめき燃える火皿の光に照らされて、世にもおぞましい所業にふけっていた。ひとつの大皿の上で彼女たちは幼児を引きさき、恐ろしくも平然として両手で引きちぎって、――ハンス・カストルプには血まみれになった柔らかいブロンドの髪が見えた、――その肉片をむさぼり食い、もろい骨が彼女たちの口のなかでぽりぽりと音をたててくだけ、血が醜い唇《くちびる》からしたたった。凍《い》てつくような恐怖がハンス・カストルプを呪縛《じゅばく》した。彼は両手を眼に当てようとしたが、それすらできなかった。逃げようとしても、逃げられなかった。ところが老婆《ろうば》たちは残虐《ざんぎゃく》ないとなみを続けながらも、目ざとく彼を見つけていて、血まみれの拳《こぶし》を彼に向って振りたて、声をださずに、しかしこの上ない下劣さで、卑猥《ひわい》に、しかもハンス・カストルプの故郷の俗語でののしった。彼は非常に気分が悪くなった、かつてないほどにひどく。死物狂いの勢いで彼はその場から走り去ろうとした――そして、背後の円柱に横向きにぶつかって転倒した。おぞましいささやきと罵声《ばせい》をなおも耳にし、冷たい戦慄《せんりつ》にまだがんじがらめにされたまま、自分が小屋のそばの雪のなかで、片腕を下にして横たわり、頭を寄せかけ、スキーをはいた両脚を伸ばして倒れているのに気づいたのである。

しかし、それはほんとうの目ざめではなかった。彼はまばたいただけで、ぞっとする女たちを免れたのにほっとしたが、神殿の円柱のそばに横たわっているのか、それとも小屋のそばにいるのか、それははっきりしなかったし、またそんなことはさほど重大なことではないように思い、まだ夢を見つづけているような格好だった、――その夢はもはや映像はなく、観念的なものにすぎなかったが、だからといってそれが冒険的で錯乱したものであることには変りはなかった。

「夢だとは思ったさ」と彼はほそぼそと戯言《たわごと》をいった。「実に魅力のある、だが恐ろしい夢だった。己《おれ》には実のところずっとそれがわかっていたんだ、みんな自分で作りあげたことだ、――闊葉樹《かつようじゅ》の公園に心地よい湿気、それから先のこと、美しいことも、恐ろしいことも、己はほとんど前もって知っていた。しかしどうしてあういうことを知っていたり、作りあげたり、あんなに喜んだり、こわがったりすることができるのだろう？島のある美しい湾、それに、ひとりきりで立っていたあの愛らしい少年の眼が教えた神殿を、己はどうして知っていたんだろう？夢は、自分の魂からだけでなく、それぞれに違ったものであっても、無名で共同でみる、と己はいいたい。己はその一小部分にすぎない、大きな魂が、たぶん己を通して夢みるのだろう、己の場合は己なりの形で、その大きな魂がいつもひそかに夢みていることを、――その魂の青春、希望、幸福と、平和などを……それから血の饗宴《きょうえん》を。そして己は円柱のそばに横たわり、からだの中にまだあの夢の名残《なご》りをとどめている、血の饗宴に対する凍《い》てつくような恐怖と、さらにそれ以前の心の喜びを、純潔なひとびとの幸福とつつましい礼節に感じた喜びを。これは己には当然のことだ、己は主張する、己はここに横たわって、こういうことを夢みるれっきとした権利を持っている、と。己はここの上のひとたちのところで、放埒《ほうらつ》と理性についで多くの経験をつんできた。己はナフタとセテムブリーニといっしょに、ひどく危険な山のなかをほっつき歩いたのだ。己は人間のことならみんな知っている。己は人間の肉と血を知った。己は病気のクラウディアにプシービスラフ・ヒッペの鉛筆を返してやった。しかしからだを、生命を知る者は、死を知る者だ。ただそれがすべてではない、――むしろそれは、ただのはじまりだ、教育的に考えるならば。それに他の半分を加えなければならない、反対側を。なぜなら、死と病気に寄せるいっさいの関心は、生に寄せる関心の一種の表現にほかならないからだ。これは医学という人文主義的学科の証明するとおりで、医学はいつもたいそうみやびやかにラテン語で生命とその病気に語りかけるが、医学はひとつの大きな、ごく切実な問題の、ひとつのヴァリュエーションであるにすぎない。この問題の名前を己はここで非常な共感をもっていってみよう。それは人生の厄介息子ということだ、それは人間であり、人間の位置と立場なのだ。……己は少なからずこの問題に通暁《つうぎょう》している。ここの上のひとたちのところで大いに学び、平地から高く追いあげられて哀れにも息が絶えんばかりだったが、しかし己はいまやこの円柱の台座のところに立って、決して悪くない展望を味わいえたのだ。……己が夢にみたのは、人間の状態と人間の優雅にも聡明で慇懃《いんぎん》な共同体、その背後の神殿では残忍な血のうたげが演じられる共同体の状態だった。彼ら、太陽の子らが互いに礼儀と愛嬌《あいきょう》を示し合うのは、ほかならぬこの残忍さをひそかにおもんぱかってであろうか。それならこれは、彼らが引きだした頭のいい、実に洗練された結論だということができるだろう。己は心のなかでは彼らに与《くみ》しよう、ナフタにではなく——それからまたセテムブリーニにでもなく。ふたりとも単なる口舌の徒にすぎない。一方は淫蕩《いんとう》で悪意があり、もう一方はいつも理性の角笛を吹くばかりで、一瞬気違いをさえ正気に立ち返らせると自惚《うぬぼ》れているが、これはなんとも味気ないことではないか。たしかに俗物根性とただの倫理と、非宗教にすぎない。だが己は小さなナフタの側にも味方すまい。神と悪魔、善と悪のごったまぜ（guazzabuglio）にすぎず、個人がまっさかさまに墜落せんがためにあって、普遍世界への神秘的な沈没を目ざす彼の宗教には与しまい。ふたりの教育家、彼らの論争と対立そのものが、ただのごったまぜにすぎず、あんな入り乱れた戦いのどよめきには、ほんの少しでも頭のなかが自由で心が敬虔《けいけん》なひとなら、決して耳を聾《ろう》されることはない。彼らのいわゆる貴族性の問題、高貴ということ、死と生—病気と健康—精神と自然、これははたして矛盾するものなのだろうか？　己は問う、それが問題だろうかと。いや問題ではない、高貴の問題も問題ではないのだ。死の放逸は生のなかにあり、それなくしては生が生ではなくなるだろう。そしてその中間にこそ神の子たる人間（Homo Dei）の立場があるのだ、――放逸と理性のただなかに、――ちょうど人間の国家も、神秘的な共同体と吹けば飛ぶような個体とのあいだにあるように。それを己はこの円柱のそばから見きわめたのだ。この位置において、人間は自分自身と上品で丁重に、親切にうやうやしく交わるべきなのだ、――なぜなら、人間だけが高貴であって、対立が高貴なのではないからだ。人間は対立物の主で、対立物は人間を通して存在する。したがって人間はそれらよりも高貴なのだ。死よりも高貴なのだ、死の代償としては高貴すぎるのだ。――これが人間の頭脳の自由である。生よりも高貴、生の付属物としては高貴すぎる、――これが人間の心の敬虔というものなのだ。これで己はひとつの詩を作った、人間についての夢のような詩を。これを憶《おぼ》えておこう。己は善良でありたい。己は己の思考に対する支配権を死に譲るまい。そこにこそ善意と人間愛があり、そのほかのどこかにあるといったものでもないのだから。死は大きな力だ。死の近くでは人は脱帽して、爪先《つまさき》立ち身をゆすって前進する。死はかつてありしものの尊厳を示す襟飾《えりかざ》りをつけ、人も死に敬意を表していかめしく黒を装《よそお》う。理性は死を前にすると愚かしい存在になる。なぜなら、理性は美徳以外の何ものでもないが、死は自由、放逸、奇形、そして逸楽だからである。死は逸楽であって、と己の夢はいう、愛ではない。死と愛、——これはまずい押韻だ、無趣味な、誤った組合せだ。愛は死に対立する。理性ではなく、愛のみが死よりも強いのである。理性ではなく、愛のみが善意ある思想を与えるのだ。形式もまた愛と善意とからのみ生れる。分別あり友情ある共同体と美しい人間国家の形式と礼節が——血のうたげを静かにおもんぱかって。ああ、己はこのようにはっきりと夢にみ、見事に『鬼ごっこ』をしたのだ。己はこれを忘れずにいよう。己は心のなかで死への忠誠を守ろう。だが死と、かつてあったものに対する忠誠は、もしそれがわれわれの思考と『鬼ごっこ』を規定するならば、ただ悪意と暗黒の情欲と人間への敵意を意味するにすぎないということを明白に記憶しよう。人間は善意と愛のために、その思考に対する支配権を死に譲り渡すべきでない。さあ、己は目をさまそう。……なぜなら、これをもって己は夢を最後まで見終って、たしかに終点に達したのだから。すでに久しく己はこの言葉を捜してきた。ヒッペが己に姿を現わした場所で、己のバルコニーで、また、いたるところで。この雪山へもその言葉を求めて駆りたてられてきたのだ。いま己はそれを持っている。あの夢がそれを実にはっきりと暗示してくれたので、もう永久に忘れはしない。そうだ、己はそれで飛びあがるほど有頂天になり、すっかりあたためられた。己の心臓ははげしく打ち、そして、それがなぜかを知っている。単に肉体的な理由から打っているばかりではない。死体にもまだ爪《つめ》がのびるといった単なる生理的な理由からではない。人間的に、ほんとうに幸福な気持から打っているのだ。この夢の言葉は霊妙な酒なのだ。それは、ポートワインやビールよりも上等な飲物なのだ。それは己の血管のなかを愛と生命のようにとうとうと流れ、己を眠りと夢から引きさらってくれる。己の若い生命にとって極度に危険だということが、むろんとくとわかっている眠りと夢とから。……起きろ、起きろ。眼をあけろ。その雪のなかの脚は、おまえの脚なんだぞ。引きよせて、起きるんだ。見ろ、そら、――いい天気だ」

彼に巻きついて押しつけていようとする桎梏《しっこく》から身をほどくのは、はなはだ困難であった。しかし彼の奮起のほうが強かった。ハンス・カストルプは肘《ひじ》をついて、思いきりよく膝《ひざ》を引きよせ、さっと身を屈《かが》め、からだをささえて跳びあがった。彼はスキーで雪を踏みつけ、腕で肋骨《ろっこつ》のまわりを打ち、肩をゆすぶり、興奮し緊張したまなざしをあちこちに送り、天を見あげると、ヴェールのように薄い灰青色の雲の間に淡い青空が見え、雲はゆるやかに流れて、利鎌《とがま》のように細い月が見えた。ほのかな薄暮。風も雪もなかった。ごつごつと樅《もみ》の生《は》えた尾根を持つ向うの山壁は、その全容をくっきりと見せて、平和に横たわっていた。中腹までは暗かったが、上の半分はごく繊細なばら色の光を帯びていた。いったい何事だろう、世界はどういうことになっているのだろう？　朝だろうか？　そして彼はひと晩じゅう雪のなかに寝ていたのだろうか、ものの本に書いてあるように凍え死ぬこともなく？　彼は足踏みし、からだをゆすぶったり叩《たた》いたりするのに怠りなく、同時に事態を考え究《きわ》めようと努めたが、からだのどこも死んでいるところはなく、どこも凍えてしまっていはしなかった。耳と指先と爪先は感覚がなくなっているらしかったが、それでもそれは冬の夜バルコニーで寝ていて、すでにいく度もそうなったよりもひどくはなかった。時計を引っぱりだすのに成功した。時計は動いていた。止ってはいなかった。彼が晩に巻くのを忘れたときは、いつも止っていたものだが。まだ五時を示していなかった――まだまだであった。それには十二分か十三分か足りなかった。不思議だ。たった十分間かそれよりいく分長く、ここの雪のなかに横たわって、あんなに多くの幸福と恐怖の映像、そして無謀な思念を演出し、その間に六角形の怪物は来襲したときと同じように足早に退去してしまったなどということがありえようか？　そうだとすると彼は、帰宅するという観点からすればとほうもない幸運に恵まれたというべきであった。なぜなら、二度、彼の夢想と空想は方向転換をして、彼はよみがえり急いで立ちあがったからである。一度はぞっとしたために、そして二度目は喜びのために。どうやら人生は深く迷路に踏みこんでしまったこの厄介息子に好意を寄せているらしかった。……

さて、それはどうあろうと、また、あたりが朝なのか午後なのかはとにかくとして（まったく疑いもなく依然として暮れ方の午後であった）、いずれにしろ、家に走り帰るのを妨げるものは、周囲の状況にも、あるいは、彼個人の状態にも何もなく、したがって、ハンス・カストルプは滑り帰ったのである、――大まかな路線を引いて、いわば一直線に彼は谷を馳《は》せくだり、彼が帰り着いたときには、下ではもう灯《ひ》がともっていた。雪に保存された昼間の残光で、途中は十分に明るかったのだが、ブレーメンビュールを牧場の森のふちにそって下り、五時半に「村」に着いて、スポーツ用具を香料店にあずけ、セテムブリーニ氏の屋根裏の庵室《あんしつ》で休息して、ついに吹雪《ふぶき》に襲われたことを報告した。人文主義者は大いに驚いた。彼は片手を頭上に振りあげて、そういう危険な軽挙をしたたかに非難し、その場で、ふつふつと音をたてるアルコール・ランプに火をつけて、疲れはてた青年にコーヒーをいれてやったが、濃いコーヒーもハンス・カストルプがもう彼のところで椅子《いす》にかけたまま眠りに落ちるのを防ぐことはできなかった。

「ベルクホーフ」の高度に文化的雰囲気が彼を愛撫《あいぶ》したのは、それから一時間後であった。夕食のとき彼は非常な健啖《けんたん》ぶりを示した。彼が夢みたことは、色あせはじめていた。あの吹雪の中で自分が何を考えたのか、彼にはその晩すでにもはやしかとわからなくなっていた。

「*勇敢な軍人として」

あれ以来ずっとハンス・カストルプはいとこから簡単な便りを受取っていた。はじめは吉報で、なかなかに威勢がよかったが、それが次第に思わしくなくなり、ついにはなにかとても悲しいことをそれとなく取りつくろっているようなものになってきた。この一連の葉書は、ヨーアヒムの入隊とすばらしい儀式の楽しげな報告にはじまった。入隊式では、ヨーアヒムは、ハンス・カストルプが返事に書いた言葉でいうと、清貧、純潔、服従を誓ったのである。それからしばらくは明るい便りが続いた。自らの天職に対する熱情と上官から寄せられる信望とで、順調に滑《すべ》りだしていった彼の新しい人生行路の日常が、その簡単な便りの中に楽しげにほほえましげに述べられていた。ヨーアヒムは以前軍の学校に二、三学期いたので、新たに士官学校に入るのを免除され、さらに見習士官勤務からも解放されていた。そして新年には下士官に昇進し、金モール姿の写真を送ってよこした。厳格な名誉を重んじ、鉄のごとき組織を持ちながら、人間味をしかつめらしくユーモラスに生かしている階級制度の精神に、彼がすっかり心酔している様子は、その簡単な便りのどれにも感じられた。彼の上にいる気の荒い狂信的な曹長《そうちょう》が、彼に対して見せているロマンチックで複雑な態度についてもいろいろなことを書いてよこした。この曹長は、ヨーアヒムがいまこそ過失だらけの若い部下であるけれども、明日は神聖なる上官になることを知っていたし、事実、ヨーアヒムはもう将校集会所に出入りしていたのである。それは滑稽《こっけい》な、本当とは思えないような話だった。やがて、将校試験の準備のことが書かれるようになり、四月のはじめにヨーアヒムは少尉《しょうい》になった。

少尉になったヨーアヒムよりも幸福な人間はどう考えてもありえなかったであろう。彼ほどにその性格もその希望も軍隊という特殊な生活様式の中にとけこめた者はいなかったであろう。彼ははじめて青年将校の晴れの姿で市役所のそばを通りすぎたとき、直立不動の敬礼をした歩哨《ほしょう》に少し離れたところからそれにうなずいて答礼したというのだが、彼はその模様を彼独特の得意そうな、はにかんだような調子で書いてよこした。彼の便りには、勤務上のこまごました不愉快なことや楽しいこと、同僚との非常に快適な交遊、従卒の要領のいい忠勤ぶり、訓練や学科の際のおかしな出来事、あるいは、査閲や会食などのことを知らせてきた。訪問、午餐《ごさん》、舞踏会といった社交的方面のことについてもときどき報告してあったが、健康状態については一言も触れてなかった。

夏ごろまでは健康状態については何も書いてよこさなかった。ところがそれから、病床に伏したこと、数日で治《なお》るようなカタル熱だが、残念ながら病気届を出さなければならなかった、などといってよこした。六月はじめに彼はふたたび軍務に就《つ》いたが、その月の半ばにはまた「参って」しまって、自分の「武運のつたなさ」をいたくかこち、心から楽しみにしていた八月はじめの大演習に参加できないのではなかろうかという心配を隠すことができなかった。だがそれはむだな心配だった。七月にはまたすっかり健康になって、それから数週間は何事もなかったが、やがてまた診察のことをいろいろといってくるようになった。いまいましいことだが体温が一定しないので余儀なく診察を受けなければならなくなり、すべてはこの診察の結果にかかっている、ということだった。この診察の結果についてはその後長い間なんの音沙汰《おとさた》もなかったが、やがてそれを知らせてよこしたのは、ヨーアヒム自身ではなくて、母親のツィームセン夫人であった。ヨーアヒムは自分でそれを書くような状態にはなかったのか、それとも書くのを恥じたのか、とにかくツィームセン夫人が電報をよこしたのである。彼女は、医者の診断にてヨーアヒムの二、三週間の休暇、やむをえずとのことと知らせてきた。即刻高山療養ニ出発セヨトノコト、二部屋手配頼ム、返信料付発信人ルイーゼ叔母、という電報がきたのである。

七月末のことだった。ハンス・カストルプはバルコニーでこの電報にざっと眼を通し、それからなんどもくり返し読み直した。彼は読みながら軽くうなずいたが、頭だけでなく、上半身の全部を動かしてうなずき、歯の間から押しだすように呟《つぶや》いた。「そうか、そうか、そうか！　それは、それは！　ヨーアヒムがまた帰ってくる」と、突然喜びがからだじゅうに湧《わ》きあがってきたが、しかしすぐまた平静に戻って考えた。「ふむ、これはたいへんな知らせだ。困ったことだな。やれやれ、またたく間だった――もうまた古巣に戻ってくるようなことになってしまったのか。お母さんもいっしょなんだな――」（彼は「ルイーゼ叔母さん」といわずに「お母さん」といった。親戚《しんせき》や身内に対する感情は、いつの間にか、他人に対する気持ほどに薄れてしまっていたのである）

――「こいつは容易ならざる問題だ。しかも、あの気のいい男があんなにも張りきっていた大演習の直前だとは。ふむ、これは相当に意地の悪い話だ、嘲弄《ちょうろう》的で意地が悪い、理想主義を辱《はずか》しめるような事柄だ。からだが威張り、魂のいうことを聞かないで我意を通している。からだは魂の家来だと教えている思いあがった理想主義者たちは赤恥をかくことになる。どうも彼らは自分のいうことがわかっていないらしい。なぜかというと、彼らのいうとおりだとすれば、このいとこのような場合には、魂というものはずいぶん疑わしいものになってしまうからだ。これだけいえばもうたくさん (sapienti sat)、己《おれ》にはそれがよくわかるんだ。つまり己が問題にしたいのは、からだと魂とを対立させるのがどんなに間違っているか、むしろこのふたつのものはいかにひとつ穴の狢《むじな》であって、ひそかに馴《な》れ合っているかということなのだが、――おめでたいことにお高くとまった理想主義者たちはこれに気がついてないらしい。善良なヨーアヒムよ、君に、君のくそ勉強に誰がけちをつけるだろう？　君は真面目《まじめ》なんだ――だが、からだと魂が馴れ合っているんだったら、真面目にやるなんていうのはどういうことなんだろう？　ひょっとすると君は、あれが忘れられなかったのか、あのシュテール夫人のテーブルで君を待っているあのいい匂《にお》い、豊満な胸、意味のない笑いが……そういうことがいったいありうるものだろうか？　――ヨーアヒムが帰ってくる」と彼はもう一度考え、喜びのあまり胸が締めつけられるようだった。「きっと悪い容態で帰ってくるんだろう。だが、またふたりになる。己はいまのようにまったくひとりぼっちで暮さなくてもいい。これはありがたい。むろんすっかり前のとおりにはいくまい。彼のいた部屋はミセス・マクドナルドに占領されている。この女は力のない空咳《からぜき》をして、坊やの写真をそばのテーブルに飾るか、手に持つかして眺《なが》めている。だがもう末期的な容態だから、あの部屋にまだ先約がないとすれば。……いや、さしあたり、別の部屋を考えなければなるまい。たしか二十八号室が空《あ》いているはずだ。すぐに事務局へいこう、そして何よりもベーレンスに会おう。とにかくニュースだ、ある意味では悲しい、ある意味ではうれしいニュースだが、いずれにしろ重大ニュースだ。まず『ごギゲンよう』の戦友《カメラート》を待つことにしよう、もう三時半だから、間もなくやってくるはずだ。あのクロコフスキーがこんな場合でもまだ肉体を第二義的な問題と考えるべきだという意見かどうか、きいてみたいものだ……」

お茶の時間にならない前に彼は事務局へいった。狙《ねら》った部屋は彼の部屋と廊下続きにあったが、これはまだ空いていた。ツィームセン夫人の部屋も都合できるだろうという話だった。彼はベーレンスのところへ急いだ。ベーレンスは「実験室《ラボール》」で片手に葉巻を、片手に気味の悪い色をした液体の入った試験管を持っていた。

「顧問官さん、ご存じですか」とハンス・カストルプは切りだした。……

「ええ、知ってますとも、癪《しゃく》の種がきれないことならね」と気胸の大家は答えた。「これはウトレヒトからきているローゼンハイムの痰《たん》です」と彼はいって、葉巻で試験管を示した。「ガフキー十番です。工場支配人のシュミッツがやってきて、ローゼンハイムが散歩道で痰を吐いた、ガフキー十番の痰を吐いた、といって大袈裟《おおげさ》な苦情を持ちこんできました。私からローゼンハイムを叱《しか》ってくれというのです。しかし、私が叱りつけたが最後、ローゼンハイムは怒ってひっくりかえってしまうでしょう、なにしろあの男はおそろしい癇癪《かんしやく》持ちですからな、しかも彼は家族連れで三つの部屋を占領している大事なお客さんだ。私にはあの男は追いだせない。そんなことをしたら理事会がおさまりません。どうです、これをもってみても、いつどういう悶着《もんちやく》が持ちあがるかもしれないということがおわかりでしょう。しかも私は一所懸命おとなしく、清廉《せいれん》潔白にわが道を進もうと考えておるのにです」

「ばかげた話ですね」と、ハンス・カストルプは事情に通じた古参患者らしいところを見せていった。「あのひとたちのことはぼくも知っています。シュミッツはおそろしくきちょうめんな努力家ですし、ローゼンハイムはまたひどくだらしのない男です。しかしおそらくそういう衛生上の原因のほかにも、摩擦を起す原因があるんだろうと思いますね。シュミッツもローゼンハイムも両方とも、クレーフェルトのテーブルにいる、バルセローナからきたペレス夫人と親しくしているのです。そんなところに実は原因があるんじゃないかと思いますね。ぼくは問題の禁令を一般にもう一度だけ注意しておくらいにして、あとは眼をつぶっていることをおすすめしますね」「むろん、つぶるつもりです。いつも眼をつぶってばかりいるもんですから、眼瞼痙攣症《がんけんけいれんしょう》を起しそうですよ。ところでお越しになったご用件は」

ハンス・カストルプは、悲しい喜ばしいニュースを披露した。

顧問官は驚いたかというとそうではなかった。彼はいつだって驚きはしなかったが、特にヨーアヒムの経過については、ハンス・カストルプが、尋ねられたり自分のほうから打明けたりしてだいたい話してあったし、ヨーアヒムが寝こんだことはすでに五月に聞かせてあったから、顧問官はいまさら少しも驚かなかった。

「ははあ」とベーレンスはいった。「やっぱりね。私はあなたになんといいましたろう？　彼にもあなたにも十遍どころか、文字どおり百遍もいっておいたでしょう。そのとおりじゃありませんか。九カ月間彼はその思いをとげて、彼の天国の生活を味わった。だがその天国からは完全に病毒が消えていなかったのですな。そういう天国には本当の幸いのあるはずはないんですが、それをこのベーレンス老がいくらいって聞かせてもあの脱走兵は信じようとしなかった。しかし、ベーレンス老の言はいつも信じなければいけません。でないと結局貧乏籤《びんぼうくじ》を引いて、気がついたときには手おくれです。もちろん彼は少尉になれた、結構です、何もいうことはない。しかしそれがなんになるというのです。神は人間の心のみを見たまい、位階や地位を見たまわずです。私どもは神の御前《みまえ》では、将軍たると一兵卒たるとを問わず、みな生れながらの素裸です……」彼は例によってへらず口をたたいたが、指に葉巻を挟んだ大きな手で眼をこすって、きょうはこれでご免蒙《めんこうむ》りたいといった。ツィームセンの部屋はたぶん都合がつくだろう、到着したらすぐに寝かせてしまいなさい。自分、つまりベーレンスとしては、誰にも含むところはなく、父親のように両手をひろげ、*犢《こうし》を料理して脱走者を歓待するくらいの気持でいる、といった。

ハンス・カストルプは電報を打った。彼はみんなにいいとこがまた帰ってくると話した。ヨーアヒムを知っている者はみんな、顔を曇らせながらも喜んだ。悲しむのも喜ぶのも心からの気持であった。ヨーアヒムの端正な、騎士的な人柄はみんなの好感をかちえていて、多くのひとびとは、はっきり口にこそださなかったが、ヨーアヒムはここの上のひとびとの間ではいちばんいい人間だというような感じなり判断なりがいきわたっていたのである。そして特に誰がそうだというのではないが、ヨーアヒムが軍隊生活から水平状態に戻らなくてはならなくなり、端正な彼がふたたびここの上の仲間のひとりになると聞いて、多くの者がある種の満足を感じたのは事実だと思われる。シュテール夫人はむろん彼女なりにそう考えたのであった。彼女はヨーアヒムが平地へ出発するときに下劣な疑惑的な言葉を口にしたが、事実それが確かめられたように思い、自分の思惑が的中したと自慢してはばからなかった。「怪しい、怪しい」と彼女はいった。自分にはあのときすでに怪しいことがわかっていたが、いまはツィームセン青年があの持ち前の強情さのおかげで「大怪しい」になっていなければいいと思っている（「大怪しい」とはまたお話にならない低級な言い方だ）。だから彼女のように、はじめから動かないでいるほうが結局ははるかにいいことになる。彼女にしても、下界のカンシュタットにはいろいろ仕事もあって、夫もいればふたりの子供もいる身だが、それでも自分を抑《おさ》えているのだ、と言った。……ヨーアヒムからもツィームセン夫人からも、なんともいってこなかった。ハンス・カストルプは彼らの到着する日も時間も知らずにいた。そういうわけで停車場へ迎えにいくわけにはいかなかったが、ハンス・カストルプが返電を打ってから三日目に、ふたりはひょっこりやってきた。ヨーアヒム少尉が興奮して笑いながらいい、いとこの寝椅子《ねいす》に近づいてきた。

夜の安静療養がはじまったばかりのところであった。ヨーアヒムはハンス・カストルプが何年か前、といっても、この何年かは、長くもなければ短くもなく、そもそも時間がなくて、実にいろいろなことを体験したともいえるし、同時にまた、零《ゼロ》か無ともいえるような年月であったが、その当時、ここの上へやってきたと同じ汽車で到着した。季節も同じ夏であるし、しかも、八月上旬のある日という点までそっくり同じであった。ヨーアヒムは今いったようにうれしそうに近づいてきた。——実際このときばかりは眼に見えてうれしそうに興奮してハンス・カストルプの部屋に入ってきた、というよりはむしろ部屋からでてきた。彼は部屋を急ぎ足で通り抜けてバルコニーにでてきて、笑いながら、息を弾《はず》ませながら、低いきれぎれの言葉で挨拶《あいさつ》した。彼は長途の旅を続けてきた。いくつもの国を通り、海のように大きな湖を渡り、窮屈な山道を上へ上へとふたたび登ってきて、そして、さもいままでもずっとここにいたかのように、いとこの目の前に立って、水平状態から半ばからだを起したいとこに、「やあ」とか「これはこれは」とかといって迎えられたのであった。彼の顔色は、野天の軍隊生活のためか、それとも旅の興奮のためか、活《い》きいきとしていた。母親が身じまいで手間どっている間に、彼は自分の部屋に行くのはあと回しにしてとりあえず、いまふたたび現実となった昔の日々の仲間に挨拶するために、三十四号室へと急いだのであった。十分後には夕食をとるはずであった。むろんレストランにおいてである。ハンス・カストルプは、夕食は済んでいるがいっしょに何か食べてもいいし、ぶどう酒を一杯飲むことにしてもいいといった。ヨーアヒムはいとこを二十八号室へ引っぱっていって、そこでハンス・カストルプが到着した晩と同じようなことが行われた。ただ今晩はあのときと主客が逆であった。ヨーアヒムは熱に浮かされたようにしゃべりつづけ、ぴかぴか光る洗面台で手を洗い、ハンス・カストルプはそれを見守ったが、――彼はいとこが普通の背広姿なのに驚き、いささか幻滅も感じた。そんな姿では君の職業がまったくわからない、自分は軍服の将校姿の君を想像していたのに、そうやってグレーの背広を着ている君を見ると、普通のひとと変るところはないではないか。いとこが、、、そういうと、ヨーアヒムは笑って、そんなことをいうのは子供じみている、といった。とんでもない、軍服はちゃんと家に置いてきた。軍服というものをそんなふうに思ってもらっては困る、軍服でどこへでもいけると思ったら間違いだ、とヨーアヒムは説明した。「なるほど。ご説明ありがたくあります」と、ハンス・カストルプは恐れ入った。しかしヨーアヒムは自分の説明に失敬なところのあるのには気がつかないらしく、「ベルクホーフ」のひとたちやその様子についていちいち尋ねる様子には、少しも思いあがったところがないばかりか、いかにも故郷へ帰った人のような心からの感動が現われていた。やがてツィームセン夫人が境のドアから現われて、こういう場合に多くのひとがするように、こんなところで甥《おい》に会うのを驚いたり喜んだりするような顔をして挨拶したが、しかし、旅の疲れと明らかにヨーアヒムのことが原因らしい静かな悲しみとで、その表情は暗く沈んでいた。――それから三人はエレベーターで下へおりていった。

ルイーゼ・ツィームセンはヨーアヒムとそっくり同じような美しい黒い穏やかな眼をしていた。髪は黒かったがもうめっきり白髪がふえていて、それをほとんど眼に見えないネットできちんと整った形に押えている。このたしなみは彼女の考え深そうな、優しい落着きのある、柔和でつつましい人柄にしっくりした感じであって、はっきりした素直な気性も手伝って、この人柄が彼女に気持のいい品位を与えていた。ヨーアヒムははしゃいで、息を弾ませながらせきこんでしゃべり続けていたが、こういうことは家にいたころや旅の途中では全然なかったことらしく、また実際彼の今の境遇にはそぐわない態度であった。ツィームセン夫人がヨーアヒムのそういう様子に納得がいかず、いささか気分を害しているらしいのは明らかであったし、ハンス・カストルプも彼女のそういう気持を無理だとは思わなかった。ここへやってきたことは悲しむべきことなのだから、それにふさわしい態度をとるべきだと彼女は考えていた。故郷へまた帰ってきたというヨーアヒムのわきたつような興奮は、ここの上のたぐいなく軽やかな、空虚な、しかも熱っぽく刺激的な空気のためにいっそうあおられて、さしあたりあらゆる不快な思いを陶然と忘れさせたのであったが、ツィームセン夫人にはそういう気持に調子を合わせることはできなかったし、だいたいそれは彼女には納得のできない気持でもあった。「かわいそうに」と彼女は心に思いながら、そのかわいそうな子が、いとこと笑い興じ、いろいろな思い出話を楽しみ、さまざまな質問をし合い、何か答えながら椅子の背へからだをのけぞらせるようにして笑っている様子を眺めていた。幾度か夫人は「まあお前たちったら」とたしなめた。とうとう彼女は「ヨーアヒム、本当にお前のそんな様子を見るのはずいぶん久しぶりだね。少尉《しょうい》に昇進した日のように喜んでもらうには、やはりここまでこなくちゃならなかったようね」といったが、この言葉はうれしそうにいわれるべきであったのに、実際は何かいぶかしむように、いくぶん咎《とが》めるように響いてしまった。これを聞いて当然ながらヨーアヒムのはしゃいだ様子は終った。彼はたちまち機嫌《きげん》が悪くなり、考えこみ、黙りこんでしまって、食後にだされた非常においしそうなクリームつきのチョコレート・スフレにも全然手をつけなかった（ハンス・カストルプは分量の多い夕食をすませてやっとまだ一時間たったばかりだったが、ヨーアヒムに代って、そのケーキを平らげた）。とうとうヨーアヒムは全然顔をあげようとしなくなった。眼には涙がたまっていたからにちがいない。

ツィームセン夫人はそんなつもりでいったのではなかったのであろう。実は彼女はみっともないからある程度真面目《まじめ》な気持にさせようというくらいのつもりでいったのだったが、彼女はほどほどの中庸の態度というものはここの場所柄ふさわしくないもので、両極端のいずれかを選ぶよりほかはないことを知らなかったにすぎない。息子が急にがっくりしたのを見て、夫人自身も涙があふれそうになり、ひどくうち沈んだ息子の気持を引きたたせようと骨おってくれる甥に感謝した。そうだね、ここの連中といえば、とハンス・カストルプはいった、いろいろと変化もあり、新顔も現われたが、しかし、君の留守中に戻ってきて、もとどおりここにいる人もいる。たとえばあの大叔母さんだが、あの人も連れの娘さんたちといっしょに帰ってきている。彼女たちは前と同じようにシュテール夫人のテーブルにいるが、マルシャは相変らず朗らかによく笑っている。……

ヨーアヒムは黙っていたが、ツィームセン夫人はその言葉で、あるひとに会ったことを思いだして、そのひとからハンス・カストルプによろしくといわれたが、忘れないうちにそれを伝えておかなければといった。――その会った女性というのはひとり旅らしかったが、整いすぎるくらいきれいな眉毛《まゆげ》をした、どこか人好きのするひとで、自分たちがふた晩の夜汽車の旅の中《なか》一日をミュンヘンですごしたときに、そこのレストランで自分たちのテーブルへ近づいてきて、ヨーアヒムに挨拶した。以前ここにいた患者さんとかで、――ヨーアヒム、お前もなんとかいってくれなければ……

「ショーシャ夫人だよ」と、ヨーアヒムは静かにいった。彼女はいまアルゴイのある療養地に滞在していて、秋にはスペインへいくのだそうである。そして冬にはたぶんまたここへやってくるだろうということである。くれぐれもよろしくということだった。

ハンス・カストルプはもう子供ではなかったから、顔を青くしたり赤くしたりしそうな脈管神経のたわむれを抑えることができた。彼はいった。

「ああ、あのひとか？　それじゃ、またコーカサスの向う側からおでましになったんだね。で、これからスペインにいくんだって？」

彼女はピレネー山脈の中のある土地の名をいったとのことだった。「きれいな方ね、とにかく魅力的なひとだわね。声も態度も感じがよかったわ。でもちょっとばかり開けっ放しで、すこしなげやりなところがおありのようね」とツィームセン夫人はいった。「まるで古いお馴染《なじ》みみたいに私たちにさばさばと話しかけて、様子を尋ねたり、話したりなさったけれど、ヨーアヒムの話では別におつき合いしていたわけではなかったのね。変っているわ」

「東の国のひとで、しかも病気だからですよ」とハンス・カストルプは答えた。あのひとには人文的風俗習慣の尺度をもって近づいていってはいけない、それはお門違いだ、……ところでショーシャ夫人はスペインへいくつもりだというが、これはちょっと考えさせる。ふむ、スペインか、これもまたそれなりに違った意味でやはり人文主義的中庸からかけ離れた国だ、——だらしないほうへでなく、きびしいほうへと片寄った国だ。無形式ではなくて、超形式の国だ、いわば形式と化した死の国だ。それは死の解体ではなくて、死の峻厳《しゅんげん》だ。黒服を着て、高貴で血なまぐさく、宗教裁判、固い襞《ひだ》つきの飾《かざ》り襟《えり》、ロヨラ、エスコリアル宮殿の国だ……ショーシャ夫人がスペインでどんな印象を受けるかは興味のあることだ。スペインでは彼女はドアをたたきつけることはよもやあるまい。もしかすると非人文主義的な両陣営が歩み寄って、人間的なものに変るかもしれない。しかしまた、東の国のひとがスペインへおもむくときには、あるいは陰険きわまりないテロリズムのようなものが生れてくるかもしれない。……

いや、ハンス・カストルプは赤くもならなければ青くもならなかった。しかし、ショーシャ夫人についての思いがけないニュースから彼が強い印象を受けたことは、本来なら進退きわまって黙って聞いているだけが唯一《ゆいいつ》の答えと思われたのに、彼がひどくおしゃべりになったことを見ても明らかであった。ヨーアヒムはあまり驚かなかった。彼はいとこがここの上で頭脳明敏になっているのを以前から知っていたからである。しかしツィームセン夫人の眼には非常な驚愕《きようがく》の色が浮び、ハンス・カストルプが何かとんでもない失礼な不体裁なことを口ばしったとでもいうような様子をした。しばらくまの悪い沈黙が続いてから、ツィームセン夫人は巧みにその場をつくろうような言葉を述べてテーブルを離れた。別れる前にハンス・カストルプは顧問官の命令を伝えた。とにかくあすからは診察があるまでは寝ているように、先のことはまたそのときのことだ。それからまもなく三人の親戚《しんせき》同士は、窓を開け放した部屋で高山のすがすがしい空気に包まれて寝についた。——それぞれが思い思いの考えにふけっていたが、ハンス・カストルプはもっぱら半年のうちにここへ戻ってくるショーシャ夫人のことを考えつづけていた。

こうしてかわいそうなヨーアヒムは、少々病後を養うことをすすめられて、ふたたび故郷へ戻ってきたのである。この少々病後を養うという言葉は、明らかに下界で使われるいい方であったが、ここの上でもそれは通用していた。ベーレンス顧問官さえもこのいい方を使った。彼がヨーアヒムにさしあたり課すことにしたのが四週間という病床生活であった。ひどく悪くなっている所を修復し、あらためてここの気候に慣れさせ、体温の状態をまず適度に調整するのには、どうしても四週間はかかる、と彼はいった。どのくらい病後を養ったらいいかをはっきり指示することは、言を左右にしてこれを避けた。ものわかりがよく、聡明《そうめい》で、取乱すなどということの全然ないツィームセン夫人は、ヨーアヒムのベッドから離れたところで、秋になって十月にでもなったら退院させてもらえるのではないかときいてみたが、ベーレンスは、少なくともそのころには今よりはよくなっているだろう、というくらいの漠然《ばくぜん》とした返事しかしなかった。とにかくベーレンスは非常に彼女の気に入ったらしかった。彼は女性には慇懃《いんぎん》であって、充血して飛びだした眼で彼女をうやうやしく見つめながら「奥様」と呼び、大袈裟《おおげさ》な学生組合のいい回しを使って話したので、彼女はひどく悲しい気持でいたのに、とうとう笑いださずにはいられなかった。「あんなによく診《み》ていただければ安心です」と彼女はいって、到着後八日経《た》ってハムブルクへ帰っていった。別に看護してやる必要もなかったし、またいい、いとこがいっしょにいてくれるからでもあった。

「いや、よかったね、秋にはもうでられるんだから」と、ハンス・カストルプは、二十八号室のいい、いとこのベッドに腰をかけていった。「親父《おやじ》もいわば約束させられた格好だよ。君はそれを楯《たて》にとることもできるし、当てにすることもできるわけだ。十月か――十月ってのはそういう時期なんだ。十月にはいろいろなひとが大勢スペインへいくし、君も連隊旗（bandera）のもとに馳《は》せ参じてひとつ大いにやるんだね……」

ヨーアヒムを慰めてやるのがハンス・カストルプの日課となったが、とくにこの八月中にはじまる大演習への参加を逃がしたことをいろいろ慰めてやらなければならなかった。――なぜなら、ヨーアヒムは大演習のことが諦《あきら》めきれずに、いちばん大事なときになっていまいましくもへこたれてしまった自分の意気地《いくじ》なさを軽蔑《けいべつ》するような言葉をさえ口ばしっていたからである。

「肉の反抗（rebellio carnis）さ」とハンス・カストルプはいった。「これを相手に君はどうしようというんだ。どんなに勇敢な士官だって、どうにもなるまいよ。聖アントニウスだってそうじゃないか、一所懸命やって、結局どうにもならなかったのだから。大丈夫、演習は毎年あるんだ。それに君だってここの時間がどういうものか知っているだろう。時間とはいえないよ、君もそう長くここを離れていたんじゃないんだから、ここのテンポに合わせるのはわけないさ。そして君が気がついたときには、君の病後の養生などあっという間にすんでしまってるだろう」

とはいうもののヨーアヒムが平地の生活で経験した時間感覚の刷新はそう簡単なものではなかったから、彼は四週間という時間を恐れずにはいられなかった。しかし、いろいろなひとがこの四週間のときをやりすごすのを何かと助けてくれた。誰もがヨーアヒムの端正な人柄に好意を持っていたので、親しいひとばかりか、そうでないひとたちまで病床を訪れた。セテムブリーニもやってきて、愛想よく親切に慰め、前からヨーアヒムを「少尉」と呼んでいたので、こんどは「大尉（capitano）」と呼んだ。ナフタも訪《たず》ねてきたし、院内の古い知合いが次ぎつぎに、療養勤務の間の十五分を利用して訪ねてきて、病人の枕《まくら》もとに坐《すわ》り、病後しばらくの養生という言葉をなんども繰返し、ヨーアヒムにその非運の物語をさせた。婦人では、シュテール、レーヴィ、イルティス、クレーフェルト、男ではフェルゲ、ヴェーザルその他が見舞いにきた。中には花束を持ってきた者さえあった。四週間がすぎると、歩きまわって構わないほどに熱が下がったので、彼は起きて、食堂でいいとことビール醸造家の細君マグヌス夫人との間、マグヌス氏の向いの席に坐ることになったが、このすみの席はかつてジェイムズ叔父が坐り、ツィームセン夫人も数日間坐った席であった。

こうしてふたりの青年は以前のように隣り合って暮すようになった。いやそれどころか、ミセス・マクドナルドが坊やの写真を手にして息を引取ってしまったので、昔の姿をもっと完全に再現しようとするかのように、ヨーアヒムはかつて住んでいた部屋、つまりハンス・カストルプの隣室へ移ってきた。むろん、H_2CO で徹底的に消毒されてからであった。実際にも、また感じのうえからいっても、こんどはヨーアヒムがハンス・カストルプの隣で暮すようになったのであって、もうその逆ではなかった。というのも、今ではハンス・カストルプがここの人間であって、ヨーアヒムのほうはいいとこをしばらくの間見舞いにきて、その暮し方を共にするという形になったからである。ヨーアヒムは十月という期限を頑強《がんきよう》に忘れまいとしていた。もっとも彼の中枢《ちゆうすう》神経系のある部分は人文主義的標準にとどまっていようとはせず、皮膚の調整的な体温発散を妨げていたのではあるが。

いとこたちはセテムブリーニとナフタの訪問や、この喧嘩《けんか》友達との散歩をまた以前のようにやりはじめた。これにはA・K・フェルゲやフェルディナント・ヴェーザルもよく参加したから、総勢六人になったが、この聴衆の前でふたりの相対立する論敵はたえず議論を戦わせていた。こういう論戦の模様をいくらかでも徹底的に紹介しようと努めるならば、私たちまでも同様に絶望的な果てしのない世界へ没入してしまうのは必定であろう。そして、彼ら弁論家同士は毎日、立派な聴衆を前にして、そういう絶望的な事態を現出させていた。ところでハンス・カストルプは自分の哀れな魂こそ彼らの弁証法的争論の主要な対象だと考えたがっていた。彼はナフタからセテムブリーニがフリーメイスンであることを聞かされたが、それを聞いて彼は、イタリア人からナフタがジェスイットの出であって、その会に養われているという事実を聞かされたときと同じくらい強い印象を受けた。彼はそんなものがいまだに実際にこの世に存在すると聞いてこんどもまた同様にひどく驚いてしまい、数年中に二百年祭が行われるというこの珍しい組織の起源と性質とについて、熱心にテロリストの権化《ごんげ》のごとき男ナフタにききただした。セテムブリーニがナフタの精神の本質について、相手のいないところでこっそりと、それが何か悪魔的なものだと悲愴《ひそう》な警告の調子で告げたのと同様、ナフタはやはり相手のいないところでこっそりと、セテムブリーニが代表する世界はまったく古臭い、退嬰《たいえい》的な世界にすぎないとこともなげに嘲笑《ちようしよう》した。つまり、セテムブリーニの思想なるものは、時代遅れもはなはだしいブルジョワ的啓蒙《けいもう》精神と自由思想的無神論であり、貧弱な亡霊にすぎないのに、彼は今なお革命的活気に充《み》ちているという滑稽《こつけい》な自己欺瞞《ぎまん》に酔っているというのである。彼はさらにいった、「それも当然でしょう。彼の祖父からしてカルボナロ（Carbonaro）だったんですからね、つまりドイツ語でいえば炭焼党員です。彼はその祖父から、理性、自由、人類の進歩に対する炭焼人夫なみの狂信を、擬古的ブルジョワ的な道徳イデオロギーのがらくた箱を受けついだのです。……いいですか、世界を混乱させているものは、精神の敏活さと物質のとほうもない鈍重、緩慢、退嬰、停滞との間に存する不均衡です。この不均衡という事実を考えただけでも、精神が現実に全然関心を持たないのは当然だと認めざるをえません。なぜなら、現実の革命を招来する醱酵素《はっこうそ》なるものは、精神にとってはとっくの昔に吐き気を催すほどに陳腐なものになってしまっているからです。実際、死んだ精神というものは、生きた精神にとっては、たとえばそこらの玄武岩のごときものよりはずっと嫌悪《けんお》すべきものなのです。玄武岩は少なくとも、自ら精神や生命であろうとする要求を掲げるようなことはしませんからね。こういう玄武岩というものは、精神がもうはるか昔に脱けだしてしまった過去の現実の遺物にほかならず、精神はこれに対しては現実なる概念を結びつけるのをがえんじないのですが、にもかかわらず、それはしぶとく存在しつづけて、いつまでもそのぶざまな血の通わない形骸《けいがい》を残しているために、不愉快なことですが、陳腐なものが自らの陳腐さに気がついていないような厭《いと》うべき事態を現出しているのです。私は一般的に話していますが、あなたは私の話をあの自由思想家にあてはめて考えてくださるでしょう、支配と権威に対する自分の英雄的な立場などというものを信じこんでいるあの人文主義者にね。やれやれ、彼がそれをもってみずからの真価を立証しようと考えているあの破局《カタストローフ》、彼が準備していると称し、いつかは祝盃《しゅくはい》をあげようと夢みているあの大時代的な、こけおどしの勝利、これはまたなんというものでしょう。生きた精神の持主なら考えただけで死ぬほど退屈してしまいそうな世迷《よま》いごとです。かの破局《カタストローフ》において真の勝利をおさめ、その利益を享受《きょうじゅ》することができるものは、古い世界と未来の世界とをみずからの中に融合させて、真の革命を実現させうる生きた精神あるのみです。生きた精神ならそれをよく自覚しているのです。……ところでおいとこさんはいかがですか、ハンス・カストルプさん。ご存じのとおり、私はあのひとに少なからず同情しているのです」

「ありがとうございます、ナフタさん。いとこには皆さんが心から同情してくださいます。あんなふうに誰が見ても立派な青年ですからね。セテムブリーニさんも、ヨーアヒムの身分に含まれているある熱狂的なテロリズムは当然認められないでしょうが、いとこ自身にはたしかに好意を寄せていてくださるようです。さてそのセテムブリーニさんがフリーメイスンだということをうかがったわけですが、いやはや、これはどうも考えこまざるをえませんね、本当に。これであのひとを今までとは違ったふうに見ることができそうですし、いろいろとうなずかされる点もあります。あのひとも、ときには両足を直角に開いたり、握手にとくべつな意味をこめたりするんでしょうか？　ぼくはいままでは何も気がつきませんでしたが……」

「そういう子供じみたことは」とナフタはいった。「われわれの敬愛する三点会員《ドライプンクト》は卒業しているでしょう。私は考えているんですが、フリーメイスンの儀式などというものは現代の殺風景な公民精神にかろうじて順応しているといったところでしょう。会員たちも、以前の儀式を非文明的なまじないだったと恥じているのでしょう、――当り前です、無神論的共和主義に秘儀の衣を着せてみるなどというのは、結局不合理千万な話です。セテムブリーニ氏の度胸だめしにはどんなこわいことが行われたのか、それは知りません。――眼隠しをしていろんな廊下を引きまわされ、暗い円天井の部屋で待たされてから、反射光線で明るく照らされた『盟約の間』で眼隠しを取られたのか、あるいは、おごそかに問答が行われ、髑髏《どくろ》と三本の蠟燭《ろうそく》の前で彼のあらわな胸へ白刃《はくじん》が擬せられたかどうか、それは知りません。彼に直接きいていただくよりほかはありませんが、おそらくそれはしゃべりたがらないでしょう。儀式がたといもっと市民的な形で行われたとしても、とにかく彼はそれについて沈黙を誓わねばならなかったでしょうから」

「誓うんですか？　沈黙を？　ではやはり」

「そうです、沈黙と服従を誓うのです」

「服従をもですか。それじゃあ教授、いとこの身分の中にある熱狂的なところやテロリズムをとやかくいういわれは全然ないように思えますが。沈黙と服従ですか。セテムブリーニさんのような自由主義者がそういうまさにスペイン的な条件や宣誓に服従することができようとは考えもしませんでした。そうするとフリーメイスンにはほかならぬ軍隊的・ジェスイット的なものさえ感じられるようですね。……」

「まさしく図星ですね」とナフタは答えた。「あなたの魔法の杖《つえ》はぴくりと動いて、鉱脈のありかを知らせています。結社という観念そのものが、すでに絶対という観念と不可分であり、その根本においてはひとつのものです。したがって、結社という観念はテロリズム的で、いわば、反自由主義的です。それは個人の良心の重荷をおろし、絶対目的の名において、いかなる手段、血なまぐさい手段、犯罪をもすべて聖なるものとするのです。フリーメイスンでもかつては団員の盟約が象徴的に血をもってなされたと信じられる証拠があります。およそ結社なるものは、いずれもただ静観的なものではありえず、本質的には絶対精神にもとづく組織的なものであるのが常です。しばらくの間フリーメイスンとほとんど融合していた照明派《イルミナート》の創始者がかつてイェズス会員だったのですが、あなたはそのことをご存じでしょうか」

「いいえ、むろんはじめて伺います」

「照明派のアダム・ヴァイスハウプトは、その人道主義的秘密結社をジェスイット会の範に倣《なら》って組織しましたし、当時の著名なフリーメイスンはみな照明派でした。十八世紀後半の話ですが、セテムブリーニ氏は躊躇《ちゅうちょ》なくこの時代を彼の組合《ギルド》の堕落の時代といってのけることでしょう。しかし事実は、この時代こそ、あらゆる秘密結社全体の最盛期だったのです。秘密結社が真実その高い生命を獲得した時代だったのですが、この勢力も、わが人類愛の使徒セテムブリーニ氏のごときひとびとによってふたたび掃蕩《そうとう》されてしまったのです、——氏が当時活躍されたならば、彼もきっとフリーメイスン団のこういうイェズス会士的傾向と、蒙昧《もうまい》主義とを非難するひとりだったにちがいないでしょう」

「それには、それだけの理由があったんでしょうね？」

「ええ、——そうもいえましょう。いうに足りない自由思想にも、それなりの理由があったのです。それはわれわれの神父たちがカトリック的、教権制的生活をもってフリーメイスンを充実させようと試みた時代、フランスのクレルモンではイェズス会士的フリーメイスンが活躍していた時代です。また薔薇十字団《*ローゼンクランツ》の思想がフリーメイスンの中に侵入した時代です。——この薔薇十字団というのが実に奇妙な組合でして、政治的社会的改善と福祉という純然たる合理的目的が、東方の秘教、つまり、インド、アラビアの知恵と魔術的自然認識とに独得な形で結びついたと考えられるようなものです。ところでその当時『規律の厳守』という精神で多くのフリーメイスンの改革、修正が行われたのですが、この精神は明らかに非合理的、神秘的、魔術的、錬金術的な性格のもので、スコットランドのフリーメイスンの位階はこの精神によって作りあげられたものです。——この位階は徒弟、職人、親方という昔からの軍隊的階級制度に付け加えられた教団騎士の位階で、騎士団長の位階は教権的なものに通じ、薔薇十字団の秘教的精神の横溢《おういつ》したものでした。ここには中世のある種の宗教的騎士団、なかでも聖堂騎士の復活が見られるわけです。ご存じでしょう、エルサレムの長老の前で、清貧、貞潔、従順を誓う聖堂騎士のことは。今日でもフリーメイスンの高位の位階には『エルサレム大公』という称号が使われています」

「はじめて伺う話です、何もかもまったくはじめてです、ナフタさん。どうやらセテムブリーニさんの手の内が読めるような気がします。……『エルサレム大公』は悪くないですね。あなたもいつかセテムブリーニさんを冗談にそう呼んでみられたらどうでしょう。あの人もこのごろあなたに『天使博士 (doctor angelicus)』というあだ名を進呈していましたから、その仇《かたき》をお討ちにならなければ」

「いや、『規律の厳守』という精神を示す高い位階、聖堂騎士の位階には、いまあなたがおっしゃったのとよく似たものものしい称号が他にもまだたくさんあります。完全なる師、東方の騎士、大司祭長というのがありますし、第三十一番目の位のごときは『王なる神秘の気高き大公』とさえいわれているのです。お気づきでしょうが、これらの名称はみな東洋の神秘主義との関連を暗示しています。聖堂騎士の復活そのものが、まさにこういう関連がふたたび取入れられていることを意味しています。つまり、理性的実利的社会改善という観念の世界に、事実上非合理的醱酵素が侵入していることを意味するのです。それによってフリーメイスンの結社は新鮮な魅力と光彩を添えることができたので、これこそが当時この結社にとっては喜ばしいことにその勢力を増大しえたゆえんなのです。だからこそフリーメイスンはかの世紀の理性万能、人道的開化主義、合理主義に飽いて、もっと強い人生の糧《かて》を渇望《かつぼう》していたひとびとを引攫《ひきさら》ってしまったのです。フリーメイスンは大成功をおさめ、世の男という男が家庭の幸福や婦人のありがたさを忘れてしまうといって俗物どもを慨嘆させたほどだったのです」

「それでは、教授、セテムブリーニさんがフリーメイスンの最盛期を思いだしたがらないのは当然ですね」

「そのとおりです。自由思想、無神論、百科全書的理性などがあげて教会、カトリシズム、僧侶《そうりよ》、中世といったもの全体に対して向けていた反感が、自分の属する団体にも集中されていた時代があった、などということは思いだしたくないのですよ。あなたはフリーメイスンが蒙昧《もうまい》主義のそしりを受けたことはお聞きになったことがあるでしょう……」

「なぜですか？　なぜそういうことになるのか、ひとつ詳しく教えていただきたいのですが」

「お教えいたしましょう。『規律の厳守』を掲げるというのは、結社の伝統を深めかつ敷衍《ふえん》すること、つまり、結社の歴史的根源を中世の神秘的世界、いわゆる中世の暗黒の中に再発見すること、と同じ意義を持つものでした。この組織の騎士団長の位を持ったひとたちは神秘的自然認識の秘儀（physica mystica）に通じたひとびと、つまり、自然科学の魔術師であり、だいたいにおいて偉大な錬金術者でした……」

「さて、これは一所懸命考えてみなければわかりませんが、錬金術というものはだいたいどんなものだったのでしょうか。錬金術というのは、要するに金を作ることでしょう、賢者の石、内服用の金（aurum potabile）のことなんでしょう……」

「そうです、平易な言葉でいえばそうです。少し学問的にいえば、精練、物質の変化と醇化《じゅんか》、*化体《けたい》、しかもより高級な物への化体、すなわち昇華です。――賢者の石（lapis philosophorum）硫黄《いおう》と水銀とからなるこの両性的産物、両性的物質（res bina）両性的最高物質（prima materia）こういった言葉によっていい表わされたものは、外的な影響力による昇華、精練の原理にほかならないのです。――いわば魔術的教育というべきものなのです」

ハンス・カストルプは黙って、瞬《まばた》きしながら斜め上の方を見つめていた。

「錬金術的変形の象徴になるものは」とナフタは話しつづけた、「とりわけ塚穴《つかあな》だったのです」

「墓穴ですか」

「そうです、物が腐敗し分解するところです。塚穴こそ密封錬金術（Hermetik）の精髄をなすものです。それは物質が最後の変化、醇化を強《し》いられる容器、密封された水晶の蒸溜器《レトルト》にほかならないんです」

「『密封錬金術』とはうまい表現ですね、ナフタさん。『密封した（hermetisch）』という言葉は昔から好きでした。漠然としたさまざまな連想を惹《ひ》き起す魔法のような言葉です。つまらないことをいうようで申し訳ありませんが、ぼくはその言葉を聞くたびに家にあった貯蔵瓶《びん》を思いださずにはいられないのです。ハムブルクの家の家政婦――シャレーンという女で、シャレーン夫人でもシャレーン嬢でもなくて、ただのシャレーンですが――この女が食料品室の棚《たな》の上にずらりと並べていた、密封したガラス瓶で、果物や肉やそのほかいろんなものが入っているのです。これは年中そのままに並んでいて、必要に応じてどれかを開けてみますと、中身はまったく新鮮で、変質しておらず、年月も歯がたたなかったとみえ、入れた当時そのままの味で食べられるのです。むろんこれは錬金術でも醇化でもなく、ただの貯蔵で、だから貯蔵瓶という名だったわけですが。しかしその不思議な点は、貯蔵されたものが時間の影響を受けないということです。密封されたまま時間の影響から遮断《しゃだん》されていて、時間はそのかたわらを通りすぎ、貯蔵された中身は時間を持たず、棚の上にのったまま、時の流れの外にあるのです。いや、貯蔵瓶のことはこれくらいにしておきましょう。どうもたいした話にならなくて、すみません。何かもっと教えてくださるおつもりだったようでしたが……」

「お望みとあればです。弟子《でし》は知識欲に燃えて、私たちが話題にしているフリーメイスン団員の口調で話すことを恐れてはなりません。塚穴、つまり墓穴は、いつも入団式の主な象徴でした。徒弟、すなわち秘儀への参入を求める初心者たちは、塚穴の恐怖の下でみずからの不動の勇気を証明しなければならないのです。彼らは団の規定によって試験の意味で塚穴の中へ連れこまれ、しばらくその中にとどまってから、未知の団員の手に導かれてそこからでてくるのです。そういうわけで、彼ら初心者は迷路のような廊下や暗い円天井の部屋をいくつも引きまわされなければならないし、『規律の厳守』の盟約の間にも黒幕が張りめぐらせてあり、棺の礼拝が入団式と集会式には大きな役割をはたすのです。秘儀と醇化への道は危険にとりまかれ、死の不安と腐敗の国の中を通っています。徒弟、つまり生命の奇蹟《きせき》を渇望し、魔術的な体験能力覚醒《かくせい》を願う初心の徒弟は、秘儀の影にすぎない覆面をしたひとびとによって導かれるのです」

「ありがとうございました、ナフタ教授。とても結構なお話でした。それがつまり錬金術的教育なんですね。それについてこれだけでもおききできたのはむだではなかったと思います」

「そうですとも。ましてここで問題なのは、それが究極のものへの教導、超感覚的なものの絶対的信仰告白への教導、つまりわれわれ人間の究極目的への教導であるわけですから。結社の錬金術的戒律によって、その後数十年間に多くのすぐれた求道の士がこの目的へと教導されました。——この目的のなんたるかは申すまでもないことでしょう、なぜなら、スコットランドの位階序列が単なるヒエルアルヒーの剽窃《ひようせつ》教権制度にすぎないこと、親方級のフリーメイスンの錬金術的知恵が聖変化の秘蹟において実現されること、結社がその徒弟たちに与える秘密の教導がわれわれの聖なるカトリック教会の恩寵《おんちよう》手段に明瞭《めいりよう》に似ていること、結社の儀式の象徴的な身ぶり狂言がカトリック教会の典礼や、建築の象徴性にはっきりと認められること、このような事実にあなたも気づかれないはずはないでしょうからね」

「ああ、そうでしたか」

「しかし、それでまだすべてではありません。先にも少しいったことですが、フリーメイスンがあの職人気質《かたぎ》の真面目《まじめ》な石工たちのギルドから派生したということ、これは単に皮相な歴史的な見方にすぎません。少なくとも『規律の厳守』を標榜《ひようぼう》したフリーメイスンは、結社の起源にもっと深い人間的な根拠を与えたのです。結社の秘密なるものは、われわれのカトリック教会のある種の秘儀と同様に、太古の人類の祭典的秘事や神聖なる逸楽などと明瞭な関連を示しています。……教会についていうならば、この秘儀なるものは、晩餐《ばんさん》と愛餐、つまりキリストの肉と血の秘蹟的拝受を指《さ》すのですが、フリーメイスンの場合には——」

「ちょっと、すみませんが。ちょっと注を入れさせてください。い、いとこの属している厳格な団体生活にも、いわゆる愛餐があります。いとこはよくそれについて手紙で書いてよこしました。むろんちょっとばかり傾けて適度に酔うくらいのことはありますが、とにかく非常に礼儀正しくやるんだそうで、学生組合の宴会ほどにも派手ではないのだそうです。……」

「フリーメイスンの場合には、さっきご注意申しあげたように、塚穴と棺の礼拝が行われます。この秘儀的儀式のいずれにおいても、その眼目とするところは、究極にして最後なるものの象徴であり、暴飲乱舞する荒々しい原始宗教性の諸要素であり、死滅と生成、死と変化と復活とを祝うための放恣《ほうし》なる暗夜の犠牲奉献の儀式なのです。……あなたも知っておいででしょうが、イージスの秘儀もエレウシーの秘儀も、夜の暗い洞《ほら》の中で行われました。そうです、フリーメイスンにはエジプトから伝来した風習がたくさんありましたし、いまもあります。秘密結社の中にはエレウシー同盟と称するものがあるくらいです。そして秘密集会の中にはエレウシー集会という集会がいくつもありました。エレウシーの秘儀とアフロディテの秘儀の祝祭をやる集会があって、これにはとうとう婦人も一役演ずるようになったのです。これが薔薇《ばら》の祝祭で、フリーメイスン団の前飾りに見られるあの三輪の青い薔薇の花は、この祝祭を象徴したものです。そしてこの祝祭はたいていバッカスのお祭り騒ぎに終るのがつねだったようです。……」

「それはどうも驚きましたね、ナフタ教授。それが皆フリーメイスンの話なのですか。しかもそういうことをあの頭脳明晰《めいせき》なセテムブリーニさんと結びつけて考えねばならぬとしますと……」

「そうお考えになっては、あのひとに気の毒ですよ。いや、こんなことはセテムブリーニ氏は少しも知ってはいないのです。すでにお話ししたとおり、フリーメイスンは彼のようなひとびとによって、ふたたび、いまいったより高い生命の諸要素をことごとく清算されてしまったのです。それは人文化し、近代化したのです、悲しいことに、です。それはあの力強い神秘への逸脱から、実益と理性と進歩へ、王侯と僧侶とに対する闘争へと立ち帰ったのです。要するに、社会的福祉の実現という目的に向って改めて結集しました。そこではふたたび自然と徳目と節度と祖国とが問題にされるようになったのです。おそらくは商売も問題にされているでしょう。一言をもってすれば、これはいまやクラブ形式を取ったブルジョワ的悲惨の姿そのものなのです。……」

「残念ですね、まったく、薔薇の祝祭がなくなったというのは。セテムブリーニさんは、そういうことはもう何もご存じないのかどうか、一度尋ねてみましょう」

「あれは真面目一点張りの杓子定規《しゃくしじょうぎ》の先生ですよ」とナフタは嘲《あざけ》るようにいった。「よくお考えになっていただきたいが、彼にとっても人類の殿堂の普請場に入れてもらうのは容易でなくなったということです。なぜかというと、彼は赤貧洗うがごとき身の上ですす。ところがかの人類殿堂の普請場では単に高い教養、人文主義的教養が要求されるばかりでなく、いいですか、入会者は資産階級に属していなければならないのです。――少なからざる入団金や年々の会費を払っていくためにね。教養と資産――これはまさにブルジョワです。これこそ自由主義的世界共和制の礎石なのです」

「そうですね」とハンス・カストルプは笑っていった。「いまやその礎石がむきだしに見えてしまったというわけですね」

「だがしかしです」とナフタは少し黙っていてからいい足した。「私はあなたにあの人物とその仕事とをあまり軽く見ないようにとご忠告申しあげたい。私たちはこうして彼の事情について話し合ったのですからいいますが、用心を怠ってはいけません。陳腐なもの必ずしも無邪気とはかぎらないのです。浅薄なことが必ずしも無害だとはいえません。あのひとたちは元来火を発するほどに強烈であった酒にたくさんの水を割ったのですが、しかし、結社の観念そのものはなお強烈であって、少々水を割られてもまだしっかりしていいます。それはいまでもかつての稔《みの》り多き神秘の名残《なご》りをとどめていて、結社が世界の動きにある係わりを持っていることはたしかですし、また私たちがあの愛すべきセテムブリーニ氏をただあれだけの人間と見なしてはならず、その背後に控えている勢力に注目しなければならないということもやはり明らかなのです。彼はその背後の黒幕的勢力の仲間であり、その密使なのです……」

「密使ですって？」

「そうです、改宗勧誘者、魂の猟師です」

では君はどういう密使なのだ、とハンス・カストルプは腹の中で考えた。そして彼は声にだしていった。「ありがとう存じます、ナフタ教授。ご注意とご警告とを心から感謝します。ところで、どうです？　ぼくはこれから一階上へいってみます、上のあの部屋をも階ということができればの話ですがね。あの覆面の結社員の腹をちょっと探ってきますよ。弟子は知識欲に燃え、勇敢でなければなりませんから。……むろん用心も必要でしょう。……密使たちを相手にするには、当然ながら大いに用心して然《しか》るべきです」

ハンス・カストルプはセテムブリーニからもいろいろと教示してもらうのに遠慮することは要《い》らなかった。セテムブリーニも口の堅さという点では、ナフタ氏を非難するわけにいかなかったし、それに彼はあの協調的な結社に属していることを別に秘密にするつもりはなかったからである。『イタリア・フリーメイスン一覧（Rivista della Massoneria Italiana)』が机の上に開いたまま置いてあったくらいで、ただハンス・カストルプがこれまでそれに注意しなかっただけのことである。彼は、ナフタに蒙《もう》を啓《ひら》かれたばかりなのに、セテムブリーニがそれに関係があることは百年も昔から知っているような顔をして、話をかの王者の術に向けると、セテムブリーニはほんの少し警戒の色を見せただけであった。たしかにセテムブリーニが気を許して話さなくなる点があり、話がそこに触れてくると、何か思わせぶりの様子で唇《くちびる》を結んでしまうようなこともあったが、これは明らかにナフタの話したあの恐怖的宣誓に拘束されているものと思われた。それはつまり、この変った組織の外的習慣とその中におけるセテムブリーニ氏自身の位置とについて完全な秘密主義からきているらしかった。しかし、それ以外の点では大言壮語して、知識欲に燃える青年に彼の結社の勢力範囲を大いに自慢して聞かせ、それが約二万の支部と百五十の大支部とを擁してほとんど全世界に、つまり、ハイチや黒人共和国リベリアのごとき程度の低い文明国にまでもその勢力を延ばしていると語った。彼はまた過去においてフリーメイスンであったひとびとや、現在そうである著名なひとを得々と並べて、ヴォルテール、ラファイエット、ナポレオン、フランクリン、ワシントン、マ*ッツィーニ、ガリバルディの名をあげ、現存者ではイギリス国王の名前をさえあげ、さらにヨーロッパ諸国の枢要《すうよう》の地位にあるひとびと、政府や議会の要人の名前をあげた。

ハンス・カストルプは敬意は見せたが、讃嘆《さんたん》はしなかった。学生組合に関してもそういうことはいえる、と彼はいった。学生組合も生涯にわたってよく団結し、組合員をいい地位につかせる力を持っているので、組合に入っていない者は官界でも宗教界でも、なかなか出世が困難である。したがって、さきほどの有名人がフリーメイスンに属していることが、結社の名誉か何かのようにいっておられるのは、セテムブリーニさんの本心とは思えない。なぜなら、そういう重要な位置を結社のひとびとで占めているのは、むしろ逆に結社の勢力を示す事実であって、結社はセテムブリーニさんがさっき打明けてくださったより以上に、世界の動きに関与しているものと思われる、とハンス・カストルプは探りを入れてみた。

セテムブリーニは微笑した。彼は手にしていた小冊子『フリーメイスン（Massoneria）』を扇のように動かして風を入れさえした。かまをかけるおつもり？　と彼はきいた。フリーメイスンの政治的本質、その本質的に政治的な精神について、うまく口を割らせようというお考え？「そういう小細工はむだですよ、エンジニア。私たちはなんの遠慮もなく公然と政治を標榜《ひょうぼう》しているのです。私たちはこの政治という言葉や名称に対して、あるばか者どもがいだいている反感のごときはまったく問題にしていません。こういうばか者は、他のどこの国にもいないのに、エンジニア、あなたのお国にはいるんですよ。人類の友は、政治と非政治などという区別など全然認めません。非政治なるものは存在しないのです。すべては政治です」

「すべてですか」

「フリーメイスンの思想に元来非政治的な性格のあることを得々として指摘する手合いがいることはよく承知しております。しかし、そういう手合いはただ言葉を弄《もてあそ》んで、やたらに区別をたてているにすぎないのであって、そういう政治、非政治の区別などは、空想的で無意味だということを認めるべきときはとっくにきているのです。まず第一に、少なくともスペインの各支部はそもそもの初めから政治的色彩を帯びていました——」

「それはわかりますね」

「あなたにはあまりおわかりになるはずはない、エンジニア。あなたは自分はもともと物がよくわかる人間だなどと考えてはいけません、私がこれからいう第二の点を聞かれて、それをよくお考えになってみてください——あなた自身のためにも、あなたのお国のためにも、さらにはヨーロッパのためにも、それをお願いします。そこでその第二の点ですが、フリーメイスンの思想はいついかなる時代にも非政治的であったことはなく、非政治的ではありえなかったのです。この思想がみずからを非政治的と考えたとしたら、みずからの本質についてみずからを欺《あざむ》いたことになるのです。私たちフリーメイスンとは何者でしょうか。ある建物を築こうとする大工であり、下働きなのです。私どもすべての目的はただひとつ、全人類の最善なる福祉、これこそが団結の基本原則なのです。この最善なる福祉という建物は何を意味するでしょうか。正しい法則に則《のっと》った社会の建設であり、人類の完成であり、新しいエルサレムなのです。そうだとすれば政治か、もしくは非政治かというような区別をすることにいったいどんな意味があるでしょうか。社会問題、共同生活の問題そのものがすでに政治です。徹頭徹尾政治であって、政治以外の何ものでもないのです。この問題に身を捧《ささ》げる者は――そしてこれに身を捧げようとしない者は人間の名に値しないのです――精神的な意味でも外面的な意味でも政治に従事することを意味します。かかるひとはフリーメイスンの術が統治術であることを心得ているのです……」

「統治の……」

「――照明派《イルミナート》的フリーメイスンに統治者の位があったことも心得ているわけです……」

「結構なお話ですね、セテムブリーニさん。統治術、統治者の位階、どれもおもしろいですね。ところでひとつ教えてください、あなたたちの結社に属するひとびとはみんなキリスト教徒ですか？」

「それはまたどうして（perchè）」

「失礼、別の形で、もっと一般的に単純にお尋ねしましょう。あなた方は神を信じていらっしゃるのですか」

「お答えしましょう。だがあなたはなぜそんなことをお尋ねになるのです*」

「ぼくはさっきあなたを試《ため》そうとしたわけじゃありませんが、しかし聖書にこういう話があるじゃありませんか、あるひとが主をローマの貨幣をもって試したのに対し、主はそのひとに、皇帝の物は皇帝に、神のものは神に返せと答えます。ぼくはこういう区別の仕方が、おのずと政治と非政治との区別になるような気がするのです。神が存在するとすれば、こうした区別も存在するはずです。フリーメイスンのひとたちは神を信じているのですか」

「私はお答えすると約束しました。あなたはある統一を問題にしておられる。この統一を実現させるために私たちは努力しているのですが、すべての善意あるひとびとにとって残念なことには、その統一は今日まだ実現されていません。フリーメイスンの世界的団結はまだ実現してはいません。この統一が実現した暁には――くり返して申しあげますが、この大事業のために日夜ひそかな努力が傾けられているのです――その暁には、その団結の宗教的信条も疑いもなく統一的になるでしょう。そしてその信条は『悪ヲ抹《まっ》殺《さつ》セヨ（Écrasez l'infâme）』という形をとるでしょう」

「強制的にですか。それはどうも寛容とはいえませんね」

「あなたはまだ寛容という問題をとりあげるだけに達しておられません、エンジニア。とにかくはっきりと憶《おぼ》えておいていただきたいのですが、悪に対して寛容なのは罪悪になります」

「神が悪なのですか」

「形而上学《けいじじょうがく》というものはすべて悪です。形而上学は、私たちが完全なる社会という殿堂の建設に費やすべき努力を眠りこませるよりほかに役にたつところはありません。そういうわけで、フランスの大オリエント支部は三十年ばかり前に率先して、支部のあらゆる刊行物から神という言葉を削除してしまったのです。私たちイタリア人もその点でこれに倣《なら》いました……」

「カトリック的ですねえ」

「とおっしゃると——」

「神を削除してしまうとは、ひどくカトリック的だと思うのです」

「あなたのいおうとなさることは——」

「たいしたことではないのです、セテムブリーニさん。ぼくのおしゃべりをそう本気にお考えにならないでください。ぼくはいまちょっと無神論が何か非常にカトリック的であって、さらにカトリック的になるために神を削除するのかもしれないと思っただけなのです」

セテムブリーニ氏はしばらく話をとぎらせていたが、それは明らかに教育的配慮によるものと思われた。彼はちょうどいいくらい黙っていてから答えた。

「エンジニア、私にはあなたのプロテスタンティズムをとやかくいったり、それを傷つけたりするつもりはまったくありません。私たちは寛容ということについて話していたのでしたね。……私がプロテスタンティズムを容認しているばかりでなく、良心の圧迫に対する歴史的対抗者としてのプロテスタンティズムに深甚《しんじん》なる讃嘆の念をいだいていることは、改めて申すまでもありません。印刷術の発明と宗教改革とは、中部ヨーロッパが人類のために樹《た》てたふたつの顕著な功績であることは疑いを容《い》れません。しかし、それは楯《たて》の一面にすぎない。他の一面があることを指摘しても、あなたはいまいわれたことから考えても、言葉どおりにそのまま理解してくださることと信じています。つまり、プロテスタンティズムにはある種の要素が潜んでいます。……あなたのお国の宗教改革者の人柄がすでにその要素を持っておりました。……つまり、私がいっているのは静寂主義的法悦と催眠術的沈潜という要素です。これはヨーロッパ的ではない要素です。この活動的な大陸の生活原理とは異縁な、むしろ敵対的な要素です。まああれを見てごらんなさい、あのルターの顔を！　若いときの肖像、年をとってからの肖像を観察してごらんなさい。いったいなんという格好の頭でしょう、なんという顴骨《かんこつ》、なんと奇妙な眼の位置でしょう。あなた、これはアジアですよ。ここにヴェンド族、スラヴ族、サルマチア族の血がまじっていなかったとしたら、不思議です、まったくの不思議といわなければなりますまい。だからまた、この人物の強力な出現が、あなたのお国では危うく均衡を保っているふたつの要素の天秤皿《てんびんざら》の一方に宿命的な重しを置いたことを意味しているのでなかったら、まさに不思議といわざるをえません、――そして、これを否定する者は誰ひとりいないでしょう。――つまり彼の出現はアジア的要素に大きな重しを置いたのです、そのためにヨーロッパ的要素は今日でもまだ負けていて、宙に浮いてしまっているのです。……」

セテムブリーニ氏は、小窓のそばの例の人文的斜面机の前に立っていたが、水さしをのせた円テーブルの方へ歩み寄って、弟子に近づいた。ハンス・カストルプは壁際《かべぎわ》に置いてある長椅子《ながいす》に腰をかけていた。倚《よ》りかかりがないので、膝《ひざ》へ肘《ひじ》をつき、頤《あご》を手の上にささえていた。

「友よ（Caro）」とセテムブリーニ氏はいった。「親愛なる友よ（Caro amico）、さあ、決定を下さなければなりません――ヨーロッパの幸福と未来にとって重大な意義を持つ決定です。そしてこの決定を下すことはあなたのお国に委《ゆだ》ねられているのです。それはあなたのお国の魂の中でなされなければなりません。東洋と西洋との中間に位置しているあなたのお国は、その本性を獲得しようとして相争っているふたつの世界のいずれかを選ばなければなりません――決定的に、意識的にどちらかひとつを選び取らなければなりません。あなたはお若いから、この決定に関与されるでしょうし、この決定に影響を与えるべき使命をも帯びていらっしゃる。ですからお互いに、この運命を祝福しようじゃありませんか、あなたはその運命によってこの恐るべき場所へ迷いこまれてきて、同時に私をしてこの全然未熟無力ではない言葉をもってあなたの柔軟な若い魂に影響を及ぼし、若いあなたが――そしてあなたのお国が、文明に対して負っている責任を感得させてあげられるわけです。この機会を与えてくれた運命を慶賀しましょう。……」

ハンス・カストルプは頤を握り拳《こぶし》の上にのせて腰かけていた。彼は屋根裏の窓から外を眺めていたが、その単純な青い眼にはある反抗の色を読みとることができた。彼は黙りこんでいた。

「あなたは黙っていらっしゃる」とセテムブリーニ氏は興奮した口調でいった。「あなたとあなたのお国……あなた方は、いつもただ意味ありげな沈黙を守っていらっしゃる。その沈黙は意味が明瞭《めいりょう》でなく、実際それがどれほど深いのか見当がつかないのです。あなた方は言葉を好まれないのか、言葉を持っておられないのか、さもなくば不快なほどに言葉を聖化しようとしておられるのか、——明晰《めいせき》な言葉を尊ぶ世界の人間は、あなた方をどう考えていいのかわからないし、またわかることもできないのです。あなた、これは危険なことですよ。言語は文明なのです。……言葉はどんなに嫌《いや》な言葉であっても、ひととひととを結び合せることができます。……これに反して沈黙はひとを孤立させます。私は、ひょっとするとあなたがその孤独を行動によって打開しようとされるのではないかと想像しています。いいとこのジャコモさんを（セテムブリーニ氏はヨーアヒムのことをいい易《やす》いようにいつも「ジャコモ」と呼んでいた）あなたの沈黙の前に立たせてごらんなさい、そうすれば彼は『たちまちふたりを打倒し、他は風を食らいて逃げうせ』ることでしょう——」

ハンス・カストルプが笑いはじめると、セテムブリーニ氏も一瞬自分の造型的な言葉の効果に満足して微笑した。

「よろしい、笑いましょう」と彼はいった。「愉快にやることでしたら、いつだってお相手できます。『笑いは魂の輝きなり』とはある古人の言葉です。どうも話が少々脇道《わきみち》にそれてしまいましたね――もっとも脇道とはいっても、それはフリーメイスンの世界団結を実現するためのわれわれの準備工作が当面している数々の困難、とくにプロテスタント的ヨーロッパが逢着《ほうちゃく》している困難に関係のあることなのですが。……」そしてセテムブリーニ氏はこの世界的団結の思想について熱心に論じつづけ、これはハンガリアで生れた思想で、これが予期どおりに実現すれば、フリーメイスンはかならずや世界を左右する勢力となるだろう、といった。彼は、この問題について外国のある有力な団員から受取った手紙を無造作に見せてくれた。それはスイスの騎士団長で第三十三位のテント幕営員の自筆の手紙であった。彼はまた人造語のエスペラントを連盟の国際用語として宣言する計画を論じた。彼はますます熱弁をふるって高級な政治の領域にその議論を展開し、あちこちに眼を向け、革命的共和主義的思想が彼の故国やスペイン、ポルトガルなどでどれだけの成功の見通しがあるかを検討した。さらに彼はポルトガル君主国の大支部の首脳者とも文通しているといった。ポルトガルにおける情勢は明らかに何か決定的な事件が起りそうになっているが、もし近い将来ポルトガルにさまざまな事件が勃発《ぼつぱつ》するようなことになったら、私の話を思いだしてもらいたい。ハンス・カストルプはそうする旨《むね》を約束した。

断わっておくが、弟子とふたりの先生のそれぞれとの間に別々に行われたフリーメイスンに関するこれらのおしゃべりは、ヨーアヒムがここの上のひとびとのところへ帰ってくる以前に行われたのであった。しかしこれから取りあげる論戦は、ヨーアヒムがまたここの上へ帰ってきてから彼の面前で行われたのである。それは彼がふたたびここへ帰ってきてから九週間すぎた十月はじめのことであった。ハンス・カストルプは、「街《プラッツ》」の療養ホテルの前で秋の陽《ひ》を浴びて清涼飲料を飲んですごしたその日のことが、それ以来忘れられなかった。というのも、当時ヨーアヒムのことが彼のひそかな心配の種になっていたからである。――といっても、いつもなら全然心配にならないような症状と現象、つまり、咽喉《のど》の痛みと嗄《しやが》れ声という現象がその心配の種になっていたのであって、別に危険とはいえないただの思いすごしのようなものではあったが、それでも若いハンス・カストルプにはなんとなく、これが特別な感じを与えたのであった。――つまり、それは彼がヨーアヒムの眼の奥に認められるように思った光から受ける感じであった。いつもなら穏やかで大きなこの眼が、その日は、いやその日になってから妙に大きく深くなって、物思いに沈んだような――妙な言葉を付け加えなければならないが――威嚇《いかく》するような感じになり、いまいったような奥のほうからの静かな光を見せていたのである。とはいっても、この眼の光がハンス・カストルプの気に入らなかったといえば、これはまったくの誤りであろう、——逆に、気がかりになったとはいえ、それは大いに彼の気に入ったのであった。要するにこんな印象については、その性質上、こんなふうにごたごた言葉を並べるよりほかに説明のしようがないのである。

この日の談話、論戦——むろんナフタ対セテムブリーニの論戦であったが——についていえば、これは独立した問題の議論であって、この議論はフリーメイスンの本質をめぐってハンス・カストルプとセテムブリーニ、前者とナフタの間で別々に行われた対話とはわずかな関連があるにすぎなかった。いとこたちのほかにフェルゲやヴェーザルも居合せて、みんな熱心に耳を傾けていたのだが、かならずしもみんなが問題を理解できたというわけではなく、たとえばフェルゲ氏などは明らかに全然わからなかった。この論戦はあたかも生命《いのち》のやりとりでもするように猛烈を極めたが、実は、別に生命に係わるほどのものではなくて、優雅な競技か何かのように洒落《しゃれ》と洗練さとをもって行われたのであったが——セテムブリーニとナフタとの論戦はいつもこんな具合に行われた——こういう論戦は、むろん、それをただ聞いているだけでもおもしろいので、その内容はよくはわからず、内容の意味するところの重大さが漠然としか理解できないようなひとびとにとっても結構おもしろく聞いていられた。何も関係のない周囲のひとびとでさえ、言葉の応酬の烈《はげ》しさと上品さとにひきつけられて、緊張してこの論戦に聞き入ったのであった。

さきに述べたように、それは療養ホテルの前、午後のお茶の後のことであった。「ベルクホーフ」の四人の客はそこでセテムブリーニに会い、ナフタも偶然そこへきて一座に加わった。六人は金属製の小さなテーブルを囲んで腰かけ、ソーダ水で薄めたいろいろな飲物、アニスやヴェルモットを飲んでいた。ナフタはここでおやつを食べることにして、ぶどう酒とケーキとを持ってこさせたが、これはきっと彼の寄宿学校時代の思い出を楽しむためと思われた。ヨーアヒムはなんども生《き》のレモネードを飲んで痛む咽喉《のど》を潤《うるお》した。レモネードの収縮作用が痛みを和らげるからといって、非常に濃くて酸《す》っぱいのを飲んだ。セテムブリーニはただ砂糖水だけを飲んだが、ストローを使って、まるで何か高級な飲物を飲んでいるように、上品においしそうに飲んでいた。彼は冗談をいった。

「何をきいてきたと思われますか、エンジニア？　風の便りに何を耳にしたと思われますか？　あなたのベアトリーチェが戻ってくるそうじゃありませんか？　あなたを天国の旋回する九界へ案内したあの女性がですよ。だがそうなっても、あなたはこのウェルギリウスがご案内する友情の手をむげにしりぞけられないようにお願いいたしたいですね。ここにおられる私たちの教会先生にもきいてごらんなさい、かの中世（medio evo）の世界でも、フランシスコ的神秘主義があっても、その対照をなすトーマス・アクイナスの認識がなかったならば、完全とはいえなかった、とあなたに断言するでしょう」

　みんなはこの学問的な冗談に笑いだして、ハンス・カストルプを見たが、彼も笑いながら、「かのウェルギリウス」に向ってヴェルモットのグラスを上げた。しかし、この幾分凝りすぎたが、いかにも罪の無いセテムブリーニ氏の言葉がきっかけになって、つぎの瞬間あの果てしのない精神的決闘が生れてこようとは、ほとんど信じられないくらいであった。ナフタはもちろん幾分挑発された形であったが、たちまち攻撃に転じて、セテムブリーニが周知のとおり偶像のように愛し、ホメロス以上に崇拝しているラテン詩人ウェルギリウスをこきおろした。これまでにもナフタはウェルギリウスに対し、かつラテン文学一般に対して、再三辛辣《しんらつ》な侮蔑《ぶべつ》の言葉を吐いたのであったが、このときも彼は、その機会をすばやく意地悪く利用した。偉大なダンテがこの凡庸なへぼ詩人をあのように仰々しく祭りあげて、『神曲』の中であんなにも高い役割をふり当てているのは、ロドヴィコ氏ならおそらくこの役割にあまりにもフリーメイスン的な意味を与えることだろうが、事実はダンテがあまりにひとがよくて時代の思想にとらわれていたからである。この宮廷詩人、ユリウス家の幇間《ほうかん》詩人、この大都市の文士で独創性の少しもない美辞麗句の使い手ウェルギリウスのごときにいったいどんな価値があるのか。こういう人物はたとい魂を持っているにしても、所詮《しょせん》二番煎《せん》じの魂であるにすぎず、およそ詩人とはいえず、アウグストゥス時代の鬘《かつら》をかぶったフランス人なのだ、とナフタはいった。

セテムブリーニ氏は、かく語られるナフタ氏は偉大なローマ文明を軽蔑しながら、ラテン語教師としての任務についておられるが、これを矛盾なく調和せしめうる手段と方法はご存じのことと信じて疑わない、といった。しかも、ナフタ氏が愛している時代の考え方と、いまのような評価とはひどく矛盾するのだが、この点を指摘することは必要だと思われる。なぜなら、かの時代はウェルギリウスを軽蔑しなかったばかりか、彼を知恵に富んだ魔術師とさえ考えて、そういう単純な考え方なりに彼の偉大さを正しく認めていたからである。

ナフタはこれに対して、セテムブリーニ氏があの黎明《れいめい》の時代の単純さを引合いにだそうとしてもそれは無益というものである、――あの単純さは、その征服したものが悪魔的性格を明らかにしていく中にあってなおその創造力を示した勝利者なのである、と応酬した。しかも、初期の教会の指導者たちは、古代の哲学者や詩人たちの欺瞞《ぎまん》を警戒するように、わけてもウェルギリウスの絢爛《けんらん》たる雄弁に毒されないようにと警告を怠らなかったが、ひとつの時代が終焉《しゅうえん》を告げふたたびプロレタリアの黎明が近づきつつある今日は、これらの指導者たちの言葉に共感するにはまことによきときである。さらに全部お答えしておくためいっておかなければならないが、ロドヴィコ氏がご親切にもあてこすってくださった自分のいささかブルジョワ的な職業については、自分はこれにしかるべき精神的留保（reservatio mentalis）をもって従事しているのであって、どんなに楽観的に見てもせいぜいあと数十年の生命としか見えない古典的修辞学的な教育制度に、自分は皮肉な気持なしに従事しているものではない、これはひとつ納得しておいていただきたいところである、といった。

「ところがあなた方は彼らを」とセテムブリーニは叫ぶようにいった。「あの古代の詩人や哲学者を汗水垂らして研究し、彼らの貴重な遺産をわが身につけようと努められたではありませんか。これはあなた方が礼拝堂の建立《こんりゅう》に古代建築の材料を利用したのとまったく同じやり方ではないですか。なぜならあなた方は、自らのプロレタリア的魂の力のみをもってしては新しい芸術形式を生みだすことができないのを痛感していたからで、そこで、あわよくば古代を古代自身の武器によって征服しようと望んだのです。現在もまたそうなっているようですし、将来もそうなるでしょう。あなた方の陶冶《とうや》されない夜明け前の若々しさなるものは、あなた方が自分にも他人にも、軽蔑《けいべつ》するようにと説きつけておられる古代文化にこそ、学ばなければならないのです。なぜなら、教養がなければ人類の面前に立つことはできないし、教養とはただひとつ、つまり、あなた方がブルジョワ的と呼んで軽蔑される人間的教養があるのみです」人文主義的教育制度がここ数十年の生命？　礼儀というものがあるから慎んでいるが、そうでなかったらお構いなく大声をあげて嘲《あざけ》り笑いだしたいくらいである。永遠の財宝を守りとおす力を持つヨーロッパは、そこいらで夢みられているプロレタリアの黙示録などには眼もくれずに、悠々《ゆうゆう》と古典的理性の命ずる今日の問題を取りあげるであろう。

まさにその今日の問題なるものが、セテムブリーニ氏にはかならずしもよくおわかりになっていないようだ、とナフタは辛辣《しんらつ》な口調で応酬した。今日の問題とは、まさしくセテムブリーニ氏が決定済みと見て然《しか》るべきだと考えている問題、すなわち、地中海沿岸の古典的、人文主義的伝統がはたして人類全体の問題であり、したがって人間的、永遠的な財宝であるかどうか――あるいはそれはブルジョワ的自由主義的な一時代の精神形式でありその薬味のごときものにすぎなくて、この時代とともに滅びるものであるかどうか、こういうことにほかならないのである。これを決定するものは歴史であるが、この決定がセテムブリーニ氏のラテン的保守主義にとって有利に下されるだろうなどと呑気《のんき》なことをお考えにならぬよう、氏におすすめする次第である。

進歩の使徒をもって自他ともに許しているセテムブリーニ氏を保守主義者呼ばわりするとは、小さいナフタ氏のあつかましさも相当なものであった。誰しもそう思ったし、当のセテムブリーニ氏は当然ながらとくにそれが癇《かん》にさわったらしく、興奮した面持で反《そ》り返った口ひげをひねりあげ、反撃の機をうかがいつつ言葉を捜していたが、その間を利用して相手はさらに引続いて古典的教養の理想、つまりヨーロッパの学校教育制度の修辞学的、文学的な精神、その文法的、形式的な偏執を攻撃し、これらはブルジョワの階級支配の打算的付属物にすぎず、民衆はとっくの昔にこんなものを笑い物にしていると断言した。それどころではない。民衆が、博士号や教養万能主義や、さらには民衆教育は学者の教養を水で薄めたものにすぎないという謬見《びゆうけん》によって行われているブルジョワ階級の独裁の手段である官立小学校教育などを、どれほどしたたかに嘲笑《ちようしよう》しているかは想像も及ばないほどだ。民衆は、腐敗したブルジョワ国家との闘争に必要な教養や教育を、天降《あまくだ》り的な強制的施設以外のいずこの場所でもいくらでも摂取できることを知っている。しかも、中世の修道院付属学校から発達してきた現在の学校のタイプそのものがだいたい、屋根の上から雀《すずめ》も茶化しているように滑稽《こつけい》な遺物であって、時代錯誤である。今日では何人も自分一個の教養を学校から受けてはおらず、公開の講演、展覧会、映画などによる自由なおおやけの教育のほうが学校教育よりもどんなに優《すぐ》れているかということを、次第に多くの人間が理解しはじめている。

ナフタ氏がみんなに賞味することを勧められる革命と蒙昧《もうまい》主義との混ぜ合せ料理は、とセテムブリーニ氏がやり返した、蒙昧主義の混ぜ物が多すぎて味がよろしくない。ナフタ氏が民衆の啓蒙に意を用いられる点は好感を覚えるが、しかしその善意もむしろ民衆と世界とを文盲の闇《やみ》に覆《おお》い隠しておこうという本能的な傾向によって支配せられているという懸念《けねん》があるので、その好感も残念ながら割引せざるをえない。

ナフタ氏は微笑した。文盲！　セテムブリーニ氏は何か恐ろしい言葉を口にして、相手に怪物ゴルゴン*の頭をでも突きつけたように思い、誰しもそれによって当然色を失うものと信じておいでのようだが、しかし、お気の毒ではあるが、自分はセテムブリーニ氏を失望させなければならない。人文主義者が文盲なる言葉に恐れをなしているのを拝見すると、自分はおかしくなるだけである。読み書きという訓練にあまりにも大きな教育的意義を認めて、その知識を欠く者は精神的な闇に覆われるかのように考えるのは、ルネッサンス的文学者、気どり屋、イタリア十七世紀の芸術家、マリーニ*ふうの文体家、能書礼讃《らいさん》（estilo culto）の道化者である。中世最大の詩人ヴォルフラム・フォン・エッシェンバッハが文盲であったことをセテムブリーニ氏は憶《おぼ》えておられるだろうか。当時ドイツにおいては、聖職者になる気のない子供を学校へやるのは不面目なこととされていた。そして文学的技芸に対する貴賤《きせん》を問わぬ軽蔑は常に高貴な魂の本質をなす特徴であった。――貴族や軍人や民衆は読み書きが全然できないか、できても下手であるが、これに反して、人文主義と市民階級の嫡子《ちゃくし》である文学者はむろん読み書きはできるが、それ以外にはなんの取柄もなくて何もわからず、今日になってもラテン語学者まがいの空言を吐くのみで、満足にできることは雄弁ばかりであって、生活のほうは真面目《まじめ》なひとびとにまかせておかなければならなかった。――だから文学者は政治をも修辞学と文学でいっぱいになった空の風船のごときものに変えてしまうのだが、これを文学やその方面の合言葉でいうと、急進主義、デモクラシーということになるのである——云々《うんぬん》、云々。

さてこんどはセテムブリーニ氏の番だった。彼は叫ぶようにいった、ナフタ氏は大胆にもある時代の狂信的な野蛮を好まれるゆえんを明らかにされ、文学的形式に対する愛を嘲っておられるが、この形式への愛なくしてはむろん人間性は存在しえないし、考えることもできない、たしかに絶対に考えられないのだ。文盲が高貴だ？　言葉を知らない、粗野で唖《おし》のような行動主義を高貴と名づけるのは人類の敵でなければできないことである。高貴といえるのはむしろある種の典雅な奢侈《しやし》、寛容（generosità）のみであって、これは形式に対して内容から独立した人間的という固有の価値を認める点に示される。——たとえば技術のための技術としての雄弁の礼讃がそれだが、このギリシア及びローマの文明の遺産は、人文主義者、文士（uomini letterati）によってラテン民族、少なくともラテン民族だけにふたたび与えられたものであり、これは、政治的理想主義をも含めてあらゆる広義の内容豊かなる理想主義の源泉なのである。「よろしいか、あなた！　あなたが雄弁と生活の分離として非難されるものこそ、美という花冠を戴《いただ》いてこの二者がより高い段階での統一を遂げたものにほかならないのですぞ。私は文学と野蛮とのいずれを選ぶべきかという論戦において、高邁《こうまい》なる青年諸君がつねにそのいずれに加担されるかについては、いささかの心配もしておりません」

ハンス・カストルプはそばにいる高貴なる魂の戦士にして代表者であるヨーアヒムの存在、というよりもその不思議な眼の色が気にかかっていたので、論戦には半分くらいしか注意を払っていなかったが、セテムブリーニ氏の最後の言葉に呼びかけられ、返事を促されたような気がしてちょっとひやっとした。しかし彼はすぐに、いつかセテムブリーニ氏が厳《おごそ》かに「東と西」のいずれかへ決定を迫ったときのように、打解けない片意地な顔つきをして黙りこんでいた。とにかくこのふたりは、議論をするための必要からであろうが、問題をすべて極端な形に持ってゆき、生か死かというように興奮して、両極端を争っていたのであったが、ハンス・カストルプにしてみれば、このふたりが相譲らず争っている両極端の中間、雄弁すぎる人文主義と文盲の野蛮さとの中間に、「人間的な」とか「ヒューマンな」とかいった、両者の調停をはかる要素があるように思われた。しかし彼はふたりを怒らせないように、ひたすら沈黙を守り、セテムブリーニのラテン文学者ウェルギリウス云々の冗談に端を発した論戦がさらに展開して、ふたりが互いに挑発し合って際限もなくとりとめもなく相争っているさまを、どちらに味方するともなく見物していた。

セテムブリーニはまだ相手に言葉を明け渡さなかった。彼は言葉を振りかざし、勝利を楽しむかのように語りつづけた。彼は文学の守護神の保護者をもってみずから任じ、人間がその知識と感情とに記念碑的生命を与えるために、はじめて文字を石に刻みつけたときにはじまる文字の歴史を讃美した。彼はまたエジプトの神トートについて語り、これはあのヘレニズムの「三倍も偉大なる」ヘルメスと同一の神で、文字を発明し書庫を守護し、あらゆる精神活動を奨励する神として尊崇されたと語った。彼は人類に文学的な言葉や闘技的な修辞学という貴重な贈物を与えたこの魔法の神ヘルメス、人文主義的ヘルメス、闘技場の支配者の前に跪《ひざまず》くと言明すると、ハンス・カストルプはそれに対して、ではそのエジプト生れの神ヘルメスもきっと政治家であって、ブルネットー・ラティーニ氏と同じ役割を大掛りに演じたものと思われる、かのラティーニ氏もフロレンス人たちに何よりも礼儀を教え、話術を仕こみ、その共和国を政治の原則によって統治する術を教えたからだ、と意見を述べた。――するとナフタはこれに答えて、セテムブリーニ氏のお話はいささかいんちきであって、お弟子さんにエジプトの神トート及びあの「偉大なるヘルメス神」をまるで綺麗《きれい》な神様か何かのように教えこんでおられるらしい、といった。なぜならトートはむしろ、猿、月、死霊《しりよう》の化体した神であり、頭に半月をいただく狒々《ひひ》であって、ヘルメスという名前を騙《かた》っているが、実は何よりも死と死者との神である。この心霊誘拐《ゆうかい》者、心霊案内者は、古代末期にはすでに大魔術師と考えられ、ユダヤの伝説的秘教カバラが行われた中世には神秘的錬金術の父祖と仰がれるに至ったのだ、とナフタは説明した。

なんだって？　ハンス・カストルプの頭の中は上を下への大混乱であった。青いマントを着た死神が人文主義的修辞家ということになるのかと思うと、教育的文学神と人類の友とを仔細《しさい》に見れば、いつの間にか、それは額に夜と魔法の印を帯びた醜い顔の猿に変って、うずくまっているという始末であった。……ハンス・カストルプは拒むように手を振り、そして眼を覆った。しかし、この混乱から眼を覆って逃げこんだと思った暗《くら》闇《やみ》の中へも、依然として文学の称揚を続けているセテムブリーニの声が響いてきた。文学には、と彼は昂然《こうぜん》といった、ただ観照的なる価値があるばかりでなく、常に行動的な価値も結びついている。そして彼はアレクサンドロス大帝や、カエサルや、ナポレオンの名前を挙げ、プロシアのフリードリヒ大王や、その他の英雄の名を列挙して、ついにラッサールやモルトケまで持ちだした。それに対してナフタは、セテムブリーニはシナに送り帰すべき人間であったと主張した。シナでは千古未曾有《みぞう》の奇怪千万な文字崇拝が行われていて、四万の漢字を墨で書いたら元帥《げんすい》になれるそうだが、これは大いに人文主義者のお気に召すことであろう、と毒づいたが、セテムブリーニはびくともしなかった。ナフタ氏は、と彼はいった、問題は墨で字を書くことではなくて、人類の本源的要求である文学、文学的精神にほかならぬことを百も承知の上でこういうことをいわれるのであるが、なんとも憐《あわ》れむべき嘲弄家《ちょうろうか》ではないか！　文学的精神とは精神そのものであり、分析と形式との結合という奇蹟《きせき》である。この精神こそあらゆる人間的なるものに対する理解を覚醒《かくせい》せしめ、愚昧なる価値判断や信念などの力を弱めて解体させ、人類の教化、醇化《じゅんか》、向上をもたらすのである。文学的精神はきわめて高度の倫理的洗練と道徳的感受性を創造することによって、感情に溺《おぼ》れるのではなく逆に懐疑と正義と寛容の精神を養うのである。文学の浄化作用と醇化作用、認識と言葉とによる情熱の鎮静、理解と宥恕《ゆうじょ》と愛とへ導く道としての文学、言語の救済する力、人間精神一般のもっとも高貴な表現としての文学精神、完全な人間及び聖者としての文学者——こういう輝かしい音調でセテムブリーニ氏の弁護的頌歌《しょうか》は続けられていった。ああ、しかし相手のナフタも黙ってはいなかった。彼はセテムブリーニの天使的頌歌《ハレルヤ》を意地悪い、目ざましい反論をもって攪乱《かくらん》し、あの熾天使《セラフイム》のごとく高尚なる偽善の背後に潜むのは破壊の精神であると断じ、それに対してみずからは保守と生命との味方にたつといった。セテムブリーニ氏が声をふるわせて独唱された奇蹟の結合なるものは、要するにいんちきな手品にほかならない。なぜなら、文学の精神は形式を探究と分類との原理に結びつけると称するが、その形式というのは見かけ倒しの欺瞞《ぎまん》的な形式にすぎず、真の充実した自然の形式ではなく、生命そのものの形式だなどとはもってのほかだ。いわゆる人間の改善家なるものは二言目には、純化、聖化を云々《うんぬん》するが、その目論《もくろ》むところは実は生命の去勢と貧血化なのである。いや、それどころか、精神とか熱烈な理論とかいうものは、生命を害《そこな》うものであり、情熱を滅しようとする者はすなわち虚無を欲するのである。つまり、純粋の虚無を欲するのである。たしかに純粋の虚無である。なぜなら、虚無という言葉に付加しうる形容詞といえば、事実、「純粋な」という言葉しかありえないからだ。しかしこの点にこそ文学者セテムブリーニ氏の、つまり、進歩と自由主義のブルジョワ革命の闘士としての氏の本領が如実《にょじつ》に示されている。なぜなら、進歩とは「純粋の」ニヒリズムであり、自由主義的ブルジョワとは実は虚無と悪魔に仕える人間であって、悪魔的な反絶対的な考え方を信奉し、すでに死物と化した平和主義の信念を固執しながら、驚いたことに、それをいかにも敬虔《けいけん》なことのように思いこみ、かくして神を、保守的にして積極的なる絶対存在を否定するからである。しかし自由主義的ブルジョワジーのいわゆる敬虔などというものはもってのほかのものであって、彼らは生命の虚脱をはかる重罪人なのであるから、すべからく生命の名において宗教裁判、峻烈《しゅんれつ》な秘密裁判にかけて痛めつけられるべきであろう――云々。

こんなふうにナフタは尖鋭《せんえい》な論法を駆使して、セテムブリーニの頌歌《ハレルヤ》を悪魔的なものへと変貌《へんぼう》せしめ、自分自身を峻烈な愛の保守主義の体現者のように仕たてあげたので、どこに神がいるのか、どちらに悪魔がついているのか、またどちらの議論が死を意味し、どちらの議論が生を意味するのか、またしてもまったく判別できなくなってしまった。相手のセテムブリーニもいい負かされて引っこんでいるような男ではなくもののみごとに応酬したし、それに対するナフタの再反撃もまた同じようにみごとなものであったが、こういっても読者はそのままそれを信じられるであろう。議論はしばらくこういう具合に続き、それから前に述べたような問題に到達したのである。しかしハンス・カストルプは、ヨーアヒムがそのうちにどうも風邪熱《かぜねつ》があるような気がして仕方がないが、ここでは風邪は「受ケツケラレ」ないから、どうしたらいいかわからない、と一言洩《も》らしてからは、もう議論に耳を藉《か》していなかった。ふたりの決闘者たちはそれに構わず論戦を続けたが、前にもいったようにハンス・カストルプはいとこのことが気がかりだったので、どちらかが答弁している最中にいとこといっしょに引揚げた。残った聞き手がフェルゲとヴェーザルとでは、なおも彼らにこの競技を続けるだけの教育的な熱意がでてくるかどうか、疑問であったが、そんなことに構ってはいられなかった。

帰る途中彼はヨーアヒムと相談して、風邪と咽喉《のど》の痛みについて正規の手続きを踏もう、つまり、マッサージの先生に頼んで婦長に伝えてもらおう、そうすればなんとかしてもらえるはずだ、ということに意見が一致した。これはうまくいった。その日の夕方、夕食がすんだすぐあとで、ハンス・カストルプはちょうどいとこの部屋に居合せたときに、アドリアティカがヨーアヒムの部屋のドアをノックした。彼女はきいきい声で若い士官の願いや訴えごとをきいた。「咽喉が痛むんですって？　声が嗄《か》れるんですって？」と彼女はすでに知っていることを改めてきいた。「あなた、何か軽はずみをなさったんじゃないの？」といって相手の眼をまっすぐに見つめようとしたが、視線を合わせようとする彼女の努力は失敗に帰した。これはなにもヨーアヒムのせいではなくて、あらぬ方へそれてしまう彼女の眼のせいであった。相手の眼を見つめようとしてもそれがだめであることは経験上よく知っているのに、彼女はまだ懲《こ》りずにそういうむだな試みをくり返しているのだ。彼女はバンドにつけていた鞄《かばん》から金属製の靴べらのようなものを取りだして、それで患者の舌を押えて咽喉を診察した。ハンス・カストルプは脇《わき》テーブルの電気スタンドの明りを照らしていなければならなかった。彼女は爪立《つまだ》ちになってヨーアヒムの咽喉の奥を検査しながらいった。

「ねえ、あなた、――これまでに噎《む》せたことがありますか？」

さてこれにはどう答えられたであろうか。婦長が覗《のぞ》いているかぎりはおよそ返事のしようはなかったが、彼女に放免されてからも返事に困った。むろん彼はそれまでにいくどか、食べたり飲んだりしたときに噎せたことはあったが、これは誰にもあることであるから、彼女のきくのはおそらくそのことではなかったにちがいない。彼は「なぜでしょう？　最近ちょっとそういう覚えはないんですが」と答えた。

そう、それならよろしい、ただひょっとそんなことを考えただけなのです、では風邪をひかれたんですね、と彼女はいったが、風邪という言葉はここの禁句であったから、いとこたちは驚いた。咽喉をもっとよく検査するには顧問官の喉面鏡《こうめんきょう》をわずらわすことになるかもしれない、と彼女はいって、部屋をでるときに、含嗽《うがい》用のフォルマミントと就寝中の湿布に使う包帯とグタペルカ・ゴムとを置いていった。ヨーアヒムはこのどちらをも使って、この手当のおかげではっきりと楽になったように感じた。咽喉の痛みのほうはときにはほとんどなくなったが、嗄《しやが》れ声は治らないばかりか、それから何日かはひどくなるばかりだったので、彼はその手当を続けていた。

とにかく、彼の風邪熱というのはまったくの気のせいであった。他覚的症状はいつもと変らなかった。――つまり、名誉を重んずるヨーアヒムがふたたび軍旗の下に馳《は》せ参ずるようになるまで、しばらくの病後静養をやることになった症状と同じで、それは顧問官の診察の結果とも一致した。例の十月という期限はこっそり音もなくすぎていった。それについては誰も何もいわなかった、顧問官もいとこたちも何も話し合わなかった。ふたりはひっそりと眼を伏せて十月をやりすごした。ベーレンスが月例診察のときに精神分析家の代診に口授した診断から見ても、またレントゲン写真の結果から見ても、せいぜい許可なしの無謀な出発でもやらないことにはこの期限を守ることのできないことはあまりにも明瞭《めいりよう》であった。だがこんどということは、低地の勤務に、平地での宣誓遂行に最後まで耐え抜く力を獲《か》ちうるためには、どうしてもここの上での勤務を鉄のごとき克己心をもって頑張《がんば》りとおさなくてはならなかった。

これがさしあたりお互いに通用する唯一《ゆいいつ》の合言葉であった。ふたりは暗黙のうちにそれを了解しているようなふりをしていた。しかし、ふたりとも相手がこの合言葉を心の奥で信じているとは思えなかった。これが真相に近かった。ふたりが眼を伏せ合うのはそういう疑いがあったからで、互いに眼が合うとどうしても伏せずにいられなくなるのであった。しかし、あの文学についての論戦のときにハンス・カストルプがヨーアヒムの眼の奥にあるいままで見たことのなかった光や、妙に「威嚇《いかく》するような」色にはじめて気がついてからは、ふたりは眼を伏せ合うことが多くなった。ことに一度食卓で嗄れ声のヨーアヒムは不意にひどく噎《む》せて、ほとんど息がつけなくなったことがあったが、そのときこの「眼を合わせる」ということが起った。ヨーアヒムがナプキンで口を押えながらあえぎ、隣席のマグヌス夫人がそういう場合の古いしきたりどおり、ヨーアヒムの背中を叩《たた》いてやっている間に、ふたりの眼が合った。不意に噎せるということはむろん誰にもあることだったので、さして驚かなかったが、それよりもふたりの眼の合い方にハンス・カストルプはひどく心を動かされてしまったのである。ヨーアヒムは眼は閉じて、口にナプキンを当てたまま、テーブルを離れて食堂からでていき、室外で咳《せき》のやむのを待った。

十分もすると、まだいくらか青い顔色だったがヨーアヒムは微笑しながら戻ってきて、騒がせた詫《わ》びをいいながら、さっきのように内容豊富な食事を続け、それっきりみなはこの些細《ささい》なできごとについて何かいうことなどは忘れてしまった。ところが数日後、こんどは夕食でなく量の多い正式の朝食のときに同じことが起ったが、こんどは眼は合わなかった。ハンス・カストルプは気がつかないようなふりをして、皿の上に屈《かが》みこんで食べつづけていたから、少なくともいとこ同士は眼を合わさなかった。しかし、やはり食後には一言それに触れないわけにはいかなかった。ヨーアヒムはあのいまいましいミュレンドンク婆《ばあ》さんが、いいがかりみたいな質問をして、ひとの気をもませ、くだらない差し出口をきいて、暗示をかけた、といって憤慨し、あんな奴《やつ》は悪魔にさらわれてしまえ、といった。そうだ、たしかにあれは暗示だね、――癪《しゃく》にさわることにはちがいないが、そう断定するのは愉快だよ、とハンス・カストルプはいった。ヨーアヒムは事態をこのように解釈してからは、婦長の魔術に抵抗することに成功し、食事のときには気をつけて、暗示を受けないひとが嗄せるほどにしか嗄せなくなった。九日か十日後にまたもう一度嗄せたが、それは別段問題にはならなかった。

　しかし、ヨーアヒムはまだその順番でも時期でもないのに、ラダマンテュスのところへ呼ばれた。婦長が彼のことを報告したからであったが、しかしこれは軽率なことをしたわけではなかった。喉面鏡は手もとにあったし、ヨーアヒムのしつこい嗄れ声がときに何時間にもわたって声がでないような状態に変ってしまったり、咽喉も唾液《だえき》の分泌をよくする薬で湿しておくのを怠るとたちまち痛みだすようなありさまであったから、あの精巧な作りの器械を戸棚《とだな》から取りだして見る必要は十分にあった。それに、ヨーアヒムが人並にまれにしか嗄せないようになったのは、彼が食事中に非常に気をつけていたからであって、そのために彼はほとんどいつもみなより食事を終えるのが遅くなっていた。

顧問官は鏡で光を反射させて照らし、ヨーアヒムの咽喉の深いところを長い間覗《のぞ》いていた。そのあとで患者は、ハンス・カストルプの特別な頼みに従って、すぐバルコニーへ報告しにやってきた。ちょうど昼の主な安静療養の時間中で、しゃべるのが、禁じられていたので、ヨーアヒムは半ばささやくような低声《こごえ》でいった、実に不愉快で擽《くすぐ》ったかった、結局、咽喉が炎症を起しているということでベーレンスはいろいろとへらず口をたたいた。毎日そこに塗薬する必要があるが、あすからさっそく焼きはじめることにしよう、これからまずその薬の準備をする、といっていたよ。そうか、炎症を起しているのを焼くんだな、とハンス・カストルプはいった。彼はいろいろなことを次ぎつぎに連想して、全然無関係な人間、たとえば跛《びっこ》の門番だとか、一週間ずっと耳を押えて沈みこんでいながら実は少しも心配する必要はないはずだという女のことなどを思い浮べ、まだほかに聞きたいことが口からでかかったが、それはやめて、顧問官に直接尋ねてみることにした。そしてヨーアヒムには、この厄介なことが医者の手に移され、顧問官がそのいっさいを引受けてくれることになったのに満足の意を示すにとどめておいた。顧問官は腕のある男だから、きっとうまくやってくれるだろう、と彼はいった。するとヨーアヒムは相手の顔を見ないようにしてうなずき、踵《きびす》をめぐらせて自分のバルコニーへ帰っていった。

名誉を重んずるヨーアヒムはいったいどうしたのであろうか？　彼の眼はこのごろ何か落着かなくなり、おずおずとした感じであった。ついこの間もミュレンドンク婦長は彼の穏やかな暗い眼の奥を探ろうとして失敗したが、彼女がもう一度その運試《うんだめ》しをやってみたら、はたしてこんどはどういうことになるかわからなかった。とにかく彼は眼を合わせるのを避けていたが、それでも思いがけずに合ったりすると（というのもハンス・カストルプはいとこをしばしば見守っていたからだが）どちらもあまりいい気持はしなかった。ハンス・カストルプはすぐにも院長のところへ話を聞きにいこうという烈《はげ》しい誘惑に駆られたが、それでも鬱々《うつうつ》として自分の部屋からでないでいた。いま立ちあがったらヨーアヒムに聞かれてまずいだろうから、それはできなかった。それは先のことにして、ベーレンスをつかまえるのは午後のほうがよかった。

ところがそれがうまくいかなかった。おかしな話だった。顧問官をつかまえることがどうしてもできないのである。しかもその晩だけでなくて、続く二日間ともやはりだめであった。むろんヨーアヒムに気どられてはならないから、これがいくぶん妨げになったが、しかしそれだけではなぜラダマンテュスとの話し合いができないのか、なぜ彼がどうしてもつかまらないのか、その訳がどうもよくわからなかった。ハンス・カストルプは院の隅々《すみずみ》までもベーレンスを捜しまわり、どこそこへいけばきっと会えると教えられて、そこへでかけていくと、顧問官はもうそこにはいなかった。食事のときにそのベーレンスが居合せたことがあったが、ずっと離れた下層ロシア人席に坐《すわ》っていて、デザートになる前にもう姿を消してしまっていた。ハンス・カストルプは二、三度これでいよいよつかまえたと思ったこともあった。彼はベーレンスが階段や廊下でクロコフスキーや婦長や患者と立ち話をしているのを見て待ち伏せたのだが、ちょっと眼を離した間に、ベーレンスはいなくなってしまった。

四日目にやっと彼は目的を達することができた。彼は追いまわしていた当の相手が庭で園丁に何か指図をしているのをバルコニーから見て、急いで毛布から抜けだし、下へ駆けおりた。ちょうど顧問官は背を丸めて住居の方へ泳ぐような足どりで歩いていくところであった。ハンス・カストルプは駆けだして、失礼をも顧みず思いきって呼んでもみたが、いっこうに聞えないらしかった。息を切らしながらとうとう追いついて、相手の足をとめさせた。

「こんなところになんの用があるのです」と顧問官はうるんだ眼で見やりながらどなりつけた。「あなたには院則の写しをさしあげさせなければならないのでしょうかな？　たしかいまは安静療養の時間です。あなたの体温カーブとレントゲン写真を見ても、だいたいあなたがそう勝手なまねをなさる特権はないはずです。二時から四時までの間に庭で勝手なことをやらかす連中を弓矢で脅《おど》しつけてやるには、このあたりに大きな案山子《かかし》でも立てさせなければなりますまいな。いったいなんのご用です」

「顧問官さん、ぜひともお話ししなくてはならないことがあるのです」

「あなたがこのところずっとそう思いこんでおいでになることには気がついております。まったく、まるで私が女か何か、とても結構なものででもあるように私を追いまわしておいでだ。私になんのご用がおありです」

「実はいいとこのことなのです。顧問官さん、すみません。いいとこは薬を塗っていただいています……あれでよくなるとぼくは確信しています。なんでもないことなんでしょうね、――こんなことをおききしてすみませんが」

「あなたは、いつでも事をなんでもないことにしてしまおうとなさる、カストルプ君、あなたはそういうお方だ。あなたはなんでもなくはない事柄にもお節介するのをなんとも思っておられないが、しかもそれをなんでもない事柄のように扱い、それで気休めをしようと思っておられる。あなたは要するに卑怯者《ひきょうもの》だ、偽善者だ、よろしいか、カストルプ君。いいとこさんがあなたを文化人と批評されるのも、まだかなり手加減をしていってておられるわけだ」

「そのとおりかも知れません、顧問官さん。むろんそうでしょう、でもぼくの性格の欠点はきのうきょうの問題じゃありません。しかしいまはそれが問題じゃないということが問題なんでして、ぼくがもう三日も前からお願いしようと思っていましたのは、つまり――」

「つまり、私に甘い口あたりの良いお酒をついでもらいたいわけでしょう。あなたの情けない偽善を大事にしてもらいたくて、しかも、他人が眠りもやらずいろいろと辛酸《しんさん》を舐《な》めているのに、自分だけはいい子になって眠っていられるように、私にしつこくつきまとって、私をうんざりさせようというのでしょう」

「ですが、顧問官さん、あなたはぼくにはずいぶんきびしくなさいますね。ぼくはむしろ――」

「そうですよ、このきびしさこそあなたの柄ではない。その点になるとあなたのいとこさんは違いますよ。あなたとはできが違います。あのひとは知っています。口にはだしませんがなにもかも察しています、おわかりですかな。あのひとは他人《ひと》につきまとって、きれいな慰めの言葉をかけてもらい、好《い》い加減に安心させてもらって、自分をごまかそうとしたりはしません。あのひとは自分が何をやっており、何を賭《か》けたのか、よく知っておられた。あのひとは毅然《きぜん》としてふるまい、黙っていることができる人間です、これぞ男子というべきものだ。男ならかくあらねばならん。だが残念ながらあなたのような八方美人の享楽《きょうらく》主義者には真似《まね》のできることではない。しかし、カストルプ君、はっきりいっておきますが、あなたがここで愁嘆場を演じて見せたり、喚《わめ》いたりして、文化人的感情に溺《おぼ》れるようなことがあれば、私はあなたを追いだしますよ。ここではみんな男らしくしていたいんですからね、おわかりでしょうな」

ハンス・カストルプは黙っていた。彼もこのごろでは顔色が変ると斑《まだら》になった。赤銅色《しゃくどういろ》に陽灼《ひや》けしていたので、すっかり蒼《あお》ざめるにはいたらなかった。ようやく彼は唇《くちびる》を震わせながらいった。

「ありがとうございました、顧問官さん。これでぼくにもよくわかりました。ヨーアヒムがそんなに由々《ゆゆ》しい状態に陥っているのでなければ、あなたはこれほどまでに――なんといったらいいでしょうか――これほどまでに厳粛な話し方はなさらなかったでしょうから。ぼくだって取乱したり喚いたりするほど、やくざな人間ではありません。あなたはぼくを誤解していらっしゃいます。みっともない真似をするなとおっしゃるのなら、ぼくだって男です、立派にそうします。これはお誓いしてもいいと思います」

「あなたはいいとこさんを愛しておいでですね、ハンス・カストルプ君」と、顧問官は突然青年の手を握り、睫毛《まつげ》の白い、充血してうるんだ青い眼で、青年を下から覗くように見つめながらきいた。……

「おっしゃるまでもありません、顧問官さん。ごく近い身内で、あんなにいい友達ですし、ここの上ではぼくの相棒《カメラート》なのですから」といって、ハンス・カストルプは啜《すす》りあげ、片足を爪立《つまだ》てて踵《かかと》を外へ向けた。

顧問官は急いで手を離した。

「だから、ここ六週間か八週間あのひとを大事にしてあげなさい」と彼はいった。「あなたの生れつきの気楽さで、万事成行きにまかせることですね、それがあのひとにはいちばんいいでしょう。及ばずながら私もついています。できるだけ立派に安楽に事を運ぶために骨をおりましょう」

「喉頭《こうとう》なんでしょう」と、ハンス・カストルプは顧問官に向ってうなずきかけながらいった。

「喉頭結核です」とベーレンスは認めた。「急激な破壊作用が進行しています。それに気管支の粘膜もひどくやられているようです。おそらくは軍隊で号令をかけたのが、局部の抵抗力減退（locus minoris resistentiae）を招いたのでしょう。しかし、こういう症状はいつ急変するかわかりません。覚悟しておかれる必要があるでしょう。ほとんど見込みがありませんね、あなた。実をいえばまったく絶望でしょう。むろん私のほうでも適切と考えられることはなんでもやってみますが」

「母親には……」とハンス・カストルプはいった。

「あとです、あとのことです。まだそうあわてるには及びません。お母さんにはだんだんわかってもらうように、あなたがうまくやってください。ではあなたも急いで部署につくように。あのひとが気づきますよ。こんな話をこっそりやっているのを知ったら、あのひともたまらない思いをするでしょうから」

――ヨーアヒムは毎日薬を塗ってもらいにいった。すばらしい秋晴れの日が続いた。

ヨーアヒムは青い上着に白いフランネル・ズボンという清潔で軍人らしいいでたちで、たびたび診療室から遅れて食事にやってきて、遅参を詫びながら愛想よく、男らしく、言葉少なに挨拶《あいさつ》して食卓についた。普通の食事では噎《む》せるおそれがあってみなについていけなかったから、このごろでは彼のために特別な料理が調《ととの》えられていた。彼はスープと挽肉《ひきにく》と粥《かゆ》を食べた。食卓のひとびとはすぐに事態を理解した。みんなは彼を「少尉《しょうい》さん」と呼び、特別丁寧に温かく挨拶を返した。ヨーアヒムが居合わさないときには、みんなはハンス・カストルプに様子を尋ねた。別のテーブルからも彼のところへやってきて、はいろいろと尋ねる者もあった。シュテール夫人も両手を握りしめながらやってきて、てみっともない嘆き方をしてみせた。しかし、ハンス・カストルプは二言三言しか答えなかった。彼は事態が容易ならぬことを認めはしたが、またある程度はそれを否定もした。ヨーアヒムをいまから望みのないものと決めてしまってはならないという気持からであった。

彼らはふたりいっしょに散歩した。顧問官がヨーアヒムに無駄な体力の消耗を避けさせるために厳格に制限した散歩を、日に三回くり返した。ハンス・カストルプはいいとこの左側を歩いた、——いままではそのときの成行きに応じて右になったり左になったりしていたのだが、このごろはハンス・カストルプがもっぱら左側であった。彼らはあまりしゃべらなかった。「ベルクホーフ」の平日に話題にされるような事柄を話し合い、他のことには全然触れなかった。ふたりの間に立ちはだかっている問題については何も話し合わなかった。よほどのことでなければ名前を呼び合うことのない控えめなしきたりのふたりであるから、これはなおさらであった。それでもハンス・カストルプの文化人らしい胸の中はときには何かがこみあげるように迫ってきて、いまにもあふれでそうになることもあった。しかしそれはあってはならないことであった。せつなく激しく湧《わ》きあがってきた気持はまたおし鎮《しず》められて、彼は黙ったままでいた。

ヨーアヒムはいとこのそばをうなだれて歩いていた。彼は土を見つめているように眼を地面に落していた。これは実際奇妙であった。――ヨーアヒムは端然としたしっかりした様子で歩き、行き会うひとには例の騎士的な態度で挨拶し、相変らず服装や身嗜《みだしな》みに気をつけていたが――しかし彼はやはり土に帰する人間なのである。たしかに、私たちはみな遅かれ早かれ土に帰さなければならない。しかしこんなに若くて、軍旗の下での勤務に対してこんなに喜びと憧《あこが》れをいだいているのに、やがていくばくもなくして土に帰さなければならないとは、なんといっても辛《つら》いことである。ところが土に帰する当人よりも、それを承知しながら並んで歩いているハンス・カストルプにとってこそ、それはもっと辛い不可解なことであった。ヨーアヒムが知っていながら毅《き》然《ぜん》として黙しているることというのは、実は観念的な性質のものであって、彼自身にとってはあまり実感を伴わず、結局彼よりは他のひとびととの問題であった。実際私たちが死ぬということは、死んでいく当人よりも、むしろあとに残るひとびとにとっての問題なのである。*ある機知に富んだギリシアの哲人はこういっている、私たちが生きているかぎり死は私たちにとって存在しないし、死の来たるとき私たちは存在しない、したがって私たちと死との間にはいかなる現実的な関係も成り立たない、死は私たちにとってだいたい関係のないものであり、せいぜい世界と自然とに関係があるといえるだけである、——さればこそ、あらゆる生物は死をきわめて無関心で平静な、無責任な利己的な無邪気さで眺《なが》めているのだ、と。この言葉は私たちが知ると知らざるとにかかわりなく、人間の気持の真実をあますところなく伝えている。ハンス・カストルプはこの何週間かの間に、ヨーアヒムの様子にこの死に対する無邪気な無責任さを多分に認めることができた。ヨーアヒムが死ぬのを知っていながら、慎み深く沈黙を守るのに困難を感じていないらしいのは、死に対する彼の内的関係がなお切迫したものでなく、観念的なものにすぎないためか、あるいは、それが現実的な問題になってきても、健全な慎みによって規律され抑制されているからか、そのどちらかなのだ、とハンス・カストルプは悟った。この慎みがあるからこそ、私たちは死を意識してもそれを口にだそうとしないのである。それはあの私たちがみな知っており、私たちの生活自体がそれによってささえられているいろいろな、上品とはいえない生活の営みのことを口にしないのと同じであって、こういうものが存在していても、たしなみを守る妨げにはならないのである。

こうしてふたりは散歩したが、生にふさわしからぬ自然的現象については口を緘《かん》して語らなかった。ヨーアヒムははじめは、機動演習に参加できないことや、およそ低地で軍務につけないことを、口惜《くや》しがったり憤慨したりして嘆いていたが、それもやがては口にださなくなった。しかし、それを口にださなくなり、別にそれを苦にしている様子も見えないのに、なぜ彼の穏やかな眼にこうもたびたび暗い怯《お》ずおずとした色が浮ぶのであろうか。それはおどおどと落着かない眼つきであって、もし婦長がもう一度これを見据えようとしてみたら、こんどこそおそらく成功しただろうと思われるほどであった。彼は自分の眼が大きくなりすぎ、頰《ほお》の肉がこけてきたのを知っていたためだろうか？——というのは彼はこの何週間かの間に平地から戻ったときとくらべると見るみる様子がそんなふうに変ってきて、赤銅色だった顔色は日ごとに黄ばんで革のような色になってきた。アルビンさんのいう不名誉の無際限の特典を享受することしか考えない周囲のひとびとが、ヨーアヒムに自分を恥じたり軽蔑《けいべつ》したりする必要を感じさせているように見えた。かつてはあんなに明るい眼をしていたのに、何を恐れ、誰を恐れて眼をそらし、眼を伏せるのであろうか？　動物は死に果てるために隠れ場へ潜んでいくというが、こういう生命に対する羞恥《しゅうち》というものはなんと不思議なものであろう。——死に瀕《ひん》した動物はみずからの苦痛や死に対してどのような尊敬もいたわりも期待できないことをよく知っている。事実またそうであって、嬉々《きき》として空を舞っている鳥の群れは、病める仲間をいたわらぬばかりか、怒り、軽蔑して、嘴《くちばし》でつついて苛《さいな》むのである。しかしこれは下等な動物の話である。ハンス・カストルプは気の毒なヨーアヒムの眼に潜む暗い本能的な羞恥のかげりを見るたびに、きわめて人間的な哀憐《あいれん》の情が胸に溢《あふ》れるのを覚えた。彼はヨーアヒムの左側を付き添うように歩いた。故意にそうしたのであった。それにこのごろではヨーアヒムの足もとが少し覚束《おぼつか》なくなってきたので、草地の小さな坂をのぼるときなど、ハンス・カストルプは不断の慎みを捨てて、腕をヨーアヒムの背にまわして抱きかかえるようにささえてやった。それどころか、ときによるとのぼってしまってからもまだしばらく腕をヨーアヒムの肩から離すのを忘れていることもあったので、ヨーアヒムは半ば腹をたててその腕を振り払いながら、こういうのであった。

「ねえ、なんだい、そのまねは。こんな格好だと酔払いが歩いているように見えるじゃないか」

しかし、やがてヨーアヒムの暗い眼差《まなざ》しが若いハンス・カストルプにはいままでとは違ったふうに見えるようになる瞬間がきた。それはヨーアヒムが臥床《がしょう》を命じられた十一月はじめのことであった、――雪は高く積っていた。そのころヨーアヒムは一口でも咽《の》喉《ど》に物を通すたびに噎《む》せてしまうので、挽肉《ひきにく》と粥《かゆ》とを食べるのにもひどく難渋するようになっていた。流動食ばかり摂《と》るように命じられ、同時にベーレンスは体力の消耗を避けるためにずっと臥床して安静にするように命じた。だからあれはいいとこがずっと臥床するようになる前の晩、つまり彼がまだ起きていられた最後の晩のことであった。ハンスはいとこが――オレンジ香水の匂《にお》いのするハンカチを携え、見かけだけは格好のいい胸をした、わけもなくよく笑うマルシャと話しこんでいるところを見たのであった。それは夕食後、夜の集《つど》いがロビーで行われている間のことであった。ハンス・カストルプは音楽室にいたが、ヨーアヒムの様子を見にそこからでてきた。そして彼はいとこが陶土煉瓦《れんが》の暖炉の前でマルシャの椅子のかたわらにいるのを見たのである。――マルシャは揺り椅子《いす》に坐《すわ》っていた。ヨーアヒムは左手でその背を持ってうしろへ傾けていたので、マルシャは寝たような格好になり、茶色の円《つぶ》らな眼でヨーアヒムの顔を見あげていた。ヨーアヒムはマルシャの顔の上に顔を屈《かが》めて、静かにとぎれとぎれに話をしていたが、マルシャはときどき、興奮して小ばかにしたような様子で肩をすくめて笑っていた。

　ハンス・カストルプはあわてて退却したが、彼は他の客仲間がこのよくある情景をおもしろそうに眺めているのを見のがしたわけではなかった、――しかしヨーアヒムはそれに気がつかないか、あるいは意に介さない様子であった。いままでマルシャと同じテーブルに坐っていながら一言も話そうとはしなかったヨーアヒム、陰でこそ彼女の話がでると顔を斑《まだら》に蒼《あお》ざめさせるが、彼女の面前ではいつも謹厳な顔をして、分別くさく礼儀正しくふるまいながら眼を伏せていたヨーアヒム、この彼が人目も構わずわれを忘れて豊満な胸のマルシャに話しかけている様子は、この数週間のうちに気の毒ないとこの様子に現われたどんな衰弱の徴候よりもハンス・カストルプの心を動顚《どうてん》させた。「もうおしまいだ」と彼は考えて、せめてこの最後の夜にヨーアヒムが向うの広間で楽しんでいるのを妨げないようにと、静かに音楽室の椅子に腰をおろした。

　こうしてヨーアヒムはそのときからずっと水平状態に入り、ハンス・カストルプはそれをルイーゼ・ツィームセンに知らせてやった。彼は寝心地のいい寝椅子の中でツィームセン夫人にこう書いた、これまでときどきさしあげていたご報告にひきつづいて、こんどはヨーアヒムが臥床する身になったことをお知らせしなければならない、ヨーアヒムが口にこそださないが母親に近くにいてもらいたがっている様子は彼の眼を見ればわかる、それにベーレンス顧問官もこの無言の願いをはっきりと支持している、と彼は書いた。このベーレンスの意向も彼は婉曲《えんきよく》に、だがはっきりと書き添えておいた。そういうわけであるから、ツィームセン夫人が急遽《きゆうきよ》速い汽車に乗って息子のところに駆けつけてきたのも不思議ではなかった。ハンス・カストルプの思いやりのある警告の手紙が送られてから三日たつと、彼女はもうやってきた。ハンス・カストルプは吹雪《ふぶき》の中を橇《そり》で「村《ドルフ》」駅まで迎えにでた。――彼は汽車が入ってくるのをプラットホームに立って待ちながら、叔母が彼の顔を見てたちまち怯《おび》えてしまったり、といってちょっと見ただけで、間違って安心したりしないように自分の表情をうまくつくろった。

　このプラットホームではこういう対面がいままでなんど行われたことであろう。汽車からおりた者が出迎えにでている者の眼からすべてを読みとろうとして、じっと不安げにその眼を見つめながら、双方から駆け寄るといった光景が、これまでなんど繰返されたことであろう。ツィームセン夫人はまるでハムブルクからここまで走ってきたとでもいうような様子であった。彼女は興奮した顔つきで甥《おい》の手を引寄せて自分の胸に押しつけ、幾分おずおずした様子であたりを見まわしながら、早口でいわばあたりを憚《はばか》るようにひそひそと、いろいろなことを尋ねたが、ハンス・カストルプはそれに答えるのを避けて、彼女がこんなに早くきてくれたことに対して礼をいった。——本当によかった、ヨーアヒムも非常に喜ぶだろう。そう、いまのところは残念ながら寝ているが、これは流動食のためである。流動食だけだからむろん体力に影響せざるをえないわけだ。だが必要とあればまだいろいろ手段もあって、たとえば人工栄養というものもある。とにかくご自分でごらんになることだ、とハンス・カストルプはいった。

彼女は見た。そして彼女のかたわらでハンス・カストルプも見た。このときまで、彼はこの数週間の間にヨーアヒムに起った変化にそれほど気がついてはいなかった——若い者はこういう事柄を見る眼を持たないのである。しかしいまハンス・カストルプは外からきた母親のかたわらで、ヨーアヒムをいわば彼女の眼をもって、長い間会わなかった相手を見るかのように見た。そして彼ははっきりと認めた、つまり、ヨーアヒムが危《モリ》篤患者《ブンドゥス》であることを。これはむろんツィームセン夫人も悟ったにちがいなかったし、また三人のうちではヨーアヒム自身がいちばんよく知っているにちがいなかった。彼はツィームセン夫人の手を握っていたが、その手は顔と同じように黄色くやせ衰えていた。彼が丈夫だったころちょっとした悩みの種になっていた耳は、顔がやせ細ったために、前よりも一層突きだして、気の毒なほど不格好に見えたが、そういうきずを除けば、そのきずにもかかわらず、彼の顔は苦悩の刻印と真面目《まじめ》なきびしい、そして誇らしげなとさえもいえる表情を帯びて、いっそう男らしく美しくなっているように思われた。——もっとも、黒いちょびひげの下の唇《くちびる》は、こけた頰《ほお》の暗い影とあまりにも対照的で、赤かった。眼と眼の間の黄色い額の皮膚には二筋の縦皺《たてじわ》が刻まれ、眼は骨ばった眼窩《がんか》の奥に落ちこんでいたが、前よりも美しく大きくなっていて、ハンス・カストルプはそれを見るとある喜びを感じるのであった。なぜなら、ヨーアヒムが寝るようになってから、その眼から錯乱、懊悩《おうのう》、不安などの色がすっかり消えてしまって、その暗い静かな奥底にはあの以前にも認められた光だけがたたえられていた。——むろんあの「威嚇《いかく》的」な感じも残っていた。彼は母親の手を握って、「今日は」「よくきてくださいました」とささやいただけで、その間少しも笑い顔を見せなかった。母親が部屋に入ってきたときもやはり彼はにこりともしなかった。この無表情な動かぬ顔がすべてを物語っていた。

　ルイーゼ・ツィームセンはしっかり者であった。健気《けなげ》な息子のこのありさまを見て悲嘆にくれて取乱すようなことはしなかった。彼女は、ほとんど眼に見えないネットで髪を押えている嗜《たしな》みからも偲《しの》ばれるような落着いたよく練れた態度で、また彼女の国のひとびとによくあるように冷静かつ精力的にヨーアヒムの看護を引受けた。彼女は息子の様子を一目見て母親らしい勇猛心をふるい起し、まだ何かが息子を助けられるものなら、それは彼女の力と看護をおいてほかにないと信じこんでいるようであった。数日後に彼女がこの重病人のために看護婦を呼ぶのに同意したのも、楽をしたいと思ったからではなくて、体面を考えたからにほかならない。黒い手提《てさげ》カバンを持ってヨーアヒムの枕《まくら》もとに現われたのは、看護尼《かんごに》ベルタ、本名アルフレーダ・シルトクネヒトであった。しかし、ツィームセン夫人が昼も夜も競争するように精力的に立ち働いたので、ベルタ看護尼はあまりすることがなく、廊下に立って、鼻眼鏡の紐《ひも》を耳へかけたまま、もの珍しそうに様子をうかがっている時間が多かった。

このプロテスタントの看護尼は興醒《きょうざ》めな女であった。ヨーアヒムが眠ってなどいず、眼をあけて仰向けに寝ていて、他にはハンス・カストルプがいるだけだったとき、彼女はなんとこんなことをいいだすのであった。

「おふたりのどなたかのご臨終を、看護させていただくことになろうとは、私、夢にも考えませんでしたわ」

ハンス・カストルプはぎょっとして、恐ろしい顔つきをして拳骨《げんこつ》を突きだしてみせたが、彼女にはそれがどういう意味なのかほとんどわからないらしかった。彼女はヨーアヒムの気持をいたわらねばならないなどとは夢にも思わなかったし、それに散文的な考え方をするほうであったから、誰かが、少なくとも近親者がこの患者の容態や結末について空《むな》しい希望をいだいているかもしれないなどとは考えてもみなかったのである。「ほら」と彼女はオーデコロンをハンカチにたらして、それをヨーアヒムの鼻の下にあてがいながらいった。「これで少しさっぱりした気持におなりなさいよ、少尉《しょうい》さん」実際いまとなっては善良なヨーアヒムを偽って希望をいだかせるようなことはもう意味がないことであった。――ツィームセン夫人が力と熱のこもった声で息子に回復のことをいって聞かせたのは、息子を励まし元気づけようとするつもりであったからこれは別である。というのは、ふたつの事実は歴然として疑う余地がなかったからである。つまり、第一にはヨーアヒムははっきりした意識をもって死を迎えているということであり、第二に彼が安らかに満足した気持で死を待っているということであった。最後の週になり、つまり、心臓の衰弱が目だってきた十一月の終りになってはじめて、何時間にもわたって彼の意識が溷濁《こんだく》し、彼は希望に充《み》ちた安らかな昏迷《こんめい》のうちに自分の状態を忘れ去って、間もなく連隊へ帰るといったり、大演習がまだ行われていると考えてそれに参加するなどとしゃべったりした。この期《ご》になるとベーレンス顧問官も身内の者に希望を持たせるのを諦《あきら》め、臨終はもう時の問題にすぎないと宣言した。

事実、破壊作用が進行して致命的な終局に近づいてくるとき、しっかりした気性の者でも忘れっぽく信じ易《やす》くなって自己欺瞞《ぎまん》に陥りがちであるのは、憂鬱《ゆううつ》なことだがよくある一般的な現象である。——これは、凍死寸前の者が睡魔に襲われ、道に迷った者が同じところをぐるぐる回るのと同じように、あらゆる個人的な意識よりも強力な、非個人的な現象である。ハンス・カストルプは悲しみに心を痛めながらも、このいとこの末期的現象を冷静に観察し、ナフタとセテムブリーニとにいとこの容態を報告したときにも、鋭くはあるが表現のあやふやな感想を述べた。彼は、哲学的な楽観や善を信ずる楽観的信念が健康の表現であり、悲観と厭世《えんせい》とは病気の徴候であると世間のひとが考えているのは明らかに間違っている、そうでなかったら絶望的な終局を迎えてあんな楽観がでてくるはずはない、あの楽観のたちの悪い薔薇《ばら》色《いろ》の状態にくらべるならば、その直前の沈鬱な様子などはむしろ逞《たくま》しい健康な生命の表現であるとさえ見える、とハンス・カストルプはいって、例によってセテムブリーニのお叱《しか》りを受けてしまった。しかしありがたいことに、ハンス・カストルプは同時にこの心配してくれるふたりに、ラダマンテュスが絶望の中にもせめてもの希望を持たせてくれて、ヨーアヒムはあの若さでありながら、穏やかに苦しまないで息を引きとるだろうといっているのを報告することができた。

「牧歌的なる心臓停止事件です、奥さん」と、ベーレンス顧問官はシャベルのような大きな手でルイーゼ・ツィームセンの手を取って、うるんで涙っぽく充血した青い眼で彼女を下から見あげながらいった。「私としてはよかった、たいへんよろしかったと思います。すべてが穏やかに運んで、声門の浮腫《ふしゅ》とかその他の屈辱的症状を経験しないですむのですからね。ご子息はいろいろと厄介な目に会わずにすむわけです。心臓は一瞬にして止ってしまうでしょうが、そのほうがご子息にとっても私たちにとっても幸いです。私たちは職掌柄カンフル注射でできるだけのことはいたしますが、しかし、ご子息のためにたいしたことをしてあげられそうな見込みはあまりありません。ご子息は最後によく眠って楽しい夢をみられるでしょう、これはお約束できると思います。いよいよという最後になっても必ずしも眠りこめないようなことがあっても、あっさりと、知らない間にあの世へひとまたぎしてしまわれることでしょうから、どちらにしてもご当人には同じことです、ご安心ください。だいたいいつでもそうなのです。私は死神とは親しい仲で、長年その家来を勤めてきた人間です。だいたいひとは死を買いかぶりすぎます、そうですとも！　私は断言しますが、死などはほとんど問題とするに足らないのです。場合によっては死ぬ前に膏汗《あぶらあせ》を流して苦しむこともありますが、あれを死の部類に入れるのは当をえてはおりませんな。あれはぴんぴん生きているのも同然であって、生命を取戻して健康になることもありうるわけです。しかし死んだ者が生き返ったとしても、死について正しく語ることはできません。死は経験することができないからです。私たちは闇《やみ》から生れてまた闇へ戻ります。この闇から闇への間に私たちの人生体験があるわけですが、始めと終り、誕生と死とは誰も体験しません。これらは主観的な性格を持たず、現象としてはまったく客観的世界の領域に属しています。死とはそういうものです」

顧問官の慰め方はこんなふうであった。われわれも、聡明《そうめい》なツィームセン夫人がその言葉で少しは慰められたと信じたい。顧問官が保証したことはかなりの程度にまで実現した。衰弱したヨーアヒムは最後の数日間はよく何時間も眠りつづけたが、楽しい夢をみているようであった。——たぶん低地や軍隊のことなどであったろう。目をさましたときに気分はどうかときかれると、言葉ははっきりしなかったが、いつも幸福ないい気持だと答えた。——ところがもう脈は弱くなっていて、ついには注射針を刺されるのもほとんど感じなくなっていた。——からだには感覚がなくなっていて、焼かれても抓《つね》られても善良なヨーアヒムはなんともなかったことだろう。

母親がきてからヨーアヒムには大きな変化が見られた。ひげを剃《そ》るのが困難になったので、彼はもう一週間か十日ほどもひげ剃りをやめていたし、そのひげの伸び方はなかなか盛んであったから、優しい眼をした蠟色《ろういろ》の顔は黒々としたひげに縁どられてしまって、ちょうど戦地で伸びるに任せている兵隊ひげそっくりになっていた。が、誰もそう思ったように、このひげのためにヨーアヒムは大人びて立派になったように見えた。たしかにヨーアヒムはこのひげのおかげで、そしてたぶんそのためばかりではなく、急に青年から大人に変ってしまったのであった。彼はゼンマイの切れた時計のように、速《すみ》やかに人生を終え、時間の中で到達するのを許されなかった年齢の段階を駆け足で通りすぎ、最後の二十四時間のうちに老人になってしまったのである。心臓の衰弱のために、顔はむくんで苦しそうに見えたが、ヨーアヒムは方々の感覚喪失や感覚減退のためなんとも感じないらしかった。しかしハンス・カストルプは少なくとも死ぬということはたいへんな苦しみにちがいないという印象を受けた。このむくみはことに唇の部分が最もひどく、口の乾きやしびれも明らかにこれに手伝って、ヨーアヒムは話すときにはまるで非常に年とった老人のようにぶつぶつ呟《つぶや》くのであったが、彼はこの障害を本気になって憤慨した。これさえなくなれば、すべてがよくなるだろうが、まったくやりきれない、と彼は呂律《ろれつ》のまわらぬ舌で呟いた。

「すべてがよく」なるとはどういうつもりでいったのか、よくわからなかった。——こういう状態ではわけのわからぬことを口ばしることがよくあるものだが、彼にもこの傾向がはっきりと現われて、一度ならず曖昧《あいまい》なことを口にし、その意味がわかっているようでもあり、そうでないようでもあった。あるときは明らかに、いよいよこの世から消滅するという思いに戦慄《せんりつ》して、頭を振り、歯ぎしりして、こんなにやりきれない気持になったことはない、といった。

それから彼の態度は拒否的に、きびしくぶっきらぼうに、いや高圧的にさえもなってきた。もうどんなごまかしも慰撫《いぶ》の言葉も受けつけようとしなくなり、返事もしないで、よそよそしく前方を見つめたままであった。ことにルイーゼ・ツィームセンの呼んだ若い牧師、これは糊《のり》付きの襞襟《ひだえり》をつけていず、法衣の襟から二条の白布を垂らしていたためにハンス・カストルプを失望させたが、この牧師がヨーアヒムといっしょに祈禱《きとう》をしてからは、彼の態度は事務的な軍隊的な感じを帯びてきて、ものを頼むのにもみな簡潔な命令口調であった。

午後の六時になって彼は妙な動作をはじめた。手首に金鎖の腕輪を巻いた右手を布団《ふとん》の上から腰のあたりへなんどもくり返し伸ばし、もとに引きもどす手を少し上へ浮かせて、何かをひっかき、かき集めるような仕草をしながら、あたかも何かを自分の方へ引寄せ集めようとしているかのように、ふたたびその手を布団の上で引寄せるのであった。

午後七時、ヨーアヒムは死んだ。——アルフレーダ・シルトクネヒトは廊下にでていた。部屋には母親といいとこだけが居合せた。ヨーアヒムはベッドに深く沈みこんでいたが、もっと高くささえてくれるようにと、簡潔に命令した。ツィームセン夫人が肩を抱《かか》えて指示のとおりにしてやっている間に、彼は少しせきこんだ調子で、いますぐ休暇の延期願を書いて提出しなければならない、といったが、そういっている間に、「あっさりと幽明の界《さかい》をひとまたぎ」してしまった、——脇《わき》テーブルの上の赤い布をかけた電気スタンドの明りの中で、ハンス・カストルプに敬虔《けいけん》に見守られながら、ヨーアヒムの瞳孔《どうこう》は開き、無意識のうちに張りつめていた表情が弛《ゆる》み、苦しそうな唇のむくみは見る間に引いて、私たちのヨーアヒムの物言わぬ顔にはやっと大人になったばかりの若者の美しさが現われでてきた。こうして事は終った。

ルイーゼ・ツィームセンは嗚咽《おえつ》しながら顔をそむけてしまったので、ハンス・カストルプは身動きも呼吸もしなくなったヨーアヒムの瞼《まぶた》を薬指の先で閉じてやり、両手をそっと布団の上に合わせてやった。そして彼も立ったまま泣いて、かつてイギリスの海軍士官の頬《ほお》をひりひりさせた涙を自分の頬に流した。――それはいついかなるときにも世界のいたるところで惜しみなく痛ましく流されており、そのためにこの世が涙の谷と詩に歌われているあの透明な液体であり、肉体的に精神的に強烈な苦痛を受けたとき、神経の衝撃がからだから絞りだすアルカリ塩分を持った涙腺《るいせん》の産物であり、粘液素と蛋白《たんぱく》質《しつ》とが少量含有されていることを、ハンス・カストルプは知っていた。

ベルタ看護尼に知らされて顧問官がやってきた。彼はつい半時間前にここにいてカンフル注射をしたのであったが、あの「束《つか》の間《ま》のひとまたぎ」の瞬間にだけは居合せなかった。「そうです、ついにおしまいです」といって、彼はヨーアヒムの静かになった胸から聴診器を離し、からだを起しながらあっさりといった。そしてふたりの身内の手を握ってうなずいた。その後、彼はしばらく兵隊ひげの生《は》えたヨーアヒムの動かぬ顔を見つめながら、いっしょにベッドのかたわらに立っていた。「無茶な青年でした、だがいい奴《やっ》でした」と彼はそこに安らっている青年を頭で示しながら肩越しにいった。「無理を承知で強行したんですね、――むろん彼の低地での勤務はすべて無理と強行の連続でした、――熱に浮かされながら、のるか反《そ》るかで軍務を遂行したわけです。かの光栄ある戦場へです。この横紙破りは私たちの手からすりぬけて光栄ある戦場へ赴《おもむ》いたのです。しかし、光栄とは彼にとっては死だったのですな、そして死とは――どちらを先にいってても構いませんが。とにかく彼はいま『お暇《いとま》する光栄を持ちます』といったのです。まことに無法な若者、無茶な大将でした」そういって彼は長身を屈《かが》め、うなじを突きだして去っていった。

ヨーアヒムの遺骸《いがい》を故郷に運ぶことはすでに決められたことであった。「ベルクホーフ」当局はそれに必要な事務万端はもちろん、その他しかるべく適当で荘重と考えられることはみなやってくれた。母親といいとこはほとんど何もしないでよかった。つぎの日ヨーアヒムは絹のワイシャツを着せられ、布団には花を飾られ、雪の薄明りのさす部屋に安らっていたが、息を引きとったばかりのときよりも美しくなっていた。苦しそうに張りつめた表情はすっかり消えうせてしまい、冷たくなった顔は黙したまま清浄きわまりない平和な形に凝結していた。蠟とも大理石ともつかない高貴な、しかし砕け易い素材で作られたような動かぬ黄ばんだ額には、黒い短い巻毛が垂れ、やはり少し波打ったひげの中には、唇が豊かな誇らしげな形に反っていた。この顔には古代の兜《かぶと》が似合ったろう、と告別にきた客の数人が一様にいった。

シュテール夫人は亡《な》きヨーアヒムの遺骸を見て、感動して泣いた。「英雄でしたわ、英雄でしたわ」と彼女はいくども叫び、彼の墓前にはベートーヴェンの『エロティカ』を演奏して上げてもらいたい、といったが、これは『エロイカ』のつもりだったのである。

「黙っていらっしゃい」と、横からセテムブリーニが舌打ちして叱《しか》りつけた。彼はナフタといっしょにやってきてシュテール夫人と同時に部屋に入ってきたのだが、やはり、いたく感動している様子だった。彼は両手でヨーアヒムを指して、居合せたひとびとに悲しみ悼《いた》むようにと促した。「こんな感じのいい立派な若者を（un giovanotto tanto simpatico, tanto stimabile）」と彼はいくども嘆声をあげた。

ナフタは黙っていられなくなって、それまでの改まった態度を変えて、セテムブリーニの顔は見ないで、低い声で辛辣《しんらつ》にいった。

「あなたが自由や進歩に対してだけでなく、他の厳粛な事柄に対してもやはり感動されるのを見て、私はうれしく思います」

セテムブリーニはこれを甘んじて受けた。おそらく彼は、こういう事態のためにナフタの立場が彼の立場よりはさしあたり幾分有利になったように感じたのであろう。またおそらくセテムブリーニは相手の当座の優勢をみずからの悲嘆の切実さをもってうち消しておこうとしたのであろう。だから、レオ・ナフタが自分の立場の一時的な有利さを利用して、鋭く警句ふうにこんなことをいってよこしたときにも、セテムブリーニはやはり無言であった。

「文学者諸君の誤りは、精神のみが人間を真面目《まじめ》にすると信じている点にあります。むしろその逆こそ真なので、精神のないところにこそ真面目さがあるのです」

「いやはや」とハンス・カストルプは考えた。「相も変らぬご神託めいた言葉だ。それをいってから口をつぐんでしまえば、しばらくの間は誰も恐れ入ってしまうというわけか……」

午後になって金属製の棺が運ばれてきた。金《かね》の環や獅子《しし》の頭で飾られたこの立派な棺へヨーアヒムを移す仕事は、棺についていっしょにやってきた男が専門家を気どって、自分ひとりでやろうとした。この男は依頼された葬儀屋と縁続きになる男で、短いフロックコートふうの黒い服を着こみ、無骨な手に結婚指輪をはめていたが、その黄色い指輪はいわば指の肉の中に食いこみ、肉の中に埋まってしまっていた。この男のフロックコートからは死臭が漂ってくるような感じがしたが、むろんこれは思いすごしであった。だがこの男は、自分の仕事はすべて楽屋裏ですませてしまい、遺族たちにはただ敬虔な儀式ばった見てくれの結果しか見てはならないという職業意識を感じさせた。――これがかえってハンス・カストルプを信用がおけないような気持にさせ、彼を不快にした。彼はツィームセン夫人には下がっていてくれるように勧めたが、自分は敬遠されても部屋をでていかず、そこに残って手伝った。彼は遺骸の腋《わき》の下を抱えて、ベッドから棺へ移した。こうしてヨーアヒムの遺骸は棺の亜麻布の敷布や総《ふさ》のついたクッションの上に高々と厳粛に横たえられ、その両側には「ベルクホーフ」当局によって大きな燭台《しょくだい》が飾られた。

しかし、そのつぎのつぎのつぎの日、ある現象が現われたので、ハンス・カストルプは意を決して、心の中でヨーアヒムの遺骸に別れを告げ、その持ち場を明け渡して、あとを商売人に、つまり、あの気味の悪い死者の番人にまかせることにした。いままでは厳粛で端正な表情をしていたヨーアヒムの顔が兵隊ひげの中で微笑しはじめたのである。そしてハンス・カストルプはその微笑がもっとひどいものに変るということをよく承知していた。そして急がなくてはという気持にせきたてられた。だから、棺が閉じられ、ねじで止められ、持ち去られるときが迫っていたのは、なんとしてもありがたかった。ハンス・カストルプは生れつきの慎み深いしきたりを払いのけて、亡きヨーアヒムの石のように冷たい額にそっとお別れの口づけをして、あの楽屋裏の男にまかせておけないような気持は残ったけれども、ルイーゼ・ツィームセンに従っておとなしく部屋からでていった。

私たちはここでひとまず幕をおろすことにしよう。しかし、幕が静かにおりていく間に、私たちは上の世界に残されたハンス・カストルプとともに、はるか彼方《かなた》の下界に思いを馳《は》せて、遠い低地の湿っぽい墓地に眼を向けよう。そしてそこで、軍刀一閃《いっせん》、号令が響き、三回の小銃斉射あの熱狂的なる弔礼が、兵士ヨーアヒム・ツィームセンの、木の根の絡《から》み合った墓の上に轟《とどろ》き渡るのに耳をすますことにしよう。

第七章

海辺の散歩

時間《ツァイト》、時間そのものを純粋に時間として物語ることができるであろうか。いや、そういうことはとうてい不可能だ。それは愚かな企てというべきであろう。「時は流れ、時はすぎ、時は移る」というふうに話しつづけていったところで——たといそれが物語だとしても、常識はそれを物語と呼びはしないであろう。それは、気でも狂ったように、同じ音、同じ和音を一時間も鳴らしつづける、そしてそれを——音楽だというようなものである。なぜなら物語は、時間を充たす、つまり時間を「きちんと埋め」、時間を「区切り」、その時間にはいつも「何かがあり」、「何かが起っている」ようにするという点で、音楽に似ているからである——。われわれはここに死者の言葉に対する悲しい敬《けい》虔《けん》な気持をもって、いまは亡《な》きヨーアヒムがある機会に洩《も》らした言葉を引用したのだが、これはもうずっと昔に聞かされた言葉で——いったいどれくらい昔のことであったか、はたして読者は、はっきりと憶《おぼ》えておられるであろうか。時間は人生の地盤であるのと同じように、物語の地盤でもあり——空間において物体に結合しているように、時間は物語にも不可分に結合している。時間はまた音楽の地盤でもある。音楽は時間を測り、分割して、時間を短縮すると同時に貴重なものにする。この点で音楽は上にも述べたように物語に似ている。物語も音楽と同様に（造型美術の作品が一挙に判然と目に訴えるような形で現前し、ただ物体としてのみ時間に結びついているのとは違って）ただ継起関係としてのみ、すなわち経過的現象としてのみ存在しうるのであって、たとい物語がいかなる瞬間においても全体として現前しようと試みるような場合にあってさえも、それが物語という形で存在しようとするかぎりは、やはり時間というものを欠くことは不可能なのである。

これはいうまでもないことである。しかし、音楽と物語との間にひとつの相違があることも同様に明らかである。音楽の時間的地盤はただひとつのものである。すなわち、音楽の時間的地盤は人間の地上的時間から切りとられた一部分であり、音楽はその中へと注ぎ入って、それを名状しがたいほど高貴にし、かつ高める。これに反して物語は二重の時間を持っている。すなわち第一に、物語自体が必要とする時間、物語が経過し現象する過程のささえとなる、音楽的、現実的時間であり、第二には物語の内容となっている時間である。この時間はいわば伸縮自在の時間であって、物語の虚構の時間が音楽的時間とほとんど、いや完全に一致する場合もあれば、またふたつの時間との差が比較を絶するほどに大きくなる場合もあるというわけである。「五分間ワルツ」という曲は五分間続く曲である。そして、時間に対する音楽の関係はただそれだけのものでしかない。しかしながら、五分間に起ったいろいろの出来事を物語ろうとする物語は、もしその五分間の含む全内容をきわめて良心的に物語ろうとするならば、その物語が語り終えられるのに必要な時間がたとい五分の千倍ほどのものになってしまおうとも――物語それ自身の虚構の時間五分間にくらべるならば非常に長く続くことになるだろうが――それでもこれを非常に短く感じさせることもできるのである。また逆に、物語の内容となっている時間が、その物語が物語られる時間よりもはるかに長くて、それをほとんど無に等しいまでに縮めてしまうような感じを与えることもありうる。――「縮めてしまうような感じ」という表現を用いたのは、明らかにこのような場合に働いているある錯覚的な、ずばりといってしまえば、病的な要素を暗示したいためであった。すなわちこういう場合、物語は錬金術的な魔法、時間の中にいながら時間を超越させてしまうような幻術を使うのであり、そういう魔法、幻術は私たちが現実に経験するある種の異常な、明らかに超感覚的なものの存在を教え示すような場合を思いださせる。阿片《あへん》常用者の手記を読むと、彼らはその恍惚《こうこつ》たる束《つか》の間《ま》に、さまざまな夢をみる。その夢の及ぶ時間的範囲は十年、三十年、あるいは六十年にもわたり、それどころか人間に経験可能な時間の限界を越えることさえもあると報告されている。――そういう夢では、その内容上の時間量のほうが夢それ自体の持続する時間量をはるかに凌駕《りょうが》し、時間が信じられないほどに短縮されて体験され、あるハシシュ常用者がいっているように、麻痺《まひ》した脳の中からは「こわれた時計のゼンマイのように何かが脱け落ちてしまった」ように、さまざまな想念が実にめまぐるしく急速にひしめきもつれ合うのである。

　つまり物語も、こういう不埒《ふらち》な夢と同じように時間を取扱い、同じように時間を手玉にとることができるのである。しかし物語が時間を自由に取りさばくことができる以上、物語の地盤となっているこの時間そのものが物語の対象になりえたとしても少しも不思議ではなかろう。「時間を物語る」ことができるというのは少しいいすぎかもしれないが、時間について物語ろうというのは、最初にそう思われたほどに不条理なことではないということは明らかである。——とすると、「時代小説《ツァイトロマン》」という名称は独得な夢幻的な二重の意味を持つことになりはしないだろうか。実のところ、私たちが時間は物語ることができるかどうかという問題を提出したのも、私たちが現に進行中のこの物語によって、事実上これを企てているということを白状したかったからにほかならない。そして私たちは、この物語半ばで死んでいった、あの謹厳なヨーアヒムが、音楽と時間について例の意見をある会話の中で述べたのは（ついでにいえば、こういう意見は本来なら彼のおとなしい性質からしてでてくるはずはなかったのだが、彼がそういうことをいったということは、彼の人間性が一種の錬金術的高揚を経ていたことを証拠だてているのである）、いまからどのくらい前のことであったか、読者諸君はいまなお憶えておられるかどうか、とさらに尋ねてみたのであったが——実のところいまではそれがもうはっきりしないという返事を聞いたとしても、私たちはたいして腹もたてないであろう。いや、それどころか、むしろそれを満足にさえ思うであろう。理由は簡単である。つまり肝心なのは広く私たちの主人公ハンス・カストルプの体験に関心を持つということであるし、しかも、当のハンス・カストルプがこの点についてはまったく自信がなく、それどころかもうとうの昔にわからなくなっていたからでもある。そしてこれは、彼の物語、すなわち「時代小説《ツァイトロマン》」——「時間の小説」という二重の意味においてはいかにももっともなことだと思うのである。

　そもそもヨーアヒムはあの無謀な出発をするときまでに、どのくらいの期間ここの上でハンス・カストルプといっしょに暮したのか、あるいは全部でどのくらいここに暮したのか、彼の反抗的な出発は暦の上ではいつごろ起ったことなのか、彼がここにいなかったのはどのくらいの間で、またいつ彼はここへ舞い戻ってきたのか、そして彼がここに舞い戻ってきて、やがてこの時間の世界から消え去ったときまでに、ハンス・カストルプ自身はいったいもうどのくらいここにいたのか、ヨーアヒムのことはさておいて、ショーシャ夫人はどのくらいの間ここにいなかったのか、そしていつから、大ざっぱに西暦紀元何年にまたここへ舞い戻ってきたのか（事実彼女はまたここへ舞い戻ってきていた）、そして彼女が帰ってきたときまでに、ハンス・カストルプはどれほどの歳月をこの「ベルクホーフ」で送り迎えていたのか、――こういうことを尋ねる者は誰もいなかったし、彼自身にしたところが、こわかったのでそういうことはしなかったろうが、かりにもし誰かがそういうことを尋ねたとしても、彼は指先で額を叩《たた》くばかりで、きっとはっきりした返事はできなかったことだろうと思う。――これは、彼がここへきた最初の晩、セテムブリーニ氏に自分の年齢をいうことができなかったという、あの一時的な不能現象に劣らずいささかひとを心配させることであったし、それどころか、あれが悪化したものと見なければなるまい。なぜなら、彼は自分がいったいいくつになったのか、どう考えてみても、いくら頭をひねってみても、もう長い間本当にわからなくなっていたからである。

こういうことは突拍子もないことのように聞えるかもしれないが、しかし、前例がないことだとか、ありうべからざることだとかいうようなものでは決してないのである。むしろ、ある種の状態に置かれたならば、いつでも私たちの誰の身の上にも起りかねないことなのだ。そういう状態にあっては、時間の経過が完全にわからなくなり、したがって自分たちの年齢もわからなくなるのをいかんともしがたいのである。こういう現象が起るというのも、私たちの内部にはいかなる形式の時間感覚器官も存在しないからであり、したがって私たちが時間の経過を、自分たちだけで、外部の手掛りなしに、ほぼ信頼するに足る程度にでも算定することが絶対不可能だからなのである。坑内に生埋めにされて昼夜の交代を全然見ることができなくなった坑夫たちが、奇蹟的《きせき》に救出されたとき、暗黒の中で希望と絶望との間に彷徨《ほうこう》した時間の長さを、三日間と考えていた、ところが実は十日間であったというようなことはよくある。非常に不安な状態にあったのだから、時間を長く感じたことだろうと思われるのだが、しかし事実は、彼らにとって時間は客観的時間の三分の一弱の長さに縮まっていたのである。こう考えてくると、惑乱的な条件下にあっては、無力な人間は時間を実際より多く見積るよりはむしろそれを極度に短縮して体験したがるように思われる。

さてハンス・カストルプもその気になりさえしたら、別にたいして骨も折らずに計算によってこの疑わしい状態にけりをつけることができたであろうし、また読者にしても、曖昧《あいまい》で不明瞭《ふめいりよう》なことは自分の健全な趣味に合わないというのであったならば、その手間《てま》暇《ひま》をかけずとも、それをはっきりさせることはできるであろう。ハンス・カストルプはどうかというと、彼には、曖昧模糊《もこ》たる状態から脱出し、ここの上でもうどのくらいの年月をすごしたかをはっきりさせるということが、おそらくそれほど気持のいいものとはおもわれなかったし、そういったどんな努力もしたくはなかったのである。彼がそうするのを妨げた気後《きおく》れは、実は彼の良心の呵責《かしやく》だったのである。――もっとも、時間に注意しないということこそ紛れもなく最も性《たち》の悪い良心喪失にほかならないのだが。

彼のこういう事態改善への意志欠如――むしろはっきりと悪《あ》しき意志というべきかもしれないが、いまはそうまではいわずにおく――は環境の責めに帰せしめられようが、そうかといって彼を大目に見てやっていいものかどうか。ショーシャ夫人が舞い戻ってきたときは（ハンス・カストルプが予想していたのとは違った舞い戻り方であったが――それについてはいずれしかるべき個所で述べよう）、やはり降臨節の季節であって、天文学的にいうと冬の初めの、昼の最も短い日が間近かに迫っていたころである。しかし、理論的な季節区分は別として、現実にはすでに、雪や寒さの点からいっても、もうずっと以前から冬になっていた。いや、冬は不断に続いていたのであって、ただその間々《あいだあいだ》にほんの一時的に燃えるような夏めいた日によって中断されただけであった。そして、こういう夏めいた日には空の青さがつねならず深くなって、ほとんど黒ずむくらいであった――もっともそういう夏めいた日は、雪を別にすれば、冬の季節にもあったし、雪はといえば、これは夏のどの月にも降っていた。ハンス・カストルプは亡きヨーアヒムといくたびこのとほうもない大混乱についてしゃべり合ったことであろうか。それは四季をまぜ合せかきまわし、その区分を消し去り、一年を長いようで短く、短いようで長く感じさせ、ヨーアヒムがいつか不愉快そうにいったように、ここでの時間をなきに等しいものにしていた。この大混乱において混乱させられ混合させられたものは何かというと、それは実は「まだ」と「もう」という感情概念あるいは意識状態であった。

それはまったくこの上もなく人の心を惑わす、奇妙至極な、魔法にかけられたような経験であったが、ハンス・カストルプはここの上での最初の日からこの経験を味わうのにある不謹慎な愛着を心密《ひそ》かに覚えたのであった。彼がこの種の、まだ比較的罪の軽いめまいにはじめて襲われたのは、軽快な型捺《かたお》し装飾の壁紙が張られた食堂で、一日五回の内容豊富な食事どきのことであった。

爾来《じらい》、彼の感覚と精神の錯覚は次第にはなはだしさを加えていった。時間は、個人の主観的な時間体験が衰弱したり、あるいは消滅したりする際にも、依然としてその働きをやめず、変化を「生ぜしめ」ているかぎり、客観的な実在性を持っている。密封して壁の棚《たな》にのせてある貯蔵食料品は時間の外に立っているのかどうか、これは専門的な思索家の問題である。——ハンス・カストルプがちょっとこの問題に手を触れだしたのも、つまるところは青年の客気にはやったからにすぎなかった。——しかし私たちは、時間が七人の聖者たち*にも作用することを知っている。ある医者の確認例によると、十二歳の少女がある日眠りこんで、十三年間眠りつづけたが——眠りからさめたときには十二歳の少女のままではなくて、睡眠中に一人前の女に成熟していたという。これは当然のことであろう。死人は死んでしまったのであって、永遠にこの時間の世界をあとにしてしまったのだ。死者はたくさんの時間を持っている。ということはつまり死者には時間が、個人的にいえばまったくないということである。それでもやはり死者の爪《つめ》も伸びれば髪も伸びる、だから結局は――だが止《よ》そう、いつかヨーアヒムがこのことについて口にしたあの言葉、ハンス・カストルプがそれに対して、当時はまだ低地のひとらしく反感を覚えた例の書生っぽいせりふをここにくり返すのはやめておこう。ハンス・カストルプも髪や爪は伸びた。伸びるのが人一倍早いほうらしく、彼はたびたび「村《ドルフ》」の大通りの理髪店の椅子《いす》に腰をかけて、白い布にくるまって、早くも耳にかぶさってきはじめた髪を刈ってもらった、――実をいうと彼はその椅子に腰かけどおしであったともいえるのだ。あるいはむしろ、彼がそこに腰をかけて、時間の作用によって伸びた髪を刈ってもらいながら、お世辞のいい達者な職人とおしゃべりをしているときに、あるいは、自分の部屋のバルコニーの戸口に立って、きれいなビロードの化粧箱から取りだした小《こ》鋏《ばさみ》と鑢《やすり》とで爪を切っているときに――突然あの眩暈《げんうん》に襲われて、好奇心と愉悦とのまざった一種の恐怖を覚えたといったほうがいいかもしれない。それは文字どおりの眩暈とも幻惑ともとれる曖昧な二重の意味における昏迷《こんめい》、つまり「まだ」と「もう」とが激しく入り乱れて区別がつかなくなる状態であった。そしてこの「まだ」と「もう」とがごっちゃまぜにまざり合ってしまうと、無時間の「いつも同じ」がでてくるのである。

なんども保証してきたことだが、私たちはハンス・カストルプを実際よりも良く見せようと考えてもいなければ、また実際よりも悪く見せようと考えてもいない。だから彼がこういう神秘的な誘惑にけしからぬ愛着を覚え、意識的にみずから求めてこういう誘惑を呼びだしさえしたが、しかし彼がまたしばしばそれと正反対の努力によってその償いをつけようとしていたことも、ここではっきりといっておかなければなるまい。彼は時計を手にして坐《すわ》ることがあった。――彼は平たくすべすべした金側時計の、イニシャルが彫ってある蓋《ふた》をぱちんと開けて――陶製の文字盤の上を見おろした。文字盤の上には黒と赤とのアラビア数字が二列にぐるりと並んでいて、繊細で華麗な飾り模様のついた二本の金の指針はそれぞれの方向を指し、細い秒針は受持の小さい円の周《まわ》りを忙しそうにチクタク動いている。ハンス・カストルプはその秒針をじっと見つめながら、時間の歩みを二、三分引止め、引延ばし、時間の尻尾《しっぽ》をつかまえようとしてみた。しかし、小さな秒針はさっさと小刻みに前進するばかりで、次ぎつぎとたどりつく数字には眼もくれずに、ただ触れるだけで、それを通り越し、それをあとにして、遠ざかっていき、それからまた近づいてきて、ふたたびそこへたどりつく。針は目標にも、区分にも、目盛りの数字にも無関心であった。六十という数字のところで一瞬歩みをとめて、これでひと区切りだというちょっとした合図くらいはしてもよさそうなものなのに、針はそこのところを、ほかの、数字のない目盛りのところを通りすぎるのと同じようにさっさと通りすぎてしまう。そのありさまを見ていると、数字も目盛りもみなただ秒針の下に並べられているだけで、秒針そのものはただひたすら前へ前へと進んでいくだけだということがわかる。……そこでハンス・カストルプはドイツの時計製造の市グラースヒュッテンの製品をふたたびチョッキのポケットにしまいこみ、時間をしてその赴《おもむ》くがままにまかせるのであった。

この歳《とし》若い冒険家の内部に起ったさまざまな変化を低地の律義《りちぎ》な人間にわかってもらうには、どういえばいいのだろうか。めくるめくばかりに無差別な同一性という尺度が彼の内部においてはますます大きくなっていった。少しばかり大まかに見ると、今日の現在と、それに瓜《うり》二つの昨日の、一昨日の、一昨々日の現在とを区別するのは必ずしも容易でなかったが、そのただいまの現在もまた、ともすれば一月前の現在、一年前の現在とも区別がつかなくなり、そういう現在とひとつになって漠々《ばくばく》たる永遠の現在に溶けこんでしまいそうであった。しかし、「まだ」と「また」と「やがて」という道徳的な意識状況が区別されているかぎりでは、「今日」を過去と未来とからはっきりと区別するために用いられる「昨日」と「明日」という関連名称の意味を拡大して、もっと大きな関係に適用してみたいという誘惑がそっと忍びよってくる。きわめて小さな時間単位で生きていて、その「短い」生涯から見ると、私たちの秒針のせわしない小刻みな歩みも長針ののんびりした緩慢な動きと同じように感じられるといったような生物が、あるいはどこかの小さな遊星にでも住んでいるのではなかろうか、そう考えてみるのもさして困難ではない。しかしまた、その反対にこういう生物も想像できそうだ、つまり、それの住む空間にはとほうもない大きな歩幅で進んでいく時間が結びついていて、「たったいま」と「少しのち」とか、「昨日」と「明日」とかいう区別概念がその時間の体験においてはやはりとほうもなく拡大された意味を持つといったような、そういう生物である。たしかにこういう想像は事実上可能であるばかりか、寛容な相対主義の精神からしても、また「所変れば品変る」という諺《ことわざ》を踏まえてみても、正しい、健全な、立派な想像といわなければならないであろう。しかしながら、一日とか一週間とか一カ月とか一学期とかいう時間が重大な意味を持つのは当然のことであり、そういう時間が生活に多くの変化や進歩をもたらす年齢にある人間が、ある日「一年前」というかわりに「昨日」といい、「一年後」というかわりに「明日」というようなけしからぬ悪習慣にかぶれてしまう、あるいはときにそういう誘惑に負けてしまうとしたら、私たちはその若者をどう考えてしかるべきであろうか。これは疑いもなく「迷誤と惑乱」と評すべきであり、したがってこれは大いに憂慮すべきことなのである。

人生には、時間と空間の区別が混乱し消滅してしまって、めまいがするほど一様になるのが自然でもあり当然でもあるような状態、その魔力のとりこになってしまっても休暇中のことならとにかく大目に見てもいいというような状態が、いわば地方的環境ともいうべきものが（私たちの念頭に置いているような場合に「地方」というものを考えてみてもいいとすれば）あるものだ。私たちは海辺の散歩のことを考えているのである。――これはハンス・カストルプが思いだすたびに烈《はげ》しい愛着を覚えずにはいられなかった境涯であった——彼がこの雪の世界で生活しているうちに、故郷の砂丘を懐《なつ》かしい喜ばしい気持で思いだしていたことは、私たちもすでに知っている。私たちはいまここに、あの海辺をさまようときの不思議な頼りなさを引合いにだそうとするのだが、読者も自分の経験や記憶からそれを思いだして私たちをお見棄《みす》てになることはあるまいと思う。君は海辺をただひたすらに歩いていく……君はちょうどいい時刻に君の歩みをとめて家へ帰るというようなことはできないだろう。君は時間から離れ、時間が君から離れてしまっているからだ。ああ、海よ、私たちはいまお前から遠く離れたところに坐って、物語りながらお前のことを考え、お前を懐かしみ愛している。私たちはお前がはっきりと大声で、呼びだされてきたかのように、この物語の中にでてきてもらいたいのだ。お前はこれまでにもいつもひそかにこの物語の中にいたのだし、現在もいるし、これからもいるだろうが。……波騒ぐ荒涼たる海、それは色あせ灰白色にひろがり、刺すような湿気があたりに充《み》ちみち、その塩っぽい味が私たちの唇《くちびる》にも染《し》みつく。私たちは、海藻《かいそう》や小さな貝殻の散らばった、軽い弾力のある砂の上をひたすら歩いていく。おおらかな穏やかな風が自由にひろびろと開けた空間を吹き渡り、私たちはその風に耳を包まれ、頭は気持よくぼんやりとしてくる。——私たちはいつまでも歩きつづけ、寄せては返す白波がその泡《あわ》だつ舌で私たちの足を舐《な》めようとするのを見る。寄せくる波は砕けて沸きたち、明るく、うつろな音を響かせながらはね返り、一波また一波と、平らな浜辺に白絹のように打寄せてくる、ここでもあすこでも、あの向うの砂洲《さす》でも。そして、このわけのわからない、あたり一面を充たしていながら穏やかにざわめいている波の音は、私たちの耳をふさいで、現世のあらゆる声をかき消してしまう。深い満足、そうと知りながらの、かりそめの忘却……私たちは永遠の懐《ふところ》にいだかれて眼を閉じようではないか。いや、見たまえ、あの白波の騒ぐ灰緑色の沖がおそろしく近くに見えながら、水平線の彼方《かなた》に溶けこんでいるところ、あすこに白帆が浮んでいる。あすこに？　あすこといっても、それはどういうあすこなのか。どのくらい遠いのだろうか。どのくらい近いのだろうか。それは君にはわからない。眼がくらくらしてどのくらい遠いのか、その判断がつかない。あの船が浜辺からどのくらい離れているか、それをいうことができるためには、君はあの船自体が物体としてどのくらい大きいかを知らなければならないだろう。小さくて近いのか。それとも大きくて遠いのか。そのいずれともわからないうちに、君の眼はいつしかかすんでしまうのだ。なぜなら君自身の中には空間を知る器官も感覚もないのだから。……私たちはなおも歩きつづける――もうどのくらいの時間を歩いたであろうか。どのくらいの距離を歩いたのか。それはわからない。私たちがどれほど歩きつづけても、何ひとつ変りはしない。向うはここと同じであるし、さっきはいまと、またこれからと同じである。はかり知られないほどに単調な空間の中では時間も消えうせてしまう。一点から一点への運動は、完全に均一不変な世界にあっては、運動でなくなってしまうし、そして運動が運動でなくなれば、時間もなくなってしまうのである。

中世の学者たちは、時間というものは錯覚であって、時間が因果関係という形で連続的に経過するように思われるのは、私たちの感覚のある種の仕組みのもたらす結果にすぎず、事物の真の姿は不動の現在だと説いた。こういう考えを最初にいだいた学者は、永遠のかすかな苦味を唇に味わいながら海辺を散歩したひとではなかったであろうか。とにかく、くり返していうが、私たちがいまいったことは、休暇中にだけ許される妄想《もうそう》であり、閑暇の空想であって、道徳的な精神の持ち主はこういう空想にはたちまち飽いてしまうであろう。それは壮健な人間が温かい砂の中に埋まって休むことにすぐ飽いてしまうのと同じである。だいたい、人間の認識の手段や形式に対して批判を加え、その明々白々な妥当性に疑いをいだくということは、理性の限界、それを踏み越えれば当然理性本来の使命をないがしろにしたという非難をこうむらざるをえない限界を理性に向って教え示すという意味があるというのならばとにかく、もしそこにそれ以外の意味が含まれているとするならば、そのような批判を企て疑問をいだくというようなことは、不条理で破廉恥《はれんち》な裏切りともいうべきであろう。セテムブリーニ氏は、私たちがその運命に関心を持ちつづけている青年、すなわち、氏がおりにふれて適切にも「人生の厄介息子」と呼んだハンス・カストルプ青年に向って、教育者特有の断定的な口調で形而上《けいじじょう》学《がく》を「悪」だときめつけたが、私たちはセテムブリーニ氏のごとき存在に対しては感謝してしかるべきだと考える。そして私たちは、批評原理の意味、目的、目標はただひとつ、つまり、義務の観念と生の命令以外にはありえず、またあってはならないと明言することによって、私たちの愛するヨーアヒムを追憶して最善の敬意を表明する。そうだ、人生に法則を与える叡知《えいち》は、理性に対して限界を示し、まさにその限界の上に生の旗印をおしたて、その旗の下で生の勤務に服することを、私たち人間が負っている人生の兵士の義務だと宣言している。ハンス・カストルプは憂鬱症《ゆううつしょう》の饒舌家《じょうぜつか》ベーレンスがいい、いとこの軍隊的「猛勉強」と呼んだところのものが、あの宿命的な結末を遂げるのを目撃したが、私たちはこれがハンス・カストルプ青年の、いまは悪習となった時間浪費をますます悪化させ、あの始末の悪い永遠との戯《たわむ》れをつのらせたものと考えて、彼の釈明を聞いてやるべきであろうか。

メインヘール・ペーペルコルン

しばらく以前から、ペーペルコルン氏という、かなりの年配のオランダ人が、看板の「国際」という謳《うた》い文句にいつわりのない「ベルクホーフ」の客となっていた。このペーペルコルンという人物は、ジャヴァでコーヒー園を経営している植民地オランダ人であったが——そのためか、いくぶん有色人めいた感じもしないではなかった——それだけではこのピーター・ペーペルコルン（というのが彼の名で、というか彼は自分ではそう名乗っていて、「ピーター・ペーペルコルンはいまブランディを一杯ひっかけます」とこんなふうにいうのが彼の癖であった）、この男をこの物語の幕切れ近くになって登場させる十分な理由にはならないであろう。なぜなら、顧問官ベーレンス博士がいくつもの国の言葉できまり文句のような饒舌《じようぜつ》をふるいながら医療に従事しているこの評判のサナトリウムには、まったくさまざまな肌や髪の色の客たちがいたからである。さきごろもここにはあるエジプトの王女がいたことさえある。かつて顧問官に一風変ったコーヒー・セットとスフィンクスの刻印を捺《お》した巻煙草《まきたばこ》を贈った例の王女だが、指輪をはめた指はニコチンで黄色くなっており、髪は断髪というセンセーショナルな女性で、一日の主な食事にはパリふうの衣裳《いしよう》を着て現われたが、それ以外のときはいつも男の背広を着て、折り目のついたズボンをはいて歩きまわっていた。この王女は男などには眼もくれず、ランダウアーとかいう名前のルーマニアのユダヤ婦人に、けだるい、だが、せつない愛情を捧《ささ》げていた。ところがパラヴァント検事はこの王女さまに夢中になって、数学の勉強もそっちのけの、その惚《ほ》れこみぶりはまさに正気の沙汰《さた》ではなかった。この王女だけでももう相当変っていたのに、それでも不足だといわんばかりに、王女の小人数のお供の中には去勢されたモール人さえもいた。この病弱なモール人は、カロリーナ・シュテール夫人がたびたびけちをつけたように男性として無能力者であったのに、しかし、人並以上に人生に執着しているらしく、その真っ黒な皮膚をレントゲン光線で透視した体内写真を見て、ひどく悲観していた。……

こういう連中にくらべると、メインヘール・ペーペルコルンのジャヴァ灼《や》けのした肌色はほとんど目につかないくらいであった。物語のこの章節にも、以前の一章節同様、「そのうえもうひとり」という題名をつけても差支《さしつか》えないくらいなのだが、だからといってまた以前のように、精神的および教育的混乱の張本人がもうひとり登場したのではないかなどという心配は無用である。いやメインヘール・ペーペルコルンは決してこの世界に論理的混乱を惹《ひ》き起すような人物ではなかった。やがてわかってくることだが、彼は全然そういった種類の人間ではなかった。それにもかかわらず、この人物が私たちの主人公を深刻な混乱におとしいれたことは、追いおいに判明するであろう。

メインヘール・ペーペルコルンはショーシャ夫人と同じ夕方の汽車で「村《ドルフ》」駅に着いて、同じ橇《そり》で「ベルクホーフ」へ乗りつけ、やはり彼女といっしょにレストランで夕食をしたためた。これはただ偶然同行してきたというようなことではなく、むしろふたりは連れだってやってきたのである。そしてこの関係はそのまま続いていった。たとえば食卓ではペーペルコルン氏は上流ロシア人席に、しかも戻ってきたショーシャ夫人の横に席を与えられた。この席は医者の席に向い合っていて、いつか教師のポポフが烈《はげ》しいいかがわしい発作騒ぎを起したあの席であったが——それはとにかくとして、このふたりがいっしょになっているということはわが善良なハンス・カストルプにとってはまったく思いがけないことだったので、彼の気持は動顚《どうてん》してしまった。もっとも顧問官はクラウディアが帰ってくる日と時間のことを前もって例の調子で伝えてくれていたのではあったが。「ところでわが老青年、カストルプ君」と彼はいった。「忠実に待った甲斐《かい》がありました。明後日の晩にあの仔猫《こねこ》がまたここへ忍びこんできます。電報がきました」しかし、ショーシャ夫人がひとりではないということは、彼はいわなかった。おそらくベーレンスにしても、思っていなかったのであろう。——少なくとも、ふたりの到着した翌日、ハンス・カストルプがそれをいわば詰問《きつもん》したときには、ベーレンスは自分も実は驚いたというふりをして見せた。

「あの女がどこであの男を掘りだしてきたのかは私も知りません」と彼は断言した。「たしか旅先での知合いでしょうな、おそらくピレネー山脈のあたりでしょう。いや、あの男のことはあなたも我慢するんですな、失望落胆の敗戦の伊達男殿《だておとこ》、もはや万事手遅れだ。よろしいかな、あれは濃密なる関係だ。路銀も共同らしい。あれこれ聞いたところによると、あの男はたいへんな金持らしい。楽隠居のコーヒー王、マレー人の下僕を使って、それは豪勢な暮しぶりです。もっともあの男はここへ遊びにやってきたわけじゃない。相当なアルコール性の粘液性カタルのほかに、悪性の熱帯熱にやられているらしい。つまりマラリア熱ですな、こいつは尾を引くし頑固《がんこ》ですからね。だからあなたも当分辛抱してやらなければならんでしょう」

「いや、どういたしまして、どうであろうといっこうに構いません」とハンス・カストルプは落着いていた。ではあなたはいったいどうなんだ、と彼は腹の中で思った。あなた自身はどんな気持なんだ。蒼《あお》い頰《ほお》をして、あのなまなましい油絵を書くやもめのあなた自身、あれこれ考え合せれば、前々からまったくの無関心というのではなかったようではないか。あなたのいまの言葉には、己《おれ》に対して小気味がいいといったような感じがあったが、だがペーペルコルンに関するかぎり、あなたも己もいわば同病相憐《あいあわ》れむ仲ではないか。――彼はペーペルコルンの様子を宙に描いてみせるような身ぶりをしながらいった。「変った男ですね、実に風変りな人物じゃありませんか。逞《たくま》しくて、しかも貧相な、といった印象を受けます。少なくとも私はけさの食事のときにはそんな印象を受けました。たしかに逞しくて、しかも貧相です。これが彼をいい表わすのにぴったりした言葉だと思いますね、普通このふたつの言葉はいっしょに使えないんですがね。大柄で、肩幅が広く、股《また》をひろげてどかんと突っ立っている、よく手をズボンの竪《たて》ポケットに突っこんでいますね――気がついたんですが、あなたや私や、まあ中流以上の人間のズボンのポケットは横についていますが、あのひとのは竪に手を突っこむようになっていますね。――あのひとがそんなふうに突っ立って、オランダ人らしく口蓋《こうがい》にかかる声でしゃべっていると、これはまったく逞しいという感じです。ところが頤《あご》ひげは疎《まば》らです——長いけれども薄くて、一本々々数えられそうですよ。眼も小さく、瞳《ひとみ》の色が薄く、まるで無色みたいです。だってそうだから仕方がありません。その眼を始終大きく見開こうとする。けれども眼は大きくならないで、そのためにかえって額の皺《しわ》が深くなるばかりだ。その皺はこめかみのあたりでは上向きになっていて、それが額のところでは水平になっている——あの広くて赤い額をですね。そのまわりの白い毛もやはり長いけれども、疎らです。——眼はいくら大きく見開こうとしても、やっぱり小さくて色も薄い。それにあのフロックコートは弁慶格子《べんけいごうし》なのに、チョッキのほうはなんだか坊さん臭い感じです。これがけさ私の受けた印象です」

「ご観察は微に入り細を穿《うが》っていますな」とベーレンスは答えた。「あの男の目だったところを十分にご研究なさっておられる。当をえたご処置ですな。というのも、あなたはこれからはかの人物の存在と折合いをつけていかなければならんでしょうからな」

「そうですとも、お互いに、たぶんなんとかなるでしょう」とハンス・カストルプは答えた。——私たちはこの新しい思いも設けぬ客をスケッチする仕事を、ハンス・カストルプに一任した格好になったが、そのスケッチは不手際《ふてぎわ》なものではなかった——私たちがやってみたところであれ以上にはできなかったであろう。むろん彼の観察地点が地の利を占めていたということはある。つまり私たちも知っているように、彼の席はクラウディアの留守中に上流ロシア人席の隣に移っていたのである。この席はロシア人席と平行に並んでいて――ロシア人席のほうが実はベランダのドアにやや近かったが――ハンス・カストルプもペーペルコルンのどちらも、広間の奥に向いた狭い側を占めていたから、ふたりはほとんど並んで腰をかけていたことになり、それにハンス・カストルプの席はオランダ人の少しうしろに位置していたので、ひそかに観察するのには都合がよかった。ショーシャ夫人は絵画でいう四分の三正面の横顔を見せる斜め前方の位置にいた。ハンス・カストルプの巧みなスケッチを補うとすると、ペーペルコルンは唇《くちびる》の上を剃《そ》っていて、鼻は大きくて肉付きがよく、口も大きく、唇は不規則に、いわば裂けているような感じであった。また彼の掌《てのひら》はかなり大きく、爪《つめ》は長くて先へいくほど尖《とが》っていた。彼は話をしながら――その内容はハンス・カストルプにはよくわからなかったが、とにかくペーペルコルンはたえず何かしゃべっていた――手を音楽の指揮者のように動かして、見事な、注意を促すような繊細な陰影に富んだ、洗練された、正確できれいなジェスチュアをし、人差し指と親指とで輪を作ったり、幅の広い手――だだっ広くて爪の尖った手をひろげて、守護するような、抑《おさ》えるような、注意を促すような様子をする――それにつられてみなが何事かとほほえみながら注目すると、仰々しい手ぶりであらかじめ覚悟させられていたはずの言葉そのものはよく意味がわからず、みなの期待を裏切ってしまう――いや、期待を裏切るというべきではなくて、むしろ期待がほほえましい驚きに変るのであった。というのも、言葉に先だつ手ぶりの力強さ、美しさ、ものものしさが、足りない言葉をあとあとまでも十分に補い、それだけでみなは満足させられ、楽しまされ、それどころか豊かな気持を味わわされるのであった。ときには手ぶりのあとに言葉が続かないこともあった。彼は左側にいるブルガリアの若い学者か、あるいは右隣のショーシャ夫人の二の腕へそっと手をのせて、それからその手をこれから自分のいうことを黙って謹聴せよと命ずるように斜め上へあげ、額から直角に眼尻《めじり》に走っている皺《しわ》が仮面のように深くなるほど眉《まゆ》を吊《つ》りあげ、みなの注意を惹きつけておいて卓布の上を見つめ、さてそれから大きな裂けたような唇を開き、いまにも非常に重大なことをいいだしそうな様子を見せる。ところが、しばらくすると、ふうっと大きな吐息をついて、話しするのを断念し、みなに「休め」とでもいうような合図をして、結局何もいえないままにまたコーヒーを飲みはじめるのであった。そのコーヒーは彼が自分の道具で特別に濃くいれさせたものであった。

コーヒーを飲み終ると、彼はまたはじめる。彼は手を上げてみなの話をやめさせ、鎮《しず》まらせたが、そのさまはまるで指揮者が調子を合わせている楽器の雑然たる音を沈黙させて、オーケストラを整然と統一し、演奏をはじめる瞬間へ集中させるといったような具合であった。――彼の炎のような白髪に取囲まれた大きな顔は、色の薄い眼、深い額の皺、長い頤ひげ、口ひげはなくてむきだしになった、裂けたような唇をした口、そういう道具だてとともに、否応《いやおう》なしに何か意味ありげな様子に見え、そういうものすべてが彼の手ぶりにしっくりと合って、ものものしく感じられた。みんなは黙って微笑しながら、彼を見つめて待つ。あちこちで彼を促すように微笑してうなずいて見せる者もあった。彼はかなり低い声で話しはじめる。

「みなさん――結構、万事結構。これで－よろしい。しかしみなさんは注意なさって――一瞬たりとも――忘れないでいていただきたい、つまり――いやこの点については もういいでしょう。それよりも私がぜひとも申しあげなければならないのは、何よりもまず、私たちは義務があるということです、――犯すべからざる、です――私はこの言葉をもう一度力をこめて申しましょう――犯すべからざる要求が私たちに課せられています――いや、いや、みなさん、そうじゃない。つまり私は決して――とんでもない誤解です、私がそもそも――いや、よろしい、みなさん、それでよろしい。これにはみなさんに何もご異存はないはずだ、では本題へ入りましょう」

結局彼は何もいわなかったようなものであった。しかし、彼の顔はまったく意味深長であって、表情と身ぶりとは断乎《だんこ》たる、強烈な、印象的なものであったから、隣のテーブルで耳をそばだてて聞いていたハンス・カストルプをも含めて、みなは非常に重大なことを聞かされたような気がしたし、具体的な締めくくりのある話が聞けなかったことに気がついたにしても、それを別に残念だとも思わなかった。もし聾《つんぼ》のひとが聞いていたとしたら、どんな気持がしたことだろう。おそらく彼は話し手の表情を見て話の内容に誤った期待をいだき、耳が聞えないために精神的な損失をしたと考えて、恨めしく思ったことであろう。こういうひとたちはとかくひとを信用しなかったり、ひねくれたりするものだからである。だがテーブルの反対の端にいた若いシナ人は、ドイツ語がまだよくできず話がわからなかったのだが、話を聞き様子を見ていて、「大いによろしい(very well)」と叫んでうれしそうに満足の意を表し、——手を叩《たた》きさえした。

さて、メインヘール・ペーペルコルンは「本題」に入った。彼はまっすぐにからだを伸ばし、広い胸を張って、きっちりととめてあるチョッキの上あたりで弁慶格子のフロックコートのボタンをはめた。こうして見ると、彼の白髪に囲まれた顔には何か王者を思わせるものがあった。彼は給仕女のひとり——例の侏儒《こびと》の娘であったが——を招き寄せた。彼女は眼が回るほど忙しかったのだが、すぐに彼のものものしい手まねきに応じて、ミルクやコーヒーの容器を手に持ったまま彼の席の横へやってきた。彼女も、ペーペルコルンの額の深い皺の下の色の薄い眼や、あげられた手や、その人差し指と親指で輪を作り、他の三本の指はぴんと上に伸ばし、その指の爪が槍《やり》のように尖《とが》っている様子に注意を奪われて、その大きな老《ふ》けた顔に微笑を浮べて、取入るように彼にうなずきかけずにはいられなかった。

「お嬢さん」と彼はいった。「——結構。万事それで至極結構。あんたは小さい——だがそれがなんでしょう。なんでもない。それはそのままでいいことだと思います、私はあんたがいまのあるがままでいるのを喜び、神に感謝します。そしてあんたの特色であるその小ささ――いや、もうよろしい。私があんたにお願いするのも小さいこと、小さくて特別なことです。それはとにかく、あんたのお名前は」

彼女は微笑を浮べて吃《ども》りながら、エメレンティアという名前だといった。

「すばらしい」と、ペーペルコルンは椅子《いす》の背に倒れかかりながら、腕を侏儒の娘の方へ伸ばして叫んだ。これはどうだ、万事すばらしいではないか。彼はそうとでもいいたそうな調子で叫んだ。――「お嬢さん」と彼は非常に真面目《まじめ》な、ほとんどきびしい口調で言葉を続けた。「それはまったく思いがけなかった。エメレンティア――あんたは恐縮したように自分の名前をいわれるが、その名前たるや――とくにあんたという人間と結びつくと――要するにあんたの名前はまことに美しい、いろいろな可能性を開いて見せます。たしかにそれは、大事にして、胸の思いのすべてをかけて呼んでみる値打ちのある名前です――愛称で呼んでみる値打ちがある――わかりますね、お嬢さん、愛称でですよ――レンティアでもよかろう、エムヒェンというのもすてきでしょう――だがいまのところは絶対エムヒェンのほうがいい。そこでエムヒェン、お嬢さん、いいかな、パンを少しいただきたい、可愛《かわい》いお嬢さん。だがちょっと待った、待ってください。勘違いするといけないから。あんたの割合に大きな顔を見ていると、どうも勘違いの危険が——パンですよ、レンツヒェン、だが焼いたパンではない。それだったらここにこうしていろいろな形のがどっさりあるんだから。醸造したパンですよ、天使さん、可愛い愛称でいえば、神のパン、透明な液体パン、元気をつけるためのね。まだ心配ですね、あんたにこの言葉の意味が。——そう、そういう代りに『強心剤』といってもよろしい。これも、ありふれた浅薄な意味に勘違いされる危険がなければの話だが。——よし、片が–ついた、レンティア。片がついた、決着。では私たちの義務と神聖なる本分との意味において頼みます——たとえば私があんたに負うている名誉の借りを返すという意味で、あんたの特徴に富む小ささに対して、心から。——ではジンを一杯です、お嬢さん。お祝いのために。シーダム産のを、エメレンツさん。急いで、一杯持っておいで」「生《き》のジンを一杯」と復誦《ふくしょう》した侏儒は、手に持っていたミルクとコーヒーの容器をどこへ置こうかとくるりとひと回りしながら、結局ハンス・カストルプのテーブルの食器のそばに置いたが、これはペーペルコルン氏の気に障《さわ》るまいと考えてそうしたのにちがいなかった。彼女は急いでいき、注文主はすぐに望みの品を受取った。パンはグラスになみなみと満ちていて、縁からこぼれて受皿を濡《ぬ》らした。ペーペルコルンはグラスを親指と中指とで持って、明りにかざした。「さて」と彼はいった。「ピーター・ペーペルコルンは一杯ひっかけましょうか」そして彼は穀物を蒸溜《じょうりゅう》して作った酒をちょっと嚙《か》みしめるように味わってからひと息に飲みほした。「これでみなさんを見る眼に元気がでてきました」と彼はいった。そして、彼は卓布の上のショーシャ夫人の手をとって、唇に当ててから元に戻し、その上になおしばらく自分の手をのせていた。

とらえどころはないが、風変りな人物で貫禄《かんろく》があった。「ベルクホーフ」の関心はすっかり彼の上に集まってしまった。彼は最近植民地の仕事から引退して、財産を安定させたという話であった。ハークにある宏壮《こうそう》な屋敷のことや、シェーヴェニンゲンの別荘のことなども噂《うわさ》された。シュテール夫人は彼のことを「お金磁石《ゲルト・マグネート》」と呼び（富豪《マグナート》のつもりなのだ。なんとも恐るべき女だ）、マダム・ショーシャがここへ帰ってきてからいつも夜の服につけている真珠の頸飾《くびかざ》りがその磁石《マグネート》と何か関係があるかのようにいった。彼女の見るところでは、その頸飾りはどう考えてみても、コーカサス山脈のかなたのショーシャ氏の心づくしの品とは受取れず、「共同路銀」からでたものらしいなどといった。彼女はそういって目くばせをしながら、そばのハンス・カストルプの方を顎でしゃくり、彼のしょげた様子を当てこすって口をへの字に曲げ、彼の落ち目を思う存分にあざけり笑った。まったくの話、病気で苦しんでいるというのに、この女《そこな》は少しも高尚にはならないのである。彼は平然たる態度を保って、彼女の無学ないい損いをかなりの機知をさえひらめかせて訂正してやった。言葉が違います、「お金富豪《ゲルト・マグナート》」でしょう。しかし磁石《マグネート》も悪くありませんね、ペーペルコルンにはたしかにひとを惹《ひ》きつけるところがありますからね、と彼はいった。女教師エンゲルハルト嬢も弱々しく顔を赤らめて、彼をまともには見ずに、横目づかいに微笑しながら、新しい客をどう思うかと尋ねたが、彼はこれに対しても平静を失わずに答えた。メインヘール・ペーペルコルンは「はっきりしない人物」である――たしかにひとかどの人物だが、とらえどころのない感じだ、といった。この的確な評言はハンス・カストルプが客観的な眼とともに、冷静な気持を失っていないことを示したので、女教師は立場を失った格好になってどぎまぎしてしまった。それからフェルディナント・ヴェーザルであるが、この男もショーシャ夫人の思いがけない舞い戻り方についてゆがんだ当てこすりをいったが、これに対してもハンス・カストルプは、ずばりとわかるという点では、はっきり断定する言葉に少しも劣らないほどに明らさまな目つきがあることを実例をもって示してやった。このマンハイム出身の男を見つめた彼の目つきは「憐《あわ》れむべき男」といっていて、それ以外には意味の取りようはなかったので、ヴェーザルにもその目つきの意味がわかって、それを甘受したばかりでなく、虫歯だらけの歯を見せてうなずき返しさえしたが、しかしそれ以来彼はナフタ、セテムブリーニ、フェルゲと散歩をするときに、ハンス・カストルプの外套《がいとう》を持つのをやめてしまった。

まず、おやおや、というところだった。彼は外套ぐらい自分で持って歩けた、自分で持ったほうがいいくらいであった。ただお愛想からこの憐れな男にときどき外套を持たせただけのことだったのである。

だがハンス・カストルプがこの思いがけない事態に手ひどく打ちのめされているのは、彼のグループの誰にもよくわかっていた。ハンス・カストルプは謝肉祭の冒険の相手との再会を期して、ひそかにいろいろと準備おさおさ怠りなかったのであったが、それもこの思いがけない事態によって、たちまち水泡《すいほう》に帰してしまった。もっと正確にいえば、すべてはあだになったのである。そしてこれこそ屈辱的であった。

　彼の計画というのはきわめてデリケートで冷静なものであって、そこには粗野な情熱的なところなどは少しもなかった。たとえば彼はクラウディアを駅まで迎えにいこうなどとは考えなかった——そんなことを考えなかったのはせめてもの仕合せといわなければなるまい。病気のおかげであれほどにも自由を許されている婦人が、仮面をつけて外国語をしゃべったあの遠い昔の夢の夜の幻想的な出来事を、いまでも現実にあったことと認めるかどうか、あるいははっきりとそれを思いださせられるのを喜ぶかどうか、それさえひどく怪しいものだった。いやいや、押しつけがましいのは禁物だ。へたに切りだしてはいけない。やぶにらみの病める婦人に対する彼の関係は、実は西欧的な理性と礼節の限界を越えていたというのが本当だろうが——せめて形の上だけでも完全な文明人らしくふるまい、いまは何事も忘れてしまったようなふりをしていなければならない。テーブルからテーブルへ作法に適《かな》った挨拶《あいさつ》をする——しばらくはそれだけにしておくことだ。そのうちおりを見て、旅の婦人に、ご来着以来のご機《き》嫌《げん》はいかがですといった具合に、気軽に尋ねながら礼儀正しく近づいていく……本当の再会は、この慎み深い騎士的な態度の酬《むく》いとして、いつか実現するであろう。

しかしさきほどもいったように、こういうデリケートな心づかいも、今ではみずから選んだものという意味を失い、したがって立派なことでもなくなってしまって、すべて無意味になってしまったように思われた。メインヘール・ペーペルコルンの出現によって、ちょっかいをだすような戦術は、全然見込みがなくなってしまった。ハンス・カストルプはショーシャ夫人が到着した晩、橇《そり》が並足で車道をのぼってくるのをバルコニーから見ていた。馭者台《ぎょしゃだい》には馭者と並んで、毛革襟《けがわえり》の外套を着て山高帽をかぶった小柄な黄色い顔をしたマレー人の下僕がすわり、うしろの席にはクラウディアと並んで、帽子をまぶかにかぶった知らない男が腰をかけていた。その夜ハンス・カストルプはよく眠れなかった。翌朝になってこの気がかりな同伴者の名前はわけなくききだせたし、そのうえおまけに、このふたりが二階の隣り合った特等室に入ったことまでわかってしまった。やがて第一回目の朝食の時間になったが、ハンス・カストルプは蒼《あお》い顔をして早目に席について、ガラス扉《ど》ががちゃんと鳴るのをいまかいまかと待っていた。しかしその音はついに聞かれなかった。クラウディアの入場は音もなく行われた。彼女のうしろから入ってきたメインヘール・ペーペルコルンがガラス扉を締めたからである。——大きなどっしりとした姿で、額は広く、力強い顔の周《まわ》りに白髪が燃えたつように見える、そういう押しだしのいいペーペルコルンが、例の猫のような忍び足で頭を前に突きだして自分のテーブルへ近づいていく旅の伴侶《はんりよ》のうしろに従っていたのであった。そうだ、紛れもない彼女だった。少しも変っていなかった。前からの計画などはもうどうでもよくなってしまって、われを忘れたハンス・カストルプは寝不足の眼で彼女を見守った。赤みがかったブロンドの、三つに編んだ髪を頭の周りに無造作に巻きつけた髪形、「荒野の狼《おおかみ》のような眼」、うなじのふくらみ、高い頬骨のために実際よりはふっくらと見える唇、その頬骨のおかげで美しくくぼんで見える頬、すべてが以前のままの彼女であった。……「クラウディア！」と彼は戦慄《せんりつ》しながら思った。——そして彼は予期しなかった同伴の男をじっと見つめた。この男の仮面をかぶった偶像のように堂々とふんぞりかえった様子に、嘲《あざけ》り抗《あらが》いながら昂然《こうぜん》と頭をもたげたいような気持にもなったし、またいつかの夜の出来事のために実は怪しいものになっていることをも知らずに、現在の彼女を我が物顔にしている男を笑いものにしてやれという挑戦的な気持も起った。そうだ、あの過去の出来事は、アマチュア画家の油絵にまつわるそれのような曖昧《あいまい》な不確かなものではなかったのだ。もっともあの油絵の一件でもハンス・カストルプは当時ずいぶんへどもどしはしたが。……彼女はテーブルにつく前に微笑しながら広間に向って顔をあげ、いわば一座のひとびとに正面を切って立つ例の癖もやはりそのままであった。そしてペーペルコルンは介添役のように斜めうしろに立って、このささやかな儀式がすむのを待ち、それからクラウディアと並んで食卓の端の自分の席についた。

ハンス・カストルプのテーブルから彼女のテーブルへ男らしく作法に適った挨拶をするということなどは思いもよらなかった。クラウディアの視線は、「見得を切る」ときには、ハンス・カストルプはむろんのこと、彼のいるあたりをも素通りして、広間のもっと遠くの方にとまっていた。そのつぎに食堂で会ったときも前と同じであった。ショーシャ夫人が食事中に振向いて、双方の視線が合っても、彼女のほうでは何も見ていないような無関心な目つきで見流すだけであって、こんなふうに食事が度重《たび》なってしまうと、いまさら彼が作法に適った挨拶をするというのも、いよいよおかしなものになってくるだけであった。晩の短い集まりのときには、このふたりは小さいサロンにいた。彼らは食卓仲間に囲まれてソファに並んで腰をかけていた。ペーペルコルンは燃えたつような白髪と頤《あご》ひげの白さのために、顔がいっそう赤くきわだって見えたが、夕食時に持ってこさせた赤ぶどう酒を飲み乾《ほ》していた。彼は三度の食事の度ごとに赤ぶどう酒を一本か一本半、ときには二本も飲んだ。むろん例の「パン」は別で、これは第一回の朝食のときからはじめた。この王者的人物はたしかに大いに元気をつける必要があるらしかった。彼はまた特別濃いコーヒーを日に何回も飲んで元気をつけていた。朝だけでなく、昼にも大きなカップで飲んだが、それも食事の後だけでなく、その最中にもぶどう酒といっしょに飲んだのである。どちらも熱には効《き》き目がある、と彼がいっているのをハンス・カストルプは小耳に挟《はさ》んだことがあった。——両方とも、気分を爽《さわ》やかにする働きはむろんのこと、彼自身の間歇《かんけつ》的な熱帯熱にはたいへんよく効くということであった。彼は到着して二日目には、もうその熱病のために数時間部屋に閉じこもらざるをえなかった。彼はだいたい四日目ごとにこの熱に苦しめられていたから、顧問官はそれを四日熱と呼んでいた。はじめは悪寒《おかん》がして歯ががちがちし、それからからだが燃えるように熱くなり、その後発汗がくる。それに脾臓《ひぞう》もそのために腫《は》れているということであった。

トゥエンティー・ワン（Vingt et un）

時はこうしてすぎていった。——幾週かがすぎていった。ハンス・カストルプの判断や見積りにはあまり信用がおけないから、私たち自身で見積ってみるのだが、それはたぶん三週間か四週間かであったろう。こうして時はすぎたが、新しい変化は何も起らなかった。私たちの主人公は、彼に対して酬《むく》われることのない慎みを強制したあの思いがけない事態に対して、ひたすら反抗的な気持を燃やしつづけていた。思いがけない事態というのは、ブランディを飲むときにみずからをピーター・ペーペルコルンと呼ぶ、この王者のごとき、堂々としてとらえどころのない人物が目障《めざわ》りでならないということであった。——この人物は実際、かつてセテムブリーニが「ここで目障りになった」よりもずっと目障りであった。反抗的な不機嫌《ふきげん》な皺《しわ》がハンス・カストルプの眉間《みけん》に縦に刻まれ、この皺の下から彼は舞い戻ってきたショーシャ夫人を日に五度眺《なが》めた。こうして彼女を眺めることができるというのはとにかく一つの喜びではあったが、彼女の過去がどれほど怪しいものであるのか、その辺のことをいっこうに知らないらしい現在の絶対者に対して、彼は大いに軽蔑《けいべつ》を感じた。

広間と談話室での夕べの団欒《だんらん》が、別にこれといったきっかけもなくていつもより活気を帯びることがときにあったが、ある晩もそんなふうになった。音楽も演奏された。ハンガリアの学生がヴァイオリンで『チゴイネルヴァイゼン』を勇敢に弾《ひ》き終ると、ドクトル・クロコフスキーといっしょに十五分ばかり仲間入りをしにきていたベーレンス顧問官は、誰かを引っぱりだして、ピアノの低音部でワーグナーの歌劇『タンホイザー』中の「巡礼の合唱」のメロディーを弾かせ、自分はそのそばに立って、高音部を刷毛《はけ》ですいすいと刷くように打ち、伴奏ヴァイオリンの真似《まね》をして聞かせた。みなが笑った。大喝采《かっさい》を浴びた顧問官は、自分のいたずらに満足そうにうなずきながら、談話室をでていった。団欒も音楽も続けられたが、別に誰もいっしょにいる義務はなかったので、みなは飲物を持ってドミノやブリッジをやったり、光学器械で遊んだり、あちこちに集まってしゃべり合ったりしていた。上流ロシア人席の仲間も広間やピアノ室のグループに加わった。メインヘール・ペーペルコルンがあちこちわたり歩くのが見られた。――彼の方を見まいとしても見ないわけにはいかなかった。彼の堂々とした頭は周囲のひとびとから聳《そび》えたって見え、その王者のような貫禄《かんろく》と風格はあたりを圧倒していた。彼の周囲の連中もはじめは大金持という噂《うわさ》に惹《ひ》きつけられただけだったかもしれないが、たちまち彼の人柄に、まさに人柄そのものに惹きつけられてしまった。彼らは微笑しながら、彼を促すように、われを忘れてうなずきかけるのであった。誰もが額の深い皺の下の薄色の眼に魅せられ、爪《つめ》の長い手の文化的な動きの深刻さに緊張させられ、続く言葉がとぎれとぎれで、意味不明瞭《ふめいりょう》で、実際は不必要なものであっても、そのために少しも幻滅を覚えるようなことはなかった。

こんなときにハンス・カストルプはどうしているかと捜してみると、彼は書き物部屋兼読書室にいた。ここはいつか（このいつかははっきりしない。語り手にも、主人公にも、読者にも、どれくらい以前の「いつか」であるかはもうよくはわからない）人類進歩の組織化について重大な打明け話がなされたあの社交室であった。ここはほかよりも静かであった。彼のほかには二、三人のひとがいただけだった。誰かが吊《つ》り電灯の下の、向い合せで一台になった書き物机の片方で何か書いている。鼻眼鏡をふたつ重ねてかけた婦人が書棚《しょだな》のところにすわって写真入りの本のページをめくっている。ハンス・カストルプはピアノ室に通ずるドアの開いた廊下の近くに、背をドアのカーテンに向け、ちょうどそこにあった椅子《いす》に腰をおろして、新聞を読んでいた。これは、フラシ天張りのルネッサンス式の椅子で、背がまっすぐで高く、腕木はなかった。青年は新聞を読んでいるようなふりをしてはいたが、実は読んではいなかった。首をかしげて隣室からとぎれとぎれに、ひとびとの話し声にまじって聞えてくる音楽に耳を傾けていたが、その眉間に窺《うかが》われる暗い表情から見て、音楽は半ば上の空で聞いていて、その思いは音楽とは縁の遠い茨《いばら》の道をたどっているのがよくわかった。つまり、長い間満を持して待ちながら、そのあげくの果てに、惨《みじ》めな笑い者にされてしまった若者が味わいそうな幻滅と苦い反抗的な思いにとらわれていたのであった。彼はいまにも意を決して、たまたま腰をおろした坐《すわ》り心地の悪い椅子の上に新聞をほうりだし、おもしろくもない集《つど》いには見切りをつけて、ロビーへ通ずるドアを通り抜け、膚《はだ》を刺す厳寒のバルコニーでひとりになって、マリア・マンツィーニをふかすつもりになり、すんでのところでそれを実行に移しそうになった。そのときである。

「おいとこさんはどうなさったの？　ムッシュウ」とうしろから彼の頭の上で尋ねる声がした。彼の耳には魅惑的な声であった。その甘美な嗄《しやが》れ声は、彼の耳にはこの上もなく気持よく響いた。——気持よいという言葉の意味を最大限に解してのことだが——それはずっと昔「ええ、いいわ。でも折らないでね」といったことのある声、うむをいわせないような運命的な声であった。そして聞き違いでなければ、その声はヨーアヒムのことを尋ねているのであった。

彼は新聞をゆっくり下におろし、顔をいくらかずりあげるようにしたので、頭がずっと上にあがって、つむじのところだけがまっすぐな椅子の背に当るだけになった。彼は眼をちょっと閉じさえしたが、すぐまた開いて、頭をそのままにして見えるどこか斜め上の方の宙を眺めた。この善良な青年の顔は、まるで見霊者か夢遊病者のような表情だったといってもいい。彼は彼女がもう一度尋ねてくれたらと願ったが、そうはならなかった。だから、彼がかなりたってから、少しおかしいぐらい間をおいて低い声で返事をしたときには、うしろに彼女がまだいるのかどうか、もうよくわからないほどであった。

「あれは死にました――低地で軍務について、そうして死にました」

彼自身は、「死んだ」という言葉が彼女との間にふたたび交《か》わされた最初の言葉らしい言葉であることに気がついた。同時に、彼女が彼のうしろの方からつぎのようにいったとき、彼はショーシャ夫人がドイツ語をよく知らないために、少々月並すぎる言葉で同情の意を表しているのだと気がついた。

「まあ、お気の毒なこと。亡《な》くなって、もうお墓の下なのね。それいつのこと」

「少し前です。母親が遺骸《いがい》を引取って帰りました。もう兵隊ひげが生《は》えていました。墓の上で三度弔礼の一斉射撃がありました」

「当然ですわ。本当に真面目《まじめ》なひとだったわ。ほかのひとたちよりも、ほかのあるひとたちよりも、ずっと真面目だったわ」

「ええ、真面目でした。ラダマンテュスはいつも彼を『猛勉』家といっていました。でもからだのほうがいうことをきかなかったのです。イェズス会派のいわゆる『肉の反抗(rebellio carnis)』です。彼はいつもからだのことを重く見ていました、真面目な意味でですが。しかし彼のからだのほうが不真面目な分子の侵入を許して、猛勉強の鼻をあかしたのです。でも、身を捨て身を亡《ほろ》ぼすのは、身を守るのよりも道徳的でしょう」

「あいかわらず哲学的な能なしね、あなたは。ラダマンテュスって、それ誰のこと」

「ベーレンスです。セテムブリーニがそう呼んでいるのです」

「ああ、セテムブリーニ、憶《おぼ》えていますわ。あのイタリア人でしょ……私、あのひと好きじゃなかったわ。情《じょう》のないひとだったから」(頭上の声は情という言葉をなんとなくもの憂《う》そうに夢見るように引伸ばして、「*じよう」というように発音した)「あのひとは高慢ちきだったわ」(彼女は慢のほうにアクセントを置いた)「あのひともうここにいないんですか？　私は無学だもんだから、ラダマンテュスってなんのことかわからないわ」

「何か人文主義のほうの言葉でしょう。セテムブリーニは引っ越したのです。ぼくたちはそれからもずっとさかんに哲学論をやったもんです、彼とナフタとぼくとで」

「ナフタって誰」

「セテムブリーニの論敵です」

「セテムブリーニの論敵だったら、私もお近づきになってみたいわ。——でも私もいつかいったでしょう、おいとこさんが低地で兵隊になれば、死んでしまうって」

「そう、君は知っていた」

「あら、『君』だなんて」

しばらく沈黙が続いた。彼は取消さなかった。彼は椅子のまっすぐな背につむじを当てて、頭の上から声が聞えてくるのを、幻を見るような目つきで待っていたが、またしても彼女がうしろにいるかどうかわからなくなってしまい、隣室からとぎれとぎれに聞えてくる音楽が、彼女の立ち去る足音を消してしまったのではないかと心配になった。しかしようやくまたその声が聞えてきた。

「で、あなた《ムッシュウ》はおいとこさんのお葬式にはいらっしゃらなかったの」

「ええ、ぼくはここで彼にさようならをいいました。彼の顔がかすかに笑いはじめたので、棺の蓋《ふた》をしないうちにさようならをしたんです。その額がどんなに冷たかったか、君には想像できないだろう」

「あら、また！　よく知りもしない婦人に、なんという口のきき方をなさるの」

「人間的じゃなくて人文的に話せっていうんですか？」（知らず識《し》らずのうちに彼も言葉を眠そうに、伸びをして欠伸《あくび》をしながらしゃべるような感じに、引伸ばして発音していた）

「マア、オモシロイコトヲオッシャルノネ――あなたはずっとここにいらっしゃったの」

「そう。待っていた」

「何を」

「君を」

頭の上で笑い声といっしょに「おばかさん」という言葉が聞えた。「私を待っていたんですって。本当は退院させてもらえなかったんでしょう」

「いやそうじゃない、ベーレンスはいつか腹をたてて、いまにもぼくを追いだしてしまおうとしたんだから。でもあのときここをでていたらや<u>け</u>の退院ということになっただろうな。昔からある古い病竈《びょうそう》のほかにね、君も知っている学校時代からののほかに、ベーレンスが見つけた新鮮《フリッシュ》なやつがあって、そのためにぼくは熱をだしているんだ」

「まだ熱があるの」

「そう、いつも少し。たいていいつも。でたりでなかったりだけれど。でもマラリアじゃない」

「ソレ、当テコスリ？」

彼は黙った。そして幻を見るひとのような目つきをして眉《まゆ》をひそめた。しばらくして彼は尋ねた。

「それで、どこにいたの、君は」

椅子の背を手で叩《たた》くのが聞えた。

「マルデ野蛮人ネ――どこにいたかっておっしゃるの。方々へいったわ。モスクワにもいたし」（彼女の声は「ムオスクワ」と聞えた。――それはあの「じょう（情）」と同じもの憂げな引伸ばしようであった）「バークーにもいったし、ドイツのあちこちの温泉地にも、スペインにも」

「へえ、スペインにもね。どうだった？」

「まあね、旅をするにはおもしろくないところよ。住民は半分はモール人みたいだし、カスティーリエンのあたりはとても貧相で殺風景。クレムリン宮殿のほうがあんな城や山の麓《ふもと》の修道院なんかよりもきれいだわ……」

「エスコリアール城」

「そう、フィリップのお城。じょう（情）のないお城よ。カタローニエン地方の土地の踊りのほうがずっと気に入ったわ。風笛に合わせて踊るサルダーナっていう踊り。私もいっしょに踊ったわ。みんなで手をつないでぐるぐる回るの。広場は踊るひとでいっぱいになるのよ。スバラシカッタワ。じょうがあってね。あそこの男や子供たちがみんなかぶっている小さな青い帽子を買ったんだけど、それがちょうどトルコ帽かピレネー山のボイナ帽そっくり。いまでも安静療養のときや、そのほかのときにもかぶっているの。

私に似合うかどうか、ムッシュウに見ていただくわ」

「どのムッシュウに」

「この椅子に坐っているムッシュウに」

「メインヘール・ペーペルコルンのことかと思った」

「あの方はもう見てくださったわ。とてもよく似合うっておっしゃってるわ」

「そういったの、本当に。終りまでちゃんと。せりふを終りまで、ひとにわかるようにいったの」

「おやおや、ご機嫌《きげん》を損《そこ》ねたらしいわね。意地悪で皮肉になってやろうというんでしょう。あなたとあなたの……アナタノオ友達デ地中海岸生レノ雄弁家ノ先生トヲイッショニシタ……よりもずっと偉くて立派でじようのあるひとのことを、なんとかしてからかってみたいんでしょう。でも、私、許せないわ、私のいろいろなお友達のことをそんなに――」

「君はまだぼくのレントゲン写真を持ってる？」と彼は憂鬱《ゆううつ》そうな口調で相手の声を遮《さえぎ》っていった。

彼女は笑った。「さあ、捜してみなくちゃ」

「ぼくは、君のはここに持っている。そして夜はこれを箪笥《たんす》の上にある写真立に――」

彼は終りまでしゃべらなかった。ペーペルコルンが現われたからである。彼は旅の伴《はん》侶《りょ》を捜して、カーテンを分けて入ってきて、彼女がうしろに立って話している相手の椅子の前に立ちはだかった。――彼は塔のようにどっしりと立ち、それがしかもハンス・カストルプのすぐ鼻の先だったので、ハンス・カストルプは夢遊病者のように茫然《ぼうぜん》とした状態になっていたのに、とにかく立ちあがって挨拶《あいさつ》しなければなるまいと気がついて、前とうしろのふたりに挟《はさ》まれたまま椅子から立ちあがろうと苦労した、――結局彼はやむなく椅子から横の方へ抜けださなければならなかったが、三人は椅子を真ん中に置いて、三角形を作って向い合うような形になった。

ショーシャ夫人は礼儀正しいヨーロッパの作法に従って、この「紳士たち」を引合せた。彼女はハンス・カストルプのことを、前からの知合い――この前ここにいたときからの知合いと紹介した。ペーペルコルン氏についてはいまさら説明の必要はなかった。彼女はその名前だけをいった。するとオランダ人は、偶像の面のような額やこめかみに刻まれた唐草《からくさ》模様のような皺を深くしながら、薄色の眼を凝らして青年を見つめ、手をさしだしたが、その広い手の甲は雀斑《そばかす》だらけであった。――槍《やり》のような爪《つめ》を別にすれば、船長の手のようだ、とハンス・カストルプは考えた。彼ははじめてペーペルコルンという堂々たる人物の強烈な迫力にじかに触れたのであったが（「人物」――彼を見ていると、いつもこの「人物」という言葉を思い浮べる。彼を見ると、人物とはどういうものかが一挙にわかるようである、いやそれどころか、人物というものは、彼のような風貌《ふうぼう》を持った人間以外にはありえないとさえ確信させられてしまうのである)、まだ動揺しやすい年ごろの青年ハンス・カストルプは、この、肩が広くて、赫《あか》ら顔で、炎のような白髪の六十男、痛々しく裂けた唇《くちびる》、そして、長く細い頤《あご》ひげが僧侶《そうりょ》の着るような胸開きのないチョッキの上に垂れ下がっている男の貫禄《かんろく》に圧倒されてしまった。とにかくペーペルコルンのほうは慇懃《いんぎん》そのものであった。

「あなた」と彼はいった。「――まったくです。いや失礼ですが――まったく。今晩こうしてお近づきに――頼もしい青年のあなたとお近づきに――私は進んでお近づきになりたい、あなた、私はすべての力を傾けてそうします。あなたは私の気に入りました、あなた。私は――まあ、まあ。それでいい。あなたは気に入りました」

文句のつけようもなかった。彼の文化的な身ぶりはうむをいわせないほど断乎《だんこ》としていた。彼にはハンス・カストルプが気に入ったのである。そしてペーペルコルンはそこからすぐ結論をだして、それをほのめかすようにいい現わし、連れの口からも意味がわかるように補ってもらった。

「あなた」とペーペルコルンはいった。「――万事結構。ところでどうです――私のいおうとすることの意味をわかってください。人生は短く、その要求に応ずるわれわれの能力は、これはたしかに――これは事実です、あなた。きまりです。いかんともなしがたい。要するに、あなた、要するに、結構――」

彼は依然として表情たっぷりの、相手の判断にまかせるというような身ぶりをしていたが、これだけほのめかしてもまだ何か重大な間違いが起るようなら、その責任は負いかねるとでもいうような感じであった。

明らかにショーシャ夫人は練習の功で、彼のいわんとするところを言葉半分で察してしまうらしかった。彼女はいった。

「いいわ、まだもう少し皆さんとごいっしょに、カルタをしたりぶどう酒を飲んだりしたっていいでしょう。なんであなたはぼんやり突っ立っていらっしゃるの」と彼女はハンス・カストルプに向っていった。「さあ急いでくださいな。私たち三人だけじゃなくてみんなでいっしょにやりましょう。まだサロンに誰かいるかしら。手当り次第誰でも呼んできてちょうだい。バルコニーからもお友達を二、三人連れていらっしゃいよ。私たちのテーブルのドクトル陳富《チンフー》にもきていただきましょう」

ペーペルコルンは両手を揉《も》んだ。

「絶対です」と彼はいった。「申し分なし。大いによろしい。お急ぎください、若き友よ！　いいつけには従うこと。円陣を作りましょう。カルタをしたり、食べたり、飲んだりしましょう。われわれは感じ合いましょう、われわれは――絶対、お若いお方」

ハンス・カストルプはエレベーターで三階へのぼった。彼はアントン・カルロヴィッチ・フェルゲの部屋を訪《たず》ね、フェルゲはフェルディナント・ヴェーザルとアルビン氏を下の安静ホールから連れだしてきた。パラヴァント検事とマグヌス夫妻はまだロビーにいたし、サロンにもシュテール夫人とクレーフェルトとがいた。そこでサロンの中央のシャンデリアの下に広いカルタ台が据えられ、その周《まわ》りに椅子《いす》や小さな配膳台《はいぜんだい》が並べられた。メインヘールは額の皺《しわ》の唐草模様をぐっと引きあげて、集まってくる客のひとりひとりを薄色の眼で慇懃《いんぎん》に見つめながら挨拶した。みなで十二人が席についた。ハンス・カストルプは王者のような主人役ペーペルコルンとクラウディア・ショーシャとの間に坐《すわ》った。トランプとチップが置かれた。トゥエンティー・ワンを数回やろうということになったのである。ペーペルコルンは例のものものしいやり方で、呼び寄せた侏儒《こびと》の給仕娘に、ぶどう酒は一九〇六年のフランスのシャブリ産の白をさしあたり三本、甘い物は乾《ほ》した熱帯果実やお菓子のたぐい、だせるかぎりのものはみな持ってくるようにといいつけた。それらの結構な品々が持ってこられるのを、彼が手を揉《も》みながら歓迎したさまはいかにもうれしそうだった。そしてあのものものしい切れぎれの言葉でその気持を示そうとしたが、そういう彼という人物が一般に及ぼす感じだけでも、実際それは十二分の成功を収めていた。彼は両手を隣に坐っているふたりの二の腕に置き、槍のように尖《とが》った爪の人差し指を上げて、酒杯の中のぶどう酒のすばらしい黄金色や、スペインのマラガ産のぶどうの粒に吹いている果糖や、彼が無上の品と呼ぶ一種の塩と罌粟《けし》入りのビスケットのようなものを、みなよくよく気をつけて賞味するようにと要求し、またみなはそうしたのであったが、そういう大袈裟《おおげさ》な言葉に対して、誰かが何か異論を唱えそうになっても、あの断乎とした文化的な身ぶりがあらゆる反対を、それが口にされる前に、ぴたりと封じてしまうのであった。最初に親になったのは彼だったが、彼はすぐにその役をアルビン氏に譲った。どうやら親になっていては一座の空気を自由に楽しめないかららしかった。

勝負は彼にとって明らかに二のつぎのことであった。彼の提案で賭《か》け金の最低額は五十ラッペンと決ったが、これは彼にいわせると、何も賭けずにやるのと同じことだった。しかし、勝負に加わっている大部分のひとたちにとっては、五十ラッペンは大金だった。パラヴァント検事もシュテール夫人も赤くなったり青くなったりした。ことにシュテール夫人は持ち札の点数が十八のときに、もう一枚買うべきか否《いな》かという問題にぶっつかって、ひどく考えあぐねて身悶《みもだ》えした。アルビン氏が冷静な手慣れた手つきで札を一枚投げてよこして、その点数で彼女の冒険がすっかりだめになってしまったとき、彼女が甲高い金切り声で喚《わめ》いたのを見て、ペーペルコルンはいかにも愉《い》快そうに笑った。

「喚きなさい、喚きなさい、マダム」と彼はいった。「甲高い、活きのいい声だ、腹の底からでている。――まあ一杯おやりなさい、元気をつけてもう一度――」そういって彼はシュテール夫人に注《つ》いでやり、両隣にも自分にも注ぎ、新しくまた三本取寄せ、ヴェーザルと蛋白喪失《たんぱく》で内面的にも沈滞しているマグヌス夫人とグラスを合わせた。彼にはこのふたりがもっとも元気をつける必要のある人間だと思われたからである。実際すばらしいぶどう酒であって、みんなの顔はたちまち真っ赤になってきたが、ドクトル陳《チン》富《フー》だけは例外で、その黄色い顔にはいささかの変化もなく、切れ長の鼠《ねずみ》のように真っ黒な眼が光っていた。彼は忍び笑いをしながら非常に高額の金を賭け、しかもあつかましいほど勝ちつづけていた。ほかの者も負けてはいなかった。パラヴァント検事はとろんとした眼をしながら運命に挑戦して、いくらか有望というだけの最初の札に十フラン賭けてしまい、買いすぎて青くなったが、賭け金は二倍になって戻ってきた。というのは、アルビン氏が手に入ったエースの威力を過信して、みんなの賭を二倍にさせて、勝負をまんまとはずしてしまったからである。こういう興奮はみずからそれを求めたひとたちだけを襲ったのではなかった。一座のみながそれに巻きこまれ、モンテ・カルロの賭博《カジ》場の常連だと称して、冷静慎重な点ではカジノの帳場方とも張り合うほどのアルビン氏でさえ興奮を抑《おさ》えかねていた。ハンス・カストルプも高額の金を賭けた。クレーフェルトもショーシャ夫人もそうであった。みなは「トゥエンティー・ワン」から「旅行《ツーア》」に移り、「鉄道」「ぼくの叔母さん、君の叔母さん」をやり、危険な「ディフェランス」もやった。いたずらな運命の神に神経を刺激されながら、みなは歓声をあげたり、捨鉢《すてばち》になって喚いたり、憤怒《ふんぬ》を爆発させたり、ヒステリックにげらげら笑いだしたりしたが、みな本気で真剣であった。――実人生の運不運の転変においても、やはり同じようなことが起るのではなかろうかとさえ思われた。

だがしかし、一座のひとびとの気持を極端に緊張させ、顔を火照《ほて》らせ、眼をぎらぎら見開かせたもの、あるいは小さなグループの興奮、息づまるような思い、ほとんど苦しいほどの現在の瞬間への精神集中とでもいえるようなその場の雰囲気《ふんいき》を醸《かも》しだしたものは、カルタやぶどう酒だけではなかったし、それらは単なる添え物にすぎなかった。むしろそういう興奮や緊張はすべてそこに居合せたひとびとの中にいる支配者的人物の影響、一座の中の「人物」、つまりメインヘール・ペーペルコルンの影響に帰せしめらるべきものであった。彼は豊かな手のジェスチュアをもって一座をリードし、大袈裟な表情の動き、額のものものしい皺の下の薄色の眼、言葉、効果的な身ぶり手真似《てまね》などでみなの気持をいわば金縛りにした。しかし彼はいったい何をしゃべったのだろうか。それははなはだ不明瞭《ふめいりよう》なことで、しかも飲むほどにますます不明瞭なことしかしゃべらなくなった。それなのにみんなは彼の唇から洩《も》れる言葉に聞き入り、彼が王者のような顔の表情を雄弁に動かしながら、人差し指と親指とでまるい輪をこしらえて、その横に他の三本指を槍のように立てるのを、微笑を浮べ、眉《まゆ》を吊《つ》りあげ、うなずきながら見つめるのであった。そして誰もが、普通自分たちに要求せられるのに慣れている服従心の限度をはるかに越えるような奉仕的感情にわれを忘れて没入した。しかしこの感情の緊張は各人の力にあまった。少なくともマグヌス夫人はそのために気分を悪くしてしまった。

彼女はいまにも失神しそうになったが、部屋に帰るのを頑強《がんきよう》に拒んで、長椅子に横になるだけでいいといって、額に濡《ぬ》れたナプキンを当ててもらい、いくらか気分が回復するとまた仲間に加わった。

ペーペルコルンはマグヌス夫人のこういう意気地のなさを栄養不足のせいにしようとして、そういう意味のことを例のものものしい尻切《しりき》れとんぼの言葉で、人差し指をあげながらいった。人生の要求に応《こた》えるためには食べなければならない、たっぷり食べなければならない、と彼はいって聞かせ、みなのために、元気をつけるお八つを注文した。焼き肉、コールド・ミート、タン、鵞鳥《がちよう》の胸肉、ビフテキ、ソーセージ、ハム——それに小さな球形のバター、赤大根、オランダ芹《ぜり》を添えた脂濃《あぶらこ》いご馳走《ちそう》を山盛りにした皿、咲き誇る花壇のような皿が運ばれてきた。みんなは夕食をすませたばかりで、またその夕食の盛りだくさんなことはいまさらいうまでもないことだったが、誰もがこのご馳走を歓迎して食べた。ところが、メインヘール・ペーペルコルンはひと口ふた口食べると、こんなものは見かけ倒しだといいだした。——しかも、彼の支配者的な性質に潜んでいるところの、ひとをはらはらさせるようなむら気をはっきりと示す怒気をもって、こういいだしたのであった。そして誰かが思いきって料理の肩を持つと、彼は激昂《げつこう》した。大きな顔はふくれあがり、拳骨《げんこつ》でどんとテーブルを叩《たた》いて、こんなものはみんな罰《ばち》あたりの屑《くず》だと宣言した。——これにはみな閉口して口をつぐんでしまったが、それも結局は彼が施し主であり主人であって、ご馳走を批評する権利は彼にあったからである。

とにかくその怒り方は、なんともわけのわからない感じのものであったが、ペーペルコルンにはそれが実によく似合っていた。とりわけハンス・カストルプはそう感じた。その怒りはペーペルコルンを決して醜くもしなければ矮小《わいしょう》にも見せず、むしろわけのわからない感じのものながら、偉大な王者にふさわしいものと思わせたから、それをぶどう酒の飲みすぎのせいにする者などはなく、みんなかしこまって、ご馳走の肉はひと口も食べようとしなかった。ショーシャ夫人が旅の伴侶《はんりょ》をなだめにかかった。彼女はテーブルを叩いたままそこにのせられていた彼の幅広い船長のような手を撫《な》でながら、ご機《き》嫌《げん》をとるように、では何かほかの物を注文なさっては、もしよろしかったら、そしてコック長がまだ引受けてくれるようでしたら、何か温かいお料理でもお取りになってはいかがといった。

「そうさな」と彼はいった。「——結構」そして彼はクラウディアの手に接吻《せっぷん》し、造作もなく、少しも威厳を損《そこな》わずに、穏やかな様子に戻った。彼は自分もみなもオムレツを取ることにしようといって——人生の要求に応《こた》えることができるようにと、各人に上等の野菜オムレツを注文した。そしてその注文といっしょに調理場へ百フラン紙幣を一枚とどけさせ、そこのひとびとに時間外の仕事をしてもらうようにした。

湯気をたてたカナリア色のオムレツが野菜の緑を点々とのぞかせ、卵やバターの柔らかな香りを部屋中に漂わせて幾皿も運びこまれてきたとき、彼はまたすっかり上機嫌になっていた。みんなはペーペルコルンといっしょに、その味わい方を監督されながら、ご馳走に手をつけた。彼は切れぎれの言葉と強《し》いるような文化的身ぶりとをもって、かような神の賜物《たまもの》はよく気をつけて、いや心をこめて賞味するようにとすすめた。彼はさらに一座のひとびとに洩れなくオランダ産のジンを注《つ》がせ、杜松《ねず》のほのかな匂《にお》いとともに穀物の健康な香りを放つこの透明な液体を、うやうやしくいただくようにとみんなにすすめた。

ハンス・カストルプは煙草《たばこ》を吸った。ショーシャ夫人も吸口付の巻煙草を取ってのんだ。彼女はそれを、走るトロイカの飾り絵のついたロシア製のラック塗りのシガレット・ケースに入れて、すぐ手のとどく、前のテーブルの上に置いていたのであった。ペーペルコルンは隣のふたりが喫煙の楽しみにふけっているのを別に咎《とが》めはしなかったが、自分ではのまず、これまでにも煙草は吸ったことがなかった。彼の言葉から察すると、喫煙はもはや上品になりすぎた享楽《きょうらく》のひとつと見なすべきであって、そういうものを嗜《たしな》むのは、人生の素朴な賜物、つまり私たちが感情のあらゆる力をもってしてもなお完全に味わいつくすことのほとんどできない人生の賜物と要求の尊厳を損うものだと考えているようであった。「お若いお方」とペーペルコルンは薄色の眼と文化的な身ぶりで、ハンス・カストルプを金縛りにしておいていった。――「お若いお方――素朴なもの。

神聖なもの。よろしい、あなたは私のいうことがおわかりです。一本のぶどう酒、湯気のたつ卵料理、純粋な穀物の火酒――これをまずわれわれの腹に充《み》たし、味わいましょう。十分に味わいつくしましょう。こうしてかの要求を真に満足させて、しかるのちに。――文句なし、あなた、もうよろしい、な。私はいろいろな人間を見てきました、コカイン、ハシシュ、モルヒネなどやるいろいろな男や女たち――よろしい、あなた。問題なし。彼らは好きなようにやればいい。われわれは何も裁《さば》く義務はない。だがそういうものよりももっと大事なもの、素朴なもの、偉大なもの、神からの生れながらの賜物、こういうものをあの連中はみなまったく。――もういい、ね、君、有罪です、唾棄《だき》すべきです。こういうもののすべてに対して、彼らは罪を犯した。お若いお方、あなたがなんというお名前か知らないが――結構、私はたしかに承知していたのですが、また忘れてしまいました――コカイン、阿片《あへん》、悪習それ自体が悪いわけではない。許すべからざる罪、それは――」

彼は話をやめた。大きな横幅のあるからだを隣のハンス・カストルプの方に向けて、彼は非常に意味深長な、相手にわからせずにはいないような沈黙を続けていた。彼は人差し指を立て、ひげを剃《そ》ったちょっとした剃り傷の見える赤い上唇の下に、不均整に裂けたような口を見せ、炎のような白髪にとりかこまれている禿《は》げあがった額の横皺をきっと吊りあげ、小さな薄色の眼を見はっていた。ハンス・カストルプはその眼の中に、ペーペルコルンがいまほのめかした罪、大きな冒瀆《ぼうとく》、許すべからざる無気力に対するある恐怖のようなものがちらりとよぎるのを認めた。そしてこの罪の恐ろしさを見究《みきわ》めるようにと、彼はいま得体の知れない支配者的性格の呪縛力《じゅばくりょく》のすべてをあげて、無言のうちに命じているのであった。……ハンス・カストルプは考えた、これは客観的な性質の恐怖ではあるが、しかしまたこの王者のような男自身に関係のある個人的な恐怖でもある――つまり不安が、それもとるに足りない小さな不安ではなくて、突然の理由もない恐慌《きょうこう》の色が一瞬彼の眼の中をよぎったように思われた。ハンス・カストルプ自身は、ショーシャ夫人の堂々たる旅の伴侶に対して敵意をいだくべき理由はいくらでもあったのに、もともと慇懃《いんぎん》すぎるような性格だったので、この恐慌の様子を見てショックを受けないわけにはいかなかった。

彼は眼を伏せて、隣席の大人物にわかったといって満足させようと思って、うなずいてみせた。「まったくですね」と彼はいった。「それは罪でしょう――そして無力のしるしでもありましょう――偉大で神聖な、人生の単純かつ自然な賜物を善用しないで、洗練されすぎたものに耽溺《たんでき》するということは。あなたのお考えはおそらくこうでしょうか、メインヘール・ペーペルコルン、あなたのおっしゃったことをぼくがよくわかったとすればですが、ぼくもいままでそういうことに気がつかなかったのですが、あなたが話してくださったので、ぼくもぼくなりに納得して、あなたのお考えに賛成できるのです。

とにかく、この健康で素朴な人生の賜物が、本当に正しく用いられることは、実にまれなことなのかもしれません。たしかに大部分のひとびとはだらしがなく、不注意で、良心がなくて、精神的に摩滅していて、そういう賜物を正しく扱えなくなっているのだと思います。おそらくそうなのだろうと思います」

支配者はひどくご満悦の体《てい》であった。「お若いお方」と彼はいった。「──完璧《かんぺき》です。失礼ですが──いや、もう何もいうことはない。ひとつ、いっしょに飲んでください、杯を乾《ほ》してください、腕を組んで。だがまだあなたを兄弟として『君』と呼ぼうというのではない──私は実はいまちょっとそうしようかと考えたんだが、どうもそれではいささか唐突すぎる。おそらくごく近い将来に──どうかそのようにお信じくださって結構です。だがどうしてもお望みとあれば、私たちはすぐいまからでも──」

ハンス・カストルプはペーペルコルンが自分で持ちだした延期説に賛成の旨《むね》をほのめかした。

「よろしい、お若いお方。よろしい、同志《カメラート》。無力──よろしい。まったく恐ろしいことだ。良心がないといわれた──きわめてよろしい。賜物をだいたい──これはいかん。要求。名誉と男性の力とに対する神聖にして女性的なる生の要求──」

ハンス・カストルプは突然、ペーペルコルンがひどく酔っぱらっているのに気づかざるをえなかった。しかし彼の酔っぱらった様子は、卑《いや》しい見苦しい感じではなく、少しもその威厳を損《そこな》わず、そこには彼の人物の王者のような風格と結びついた、堂々たる、畏怖《いふ》をいだかせるような趣すらあった。ハンス・カストルプは考えた、バッカスも泥酔しその熱烈なお供の肩にもたれて歩くが、この神の神性はそのために損われはしない。つまるところ、酔っぱらっている人間が誰であるか、つまりしかるべき人物であるか、それともただのリンネル織り職人であるか、問題はただただそこにあるのだ。ハンス・カストルプは、ペーペルコルンの文化的な身ぶりが緩慢になり、舌ももつれてきたが、このショーシャ夫人の圧倒的な旅の伴侶に対しては尊敬の念をいささかも損じないようにと心した。

「君ぼくでおつき合いするのは――」と、ペーペルコルンはいって、堂々たる体軀《たいく》を悠《ゆう》容《よう》迫らぬさまで陶然とうしろにもたせかけて、腕をテーブルの上に伸ばし、拳《こぶし》をゆるく固めてテーブルをとんとんと叩いた。「――近いうち実行することにいたしましょう――近い将来にやることにして、まあここのところはまだ――よろしい。決着。人生は――お若いお方――これは女ですぞ。二つの押し合うばかりにもりあがった乳房《ちぶさ》、ぐっと張った腰に囲まれている広い柔らかな腹、すんなりした腕、肉づき豊かな太腿《ふともも》、眼を半ば閉じて長々と寝そべっている女、これが魅惑するように嘲《あざけ》るようにわれわれに挑《いど》んできて、われわれの最大限の情熱と欲望の全精力を要求する。われわれがこれに耐えうるか、それともやられるか、――よろしいか、『やられる』ですぞ、お若いお方、これがどういうことかおわかりか。人生に対する感情の敗北、無力とはこれだ。この感情の無力には、救いも同情もない、なんの価値もない、ただ容赦なく嘲笑《ちょうしょう》をもって蔑《さげす》まれるだけだ——片づけられ、唾《つば》をかけられるだけだ、お若いお方……この敗北と破産、この恐るべき恥辱には、屈辱とか不名誉とかいう言葉では不十分です。終末、地獄の絶望、この世の終り……」

オランダ人はしゃべりながら堂々たる体軀をだんだんのけぞらせ、同時に王者のような頭を胸の上に垂れてきたので、眠りこもうとするような様子になった。ところが彼はこの最後の言葉を口にすると同時に、ゆるく握った拳骨を振りあげてどかんとテーブルの上を叩いたので、カルタと酒と奇妙な場面のために神経が参ってしまっていた繊弱なハンス・カストルプはぴくっと縮みあがって、驚き恐れ入ってこの力強い人物を仰ぎ見た。「この世の終り」——この言葉はなんとこの人物にぴったりしていたことだろう。ハンス・カストルプは宗教の時間ででもなければ、こういう言葉が平然と口にされるのを聞いたことがなかった。これも偶然ではあるまい、と彼は考えた、自分が知っているすべてのひとびとの中で、誰がこんな霹靂《へきれき》のような言葉を口にするにふさわしいひとがいるだろうか。誰がそれにふさわしいほどの大きさを持っているだろうか。小さいナフタならあるいは一度くらいこんな言葉を使ったかもしれない。しかし、それは借り物であり、過激な饒舌《じょうぜつ》にすぎなかったであろう。ところが、ペーペルコルンの口からでると、その霹靂のような言葉はまさに轟《とどろ》きはためくような、嚠喨《りゅうりょう》たるラッパの高鳴るような重み、一言にしていえば、聖書的な偉大さを感じさせた。「うむ……まさに一人物だ」とハンス・カストルプは重ねて感じ入った。「おれは人物に出会ったのだ。ところがそれがなんとクラウディアの旅のつれとは」彼のほうもかなり朦朧《もうろう》となりながら、片手をズボンのポケットに入れ、口の隅《すみ》にくわえた巻煙草の煙を避けて片眼をすぼめ、テーブルの上で自分のグラスをぐるぐる回していた。うってつけの人間がこの霹靂の言葉を口にした以上、彼は黙っているべきではなかったろうか。これ以上彼のか弱い声が何をいうことがあったであろう。しかし、ハンス・カストルプはそのふたりの民主的教育者――ひとりはそう見られるのを嫌《いや》がっていたが、ふたりとも本質的には民主的存在であったから――議論好きに仕こまれていたので、例によって小まめに注釈を加えはじめた。

「あなたのいまのご意見で、メインヘール・ペーペルコルン（ご意見とはなんというい い方だろう。世の終りに関して「ご意見」を述べることなどあるだろうか）、ぼくはもとに戻って、もう一度さっき悪習について結論されたことを考えてみたくなります。つまり悪習とは、素朴な、あなたのお言葉では神聖な、ぼくにいわせると古典的な人生の賜物、いわば人生のスケールの大きな賜物をないがしろにして、後代の技巧的な、洗練されすぎたものに身を入れること、つまりぼくたちふたりのどちらかが申したように、人生の大きな賜物にこそ『身を捧《ささ》げ』また『精進す』べきであるのに、そういう上品ぶりに『耽溺《たんでき》』してしまうこと、悪習とはそういうことだと考えるのですが、しかしぼくにはこの点につき弁解の余地が――すみません、ぼくはどうもすぐ弁解したがる性質で――弁解というものにはスケールの大きさがないということは、自分でもよく感じているんですが――つまり、ぼくには悪習にも弁解の余地があると思えるのです。それもこの悪習なるものがぼくらの名づけた『無力』に原因するものだからなのです。あなたはさっきこの無力の恐ろしさについて非常に重大なお話をなさって、ぼくはごらんのとおりすっかり狼狽《ろうばい》してしまいました。しかしぼくは考えるのですが、悪習にふける者も決してこの恐ろしさに対して無神経ではないようで、むしろ反対に、その恐ろしさを十分に認めているのですが、感情が古典的な生の賜物に耐ええないからこそ悪習に陥っていくともいえるわけで、それは決して人生をないがしろにするものでもなければ、またそう考える必要もなく、これもやはり、人生の賜物に対する尊敬のひとつの現われと解することができるわけなのです。これはむろん、洗練されすぎた嗜好品《しこうひん》というものがつまるところは陶酔と高揚の手段、いわゆる興奮剤《スティムランティア》、感情力の補強、増進の手段を意味する場合です。ですからこれらのものが目的とし意味するところはやはり人生であって、感情に対する愛、無能力者が感情を求める努力にほかならないといえるのではないでしょうか。……つまりぼくは……」

彼はいったい何をしゃべっているのだろうか。かの大人物と彼自身とをいっしょにして「ぼくたちふたりのうちのどちらかが」などというのは、民主的なあつかましさもきわまれりというべきではなかっただろうか。彼がこういうあつかましさを自分にあえて許す勇気を持つことができたのは、現在のある種の所有権に暗影を投じている過去の一件のためであろうか。そのために「悪習」についても同じようにずうずうしい分析などをやりはじめるほどに、彼は思いあがってしまったのであろうか。さてどう切り抜けるか、彼にはその見当がつかなかった。恐ろしいものに挑《いど》みかかってしまったということは明らかであった。

メインヘール・ペーペルコルンは自分の客がしゃべっている間じゅう、うしろにもたれかかり、頭を胸に垂れたままであったから、ハンス・カストルプのおしゃべりを聞いているのかどうかも疑わしかった。しかし青年がしどろもどろになってくると、彼は椅《い》子《す》の背からやおら身を起し、次第に背を伸ばしてついにしゃんと坐《すわ》り直し、同時にその王者のごとき顔は真っ赤にふくれあがり、額の皺《しわ》の唐草模様は吊《つ》りあがって緊張し、小さな眼はかっと開かれて薄色の威嚇《いかく》するような光を帯びた。どういうことになるのであろうか。狂暴な憤怒《ふんぬ》が爆発しそうになった。これにくらべたら、さっきの怒りなぞは、ちょっとした不機嫌《ふきげん》にすぎなかっただろう。メインヘールの下唇《したくちびる》は恐ろしい形相で上唇を押しあげ、そのために口の両隅がきっと垂れ、頤《あご》が突きでてきた。そして右腕がテーブルの上からおもむろに頭の高さまで、そしてさらにそれより上へあげられ、拳《こぶし》が固められ、民主的饒舌家《じょうぜつか》に猛烈な止《とど》めの一撃を加えるべく豪快に頭上に振りかざされた。ハンス・カストルプは眼前にくり拡《ひろ》げられたこのものものしい王者の憤怒の形相に、恐怖に駆られながらも、わくわくするような戦慄感《せんりつかん》を味わい、恐怖と逃げだしたくなる気持とをやっとの思いで押し隠していた。彼は機先を制してこういった。

「もちろんぼくのいい方はまずかったようです。すべては格の大きさの問題です、ただそれだけです。格の大きさを持つものは悪習とはいえません。悪習は決して大きさを持っていないのです。洗練されたものにもやはり大きさはありません。しかし太古以来人間の感情を求める気持には、その補助手段として陶酔させ興奮させる手段が与えられているのですが、これも人生の古典的な賜物のひとつで、素朴な神聖な賜物と同じ性質を持っているのですから、悪習めいたところはなく、そういってよければ大きさを持った補助手段だともいえるのではないでしょうか。つまりぶどう酒ですが、これは古代の人文的民族が主張しましたように、神が人間に与えた賜物、神の博愛的な発明品で、これには文明との関係すら認められるのです、お教えするようで申し訳ありませんが。つまり、人間はぶどうを栽培し、ぶどうを搾《しぼ》る術を知ったおかげで、野蛮状態から抜けだして、文明的になったのだと聞いておりますからね。今日でもぶどう酒ができる国の民族は、たとえば古代のキムメリア人のようにぶどう酒を知らない民族よりも文明的だといわれているか、あるいは自分たちではそう自負していますが、これはたしかに注目すべきことと思うのです。このことは、文明が決して理性や雄弁な冷静の問題ではなくて、むしろ熱狂や陶酔、活気づけられた感情と関係があることを示しているからです。――この点についてはあなたも同じご意見ではないのでしょうか、こんなことをおききしても失礼でなければですが」

このハンス・カストルプという青年は、どうしてなかなか隅《すみ》にはおけない。セテムブリーニ氏の文学者らしい巧みな表現によるならば、「曲者《くせもの》」というところである。大人物と交わるときには軽率であつかましくさえあった――が、いざ窮地を切り抜けようとする段になると、ひどく器用にやってのける。すなわち彼は、形勢不利と見るや、まず即座に酩酊《めいてい》の弁護を巧みにやってのけ、それからさりげなく、メインヘール・ペーペルコルンの、世にも恐ろしい憤怒の形相には認めることのできそうにもない「文明」にそれとなく言及し、そして最後には、この激昂《げっこう》の極にある相手に向って拳骨《げんこつ》を振りあげていたままでは答えられないような質問を向けて、その態勢を崩《くず》しそれを無用のものにしてしまった。はたせるかなオランダ人はいまにもノアの洪水が起りそうな、芝居がかりの憤怒の身ぶりを引っこめた。腕は徐々にテーブルの上におろされ、ふくれあがった顔はもとに戻り、まだいくらか威嚇的な感じの残っている顔つきには「こいつめが」という色が漂っていたが、とにかくこうして嵐《あらし》はおさまった。そのうえショーシャ夫人が割って入って、旅の伴侶に一座の空気がだれてしまったことに注意を促した。

「あなた、お客さま方をそっちのけじゃありませんか」と彼女はフランス語でいった。「この方のお相手ばかりなすっていらっしってはいけないわ、何か大事なことを決めるお話なのでしょうけれど。でもカルタももうほとんどおしまいになってしまったし、みなさん退屈なすっているんじゃないかと思うわ。もう今晩はこれでおしまいにしましょうか」

ペーペルコルンはすぐに一座の方へ向き直った。彼女のいったとおりであった。そこにあるのは、士気頽廃《たいはい》、倦怠《けんたい》、無感覚状態であった。客たちは先生がいなくなった教室の生徒のようにがやがやしていた。そのうちの幾人かは眠りかけていた。ペーペルコルンはすぐさま緩《ゆる》んだ手綱を握りしめた。「みなさん」と彼は人差し指を立てて叫んだ――槍《やり》のように尖《とが》った爪《つめ》の指は指揮刀か軍旗のようであり、またその叫び声は、浮足立った軍勢を立ち直らせようとする指揮者の「者ども続け」という叱咤《しった》にも似ていた。彼のような人物に乗りだされては、みなは正気に返り、奮起せざるをえないようであった。みなははっとして、だらけた顔つきを緊張させ、偉大なる主人の仮面のような額の皺の下の薄色の眼を微笑しながら見つめてうなずいてみせた。彼は人差し指の先を親指の先にくっつけ、爪の長い他の三本の指をその横に立てて、みなの注意を金縛りにして、もう一度部署につかせた。彼は何かを制し、何かをせきとめるようなふうに、その船長のような手をひろげ、その痛ましく裂けた唇から支離滅裂な言葉を切れぎれに発したが、これは彼の「人物」に援護されて、ひとびとの心に圧倒的な力で迫った。

「みなさん――結構。肉体は、みなさん、これは結局――決着。いや失礼――『弱きもの』と聖書にもしるされています。『弱い』とは、つまりややもすると人生の要求に――しかし私は訴える、みなさんの――要するにみなさん、私はうったえます。みなさんはおっしゃるだろう、眠りと。よろしい、みなさん、申し分なし、まことに結構。私も眠りを愛し尊敬します。私も眠りの深い、心地よく、なごやかな気分を尊重する。眠りもやはり――なんとかいわれたな、お若いお方――そうそう、人生の古典的な賜物です。しかも第一義的な、いちばん大事な――よろしいか、最高の――みなさん。だが心していつも思いだしていただきたいのは、ゲッセマネです！　『かくてペテロとゼベダイの子二人とを伴いゆき、彼らに言い給《たも》う、「汝《なんじ》らここに止《とど》まりてわれとともに目を覚《さ》ましおれ」』。憶《おぼ》えておいでかな？『弟子たちのもとにきたり、その眠れるを見てペテロに言い給う、「汝らかく一時《ひとときも》われとともに目を覚ましおること能《あた》わぬか」』。強烈だ、みなさん、痛烈、肺腑《はいふ》をえぐる。『またきたりて彼らの眠れるを見給う、これその目疲れたるなり。かくて言い給う、ああ汝ら眠りて休むことを欲するか、見よ、時は近づけり』――みなさん、肺腑を貫かれ、胸を刺されるようです」

実際みんなは腹の底から感動させられ、また恥じ入った。ペーペルコルンは胸の上に垂れた疎《まば》らな頤《あご》ひげの前に手を組み、頭を斜めにかしげていた。彼の裂けたような唇から孤独な死の悲痛を思う言葉が洩《も》れでたとき、彼の薄色の眼差《まなざ》しは曇った。シュテール夫人は嗚咽《おえつ》した。マグヌス夫人は深い溜息《ためいき》をした。パラヴァント検事はみんなに代り、いわば一座の代表者として、この尊敬する主人に声をひそめて、一座の者はみな最後までおつきあいをするということを伝える必要に迫られた。何か誤解があるようである、と検事はいった。みな元気で、陽気で、景気がよくて、浮きうきしていて、心身ともに張りきっている。まったく楽しい、華《はな》やかな、本当に思いがけない一夜であった――みなそう考え感じていて、いまのところ誰も眠りという生の賜物を使用しようとは思っていない。メインヘール・ペーペルコルンは客の誰をもみな信用なさってしかるべきである、といった。

「完璧《かんぺき》。結構」とペーペルコルンは叫んでからだを起した。彼は組んでいた両手をほどき、左右にひろげ、異教徒が祈るときのように手の平を外に向けて、まっすぐ上へ伸ばした。ついさっきまでゴシック的な苦痛の色を浮べていたその魁偉《かいい》な顔は、豊かに晴ればれと輝き、頰《ほお》には突然遊蕩児《ゆうとうじ》を思わせる笑《え》くぼさえ現われた。「時は近づけり――」と彼はいって、メニューを持ってこさせ、つまみの枠が高く額のところまで突きでた角縁の鼻眼鏡をかけ、マム会社の赤リボンのごく辛口のシャンパンを三本注文した。さらに小型菓子を取りよせた。この円錐形《えんすいけい》の小さな上等の菓子は、その外側は色つきの砂糖がかかった、ごく柔らかなビスケットのようなもので、その中には柔らかいチョコレートとピスタチア香料入りのクリームが入っていて、しゃれたレースの縁どりの紙ナプキンの上にのっていた。シュテール夫人はそれを食べながら指を一本ずつ舐《な》めた。アルビン氏は無雑作な物慣れた手つきで、最初の一本の栓《せん》から針金の留金を取って、瓶《びん》の飾り首から茸形《きのこがた》のコルク栓を玩具《おもちゃ》のピストルのような音とともに天井へ飛ばし、優雅な作法に従って、瓶をナプキンに包んでみなの杯に注《つ》いだ。すばらしい泡《あわ》が配膳台《はいぜんだい》のリンネルを濡《ぬ》らした。みなは浅い杯をうち合せて最初の一杯を一息に飲みほした。氷のように冷たい香りのある液体が胃にぴりっとした刺激を与えた。みなの眼は輝いた。カルタはもうやめていたが、誰もトランプやお金をテーブルから片づけようとする者はなかった。そのみなは幸福な無為の状態に身を委《ゆだ》ねて、とりとめもないおしゃべりをしていた。そのおしゃべりは各自の高揚した感情から生れてきたもので、その心の思いそのものはきわめて美しいものだったはずだが、口にだしてひとに伝えていくうちに、それは断片的で舌足らずな、慎みのない、あるいは訳のわからない戯言《たわごと》に変ってしまい、誰か正気の人間がこの場へ来合せたら、そのひとは腹をたてて顔を赤らめるにちがいなかった。ところがしゃべっている当人は例外なく無責任な状態を楽しんでいたので、みな平気でしゃべったり聞いたりしていられたのである。マグヌス夫人さえも耳を赤く染めて、生命がからだの隅々《すみずみ》にまでも沁《し》みわたるような気持がすると告白したが、これはマグヌス氏にはあまりおもしろくないらしかった。ヘルミーネ・クレーフェルトは背中をアルビン氏の肩にもたせかけて、杯をさしだし、シャンパンを注いでもらっていた。ペーペルコルンは槍のように尖った爪の手で文化的なジェスチュアをしながら、このバッカスの宴《うたげ》をリードし、酒食の注文や追加に気を配った。彼はシャンパンのつぎにはダブルのモカ・コーヒーを持ってこさせたが、続いてまた例の「液体のパン」が現われ、婦人たちにはアプリコット・ブランディ、シャトルーズ、ヴァニラ・アイスクリーム、マラスキーノなどの甘いリキュールその他を持ってこさせた。そのあとでさらに魚肉の酢漬《すづけ》とビールがとりよせられ、最後はお茶で、緑茶とカミレ茶がでたが、これはシャンパンやリキュールを飲みつづけたり、またメインヘール自身がしたように強いぶどう酒をもう一度飲むのを好まない連中のためであった。メインヘールは十二時をすぎてからも、ショーシャ夫人とハンス・カストルプといっしょに、辛口でさっぱりとしたスイス産赤ぶどう酒を飲みはじめ、本当に咽喉《のど》がかわいているように立てつづけに杯を乾《ほ》した。

一時になっても宴会は終らなかった。酒の酔いは手足を鉛のように重くしていたし、就寝時間を無視して起きているという一風変った楽しみもあったし、ペーペルコルンの人物の影響力もあり、それにまたペテロと弟子たちという見せしめの例にならって、肉の弱さに屈服すまいということもあったからである。この点では、だいたいにおいて男性よりも女性のほうがしっかりしていた。男たちは赤くなったり青くなったりして、両脚を伸ばし、息苦しそうに頰《ほお》をふくらませ、機械的にただときどき酒杯に手をさしのべるだけで、本当に喜んでつき合う気がもうなくなっていたのに、婦人たちのほうはよほど元気だった。ヘルミーネ・クレーフェルトは露《あらわ》な両肘《りようひじ》をテーブルの上について頬杖《ほおづえ》をし、忍び笑いしている陳富《チンフー》に笑いかけながら、そのきれいな歯ならびを見せているかと思えば、シュテール夫人は肩をすぼめて、頤を引いて、検事の気をひこうと努めていた。マグヌス夫人はどうかというと、アルビン氏の膝《ひざ》に腰をかけて、彼の両方の耳朶《みみたぶ》を引っぱるという態《てい》たらくであったが、マグヌス氏はむしろこれを救いと感じているらしかった。アントン・カルロヴィッチ・フェルゲは胸膜震盪《しんとう》の話を披露するようにせがまれたが、舌がもつれてものをいうことができず、正直に「参った」と白状した。この降参が、もっと飲もうというきっかけになった。ヴェーザルはどういう深いわけがあるのか、しばらくの間さめざめと泣いていたが、やはり舌がもつれてそのわけをみんなに話して聞かせることができないでいたが、コーヒーとコニャックを飲んでまた気持をとりなおした。ところが、彼が胸を震わせて泣いたり、涙に濡《ぬ》れた頤に皺《しわ》をよせてぴくぴく動かしている様子は、大いにペーペルコルンの興味をひいた。彼は人差し指を立て、額の唐草模様を吊《つ》りあげながら、みんなの注意をヴェーザルの上へ促した。「これこそは――」と彼はいった。「これこそはやはり――いや、失礼ですが、神聖だ。ねえ、あのひとの頤を拭《ふ》いてやりなさい。私のナプキンで。それともむしろ、いや――やめておきなさい。ご本人がそれをせずにいるのだから。みなさん――神聖です。あらゆる意味で、つまりキリスト教的意味でも、異教的意味でも神聖です。根源現象、第一級の——最高の現象——いや、いや、これこそ——」

ペーペルコルンが例の正確な、だが幾分滑稽《こっけい》に感じられはじめた文化的身ぶりを交えながら、宴会をリードしていく説明的なおしゃべりは、だいたいこの「これこそ」「これこそはやはり」というせりふの調子に合わされていた。彼は曲げた人差し指と親指とで輪を作って、それを耳の上の方へ持っていき、頭をいたずらっぽくその輪から斜めにかしげて見る癖があったが、それはちょうど、異教の老司祭が衣をからげて、不思議な優雅さをもって犠牲の祭壇の前で踊るのを見るような印象を与えた。それからまた彼は堂々たるからだをゆったりと椅子《いす》にもたせかけて、隣の椅子の背に腕をまわし、みんなに彼とともに明け方の光景をまざまざと実感するように強《し》いたので、みんなはすっかり面くらってしまった。霜のおりた厳寒の薄暗い冬の明け方、テーブルの上のランプの薄黄色の光が窓ガラスを通して、外の寒々とした、鴉《からす》の啼《な》き声も冷たい霧の薄明りの中に、凍《い》てついたような裸の枝の間にさしかけている明け方の感じ……彼はこういう見慣れた日常の光景を暗示的にきわめて巧妙に描きだしたばかりか、ことに彼が神聖と称する氷のように冷たい水を、そういう明け方に大きな海綿から首筋に絞り落すというような話をしたので、みなはわがことのようにぶるぶるっと震えあがってしまった。だがこれは脱線というか、人生において心がけなければならない事柄についての実例による教訓というか、とにかく空想的な即興をちょっと披露してみたというにすぎず、そのあとで彼はすぐにまた、いつもの熱心なサービスと心づかいとをこの華《はな》やかに浮かれた夜の集《つど》いに向けた。彼は手近かの女性の誰彼に差別なくやたらに惚《ほ》れこんで見せた。彼は侏儒《こびと》の広間嬢にもそんなふうに持ちかけたので、この不具の娘は大きすぎる老《ふ》けた顔に皺を寄せてにやっとした。強烈なお世辞をいわれた下品なシュテール夫人は、いつもよりいっそう肩をくねらせ、到底正気とは思われないほどに気どって見せた。ペーペルコルンはクレーフェルトにも彼の大きな裂けた口に接吻《せっぷん》してもらい、絶望的なマグヌス夫人とさえいちゃついてみせた。――それでも、彼は旅の伴侶《はんりょ》に対する優しい愛情を忘れたわけではなく、いくどもその手をとって、これを慇懃《いんぎん》なうやうやしい態度で口に押し当てた。「ぶどう酒――」と彼はいった。「――女性――これこそは――これこそはやはり――失礼ですが――この世の終り―― ――ゲッセマネ――」

二時近いころ、「親父《おやじ》」――つまりベーレンス顧問官――が大股《おおまた》で談話室へ近づいてくるという情報が流れた。疲れきっていた客たちはとたんに一大恐慌《きょうこう》をきたし、椅子や氷壺《こおりつぼ》をひっくり返し、図書室を抜けて、逃げだしてしまった。ペーペルコルンは生の饗《きょう》宴《えん》が不意に解散ということになってしまったので、王者らしい怒りにわれを忘れ、テーブルを拳骨で叩《たた》き、逃げ去る者どもに「腰抜けの奴隷《どれい》ども」とかなんとかどなったが、ハンス・カストルプとショーシャ夫人から、もうこの饗宴も六時間近くも続いているのだし、それでなくてももう切りあげなければならない時刻だからといいきかされて、それもそうだという気になり、睡眠という神聖な楽しみも考えてみなければといわれて、ベッドへ連れていってもらうことを承知した。

「手をかしてもらおう、お前。それから、こっちからは君も、お若いお方」と、彼はショーシャ夫人とハンス・カストルプにいった。そこでふたりはペーペルコルンの重いからだを椅子から助け起し、彼に腕をかした。彼はふたりにもたれかかって、大股で歩き、大きな頭を持ちあげられた肩の一方に傾け、左右の案内者を千鳥足で代るがわる横の方へ押しやりながら憩《いこ》いの場へ向った。こんなふうに案内させたり支《ささ》えさせたりするのは、実は王者らしい贅沢《ぜいたく》かもしれなかった。歩こうと思えばおそらくひとりでも歩けたのであろう。――しかし彼は酔態を恥じて隠そうなどという、けちでちっぽけな意味しかないそんな努力を軽蔑《けいべつ》した。彼は酔態を少しも恥じないどころか、むしろ堂々とあつかましくそれに甘んじて、よろめいて介添えのふたりを右や左に押しやることに、王者らしい楽しみを感じているらしかった。彼は歩きながらこういった。

「お前たち――馬鹿《ばか》な――もちろん絶対に――もしこの瞬間に――お前たちもわかるだろう――笑止千万――」

「そうですとも」ハンス・カストルプは賛成した。「まったくです。人生の古典的賜物《たまもの》に敬意を表して存分によろめくのは、その賜物をしかるべく尊重するゆえんです。それとは逆に本気で、……ぼくもやっぱり酔っぱらっています。しかしどんなに酩酊《めいてい》していても、この文句なしの大人物をこうしてベッドへお連れできるということが願ってもない仕合せであることは、よくわかっているつもりです。人物の大きさという点ではぼくなどおよそ比較にはなりませんが、ぼくもそれがわからないほどに酔ってはいません——」

「いや、おしゃべり屋君」とペーペルコルンはいって、よろめきながらショーシャ夫人を引寄せ、ハンス・カストルプを階段の手摺《てす》りへ押しつけた。

顧問官が襲来したという噂《うわさ》は明らかに根も葉もない脅《おど》しであった。たぶん侏儒の給仕女がくたびれて、みんなを追っ払うために、そんなデマを飛ばしたのであろう。そうとわかると、ペーペルコルンは立ちどまって、引返して飲み直そうといいだしたが、左右からうまくいいくるめられて、また歩きだした。

白いネクタイをして、黒い絹の靴をはいた小男のマレー人の下僕が、部屋の扉《とびら》の前の廊下で主人の帰るのを待っていたが、胸に手を当ててお辞儀をしながら主人を迎えた。

「接吻したまえ」とペーペルコルンは命令した。「お別れにこの美しい女の額《ひと》に接吻したまえ、お若いお方」と彼はハンス・カストルプにいった。「このひとのほうにも異存はあるまい、接吻をお返しするだろう。いいから私の健康を祝して接吻したまえ」と彼はいった。しかしハンス・カストルプはそれを拒んだ。

「いけません、閣下」と彼はいった。「それは勘弁してください、それはだめです」ペーペルコルンは下僕にもたれたまま、額の唐草模様を吊りあげて、なぜできないのかと尋ねた。

「あなたの旅のお連れに接吻するなどということは、私にはできないからです」とハンス・カストルプはいった。「ではご機嫌よう。いいえ、どう考えてみたって、そんなことはまったくばかげています」

ショーシャ夫人ももう自分の部屋の扉の方へ歩いていってしまったので、ペーペルコルンは仕方なくこの強情者を放免したが、まだしばらくは額の皺を深めて、自分とマレー人の肩越しに青年を見送っていた。支配者型の彼はこういう不従順の挙にでられることに慣れていず、びっくりしてしまったのである。

メインヘール・ペーペルコルン（続き）

メインヘール・ペーペルコルンは、その冬がすぎ――冬はまだかなり残っていた――春になっても「ベルクホーフ」に滞在していたが、最後にはまだ、みなでフリューエラ谷とそこの滝へでかけたあの記念すべきピクニック（これにはセテムブリーニとナフタも加わった）にも同行することになった。……最後にはまだ、とはどういう意味だろう？　では、そのピクニックののちには彼はもういなくなったのか。――そのとおり、彼はいなくなった。――では「ベルクホーフ」を去ったのか――そうだともいえるし、そうでないともいえる。――なんだって、そうでもあり、そうでもない、とはいったいどういう意味なのか。思わせぶりはやめていただきたい。どんなことを聞いても驚きはしないから。他の多くのくだらない死の踊り手のことはしばらくおくとしても、現にツィームセン少尉《しょうい》さえも死んでいるのである。それではあの曖昧《あいまい》な人物ペーペルコルンも悪性のマラリア熱のために死んだのであろうか。――いや、そうではない。しかし、なぜ諸君はそうせっかちに知りたがるのか。すべてのことが一時に起らないというのは、生活の条件でありまた物語の条件でもあって、これは尊重しなければならない。そして何人も、神の与えた人間の認識の形式に反逆しようとはしないであろう。私たちは少なくともこの物語の本質が許すかぎり、時間の顔をたてることにしよう。それももう長いことではあるまいと思う、いずれそのうち万事がばたばたと片づいてしまうだろう。そういういい方が雑すぎるならば、「さっさとすんでしまう」といってもよかろう。私たちの時を測る針は、時計の秒針のようにせわしなく動いていくが、それが冷淡に休みなく頂点を通過していくとき、そこに流れすぎていく時間の意味は誰にもわからないのである。とにかく私たちがここの上の世界にもう何年もいたことはたしかだ。実際頭がくらくらするほどである。これは阿片《あへん》やハシシュの助けをかりない悪夢のようなものである。道学者は私たちをいろいろと非難するだろう――しかし私たちはわざと、こういう悪質な朦朧《もうろう》状態に対して、悟性の明晰《めいせき》さと論理の鋭さを対立させておいた。そして私たちが、あのまったくとらえどころのないペーペルコルンのような人物とばかりつき合わずに、ナフタ氏やセテムブリーニ氏のような人物をも交際相手に選んだのは、理由がないわけではない、ということは認めていただけるだろうと思う。――そうなると当然このふたりの人物の比較という問題が起ってくるが、その結果はいろいろの点で、とくに人物の大きさという点ではどうしても、遅れて登場したペーペルコルンのほうに分があると思われる。ハンス・カストルプもバルコニーに寝ながら、この比較の問題を考えてみて、やはりそういう結論に達した。彼の哀れな魂を左右から挟《はさ》み撃ちにしているふたりの雄弁すぎる教育家などは、ピーター・ペーペルコルンにくらべてみるとほとんど侏儒《こびと》のようにしか見えないと彼は思った。そして彼はペーペルコルンが酒のうえでの王者らしい冗談に彼をからかって「おしゃべり屋」と呼んだのを真似《まね》て、自分もふたりをそう呼んでみたくなった。そして彼は錬金術的教育が、こういう紛れもない大人物ペーペルコルンに引合せてくれたことを、たいへん結構で仕合せなことと感じた。

この人物がクラウディア・ショーシャの旅の伴侶《はんりょ》として、したがって彼にとってのたいへんな邪魔者として登場してきたこと、これはこれでひとつの別問題であったから、ハンス・カストルプはそのためにこの人物を評価するに際してぐらつくようなことはなかった。くり返していうがハンス・カストルプの、この大人物に対する心からの尊敬をこめた、ときには少々目にあまるほどの関心が――この人物が、謝肉祭の夜彼が鉛筆を借り受けた婦人と路銀を共同にしているというだけの理由で――ぐらつくようなことはなかった。彼はそんな人間ではなかった。――とはいっても、これは私たちも十分に予期していることだが、私たちのグループの紳士淑女たちの多くは、彼のこういう「意気地《いくじ》のなさ」を不快に感じて、むしろ彼がペーペルコルンを憎み、避け、腹の中でもいいから老耄《おいぼ》れの頓馬《とんま》とか頓珍漢《とんちんかん》の飲んだくれとかいってくれていたほうが、まだしも気分がいいと思っていたかもしれない。しかしハンス・カストルプは、ペーペルコルンがマラリアで熱をだして寝こんでしまうと、見舞いにいってその枕《まくら》もとに坐《すわ》り、おしゃべりをして――おしゃべりというのはむろんハンス・カストルプについてだけいえることで、大人物ペーペルコルンのことではない――修業途上の青年らしい好奇心をもってこの人物の人柄の影響を受けようとした。ところで、これから話すようなことを耳にするひとは、ハンス・カストルプの外套《がいとう》を持って歩いたフェルディナント・ヴェーザルのことをつい連想するかもしれないが、私たちはそういう懸念《けねん》に係わり合わずにいよう。そういう連想はナンセンスだ。われわれの若き主人公はヴェーザル輩《はい》とはいささか違うのである。卑屈な自虐《じぎゃく》趣味など、彼には無縁である。つまり、彼はいわゆる「小説の主人公」とは違うのである。つまり、彼はこの男性的な存在に対する関係を、あの女のために左右されるような人物ではない。私たちは彼をありのままに、すなわち実際以上によくもわるくも見せないという原則に従ってはっきりいっておくが、彼は小説的な事情のために同性に対する公正な態度を失ったり、男の世界での有益な修養的体験の意味を忘れてしまったりするのは真っ平《まっぴら》だと考えていた。――意識して、わざとではなく、きわめて単純にそう思っていた。だがこういう態度は女性には気に入らないだろう。――ショーシャ夫人もこれを知らず識《し》らずのうちに不快に思っていたようである。彼女がちょいちょい口にした刺《とげ》のある言葉、これはいずれ紹介することにするが、それはいずれもそのご不興を推測させるものであった。――それはとにかく、ハンス・カストルプが教育家たちの争奪戦の、まことに打ってつけの目標になったのは、まさに彼のこういう性質のためだったのだろう。

ピーター・ペーペルコルンは容態が悪化して寝こんでいた。――カルタとシャンパンの、あの一夜の翌日からどっと寝こんでしまったのだが、これはまあ当然のことであろう。あの長時間にわたる気の張る宴会に参加した者のほとんどみながやられてしまった。ハンス・カストルプも例外ではなく、ひどく頭痛がしたが、その頭痛をおして彼は昨夜の招待主を病床に見舞った。二階の廊下で出会ったマレー人を通じてペーペルコルンに来意を告げると、彼は喜んで迎え入れられた。

彼は応接間を通って、ベッドがふたつおいてあるオランダ人の寝室へ入っていった。

この応接間のもう一方の側には、ショーシャ夫人の寝室があった。この部屋は「ベルクホーフ」の一般客用の部屋とは、広さの点でも調度の立派さの点でも、格段に違っていた。絹張りの安楽椅子《いす》や彎曲《わんきょく》した脚《あし》のついたテーブルがあり、床にはふかぶかとした絨《じゅう》毯《たん》が敷いてあって、ベッドも普通の衛生的な臨終用ベッドではなく、豪華と評することもできそうなものであった。磨《みが》きをかけた桜材で真鍮《しんちゅう》の金具がつき、ふたつのベッドには共通の小さな天蓋《てんがい》がついていた。——帳《とばり》はついていなかった——ふたつのベッドを相合傘のように合わせて護《まも》るといったような感じの小さな天蓋であった。

ペーペルコルンはそのふたつのベッドのひとつの上に身を横たえ、本や手紙や新聞を赤い絹の掛布団《かけぶとん》の上にのせたまま、つまみのところが高くなっている角製の鼻眼鏡をかけて、『テレグラーフ』紙を読んでいた。横の椅子の上にはコーヒー・セットがあり、ベッドのサイド・テーブルには薬瓶《くすりびん》と並んで半分ほど飲みさした赤ぶどう酒の瓶が一本置いてあった。——これは、ゆうべの淡泊な辛口のぶどう酒だった。ハンス・カストルプはオランダ人が白い寝間着ではなくて、袖《そで》の長い毛織のシャツを着ているのを見て少々驚いた。手首をボタンで止めるようになっていて、襟《えり》はなく、ただ丸くくり抜きになっていて、老人の広い肩とがっしりした胸にぴったりくっついていた。このなりは彼の姿に民衆的な労働者ふうの感じをも与えたばかりか、記念胸像といったような感じを与えたので、そのためにか、枕の上にのせた彼の頭の人間的な偉大さが一段と高められ、そこには市民的な感じはほとんどなかった。

「絶対、お若いお方」と彼は角製の鼻眼鏡の高いつまみをつまんではずしながらいった。「どういたしまして――とんでもない。それどころか」ハンス・カストルプは彼の枕もとに腰をおろした。公正を旨《むね》とする彼も、きょうの相手の様子には心からの讃嘆《さんたん》の意を表明することはしかねたが、とにかく同情のこもった驚きの気持を愛想のいい、弾《はず》んだ調子のおしゃべりの陰に隠した。ペーペルコルンは例の重厚な尻切《しりき》れとんぼの言葉と印象的な身ぶりとでハンス・カストルプの相手をつとめた。気分はよくないらしかった。顔が黄色く、ひどく苦しそうで、消耗しきっているように見えた。朝になって、彼は烈《はげ》しい熱に見舞われ、疲労が二日酔いと重なったのであった。

「昨晩はだいぶ荒れました――」と彼はいった。「いや、失礼、すっかりやられました。あなたはまだ――結構、ではもう心配は――しかし、私ぐらいの歳《とし》で、からだがこうやられていると――ねえ、お前」と、彼はちょうど応接間の方から入ってきたショーシャ夫人に優しいがはっきりとした調子でいった。「――万事結構、だがくり返して申しあげるが、もっと気をつけてもらいたかった、とめてくれればよかったのに――」そういう彼の顔つきや声には、王者らしい憤怒《ふんぬ》がいまにも爆発しそうな気配が感じられた。しかし、飲むのを本気でとめようものなら、どんな雷が落ちてきたことか、それを考えてみれば、彼のこの言いぐさがどれほど不当な無理なものかがわかろうというものである。

しかし、そんなところにも大人物というものの味がでてくるわけで、ショーシャ夫人はこの小言を聞き流して、立ちあがったハンス・カストルプに会釈《えしゃく》した——彼女は手をさしださず、微笑して手を振り、「どうぞそのまま」おかけになって「ご遠慮なく」メインヘール・ペーペルコルンと差向いのお話をなさるようにとすすめた。……彼女は部屋の中をあちこちと片づけて、下僕にコーヒー・セットをしまうように命じ、しばらく姿を消したかと思うと、こんどは足音をしのばせて入ってきて、立ったままちょっと話に加わり（ハンス・カストルプの漠《ばく》とした印象をそのままいうと）話を少しばかり監視した。当然のことである。彼女はこの大人物と手に手をとって「ベルクホーフ」へ舞い戻ってきたのだが、ここで永い間自分を待っていた男が、自分が連れてきた人間に男同士として当然の敬意を払うのを見ると、「どうぞそのまま」とか「ご遠慮なく」とかいいはするものの、実のところは落着かない気持になり、とげとげしい様子をさえ見せた。ハンス・カストルプもそれを感じとって、微笑を禁ずることができなかった。彼はその微笑を隠そうとして膝《ひざ》の上に面を伏せたが、と同時にやはり内心うれしくて顔がかっかっとしてきた。

彼はペーペルコルンから、サイド・テーブル上のぶどう酒を一杯さされた。ペーペルコルンは、きょうのような状態のときには、前の晩にやめたところからまたはじめるのがいちばんいいし、この辛口のぶどう酒にはソーダ水と同じ効《き》き目がある、といった。

ふたりはグラスを打合せた。ハンス・カストルプは飲みながら、毛織のシャツのボタン止めの袖口からでている、雀斑《そばかす》だらけの、爪《つめ》の尖《とが》った、船長のような手がグラスを持ちあげ、厚い裂けたような唇《くちびる》がその縁を包み、ぶどう酒が労働者か胸像を思わせる咽喉《のど》もとへごくごくと流れ入るのを見守っていた。それから彼らは、テーブルの上の薬についてて話し合った。ペーペルコルンはショーシャ夫人に注意されて、彼女の手から、その褐色の液体をスプーンに一杯飲ませてもらった。――解熱剤《げねつざい》で、キニーネが主成分であった。ペーペルコルンはそれを客にも少し舐《な》めさせて、そのこくのある、苦い、香りのある風味を味わわせ、それからひとくさりキニーネ礼讃《らいさん》をやった。キニーネは熱の原因を除去する作用や、発熱中枢《ちゅうすう》に対する治癒《ちゆ》的影響という点ではむろんすぐれているが、強壮剤としてもよく効く。蛋白《たんぱく》代謝を抑制し、栄養状態を改善し、要するに、真の清涼剤、すばらしい強壮剤、刺激剤、活力剤だが、――また一種の興奮剤でもあって、これで簡単にほろ酔い機嫌《きげん》になったりすることもできる、とペーペルコルンはきのうのように指や頭を大きく動かしながらいったが、その様子にはやはり異教の司祭が踊るような感じがあった。

　そうです、とペーペルコルンはいった、キナ皮はまったくすばらしい物質だ――ヨーロッパの薬物学がこの物質を知ってから、まだ三百年とは経《た》っていないし、化学がこの物質の有効成分であるアルカロイド、つまりキニーネを発見して、ある程度までの分析に成功してから、まだ百年にもならない。化学はいまのところまだキニーネの構造を十分に解明し、人工的にこれを製造するところまでいっていない。ヨーロッパの薬学はどの方面においてもまだまだの状態で、キニーネと同じようなケースはほかにもいくらもある。薬学は物質の力とか作用とかについてはいろいろ知っているが、その作用がつまるところ何にもとづくかという問題になると、答えに窮することがしばしばだ。たとえば毒物学だが——いわゆる毒素の作用を生む単純な諸性質については、説明がつかない。早い話が蛇《へび》の毒であるが、これについてわかっていることといえば、この動物性物質は蛋白結合の系列に属し、いろいろの蛋白体から成り、ただ一定の——といってもどういう一定かはまったくわかっていない——結合においてはじめて猛烈な作用を及ぼすというぐらいのことである。この蛋白結合体が血液循環の中に入ったときに惹《ひ》き起す作用には、まさに驚くべきものがある。普通、誰も蛋白を有毒だというふうには考えないからである。とにかく物質の世界というものは、とペーペルコルンは薄色の眼をして、額に唐草模様の皺《しわ》のある頭を起し、指で注意を促するまるい輪と三本の槍《やり》を作って話しつづけた、物質の世界というものはすべて生と死とを同時に秘めている、つまりすべては薬にもなれば、毒にもなる。したがって、薬物学と毒物学とは元来同じひとつの学問であり、毒によって病気が治《なお》ることもあれば、生命を維持するとされている物質が、事情によっては、ただ一度ぴくっと痙攣《けいれん》させるだけで一瞬のうちに生命を奪う場合もありうる。

ペーペルコルンは非常に印象的に、いつもに似ず筋道をたてて、薬物と毒物とについて語った。ハンス・カストルプは首をかしげてうなずきながら聞いていたが、彼はペーペルコルンの念頭を占領しているらしい話の内容に注意するよりは、むしろその人物の及ぼす作用をひそかに研究していたのであったが、これもやはり、蛇の毒と同じことで、結局説明のつけようがなかった。物質の世界では力こそ、とペーペルコルンはいった、力こそすべてである――その他のものはみなたいしたものではない。キニーネも治癒力を持った毒物で、その作用の強烈さは最高級のものだ。四グラムのキニーネは人を聾《つんぼ》にし、めまいを起させ、息を切らせ、アトロピン同様に視力障害を起させ、アルコールのように酔わせてしまう。だから、キニーネ工場の労働者は眼に炎症を起し、唇《くちびる》は腫《は》れ、皮膚がかぶれる。それからペーペルコルンはシンチョナ、すなわちキナ樹のことを話しだした。これは南アメリカのアンデス山脈にある海抜三千メートルの高度の原始林に生育する植物で、その樹皮はずっとのちになって、「イェズス会士の粉末」といわれてスペインへ渡ったが、南アメリカ原住民はずっと昔からその効能を知っていた。彼はまたオランダ政府のジャヴァにおける大規模なキナ樹栽培について語った。ジャヴァからは薄赤い肉桂《にっけい》に似た円筒状のキナ樹皮が、年々何百万ポンドとアムステルダムやロンドンへ輸出されている。……だいたい、樹皮、樹木の樹皮組織、つまり表皮から形成層に至るまでの部分というものには力が秘められていて、善きにつけ悪《あ》しきにつけ、つねに恐るべきダイナミックな力を発揮する。——こういうことについては、有色人種のほうが白色人種よりもずっと詳しく知っている。ニューギニアの東方にある二、三の島では、若者たちが、おそらくジャヴァのアンティアリス・トクシカリアという毒樹と同じようなものと思われる毒樹の樹皮で媚薬《びやく》を作る。この樹《き》はマンチネラ樹と同じように、毒気を発散して周囲の空気を汚染し、人間や動物を麻痺《まひ》させて死なせてしまうこともあるといわれている。——彼らはこの樹の樹皮を粉末にして、それに刻んだ椰子《やし》の実を混ぜ、それを一枚の葉に包んで焼く。そしてその汁を、目当てのつれない女が眠っているうちに、その顔にふりかけると、女はそれをかけた男に夢中になるというのである。また根皮がそういう効力を持っている場合がある。たとえばマレー多島海地方に産するストリキノス・ティウテと呼ばれる纏繞《てんじよう》植物の根皮がそれで、原住民はこれに蛇の毒を加えてウパス・ラジャという薬を作るが、これが例の矢じりに塗られて血管の中に注入されると、人間はあっという間に死んでしまう。しかしどうしてそういうことになるのか、これればかりは誰にもわからない。ただ、アンティアリス・トクシカリアはその力の点でストリキニーネに近いことはわかっている。……ペーペルコルンはもう完全にベッドの上に起きあがって、かすかに震える船長のような手でときどきぶどう酒のグラスを裂けた唇に運びながら、咽喉《のど》がかわいているようにぐいぐいと飲み、インドのコロマンデル海岸地方のマチン樹のこと、この樹のオレンジ色をした実「マチン」から激烈な力を及ぼすストリキニーネというアルカロイドの採れることを話した。――ペーペルコルンは囁《ささや》くように声を低め、額の皺を吊《つ》りあげて、このマチン樹の灰色の枝、目だって艶《つや》のある葉、黄緑色の花のことを話したので、ハンス・カストルプは陰気でヒステリックな、けばけばしい色の樹が眼前に浮んでくるように思って、なんだか薄気味悪くなってきた。

　このときはたしてショーシャ夫人が口を挟《はさ》んで、あまり話すのはよくない、疲れるし、また熱をだすかもしれない、せっかくの会談の邪魔はしたくないが、きょうはこれぐらいにしていただかなくては、といったので、ハンス・カストルプはむろんそれに従った。しかし彼はその後何カ月もの間、四日目ごとにくり返される間歇熱《かんけつねつ》の発作が終ったあとには、よくこの王者的人物の枕《まくら》もとに坐《すわ》って話しこんだ。そういうときにはショーシャ夫人はあちこち往《ゆ》き来《き》しながら少々話を監視するか、または自分も二言、三言口を挟むかした。またペーペルコルンの熱のない日にも、ハンス・カストルプはペーペルコルンとその真珠の頸飾《くびかざ》りをした旅の伴侶《はんりょ》といっしょに何時間かをすごした。オランダ人は床についていないときには、晩餐《ばんさん》のあとで「ベルクホーフ」の客たちの少数を、顔ぶれはときによって変ったが、自分のまわりに集め、カルタをしたり、ぶどう酒その他、いろいろな飲物をご馳走《ちそう》するのをほとんど欠かさなかった。場所は最初のときと同じに談話室が使われたり、またレストランだったりしたが、そういう場合、ハンス・カストルプはいつも例の投げやりな婦人と大人物との間に座を占めた。また、みなは戸外でも行動をともにし、いっしょに散歩もしたが、これにはフェルゲ氏やヴェーザル氏も参加し、間もなくまたセテムブリーニやナフタも一行に加わった。この思想上の論敵のふたりに、散歩の途中で出会わないことはほとんどなかったからである。ハンス・カストルプはこのふたりをペーペルコルンに、また最後にはクラウディア・ショーシャに引合わすこともできたのをたいそううれしく思った。――そしてこういう交際がふたりの論客にとって歓迎すべきものであったかどうか、これをハンス・カストルプは全然考えようとはしなかった。彼らは教育の対象を必要としているのだから、その対象を眼前に置いて議論を戦わすのを断念するよりは、むしろあまり歓迎できないおまけとのつき合いも我慢するにちがいないと、内心ひそかに確信していたからである。

　こういうさまざまに毛色のちがった彼の交際仲間が少なくとも互いに慣れ合わないことに慣れるだろうという彼の予想は的中した。彼らの間に緊張や冷淡さやひそかな敵意さえあったことは当然であるが、こういうひとたちを私たちの単純な主人公はいったいどうして自分の周囲に集めておくことができたのか、われわれもこれを実に不思議なことだと思うのである。――われわれはこれを、彼の性質の中にある、あのなんでも「傾聴に値する」と感じる一種抜け目のない愛想のよさのせいだと考えるのだが、この彼独得の愛想のよさは、全然違った性質のひとたちを彼に結びつけたばかりでなく、ある程度これらのひとびと同士を互いに結びつけさえもしたのであるから、その意味では、結合力ともいうことができたであろう。

それは、妙に絡《から》まり合った風変りな関係であった。ハンス・カストルプ自身が散歩しながら例の抜け目のない愛想のいい眼で観察したように、この関係の錯綜《さくそう》した糸のもつれを、ここでちょっと紹介しておくのもおもしろかろうと思う。まずみじめなヴェーザルだが、彼はショーシャ夫人に対しては貪《むさぼ》るような情欲の炎を燃やし、ペーペルコルンとハンス・カストルプとに卑屈な尊敬を示した。彼は前者を現在の支配者であるがために、後者を過去のある因縁のために尊敬した。つぎにクラウディア・ショーシャ自身はどうかというと、この優雅な、忍び足で歩く、旅の、病める女性は、ペーペルコルンのものになっていて、しかもたしかに納得ずくのことにちがいなかったが、それでもかつての謝肉祭の夜の騎士が現在の自分のパトロンと仲良くしているのを見て、いつも少し穏やかでなく、いらいらしていた。彼女のこの焦《いら》だたしさには、あのセテムブリーニ氏と彼女との間の関係を思わせるものがないであろうか。彼女はこの雄弁家、人文家に好感を持たず、彼を高慢ちきで情味に乏しい男と呼んでいた。この若きハンス・カストルプの教育者兼友人に対しては、彼女としてはかつてこの浸潤個所を持った可愛《かわい》い良家のブルジョア青年が自分に近づいてこようとしたときに、このイタリア人は自分にはひと言もわからない地中海沿岸の言葉を使って、おとなしいドイツ青年にいったいなんと呼びかけたのか、できることならその釈明を求めたいところであった。セテムブリーニもまた彼女の言葉がわからず、互いに相手の言葉を軽蔑《けいべつ》し合っていたが、彼女のほうにはセテムブリーニほどの確信がなかった。ハンス・カストルプは彼女にいわゆる「首ったけ」の状態であったが、それはこのいい方に感じられるような楽しい意味のものではなくて、許されない、非常識な、低地の甘い小唄《こうた》に歌われるような趣などさらさらないような恋心であった。——要するに、この青年は小面倒な惚《ほ》れ方をしていて、彼女に従属し、忍従、奉仕する身であったが、しかしこの男はこういう奴隷《どれい》的状態にありながらも、やはり例の抜け目なさを失ってはいず、自分の恋心が、韃靼人《だったんじん》のような切れ長の眼を持つ、忍び足の、病める女性にとって、どんな意義を持つかぐらいのことはよく承知していた。そして彼は忍従し奉仕しながらも、セテムブリーニ氏が彼女に対して示す態度によって彼女もこの意義に気づいてくれるはずだと考えた。セテムブリーニ氏の態度は彼女の想像が正しかったことをはっきりと示していて、人文的な礼節に悖《もと》るところがない限り、彼女をてんから寄せつけないような態度を採っていた。わるいことには、あるいはハンス・カストルプからすれば都合のいいことには、レオ・ナフタに対する彼女の関係は、彼女がひそかに希望をつないでいたにもかかわらず、これも十分に酬《むく》いられなかった。たしかに彼女はレオからは、ロドヴィコ氏が彼女のひととなりに対して見せたような断乎《だんこ》たる拒否の態度を示されなかったし、話し合うときの条件もまだしも比較的よかった。クラウディアと鋭い小男ナフタとは、ふたりだけで時どき話を交え、書物のこと、政治哲学の問題を語り合ったりして、過激な考え方をする点では一致していた。そしてハンス・カストルプもそんなときには真面目《まじめ》に話に加わった。しかしナフタは成上がり者の常として、慎重にそれを見せないようにはしていたが、彼女に対してやはりお高く止って寄せつけないというような気配があったから、結局彼女もそういう一種貴族的な心の狭さに気づかないわけにはいかなかった。またナフタのスペイン的テロリズムにしたところが、ドアを乱暴に締めながら各地を転々と渡り歩いている彼女の「情」とは結局うまの合うはずがなかった。そして最後に、これが最も微妙なのだが、彼女は女らしい敏感さで、ふたりの論敵同士、セテムブリーニとナフタとが彼女に対してひそかなとらえがたい敵意をいだいているのを感じとっていた（謝肉祭の騎士自身も同じようにそれを感じとっていた）。この敵意の原因はふたりのハンス・カストルプに対する関係にあった。それは女性を教育上の障害になる逸脱的要素とする教育者の不興から生じたものであって、このひそかな根深い敵意によってふたりは手を結び合い、教育者としてふたりの間にわだかまっていた不和は、そのために解消してしまったのである。

この同じ敵意は、論客ふたりのピーター・ペーペルコルンに対する関係にもいくぶんかは感じられはしなかったか。少なくともハンス・カストルプにはそれが感じられるように思われた。おそらくは彼がそれを意地悪く期待していたからでもあったが、また彼が日ごろこっそりとふざけて「参事官」と呼んでいたふたりを、どもりの王者的大人物に近づけてみて、その反応を研究してみたいという気持が少なからずあったからでもあった。メインヘールは戸外《そと》にでると、締めきった室内で見るほどには大きな感じを与えなかった。彼がまぶかにかぶっている柔らかな中折帽は、炎のような白髪や太い額の皺を隠してしまって、彼の容貌《ようぼう》のスケールを小さくし、いわば萎縮《いしゅく》させ、赤い鼻もその威厳を損じた。歩く姿も立っている姿ほどには立派ではなかった。彼は歩き方が小刻みで、一歩ごとに前へ出す足の方へ、重いからだと頭までもたせかける癖があったので、その様子は王者というよりもむしろ好々爺《こうこうや》といった感じだった。また立っているときのようにからだをしゃんと伸ばさず、いくぶん前へ屈《かが》みこんで歩いた。それでも彼はロドヴィコ氏よりも大きかったし、小男のナフタ氏などはその肩までしかなかったのである。——しかし、かねてハンス・カストルプが予想していたように、ペーペルコルンの存在がふたりの政治家を完全に圧倒したのは、からだの大きさのためばかりではなかった。

ふたりの理論家が圧倒され、威信を損《そこな》い、印象が薄くなってしまうのは、ふたりがペーペルコルンに並べて比較されてしまうからであった。——これは抜け目のない観察者ハンス・カストルプにも、比較される当事者たち、すなわち虚弱な雄弁家ふたりにも、また舌のもつれた巨人にもはっきりと感じとられていた。ペーペルコルンはナフタとセテムブリーニを非常に慇懃《いんぎん》丁重に扱ったが、このうやうやしい態度は、もしハンス・カストルプが大人物と皮肉というふたつの概念は両立しないということをよく承知しているのでなかったならば、皮肉と感じられたことであろう。王者は皮肉に縁がない。――修辞学の直截《ちょくせつ》で古典的な手段としての皮肉すら知らないのであるから、ましてややこしい皮肉などを知っているはずがない。だから、オランダ人のハンス・カストルプの友人たちに対するいささか慇懃すぎる態度の中に隠されていたもの、もしくは大っぴらに示されたもの、それは皮肉というよりは、むしろ上品でしかも堂々たる嘲笑《ちょうしょう》といってもいいものであった。「さよう、さよう、さようです、さようですとも」とペーペルコルンはふたりの方を嚇《おど》すように指さしながら、裂けた唇にいたずらっぽい微笑を浮べ、顔をそむけていった。「これはです――こういうお方はです……。みなさん、ご注意申しあげます。――まさに大脳そのもの、大脳的存在、さようです。いや、いや、完璧《かんぺき》、とほうもない、これはつまり、それはたしかにはっきりと――」そういわれたふたりはそれに復讐《ふくしゅう》した。互いに目配《めくば》せをしたが、互いの視線がぶつかるや、手がつけられぬというように天を仰ぎみた。ハンス・カストルプをも自分たちの視線に引きこもうとしたが、彼は応じなかった。

そこで、あるときセテムブリーニ氏が弟子《でし》に面と向って、教育者として憂慮を明らかにするという場面が展開された。

「どうしたというのです。エンジニア、たかがばかな老人じゃありませんか。どこがいいというのです。なんかのためになるのですか。納得できませんな。あの年寄りには眼をつぶって、敵は本能寺ということだったら、――それだって決してほめられたことじゃありませんが――それならそれで万事よくわかるのです。しかし、あなたが女よりはむしろ男のほうに関心がおありだということ、それが実に不可解なのです。どうか、お願いです、これを説明してみてください……」

ハンス・カストルプは笑った。「まったく」と彼はいった。「完璧、それはつまり――失礼ですが――結構」そして彼はペーペルコルンの文化的身ぶりまで真似《まね》ようとした。「そうです、そうです」と彼は笑いながらいいつづけた。「あなたはそういう私の態度をばかげているとおっしゃるんですね、セテムブリーニさん。とにかく曖昧《あいまい》なものであることはたしかですが、曖昧ということはあなたにいわせるとばかよりもっと始末が悪いわけです。いや、ばかとは申しますが、そのばかにもいろいろな種類がありましてね、利口、必ずしもばかの最上のものに比肩するというわけではないのですよ。……どうです、ちょっとうまい文句でしょう、名言、一家言（mot）じゃありませんか。お気に召しますか」

「たいへん結構です。あなたの箴言集《しんげんしゅう》の処女出版がたのしみですな。まだ間に合うようでしたら、その箴言集の中で、私たちがいつか論じ合った逆説の反人間性についても、ご考慮いただけるとありがたいが」

「かしこまりました、セテムブリーニさん。きっとそういたしましょう。もっともぼくの名句は、それを弄《ろう》するのが目的でいったものじゃありません。ぼくはただ、『ばか』と『利口』を区別するのは非常に……困難だということがいいたかっただけなのです。そうじゃないでしょうか。このふたつは実に紛らわしくて、入り組んでいますからね。……あなたが神秘めかした混淆《こんこう》を憎んでいらっしゃって、価値、判断、価値評価を重んじていらっしゃることは、ぼくもよく承知しております。それはそれで文句なく正しいことだと思います。しかし、『ばか』と『利口』という問題はときによると完全な神秘なのです。そして神秘の正体をできるだけ究《きわ》めようというけなげな努力が前提になっていれば、神秘にかかわり合っても一向に差支《さしつか》えあるまいと思うのです。ぼくはあなたにこういうことをお尋ねしたい。つまり、あなたはあのひとがぼくらの誰よりもすぐれた人物だということを否定できますか。乱暴ないい方ですが、どうやらあなたもできないのではありませんか。あの人物はぼくらすべてよりもまさっています。あのひとには、何かぼくらを笑いものにする権利が与えられているように思われるのです。それはどうしてでしょう。なぜでしょう。どういう意味でしょう。利口だから、というのでないことはむろんです。利口などということは問題にならない。むしろあのひとは曖昧なひとです、感情のひとです、感情こそ彼の身上です——こんな俗語を使ってすみません。要するに、あのひとは利口だからぼくらよりも格が上だというのではないのです、すなわち精神的な理由からぼくらよりもすぐれているというのではないのです。——あなただってそうだとはお認めにならないでしょうし、事実、これは問題にならない。さりとてそれは肉体的な理由からでもないのです。あの船長のような肩、あの荒々しい腕の力、またぼくたちの誰をも一撃で殴《なぐ》り倒せるほどの力があるためでもないのです。――あのひとは自分にそんな力があるとは考えもしませんし、よしんばそんな気を起しても、二言三言丁寧な言葉でいって聞かせれば、それですぐなだめられてしまうでしょう。……だから肉体的な理由からではありません。でもやはりあのひとの場合、肉体的な要素が一役演じていることはたしかですね――腕力という意味ではなくて、もっと別の神秘的な意味での肉体が。――肉体的なものが介入してくると、物事は神秘的になるのです。――肉体的なものは精神的なものになっていくし、またその逆でもある。このふたつは区別がつけられないし、同じようにばかと利口の区別もつけられません。しかし、ダイナミックな作用というものは現にそこにある。そのためにぼくらはしてやられるのです。こういう作用を表現する言葉はただひとつしかない、それは『人物』という言葉です。これは常識的な意味でも使われていて、そういう意味ではぼくらはみんな『人物』です、道徳上の、法律上の、その他さまざまの意味での『人物』です。しかし、いまはそういう意味の『人物』のことをいっているのではないのです。ぼくがいうのは、ばかとか利口とかの区別を超越した神秘という意味での『人物』なので、この神秘には関心を持ってしかるべきだろうと思うのです――それは、神秘の正体を可能なかぎり探ってみるためにも、またそれができなければ、それによって感化を受けるためにも許されるはずだと思うのです。あなたは価値を重んじていらっしゃる、ところで『人物』も、つまるところはひとつの積極的な価値ではないでしょうか——ばかとか利口とかいうものよりももっと積極的な、最高度に積極的な、生命そのものと同じような絶対的に積極的な価値、要するにひとつの生命価値で、真剣に取組んでしかるべき価値だと考えていいと思うのです。あなたがばかについて述べられたことに対して、ぼくはこうお答えすべきだろうと思ったのです」

このごろはハンス・カストルプも、こういう意見を述べても、しどろもどろになったり、理路を乱して立往生することはなくなってきた。彼はいいたいだけのことをいってしまうと、声を落し、段落をつけ、立派に一人前にやってのけた。とはいうものの彼は相変らず顔を赤くしたし、こっちが黙ってしまうと、セテムブリーニが相手を恥じ入らせようとして、例の批評的な沈黙を続けはしまいかと、実は少々不安を感じもした。はたせるかな、セテムブリーニ氏はしばらく沈黙を守ってからいいだした。

「あなたは別に逆説が目的ではないとおっしゃった。しかしあなたが神秘にご執心なさるのを私が快からず思っていることは、あなたも先刻ご承知のはずです。人物、人格を何か神秘的なものと考えるのは、偶像崇拝に陥る危険があります。あなたは仮面を尊敬しておられる。あなたは、ただいわくありげに見えるもの、つまり、肉体や容貌というものに潜む悪魔がときどき私たちをたぶらかすのに使うあの瞞着《まんちゃく》の内容空虚な形だけのものを、神秘と信じてしまうのです。あなたは芝居の世界に出入りされたことはありませんか。ジュリアス・シーザーやゲーテやベートーヴェンの風貌を一身に集め持っていて、そういう立派なご面相の幸福な持ち主が、ひとたび口を開けば、世にも憐《あわ》れなばか者の正体をさらけだしてしまうといった、そういう連中をご存じありませんか」

「そうですね、それは自然の戯《たわむ》れでしょう」とハンス・カストルプはいった。「しかし、ただ自然の戯れとかたぶらかしとかばかりもいえませんね。なぜって、そういう連中も俳優であるからには才能があるはずですが、この才能というものもばかとか利口とかを超越していて、それもひとつの生命価値といえはしないかと思うのです。あなたがなんとおっしゃろうと、メインヘール・ペーペルコルンは才能を持っています。だからこそ彼はぼくたちを圧倒してしまうのです。まあものはためしですから、部屋の隅《すみ》にナフタ氏を立たせて、グレゴリウス大法王と神の国についての、きわめて傾聴すべき演説をさせてごらんなさい――そしてもう一方の隅にはあのペーペルコルンを立たせて、額の皺《しわ》を吊《つ》りあげながらあの奇妙な口で『絶対。失礼ですが――決着』をくり返させてごらんなさい――みんなはきっとペーペルコルンの周りに集まってしまって、神の国を説く利口なナフタ氏は、ベーレンスの言いぐさじゃないが『五臓《ぞう》六腑《ぷ》にしみわたる』ように明快な話し方をしても、誰からも相手にされず、ひとり取残されてしまうでしょう……」

「何がなんでも勝ってしまえばいいという主義はいけません」とセテムブリーニ氏は、いましめた。「世間はあまい（Mundus vult decipi）。私だってひとがナフタ氏の周りに集まるのは歓迎しません。彼は陰険な煽動家《せんどうか》だ。しかし、あなたが、いまいわれたような場面を空想して不届きな喜び方をなさっていらっしゃるのをみると、私としてはナフタ氏の味方をしたくなる。明晰《めいせき》で、正確で、論理的で、人間的に筋道の通った言葉を軽《けい》蔑《べっ》なさるのか、あなたは。そういうものを軽蔑なさって、そのかわりに暗示と感情誇張のぺてんを尊重なさるのか――そうだとすればもはやあなたは完全に悪魔の手中に……」

「しかし、あのひとも熱中すると、結構まとまった話をしますよ」とハンス・カストルプはいった。「あるときダイナミックな作用を持つ薬剤やアジアの毒樹のことを話してくれたことがありましたが、実におもしろい話で気味が悪いくらいでした――おもしろいことというものは必ずどこか気味が悪いところがありますね。しかし、あのひとの話そのものがおもしろいというよりはむしろ、話される事柄が、あのひとの人物の作用と結びついてはじめておもしろく感じられるようです――あの人物から発する力が、話を気味の悪いものにすると同時におもしろいものにするように思われます。……」

「そうでしょうとも、あなたがとかくアジア的なものにしてやられるのはよく存じています。いや実際、そういう珍しいお話は私などにはしてあげられませんからね」とセテムブリーニ氏はいかにも苦々しげに答えたので、ハンス・カストルプはあわてて、もちろんセテムブリーニ氏の話や教訓の美点はまったく別の面にあり、ふたりを比較するというのは、どちらに対しても公正とはいえないだろうから、比較しようという気などは少しもない、と言い訳した。しかし、イタリア人はこれを聞き流して、そんなお世辞は受けつけなかった。彼は言葉を続けた。

「とにかく、失礼ながら、エンジニア、あなたのその客観的な落着きはらった態度には驚くのほかはありません。いささかグロテスクだと申したいくらいです。あなたもそれは認められるでしょう。結局、どういう事態かというと……あの唐変木があなたのベアトリーチェを横取りしたのです――私は歯に衣《きぬ》をきせずに申すのです。それなのにあなたはどうか。前代未聞《みもん》ですな」

「気質の違いです、セテムブリーニさん。生れつき熱情的か、騎士的か、その違いでしょう。むろんあなたは南国生れでいらっしゃるから、毒を盛るとか、匕首《あいくち》を振りまわすとか、とにかく事を社会的に情熱的に構えて、つまり荒だてようとなさるでしょう。たしかにそれは非常に男らしくて、社会的に男性的で、いきでもあるでしょう。しかしぼくは違うのです。ぼくはあのひとを恋敵《こいがたき》とは考えないという意味で、全然男性的ではないのです。――ぼくはだいたい男性的ではないらしいのですが、とくにぼくがいまなんの気なしに『社会的』といった意味では、たしかに男性的ではありません、なぜかわかりませんが。ぼくはこの燃えあがろうとしない自分の胸に、いったいおれにあのひとが咎《とが》められようかと尋ねてみるのです。あのひとはぼくに向って故意に何かしたでしょうか。侮辱とは、何かを故意にするからこそ侮辱になるので、知らずにしたことは侮辱にはなりません。あのひとがぼくに何かするというのでしたら、ぼくは彼女を手離さないようにすべきでしょうが、これまたぼくにはその権利がないのです。――そもそもこっちにそういう権利もないのに、そのうえ相手がペーペルコルンさんときては、これはもう手も足もでないということなのです。なぜなら、彼はまず第一に大人物です。これだけでも女性には大きな魅力でしょう。第二に彼はぼくみたいな文化人ではなくて、亡《な》くなったいとこと同じように軍人だといってもいいくらいなのです。つまり名誉を重んじ、誇りとか体面とかを看板にしています、それが彼の感情、生活なのです。……どうもばかなことをしゃべっているようですが、しかし、いつも当りさわりのない、その場かぎりの言葉をしゃべっているよりは、少しばかげたことでもしゃべって、生半可《なまはんか》でも何かこみいったことを表現してみたいと思っているものですから――ぼくの性格の中にも、おそらく何か軍人的といってもいいものがあるから、そういうことにもなるのでしょう。……」

「ごもっともですな」とセテムブリーニ氏はうなずきながらいった。「たしかにそれは褒《ほ》められてしかるべき性質でしょうから。認識し表現しようとする勇気、これこそ文学です、人文主義です。……」

ふたりはこんなときにも、以上のような具合に事なく別れた。会話に和解的な結末をつけるのはセテムブリーニ氏であったが、彼にはそうする理由が大いにあった。彼の陣地は絶対安全とはいえなかったので、あまりきびしくしないほうが得策であった。たとえば嫉妬《しっと》に関する話にしても、彼は足をすくわれやすい立場にあった。ある一点に達すれば、彼は正直のところこう白状しなければならなくなっただろうから。つまり彼の教育者的素質からいって、彼の男性的なものに対する関係も必ずしも社会的、闘争的ではなかった。だからこそ強力なペーペルコルンは、ナフタやショーシャ夫人と同様、彼の縄張りを荒す者になるわけである。そして結局彼には、弟子を説き伏せて、人物の影響力やその生得の優越性を無視させる見込みも立たなかったし、彼自身もやはり、脳髄体操の好敵手ナフタと同じように、人物の影響力やその優越性から超然としていることはできなかったのである。

ふたりがいちばん得意になれたのは、議論を戦わせて、その場に知的な雰囲気《ふんいき》をかもしだすときであった。そういうとき、彼らはその上品で、しかも激越な、学問的でありながらしかも焦眉《しょうび》の時事問題、死活問題ででもあるかのような感じで語られる論戦に、散歩仲間の注意をひきつけることができたが、実際に議論に加わっているのはほとんどふたりだけで、その間じゅう、「人物」はいわば無視された形で、ただ額の皺《しわ》を深めて驚いて見せたり、曖昧《あいまい》で嘲 笑《ちようしよう》的な切れぎれの言葉をさしはさんだりするだけであった。しかし、そんな場合でさえ、彼の大きさはみなを圧倒して、議論の迫力を弱め、生彩を失わせ、それをなんとなく空虚なものに感じさせ、とにかくふたりの議論のいずれにもありがたくない結果をもたらした。これは一座の誰もが感じていることであった。もっともペーペルコルン自身がそれを意識していなかったか、あるいはどの程度まで意識していたか、それはわからなかった。そして彼のこういう影響力のために、論争はその決定的に重要だという印象をぼかされてしまい――こういってはたいへん気の毒だが――結局こういう議論はどうだっていいのだという印象をみなに与えてしまったのである。別のいい方をすれば、この機知に富んだ烈《はげ》しい確執は、かたわらを歩いている人物を、ひそかに隠微な漠然《ばくぜん》とした仕方でいつも念頭に置いていて、その磁力のために迫力を殺《そ》がれてしまったのである。この不可思議な現象は、議論をするふたりにとっては非常にいまいましいものにちがいなかったが、しかし以上のようにしか説明できない性質のものであった。実際、もしピーター・ペーペルコルンという人物がいなかったら、ふたりはますます尖鋭《せんえい》な対立に追いこまれていったことだろう。たとえばレオ・ナフタは、セテムブリーニ氏の教義に対して、教会の真正の徹底的な革命的本質をもっと烈しく擁護したことであろう。一方、セテムブリーニ氏は、教会というこの歴史的勢力を陰鬱《いんうつ》な停滞と保守の守護神と見なして、生命を愛し、未来に眼を向け、革命と革新とに好意を持つ思想はすべて保守停滞に対立する原理であり、かの古代的教養が復活した光栄ある時代に発祥した啓蒙《けいもう》、科学、進歩の原理に結びつくものであると主張し、この確信をいかにも美しい言葉と身ぶりとで述べたてた。するとこれに対してナフタは冷やかに鋭く応酬して論じはじめる――実に見事ないかなる反論をも許さないような論陣であった。――すなわち宗教的禁欲的理念の体現である教会は、いつまでも存続しつづけようとするもの、つまり世俗的教養や国法的秩序に味方しそれを支持するものでは決してなく――むしろ昔からきわめて過激な革新、徹底的な革命を標榜《ひょうぼう》してきた。すなわち、みずから存在する価値があると自惚《うぬぼ》れ、また落伍者《らくごしゃ》、臆病者《おくびょうもの》、保守主義の輩《やから》、プチブルの俗衆どもが存続させようとしているもの、国家と家族、世俗的な芸術や科学――これらのものはみな意識的にまたは無意識的に、宗教的理念に対し教会に対して終始反抗を事としてきた。教会の本来の傾向とその不動の目的は、現存するすべての世俗的な秩序を解体せしめ、理想的な共産主義的な神の国の手本に従って社会を再編成することにある。

こんどはセテムブリーニ氏が口を開く番であったが、どうして彼も相当な論客であった。このように、あらゆる劣悪なる本能の反逆を輝かしい革命思想と混同するのは嘆かわしいことだ、と彼はいった。教会の改革熱なるものは、何世紀にもわたって、生命を生み育てる思想を糾問し、絞殺《こうさつ》し、火焙《ひあぶ》りの刑の煙で窒息させることでしかなかった。そして今日でも教会は自由、教養、デモクラシーを排して賤民《せんみん》独裁と野蛮を招来せしめるのが自分の使命だと主張して、密使どもに教会は革命を歓迎するかのように宣伝させている。いやもう矛盾だらけの結論、徹底した矛盾の身の毛もよだつばかりの標本ではないか……

そういう矛盾や徹底性という点は、とナフタは応酬する、わが論敵にもないわけではない。あなたは民主主義者と自称しているが、その主張するところを聞くと、民衆と平等とに好意を持つ人間の言とは受取りにくい。むしろ万民を代表して独裁する使命を持つ世界プロレタリアートを賤民呼ばわりにすることは、言語道断な貴族的驕慢《きょうまん》を暴露しているにすぎない。しかし、民主主義者セテムブリーニ氏の教会に対する態度は、はっきりとしていてよろしい。なぜなら、教会が人類の歴史のもっとも高貴な勢力をなしているということは、誇らかに認めなければならない事実だからである。――教会は究極の、最高の意味で、つまり精神的な意味において高貴なのである。なぜなら、禁欲精神は――精神は禁欲を意味するから、これは重複語になってしまうが――すなわち現世否定、現世抹殺《まっさつ》の精神は貴族性そのもの、純粋な貴族的原理だからである。この精神は決して民衆的ではありえないし、また教会はいつの時代にあっても根本的には非民衆的であった。セテムブリーニ氏も中世文化に関する文献を少々研究してみられれば、この事実にお気づきになることであろう。中世の民衆は――それももっとも広い意味での民衆だが――教会制度に対して露骨な嫌悪《けんお》を示していた。たとえばある僧侶《そうりょ》たちは、すでにルターにも劣らず禁欲思想を排撃して、酒や女や歌を礼讃《らいさん》しているが、これは実は民衆的な詩的空想の所産なのである。世俗的英雄主義のあらゆる本能、すべての好戦的精神、それに宮廷文学は、宗教的理念に対して、ひいては教権制度に対して、程度の差こそあれ公然と対立してきた。なぜならこれらのすべては、教会によって代表される精神の貴族性とくらべると、「世俗」を、賤民的なるものを意味したからである。

これに対してセテムブリーニ氏は、記憶を新たにしてもらってありがたいといい、ナフタ氏が讃美する陰惨な墓穴的貴族主義にくらべると、オーストリアの英雄詩『薔薇《ローゼンガル》の園《テン》』にでてくる僧イルザンの姿はずっと爽《さわ》やかな感じを与えると述べ、自分セテムブリーニは、ナフタ氏がちょっと触れたドイツの宗教改革家を好む者ではないが、しかし、あのルターは自分の教えの根底に横たわる民主的個人主義の思想のすべてを、人格に対するいっさいの僧侶的・封建的支配欲に対して擁護しようという決意に燃えていると思うといった。

「なんとおっしゃる」と突然ナフタが叫んだ。教会は民主思想に乏しく、人間の人格の価値に対して無理解だとおっしゃるのか。ローマ法が権利能力の所有を市民権の有無によって定め、ゲルマン法が権利能力をゲルマン民族に所属し個人の自由を持つ者にのみ限定したのに反して、教会法の要求するところはただ教会所属と正統信仰とだけであって、教会法はあらゆる国家的、社会的顧慮を捨て去り、奴隷《どれい》や捕虜や非人にも遺言権や相続権があると主張しているが、こういう人間的な公正なやり方を貴下はいったいどうお考えになるのか。

教会法がそういうことを主張するのは、とセテムブリーニは辛辣《しんらつ》にいってのけた、遺言のたびに教会の懐《ふとこ》ろに飛びこむ「教会取得」をひそかに当てにしてのことではないか。さらにセテムブリーニは「僧侶の煽動《せんどう》」についても云々《うんぬん》し、それを飽くなき権力欲にでた群衆へのお愛想であり、神々には当然相手にしてもらえないので、下層階級を動員しようとするものにすぎない、といった。彼によれば、教会は明らかに魂の質よりも量を必要としてきたのだが、これは教会が精神的にきわめて低級であることの証拠だといった。

低級？――教会の考え方が？　とナフタは、汚辱が子孫にまで及ぶという考え方の根底にある教会の峻厳《しゅんげん》な貴族主義をお忘れなきようにとセテムブリーニにいった。教会の考え方によれば、重い罪は――民主主義的な考え方からすれば――当然罪のない子孫にも及ぶのであり、たとえば私生児は一生罪を負いつづけて権利を与えられない。しかし、セテムブリーニはそれに対して、そういう話はやめていただきたい、といった。――第一に、自分の人間的感情がそんな話には反発するし、第二に、自分はそういう逃げ口上にはもう飽きあきしている。ナフタ氏の巧みな弁明はきわめていかがわしい悪魔的な虚無の讃美にほかならないし、しかもそのニヒリズムが精神を僭称《せんしょう》して、禁欲の原理が一般に認められがたいことを重々承知の上で、それを何か非常に正当で神聖なるもののように感じさせようとしているではないか。

するとナフタは、これぞまさに噴飯ものだ、といった。教会のニヒリズムとは！　世界史におけるもっともリアリスティックな支配体制たる教会にニヒリズムを云々《うんぬん》するとは。教会は現世と肉体とにたえず譲歩し、その賢明な譲歩によって禁欲的原理の究極的結論を巧みに包み隠し、精神を規制的影響力として働かせながら、自然本能に対して厳格になりすぎないようにしているのだが、セテムブリーニ氏はこの教会の温かい人間的反語の息吹《いぶ》きに触れたことはないのだろうか。したがって氏は、寛容についての宗教的な繊細な考え方に関しても全然聞いたことがないのか。秘蹟《サクラメント》、すなわち婚姻の秘蹟《ひせき》もそうした繊細な考え方のひとつにほかならない。これは他のすべての秘蹟と同じく決して積極的な善ではなくて、人間を罪から守るための手段にすぎないのである。婚姻の秘蹟はただ肉欲と不節制とを抑制するためにのみ授けられるのであって、肉に対しては非政治的な厳格さをもって臨まずに、しかも禁欲の原理、すなわち純潔の理想を主張しようというのである。

「政治的」という概念のこの忌《い》まわしい用い方に対して、セテムブリーニ氏が抗議せずにいられたはずはない。精神――というよりここでは精神と自称しているもの――がその反対のもの、実際には陰険な寛容さなどを少しも必要としないものを罪あるものと見なして、これを「政治的」に取扱うべきだなどという不遜《ふそん》な主張をあえてする、その思いあがった寛容と賢明さのジェスチュアに対して自分は抗議せずにはいられない、とセテムブリーニ氏はいった。また、生命をも、その対立物となっていると思いあがっている精神をも、つまり宇宙全体を悪魔の支配に委《ゆだ》ねるような宇宙観の忌まわしい二元論に対しても、自分としては抗議せずにはいられない。なぜなら、もし生が悪であるならば、その純然たる否定である精神もまた悪でなければならないからだ。そして、セテムブリーニは肉欲が罪のないものであることを一席弁じたてたが——それを聞きながらハンス・カストルプは、立見机や藁《わら》を詰めた椅子やフラスコが置いてあるあの屋根裏の人文主義者の小部屋を思いださずにはいられなかった。——一方ナフタは、肉欲は決して罪のないものではありえないし、自然は精神的なものを前にして、つねにやましい良心を感じていなければならないと主張し、教会の政策と精神の寛容を「愛」と規定して、禁欲の原理をニヒリズムだときめつける相手の考えを論駁《ろんばく》した。——これを聞いて、ハンス・カストルプは、「愛」という言葉は、この瘦《や》せて小さな鋭いナフタの口にかかると、なんとも奇妙な感じのものになると思った。……

議論はこんな調子で続けられた。こういうやりとりはわれわれにはお馴染《なじ》みのものだし、ハンス・カストルプにも珍しいものではなかった。われわれが彼といっしょにしばらくこの一幕に耳を傾けたのは、たとえばこういう逍遥《しょうよう》学派的論戦が、かたわらを並んで歩いている人物の影響下にどういう様相を呈することになるか、またこの人物の存在がこういう論戦からどういうふうにしてひそかにその迫力を失わせてしまうことになるか、それを観察したかったからである。つまり論戦するふたりは、この人物の存在をひそかに意識していなければならなかったために、応酬の火花が消されてしまって、電流の切れているのがわかったときに感ずるあのがっかりした虚脱感を思わす気持に襲われるのをよく観察したかったからである。いや、まさにそのとおりであった。矛盾する両極の間には火花がぱちぱちと撥《は》ね飛ばなくなり、電流は切れてしまった。――精神と自称するふたりによって精神的に無視されたはずの人物が、かえって精神のほうを無力化してしまったのである。ハンス・カストルプはそういうことに気がついて、驚きもしたし、不思議なことだとも思った。

革命と保守――みなはペーペルコルンに視線を移した。歩いているときにはそう堂々と見えない彼が、帽子をまぶかにかぶり、左右に揺れそうな歩き方でのっしのっしと足を運び、論戦するふたりをいたずらっぽく頭で指しながら、幅の広い、不規則に裂けた唇を開いてこういうのを聞いた。「そう――そう――そうです。脳髄。脳髄だけの、そうでしょう。それはつまり――明らかにそれは――」するとどうだろう、火花はぴたりとやんでしまった。ふたりは何か別の問題で火花を散らそうとして、もっと強烈な呪文《じゅもん》を唱えて、「貴族性の問題」、大衆性と高貴性という問題を論じはじめた。だがやはり火花は散らなかった。磁石に吸い寄せられるように、論戦はかたわらの人物に吸い寄せられてしまった。ハンス・カストルプはクラウディアの旅の伴侶《はんりょ》が襟《えり》のないシャツを着て、老いた労働者か王者の胸像を思わせるような姿で、赤絹の布団《ふとん》をかけたベッドに寝ていた様子を思い浮べていた。――すると論戦のエネルギーはしばしばほどはぱっと燃えあがったが、結局消えうせてしまった。さらに手綱が締められた。ナフタが否定を説き虚無を礼讃すれば、セテムブリーニは恒久的肯定と精神の生命に対する親愛を主張する。ところがメインヘールの方を見ると――ひそかなる引力にひかれて見ないではいられないのであったが――論戦の迫力、火花、電流はどこかへいってしまうのである。とにかく、どこかへいってしまったのだが、これはハンス・カストルプの言葉を借りると、神秘というよりほかはなかった。彼は自分の警句集の中にこう書きとめようと思った、「神秘とはごく簡単な言葉でいい表わせるか――でなかったら、いい表わせないものだ」と。しかし、この場合神秘をなんとかいい表わしてみようとすると、こんなことしかいえないのではあるまいか、つまりこの額に深い皺《しわ》を刻んだ王者のような顔と痛々しげに裂けた唇とを持ったピーター・ペーペルコルンは、ときに応じてそのいずれでもあった、と。すなわち彼を見ると、このふたつの場合がどちらも彼に当てはまるのであって、そのふたつが彼の中ではひとつになっているように思われるのである。そうだ、このばかな老人、支配者的な零《ゼロ》はそれであった。彼はナフタのように混乱させたり煽動したりして、論戦の中枢《ちゅうすう》神経を麻痺《まひ》させはしなかった。彼はナフタのそれのような意味で曖昧《あいまい》なのではなく、ナフタとは全然反対の積極的な意味でとらえどころがなかった。――よろめき歩くこの神秘は、明らかにばかとか利口とかいう差別を超越していたばかりか、セテムブリーニとナフタとが教育的効果を狙《ねら》って、緊迫関係を作りあげるために持ちだしてくるあらゆる対立概念をも超越していた。だからこの人物は教育的ではないように思われた。――にもかかわらず、修業行脚《あんぎゃ》中の青年にとってこの人物はなんというチャンスであったことだろうか。ふたりの論客が婚姻と罪、寛容の秘蹟、肉欲の罪の有無を論じ合っている間に、この王者的存在の不思議な様子を観察していると、なんという奇妙な感じを与えられることだろうか。彼は頭を肩と胸の間に落し、痛々しげな唇を開いて悲嘆するように口を開け、鼻孔は緊張して苦しげに拡《ひろ》がり、額の皺は吊《つ》りあがり、眼を見開いてその薄色の中に苦悩の色を見せた。――彼はまさに苦悩の姿そのものであった。ところがどうであろうか、つぎの瞬間にはその苦悩の表情はかき消えて、ふざけた奔放な感じに一変する――。頭を斜めにかしげた様子がいたずらっぽい様子に変り、ずっと開いたままの唇には淫《みだ》らな微笑が浮び、前にも見たことがあるあの道楽者めいた笑《え》くぼが片頬《かたほお》に現われる――そこにあるのは、踊り狂う異教の司祭の姿であった。彼は頭で脳髄ばかりのふたりのほうをいたずらっぽく指しながらいった。「ええ、そう、そう、そのとおり――完璧《かんぺき》。このひとは――このひとたちは――明らかにそれは――肉欲の秘蹟、おわかりかな――」

こうしてハンス・カストルプの友人兼先生たちは男を下げてしまうのであったが、上にも述べたように、それでもまだ喧嘩《けんか》ができるときはよかった。そんなときのふたりは水を得た魚のようであったが、大人物のほうはそうはいかないらしかった。――彼がそういうときに演じた役割についてはいろいろに考えてみることができたが。しかし反対に、機知や言葉や精神などが問題にならなくなって、事実、現実的で実際の事実、つまり支配者的存在がその本領を発揮するような問題や事柄が話題になってくると、形勢は疑いもなく論客ふたりに不利となった。そうなるとふたりはもうだめになってしまい、影が薄くなって生彩を失ってしまう。そしてペーペルコルンひとりが牛耳り、指示し、決定し、指令し、注文し、命令した。……だから、ペーペルコルンが情勢をそっちのほうへ持っていこうとし、論争をやめさせてそういう事態を作りだそうと努めたのは、別に不思議ではない。議論がはじまると、もしくはそれが長引くと、彼はそれを苦痛に思った。しかし、彼がそれを苦痛に感じたのは自惚《うぬぼ》れからではなかった――ハンス・カストルプはそれを確信していた。自惚れには大きさはないし、大人物に自惚れはないからである。いや、ペーペルコルンが具体的な話題を希望したのは、もっと別の理由からであった。つまりごく大ざっぱないい方をすると、それは「不安」からであり、ハンス・カストルプがいつかためしにセテムブリーニ氏に話してみて、ある意味で軍人的傾向と見なすことができるといったあの強い義務感と名誉心からでたものだともいえた。

「みなさん――」とオランダ人は槍《やり》のような爪《つめ》をした、船長を思わせる手を、懇願するように命令するようにかざしながらいった。「――よろしい、皆さん、完璧、大いによろしい。禁欲――寛容――肉欲――私はこれを――絶対に。非常に重要。大いに問題です。しかし失礼ながら――私が心配するのは、私たちがそれによって何か重大なあやまちを――私たちはそれによって免れようとして、皆さん――無責任にももっとも神聖な――」彼は深く息を吸いこんだ。「この空気、みなさん、きょうのこの南風を含んだ味のある空気は、柔らかな、心をとろかすような、何か予感と思い出に充《み》ちたような一脈の春の香りを含んで――私たちはこの空気を吸いながら、それを――私は切にお願いする、それはしてはならないことです。それは冒瀆《ぼうとく》です。ただこの空気だけに私たちのすべての充実した――おお、私たちの最高の、精神を完全に集中した――よろしい、な、みなさん。そして私たちはこの空気のすばらしさをひたすら謳歌《おうか》する意味で、私たちはこの空気をふたたび胸から――話の途中ですが、皆さん。どうも話の途中ですが、あれを――」そういって彼は立ちどまり、からだを反《そ》らせて、帽子の鍔《つば》を眼の上にかざしたので、みんなも彼にならってそうした。

「みなさん」と彼はいった。「注意を空に向けていただきたい。あの広い空へ、あの青い黒ずんだ空の下に旋回しているあの黒い一点へ――あれは猛禽《もうきん》、巨大な猛禽です。あれはそうです、私の見間違いでなければ――みなさん、それにお前、クラウディア、あれは鷲《わし》だ。あの鷲に、私は、ぜひみなさんのご注意を。――ごらんなさい。あれは黒鳶《くろとんび》でも、禿鷹《はげたか》でもない、――私は大分老眼が進んで遠くがよく見えるんだが、みなさんも――そうです。あんた、進んでいます。私の髪には艶《つや》がなくなった、そうです。こうなったらみなさんも私のようによく見えるでしょう、あの飛び方のゆるやかなカーヴで。――鷲です、みなさん。狗鷲《いぬわし》です。私たちの真上で、青空に弧を描き、羽搏《はばた》きもせずにはるか上空で舞いながら、私たちの。――そして突きでた眉骨の下の遠目の利《き》くらんらんとした眼で地上を窺《うかが》っているにちがいない。鷲です、みなさん、ジュピターの愛鳥、鳥類の王、空の獅子《しし》。彼は羽毛のズボンをはき、鉄のような嘴《くちばし》を持ち、その尖端《せんたん》だけは鉤《かぎ》のように曲り、爪にはおそるべき力が潜み、内側に曲りこんだ蹴爪《けづめ》では、前の爪と後ろの長い爪とががっちりと嚙《か》み合っている、ごらんなさい、こんなふうに」そういって彼は、爪の長い、船長のような手で鷲の鉤爪の真似《まね》をして見せた。「兄弟、なんだってそんなにぐるぐる回って、こっちを睨《にら》んでいるんだ」と彼はまた上空を仰いでいった。「飛びかかれ。そいつの頭や眼を鉄の嘴で撃て、腹を引裂け、獲物として神がお前に――完璧、決着。お前の爪は臓腑《ぞうふ》に食いこまなければいかん、お前の嘴は血を滴《したた》らせる――」

彼はひどく興奮していた。ナフタとセテムブリーニとの論争に向けられていた散歩仲間の関心はどこかへ吹き飛んでしまった。そのあとでメインヘールが音頭をとって何かやろうということになり、相談が行われ計画が立てられたが、その間も――誰も口にはださなかったが――いまの鷲のイメージがみなの念頭を去らずにいて、相談にも影響を及ぼしていた。相談の結果みんなは料理店に入って、飲んだり食べたりした。まったく時間外の飲食であったが、みんなはあの鷲のことをひそかに考えて食欲を刺激されたのであった。これはメインヘールが何度も「ベルクホーフ」の外で催した飲食の饗宴《きょうえん》であった。彼はたとえば、「街《プラッツ》」や「村《ドルフ》」や、また汽車でピクニックにでかけたグラリスやクロースタースの料理店でよくそういうことをやった。みなはペーペルコルンという支配者の指図に従って「古典的贈物」を味わった。田舎《いなか》ふうのパンにクリーム入りのコーヒー、柔らかなチーズに香りのいいアルプス・バター、そしてこのバターを焼きたての熱い栗《くり》に塗ったのはすばらしかった。イタリアの赤ぶどう酒は飲み放題であった。ペーペルコルンはこの即興の饗宴に例の大袈裟《おおげさ》な尻切《しりき》れとんぼの言葉で話をしたり、アントン・カルロヴィッチ・フェルゲに話を所望したりした。この善良な忍従者は、いっさいの高尚な話には縁がなかったが、ロシアのゴム靴製造について非常に聞きごたえのある話をしてくれた。つまり、ゴムの塊りに硫黄《いおう》やその他の材料を混ぜて、できあがった靴にラックを塗り、百度以上の熱を加えて「硬化」させるのだそうである。彼はまた出張《ノース》旅行でなんどか北極地方にも行ったことがあるので、極地のことも話して聞かせ、北岬《ケープ》の真夜中の太陽や永遠の冬についても話してくれた。彼はひげがかぶさった口と大きな喉仏《のどぼとけ》を動かして語った。北極の巨大な氷山や鋼《はがね》のような灰色の海原にくらべると汽船は芥子粒《けしつぶ》のように見えるそうであった。そして黄色いヴェールのような光が空にひろがったことがあったが、これが極光であった。それらのすべてが、見渡すかぎりの光景が、そして自分自身までが、アントン・カルロヴィッチには妖怪《ようかい》めいて見えたということであった。

フェルゲ氏はこんなふうに話をしてみせたが、この小さなグループの中で、複雑に入り組んだ関係圏外に立っていたのは彼だけであった。ところでこの厄介な関係については、ふたつの短い対談をここにしるしておかなければならない。それはこのころ、私たちの小説の、主人公らしくない主人公が、クラウディア・ショーシャと彼女の旅の伴侶とを相手に、そのそれぞれのひとりずつと交わしたふたつの不思議な会話である。ひとつはロビーである日の夜、「邪魔者」が熱をだして上の部屋で寝ていたときに、もうひとつはある日の午後、メインヘールの枕《まくら》もとでハンス・カストルプとメインヘール・ペーペルコルンとが交わしたものである。……

その晩ロビーは薄暗かった。いつもの社交の集《つど》いはもりあがりを見せないままに、簡単に終ってしまい、療養客たちは早くから夜の安静療養をやりにバルコニーへ引揚げてしまっていたし、そうでない連中は、療養規則を破って、街へダンスやカルタをしにおりていった。ひっそりとしたロビーでは、天井のどこかに電灯がひとつともっているだけで、隣の談話室にもろくに電灯はついていなかった。ハンス・カストルプは、ショーシャ夫人が主人《パトロン》とは別に食堂で夕食をすませてから、まだ二階へ戻らずに書き物部屋兼読書室にひとりで残っているのを知っていたので、彼も自室へ引揚げるのをためらっていた。彼はロビーの奥の、陶製煉瓦《れんが》の暖炉のそばの揺り椅子《いす》にかけていた。そこは低い段でロビーより少し高くなっていて、板張りの支柱のある二、三の白いアーチがロビーの広い部分との間を仕切っていた。彼がかけていた椅子は、ヨーアヒムがマルシャと最初にして最後の話をしたときに、マルシャが腰をかけて揺り動かしていた椅子であった。この時間にはロビーで煙草《たばこ》を吸うのは大目に見られていたので、ハンス・カストルプは紙巻煙草を吸っていた。

彼女が近づいてきた。彼はその足音を聞き、衣《きぬ》ずれの音を自分の背後に聞いた。彼女は彼のそばに立って、片隅をつまんだ手紙を扇のように動かしながら、例のプシービスラフそっくりの声でいった。

「門番がいないのよ。切手を一枚くださいな」

彼女はこの晩は黒っぽい軽い絹の服を着ていた。頸《くび》のまわりは円く刳《く》ってあり、寛《ゆる》やかな袖《そで》の服で、袖口はボタンつきのカフスで手首をぴったりと包んでいた。それは彼の気に入った服装であった。彼女は真珠の頸飾りをかけていて、それが薄暗い中で青白く光った。彼はキルギス人を思わせるような彼女の顔を見あげ、そして聞き返した。

「切手？　ぼくは持っていないんです」

「まあ、一枚も？　褒《ほ》メタコトジャアリマセンワネ。ご婦人のお役にたつようにと用意していらっしゃらないの」彼女は唇を尖《とが》らせ、肩をすくめた。「がっかりしたわね。殿方はいつでも抜かりがなくて頼もしくないとだめなのよ。あなたなら紙入れの中に、どんな種類の切手でもシートごと小さくたたんで、お値段の順に重ねて入れていらっしゃるだろうと思っていましたのにねえ」

「なんのためにです」と彼はいった。「ぼくは手紙なんか書かない。いったい誰に宛《あ》てて書くんでしょう。ごくたまに葉書を書くことがあっても、それには切手が刷りこんであるし。……ぼくはいったい誰に手紙を書けばいいんでしょう。ぼくにはそんな相手はひとりもいない。下界との交渉もすっかりなくなって、もう縁が切れてしまった。ぼくらの国の民謡集にこんな歌があるんです。『わたしは世間と縁ぎれだ』いまのぼくはそれなんですよ」

「そう、それならせめて煙草をちょうだいな、縁の切れた坊ちゃん」といって、彼女は暖炉の横のリンネルのクッションをのせたベンチへ彼と向き合って腰をおろし、脚を組み、手をさしだしながらいった。「煙草は持っていらっしゃるらしいわね」彼女は彼がさしだした銀のシガレット・ケースから巻煙草を、投げやりな手つきで、お礼もいわずに一本抜き取って、彼が彼女の屈《かが》みこんだ顔の前でつけてやったライターで、煙草に火を移した。このぞんざいな「ちょうだいな」というい方やお礼もいわずに受取るしぐさには、甘やかされた女性の気ままさが感じられたが、そのほかにも人間的な、もっとうまくいうと「情のある」連帯感や共同所有の観念が、つまりやったり取ったりすることを当然のことと思う遠慮のない、やや放縦な気分が感じられた。ハンス・カストルプはそれをひそかにいい気持になって批評した。そして彼はいった。

「ええ、煙草ならいつでも。煙草ならいつでも持っています。これは手放せない。これがなくてどうして辛抱できるでしょう。ねえ、こんなのを普通は病みつきというんでしょうね。正直のところ、ぼくはいわゆる病みつき屋なんかではありませんが、それでもぼくは病みつかないこともない。重苦しい情熱というものがあるんです」

「それでとても安心したわ」と彼女は吸いこんだ煙を吐きだしながらいった。「あなたが情熱家でないとお聞きして。でも、それ、当り前だわ。情熱家だったらあなたはきっとドイツ人ではなくなっていたでしょうね。情熱とは人生を人生そのもののために生きることなんですもの。ところがあなた方ドイツの殿方は体験が目的で生きていらっしゃるんですからね、そういう定評よ。情熱とは自分を忘れること。それなのに、あなた方は、自分を豊かにすることがまず第一なんですからね。ソウヨ。あなた方はそれがどんなにいやらしいエゴイズムか、いつかそのためにあんた方が人類の敵になるかもしれないというようなことは考えてもみないのね」

「おや、おや。いきなり人類の敵扱いですか。——なんだって君はそんなに話を拡《ひろ》げるの、クラウディア。君はぼくたちが人生のためにではなくて、自分を豊かにするために生きているというが、それはいったいなんのこと、誰のことをいっているの。君たちご婦人方がそんな漠然とした道徳論などやりはじめるはずはないからね。ああ、道徳、そうさ、これはナフタとセテムブリーニが議論する問題だ。これは例の大混乱の領域に属する問題だ。だいたい、自分自身のために生きているのか、それとも人生そのもののために生きているかなんてことは、みんな自分自身にだってわからずにいることなんで、誰だってはっきりと間違いなくわかっていることじゃない。つまり、ぼくのいうのはその限界が曖昧《あいまい》だということなんだ。利己的な献身もあれば、献身的なエゴイズムもある。……ぼくにいわせれば、これはだいたい恋愛の場合だって同じことだと思う。君の道徳論などには耳を藉《か》さず、前に一度そんなことがあったきりで、君がまたここへ戻ってきてからはまだ一度もないけれど、そのときのようにこうしてふたりで向い合って坐《すわ》っていられるのがとてもうれしいというのは、これはむろん道徳的じゃない。それからまた、君の手首をぴっちりと包んでいるそのカフスが君にどんなにすばらしく似合っているか、それを君に面と向っていえるというのがどんなにうれしいか、こいつもやっぱり道徳的とはいえないだろうし、その薄い絹の服地がやんわりと——君の、その腕を、ぼくがもう知っているその腕を……」

「わたし、もういくわ」

「いや、どうかいかないでくれ。ぼくは現在のいろいろな事情を忘れはしないし、いろいろなひとのことも考えているんだから」

「情熱のないひとのことだから、少なくともそれは信用してもよさそうね」

「そら、見たまえ、君はすぐに冷やかしたり、文句をつけたりするじゃないか、ぼくが何か……それでいてまたすぐ、いってしまうなんていいだすんだからね、ぼくが少し……」

「話をわからせようというのなら、言葉を途中で切らないで、おしまいまでいっていただきたいわ」

「そんならぼくは、途中で切られてしまう言葉のあとを推量する君のお稽古《けいこ》には少しも仲間入りさせてはもらえないんだな。不公平だな、これは。もし、いまは公平なんていうことは問題になってはいないということを、ぼくがわきまえていなかったとしての話だけれど。……」

「そうよ、そんなことは問題にならないわ。公平なんて重苦しい情熱よ。嫉妬《しっと》と違って、ね。だから、重苦しい人間が嫉妬したら、それこそもう目も当てられないでしょうね」

「ね、そうだろう。目も当てられないさ。だからぼくが重苦しいのは大目に見てもらいたい。もう一度いうけれど、ぼくが重苦しくなかったら、どうして辛抱できただろうか。重苦しくなかったら、たとえばどうして待つのに耐えられただろうか」

「なんですって？」

「君を待つのにさ」

「ネエ、アナタ。あなたがばかみたいにしつこく使っている君といういい方は、わたし、もう問題にしないことにするわ。いずれあなたのほうも飽きてしまうでしょうし、それにわたしだってお上品ぶった、口やかましい奥さまなんかじゃないんだから……」

「そうだとも、君は病気なんだから。病気は君に自由を与える。病気は君を——ちょっと待ちたまえ、まだ一度も使ったことのない言葉を思いついた、病気は君を天才的にするんだ」

「天才のお話はまたのことにしましょうよ。あたしのいいたかったのはそんなことじゃないの。あたし、あなたにひとつだけお願いしておきたいことがあるの。つまり思い違いは止《よ》していただきたいんです、あなたがお待ちになっていらしったということに——本当にお待ちになっていらしったとしたらよ——あたしが何か関係があるとか、あたしがそうするように仕向けたとか、それを許したとか、そういうふうな、ありもしないことはいっさいいっていただきたくないの。本当はその反対だったということを、いまここではっきりとお認めいただきたいの。……」

「いいとも、クラウディア、心配はいらないよ。君はぼくに待てともなんともいいはしなかった。ぼくが勝手に待っていたんだ。君がそれに引っかかる気持はよくわかるよ。……」

「あなたってひとは、降参するときでも何か横着なのね。だいたいあなたは横着よ、なぜだか知らないけど。あたしにだけじゃなく、ほかのひとたちにもそうよ。あなたは感心したり謙遜《けんそん》したりするときにも、やはりなんだか横着に構えているような感じがするわ。あたしにそれがわからないなんて思っていらっしゃるの。だからあたし、あなたなんかと口なんかきかないほうがいいのかもしれない。それにあなたは、あたしを待っていたなんていいだすひとなんだから。あなたがまだここにいるっていうのも無責任な話よ。あなたはもうとっくにご自分の仕事へ帰っていなくちゃならないはずじゃありませんか、船渠《シャンティエ》トカ、それともどこかへ……」

「そういういい方は、天才的じゃなくて、全然月並みだ、クラウディア。君も本気でそういってるわけじゃあるまい。セテムブリーニのいいそうな意味で、君がそういうはずはない、そうとしか思えない。ただでまかせにそういっただけだろうから、ぼくもそれを真面目《まじめ》に受取るわけにはいかない。ぼくはあの気の毒ないいとこのように無謀な出発なんかしない。いいとこは君が予言したように、低地で軍務につこうとして死んでしまった。あれは自分でも死ぬのを知っていたらしいが、ここで療養勤務を続けるよりは死んだほうがましだと考えたんだ。それもよかろう、だからこそ彼は兵隊だったんだ。しかしぼくは兵隊じゃない、ぼくは普通の市民なんだから、いとこの真似《まね》をして、しかもラダマンテュスの禁止にさからって、いきなり低地で直接の実益と進歩とのために働こうとしたら、それこそ脱走ということになる。そんなことはこの上ない忘恩行為だし、不信でもあるだろう、病気と天才に対しても、古い傷痕《きずあと》と新しい傷口を作った君への愛に対しても、またぼくがよく知っている君のその腕に対しても。――もちろん君の腕を知ったのは夢の中、天才的な夢の中のことなのだから、君にはむろんどんな結果も責任も生じはしないし、君の自由がそのために拘束されることがないのはぼくも認める……」

彼女は巻煙草をくわえたまま笑ったが、そのために韃靼人《だったんじん》を思わせる眼が細くなった。彼女は壁板によりかかり、両手をからだの横で突っぱるようにベンチの上にささえ、脚を組んで、黒いエナメル靴をはいた片方の足を揺り動かしていた。

「ナントイウ寛大サ。アア、ソウ、ソレダワ、タシカニ、私も天才（homme de génie）ってものをいつもそんなふうに想像していたわ、可愛《かわい》い坊ちゃん」

「よしてくれよ、クラウディア。ぼくはもちろん天才でもないし、人物でもない、とんでもないことだ。しかしぼくは偶然にも――そう、偶然だ――この天才的な世界へ高く押しあげられてきたんだ。……要するに、君は知らないだろうが、錬金術的、密封的教育法ともいうべきものがある。つまり、化体、それも高次のものへの化体、わかり易《やす》くいえば、高揚ともいうべきものがあって、ぼくはそういう世界へ押しあげられてきたんだ。だが外部の力で高められ押しあげられたのも、もともと内部にそういうものが多少でもあったからこそなんだ。それでは、その内部にあるものは何かというと、よく憶《おぼ》えているが、ぼくはもうずっと前から病気や死とは馴染《なじ》みが深かったし、ここで謝肉祭の晩にそうだったように、もう少年のころから分別を失って、君に鉛筆を借りたことがあるんだ。だが、分別を失わせる愛こそ天才的なんだ。なぜなら、死は天才的な原理、二元的原理（res bina）、賢者の石（lapis philosophorum）、また教育的な原理でもあるからだ。そして死への愛は生と人間への愛に通じているからだ。そういうわけだが、バルコニーに寝ていてぼくはそれを悟った、いまそれをこうして君に話すことができて、ぼくとしてはとてもうれしいんだ。生へ赴く道はふたつある、ひとつは普通の、まっすぐな、真面目な道、もうひとつは厄介な、よくない道、死を越えていく道で、これが天才的な道なんだ」

「ばかな哲学者ね、あんたは」と彼女はいった。「あたしにはあんたのややこしいドイツ流の考えがみなわかるというわけじゃないけれども、とにかくあんたのお説には情があるわ。あんたはたしかにいい青年だと思うわ。それにしてもあんたは本当に哲学者ラシイふりをしてみせてくれたわ、これは認めてあげなくちゃね……」

「君の趣味からすれば少々哲学者ラシすぎたんだろう、クラウディア、どう」

「あつかましいことはいわないでちょうだい。もう鼻についたわ。あんたが待っていたというのは、ばかげた、そして不届きなことだったんだわ。でも、待った甲斐《かい》がなくて、あたしのこと怒っているんでしょう」

「そうさな、いささか辛《つら》かった、クラウディア、この重苦しい情熱家にしても──君があのひとといっしょに帰ってきたことは辛かった。君もひどいことをしたものさ。だって、君はベーレンスを通じて、ぼくがまだここにいて君を待っているということは当然知っていたんだろうからね。しかしさっきもいったように、ぼくはあの夜のことを、夢の中でのこととしか思っていないし、君は君で自由なんだ。いや結局、待った甲斐はあった。君は戻ってきたし、こうしてあの晩のようにいっしょに腰をかけて、ずうっと昔から僕の耳にとっては懐《なつ》かしい君のその声、その不思議な鋭さのこもった声を聞いているし、この寛《ゆる》やかな絹の下にはぼくのよく知っている君の腕があるんだから。二階にはあの君のお連れが熱をだして寝ているのはむろんだけれどもね。君にこの真珠を贈ったあの大きなペーペルコルンが……」

「あなたが自分を豊かにするためにあんなに仲良くしているひとがね」

「悪くとらないでもらいたいんだ、クラウディア。セテムブリーニもそのことでぼくに小言をいったが、それは世間的な偏見にすぎない。あのひとは見つけもんだった──たしかに、あれは『人物』だ。年はとってる──それはそうだ。それでもぼくは君が女としてあのひとをとても愛している気持はよくわかる。ね、君はあのひとをひどく愛しているんだろう」

「あんたの哲学者ぶりはたいしたものだけれど、ドイツの坊ちゃん」と彼女は彼の髪を撫《な》でながらいった。「あんたにあたしのあのひとへの気持を話すなんて、情のあることじゃないと思うわ」

「いや、クラウディア、なぜいけないんだ。ぼくは天才的でないひとたちが、情を失ってしまったと考えるときにこそ、じつははじめて情というものがでてくるんだと思っている。だから安心してあのひとのことを話そうじゃないか。君は夢中であのひとを愛しているんだろう」

彼女は屈《かが》んで、吸い終った巻煙草《まきたばこ》を暖炉の中に投げこんで、それから腕を組んで坐り直した。

「あのひとがあたしを愛してくれるのよ」と彼女はいった。「あたしはそれを誇りにも思い、感謝もして、それで彼に従っているんです。この気持はあんたにもわかるでしょう。わからないのなら、あんたはあのひとがあんたに寄せている友情に値しないわ。……あたしはあのひとの気持を考えると、どうしてもあのひとに従って、仕えなくてはいられなかったの。そうしないでいられたでしょうか。よく考えてみてちょうだい。あのひとの気持を無視することが、情というものを大切にする人間にできるかどうか」

「できないさ」とハンス・カストルプは認めた。「いや、そんなことが不可能だということはわかりきっている。あのひとの感情を無視したり、その感情の衰えに対する不安に無関心でいたり、あのひとをいわばゲッセマネで見殺しにするなんていうことは、女のひとにできるはずはない。……」

「あんたもまんざらじゃないわね」と彼女はいって、その視線をはすかいに投げ、物思いにふけるようにじっと凝らした。「あんたは頭がいいのね、感情の衰えに対する不安……」

「そんなに頭がよくなくても、君があのひとに従わざるをえなかったわけくらいはわかるさ。あのひとの愛情にはひとをひどく不安にさせるようなものがあるらしいけれども――いや、むしろそういうものがあったからこそ――君は従わずにはいられなかったんだろう」

「ソノトオリ……ひとを不安にさせるようなもの、あのひとは、なんだかこっちをはらさせるの、わかるでしょう、とてもむずかしいのよ……」

彼女は彼の手をとって、その手首を無意識にもてあそんでいたが、突然眉《まゆ》を寄せ、顔をあげて尋ねた。

「ねえ、こんなふうにあのひとの噂《うわさ》をするのは、いけないことじゃないかしら」

「そんなことはない、クラウディア。いや、決してそんなことはない。こういう話に情があることはたしかだよ。君はこの『情』という言葉が好きで、それを夢みるような調子で長く引延ばしていうね。ぼくは君がこの言葉を口にするのを、いつもとても興味をもって聞いていたんだ。いとこのヨーアヒムはこの言葉が好きじゃなかった。それは兵隊らしい理由からだった。つまり、それはあらゆる点でだらしがなく締りがないことを意味すると彼は考えていた。この言葉をそうとれば、つまり、何もかも無批判に認めてしまうという意味にとれば、ぼくにしたってそういう『情』というものはどうかと思うさ。これははっきりといっておこう。しかしこの言葉が、自由と天才性と善意の意味だったら、この言葉はやはりすばらしいし、ぼくたちがペーペルコルンのことや、気骨がおれること、心配苦労の絶えないことを話したりするときにも、この言葉は安心して使えると思うんだ。そういう心配苦労は、むろん、あのひとの名誉心や感情の涸渇《こかつ》に対する不安から起ってくるものなんだ。あのひとが感情を助長したり元気づけたりする古典的手段をあんなに愛用しているのも、そういう不安のためなんだろう。――ぼくたちは畏敬《いけい》の念を少しも失わずにこういう話をすることができる、というのも、あのひとの場合、何から何までが大きさを持っているからだ、偉大な王者の大きさを持っているからだ。だからぼくたちがそれをありのままに話し合うのは、彼をもぼくたちをも傷つけることにはならない」

「私たちのことは問題じゃないの」と彼女はいって、ふたたび腕を組んだ。「女として、男のために、それもあんたのいわゆる大きさを持つ男のために、そしてこっちに感情を向けてくれて、その衰えを心配してくれるような男のために、屈辱でさえも甘んじて忍ぼうとしない女がいたとしたら、そんなのは女とはいえないと思うわ」

「まったくだ、クラウディア。うまくいったね。そうすると屈辱さえも大きさを持つわけだし、女は屈辱の高みから、王者的な大きさを持たない連中に向って、見下したようなものいいをすることができるんだ。——君がさっきぼくに切手はないかと尋ねて、『せめて殿方はいつでも抜かりなく頼りになるようにしていなければだめじゃありませんか！』といったあの口調でね」

「怒ってるの。およしなさいよ。お互いに気持をとがらせるのはよしましょう——いいわね。あたしだってときには気持がとがったわ、こうして今晩いっしょにいるんだから正直にいうけれども。あたしはあんたが冷静なのに腹をたてていたのよ。そしてあんたが例の体験追求のエゴイズムであのひととあんなに仲良くすることにもね。でもうれしかったわ、あんたがあのひとを尊敬しているのを見て、感謝してましたわ……あんたの態度はとても誠実だったわ。そこに少しあつかましいものがないでもなかったけれど、あたしもそれは結局許してあげなければならなかったわけよ」

「それはどうもありがたい」

彼女は青年をじっと見つめた。「あんたって、まったく煮ても焼いても食えないひとね。すれっからしねえ、あんたは。頭がいいのかどうか知らないけど、食えないことはたしかだわ。でもいいわ、それでもなんとかなるでしょうし、お友だちにもなれるでしょう。あたしたちもお友だちになりましょう、あのひとのために同盟を結びましょうよ、普通なら誰かを向うに回して同盟するんだけれど。約束のしるしに握手してくださる。あたしときどきとても不安になるの。……あのひととふたりっきりでいるのがときどきこわくなるの、気持と気持がふたりっきりになるのが、ワカルワネ。……あのひとは相手をはらはらさせるのよ。……何かあのひとに悪いことが起りそうな気がして、ときどき心配になるの。……ときには背筋が寒くなることもあるわ。……誰かいいひとにそばにいてもらいたいの。……ツマリネ、あんたはどう思うか知らないけれど、たぶんあたし、そのためにあのひととここへ舞い戻ってきたのよ……」

彼は揺り椅子《いす》を前に傾け、彼女はベンチに腰をかけ、膝《ひざ》と膝とをくっつけ合っていた。彼女は最後の言葉を彼の鼻先で囁《ささや》きながら彼の手を握りしめた。彼はいった。「ぼくのところへ。ああ、それはすてきだ。ああ、クラウディア、それはたいへんなことだ。君はあのひとを連れてぼくのところへ戻ってきてくれたんだね。それでも君は、ぼくが待っていたのがばかげていて、自分勝手で、全然むだだったというの。君から友だちに、彼のために友だちになろうと申込まれて、うれしがらないとしたら、ぼくはとほうもない大間抜けだ……」

彼女はハンス・カストルプの唇《くちびる》に接吻《せっぷん》した。ロシアふうの接吻であった、あの広漠とした、情の濃い国でキリスト教の大祭日に愛を誓う意味で交わされるような接吻であった。しかし、接吻を交わしたひとりは、周知のとおりの「食えない」青年であり、もうひとりは同じようにまだ若くて、魅惑的な忍び足の女性であったから、私たちはそのことを話しながら、思わずあのドクトル・クロコフスキーのいかにも巧みな、だが多少問題がないこともない、例の愛についての話し方を連想させられるような気がするのである。彼の話す愛というものはその意味がたえずかすかに動揺していて、聞いていてもそれが敬虔《けいけん》な愛を意味するのか、それとも情熱的、肉欲的な愛を意味するのか、誰にもよくわからないほどに曖昧《あいまい》であった。では私たちはドクトル・クロコフスキーのように曖昧な話し方をしているのであろうか、それとも、ハンス・カストルプとクラウディア・ショーシャのロシア的接吻に何か曖昧なふしがあったのだろうか。それはとにかく、私たちはこういうことを穿鑿《せんさく》するのはあっさり諦《あきら》めようと思う。が、読者はどう思われるだろうか。私たちの考えでは、愛の問題について、敬虔だとか情熱だとかを「きちんと」区分するなどということは、分析的かもしれないが、しかし――ハンス・カストルプのいい方を真似《まね》ると――「とほうもない大間抜け」であって、そういうことを企てるというのは、そもそもこの生命を愛していない証拠なのである。だいたいその「きちんと」とはどういう意味なのか。意味がとりにくいとか曖昧とかいうのはどういうことなのか。私たちははっきりと、そんなふうに区別するのは笑止千万なことだといおう。私たちの言葉が、もっとも敬虔なものから非常に肉欲的、衝動的なものにいたるまで、さまざまに考えられる事態のすべてをいい現わすのに、愛というひとつの言葉しか持っていないのは、結構なすばらしいことではないだろうか。こういうことは、一見曖昧に見えても、実はまったく明瞭《めいりょう》なことなのである。なぜなら、愛というものはもっとも敬虔な愛でも肉体を離れてはありえないし、どんなに肉欲的な愛であっても、そこには一片の敬虔さがあるからである。洗練された親しみの表現であっても、あるいは激しい情熱であっても、それらはいずれも愛であることに変りはない。愛は有機的なるものへの親しみであり、腐敗し分解すべく定められたものの感動するほどに欲求的な抱擁である。カリタスの愛は、熱烈なる讃仰《さんぎょう》の情の中にも、また狂わしい情熱の中にも、たしかに宿っている。意味曖昧？　いや、愛の意味はむしろ曖昧なままにしておこうではないか。意味曖昧というのがつまり人生なのであり、人間でもあるゆえんなのだ。意味が曖昧だといっていろいろと心配するのは、たしかに情けないわかりの悪さだといわなければならないだろう。

さて、ハンス・カストルプとショーシャ夫人とがロシア的接吻をしている間に、私たちはこの小舞台を暗転させて、つぎの幕へ移ろう。お約束しておいたふたつの会話のうちの二番目のを話す順序になったからである。さて、舞台が明るくなると、こんどは雪解けのころの春のある日、夕暮れの薄暗い光の中で、私たちは主人公ハンス・カストルプがもう慣れきった様子で大きなペーペルコルンのベッドのそばに腰をおろし、丁寧に愛想よく病人と話を交わしているのを見る。食堂で四時のお茶がすんだあとのこと、シヨーシャ夫人はその前の三回の食事のときと同じく、ひとりで食堂へ現われて、お茶を飲むとすぐ「街《プラッツ》」へ買物におりていったが、ハンス・カストルプはいつものように、オランダ人のところへお見舞に参上したいと取次がせた。ひとつには彼に敬意を表して少し話相手になってやるため、またひとつにはこの人物の感化を受けるためでもあった。——つまりそれは生命そのもののように曖昧な動機からであった。ペーペルコルンは『テレグラーフ』紙をわきに置いて、角製の鼻眼鏡のつまみを取って鼻からはずし、それを新聞の上に投げやって、見舞客に船長のような手をさしだしたが、その厚い裂けたような唇は苦しげな色を見せて、かすかに震えていた。いつものように赤ぶどう酒とコーヒーとが手の届くところに置いてあった。コーヒーの道具はベッドのそばの椅子の上にのせてあったが、もう飲んだあとらしく褐色に濡《ぬ》れていた。——メインヘールはいつものように、砂糖とクリーム入りの濃い熱い午後のコーヒーを飲んで、汗をかいていた。炎のような白髪に取巻かれた彼の王者のような顔は赤くなって、額や唇の上には小さな汗の玉が浮んでいた。

「ちょっと汗をかいているところで」と彼はいった。「ようこそ、お若いお方。とんでもない。まあおかけなさい。弱っている証拠ですよ、温かいものを飲むとすぐに――すみませんが――そうです。ハンカチです。どうもありがとう」とにかく赤味はまもなく消えて、黄色がかった青い顔色になったが、この悪性の発作のあとはいつもこうだった。その日、昼前の四日熱の発作は猛烈で、悪寒《おかん》、高熱、発汗の三段階をすべて終えたので、ペーペルコルンの小さな薄色の眼は、偶像みたいな額の皺《しわ》の下で、ぼんやりと曇っていた。彼はいった。

「これは――まったく、お若いお方。まったく、私はこの『感心な』という言葉を――絶対。本当にご親切に、この病気の老人を――」

「お見舞するのがですか」とハンス・カストルプはきいた。……「とんでもない、メインヘール・ペーペルコルン。お礼をいわなければならないのはこちらです、ここにこうしてしばらく坐《すわ》らせていただくのですから。ぼくのほうがずっとありがたいんですよ。ぼくはまったく利己的な理由から伺ったんですから。しかし、『病気の老人』だなどと、そんなおかしなことをおっしゃってはいけません。あなたのことをそう思う者はひとりもいはしません。まったく見当はずれの言葉です」

「結構、結構」とメインヘールは答えて、堂々たる頭を枕《まくら》にもたせかけて頤《あご》をあげ、肌着のシャツの下にぐっと目だって見える広い王者らしい胸の上に爪《つめ》の長い指を組み合せ、数秒間眼を閉じていた。「結構、お若いお方、いやむしろあなたはご親切からそうおっしゃるんですな、私は信じて疑いません。きのうの午後は愉快でしたな……そう、まだきのうの午後でしたな――あのサービスのいいところで――名前は忘れてしまいましたが――あすこで、すばらしいサラミ・ソーセージと掻《か》き玉子、それにあの渋い地酒のぶどう酒――」

「いやまったくすてきでした」とハンス・カストルプはうなずいた。「みんなもう夢中で飲んだり食べたりしましたね。――『ベルクホーフ』のコック長があれを見たら、むろん気を悪くしたことでしょう。――とにかく誰も彼もひどく張りきっていましたね。あれは正真正銘のサラミでした。セテムブリーニさんなどはすっかり感動してしまって、ほとんど涙を流さんばかりにして食べていました。あなたもご存じでしょうが、あのひとは愛国者なんです。民主主義的愛国者です。あのひとは市民の長槍《ちょうそう》を人類の祭壇に捧《ささ》げたのです、サラミ・ソーセージが将来ブレンネルの国境線で関税を課せられるようにするために……」

「そんなことはどうでもよろしい」とペーペルコルンはいった。「あのひとは慇懃《いんぎん》な、朗らかによくしゃべる紳士です……時には服をとり換えられるような境遇ではないらしいが」

「時にはどころか」とハンス・カストルプはいった。「全然着換えないんですよ。ぼくはあのひととはもう長い知合いで、とても親しくしています。本当に親切にぼくの面倒をみてくれます。それはぼくが、あのひとにいわせると、『人生の厄介息子』だからなんだそうですが――これはぼくたちふたりだけに通じる言葉なんで、そのままではすぐわかっていただけないかもしれませんが。とにかくあのひとはぼくに矯正的な感化を及ぼそうとして骨をおってくれているのです。しかし、ぼくはあのひとが別の服を着ているのを見たことがありません。夏も冬もあの弁慶格子《べんけいごうし》のズボンにフラノのダブルです。それでもその古い一張羅《いっちょうら》をちょっと他人には真似のできないほどスマートに着こなしています。まったく紳士的です。その点ではぼくもあなたにまったく同感です。あの着こなしぶりが見すぼらしさを克服しているのですね。あの見すぼらしい服装は、小さなナフタさんのおしゃれよりはぼくには好感が持てます。ナフタさんのあの一分の隙《すき》もない身なりは、なんだか薄気味の悪い感じがして、いい気持がしません、あれは悪魔のおしゃれですよ。それに彼はそのおしゃれの費用をこっそり裏口から手に入れているんです。――ぼくはその間の事情を多少知っているんですが」

「礼儀正しい朗らかなひとです」と、ペーペルコルンはナフタについての話には立ち入らないでくり返した。「ただし――ちょっと文句をつけさせていただくが――何か偏見を持っているようだ。マダム、私の、旅の伴侶《はんりょ》は、あのひとをあまりよくいいわん。たぶんあなたもお気づきだろうが。マダムはあのひとのことをよくいいません。それはきっとマダムが自分に対するあのひとの態度からそういう偏見を――いや、何もおっしゃらんで、お若いお方。私はセテムブリーニ氏やあなたの彼に対する友情に毛頭――決着。何も私はあのひとが一度でも礼儀の点で婦人に対する紳士としての――完璧《かんぺき》、あなた、まったく非の打ちどころがない。しかしそこにやはりある限界というか冷淡さというか、なんとなくこう忌避するような感じがあって、それでマダムのあのひとに対する気持も人間的に見て大いに――」

「理解できる、納得できる、まったく当然だと思われる、とおっしゃるんでしょう。お許しください、メインヘール・ペーペルコルン、こちらで勝手にお言葉を補ったりして。お考えがすっかりわかったように思ったものですから、あえてこんなことも申しあげてみたのです。ことに女性というものが――ぼくのような若造が『女性というものは』などといいだすと、お笑いになるかもしれませんが――女性の男性に対する気持がどれほど男性の女性に対する態度によって左右されるかを考えてみますと――そこにはなんの不思議もありません。女性というものは反応的な存在だ、とぼくはいいたいのです。自主的にイニシアティヴを取るところがなくて、受動的という意味で不精です。……この点についてぼくにもう少ししゃべらせてください、さぞお聞き辛《づら》いことだろうと思いますが。ぼくの見たところでは、女性は、愛情の問題では、元来自分自身を愛される対象と考えているのです。先方が近寄るのを待っているばかりで、自分から自由に選ぶということはしません。つまり女性は男に選択されてはじめて自分からも選ぶ、つまり、愛の選択の主体になるのです。そしてもう少し付け加えさせていただくと、自分から選ぶようになっても女性の選択の自由は――相手がまるでみじめな男性なら別ですが、しかし、それさえも厳格な条件にはなりません――選んでもらったという気持によって疑わしくなり惑わされてしまうんです。いや、ぼくのいっていることは野暮なわかりきったことかもしれませんが、しかし、年が若いと、当然、何もかも珍しく、しかも驚くべきことに見えるのです。たとえばあなたがある女性に『君はあの男を愛しているのか』とお尋ねになるとします。するとその女性は眼をあげるか伏せるかしながら、あのひとは自分をとても愛してくれる、と答えます。ところでそういう返事をぼくたち男の誰かがいうとしてごらんなさい。――ぼくたちなどといって申し訳ありませんが。――そういう返事をする男もいるかもしれませんが、しかし、簡潔にいわせていただくなら、そういう男は要するに滑稽《こっけい》きわまりない手合で、俗にいう尻《しり》に敷かれた男でしょう。とにかくぼくはそういう返事をする女性は自分自身をどう評価しているのか、知りたいと思っています。その女性は、自分のようにつまらない女を愛の対象に選んでくれたからというわけで、その男にただひたすら献身的な態度をとらなくてはならないと思うのでしょうか。それとも自分を選んで愛してくれるということは、その男性がすぐれた人間だという間違いのない証拠だと考えてしまうんでしょうか。こんなことを、ぼくはこれまでにひとりで静かに引きこもっているときなんかに、ことのついでに、なんどかぼんやりと考えてみたことがあるんです」

「根源的事実、古典的問題、お若いお方、あなたがいま器用にいわれたお説は、人生の神聖なる事実に触れています」とペーペルコルンは答えた。「男は自分の欲情によって陶酔させられ、女は男の欲情によって陶酔させられることを望み待ち受けます。だから私たちは感情を大事にする義務がある。感情が力を失って、女に情欲を起させることができなくなるというのは、たいへんな恥辱なのです。赤ぶどう酒を一杯つき合いませんか。私はやります。咽喉《のど》がかわくのです。きょうはひどく汗をかきましたからな」

「ありがとうございます、メインヘール・ペーペルコルン。普通はこういう時間には飲みませんが、ご健康を祝すためでしたら、いつでも一杯ご相伴させていただきます」

「ではこのワイン・グラスをお取りなさい。いまここにはこれひとつしかない。私はこの水を飲むコップで間に合わせます。別にこのぶどう酒に失礼には当りますまい、この粗末なコップでも――」彼は手伝ってもらって、船長のような手を軽く震わせながらぶどう酒を注ぎ、脚《あし》なしのコップから、赤ぶどう酒をまるで水を飲むようにごくごくと、胸像のような咽喉へ流しこんだ。

「これで元気がでます」と彼はいった。「あなたはそれでもうおやめですか。では私は失礼してもう一杯――」そういってまた注いだときに彼はぶどう酒を少しこぼして、布団のカバーに赤黒いしみがついた。「くり返して申しますが」と、彼は槍《やり》のような指を立てていったが、もう一方の手に持ったぶどう酒のコップはぶるぶる震えていた。「くり返して申しますが、だからこそ私たちは感情を大事にする義務、宗教的な義務があるのです。私たちの感情というものは、よろしいか、生命を呼びさます男性の力です。生命はまどろんでいる。生命は呼びさましてもらって、神的な感情と陶然と合歓しようと欲している。私たちの感情は、あなた、神的なものです。人間は感ずるかぎり神的なのです。人間とは神の感情です。神は人間によって感じようとして人間を創造したのです。人間は眼ざまされ陶酔した生命と神とが合歓するために使われる器官にほかならない。人間の感情が無力になれば、神の屈辱がはじまる。それは彼の男性としての力の敗北となり、宇宙の破滅となって、ここに想像を絶する恐怖がはじまる。――」そして、彼は飲んだ。

「失礼ですが、そのコップをこちらへいただきましょう、メインヘール・ペーペルコルン」とハンス・カストルプはいった。「お説を拝聴しておりますと大いに啓発されます。いまあなたがお話しになっていらっしゃるのは神学的なお説です。それによると、あなたは人間に、少し宗教的に偏しているようですが、実はきわめて名誉ある働きを認めていらっしゃるわけですね。こんなことをいっては失礼かと思いますが、あなたのお考えには何か気詰りになるようなきびしさがあります。――失礼なことを申して申し訳ありませんが。宗教的なきびしさが、すべて小さな人間にとって気詰りなのは当り前です。

ぼくはお説を匡《ただ》そうなどというつもりは毛頭ありませんが、ただ話を元に戻して、あなたがさっき何か『偏見』についておっしゃったことをもう一度問題にしてみたいと思うのです。つまり、あなたのご観察によればセテムブリーニさんがあなたの旅のお連れであるマダムに対していだいているという偏見です。ぼくはセテムブリーニさんとは長らく、もうずいぶん長らく、もう何年にもわたっておつき合いをしています。それではっきりといえるのですが、彼がマダムに対して偏見を持っているのが事実としましても、それは決してけちな俗物的な性質のものではないはずです。――そんなふうに考えるのさえ滑稽です。彼の場合、偏見とはもっと大きな意味のもので、したがって、個人的な気持とは無関係でさえあるのです。問題は要するに一般的な教育原理にもとづく偏見なので、実をいいますと、彼はその原理を主張するために、いわゆる『人生の厄介息子』のぼくを――しかしこれを話すと長くなりそうです。非常に大きな問題ですから、とても二言や三言では――」

「で、あなたはマダムを愛しておいでなんですな」とメインヘールは突然こう尋ねて、唇が痛々しく裂け、額の皺《しわ》の唐草《からくさ》模様の下に小さな薄色の眼が光っている王者のような顔を客の方へ向けた。……ハンス・カストルプはぎょっとした。そしてどもりながらいった。

「ぼくが……つまりその……ぼくはむろんショーシャ夫人を尊敬しています。たしかにあのひとがあなたのお連れであるという資格においてだけでも――」

「ちょっと！」とペーペルコルンは押しとどめるような芝居がかった身ぶりで片手を伸ばしていった。「もう一度」と彼は、そういう身ぶりをして、これからいおうとすることのために、十分な空間を作ってから言葉を続けた。「もう一度申しますが、私は何もあのイタリアの紳士が紳士としての礼儀に悖《もと》るようなことを、実際一度でもしたといっているのではありません。――私は誰に対してもそんな非難はしません、誰に対してもです。――ただ私が不思議に思うのは――いまはそれが私にとってはうれしいことなのですが――結構、お若いお方。断然よろしい、すばらしい。私はうれしいのです。それに間違いはない。あなたは本当に私を喜ばせてくれます。それなのに私は――つまりです、あなたは私よりもマダムとは古い知合いです。この前、マダムがここにいたときにも、あなたはここにおられた。それにマダムはあのようにたいへん魅力的な女性だし、私は病気の老人にすぎません。それなのにどうして。――きょうは私の具合がわるかったので、マダムは午後、ひとりで供も連れずに『街《プラッツ》』へ買物におりていきました。――別にたいしたことではありません。全然。ただこれは明らかに――私はそれを――さっきなんとおっしゃったかな――セテムブリーニさんの教育的原理の影響と考えねばならんのでしょうか、あなたが紳士としてしかるべき気持を。――どうか私のいわんとするところを十分に……」

「いやよくわかります、メインヘール・ペーペルコルン。だが、それは違います、決してそんなことはありません。ぼくはまったく自分の主義でやっております。むしろセテムブリーニさんはぼくにときには——やれやれ、布団《ふとん》のカバーにぶどう酒のしみができてしまいました、メインヘール・ペーペルコルン。どうでしょうか——ぼくたちは普通しみがまだ乾かないうちに塩をふりかけますが——」

「そんなことはどうでもよろしい」と、ペーペルコルンは客から眼を離さずにいった。

ハンス・カストルプは顔色を変えた。

「ここでは」と彼はむりに微笑を浮べながらいった。「万事が普通とは少々違っております。土地の気風とでもいうものが、だいぶ常識からはずれています。ここでは男であれ女であれ、病人第一です。婦人に対する紳士の礼儀もこのしきたりには一歩を譲らなければなりません。あなたはいま現にお加減がよろしくない、メインヘール・ペーペルコルン——急性の、そして現実のご病気です。それにくらべたらあなたの旅のお連れはまだしも健康です。ですから、マダムのお留守の間ぼくが少しマダムに代って——代ることができるとしての話ですがね、はは——あなたのおそばにいるほうが、反対にあなたに代ってマダムに街へ行かれるお伴を申しでるよりも、マダムのお心にかなうだろうと思うのです。それにまた、ぼくがどうしてあなたの旅のお連れにお伴の押売りができるでしょうか。ぼくにはそんな資格もないし、権利もないのです。ぼくはこれでも現実の権利関係にはかなり気を使うほうですから。要するに、ぼくがいまここにこうしているのは間違ったことではありませんし、一般的な情勢に照らしても正当ですし、ことにあなたに対してのぼくの率直な気持にもぴったりとしています。メインヘール・ペーペルコルン。ぼくはこれであなたのご質問に対して――あなたはさっきぼくに質問なさったと思いますが――十分にお答えしたように考えます」

「非常に気持のよいお答えでした」とペーペルコルンは答えた。「思わずいい気持になってあなたの流暢《りゅうちょう》で控えめなお言葉に聞き入ってしまいました、お若いお方。軽快に飛びはねながら進んでいって、しかもすっきりと気持よくまとまった話になってしまいますからね。しかし、十分なお答え――とは申せません。いまのお答えでは私は納得しかねるのです。――こんなことを申してあなたをがっかりさせるようでしたら、それはご勘弁願います。『きびしい』、あなたはさっき私が述べたある意見に対してこういう言葉を使われた。しかし、あなたのお考えにもある種のきびしさ、過酷さ、堅苦しさといったものが感じられますよ。これはどうもあなたの性質に似つかわしくはないようです。もっとも私はあなたのある種の方面に対する態度から、それに気づいてはいました。それがいままた認められるというわけです。それは私たちが何かいっしょにやるとき、遠足とか散歩とかいうときに、あなたがマダムに対して――ほかの誰にでもなく――見せるある不自然な態度と同じものなのだが、それについて私にひとつご説明くださるのは

――それはあなたの義務でもあり、責任でもあるでしょう、お若いお方。私は間違ってはいないはずだ。この眼で見てなんども確かめていますし、ほかのひとたちもおそらくそれに気づかずにいるとは考えられない。ただ私と違って、ほかのひとたちにはあるいは、いやおそらくきっと、この事態の説明がついているのでしょう」

メインヘールは悪性の発作で弱りきっているにもかかわらず、この日の午後はいつになく正確な、まとまりのある話し方をした。例の尻切れとんぼのいい方はほとんどしなかった。彼は半ばベッドの上に起きあがったような姿勢で、巨大な肩と堂々たる頭を客の方へ向け、片腕を掛布団の上に伸ばし、雀斑《そばかす》のある船長のような手を肌着《はだぎ》のシャツの袖口《そでぐち》のところからまっすぐに立て、親指と人差し指とで例の円い輪を作り、その横に三本指を槍のように立て並べていた。そして彼の唇《くちびる》はどの言葉をも明晰《めいせき》に正確に、いや、造型的に発音し、「おそらく」とか「知らずに」とかいう言葉のRの音を咽喉でころがして発音し、セテムブリーニ氏さえ合格点をつけるだろうと思われるような話しぶりであった。

「あなたは笑っていらっしゃる」とペーペルコルンは言葉を続けた。「あなたは瞬《まばた》きをしながら、首をひねって、何かしきりに考えをめぐらせておいでだが、いっこうに埒《らち》が明かぬとでもいったところですな。でも私が何をいおうとし、何を問題にしようとしているか、あなたにはそれがよくわかっているはずです。私はあなたがマダムに話しかけたことが一度もないとか、話の途中でマダムから話しかけられたのに返事をしなかったことがあるとか、そんなことをいっているのではない。しかし、さっきも申したように、あなたの態度には、どうも一種のぎごちなさが感じられる。もっとはっきりいいますと、なんとなく逃げたり、避けたりしていらっしゃるようなご様子だ。しかもよく注意して見ておると、何かある種のいい方をしないように気をつけていらっしゃる。私は、まるであなたはマダムとふたりきりで何かとてもいいことをしておいて、そのあとで『いわないごっこ』をでも約束したために、マダムにある種の呼び方で話しかけることができないとでもいうような印象を受けるのです。あなたは一度の例外もなく終始一貫して、マダムに話しかけるのを避けていらっしゃる。あなたはマダムに『あなた』とおっしゃったことがない」

「しかしメインヘール・ペーペルコルン……『いわないごっこ』だなんて、いったいどういう……」

「これはご自分でもお気づきだろうが、私はあなたに、あなたがいま唇まで蒼《あお》くなられたことをご注意申しあげたい」

　ハンス・カストルプは顔をあげられなかった。屈《かが》みこんだまま、彼はしきりに布団のカバーの赤いしみをいじっていた。とうとうくるところまできてしまった、と彼は思った。こういうことになるはずだったのだ。こんな羽目になるように自分から仕向けたようなものだ。いまになってわかったが、自分でもある程度はこうなることを望んでいたのだ。己《おれ》は本当にそんなに蒼くなったのだろうか。あるいはそうかもしれない、とにかくのるか反《そ》るかの瀬戸際《せとぎわ》なんだから。さてこれからどうなるんだろう。まだごまかしおおせるだろうか。おそらくごまかせるだろうが、しかし、そういうことはしたくない。とにかくもう少々このカバーについた血のようなぶどう酒のしみをいじっていることにしよう。

彼の頭上の相手も黙ったままであった。沈黙が二、三分ほど続いた。——こんな場合には、二分とか三分とかいうわずかな時間が、どんなに長いものになるかがまざまざと感じられた。

新たにまた口を開いたのはピーター・ペーペルコルンであった。

「そう、あれは、あなたの知を辱《かたじけの》うしたあの晩のことでした」と彼は歌うような調子で話しはじめ、何か長い物語の冒頭の句でも話すように、言葉の終りで声を落した。「私たちはささやかな宴を張り、飲んだり食べたりして、いいご機嫌《きげん》になり、人間らしくくつろいだ大きな気持になって、夜もかなりふけてから腕を組み合って部屋へ帰った。あのとき、この部屋のドアの前で、お別れしようとして、私は急にあなたにマダムの額に接吻《せっぷん》するように注文してはと思いついた。マダムはあなたを、前にここにいたときからのいいお友だちと私に紹介していましたからね。そこで私はあなたにそうおすすめして、彼女に向って、このすばらしい一夜の記念に、私の見てる前であなたと厳粛で明朗な行為にでてはどうかといったのです。ところが、あなたは私の提案をにべもなく拒《しりぞ》けて、私の旅の連れと額に接吻し合うのはばかげているという理由で承知なさらなかった。そういうご釈明では、そのご釈明そのものにもうひとつ別のご釈明が入用だということにあなたもご異存はないはずです。そして、その説明の義務をあなたはきょうまで果していらっしゃらない。いまここでそれを果していただくわけにはいきませんか」

　そうか、ではあれにも気がついていたのか、とハンス・カストルプは思った。そして前よりもいっそうぶどう酒のしみへと顔を近づけ、中指の先を曲げて、しみのひとつをひっかいていた。実は己《おれ》自身もあのとき彼がそれに気がついて覚えていてくれるように望んでいたらしい。でなければ己はあんなことをいわなかっただろう。だがさてこれからどうなるんだ。心臓がひどくどきどきする。まだ見たこともないような王者の怒りが爆発するのだろうか。あの拳《こぶし》に用心するほうがいいかもしれない。あるいはもうこちらの頭上に振りあげられているかもしれないな。まったくおかしな、だがとても危ない瀬戸際に追いこまれたらしい。

　突然彼は右の手首がペーペルコルンの手に摑《つか》まえられたのを感じた。

　さあ、いよいよ摑まえられた、と彼は考えた。なんだ、滑稽《こっけい》じゃないか、なぜ己はこう尻尾《しっぽ》を巻いてしょんぼりしてなければならないんだ。彼に何か悪いことをしただろうか。そんな覚えはさらにない。第一番に苦情のいえるのはダーゲスタンとやらにいる彼女のご亭主だ。そしてそのあと誰とか彼とかがいて、それから己の番だ。己の知るかぎりでは、彼などはまだまだ苦情がいえるはずはない。それなのになぜこう心臓がどきどきするんだろう。いまこそ思いきって顔をあげて、慇懃《いんぎん》に、だがきっぱりと、彼の大きな顔を見てやるべきだ。

彼は面《おもて》をあげた。ペーペルコルンの偉大な顔は黄色く、額の皺は吊《つ》りあがり、その下から薄色の眼がじっとこちらを凝視しており、裂けた唇は苦々《にがにが》しげに見えた。偉大な老人と単純な青年とは、一方が他方の手首を押えたまま、お互いに眼の中を読み合っていた。ついにペーペルコルンが低い声でいった。

「あなたは、クラウディアが前にここにいたときの愛人でした」

ハンス・カストルプはふたたび頭を垂れたが、すぐにまた顔をあげて、深い息をついてから口を開いた。

「メインヘール・ペーペルコルン。あなたに嘘《うそ》をいうようなことはぼくは絶対にいやです。ですから実はそんなことをしないですむ方法はないかと考えているわけなのです。ところがそれは、そう簡単なことではありません。あなたのいわれたことを肯定すれば、失礼に当ることになりますし、否定すれば嘘になります。つまりこういうことなんです、ぼくはクラウディアと——ご免なさい——あなたのいまの旅のお連れと、世間的な意味では知合いにならないまま、長い間、とても長い間このサナトリウムにいっしょに暮していました。ぼくたちの関係——というより彼女に対するぼくの関係は、いつごろはじまったかはっきりしませんが、とにかく世間的な意味での交際は全然ありませんでした。しかし、ぼくは心の中ではクラウディアを親しみをこめて『君』としか呼びませんでしたし、実際に呼ぶときもやはりそうでした。なぜかと申しますと、さっきもちょっと問題になったある教育的拘束を振りはらって、ぼくがクラウディアに——以前から用意のできていた口実の下に——はじめて近づいた晩は、みんなが仮装した謝肉祭の晩、みんなが責任から解放される晩、君と呼び合う晩だったからなのですが、この君と呼び合うのが、その夜がふけるうちに、夢のように責任の伴わない仕方で、完全な意味を持つようになってしまったのです。しかし、それはクラウディアがここを去る前の晩だったのです」

「完全な意味を」とペーペルコルンはくり返した。「あなたは非常に上品に——」そして彼はハンス・カストルプの手を離し、爪《つめ》の長い船長のような手の平で、顔の両側を、眼窩《がんか》から、頬《ほお》、頤《あご》とマッサージしはじめた。それからぶどう酒のしみのついた布団カバーの上に両手を組んで、頭部を左側に傾けたが、そちらは客が坐《すわ》っていないほうだったので、顔をそむけたも同然の格好になった。

「ぼくはできるだけありのままをお話ししたつもりです。メインヘール・ペーペルコルン」とハンス・カストルプはいった。「いいすぎも、いわなさすぎもしないように十分に気をつけたつもりです。何よりもわかっていただきたかったことは、あのひとと完全な意味で君と呼び合って翌日は別れてしまったあの晩を、現実と考えるのも考えないのも、いわばぼくらの勝手であって――あの晩は番外で、カレンダーにない晩、いわばオードヴルみたいな晩、例外の、余分の晩、二月二十九日の晩と考えられるのですが――ですから、ぼくがさっきあなたのおっしゃったことを否定したとしても、まったくの嘘とばかりはいえないわけで、ぼくがあなたにわかっていただきたかったことは、これなのです」

ペーペルコルンは返事をしなかった。

「ぼくは」とハンス・カストルプはしばらく間をおいてから続けていった。「あなたに本当のことをいってしまうほうがいいと思ったのです、――たといそのためにあなたのご厚情を失う羽目になってもこれは仕方がありません。正直のところ、ご厚情を失うことは手痛い損失です。ぼくにはそれはいわばショック、本当のショックといえるくらいです。おそらくそれはぼくにはショーシャ夫人がひとりで戻ってこなくて、あなたの旅のお連れとして戻ってきたということに匹敵するくらいのショックでしょう。そういうショックを蒙《こうむ》りそうな危険を覚悟で、こうして本当のことを申しあげるのは、ぼくがずっと前からぼくたちの間――つまり、ぼくが非常な尊敬の念を寄せているあなたとぼくとの関係をはっきりさせたいと念願していたからなのです。――黙ったりごまかしたりするよりも、はっきりさせるほうがきれいで情があると思ったのです。――あなたもご存じでしょうが、クラウディアはこの『情がある』という言葉をあの魅力的な嗄《しゃが》れ声で、とても愛らしく引延ばして発音しますね。そういうわけですから、あなたがさっきああいうことをおっしゃったときに、ぼくはいわば心の重石《おもし》が取れたようで、むしろほっとしたのです」

依然として返事はなかった。

「もうひとつ聞いていただきたいことがあります、メインヘール・ペーペルコルン」とハンス・カストルプは続けていった。「もうひとつ、ぼくはあなたにありのまま申しあげたいことがあります。つまりこういう問題がはっきりしないままでいて、中途半端《はんぱ》な臆測《おくそく》しかできない場合には、どんなにいらいらさせられるかというぼく自身の経験をお話ししたいんです。あなたはクラウディアが現在のはっきりとした権利関係を結ぶ前に――この関係を尊重しないというのはむろんまったくの気違い沙汰《ざた》だと思いますが――あの二月二十九日のような晩を誰とともに迎え、すごし、祝ったか、そうです、祝ったか、それをあなたはいまおわかりになったわけです。ところが、ぼくのほうはそれがついにはっきりわからずじまいだったのです。もっとも、そんなことを考えなければならない羽目に陥った者なら誰でも、そういう先例がある、というよりはそういう先輩がいることを覚悟しなければならないということぐらいは、ぼくにも十分わかっていました。それに、ベーレンス顧問官が油絵を嗜《たしな》んでいるのはご存じでしょうが、彼はクラウディアになんどもモデルになってもらって、彼女の見事な肖像画を描きあげたことも知っていました。その絵というのが、ここだけの話ですが、皮膚の描き方が非常に写実的で、ちょっと息をのむくらいによく描けているのです。この絵のおかげでぼくはずいぶん苦しんで思い悩みましたが、これはいまでもまだそうなのです」

「あなたはいまでもあのひとを愛しておいでなのですね」と、ペーペルコルンは姿勢を変えずに、つまり、顔をそむけたままで尋ねた。……広い部屋の中は次第に暗くなってきた。

「申し訳ありません、メインヘール・ペーペルコルン」とハンス・カストルプは答えた。「ぼくはあなたを非常に尊敬し讃嘆《さんたん》しておりますから、ぼくの、あなたの旅のお連れに対する気持をここで口にするのは、ぼくのあなたへの気持からいってどうもおもしろくないのですが」

「そしてあのひとも」とペーペルコルンは静かな声で尋ねた。「同じ気持をいまでも持っているのでしょうか」

「ぼくは」とハンス・カストルプは答えた。「ぼくはあのひとがいままでにそういう気持を持ったことがあるとは申しません。どうもそういうことはあまり信じられないのです。ぼくたちはさっき女性の反応本位の性質について話しましたが、この問題にもそこで理論的には触れたわけでした。ぼくにはむろん女性に愛されるようなところはあまりありません。いったいぼくにどんな人間的な大きさがあるというのでしょう——これはご判断におまかせします。それなのにあんなふうに——二月二十九日ということになってしまったのですが、それはただひとりの男が数ある女の中からほかならぬ自分を選んでくれたという、いかにも女らしい、だまされやすい気持があったのでそうなってしまったにすぎないのでしょう。——ただしぼくが自分を『男』だなどというのは、少し大口をたたくようで、おこがましくないこともないですが、クラウディアはなんといっても女なのですからね」

「彼女は感情に従ったのです」とペーペルコルンは裂けた唇で呟《つぶや》いた。

「そうです、あなたの場合には、はるかに従順に従ったのです」と青年はいった。「そしておそらくあのひとには、もういくどもそういうことがあったのでしょう。これは、あなたやぼくのような立場に立った者は誰しもよく知っておかなければならないことでしょう——」

「お待ちなさい」とペーペルコルンはやはり顔をそむけたままで、手の平を相手の方へ向けて抑《おさ》えるような身ぶりをしながらいった。「あのひとのことをこんなふうにして噂《うわさ》するのは、いけないことではないでしょうか」

「そんなことはありません、メインヘール・ペーペルコルン、そのご心配はご無用だと思います。ぼくたちは情のある人間的な問題を話し合っているのですから。――『人間的』という言葉を自由と天才性という意味にとってのうえのことなのですが――いや、こういう気どった話し方をして恐縮ですが、最近やむをえずこんなもののいい方をしなければならなくなったのです」

「結構です、それで」とペーペルコルンは低い声で促した。

ハンス・カストルプも低い声でしゃべった。彼はベッドの横の椅子《いす》に浅く腰をかけて、王者のような老人の方へ屈《かが》みこみ、両手を膝《ひざ》の間に入れていた。

「というのも彼女は天才的な存在なのです」と彼はいった。「それにコーカサス山脈の向うにいるご亭主も――彼女のご亭主がコーカサスの向うにいることはたぶんご存じでしょう――そのご亭主も鈍いせいか、物わかりがいいせいか、彼女に自由と天才性を認めてやっているのです。――どんな男かぼくは知りませんが。いずれにしてもその男が彼女に自由と天才を認めてやっているのは賢明というべきです。なぜかというと、彼女に自由や天才を与えているのは病気だからです。彼女は病気の天才的な原理に従っているのです。だからぼくたちのような立場の者は誰でも、彼女のご亭主に見ならって、過去のことも将来のこともぐずぐずいわないほうがいいのではないかと思うのです……」

「あなたはぐずぐずいわないのですね」とペーペルコルンはいって、客に顔を向けた。

……薄暗い中でその顔は土気色に見えた。偶像めいた顔の皺《しわ》の下にある彼の眼の色はうすくて生気がなく、大きな裂けたような口は、ギリシア悲劇の仮面の口のようになかば開かれていた。

「ぼくは」とハンス・カストルプは謙遜《けんそん》にいった。「自分のことをいうつもりではなかったのです。ぼくがこんなことをお話ししたのは、メインヘール・ペーペルコルン、あなたが苦情をおっしゃらないように、そして過去のいきさつのために、ぼくに好意をお寄せくださるのをおやめにならないようにお願いしたかったからなのです。ぼくにはいまそれだけが気がかりなのです」

「それにしても、私があなたに自分では知らずに与えた苦しみは、たいへんなものだったにちがいない」

「それをあなたが質問の意味でいわれたとしても」とハンス・カストルプは答えた。「そしてぼくがそうだとお答えするとしても、それは、あなたとお知合いになったということの非常に大きな利益がぼくにわからないという意味ではありません。なぜなら、この利益にしても、あなたがいまおっしゃった失望とどうしても切り離せないわけなのですから」

「ありがとう、お若いお方、ありがとう。私にはあなたのお言葉のご親切がよくわかります。しかし私たちがお知合いになったことを差当ってはまず考えないことにすると

――」

「それを考えないことにするというのはむずかしいですね」とハンス・カストルプはいった。「それにさきほどあなたがお尋ねになったことにそのままそうだとお答えしようとするのにも、それを考えないということにするのはおもしろくないようです。なぜなら、クラウディアといっしょに帰ってきたひとがあなたのような『人物』だったという事実は、彼女がとにかく誰かほかの男といっしょに帰ってきたということに対するぼくの不愉快な気持を、当然ながらいっそうつのらせ、複雑なものにしたからなんです。そのためにぼくはずいぶん悩みましたし、いまでもまだそれで苦しんでいるのです。これは否定しません。ですから、ぼくは努めてわざと問題の明るい面だけを考えるようにしているのです。つまり、メインヘール・ペーペルコルン、あなたに対するぼくの率直な尊敬の念を失わないようにしているのです。もっとも、それにはあなたの旅のお連れにたいする意地悪も少しはまじっていたのです。なぜなら、女というものは自分を愛してくれる男同士が互いに仲良くするのを絶対に喜びませんからね」

「いやたしかに――」といってペーペルコルンは微笑したが、それをショーシャ夫人に見とがめられるとでもいうように、手の平で口と顋とを撫《な》でながら、その微笑を隠した。ハンス・カストルプもひそかに微笑した。それからふたりは互いに合点《がてん》しあってうなずいた。

「これぐらいの仕返しだったら」とハンス・カストルプは言葉を続けた。「結局ぼくにも当然許されはしないかと思うのです、なぜなら、ぼく自身のことになりますが、ぼくには実際悲観したくなる理由がいろいろとあるからなのです。——クラウディアやあなたのことではなくて、一般的に、自分の生活や運命のことで悲観したくなるのです。ところでぼくは幸いあなたのご信頼にあずかっていますし、いまこの時間はこうしてまったく特別な時間になってしまいましたから、ぼくはせめて暗示的にでも自分の生活や運命について、ここであなたに少々お話がしてみたいのです」

「話していただきましょう」とペーペルコルンはいった。それでハンス・カストルプは話しつづけた。

「ぼくはもう長いことここの上にいます、メインヘール・ペーペルコルン、もう何年にもなるのです。——どのくらいになるか、その正確なところはもうわからなくなっています。とにかく自分の生涯の何年という年月をここで送っているので、それでさっきも『生活』といったのです。『運命』のことはまたしかるべきおりにお話ししましょう。ぼくはいいとこを見舞うつもりでここへのぼってきたのです。いいとこというのは軍人で、誠実なしっかりした心のひとでしたが、しかし、不運な男でここで死んでしまい、ぼくだけがいまなおここに残っているというわけなのです。ぼくは軍人ではありませんでした。たぶんお聞き及びかと思いますが、ぼくはここへくる前にはある市民的な職業に就《つ》いていました。手堅いちゃんとした職業で、諸民族の交流に一役買うという使命を帯びているというような職業なのですが、とにかくぼくはこの職業をいろいろな理由からあまり愛していなかったのです。これは認めます。その理由というのは、それがあまり判然とはしないということだけはいえそうですが、とにかく、あなたの旅のお連れに対するぼくの気持と——ぼくは現在すでに認められている権利関係に文句をつけるつもりはないことをはっきりとお知らせするために、あのひとのことをわざとあなたの旅のお連れと呼ぶのですが——同じ根からでているのです、クラウディア・ショーシャに対するぼくの気持や、彼女を『君』と呼ばずにはいられない関係と同じ根からでているのです。はじめてあの眼に見られ、あの眼に魅せられ——理性を失うほどに参ってしまってからというもの、ぼくと彼女の関係は君で呼び合う関係だと思いこんで、それを一度も否認したことはありません。彼女のために、そしてセテムブリーニさんに楯突《たてつ》いて、ぼくは非常識の原理、病気の天才的原理に屈服したのですが、実はぼくはもうずっと前からこの原理に屈服していたのです。とにかくそういうわけでぼくはここの上にずっとみこしを据えているのです。——それがどのくらいになるか、ぼくにはもうはっきりとはわからないのです。ぼくはもうすっかり世間を忘れてしまって、身内のひとたちとも、低地の仕事とも、すべての将来の見込みとも縁が切れてしまっています。そしてクラウディアが出発してしまったあと、ぼくは彼女が帰ってくるのを待っていました。ずっとここの上でクラウディアを待ちつづけていたものですから、いまではもう低地とはまったく縁が切れてしまって、下のひとから見ればぼくはもう死んだも同然の人間になってしまいました。ぼくがさっき『運命』ということをいって、とにかくぼくには現在の権利関係について悲観するのが当然だということを申しあげたのには、こういう意味があったのです。ぼくはいつか小説で読んだのですが――いや、芝居でしたが、ある善良な青年が――ぼくのいとこと同じ軍人でした――これが魅力のあるジプシー女と関係する話なのです。――その女というのが、耳のうしろに花を挿《さ》した野性的な、宿命的な女で、青年の魂をすっかりとりこにしてしまいます。そのために青年は完全に道を踏みはずしてしまって、女のために何もかも犠牲にして、脱営し、女といっしょに密輸入者の群れに入り、すっかり堕落してしまうのです。さてそうなると、女は彼に飽きてしまって、闘牛士とくっついてしまうのですが、それがまたすばらしいバリトンの持ち主で、女が絶対にいやとはいえないような男なのですね。そうしてこの気の毒な兵隊が、顔を真っ青にして、シャツの胸をはだけてでてきて、闘牛場の前で女を短刀で刺し殺しておしまいになるのですが、女はまさか男がそんなことまでするとは思わなかったので男を挑発したというわけです。なんだか突拍子もない話をしはじめてしまったようですね。しかしいったい、どうしてまたこんな話を思いだしたのでしょうね」

メインヘール・ペーペルコルンは「短刀」という言葉でさっと客の方を向いて、相手れから前よりも楽な姿勢になって、片肘《かたひじ》によりかかりながらいった。

「お若いお方、しかとお聞きしました。それでよくわかりました。あなたのお話を聞いて、私も率直に私の気持を述べさせていただきましょう。私の髪がこんなに白くなくて、またからだがこの悪性の熱に参っていなかったら、私は男対男として武器を手にして、あなたの名誉回復のご要求に応じたことでしょう。私が知らずにあなたに与えた苦痛に対して、また私の旅の連れがあなたに与えた苦痛に対して、私はあなたのご満足のいくように必ずや取計らったことでしょう。絶対に、あなた――必ずそうしたでしょう。しかしこんな事情ですから、そのかわりに別のことを提案させていただきたい。それはこういうことなのです。私はあなたとお近づきになったばかりのときに、ごいっしょに愉快にすごしたときのことをまだよく憶《おぼ》えています――あのとき私はぶどう酒をしたたか飲んでいましたが、それでもあのときのことはよく憶えています。――あのとき私はあなたのお人柄に快く動かされて、あなたに兄弟のように『君』と呼び合うようにと申しでるところでしたが、まだ少し早すぎはしまいかと思い返して、それを断念しましたね。よろしい、私はきょうここであの夜に立ち帰って、あのときに決めた延期の期限が切れたことをここに宣言しましょう。お若いお方、私たちは兄弟になった、私はここにそれを宣言します。あなたはさっき完全な意味での『君』ということをいわれた。――私の

『君』も完全な意味、気持の上での兄弟という意味を持っているのです。この年齢と病気のために武器をとってあなたにお与えすることのできない償いを、私はあなたにこういう形で、兄弟の盟約という形ではたさせていただきたい。盟約というものは、普通は第三者、世間、あるいはある人間に対抗して結ばれるものですが、私たちはそれをあるひとに対する気持の上で結ぶことにしましょう。ではあなたのワイン・グラスをお取りください、お若いお方、私はまたこの水飲みコップでやります。これでやっても、ぶどう酒に対して別に悪いことをしたことにはならないでしょう。——」

そして彼は船長のような手をぶるぶる震わせてふたつのコップに酒を満たしたが、ハンス・カストルプは恐縮してあわててその手伝いをした。

「さあ、お取りください」とペーペルコルンはくり返していった。「私と腕をお組みなさい。そうしてこういう具合にお飲みなさい。飲みほすのです。——申し分なし、お若いお方、決着。では、握手。これでご満足かな、君は」

「むろん、満足どころのさわぎじゃありません、メインヘール・ペーペルコルン」とハンス・カストルプはいった。グラスをひと息に飲みほすのは少々難儀だったので、膝《ひざ》の上へ少しこぼしてしまい、それをハンカチで拭《ふ》きながら彼は言葉を続けた。「ぼくはひどくうれしいのです。そういうべきところでしょう。どうして急にこういう幸福な気持にさせていただいたのか、まだわからないのです。——正直のところ、夢をみているような気がします。ぼくにとっては、これはたいへんな光栄です。――どうしてぼくがこの光栄に値するのか、わかりませんが、せいぜいのところ消極的な意味で、こういう具合になったのでしょう。それ以外の意味ではないことはたしかです。それにこの新しい呼び方を口にするのが、最初はなんだか危なっかしいような気がして、それをいうのに吃《ども》ってしまうとしても、これは別に不思議ではないと思います――ことにクラウディアのいるところではそうだろうと思います。あのひとはおそらく女の常として私たちのこういう取決めには心から納得はしないでしょうが……」

「それは私にまかせておきなさい」とペーペルコルンは答えた。「そしてそれ以外のことは練習して慣れるだけです。ではもうお帰りなさい、お若いお方。もう行きなさい、息子よ。暗くなったね、とっぷり暮れてしまった。そろそろわれわれの愛人がご帰館になるころだ。そしてここで君たちふたりが顔を合わせては、少しまずい」

「ではお元気で、メインヘール・ペーペルコルン」とハンス・カストルプはいって立ち上がった。「どうです、ぼくは大いに理由のある怯《お》じけに打勝って、もう思いきり大胆な呼びかけの練習を始めたわけですよ。本当にもうすっかり暗くなった。なんだかいきなりセテムブリーニさんが入ってきて、理性と作法に従えとでもいうように電灯を点《つ》けそうな気がしますね――あのひとにはどうもそういう欠点がある。ではまたあす。ぼくはまったく夢にも思わなかったほどに愉快な誇らしい気持でお別れしていくのです。ではくれぐれもお大事に。あすから少なくとも三日は熱のでない日が続くわけですね。その間はあなたは人生の要求はすべて満たすことができるのです。それがぼくにはまるで『君』の身になったようにうれしいのです。では、おやすみ」

メインヘール・ペーペルコルン（おわり）

滝はいつも散策の目的地として魅力がある。流れ落ちる水にことさらに愛着を持っていたハンス・カストルプが、あのフリューエラ谷の森の中にある絵のような滝をまだ一度も訪れたことがないというのは、私たちには納得しかねる。ヨーアヒムといっしょに暮していたころならば、このいとこの厳格な療養勤務のせいだと考えてうなずけないことはない。ヨーアヒムは、ここへは遊びにきたのではないと考えていた。そういう彼の現実的な、目的を意識した考え方のために、いとこたちの行動圏は、「ベルクホーフ」療養所のごく近くに限られていた。そしてヨーアヒムが死んでからも——そう、その後も、この地の風景に対するハンス・カストルプの関係は、あのスキーの冒険を別とすれば、なお保守的で単調な性格を保っていたのだが、このことと、彼の内的経験や「鬼ごっこ」の義務の大きなひろがりとの対照は、若い彼にある種の魅力を覚えさせないこともなかった。それはとにかく、身近かな仲間——彼自身を加えて七人の小さなグループの間に、ひとつあの評判の場所へ馬車ででかけてみようではないかという計画が持ちあがったとき、彼はもろ手を上げてそれに賛成した。

もう五月になっていた。下界の単純な小唄《こうた》に歌われるかの歓喜と幸福の月であった。――ここの上の空気はまだ冷えびえとしていて肌に快いとはいえなかったが、雪解けの季節はもう終ってしまったといってもよかった。この数日間、なんどか牡丹雪《ぼたんゆき》が降ったが、それは積るまでには至らず、ただ少し湿り気を残したにすぎなかった。冬の間ずっと積っていた雪は解け、蒸発し、消えうせてしまって、ところどころに残雪が見られるだけであった。あたりは一面に緑して、歩けるようになり、ひとびとのさまざまな行楽を待っているようであった。

そうでなくてさえ、ハンス・カストルプのグループの交遊は、ここ数週間というもの、統領である偉大なピーター・ペーペルコルンの健康がすぐれないために、さっぱり振わなかった。ペーペルコルンが熱帯から持って帰った悪性の熱病は、ここの断然優秀な気候の力によっても、またベーレンス顧問官のごとき名医の解熱剤《げねつざい》によっても、なかなか退散しそうになかった。ペーペルコルンは四日熱にやられる日だけでなく、そのほかの日にも寝こんでいることが多くなった。顧問官がこの病人に親しいひとたちにひそかに洩《も》らしたところによると、脾臓《ひぞう》や肝臓も悪くなっており、胃の状態も完全ではないということであった。そしてベーレンスは、こういう状態ではどんなに頑健《がんけん》な体質でも徐々に衰弱していくのは明らかなことだ、と機会あるごとにほのめかした。

ペーペルコルンはここ数週間はただ一度だけ夜の酒食をふるまっただけで、みんなで揃《そろ》ってする散歩も、あまり遠くまでいかないのを一度やったきりになっていた。とはいうものの、ハンス・カストルプにしてみれば、正直のところ、仲間との交渉がこういうふうに疎遠《そえん》になったので、実は少々気が楽になってもいたのである。というのは、ショーシャ夫人の旅の連れと兄弟固めの杯を交わしたことが彼には苦の種となっていたからである。彼は人前でペーペルコルンと話をするときには何か「不自然」な、「逃げを張る」ような感じで、「言わないごっこ」の賭《かけ》をして、相手を「避けている」ような様子だったが、これはペーペルコルンが青年のクラウディアに対する態度の中に発見したのと同じ感じのものであった。青年はどうしても相手に呼びかけざるをえない羽目になると、いろいろと言葉を捜して、呼びかけに苦心した。——それは、彼が人前で、ことに彼女のパトロンだけが居合せるところでクラウディアに話しかけるときに感じるのと同じディレンマ、あるいは反対のディレンマのためであった。つまり、彼がクラウディアには「あなた」と呼ぶのをきらい、その反対にペーペルコルンには「君」と呼ぶのを避けようとする気持のためであった。とにかく、このディレンマは彼がペーペルコルンから償いをつけてもらったために、彼を文字どおり完全な板挟《いたばさ》みの状態に陥《おとしい》れてしまったのである。

　さて、いよいよ滝へのピクニックの計画が持ちだされた。――ペーペルコルンが自分でこの目的地を決めたのである。それというのも、彼はこれくらいの散策なら大丈夫と感じていたからである。四日熱の発作後の三日目のことであった。メインヘールはこの日を利用したいといいだした。その日、彼は午前中の食事には食堂にでないで、このごろしばしばそうしていたように、自分の部屋でマダム・ショーシャといっしょに食事をした。しかしハンス・カストルプは、最初の朝食のときに跛《びっこ》の門番からペーペルコルンの命令を受取っていた。昼食の一時間後までに、遠足に参加できるように用意をしておくこと、その旨《むね》をフェルゲ氏とヴェーザル氏に伝えること、さらにセテムブリーニ氏やナフタ氏にも、彼らのところへ馬車で迎えにいく旨を知らせておくこと、そして最後に四人乗りの馬車を二台、三時までにこさせるように手配すること、これがペーペルコルンの命令であった。

　三時にみなは「ベルクホーフ」の玄関前に集まった。ハンス・カストルプとフェルゲとヴェーザルは、特等室からペーペルコルンとショーシャ夫人がでてくるのを待ちながら、馬の首を撫《な》でたり、手の平にのせた角砂糖を、馬の黒い湿った不格好な口に舐《な》めさせたりして遊んでいた。旅のふたり連れは三時を少し遅れて玄関前の階段に姿を現わした。ペーペルコルンの王者のような顔は少し細くなったように見えたが、いくぶん着古した感じの裾《すそ》の長い外套《がいとう》を着て、クラウディアと並んで階段の上に立ち、丸いソフトの帽子を脱いで、唇を動かして、誰にということもなく何やらはっきりと聞きとれない挨《あい》拶《さつ》の言葉を述べた。それから彼は自分たちふたりを迎えて階段の下まで歩み寄ってきた三人のひとりひとりと握手を交わした。

「お若いの」と彼はハンス・カストルプと握手しながら、左手を青年の肩にのせていった。「……どうだ、君」

「どうもありがとう。そちらは」とハンス・カストルプは答えた。……

太陽が照って、晴れた輝かしい日であったが、合オーバーを着てきたのはよかった。馬車を走らせていると、そのうち冷えてくるにちがいなかったからである。マダム・ショーシャも大きな弁慶格子《べんけいごうし》の粗《あら》い生地で仕立てたベルトつきの温かそうな外套を着ていた。肩のまわりには小さな毛革の襟巻《えりまき》までも巻いていた。フェルトの帽子をかぶって、頤《あご》の下で結んだオリーヴ色のヴェールで帽子の左右の縁を下へ折曲げていたが、その様子がいかにも魅力的であって、それを見る男たちはほとんど胸のうずくような思いさえした。——ただフェルゲだけは平気だった。彼だけが彼女に惚《ほ》れこんでいなかったからである。彼のこういう無関心な態度のおかげで、院外のナフタとセテムブリーニのふたりが一行に加わるまでひとまず座席につくことになったときも、彼は先頭の馬車の、メインヘールとマダムに向い合ったうしろ向きの座席に坐《すわ》ることになった。ハンス・カストルプはフェルディナント・ヴェーザルといっしょに二台目の馬車に乗りこんだが、それを見てクラウディアが嘲《あざけ》るように微笑したのに気づかずにはいられなかった。虚弱そうなマレー人の下僕もこの一行に加わった。彼は蓋《ふた》の下からぶどう酒の瓶《びん》の頸《くび》が二本のぞいている大きなかごを持って、主人たちに従って現われ、そのかごを前の馬車のうしろ向きの座席の下に入れた。そして、彼が馭者《ぎよしや》の横に腰をかけて腕を組んだとたん、馬は出発の合図を受け、馬車はブレーキをかけたまま、環状道路を下りはじめた。

ヴェーザルもショーシャ夫人のさっきの微笑に気がついていて、虫歯を見せながら、彼は同乗の仲間にそのことを話した。

「あなたもお気づきでしたか」と彼は尋ねた、「あなたが私とふたりだけでこちらの馬車に乗ることになったので、あのひとはあなたのことを笑っていましたよ。いや、まったく、敗軍の将は兵を語らず、です。こうして私なんかと同席なさるのに、あなたは腹をたてたり、胸がむかついたりするんじゃないのですか」

「しっかりしなさいよ、ヴェーザルさん、そんな卑屈ないい方はおよしなさい」とハンス・カストルプはたしなめた。「女なんてものは何かといえば笑うんですよ。ただ笑うというだけのためにね。だから、そのたびに、ああでもない、こうでもないと考えるのはばかげていますよ。あなたはなぜそういつもくよくよなさるのです。あなたにだって、ぼくたちみんなと同じように、長所もあれば短所もある。たとえばあなたは『真夏の夜の夢』の一節をあんなに上手に弾《ひ》けるじゃありませんか。ああいうことは誰にもできるわけのものじゃありません。そのうちにまたひとつ弾いていただきたいものですね」

「いや、まったく、あなたはそんなふうに高飛車なもののいい方をなさる」とあわれな男は答えた。「あなたは、そういう慰めの言葉の中に、どんなあつかましさが隠れているか、そしてそのために私がどんなに惨《みじ》めな気持を味わわされるか、そういうことは全然おわかりにならない。あなたは立派なことをおっしゃって、高いところから見下すような調子で私を慰めてくださる。それというのも、あなたはいまでこそかなりおかしな具合になっていらっしゃるが、とにかく一度はうまいめぐり合せで楽園に遊んだことがあるからですよ。ああ、あの腕を頸にまきつけられたことがあるからだ、ああ、それを思うと、私はもう咽喉《のど》や胸の奥が焼けるような気がする。――あなたはそういう経験があるものだから、それですっかりいい気持になって、私のこのあわれな苦しみを見下しているんです……」

「そういういい方には感心できませんね、ヴェーザルさん。それどころかとてもいやな感じです。あなたはぼくをあつかましいといって非難なさるんだから、ぼくも遠慮なしにいいますがね。おそらくぼくにいやな感じを与えてやろうというおつもりなんでしょう。あなたはご自分をいやらしい人間に仕立てあげようと苦心していらっしゃるようだし、しかもたえずくよくよしておいでなんだから。いったいあなたは本当にそんなにあの女に参っているんですか」

「それは、もう、ぞっこんです」とヴェーザルは頭を振りながら答えた。「私がどんなに彼女に焦《こ》がれ飢えているか、しかもその思いが遂げられずに我慢していなければならないか、その苦しみはとても言葉ではいい現わせませんな。死んでしまいたいといいたいところですが、このままでは生きるも死ぬるもあったものじゃありません。彼女がここを発《た》っていってしまってからは、いくらか気持がおさまりかけてきて、少しずつ彼女のことを忘れだしたのです。ところがああしてまた戻ってきて、毎日あの姿を見なければならなくなってからというものは、ときどき自分の腕を嚙《か》んでみたり、身悶《みもだ》えしてみたり、もうどうしていいか、わからなくなっているんです。こんなことがこの世にあってはならないはずですが、さりとて、まったくなくなってしまえと願うわけにもいかない——こういう気持になっている人間は、そういうことを願う気にはならないんです。それはつまり自分のいのちと一体になってしまっていて、そのいのちがなくなるのを願うようなものでしょうからな。そうして、そういうことはできるわけのものじゃありませんよ——だって死んだってなんになるというのでしょう。思いが遂げられてからなら——喜んで死にもしましょう。彼女に抱かれてからだったら——心から喜んで死にます。しかし、その前に死ぬのは無意味だ。生きているのは欲求することで、欲求するのは生きていることでしょう——生きていて欲求しないというわけにはいかない、これはまったくいまいましい板挟みです。『いまいましい』とは申しましたが、これはただ他人事《ひとごと》のようにいってみたまでのことで、私自身は少しも『いまいましい』とは思っていません。この世にはいろいろな苦しみがある、カストルプさん、そして苦しんでいる者は、その苦しみから逃げたがります。なんでもいいから、ただもうそれから逃げたい一心です。逃げることだけが目的になる。ところが肉欲の苦しみとなると、それが満たされてからでなくては、満たされることによってでなくては、どうして逃げだせるでしょうか。――充《み》たされないかぎりは絶対に逃げだしたくないのです。肉欲の苦しみとはそういうものなんです。この苦しみを知らない者はなんとも思いませんが、しかしこれに苦しんでいる者は、われらの主イエス・キリストさまを知って涙を流すのです。ああ、だが肉が肉を求める、それも自分の肉ではなくて、他人の魂に属している肉だというだけでこれほどに焦がれ求めるとは、なんということだろう、なんという宿命でしょう。なんと奇妙な、またよく考えてみると、なんと内気な人懐《ひとなつ》っこいつつましい願いでしょう。それくらいのことなら、まあ、その願いはかなえてやってもいいだろう、と誰でもいいそうなところです。いったい私は何を望んでいるというのでしょう、カストルプさん。彼女を殺そうとしているんでしょうか。彼女の血を流したがっているというんでしょうか。とんでもない、私は彼女を愛撫《あいぶ》したいだけなんだ。カストルプさん、ねえ、カストルプさん、めそめそしてすみませんが、彼女もこれぐらいの願いなら叶《かな》えてくれてもいいはずじゃありませんか。私の願いにだって高尚なところもあるんだから、カストルプさん。

私だってけものじゃない。これでも私も私なりに人間なんだ。肉欲というものは、転々として一定の相手に結びつかない、一所不住だ、だからこそ肉欲は動物的だといわれるんです。だが、肉欲がひとつの顔を持った、ひとりの人間に向けられたら、それは愛ということになる。私がほしがっているのは彼女の胴体、彼女の生き人形のような肉だけではないのです。彼女の顔が少しでもいまと違っていたら、私はおそらく少しも彼女のからだをほしいとは思わなくなるでしょう。このことからもわかるように、私は彼女の魂を愛しているんです、魂をも含めて彼女を愛しているんです。顔を愛するのは魂を愛することですからね……」

「どうしたんです、いったい、ヴェーザルさん。すっかり取乱して、なんだかわけのわからないことをいっているじゃありませんか……」

「まさにそれですよ、それが私の不幸なんですよ」と、憐《あわ》れな男はしゃべりつづけた。

「彼女にも魂があるということ、彼女が肉体と魂とを持った人間だということ、それが私の不幸なんだ。彼女の魂は私の魂など眼中にないんです。だから彼女の肉体も私の肉体に眼もくれない。ああ、なんと惨《みじ》めな、情けない苦しみでしょう。彼女に相手にされないために、私の欲望は恥曝《はじさら》しになり、私の肉体は永遠に悶《もだ》えなければならない。どうして彼女は肉体でも魂でも私を相手にしようとしないんでしょう、カストルプさん。どうして私のこの欲望が彼女にはいとわしいんでしょう。私は男じゃないのでしょうか。

いとわしい男は男じゃないのでしょうか。私はむしろかなりの男だと思っています。これは誓ってもいいが、もし彼女があの腕の中の歓楽の国を私のために開いてくれたら、私は他のなにびとにも能《あた》わぬほどのものを、彼女に与えてやることができるのです。あの腕は美しい、彼女の魂の窓であるあの顔に属しているのだから。だがもし肉体だけが問題で、顔なんか問題にならないとすれば、そしてまた私なんかを相手にしてくれない彼女のいまいましい魂なんかがなかったら、カストルプさん、私は彼女にこの世のあらゆる歓喜を味わわせてやるんですがな。しかし彼女が私のことなんか全然問題にしないあのいまいましい魂を持っていなかったら、私もきっとあの肉体をほしがりはしなかったはずです。――こいつはまったくいまいましい胸糞《むなくそ》の悪くなるようなディレンマで、私はその中で永遠に身悶えしていなければならないのです」

「ヴェーザルさん、しっ、もっと低い声でお話しなさいよ。馭者に聞えますよ。わざと頭を動かさないでいますが、背中を見れば、こちらに聞き耳を立てているのがよくわかるじゃありませんか」

「あの男は何もかもわかって、聞いているんですよ、そこですよ、カストルプさん。そういう点にもいまお話ししている事情の特色や性格がわかるというものです。私がたとえば再生だとか……または静力学だとかの話をしているのだったら、あの男は何もわからないし、全然見当もつかないだろうし、聞こうともしないし、なんの興味も起さないでしょう。そういう話は通俗的ではないからです。ところが、この世で最高にして究極の、そしておそろしいほどに隠微をきわめた問題、つまり、肉と魂の問題は、そう、たしかにまた最も通俗的な関心事でもあって、これなら誰にもわかるし、誰もが、これに苦しんでいる者、そのために昼は欲望に責め苛《さいな》まれ、夜は汚辱の地獄に堕《お》ちる人間を嘲《あざけ》り笑うことができるんです。カストルプさん、ねえ、カストルプさん、少しは泣き言をいわせてくださいよ、夜ごと夜ごと、まあどんな思いでいることか。毎夜のように私は彼女の夢をみる。ああ、私は夢に彼女をみないことがない。咽喉の奥や胃のあたりが焼けそうだ。そしていつもその夢は、彼女が最後に私の頰《ほお》を、顔をひっぱたき、ときには唾《つば》を吐きかけるところでおしまいになるんです。――魂の玄関口ともいうべき顔を、見るのもいやだというふうに歪《ゆが》めて、彼女は私に唾を吐きかける、そこで私は汗と汚辱と快感にまみれて眼をさますんですす……」

「そうですか、ヴェーザルさん。さて、少し静かにして口をつぐんでいることにしようじゃありませんか――香料店に着いて、連れが乗りこむまでね。これはぼくの提案で、また希望でもあるのです。ぼくはあなたを傷つけるつもりはありませんし、あなたがとても弱っておいでだということはよくわかるつもりです。しかしね、ぼくの故郷《くに》には、ものをいうと口から蛇《へび》や蟇《がま》なんかが飛びだすという罰を食らった人間の話があるのです。何かひと言いうたびに蛇や蟇が飛びだすのです。そのひとがそれに対してどういう手を打ったかということは書いてはありませんが、ぼくが思うのには、そのひとは一所懸命に口をつぐんでいたんじゃないでしょうか」

「しかし、カストルプさん」とヴェーザルは憐れっぽくいった。「これは人間当然の欲求ですよ、私のように苦しんでいる者なら、話でもして気を楽にしたくなるというのが人情じゃないですか」

「それどころか、人間の権利といってもいいでしょう、ヴェーザルさん。しかし、ぼくの考えでは、時と場合によっては、行使しないほうが賢明だというような権利もあるでしょうね」

こうしてふたりは、ハンス・カストルプの希望どおりにしゃべらなくなったが、馬車は間もなくぶどうの葉に覆《おお》われた香料店の小さな家の前に着いた。ナフタとセテムブリーニとはもう通りにでて待っていたので、たいした暇は潰《つぶ》さずにすんだ。セテムブリーニは傷《いた》んだ毛革の上着を、ナフタは薄黄色のスプリング・コートを着ていたが、縁にステッチがかけてあって、洒落者《しゃれもの》らしい感じであった。馬車が向きを変える間、みなは手を振ったり、挨拶《あいさつ》を交わしたりした。それからふたりが乗りこんできたが、ナフタは前の馬車の三人に加わって、フェルゲの隣に坐り、セテムブリーニはすばらしいご機嫌《きげん》で、朗らかな冗談を連発しながら、ハンス・カストルプとヴェーザルの仲間に入ってきて、ヴェーザルからうしろの座席を譲ってもらい――イタリアの花馬車行列に乗るひとともこうかと思わせるほどの、優雅なゆったりとした姿勢で席におさまった。

彼は、こうして心地よいゆったりとした気持で、刻々と移り変る景色に眼を楽しませながら、からだを揺られていくドライヴのよろこびを称《たた》えた。彼はハンス・カストルプには父親のようにねんごろな態度を見せ、また憐れなヴェーザルの頰を軽くたたくようなふうにさえして、擦《す》り切れた革手袋をはめた右手を大きく動かして外の景色を指さして、この明るい自然を讃嘆《さんたん》し、おもしろくもない自分の存在などは忘れてしまうようにとすすめた。

すばらしい遠乗りであった。四頭の馬はみな額に白斑《しろぶち》のある潑剌《はつらつ》とした馬で、逞《たくま》しく、艶《つや》やかな毛並みで、栄養もよさそうであり、まだ埃《ほこり》のたっていないきれいな道をしっかりとした足並みで走っていった。割れ目に草花をのぞかせている崩《くず》れた岩がときどき道端に迫り、電柱がうしろへ飛び、森が浮びあがり、おもしろそうなカーヴが近づいてきてはまたうしろに残されていくのが、興をそそった。まだところどころに雪を残した山脈が、いつもうららかな遠方に霞《かす》んでいた。見慣れた谷が消え去って、朝夕親しんでいた風景が遠ざかっていくのがみんなの心を活《い》きいきとさせた。やがて馬車は森の縁にとまった。ここからは徒歩で目的地までいこうということになった。——はじめは誰も気がつかなかったが、もうかなり前から、目的地の滝の音はかすかに聞えていて、それが刻々と大きく響いてきたので、みなは自然とこの目的地のことを意識させられた。馬車がとまるとすぐに、みなは遠方の水音にはっきりと気がついた。かすかな、ときどきふと聞えなくなるほどのざわめき、どよめく滝の音であったが、みなはそれを聞きわけるようにと注意し合い、立ちどまって耳をすましたりした。

「いまのところは」とたびたびここへきたことのあるセテムブリーニがいった。「まだたいした音ではありませんがね。そばへいくと、ちょうどこの季節にはもの凄《すご》い水音なのですよ――覚悟しておいでなさいよ、自分で自分の言葉が聞えないくらいですから」

こうしてみなは針葉樹の濡《ぬ》れた落葉の散り敷いた道を森の中へと進んでいった。先頭には、旅の伴侶《はんりょ》の腕に倚《よ》りかかったピーター・ペーペルコルンが、黒いソフト帽を目深《まぶか》にかぶり、左右に揺れるような歩き方で進み、そのうしろからハンス・カストルプが、他の男たちと同じく無帽で、両手をポケットへ入れ、首をかしげ、低く口笛を吹きふき、あたりを見まわしながら続いた。さらにそのあとには、ナフタとセテムブリーニ、それからフェルゲとヴェーザルが従い、殿《しんがり》にマレー人がひとりでお八つの籠《かご》を腕にかけて続いた。みなはいっしょにいま歩いているこの森について話し合っていた。

この森は普通の森とはややその趣を異にしていた。それは絵のように一風変った、いや、エキゾティックな、しかも無気味な光景を呈していた。森の中には地衣の一種が一面にはびこっていて、そこらじゅうに垂れ下がり、絡《から》みついて、森全体をすっかり包みこんでしまっていた。この毛氈《もうせん》の織物のようになった寄生植物は、枝という枝に絡みつき、それを包みこみ、色の褪《あ》せた長いひげのような形になって枝からぶら下がっていた。そのために針葉樹の葉は全然見えなくなっていて、眼に入るのはただ垂れ下がった苔《こけ》ばかりであった。――それは、重苦しく奇怪に歪んだ世界、魔法をかけられたような、病的な光景であった。これは森にとっては禍《わざわ》いだった。森はこの旺盛《おうせい》な苔に苦しめられて、気息奄々《えんえん》たるありさまだ、などとみなで話し合い、その間にもこの小人数の一行は、次第に近づいてくる目的地のどよめきを耳にしながら、針葉樹の落葉の散り敷いた道を進んでいった。轟《とどろ》きざわめく滝の音は次第にすさまじくなっていき、セテムブリーニの予言がそのまま実現しそうに思われた。

曲り角をひとつ曲ると、森と岩とに囲まれた峡谷に架《か》け橋がかかり、滝が落ちている光景が見えた。それが見えたとたん、耳を聾《ろう》する轟きも絶頂に達した。――まさに凄絶《せいぜつ》な光景だった。大量の水がただ一本の瀑布《ばくふ》となって垂直に落下し、白い水しぶきを飛ばしながら岩畳《いわだたみ》の上を奔流していた。滝の高さは七メートルあるいは八メートルぐらいあって、幅もやはり相当あった。落下する水は気が狂ったように轟きわたり、その音の中には轟々《ごうごう》という音、しゅうしゅうという音、咆哮《ほうこう》、喚声、ラッパの音、めりめりと折れる音、間断ない爆音、どよめき、鐘の鳴る音、というように、ありとあらゆる種類とさまざまの音程の騒音がまざり合っているように感じられ――聞いているとまったく気が遠くなりそうであった。一行はつるつるする谷底の岩までおりて滝のすぐそばに近づき、霧を吸い、しぶきを浴び、水煙に包まれ、轟音《ごうおん》に耳をふさがれ、眼を見合せたり、臆病《おくびょう》な微笑を浮べて頭を振ったりしながら、この光景、この泡《あわ》とどよめきを伴った永遠の破局を眺《なが》めていたが、その狂気のようなとほうもない爆音のために、気が遠くなりそうで、恐怖を覚え、聴覚がおかしくなってきた。誰もが自分のうしろに、頭上に、四方八方に、威嚇《いかく》し警告する叫び声、ラッパの音、荒々しい男の声を聞くような気がした。

みなはメインヘール・ペーペルコルンのうしろにかたまって――ショーシャ夫人も五人の男の中にまじって――彼といっしょにこの流れ落ちる水を眺めた。みなには彼の顔は見えなかったが、彼が白い炎のような髪に囲まれた頭から帽子を取って、爽《さわ》やかな大気の中に胸をひろげるのを見た。みなは眼配せや手ぶりで互いに気持を伝え合った。たとい耳もとでどなったところで、おそらくは轟き落ちる水の音に声はかき消されてしまったことであろう。みなの唇には驚嘆の言葉が浮んでいるようであったが、声は誰の耳にも聞えなかった。ハンス・カストルプとセテムブリーニとフェルゲとは、みなが立っている谷底から峡谷の上にのぼり、上の架け橋にでて、そこから滝を見物しようと頭で合図してしめし合わせた。上にでるのはそれほどむずかしくはなかった。岩に急傾斜の狭い段々が刻まれていて、それがいわば森の上部へ通じていたからである。三人は前後してこの段々をのぼって橋にたどりつき、滝の上に浮んでいるその橋の真ん中で欄干に倚《よ》りかかりながら、下にいる仲間に手を振った。それから三人は橋を渡りきって、向う岸を苦心して下へおり、激流の反対側の岸辺にでて、こちらの岸に残っている仲間のちょうど真正面にあたるところにやってきたが、ここにもまた橋がかかっていた。

さてこんどは、お八つを食べようという合図が交わされた。大部分の者はこの騒々しい場所から少し引下がって、騒音に悩まされず、耳をふさがれ、口を封じられたままでなく、せっかくのお八つをもっと自由に楽しむことにしようと合図し合ったが、ペーペルコルンの考えはそれに反対であることがわかった。彼は頭を振り、人差し指でなんども足もとを指さし、裂けた口を懸命に開きながら、「ここで」といっているようであった。他の者にどうすることができただろうか。こういう指揮のことになると彼は支配者であり号令者であった。たとい彼がいつものようにこの企画の発起人でも主人役でもなかったとしても、彼の人物としての重味はすべてを決定するに十分であった。こういう大人物は、昔から専制的で独裁的だが、これからもやはりそうであろう。メインヘールはここで滝を見ながら、この轟音の中でお八つを食べようというのであった。これは彼の偉大なわがままであったが、空《す》き腹を抱《かか》えて引下がりたくない者は、ここに残るよりほかはなかった。大部分の者は不満であった。セテムブリーニ氏は、人間的なやりとり、民主的で明瞭《めいりょう》なおしゃべり、あるいは議論をやる可能性がなくなってしまったのを見て、例の絶望と諦《あきら》めを示す、頭の上に手を振りあげるような身ぶりをした。マレー人が急いで主人の指図どおりにやりはじめた。彼はメインヘールとマダムのために用意してきた折畳椅子《いす》を二脚、岩壁のところに置いた。そしてふたりの足もとに拡《ひろ》げた布の上に、コーヒー道具とコップ、魔法瓶《びん》、ビスケット、ぶどう酒の瓶など、持参した籠の中身を並べたてた。みなは集まってきて分配に与《あずか》った。そしてそれぞれ熱いコーヒーを入れた茶碗《ちゃわん》を手にし、膝の上に菓子皿を置き、河原の石の上や、橋の手すりに腰をおろして、轟々という水音の中で黙々としてお八つを食べた。

ペーペルコルンは外套《がいとう》の襟《えり》を立て、帽子はかたわらの地面の上に置き、名前の頭文字を彫りこんだ銀の杯でぶどう酒を何杯も傾けた。それから彼は突然話しはじめた。それにしても不思議な男だ。彼自身、自分の声が聞えなかったのだから、ましてほかのひとたちには、彼の話がひと言でもわかるはずはなかった。しかし彼は人差し指を立て、右手にグラスを持ったまま、左腕を伸ばして手の平を斜めに立てた。そしてみなは彼の王者のような顔が何かしゃべりながら動き、いわば真空の中でしゃべっているように、口は音にならない言葉を形づくっているのを見守った。みなは彼のこの無益な行為をとまどったような微笑を浮べて見ていたが、誰もが彼はそれをすぐにやめるものとばかり思っていた。――ところが彼は左手で例の相手を金縛りにして注意を引寄せる文化的なジェスチュアをしながら、すべての音を吞《の》みこんでしまう轟々たる水音のどよめきに向ってしゃべりつづけた。彼は額の皺《しわ》を緊張させて、その下の小さな疲れた感じの薄色の眼を無理に大きく見開き、彼を見ているひとびとをひとりずつ順ぐりに見つめたので、そんなふうに話しかけられた者は、否応《いやおう》なしに眉《まゆ》を吊《つ》りあげて頷《うなず》いて見せたり、口を開けたり、どうにもならない事態がそれで少しでもなんとかなるとでもいうように、手を耳のうしろにあてがってみたりした。ところが、いまやペーペルコルンは立ちあがった。杯を手に、皺の寄った、足まで届きそうな旅行用マントの襟を立て、帽子はかぶらず、偶像めいた感じの皺が刻まれた高い額のまわりに炎のような白髪をなびかせて、岩壁のほとりに立った。彼は二本の指で輪を作り、その横へ三本の指を槍《やり》のように立て、その手を講演をするときのように顔の前にかざし、声の聞えない乾杯の辞の不明瞭さを例の的確な否応をいわせない合図をもって諒解《りようかい》させながら、顔を動かして何かしゃべっていた。彼の手ぶりと口の動きから察して、彼が例の日頃《ひごろ》聞き慣れた「結構」、「決着」という言葉を口にしているのはわかったが――そのほかは何ひとつわからなかった。みなは彼が頭を斜めにかしげ、裂けた唇に苦痛の色を浮べ、受難のキリストさながらの姿になるのを見た。ところがそれに次いで彼の頬《ほお》には例の淫《みだ》らな笑《え》くぼが現われ、道楽者めいたいたずらっぽい表情が浮び、衣の裾《すそ》をからげて踊り狂う異教の司祭のような神聖な淫《いん》猥《わい》さが感じられた。彼はグラスをあげて、それを客たちの前で半円を描くようにぐるっと動かしてから、二口か三口で一滴も残さずに、グラスの底がすっかり上を向くまで飲みほした。そして彼は腕を伸ばしてグラスをマレー人に渡した。マレー人が胸に手を当ててそれを受取ると、彼は出発の合図をした。

みんなはその合図に従って支度《したく》をしながら、彼にお礼のお辞儀をした。地面にしゃがんでいた者は急いで立ちあがり、橋の手すりに腰をおろしていた者はそこからおりた。山高帽をかぶって毛革の襟巻をしていた貧弱なからだつきのマレー人は、食事の残りと食器を片づけた。みなはきたときと同じように細長い列をつくって、湿った針葉樹の落葉の散り敷いた道を踏んで、垂れ下がった地衣のために異様な感じのする森を通り抜けて、馬車をとめておいた道へ戻ってきた。

ハンス・カストルプはこんどは師匠とその連れの馬車に乗った。彼は高尚なことにはすべて縁のない善良なフェルゲと並んで、ふたりに向い合って腰をおろした。帰りは誰もほとんどしゃべらなかった。メインヘールは自分の膝《ひざ》とクラウディアの膝とをいっしょにくるんだ毛布の上に両手を置いて、下顎《したあご》をがっくりと落していた。セテムブリーニとナフタとは、馬車が線路と小川を越えない以前におりて、別れていった。ヴェーザルはうしろの馬車にひとりぼっちになった。馬車は環状道路をのぼり、「ベルクホーフ」の玄関前に着いた。そこで一行は解散した。――

その夜、ハンス・カストルプの眠りが浅く短かったのは、自分ではまったく意識してはいなかったのに、何事かを心の中で待ち設けていたからであろうか。だからこそ彼は、いつもの「ベルクホーフ」の夜の静けさと少し違った気配、ほんのかすかな動揺、遠くを走りまわる足音のほとんど感じられないほどの震動にいち早く気がついて眼をさまし、布団《ふとん》の中に起きあがったのであろうか。彼の部屋のドアがノックされたのは二時を少し回ったころであったが、実は彼はそのしばらく前から眼をさましていたのである。彼はすぐに眠気も見せず、はっきりと力強く返事をした。彼を呼んだのは「ベルクホーフ」に勤務する看護婦であったが、かん高いふるえ声で、すぐ二階へきてくれるようにというショーシャ夫人の頼みを伝えた。彼はさらに力をこめて、すぐいく旨《むね》を答えて、はね起き、大急ぎで着物をひっかけ、額の髪を手でかきあげて、こんな時刻に何事が起ったのか、ということよりは、むしろどんなふうにして起ったか、ということをあれこれと考えあぐみながら、あわてもしなければゆっくりしすぎもしない足どりでおりていった。

ペーペルコルンのところでは、サロンへのドアも、寝室へのドアもすべて開け放しになっていて、寝室には明りが煌々《こうこう》とついていた。医者ふたりと、フォン・ミュレンドンク婦長と、マダム・ショーシャと、マレー人の下僕がいた。下僕はいつもとは違って一種の民族衣裳《いしょう》をまとっていた。非常に長い広い袖《そで》のついた太縞《ふとじま》のシャツのような上着を着て、ズボンの代りに派手なスカートをはき、頭には黄色い布地で作った円錐《えんすい》形《けい》の帽子をかぶり、さらに魔除《まよ》けのお守りを胸飾りにつけて、ピーター・ペーペルコルンが両手を伸ばして仰向けに寝ているベッドの左の枕もとに、腕を組んで身じろぎもせずに立っていた。ハンス・カストルプは蒼《あお》ざめた顔で、その場の光景を見渡した。ショーシャ夫人は彼の方へ背を向けていた。彼女はベッドの足の方にある低い安楽椅子に腰をかけて、掛け布団に肘《ひじ》を突き、片手で頤をささえ、指で下唇を抑えて、旅の伴侶の顔を見つめていた。

「やあ、今晩は」と、ドクトル・クロコフスキーと婦長とを相手に低い声で立ち話をしていたベーレンスがいって、白い口ひげをひねりあげて憂鬱《ゆううつ》そうにうなずいてみせた。彼は診察着を着、胸のポケットから聴診器をのぞかせ、刺繡《ししゅう》したスリッパをはき、カラーはつけていなかった。「どうにも手の施しようがありません」と彼は囁《ささや》くように付け加えた。「万事休す、です。まあ、近寄ってごらんなさい。経験のある眼で見てごらんなさい。医術の活動する余地はまったくないということがおわかりでしょう」

ハンス・カストルプは爪立《つまだ》ってベッドに近づいた。マレー人の眼がその動きを監視して、頭を動かさずに眼だけで彼を追ったので、白眼がむきだしになった。ハンス・カストルプは横目でショーシャ夫人が彼のことを構いつけないのをたしかめて、彼の癖になっているいつもの姿勢でベッドのそばに立ち、片足に体重を置き、両手を下腹の上に組み、首をかたむけ、敬虔《けいけん》な瞑想《めいそう》的な面持で死者を見守った。ペーペルコルンは、ハンス・カストルプがこれまでになんども見た例のメリヤスの肌着をつけ、赤い絹の布団をかけて横たわっていた。手は青黒く色が変っていた。顔のある部分も同様であった。これは彼の容貌《ようぼう》を著しく変えていたが、その他の点では彼の王者的風貌にはなんの変化も見られなかった。炎のような髪にとりかこまれた高い額には、偶像の面のような感じの皺が四、五本水平に並んで走り、額の両わきからこめかみへかけて垂直に下がっていた。生涯の絶え間ない緊張によって刻みこまれたこの皺は、目蓋《まぶた》を伏せて静かに横たわっているいまもはっきりと現われでていた。痛々しく裂けた唇はわずかに開いていた。青い斑点《はんてん》は急激な鬱血《うっけつ》、生命機能が卒中の場合のように不自然に停止したことを示していた。

ハンス・カストルプはこの場の様子を眺めながら、しばらく敬虔な姿勢をとりつづけていた。彼は「未亡人」に話しかけられるのではないかと思って、その姿勢を崩すことをためらっていたのである。しかし彼女は話しかけてきそうにもなかったので、彼はさしあたり彼女をわずらわすまいと考え、彼のうしろに立っている他のひとびとの方を振返った。顧問官はサロンの方を頭で指して見せた。ハンス・カストルプは顧問官に従ってサロンへいった。

「自殺《スイツイデイウム》?」と、彼は声を低めて専門語を使って尋ねた。……

「むろんです」とベーレンスは何をいまさらといった顔つきで答えて、こう付け加えた。「完璧《かんぺき》、完全。まさに最高級。ところであなたはこんなものを小間物店かどこかで見かけたことがありますか」といって、彼は診察着のポケットから不規則な形をした小さなケースを取りだし、その中から小さな物を引っぱりだして、それを青年に見せた。……「私は見たことがない。しかし一見の価値はあるようだ。知らないものはいくらもある。風変りで、独創的なものですな。彼の手から取ったのです。気をつけてくださいよ。中身が少しでも皮膚につくと、炎症を起しますからね」

ハンス・カストルプはその不思議な品物を指先でひねりまわした。鋼《はがね》と象牙《ぞうげ》と金とゴムでできていて、見るからに不思議な代物《しろもの》であった。曲ってぴかぴか光る鋼鉄でできた二本のホーク状の叉《また》をなした針があって、その先端はおそろしくとがっていた。さらに、象牙に金を象嵌《ぞうがん》した少し螺旋《らせん》状になった胴があって、この中に針が一定の長さだけ発条《ばね》仕掛けで入りこむようになっていた。そして、この胴の下部は半硬質の黒いゴムの袋になっていた。全体の大きさは二、三インチにすぎなかった。

「なんです、これは」とハンス・カストルプは尋ねた。

「これはね」とベーレンスは答えた。「特別に注文して作らせた注射器です。もっとややっこしくいうと、コブラの歯の構造を真似《まね》たものです。おわかりですか――おわかりにならんようですな」と彼は、ハンス・カストルプがまだこの奇妙な器械をぼんやり見つづけていたのでいった。「これが歯です。しかしただの硬い歯ではなくて、内部に一本毛細管のような非常に細い孔《あな》が通っています。その孔の出口がこの針の先のところにはっきり見えるでしょう。この孔はむろん歯の根もとのところでも開いていて、この象牙の胴の中を通っているゴムの袋の口と連絡しているのです。この歯は肉に嚙《か》みつくと、発条仕掛けで少し胴の中に引っこみます。これは明らかですな。そして下の袋を圧迫する。その圧力で袋の中身が孔の中へ押しだされ、針の先が肉に突き刺さる瞬間に、毒液はすでに血管の中へ注入されてしまうわけです。こうして見てみると、なんでもない簡単なものですが、ただこういう仕掛けを思いつくというのがたいへんなことですな。たぶん彼が考案して作らせたものでしょうがね」

「そうでしょうね」とハンス・カストルプはいった。

「毒液の量はそう多くはなかったにちがいない」と顧問官は話しつづけた。「量の少なさを補ったと思われるのは――」

「作用の強さでしょう」とハンス・カストルプが言葉を補った。

「そう、それです。この毒物の正体は、じきに調べがつくでしょう。その結果はかなりおもしろいものになりそうですし、おそらくためになることがわかるでしょう。どうです、今夜はひどくめかしこんで向うの寝室で眼を光らせているマレー人にきいてみたら、これがなんだか教えてくれるのではないですかな。私の想像するところでは動物性のものと植物性のものとの混合物でしょう。――いずれにしろ飛びきり上等のやつでしょう。まさに電撃的に作用したらしいですから。あらゆる点から考えて、一瞬に呼吸が止ったものと思われます。つまり、呼吸中枢《ちゆうすう》の麻痺《まひ》、急激な窒息死です、おそらく痛くも苦しくもなかったでしょう」

「そうであったことを祈ります」とハンス・カストルプは厳《おごそ》かにいって、溜息《ためいき》をつきながらその無気味な小さな器具を顧問官に返し、寝室へ戻った。

寝室にはもうマレー人とマダム・ショーシャとしかいなかった。ハンス・カストルプがふたたびベッドに近づくと、こんどはクラウディアが顔をあげて青年を見た。

「あなたは、お呼びするだけの資格を持っていらっしゃったのです」

「ご好意は感謝いたします」と彼はいった。「あなたのおっしゃるとおりです。ぼくらは『君』と呼び合う仲でした。それでもぼくが人前でそう呼ぶのを恥ずかしがって、まわりくどい呼び方ばかりしていたことを、いまとなっては心から恥じ入っています。――ご臨終のおりにあなたはそばにおいででしたか」

「この召使が知らせてくれたのは、すべてが終ってからでした」と彼女は答えた。

「スケールの大きなひとでしたね」とハンス・カストルプはまた口を開いた。「感情が衰えて人生の要求に応じられなくなることを、宇宙の破滅とも、神の汚辱とも感じておられたのです。つまりこの方は自分を神の交歓の道具と考えていたのです。いかにも王者らしい妄想《もうそう》でした。……不躾《ぶしつけ》なことをいうようですが、いまのぼくのように感動してしまうと、あえてこんな不作法な、不謹慎な言葉を口にしたくなるのです。そしてそのほうが実は世間並みのお悔みの言葉よりもずっと厳粛なのです」

「棄権ネ、コレハ」と彼女はいった。「私たちの仲を知っていたのかしら」

「ぼくはこのひとに向ってそれを否定することはできなかったのです、クラウディア。あれで彼の目の前であなたの額に接吻《せっぷん》するようにいわれたとき、ぼくはそれを拒んだ。あれで万事を察してしまったのです。このひとがいまこうしてぼくたちの前にいることは、現実的というよりもむしろ象徴的な意味しかないわけですが、いまここでこのひとのいったとおりにするのを許していただけないでしょうか」

　彼女はそっと目配せするように眼を閉じて、彼の方へ少し顔を差しだした。彼はその額に唇をつけた。マレー人は動物のような褐色の眼をぎょろりと横に動かして、白眼をむきだしてこの情景を監視していた。

巨大な鈍感

　もう一度、私たちはベーレンス顧問官の声を聞くことになる。――よく聞いておこうではないか。彼の声を聞くのもたぶんこれが最後になるだろうから。この物語にしてもいつかは終るのである。もうずいぶん長いこと続いてきた。というよりはむしろ、この物語の内容的時間がもはやとどまるところを知らないほどに進展し、かたがたそれを物語る音楽的時間のほうもそろそろなくなりかけているから、定《き》まり文句を愛用するラダマンテュスの、あの陽気なおしゃべりに耳を傾ける機会ももうないかもしれないからである。彼はハンス・カストルプに向っていった。

「ねえ、カストルプ君、隅《すみ》におけないカストルプ君、退屈していますな。浮かぬ顔をしておいでだ。私は毎日それを拝見している。不機嫌《ふきげん》なご様子が額にありありと見える。あなたは何をやってもおもしろくなさそうだ、カストルプ君。あなたはセンセーションに甘やかされていたのです。毎日何かすばらしい刺激を与えてもらわないと、あなたは不景気をかこって不平たらたらだ。いかがです、図星でしょう」

ハンス・カストルプは黙っていた。何もいわなかったところをみると、実際彼の心は暗かったにちがいない。

「私はいつだって間違ったことは申しあげない」とベーレンスは自分で自分に答えた。「さあそこでですな、あなたがそのドイツ帝国の不機嫌の毒素をここへ蔓延《まんえん》させないうちに、ぜひとも申しあげておきたいことがある。ご機嫌麗《うるわ》しからざる公民君、つまり、あなたは決して神さまからも世間さまからも見離されてしまっているわけではなく、当局においてもあなたにはたえず注意を怠ってはおらんのです、親友。あなたの憂《う》さ晴らしには心を配っておるのです。老ベーレンスはなお健在なり、だ。いや、冗談はさておき、ところでわが親友よ、実はあなたのことでちょっと思いついたことがある。眠られない夜ごとにあなたのことを考えて、ひとつ思いついたことがあるのです。啓示ともいうべきものです——実際私はこの考えには大いに期待しているのです。それはほかでもない、あなたがそれによって病毒を脱して、思いがけないほど早く意気揚々とお国へ引揚げられるようになるのではないかということなのです」

「ほら、あなたは眼を輝かせられる」とベーレンスはわざと間《ま》をおいてからいったが、しかし、ハンス・カストルプは眼を輝かせるどころか、むしろかなり眠そうな、ぼんやりとした眼つきでベーレンスの顔を眺《なが》めていたにすぎなかった。「しかもあなたはまだこの老ベーレンスがいわんとすることのなにごとであるかを一向にお察しではないらしい。それはこういうことです、あなたの容態には何か合点《がてん》のいかないところがある、カストルプ君。むろんあなたもこれにはお気づきでしょう。つまりどうも合点がいかないのは、あなたの患部が明らかに著しく良くなっていて、もうずっと前からあなたの中毒症状はその患部によるものとはいえなくなっているという点なのです――私がこれについて首をひねりはじめたのは、きのうきょうのことではない。ここにあなたの最近の写真がある……この魔法の鏡をひとつ光にかざして見ましょう。ごらんのとおり、われらのカイゼルの言いぐさではないが、どんな不平家も悲観論者も文句のつけようがないくらい立派な写真です。二、三の病竈《びょうそう》は完全に吸収されてしまいましたし、別の病竈は小さくなって固まっていますが、これは学問のあるあなたならよくおわかりのように、治《ち》癒《ゆ》の段階を示しています。あなたの体温の不安定な理由をこの症状からは十分に説明できないのです。そこで医者としては、別の原因を探らざるをえないというわけです」

ハンス・カストルプは頭を動かしたが、それはほんのお義理に興味のありそうな様子をして見せただけのものであった。

「こんなことを申しあげると、カストルプ君、あなたはこの老ベーレンスがこれまで治療法を誤っていたとお考えになるでしょう。ところが、そうお考えになるのは大きな間違いだ。そうお考えになるのは、事情を理解なさらんばかりか、この老ベーレンスをも見そこなうというものだ。これまでの治療法は間違ってはいません。ただ一方に偏していたというきらいはあるかもしれないが。私はこのごろ、あなたの症状は前々から必ずしも結核のためだとばかりはいえなかったのではないかと思いはじめたのです。そういう考えが起ってくるのは、あなたの症状がいまではもうまったく結核によるものとは考えられないからなのです。別に何か、変調をきたさしめるような原因があるにちがいない。私の考えでは、あなたは球菌を持っておられる」

「私のもっとも深い確信によれば」とベーレンスは、自分の言葉に対してハンス・カストルプがうなずいてみせるのを見とどけてから、声を強めてくり返した。「あなたは連鎖状球菌を持っておられる――といってもなにもそうすぐに顔色を変える必要はありませんがね」

(顔色を変えたなどということは絶対になかった。ハンス・カストルプはむしろ、相手の慧眼《けいがん》に恐れ入ったというか、あるいは新たに立派な資格を仮にでも与えられて恐悦至極だとでもいうような、一種皮肉な表情を浮べたのである)

「なにもそうたまげる必要はない」とベーレンスは言葉を変えてもう一度いい聞かせた。

「球菌なんかは誰でも持っている。どこの馬の骨でも連鎖状球菌ぐらいは持っています。あなたもそれしきのことで自惚《うぬぼ》れてはいけませんぞ。これは最近ようやく判明したことですが、血液中に連鎖状球菌があっても、別になんの感染症状も起さないことがあるのです。われわれは多くの同業諸君にはまだ全然知られていない結論、つまり、血液中に結核菌が存在していてもそれが別にたいした影響を及ぼさないという事実を見出《みいだ》したのです。われわれは、結核とは実は血液の疾病《しっぺい》ではないかという考えへあと一歩のところに迫っているのです」

ハンス・カストルプは、たしかにそれはたいへんなことだといった。

「だから私が連鎖状球菌といっても」とベーレンスはしゃべりつづけた。「あなたもご承知の重症を想像される必要はむろんないのです。しかし、このわが親愛なる小僧どもがあなたの血液の中に巣くっているかどうかは、細菌学的血液検査をやればわかります。しかし、その球菌があったとしても、あなたの熱がその菌によるものかどうかは、われわれがいまやろうとしている連鎖状球菌のワクチン注射の結果を見なければわかりません。これです、私がやろうとしている方法は、わが親友よ。そしてさっきも申したように、私はこのワクチン注射に目ざましい結果を期待しているのです。結核はだいたい長引く病気ですが、この種の疾患でしたら、今日ではたちまち治《なお》ってしまう。もしこのワクチン注射に反応がでてくれると、あなたは六週間もたたないうちにぴんぴん元気になりますよ。いかがです、老ベーレンス、なお健在なり、でしょう、ええ？」

「しかしいまのところはまだ仮説にすぎないのでしょう」とハンス・カストルプは気がなさそうにいった。

「しかし実証しうる仮説です。きわめて将来性のある仮説なのです」と顧問官は答えた。「培養基に球菌が繁殖してくれれば、あなたにもその仮説がどんなに価値の大きいものであるかがおわかりになるでしょう。あすの午後、血を取ってみましょう、カストルプ君。田舎《いなか》外科医術の型どおりに、あなたに放血法を施しましょう。それだけでもちょっとした気晴らしになりますし、それだけでも心身にきわめて結構な結果を生みだすかもしれませんからな……」

ハンス・カストルプは、よろこんでその気晴らしに応ずる旨《むね》を答え、当局のご配慮に深謝するといった。彼は頭を肩の方へかしげて、泳ぐように手を振りながら立ち去っていく顧問官のうしろ姿を見送っていた。院長の持ちかけてきた話は、いわば危機一髪の瞬間にうまくつぼにはまった。ラダマンテュスはこの「ベルクホーフ」の客たちの表情や気分をかなり正確に読んでいて、彼の新しい試みは、この若い客が最近陥っていた行詰りを打開しようという意図を持っていた。――これは明々白々のことであって、顧問官自身もその意図を否定しようとはしなかった。ハンス・カストルプの行詰りは彼の表情にも明瞭《めいりょう》に現われていて、いまは亡《な》きヨーアヒムがあの自暴自棄的な反抗の決意をかためはじめたころに見せた顔つきをはっきりと思いださせるものであった。

それればかりではなかった。ハンス・カストルプには、自分自身がこういう行詰りに陥っているばかりか、世の中のあらゆることが、「全体」が自分と同じような行詰りの沈滞した状態に落ちこんでいるように思われてならなかった。というよりはむしろ、ここでは個人的事情と一般的な状態とを切り離して考えるということは困難だと思われた。大人物ペーペルコルンとの交渉があいう異常な結末を遂げ、その結末が「ベルクホーフ」にさまざまな動揺をもたらし、クラウディア・ショーシャがあの偉大なる敗北の悲劇に打ちのめされて、パトロンの生き残った親友ハンス・カストルプと慎み深く遠慮がちに「さようなら」をいい合って、ここの上のひとたちのところからふたたび去っていってしまって以来——この一転機このかた、ハンス・カストルプ青年には世の中や人生がどうもおかしくなってきて、変な具合にますますゆがんだ危ない状態にのめりこんでいくように思われたのであった。これまでにも長いこと性《たち》の悪い気違いじみた影響を深刻に及ぼしていた悪魔《デーモン》が、いよいよ権力を掌握して、もはや誰はばかるところなく公然とその支配権を宣言したといってもいい。そのために彼は神秘的な恐怖を覚え、逃げだしたいような気持に襲われるのであった。——この悪魔《デーモン》の名は鈍感であった。

鈍感と呼ばれるものと悪魔的なものとを結びつけて、それには神秘的な恐怖を呼び起す力があるというようなことをいう語り手を、読者諸君は大時代でロマンティックだと思われるかもしれないが、しかし、私たちはいまここに何か架空のことを述べているのでなくて、私たちの単純な主人公の個人的な体験を忠実に伝えているにすぎないのである。この体験というのは、私たちが少々穿鑿《せんさく》してもわからないようなある事情から知りえたのだが、とにかくそれは、鈍感というものも時と場合によってはそういう悪魔的な性格を帯び、神秘的な恐怖を呼び起すこともありうるという事実をはっきりと証明している。ハンス・カストルプは自分の周囲を見まわした。……彼が見たものは無気味な、性《たち》の悪いことばかりであった、そして彼はそれらのことの意味を知っていた。それは、時間のない生活、心配も希望もない生活、停滞していながら、うわべだけは活潑《かっぱつ》に見える放縦な生活、死んだ生活であった。

生活は多忙をきわめていた。ありとあらゆる種類の慰みごとが同時に行われていた。しかも、ときどきその中のひとつが気違いじみた流行になって、みながそれに熱中した。たとえば写真がそうであるが、これは以前から「ベルクホーフ」の生活に重要な役割をはたしていた。もう二度も——というのは、ここの上に少し長くいた者は、このような伝染病の周期的な回帰現象を見ることができた——この写真熱は数週間、数カ月もの間、みんなをばかばかしいほどに熱中させ、誰も彼もがむずかしい顔をして鳩尾《みぞおち》にあてたカメラをのぞきこみ、シャッターを切るようになり、食卓ではできあがった写真を見せ合って飽きることがなかった。そのうち突然自分で現像するのが自慢の種になりはじめた。

いままでの暗室だけではとても足りなくなったので、みなは自分の部屋の窓やバルコニーの窓に黒いカーテンを引き、赤い電灯をつけて現像皿をいじっていたが、そのうち火事がおきて、上流ロシア人席のブルガリアの学生が危なく丸焼けになるところであった。そこで「ベルクホーフ」当局は個室での現像を禁止した。やがて普通の写真はもう月並みだということになって、マグネシウム写真とフランスの化学者リュミエールが発明したカラー写真が流行しはじめた。不意にマグネシウムの閃光《せんこう》に射すくめられて、眼を据わらせ、血の気のない顔をこわばらせて、まるで殺されて眼を開けたまま立たせてあるとでもいうような人物の写真を見て、みなはおもしろがった。ハンス・カストルプも一枚の厚紙の枠《わく》に入れたガラス板を持っていたが、それを明りにかざして見ると、真っ青な空色のスウェーターを着たシュテール夫人と血のような真っ赤なスウェーターを着た象牙《ぞうげ》色のレーヴィ嬢とに挟《はさ》まれたハンス・カストルプが、銅色の顔をして、真鍮《しんちゅう》のように黄色いたんぽぽに囲まれ、その一輪をボタン穴に飾って、毒々しい緑色の森の草地に立っているのが見えた。

また切手の蒐集《しゅうしゅう》も流行した。これはいつでも誰かがやっていたが、ときにはそれが大流行して、みなはそれに憑《つ》かれたようになった。誰も彼もが切手をアルバムに貼《は》ったり、売ったり買ったり、交換したりした。切手蒐集家のための雑誌が購読され、国内や国外の専門店や研究家のクラブやアマチュア蒐集家との通信が行われ、珍しい切手を手に入れるためとあれば、この贅沢《ぜいたく》なサナトリウムに数カ月とか数年とか滞在するだけでも精いっぱいと思われるような懐《ふところ》具合のひとたちまでが、驚くほどの金額を捻出《ねんしゅつ》してみせた。

この流行がしばらく続くと、やがて別の慰みごとが登場してきて王座を奪った。こんどはたとえばありとあらゆる種類のチョコレートを積みあげておいて、それをひっきりなしにむさぼり食うというようなことが流行しだすのである。そうなると、また誰も彼もが口を茶色に染め、「ベルクホーフ」の料理場が提供する飛びきりのご馳走《ちそう》もまずそうに、文句をつけながら食べることになる。てんでの胃袋にはミルカ・ナット、アーモンド・クリーム入りチョコレート、マルキ・ナポリタン、金色の砂糖をふりかけた舌状チョコレートが詰めこまれて、そのために胃の調子をおかしくしていたからである。

眼をつぶったままで仔豚《こぶた》を描く遊戯は、いつかの謝肉祭の晩にある権威者が披露してからも、引続いてさかんに行われていたが、それが次第に複雑なものに変って、ある幾何学的図形を描く根くらべのようなものになり、しばらくの間は「ベルクホーフ」の療養客たちの精神力がすべてこれに集中され、モリブンドゥス、つまり危篤《きとく》状態にある患者まで参加して最後の思考力と精力を費やした。何週間もの間、「ベルクホーフ」の住民たちはある複雑な図形に憑かれたようになっていた。この図形は八つ以上の大小の円といくつかの交叉《こうさ》した三角形とを組み合せたもので、課題というのは、この複雑な平面図を道具を使わずに一筆で描くことであった。さらにはこれを見えないようによく眼隠しをして描きあげるのが最高の理想とされた。――これには結局、わずかな不手際《ふてぎわ》を大目に見ると、パラヴァント検事が成功しただけであった。彼はこういう精神集中の大家だったのである。

私たちはパラヴァント検事が数学に熱中していたことはもう知っている。私たちはそれを顧問官自身の口から聞いて知っているし、また、彼が数学に凝るようになった禁欲的な動機をも知っているし、さらに私たちは、数学に熱中することには頭を冷やし肉欲を麻痺《まひ》させる効果があるという礼讃《らいさん》の言葉も聞いたことがある。もしみなが彼の傾倒ぶりに見倣《みなら》っていたとすれば、最近当局が講ぜざるをえなくなっていたある種の処置などは、おそらく不必要だったろうと思われる。その処置というのは主として各バルコニー間を結ぶ通路にすべて小さなドアをつけるということであった。バルコニーの間の磨《すり》ガラスの仕切りは手摺《てす》りのところにまでとどいていず、その隙間《すきま》が通路代りになっていたのである。それ以来、夜になるとマッサージの先生がみながにやにやしている中をこのドアに錠をかけてまわった。それからというものはベランダの上の二階の部屋が大繁盛《だいはんじょう》を見せた。ここからなら、手摺りを乗り越えて、突きでたガラスの屋根を伝わり、例の小さなドアを避けて部屋から部屋へと往《ゆ》き来《き》することができたからである。しかし、パラヴァント検事に関するかぎり、こういう風紀取締りをあらためて行う必要はまったくなかったであろう。あのエジプトの王女の姿が彼パラヴァントに味わわせた重大な試練はもうとっくに克服されていて、あの王女を最後として、彼は煩悩《ぼんのう》に苦しむことはなくなっていたのである。それ以来、彼は顧問官がその鎮静的な功徳《くどく》を真面目《まじめ》に説いている、かの明澄《めいちょう》なる瞳《ひとみ》を持った数学の女神の手に、いまや旧に倍する熱情をもって、わが身を投じたのであった。彼の休職期間はもうなんども延期されて、最近では完全に退官になってしまいそうな形勢であったが、以前の彼が憐《あわ》れな罪人を有罪ときめつけるのに発揮した根気と、スポーツを楽しむような粘り強さとをもって、彼がいま、日夜すべてを忘れて考えつづけている問題は——ほかでもない円の求積法であった。

この脱線官吏は、研究を進めていくうちに、数学がその問題の成立不可能を証明したとしているその証明それ自体が実は根拠のないものであって、神の摂理はこの超経験的な問題を経験的に正確に解決可能な問題へと転ぜしめるために、彼パラヴァントを選びだし、その使命のために彼を下の人間世界から遠ざけて、ここの上へと移し置いたのだ、と信じこんでしまっていた。これが彼の現状であった。彼は常住坐臥《ざが》、円を描き、計算し、たくさんの紙を図形や文字や数字や代数記号で埋めつくし、一見頑健《がんけん》そのものに見える彼の赤銅《しゃくどう》色の顔は、偏執症者によくある夢みるような気むずかしい表情を示していた。彼の話はもっぱら、おそろしいほどに決りきった円周率π《パイ》、あの絶望的な分数に絞られていた。これは、ドイツのツァハリアス・ダーゼという暗算の上手《じょうず》な小天才がある日小数点以下二百の位まで算出したというある分数だったが――たとい小数点以下二千位まで計算したとしても、到達しえない正確な数値に対する近似の可能性がなくなるわけではなかったから、誤差が減少したとはいえず、したがってダーゼの計算は実のところはまったくの贅沢《ぜいたく》な遊びにすぎなかったのである。誰もがこのπに憑かれた思索家を避けた。彼につかまったが最後、この神秘的なπの絶望的な無理数によって加えられる人間精神の神聖への恥辱に対して、人間として怒りを覚えるべきであると云々《うんぬん》という滔々《とうとう》たる熱弁を浴びせかけられる覚悟をしなければならなかったからである。彼は直径にπをかけては円周を、半径の自乗にπをかけては円の面積を求めてもなんら得《う》るところがないのに絶望して、人類はアルキメデスの昔からこの問題の解き方をむずかしく考えすぎたのではないだろうか、本当はこの解き方は子供にもわかるくらいに簡単なものなのではあるまいか、という疑惑にいくどか襲われるのであった。円周は求長できない、したがって任意の直線は円に変えられないとされているが、それはなぜか。パラヴァントはときどき大発見の糸口をつかみかけたように思うことがあった。彼がしばしば夜遅くまで、人気《ひとけ》のなくなった薄暗い食堂の、自席に坐《すわ》っているのが見られた。彼は覆《おお》いを取ったテーブルの上に一本の細紐《ほそひも》で念入りに円形を作り、こんどは不意に襲いかかるような手つきでこれを直線に引延ばし、その後ではぐったりと頰杖《ほおづえ》をついて苦しげに考えこんでしまうのであった。顧問官は、検事がそういう憂鬱《ゆううつ》な道楽にふけっているときにたまには加勢にやってきて、意気阻喪《そそう》している彼を元気づけた。悩める男はハンス・カストルプにもその楽しい煩悶《はんもん》を打明けたが、ハンス・カストルプが円の神秘に対して愛想よく理解を示し興味を持って聞いてやったので、話は一度が二度と重なっていった。彼は青年にπの絶望を具体的に説明するために精密きわまりない製図を見せたが、それにはきわめて短い無数の辺を持つ多角形のふたつが円周をはさんでひとつは内接し、ひとつは外接しているところが、恐るべき努力を払って描かれていたが、その円周と多角形の辺とは、これ以上は人間業《わざ》では不可能と思えるほどに接近していた。しかし、こうして計算可能な線を区画して、それによって、合理的に算定しようとしても、あたかもエーテルかアルコールのように逃げてしまう剰余、彎曲部分《わんきょく》——それがπなのだ、と検事は下頤《したあご》を震わせながらいった。ハンス・カストルプはもともと感じやすいほうであったが、相手ほどにはそのπに対して興奮しなかった。彼はそれを惑わしであるといい、鬼ごっこのような研究だからあまり真剣になって興奮しないように、とパラヴァント氏に忠告して、始点もなければ終点もない円を構成する延長のない転回点のことを話し、持続的な一定方向をとることなく循環していく永遠というものがいかに陽気な憂愁を感じさせるかということを、きわめて冷静、敬虔《けいけん》な調子で話したので、これは検事に対してもある鎮静的な効果を及ぼした。

検事のように何かある固定観念にとらえられていて、しかも大部分の呑気《のんき》な仲間に聞いてもらえないで悶々としている同宿人はまだほかにもいたが、ハンス・カストルプはその善良な性格を見こまれて、よくそういう連中の話相手に選ばれた。そういう連中のひとりに、たとえばオーストリアの一地方の出身で、前身は彫刻家で、口ひげは白く、鉤鼻《かぎばな》で、眼は青く、もうかなりの年になる男がいたが、彼はある経済政策的なプランを立てていて、――それをきれいな字で書類に認《したた》め、重要な部分をセピア色の絵具でアンダーラインしていた。それはこういう趣旨であった。つまり、新聞の購読者全部に、古新聞を一日四十グラムずつ貯《た》めさせて、それを毎月のはじめにまとめて納付させるというのである。すると古新聞は、一年にすると約一万四千グラム、二十年間には二百八十八キログラムを下らぬ量となる。キロあたり二十ペニヒとすれば、五十七マルク六十ペニヒの額になるのだそうである。さらにその覚え書は続く、すなわち、新聞購読者数を五百万人とすれば、二十年間に貯まる古新聞の値段は二億八千八百万マルクという巨額に達する。そのうちの三分の二を新規の購読料に繰入れれば、新聞はそれだけ安くなる勘定であるし、残りの三分の一、約一億マルクは大衆結核療養所の財源だとか、不遇の英才の教育資金だとか、人道的な目的に使用することができる。プランはきわめて綿密に練ってあって、古新聞回収所が毎月集めた古新聞の価格を簡単に算出できるセンチメートル物差しや、代金の領収書に使用される穿孔《せんこう》した用紙のサンプルまでが図面で示されていた。こうして、プランはあらゆる面から正当化され、理由づけられていた。無知なひとたちが古新聞をどぶに棄《す》てたり、火に投じたりして、考えなしに濫費《らんぴ》し蕩尽《とうじん》するのは、祖国の森林や国民経済に対する重大なる裏切りの一種だ。紙を大切にし、紙を節約するのは、パルプ、材木を大切にし節約することであり、またパルプと紙とを製造する際に消費される少なからぬ人的資源と資本とを大切にし節約することになる。さらに古新聞は包装紙と厚紙とに再生させることによって簡単に四倍もの値打ちのものに変えられるから、これは重要な財源になり、国税や地方税の豊富な税源となり、結局新聞購読者の税負担は軽減されることにもなるだろうというのである。要するにこのプランはみごとなものであり、建前としてはどこにも非の打ちどころはなかった。しかしそのプランに何となく無気味で無用な、いやそれどころか、陰惨なばかげた感じがつきまとっていたのは、この芸術家くずれの老人がある経済的観念に病的にとりつかれていて、それればかりを考えたり主張したりしているのに、内心ではそれをたいして真面目に考えていず、それを実現させようと試みているわけでは全然ないからであった。……ハンス・カストルプは、この男から熱っぽい弾《はず》んだ調子でこの救済的プランを吹聴《ふいちょう》されると、首をかしげてうなずきながらそれを聞いてやったが、しかし思慮のない世間に憤慨してこのプランの発案者に賛成する気にもなれず、かえって軽蔑《けいべつ》と嫌悪《けんお》を感ずるのはなぜだろうと自分の気持を探りながら聞いていたのである。

「ベルクホーフ」の何人かの客はエスペラント語を勉強していて、このわけのわからぬ人造語を操《あやつ》って食卓で会話をして得意がった。ハンス・カストルプはこの連中を憂鬱《ゆううつ》な目つきで見ていたが、それでも、彼らはまだごく性《たち》の悪い部類ではなかろうと思っていた。最近ではここにイギリス人のグループがひとつあって、ある社交遊戯をやりはじめたが、それは、円陣を作って、その中のひとりが隣の者に英語で「あなたはナイト・キャップをかぶった悪魔を見たことがありますか」ときくと、きかれた者は「いいえ、私はまだナイト・キャップをかぶった悪魔を見たことがありません」と英語で答えて、同じ問いをまたつぎの者に繰返し、こうしてこの問答が際限もなくぐるぐる回るという遊戯である。実際それはぞっとする光景であった。しかしハンス・カストルプにもっと不愉快な気持を味わわせたのは、院内のいたるところで、一日のうちのどんな時間にもトランプのひとり占いをしているひとがいたことであった。みなは最近この遊びにすっかり夢中になってしまって、そのために「ベルクホーフ」は文字どおり悪習の巣窟《そうくつ》といった観を呈するに至った。ハンス・カストルプは当の自分が一時はこの熱病の——おそらくはもっとも深刻な——犠牲者であっただけに、このありさまを見ると人一倍ぞっとした。彼を夢中にしたのは十一というトランプ遊びであった。それはただカードを三枚ずつ三列に並べて、二枚のカードの数が合計十一になったり、絵のカードが三枚続けてでてくると、その上に新しいカードをのせ、うまくいけばカードがきれいになくなってしまうのである。こんな単純な遊びにひとを夢中にさせるだけの魅力があろうとは誰も考えないであろう。しかしハンス・カストルプはほかの多くの者と同じように、そういうこともありうるということを経験した。——しかし、こんなことにうつつを抜かすというのは決して気持のいいことではないから、彼は暗いしかめっ面《つら》をしながらこれを経験したのであった。彼はトランプの精の手中に落ちて、その気紛《きまぐ》れに翻弄《ほんろう》され、とほうもなく移り気なその愛顧を得ようとしてわれを忘れた。ときには幸運な風の吹きまわしで、はなから十一の組合せがでたり、ジャックとクインとキングの組が現われて、三列目を並べ終る前にもう終ってしまうこともあった（こういうあっけない勝利を味わってもすぐまたやり直したくなった）。そうかと思うと、あるときは九枚目の最後のカードを並べ終えても、まだ新しく重ねる機会に恵まれなかったり、もうこれですぐに上がりというところで急に停頓《ていとん》して、結局だめになってしまったりする。——こうしてハンス・カストルプは一日じゅういたるところで、夜は星空の下で、朝はパジャマ姿のまま、食卓でも、さらには夢の中でさえもトランプを並べつづけた。彼は自分でもぞっとしたが、やはりやめなかった。そういうところへ、ある日、セテムブリーニ氏が、昔からの使命を帯びて、「邪魔をする」ような具合に来合せたのである。

「何事ぞ（accidente）」と彼はいった。「あなたはひとり占いをやっておいでですね、エンジニア」

「別にそういうわけじゃないのです」とハンス・カストルプは答えた。「ぼくはただこうして並べているだけです。抽象的な偶然と張り合っているというところです。こいつらはぼくに向ってむら気な茶番を演じているのです。愛想がいいかと思えば、また信じられないくらい強情を張って、こっちの思いどおりになりません。けさ起きぬけにやったときには三度続けてきれいに上がってしまって、一度などは二列だけで済んでしまったのです。これはレコードです。ところが、どうです、それからというもの、これが三十二回目なのですが、半分までいったということがまだ一回もないのです」

セテムブリーニ氏は、この数年間よくやったように、黒い眼で悲しそうに青年を見つめた。

「とにかくあなたはトランプのことで頭がいっぱいのご様子だ」と彼はいった。「私の心痛をまぎらわせてくださったり、私を苦しめている内心の葛藤《かっとう》をやわらげてくださったりすることは、お願いできないようですね」

「葛藤とおっしゃると」とハンス・カストルプは鸚鵡《おうむ》がえしにいって、さらにトランプを並べつづけた。……

「世界の情勢を私はどう考えていいのかわからなくなったのです」とフリーメイスンは溜息《ためいき》をつきながらいった。「バルカン同盟が成立しそうなのです、エンジニア、私の手もとにある情報はどれもこれもこれが実現しそうなことを示しています。ロシアはその工作に躍起になっている。そして同盟の鋒先《ほこさき》はオーストリア＝ハンガリア君主国に向けられています。この君主国を崩壊させなければ、ロシアの意図はひとつも実現されないからです。私が何を懸念《けねん》しているのかおわかりになりますか。あなたもご存じのように、私はヴィーンを心から憎んでいます。しかし、だからといって、私はサルマチア人の専制を精神的に支持しなければならないでしょうか。彼らは私たちの高貴なヨーロッパを戦火にさらそうとしているのです。しかしまた、もし私の祖国イタリアがオーストリアと一時的にでも外交的に協調するようになれば、私はそれを面目の失墜と感ぜざるをえない。これはむしろ良心の問題なので、つまり……」

「七に四」とハンス・カストルプはいった。「八に三。ジャックとクインとキング。うまくいくぞ。あなたがきてくださって、つきがまわってきました、セテムブリーニさん」

イタリア人は口をつぐんだ。ハンス・カストルプは、イタリア人の、理性的な道徳的な黒い眼が深い悲しみをたたえて自分を見つめているのを感じた。しかし彼はなおしばらくトランプを並べつづけ、それから頬杖をついて、性《たち》の悪い子供のように白々《しらじら》と強情なとぼけた顔をして、前に立っている先生を見あげた。

「あなたの眼を見れば」と先生はいった。「あなたがいま自分がどうなっているのかご存じなのに、それを隠そうとしていらっしゃるということがよくわかりますが、それはまったくむだというものです」

「試験採用(placet experiri)です」とハンス・カストルプはあつかましくも答えたが、セテムブリーニ氏はこれを聞いて立ち去ってしまった。——ひとり残されたハンス・カストルプはトランプを並べるのはやめて、頬杖をついたまま、なおしばらくの間、白い部屋の真ん中のテーブルにじっと考えこみながら坐っていた。彼はこの世界全体が陥っている無気味な歪《ゆが》んだ状態を思った。そしてこの世界を手のつけようのない放縦無残な支配下に組み敷いている、あの「恐ろしい鈍感」と呼ばれる悪魔《デーモン》と妖怪《ようかい》がにやりとほくそ笑《え》むのを感じて、心中慄然《りつぜん》とした。

「恐ろしい鈍感」、これはまったく気味の悪い神秘的な言葉であって、いかにも無気味な不安を感じさせた。ハンス・カストルプは坐ったまま、手の平で額や心臓のあたりをさすってみた。彼は恐ろしかった。「こういうことはすべて」ろくな結果に終らないで、最後には破局を招来するだろう。我慢強い自然が憤激し、雷雨を呼び、嵐《あらし》を招いて、すべてを吹き飛ばし、世界の秩序を破壊し、生活の「行詰り」を打破り、「沈滞」に対して最後の審判を下すだろう、と彼は考えた。前にもいったように、彼は逃げだしたくなった。——だから、サナトリウム当局が、やはり前に述べたように、彼に「たえず眼を注ぎ」、彼の顔色を読んでくれて、新たな有効な仮説で彼の気晴らしをしてやろうと考えてくれたのは、もっけの幸いというべきであった。

事務局は元学生組合員ベーレンスの口を藉《か》りて、ハンス・カストルプの体温不安定の真の原因を突きとめかけていると言明した。その科学的な説明によれば、この原因を発見するのはたいして困難ではなかったから、ハンス・カストルプが全快の折紙をつけられ正式に放免されて低地へ帰るのも、突然間近かに迫ったかのように思われた。瀉血《しゃけつ》のために腕を差延べたとき、さまざまな気持に襲われて、青年の胸は高鳴った。彼は透明な容器に自分の生命の美しいルビー色の液が徐々に満ちていくのを、少し蒼《あお》ざめた顔をして瞬《まばた》きしながら感嘆して見守っていた。顧問官自身が、ドクトル・クロコフスキーと「慈悲修道会」の看護尼《かんごに》とを助手として、この簡単ではあるが重要な手術をやってくれた。それから数日がすぎた。その間、ハンス・カストルプは、体内から抽出された血液が体外で科学の眼の下でどういう結果を示すだろうか、ということばかりを考えていた。

むろんまだ何も変化はありません、と顧問官は最初のうちはいっていた。残念ながらまだ何も変化はありません、としばらく経《た》ってからいった。しかしある朝のこと、顧問官はハンス・カストルプがかつて偉大な親友が占めていた上流ロシア人席の上手の端に坐《すわ》っているところへやってきて、例の常套句《じょうとうく》めいた祝辞とともに、ついに培養基のひとつにまぎれもない連鎖状球菌が発見された、と報告した。ところで問題の中毒症状であるが、これは、依然としてわずかに残っている結核によるものなのか、それともこれまたほんの少しあるだけの連鎖状球菌によるものなのか、そこは確率計算の問題であって、これはもっと綿密に時間をかけて研究してみなければならない、培養菌はまだ十分に生長していないから、というふうにベーレンスはいった。——彼は「実験室《ラボール》」でそれを見せてくれたが、赤いゼリー状の血液の中に灰色の小点が点々と見えた。これが球菌であった（しかし、球菌などは結核菌と同様どこの馬の骨でも持っている。とにかく症状がでないかぎり、球菌があるくらいのことは別にたいしたことではなかった）。

ハンス・カストルプの体内から取られた血液は、彼の体外で、科学の眼の下に頑張《がんば》りつづけた。ある朝、顧問官はまた常套句めいた、興奮した口調で報告した。ひとつだけでなく、ほかの全部の培養基にも、おくればせながら球菌が大量に発生した。全部が連鎖状球菌であるかどうかはまだわからないが、いまやあの中毒症状がこの球菌によるものであることは、おそらく確実だろう——むろん、なお明らかに残っていて、依然として完全に解消してはいない結核菌がこの中毒症状とどれほどの関係にあるか、これははっきりとはわからない。さてそこで、どういう結論になるのか。連鎖状球菌のワクチン注射である。予後は？　絶対に有望です——ことに、この試みには全然危険はないし、悪い影響はまったくないはずだ。なぜなら、この血清はハンス・カストルプ自身の血液から作られるのだから、注射によって現在体内にある以外の菌が侵入することはありえないからだ。最悪の場合でも、なんの足しにもならなかっただけのことで、効果零《ゼロ》というにすぎない——しかし、ハンス・カストルプはどうせ患者としてここにいなければならないのだから、たとい効果が零でも腹をたてるには及ぶまい。

いや、ハンス・カストルプもそこまで考えてはいなかった。ワクチン療法など滑稽《こっけい》で不面目なことだと思っていたが、彼は黙ってそれをしてもらった。自分の血を自分の体内に注射するなどというのは、忌《い》まわしいわびしい慰みで、自分から自分へという近親相姦《そうかん》的な醜行で、むだな絶望的なやり方であるように思った。彼は実は何もわからないまま憂鬱《ゆううつ》にそんなことを考えたのであったが、むだだという点では——少なくともこの点ではむろん完全に——彼の考えは正しかった。慰みは何週間にもわたって行われた。ときどき悪い影響がでたように感じられもしたが——これはむろん実は間違った解釈であったに相違ないし、ときにはいい結果もでた。しかしこれもまた思い違いであることがわかった。結局効果は零であったが、顧問官はついにそれをはっきりと口にだしてはいわなかった。こうしてワクチン注射の試みはうやむやのうちに終ってしまった。そしてハンス・カストルプは悪魔《デーモン》のほしいままなる支配に恐るべき結末が迫っているのを感じながら——この悪魔《デーモン》と眼を見合せて、相変らずトランプのひとり占いをつづけていた。

妙音の饗宴《きょうえん》

私たちの長年の友人ハンス・カストルプは、トランプ占いの呪縛《じゅばく》から解放され、変っているという点では結局同じだが、もっと高尚な情熱のとりこになった。そのきっかけとなったものは「ベルクホーフ」当局が新たに購入した器械であったが、それはどういうものだったか。私たちもその器械のひそかな魅力のとりこになり、その魅力について話してみたくて仕方がないので、これからそれを話そうというのである。

　つまり、いちばん大きな社交室の娯楽器具がまたひとつふえたのである。日夜サービスに心を配っている「ベルクホーフ」事務局によって発案され、管理委員会で決議され、別に立ち入って知る必要もないだろうが、とにかく莫大《ばくだい》なと見て差支《さしつか》えない大金が投ぜられて、この無条件に推奨できるサナトリウムの管理当局が、ある器械を購入したのである。ではそれは、いままでにもあった実体鏡や望遠鏡型万華鏡《まんげきょう》や、活動写真式のびっくり箱などと同じような、気の利《き》いた玩具《おもちゃ》だろうか。そのとおりなのだが――しかし、やはり少し違うのである。なぜなら、ある晩みんなが、それがピアノ室に置いてあるのを見て――両手を頭の上に打合せたり、前屈《まえかが》みになって膝《ひざ》の前で打合せたりして歓迎したその器械は、第一に光学応用の器械ではなくて、聴覚に訴える器械であったし、さらにその等級、品位、価値、いずれの点から見ても、いままでの単純な玩具などとは全然くらべものにならないほどに立派なものであった。それはわずか三週間もたてばもう飽きあきして、さわってみる気もしなくなるような単純な子供だましの玩具ではなかった。それは明朗な、そして深遠な芸術的な楽しみがあふれるように湧《わ》きでる宝角《フユルホルン》であった。それは音楽の器械、蓄音機であった。

ひょっとすると読者諸君は、蓄音機と聞いて、不当にも早まってこの器械の古臭い幼稚な原型にこそ当てはまるような仕掛けを思い浮べられ、その後ミューズの女神に導かれた技術が日夜改良を重ねてすばらしい完成を見た私たちの蓄音機にはふさわしくないようなことを考えられはしないかと不安だが、「ベルクホーフ」へやってきた品は、一時代以前の蓄音機――上部に回転盤と鉄針があり、真鍮《しんちゆう》製の不格好なラッパが取りつけられていて、料理屋のテーブルから鼻声でわめきたてておとなしい客の耳を聾《ろう》した、あのハンドルつきの貧弱な小箱ではなかった。この黒のいぶしに仕上げられたやや縦長の箱は、絹の被覆《ひふ》のコードを壁のソケットに接続するようになっていて、専用の台の上にすらりと整った姿で載っていて、あの不細工な骨董《こつとう》的な器械とはおよそ似ても似つかぬ立派なしろものであった。上の方が優美に狭くなっている蓋《ふた》を開けると、内部の奥の方からきれいに光っている真鍮の支柱がせり上がってきて、蓋を自動的に斜めに固定させ、その下の平たい窪《くぼ》みには緑の羅紗《らしや》を張ったニッケル縁《ぶち》の回転盤があり、その真ん中の同じくニッケルの軸へ、エボナイト製のレコードの孔《あな》をはめるようになっていた。さらに箱の右横の前部には、テンポを調節するための、時計のような数字の入った装置があり、左手には回転盤を動かしたり止めたりするスイッチがある。さらに左奥には、ねじれた楔形《くさびがた》をして、柔らかい接合部を中心に自在に動くようになった、ニッケル製の中空の腕のようなピック・アップがあって、その先端には円くて平たいサウンド・ボックスがついており、そのねじがレコードの上を走る針をとめるようになっている。前面の観音開きのふたつの扉を開けると、そのうしろには黒ずんだ色の木の桟がブラインドのように斜めにはめこんであった――そのほかには何も見えなかった。

「最新型です」と客たちといっしょに入ってきた顧問官がいった。「技術の最高水準に立つものです、皆さん。最高、極上、これ以上のものはどこにもないのです」と、彼は自分がいまいった言葉を、無学な店員が品物の効能を並べたてるように、いかにも滑稽《こっけい》に、真似《まね》のできないようないい方でいった。「これは器械とか器具とかいうような下等なものじゃない」と、彼は台の上の色のついた小箱から針を一本取って、それをサウンド・ボックスにつけながらしゃべりつづけた。「これは楽器だ、ストラディヴァリウスにもグァルネーリにも匹敵する楽器です。こいつの共鳴、震動はすばらしいですよ。実に洗練されている。この蓋の内側のマークにあるように、『ポリュヒュムニア』という名の製品です。むろんドイツ製です。私たちドイツ人はこういうものを作るとなると、まず天下無敵ですからな。近代的な機械化と音楽的精神との誠実な結合です。アップ・トゥ・デイトのドイツ魂。そこにレコードがあります」彼は壁の戸袋を指さしたが、そこには分厚いアルバムが何冊も並べてあった。「この魔法の宝をそっくり皆さんにお任せして、ご自由に楽しんでいただきますが、どうかひとつ大切に扱ってくださるようにお願いします。まあ試しに一曲かけてみますか」

患者たちの懇望に応じて、ベーレンスは沈黙のうちに豊かな内容を秘めている魔法のアルバムの一冊を抜きだして、その重いページをめくり、まるくくり抜いた孔のところに色刷りの曲名をのぞかせている厚い紙袋のひとつからレコードを一枚取りだして、それを盤の上にのせた。それから、ちょっとした操作をして盤を回しはじめ、完全に回りだすまでに二秒ほど待ってから、鋼鉄の針の尖端《せんたん》を慎重にレコードの縁にのせた。ものを軽く研《と》ぐような音が聞えはじめた。顧問官が蓋を閉めると、とたんに、開いている観音開きの扉の奥のブラインドの間から、いや、このボックス全体から、楽器のざわめきが流れでてきた。朗らかにさんざめく急テンポのメロディ、オフェンバックのある序曲の最初の活潑《かっぱつ》なリズムであった。

みなは口を開けて微笑しながら聞き入った。木管楽器の顫音《せんおん》はこんなに清らかで自然に響くのかと、耳を疑うほどであった。ヴァイオリンのソロがただひとりで幻想的な前奏部を響かせた。弓のさばき、指を使うトレモロ、ひとつの音程から他の音程への甘美な滑《すべ》るような移りゆきが、はっきりと聞きとれた。ヴァイオリンはやがて「ああ、われ彼女を失いぬ」というワルツのメロディを奏《かな》ではじめた。この甘美なメロディが軽やかにオーケストラのハーモニーに乗ると、アンサンブルが華麗にこれを受けて、さながら奔流のような全楽器演奏でもう一度このメロディをくり返し、ひとを恍惚《こうこつ》とさせた。本物のオーケストラがこの部屋で演奏している、というようなわけにいかないのはむろんだった。音質そのものはいささかもゆがめられてはいなかったが、立体感がないのは如何《いかん》ともなしがたかった。聴覚上の事柄に視覚上の比喩《ひゆ》を転用してよければ、蓄音機で楽曲を聞いていると、いわばオペラ・グラスを逆にして絵を覗《のぞ》いているような感じで、線の鋭さや色彩の鮮明さはいささかも失われないが、絵全体が遠く小さくなって見えるというようなふうであった。このきびきびして機知にあふれた曲は、しゃれた軽妙な着想を豊かにくりひろげつつ、終りに近づいた。終曲はまさに奔放快活そのものであった。おどけたようにためらいがちにはじまるギャロップが、奔放なカンカン踊りになって、宙に振りまわされるシルクハット、揺れ動く膝、舞いあがるスカートを想像させ、滑稽な勝ち誇ったような終曲はいつ果てるともしれなかった。やがて盤が自動的にカチッと止った。終った。みな心から喝采《かっさい》した。

みなの所望に応じて、続けてさらに一枚かけられた。こんどはボックスから人間の声が流れでてきた。男声で、柔らかくてしかも力強い声が、オーケストラに伴奏されて流れでたが、これはイタリアの有名なバリトン歌手であった――こんどは声がぼやけたり、遠くから聞えてくるような感じはまったくなかった。すばらしい咽喉《のど》は、この歌手の天賦《てんぷ》の声量と力とを十分に発揮して鳴り響いたので、ドアの開いている隣室で蓄音機を見ないで聞いていると、このサロンに声楽家その人が楽譜を手にして歌っているとしか思われなかった。彼はイタリア語でオペラの一曲の、あるむずかしいアリアを歌った――

「おお、床屋、親方、親方。それなるフィガロ、あれなるフィガロ、フィガロ、フィガロ（eh, il barbiere, Di qualità, di qualità! Figaro qua, Figaro là, Figaro, Figaro, Figaro!）」聞き手たちは裏声の話すような歌い方や、熊《くま》のように逞《たくま》しい声と、舌を嚙《か》みそうに早い達者なおしゃべりとのコントラストに腹をかかえて笑った。耳の肥えた連中は歌手の分節法や呼吸法の技術に注意し、感心した。聴衆をひきつける魔力を持っていて、イタリア音楽らしくくり返して歌う趣味のある巨匠であるらしいこの声楽家は、どうやら最後の主音を歌う前に舞台の前まで歩みでて手を空に上げながら、最後から二番目の音を長く引っぱって歌ったように思われた。そこで「ベルクホーフ」の聴衆も、歌が終るのを待たずに、ブラヴォーを爆発させた。すてきだった。

　レコードはまだまだかけられた。ホルンが民謡の変奏曲を慎重に美しく吹奏した。ソプラノ歌手が『ラ・トラヴィアータ』のアリアを、朗々と、みごとにスタッカートやトレモロをこなして、この上もなく愛らしく、冷静に正確に歌った。あるいは世界的な名声を持つヴァイオリニストが、*シュピネットのように淡泊な感じのピアノ伴奏で、ルービンシュタインの『ロマンツェ』を弾《ひ》いたが、そこにはやはり何かヴェールを通して聞くような感じがあった。こうして、静かに沸きたっているような魔法のボックスからは、鐘の響き、ハープのグリッサンドオ、嚠喨《りゅうりょう》たるラッパの音、太鼓の連打などが流れでた。最後にはダンス曲のレコードもかけられた。近着の外国盤も二、三あった。たとえば、港の酒場むきのエキゾチックなタンゴのごときは、ウィンナ・ワルツを古臭い過去の遺物としかねないように斬新《ざんしん》であった。この流行のステップを知っている二組の客が、絨毯《じゅうたん》の上でそれを実演して見せた。ベーレンスは、針はただ一回しか使わないように、そしてレコードは「生卵とまったく同じように」取扱うことを注意してから引揚げていった。ハンス・カストルプがあとを引受けた。

なぜまた彼が蓄音機掛りになったのか。それはこういう次第であった。顧問官がいってしまってから、誰かが針とレコードを取替えたり、スイッチを入れたり切ったりする仕事を引受けようとしたとき、ハンス・カストルプは低く抑《おさ》えつけたぶっきら棒な調子でそれをさえぎった。「ぼくにやらせてください」といって彼がみなを押しのけると、みなはあっさりと譲った。なぜなら、彼はこういう器械にはもうずっと以前からかなり詳しいような顔をしていたし、また、みなもこの楽しみの泉のそばで立ち働くよりは、のんびりと無責任に、退屈になるまで聞かせてもらうほうがありがたいと思っていたからである。

ハンス・カストルプはそうではなかった。顧問官が新しい購入品を披露している間、彼はみなのうしろで静かにしていて、笑いもしなければブラヴォーにも加わらなかったが、ときどきやる癖で片方の眉毛《まゆげ》を二本の指でひねりながら、実は緊張して音楽を聞いていたのであった。彼はなんとなく落着かない様子で、みなのうしろでたびたび場所を変え、図書室へ入っていってそこで耳を傾けていたりしたが、とうとう顧問官のそばにやってきて、背中に手をまわし、気むずかしい顔をしてボックスを見つめ、その簡単な取扱い方を観察していた。彼は心の中に考えた、「いいか、しっかりしろ。転機到来だ。これは己《おれ》のためにやってきたんだ」たしかにここには新しい情熱と陶酔と愛情とが自分を待ち受けている、という予感で彼の胸はいっぱいになった。それは低地の若者が娘を一目見ただけで、思いもかけずキューピッドの逆鉤《さかかぎ》の矢を心臓の真ん中に射こまれたのと少しも変らない気持であった。ハンス・カストルプはたちまち嫉妬《しっと》を覚えた。共同財産？　だらけた好奇心だけでこれを所有する権利や力があるだろうか。そこで彼は「ぼくにやらせてください」と呟《つぶや》くようにいった。みなに異存はなかった。みなは彼がかけた軽音楽でしばらくダンスをしてから、もう一枚声楽曲をかけてくれと頼んだ。それは歌劇『ホフマン物語』の中のゴンドラの船唄《ふなうた》の二重唱で、これは実に愛らしく耳をくすぐった。ハンス・カストルプが蓋《ふた》を閉じると、みなは束《つか》の間《ま》の興奮に酔っておしゃべりしながら、安静療養へ、あるいは寝に帰っていった。彼はそれを待っていたのだ。みなは何もかも散らかし放題で、針の函《はこ》は開けたまま、アルバムはだしたまま、レコードはほうりだしたままででていった。この連中のやりそうなことであった。彼はみなについていくように見せかけて、階段のところでこっそり別れて客間に戻り、ドアをすべて締めきって、夜がふけるまで蓄音機に没頭した。

彼はこの新しい器械の取扱い方をよく研究し、それに付属する楽曲の宝庫、重いアルバムの中身のレコードを丹念に調べてみた。アルバムは十二冊、大小二種類あったが、どれにも十二枚ずつのレコードが納めてあった。丸い溝《みぞ》がぎっしりと一面に刻んである黒い盤の多くは、両面用であり、それも、多くの曲が裏面へも続くためばかりではなく、数多くのレコードの両面には違った曲が吹きこまれていたから、最初のうちはなかなか見通しがつかず、頭が混乱してしまうほどで、それは征服の楽しい期待に充《み》ちみちた不思議の国であった。夜もふけたので、迷惑をかけないよう、人の耳に入らないようにと、音響を弱める当りの柔らかい針を使って、彼は二十五枚ばかりレコードをかけてみた——それでも、あちこちから誘うように試聴を待っているレコードの数の八分の一に充たなかった。今夜のところは、曲目にざっと眼を通し、沈黙している円形グラフのどれかを適当に抽《ひ》きだして、盤にかけ、鳴らしてみるくらいのところで満足しておかざるをえなかった。エボナイトの円盤は真ん中の色刷りのラベルで区別がつくだけで、ほかの点ではどれも同じだった。どれもただ細い渦巻状《うずまきじよう》の溝がラベルのところまでか、その近くまでを埋めているだけであった。しかし、この繊細な溝はありとあらゆる音楽、一流の演奏によるあらゆる音楽部門の最高傑作を秘めていた。

有名な交響楽団の演奏によるすぐれた交響曲の序曲や楽章のレコードがたくさんあったが、その指揮者の名前もそこにしるされていた。また、有名なオペラ劇場の歌手がピアノ伴奏で歌っている歌曲もいろいろあって、その中には、個性的な芸術家の高度の意識的な歌謡もあれば素朴な民謡もあり、このふたつの種類のいわば中間に位するものもあった。この中間にというのは、それが精神的な芸術の所産であるとともに、民衆の心と生命とを踏まえて深切に敬虔《けいけん》に感じとられたものを表現していたからであって、もし「人工的」という言葉によってその親密な感じがそこなわれないならば、「人工的民謡」とでもいえるような歌であった。そのうちのひとつは、ハンス・カストルプが子供のときから知っている歌であったが、これに対して彼は不思議な、いろいろと意味深い愛情を覚えた。これについてはまたあとで話すことになろう。——これらのもののほかにまだ何があったのか、というよりは、何がなかったであろうか。オペラはふんだんにあった。控えめなオーケストラの伴奏で、有名な男女の声楽家からなる国際合唱団が、高度に訓練された天性の声で、いろいろな国と時代の歌劇のアリア、デュエット、合唱を歌った。華《はな》やかな南国の感激的で朗らかな陶酔境、茶目で悪魔的なドイツの民衆的な世界、フランスの本格的なグランド・オペラやオペラ・コミックの世界などである。それでおしまいだったろうか。いや、とんでもない。室内楽のレコードがまだ何枚もあった。四重奏《クワルテット》や三重奏《トリオ》、ヴァイオリン、チェロ、フルートのための器楽・独奏曲があったし、ヴァイオリン協奏曲、フルート協奏曲、ピアノ独奏曲もあった。——さらには小さなジャズ・バンドが吹きこんだダンス用の流行曲など、悪い針を使ったほうがいいような娯楽レコードなどもむろんあった。

ハンス・カストルプは、レコードを見つけだしたり、分類したり、整理したり、ひとりでせっせと働いて、レコードの一部分を器械にかけて眠っている音を眼ざめさせたりした。そして、あの王者として、義兄弟として思い出の中へ入っていった人物ピーター・ペーペルコルンと最初の宴を張った夜のように、夜もふけてから熱した頭で寝に帰り、二時から七時まで魔法の箱の夢ばかり見ていた。彼は夢の中で、盤が眼にもとまらぬほどのスピードで、音もなく回転するのを見たが、それは渦巻運動のほかに、横波のうねりのような独得な波動運動を伴っていて、そのために盤上を走る針をささえているピック・アップは弾力的に息づくように震動した。——これは弦の音や人間の声の顫音《ヴイブラート》や滑音《ポルタメント》を再現するのに非常に効果的であるように感じられた。しかし、音響効果のいい中空の箱の上で針が微細な溝をたどり、それがサウンド・ボックスの小さな振動膜に伝わるだけで、どうして眠っているハンス・カストルプの心の耳を充たす、複雑多様な構成の立体音が再現されるのか、それはさめているときと同様、夢の中でもやはり納得がいかなかった。

翌朝彼はもう朝食前からサロンへやってきて、安楽椅子《いす》に腰をかけて手を組み、ボックスの中からすばらしいバリトンがハープの伴奏で「雅《みや》びの集《つど》い、見渡せば——」と歌うのを聞いた。ハープの音は完全に自然な響きであって、バリトンのあふれるような、息づくような、音節を明瞭《めいりょう》に区切った歌声の伴奏をしてボックスから流れでてくるその音は、いささかもゆがんだり弱まったりしてはいなかった——実に驚くべきことであった。そのあとで、ハンス・カストルプは現代イタリアのオペラのあるデュエットをかけた。世界的に有名で、このアルバム中の、ほかのたくさんのレコードにも吹きこまれているテノールと、玲瓏《れいろう》玉のように甘美で可憐《かれん》なソプラノとのつつましい濃《こま》やかな愛慕の二重唱——テノールの「さあ、腕をお貸し、いとしいお前よ（Da mi il braccio, mia piccina）」とそれに答えるソプラノの素朴な甘い急調子の旋律的な小楽句、これ以上に可憐《かれん》なものがこの世にあろうとも思われなかった。……

ハンス・カストルプは、背後のドアが開かれたので、びっくりした。覗《のぞ》きこんだのは顧問官であった。——彼は診察着の胸のポケットに聴診器を覗かせ、ドアの把手《とって》を持ったまま、ちょっとそこに立っていて、器械係にうなずいて見せた。ハンス・カストルプが肩越しにうなずき返すと、ドアは締って、蒼《あお》い頬《ほお》をして口ひげの一方が吊《つ》りあがった院長の顔はその向うに消えた。ハンス・カストルプはふたたび、姿は見えないが、すばらしい声を聞かせている相思のふたりのほうに注意を向けた。

その日のあとになって、昼食後と夕食後に、レコードをかける彼のまわりにはいろいろな聞き手が集まった。——彼自身は聞き手ではなくて、この娯楽を提供する側だと見るならば、であるが。——その聞き手はいつも入れ変った。彼は自分では聞かせてやっているようなつもりだったが、「ベルクホーフ」の一般の人々も、彼がこうして共同備品の世話人、管理人をもって自任しているのを、そもそものはじめから黙認していたから、彼がそのつもりでいたところでほかのひとたちには別に異存はなかった。そのためにほかのひとたちが損をするようなことはまったくなかった。なぜなら、あのテノールの偶像が艶《つや》のある輝かしい声でみなを圧倒し、世界を魅了するようなその美声で旋律的な歌を歌い、すばらしい技巧をみせて情熱的に大曲を歌いまくるのを聞いては、彼らといえども浅薄ではあるがやはり陶然として感嘆し、それを口々に公言したりしたのだが――彼らには愛がなかったから、誰かがその気になってくれるのなら、その男にいっさいの世話をまかすことにはなんの異存もなかったのである。そこで、レコードの整理をしたりアルバムの内容を表紙の裏に書きこんだりして、希望と注文に応じてどんな曲でもすぐだせるようにしておくのも、また蓄音機を取扱うのも、みなハンス・カストルプのお役目になってしまった。そして間もなく、彼が慣れたそつのない丁寧な手さばきで器械を扱うのが見られた。もしほかの連中《いた》にさせたら、どんなことになったであろう。彼らは古い針を何回も使ってレコードを傷めたであろうし、椅子の上にレコードを散らかし放しにしたであろうし、立派な曲も百十のテンポと音の高さでかけてヒステリックな金切り声をたてさせるかと思うと、こんどは文字盤の針を零《ゼロ》に廻して間の抜けた呻《うめ》き声をださせたりして、大事な器械を愚にもつかぬ玩具《おもちゃ》にしてしまったことであろう。

……事実彼らはそれまでにもうそのとおりのことをやった。彼らは病気でありながら、やることは乱暴であった。そういうわけで、ハンス・カストルプは間もなくアルバムや針を入れておく戸棚《とだな》の鍵《かぎ》を自分のポケットにしまって持ち歩くことにした。そこで、誰でも一曲聞きたくなると、彼を呼ばなくてはならないことになった。

夜の集《つど》いがすんで、みなが引揚げてしまうと、彼のひとり天下だった。彼はそのままサロンに居残るか、あるいはこっそりと引返してくるかして、ひとりで夜ふけまで音楽を楽しんだ。そのために院内の夜の静けさを乱すのではないかということも、はじめに考えていたほど心配する必要はなかった。この妖精《ようせい》の音楽がその霊力を及ぼす範囲は思ったより小さいことがわかったからである。そばにいて聞いていると、驚くほど大きな共鳴がしたが、少し離れて聞けばたいしたことはなく、妖精めいたものがすべてそうであるように、はかなく、感じだけは強そうでも実際はそうでなく、音は少し離れると弱まってしまうのであった。ハンス・カストルプはこのボックスの魔法——ヴァイオリン用材で作った低い小さい棺のような箱、この黒くくすんだ色の厨子《ずし》から流れでる花の咲きにおうような妙音をひとりっきりで聞いた。彼はその観音開きの扉を開けて、その前の安楽椅子に腰をかけ、手を組み、首をかしげ、口を開け、あふれでる妙音をその流れるにまかせた。

彼が聞いた男女の声楽家たちは、その声は聞けても、その姿を見せているわけではなかった。彼らの肉体的部分はアメリカやミラノやヴィーンやペテルスブルクにいた。——彼らがどこにいようと、それは一向に構わなかった。ハンス・カストルプがいまここで接しているものは、彼らの持つ最良のもの、つまり彼らの声だったからである。彼はこの純粋化と抽象化をおもしろく感じた。純粋化され抽象化されていても、その声にはやはりまさしく血が通っていて、そばで聞くときのあらがまったくなくなり、余計なものにわずらわされずに人間的に批評を加えることができた。ことに歌手が同国人、ドイツ人である場合はなおさらだった。歌手の発音、なまり、出身地は耳で聞きわけられたし、声調でそれぞれの精神的な高さもある程度知りえたし、彼らが精神的な効果をあげる可能性をどのように生かしているか、あるいは殺してしまうかに注意すれば、その知性の度も想像できた。歌手が十分に自分を生かさないでいると、ハンス・カストルプは腹をたてた。そこへ録音技術の不完全さが加わったりすると、彼は口惜《くや》しがって、恥ずかしさのあまりに唇《くちびる》を噛《か》みさえした。よく所望されるレコードのどれかをかけていて、声がきいきいいったり、しゃがれたりすると、彼は居ても立ってもいられない気持になった。こういうことは、とくに微妙な女声の場合によく起った。しかし、彼はそれを我慢した。愛する者はまた悩まなければならない。ときによると彼はライラックの花束の上へ屈《かが》みこむように、息づくように回転しているレコードの上に顔を寄せて、音の雲に包まれた。あるいは、トランペットがはいるときには、すかさず手をあげて合図をして、指揮者の指揮する喜びを味わいながら、扉を観音開きに開いたボックスの前に立った。数あるレコードの中に彼がとくに愛しているものがあった。それは少数の声楽曲と器楽曲であったが、これはなんど聞いても飽きなかった。これについては、ここでぜひ触れておきたい。

数枚一組になったあるレコードは、美しい旋律にあふれた華麗な歌劇の最後のシーンをおさめていた。この歌劇は、セテムブリーニ氏の偉大な同国人で、南国イタリアのオペラの老大家とも見なさるべきヴェルディが、前世紀の後半、工学による民族結合の大事業を人類に引渡す厳粛なる機会に、近東のある王侯の委嘱によって作曲したものであった。ハンス・カストルプは教養人としてこのオペラ『アイーダ』について大体のところは心得ていて、ボックスの中からイタリア語で歌うラダメス、アムネリス、アイーダの運命もおおよそ知っていたから、彼らが歌う歌の意味はかなりよく理解することができた。——比類なくみごとなテノール、音域の半ばですばらしい音色の変化を感じさせる壮麗なアルト、銀鈴のようなソプラノ——これらが歌う言葉は、一語一語わかるとまではいかなかったが、彼はその場面々々を知っていて、それに親しみを感じてもいたので、ときにはある歌詞がはっきりと理解できた。この親しみにもとづく関心はこれら四、五枚のレコードをなんどかかけるたびに高まってきて、いまでは彼はまったくこれに夢中になっていたのである。

はじめにラダメスとアムネリスとが交互に歌う。王女アムネリスは囚人ラダメスを自分の前に連れてこさせる。ラダメスは異教の女奴隷《どれい》を愛して祖国も名誉も捨ててしまったのであるが、王女は彼を愛していて、彼を助けたいと願っていたのである。――しかし、ラダメスも名誉は捨てたが、彼の言葉にあるように「心の底に誇りあり」であった。彼は罪の重荷を負ってはいたが、その心までは汚れていなかった。しかしこれはなんの役にもたたないことであった。彼は明るみにでた罪状のために、血も涙もない僧侶《そうりょ》たちの裁判にかけられる。もし彼が最後の瞬間に、女奴隷を捨てることを誓い、みごとな音色の変化を持った壮麗なアルトの胸に身を投ずるように考え直さなければ、裁判は容赦なく彼を断罪するであろう。たしかに、声を聞いただけでは、このアルトには、テノールが考え直してみるだけの値打ちは十分にあった。自らの悲劇に痛ましくも目が眩《くら》んで生きる気を失った美しい声のテノールに向って、アムネリスは熱烈に口説いた。彼女が、女奴隷を諦《あきら》めるように、諦めないと命にかかわるから、とわれを忘れて哀願するのに対して、テノールは「わが身にいかで」「無益なる仰《おお》せ」と歌うばかりであった。「わが身にいかで」――「思い返したまえかし。女《かれ》を諦めたまえかし」――「無益なる仰せ」、死への陶酔と熱烈な愛の苦しみとがひとつになって、譬《たと》えようもなく美しい二重唱になるが、このふたりの相寄る望みはまったくなかった。続いて、地の底から聞えてくるように、裁判官の僧侶の恐ろしい紋切り型の有罪宣告が鈍く響き、それを聞いてアムネリスはなんども苦痛の叫びをあげる。不幸なラダメスはその間じゅう、ずっと沈黙を守りつづけている。

「ラダメス、ラダメス」と僧侶の長は迫るように歌い、裏切りの罪を鋭くえぐるような調子で論告した。

「申し開きせよ」と全部の僧侶が合唱した。

僧侶の長がラダメスが黙っていることを指摘したので、僧侶たちは一斉に叛逆《はんぎゃく》の重罪を認めた。

「ラダメス、ラダメス」と僧侶の長はふたたび歌う。「汝《なんじ》は戦いを前に、陣営を去りぬ」

「申し開きせよ」とふたたび僧侶たちが歌う。

「見よ、彼は無言なり」と強く偏見にとらわれた裁判長がもう一度断定したので、すべての裁判官がこんども裁判長と声を合わせて「叛逆」の重罪を判決した。

「ラダメス、ラダメス」と峻烈《しゅんれつ》な告訴人が三度目にまた歌うのが聞えた。「汝は祖国と名誉と国王への誓いを破りたり」――「申し開きせよ」と僧侶たちはあらためて歌った。こんどもラダメスがまったく沈黙していることが指摘されて、僧侶たちは戦慄《せんりつ》しながらいよいよ最後の断を下して「叛逆」と歌う。こうしてついに避けがたい破局がやってくる、少しも声の調子を乱さない合唱団は、この違法の重罪人に向って、彼の運命は決った、彼は呪《のろ》われた者の刑に処せられ、怒れる神の神殿の下に生埋めにされねばならぬ、と宣告した。

僧侶たちのこの無情な仕打ちにアムネリスがどんなに腹をたてたかは、聞くほうが自分で想像しなければならなかった。というのはレコードは一応ここで終っていたからである。ハンス・カストルプはレコードを取替えなければならなかった。彼は静かにそつのない手つきで、いわば眼を伏せるようにしてそれをやり、ふたたび腰をかけて耳を傾けると、こんど聞えてきたのは、すでにこのメロドラマの最後の場面、土牢《つちろう》の底でラダメスとアイーダが歌う最後の二重唱であった。そしてこのふたりの頭上では狂信的で残忍な僧侶たちが勤行《ごんぎょう》をし、両手をおしひろげて、重苦しくつぶやきつづけていた。……「お前も——この土牢へ（Tu—in questa tomba?）」とラダメスのなんともいえない快い、甘美で、しかも男らしい声が、戦慄と歓喜の入りまじった調子で響きわたった。……そうだ、ラダメスが名誉も生命も捨てて愛した女アイーダがここへ忍びこんできたのであった。彼女はここで彼を待ち、彼とともに死ぬために、この土牢に閉じこめられているのであった。頭上の勤行の鈍い響きにときどき遮《さえぎ》られながら、彼らふたりが、あるいは交互にあるいはいっしょに歌った死の歌——夜ふけにひとり寂然《じゃくねん》と聞き入っているハンス・カストルプを心から魅了したのは、実にこの歌なのであった。彼はその情景にも、またその音楽的表現にも魅せられた。この歌の主題は天国であったが、その歌自身もあたかも天国の響きを伝えているようで、しかも天使が歌うように絶妙に演奏されていた。

ラダメスとアイーダの声が、はじめは別々に、やがては双方がからみ合いながら纏綿《てんめん》として続けられていく旋律の線は、主音《トニカ》と第五音《ドミナンテ》とを中心とする曲線で、主音から第八音の半音階前の音にまで上がって、この繋留音《けいりゅうおん》に力をこめて長く停滞し、軽く第八音に触れてから第五音へ下降するのであるが、この単純な幸福感にあふれるような曲線は、ハンス・カストルプがいままでに聞いた旋律のうちでもっとも浄《きよ》らかな讃嘆《さんたん》すべきものと思われた。しかし、この旋律の背景をなしている事情がなかったとしたならば、彼はこれほどまでにもこの音楽に心を奪われることはなかったであろう。この事情があってはじめて、彼の気持はこのメロディから生れてくる甘美なものを感じとることができたのである。アイーダが、永遠に生埋めの運命をともにしようとして、ラダメスのもとに赴《おもむ》いたのは実に美しかった。死刑を宣告されたラダメスが、こんなに愛らしい生命を道連れにするに忍びないといって抗《あらが》うのはもっともなことであったが、優しく、しかし絶望に充《み》ちた「いや、いや、お前はあまりにも美しすぎる（No, no! troppo sei bella）」という彼の叫びには、この世では二度と逢《あ》うことはできまいと思っていた恋人と永遠に合一できる喜びがまざまざと感じとられた。そしてこの喜びと感謝の気持をはっきりと感じとるのに、ハンス・カストルプはとくに想像を逞《たくま》しくする必要もなかった。しかし、彼が手を組み合せて黒い小さな鎧戸《よろいど》を見つめ、その板の隙間《すきま》から流れでてくるこれらすべての歌を聞きながら、結局感じ理解し味わったところのものは何かというと、それは、音楽、芸術、人間の情緒にそなわった霊妙な理想化の力であり、それらが現実の事物の醜悪さに与える高貴な、そして動かしがたい美化ということであった。文字どおりここで実際に起ることを想像して見ればいいのだ。生きながら埋められたふたりは、土牢の中のガスに肺を充たされ、ふたりともどもに、あるいは悪くすれば、ひとりずつ別々に、飢餓のために痙攣《けいれん》しながら息をひきとり、そのからだは腐敗して眼も当てられない姿となり、ついにはふたつの骸骨《がいこつ》が土牢の中に横たわって、どちらもいっしょであろうが別々であろうが一向に構わなくなり、そんなことは感じなくなってしまうだろう。これは物事の現実的な実際的な側面であり――それ自体で独立した一面であって、人間の心情の理想主義は全然これを問題としないし、美と音楽の精神は誇りかにこれを暗黒の世界へと追いやってしまう。オペラの人物ラダメスとアイーダにとっては、現実にふたりを待っている運命は存在しない。ふたりの声は相和して美しく第八音の半音前の音に上がってきて、そこでお互いに確かめ合いながら、いまこそ天国の門が開かれてふたりの憧《あこが》れに永遠の光明がさしはじめる、と歌った。この現実美化に宿る慰めの力は、聞いているハンス・カストルプには非常に好ましく思われた。彼が別してこのアイーダのレコードを愛していたのには、このような事情によるところが少なくなかった。

このオペラの恐怖と法悦とを味わったあとでは、彼は短いながら強い魅力を持つ曲、ドビュッシの『牧神の午後』を聞いて息抜きすることにしていた。――これは、内容上からは前の曲よりもずっと穏やかな、牧歌ともいうべきものであったが、やはり、牧歌とはいえ、現代音楽の簡潔で、しかも複雑な手法で描かれ構成されたしゃれた曲であった。これは歌が入らない純然たる管弦楽、フランスに生れた交響楽的前奏曲で、現代音楽にしては小規模なオーケストラで演奏されるが、現代作曲技法の粋をつくして精錬された作品であって、巧みに心を夢の中へと誘いこむように計算された音楽であった。

この曲を聞いてハンス・カストルプはこんな夢をみた。色とりどりの星形の花が一面に咲いていて、太陽の光が降り注いでいる草原に、彼は地面の少しもりあがったところに頭を置いて仰向けに横たわり、片膝《かたひざ》を少し立てて、その上にもう一方の脚を重ねている——その組み合せた脚というのは山羊《やぎ》の脚であった。草原には他に誰もいなかったから、もっぱらひとりで楽しむつもりなのであろう、彼は、クラリネットのような、牧笛のような小さな木製の笛を口にあてて、その上へ指を運びながら、のどかな鼻にかかったような音を誘いだし、ただ出てくるままにいろいろな音を次ぎつぎに鳴らしていたが、このののんびりした鼻音は自然に楽しい円舞曲となって、紺碧《こんぺき》の空へと漂いのぼっていった。その空の下にはあちこちに立っている白樺《しらかば》やとねりこの美しい葉が静かに風にそよぎ、陽《ひ》の光にきらめいていた。しかし彼ののどかな、屈託のない、旋律ともいえないような笛の音だけが静まり返ったそのあたりに聞えていたのは、そう長い間のことではなかった。夏の草いきれのする空気の中を飛びかう虫の羽音、日の光、そよ風、梢《こずえ》のそよぎ、木の葉の輝き――このようなあたりをかすかに動いている夏の平和な音がまじり合った響きになり、ハンスの単純な牧笛の音に、たえず変化する驚くばかりに微妙な色調を与えた。この交響楽的な伴奏はときどき遠のいては、消えていったが、山羊の足をしたハンスは牧笛を吹きつづけ、その素朴な単調な笛の音でふたたび自然の絶妙な音色の楽音を誘いだした。――この楽音はもう一度静まってから、次第に甘美に高調し、新しい高い器楽音が次ぎつぎにすみやかに加わって、いままで押えられていたあらゆる音色が一時にでそろって、すばらしい豊麗な調べとなった。それはほんの一瞬であったが、そのうっとりするような欠けるところのない充足感には、永遠の至福が宿っているように思われた。若い牧神ハンスは夏の草原に寝ながら非常に幸福であった。ここには「申開きせよ」もなく、責任もなく、また名誉を忘れ失った者を裁く僧侶の軍法会議もなかった。ここにあるものは、忘却そのもの、至福な静止、時間を知らない無邪気な状態だけであった。それはまた、いささかも心のやましさを感じない無為であり、ヨーロッパの行動主義を否定するすべてのものを理想として崇拝する状態であった。そして、ここにかもしだされる人の心をなだめ和らげるような雰囲気《ふんいき》のために、夜の音楽愛好家ハンス・カストルプは、このレコードを他の多くのものよりも愛したのであった。――

　さらに三番目のレコードがあった。……これまた三枚か四枚かの組合せになっていたが、その中のテノールのアリアだけでも、真ん中まで溝のついたレコードの片面全部を占めていた。これもフランス物のオペラの一部で、ハンス・カストルプはなんども劇場で見たり聞いたりしてよく知っていたし、しかも一度は談話の中で——それも非常に重要な対話の中で——その筋に触れたことがあるものであった。……レコードの場面は第二幕目であった。スペインの居酒屋、床は板張りで、垂れ幕を張りめぐらし、あちこち傷《いた》んだムーア式の建物のだだっぴろくて、いかがわしい酒場の場面である。カルメンの熱っぽい、少ししわがれた、しかしいかにも活《い》きいきとした魅力ある声が、若い軍曹の前で踊りたいという。早くもカスタネットの鳴るのが聞えはじめた。しかし、その瞬間に少し離れたところからラッパの音が聞えてくる。くり返し鳴る信号ラッパを聞いて若い軍曹は愕然《がくぜん》とした。「待て！　ちょっと止めてくれ！」と軍曹はいって耳を馬のようにそばだてた。カルメンが「なぜ」とききで、「いったいどうしたの」というと、軍曹は自分と同じように驚かないカルメンにすっかり驚いて叫んだ、「あれが聞えないのか」あれは兵営から聞える信号ラッパだ、と彼はいい、「帰営の時間が迫っている」とオペラふうに歌いながらいう。しかしジプシー女はそんなことは理解できなかったし、そもそも理解しようとはしなかった。それこそお誂《あつら》え向きじゃないの、と彼女は、何も知らないのか、それともあつかましいのかわからないような調子でいった。カスタネットはいらなくなったわ、神様が踊りの音楽をくださるんだもの、さあ、ラ、ラ、ラ、ラ！彼は呆然《ぼうぜん》となった。彼は信号ラッパの意味を説明し、いかなる愛着もこれには逆らえないのだ、と懸命に説得しながら、自分自身の幻滅の悲しみもすっかり忘れてしまいそうであった。こんなに重大な絶対的なことが彼女にはわからないとは、いったいどうしたことであろう。「おれはもう帰らなくてはならない、兵営へ、点呼を受けに」と彼は、ただでさえ重い心を二倍にも重くするわからず屋の彼女に、やけになって叫んだ。ところがカルメンの返事はどうだったか。彼女は猛《たけ》りたって、心の底から憤激し、その声はさながら恋を裏切られ傷つけられた女の声であった――あるいはそういうふりをして見せた。「兵営に帰るの？　点呼を受けに？」では彼女の気持はどうしてくれるのか。好きになった弱みから――そうよ、それは認めるわ――その弱みから、歌を歌い、踊りを踊って彼を慰めてやろうと一所懸命な、このいじらしい優しい気持はどうしてくれるの？「トテチテタ！」と彼女は荒々しく嘲笑《ちょうしょう》しながら手をまるめて口に当て、信号ラッパの真似《まね》をした。「トテチテタ！」これだけでもうこのおばかさんは跳《と》びあがって帰ろうとするのだ、いいわ、お帰り、そら、これが帽子、それ、サーベルと剣帯、さあ、さあ、ぐずぐずしないで兵営へ帰っておくれ、とカルメンはいう。――彼は、そう怒らないでくれと哀願した。しかし、女はラッパの音で少し分別を失ったのは、彼ではなくて自分のほうだ、とでもいうふりをして、烈《はげ》しい嘲笑を浴びせつづけた。トテチテター、さあ点呼だよ、さあ、たいへんだ、点呼に遅れるよ、さあ、いかなけりゃ、点呼のラッパが呼んでいる。カルメンがあんたのために踊ってやろうというとたんにラッパが聞えると、あんたはまるで気違いのように騒ぎたてるじゃないの。それが、そんなのがあんたのあたしに対する愛なんだって。

苦しい土壇場《どたんば》であった。彼女はわからないのである。女は、このジプシー女はわからないだけでなくて、わかろうとはしないのだ。彼女はわざとわかるまいとしているのだ。――疑いもなく、この女の怒り、この嘲笑には、この瞬間だけの、彼女だけの問題より以上のものが潜んでいる。つまり、このフランス式のラッパ――あるいはスペイン式のラッパをかりて、恋の虜《とりこ》となった若い兵隊を呼び戻そうとする原理への憎悪《ぞうお》、太古以来の敵意が潜んでいて、この原理を屈服させることが、彼女にとって最高の、女の身に生れついた超個人的な野心だったのだ。彼女はそのためにはきわめて簡単な武器を持っていた。それはつまり、彼が帰るのなら自分を愛していない証拠だといい張るということであった。そして、この言葉を聞くことが、魔法箱の中のホセにはいちばん辛《つら》いことだった。彼は自分のいうことを聞いてくれるように、彼女に哀願するが、彼女は承知しない。そこで彼は無理にも女に自分の言葉を聞かせようとする――おそろしく緊張した瞬間である。運命的な調べがオーケストラで奏《かな》でられる、この陰鬱《いんうつ》で威嚇《いかく》的な楽旨《モチーフ》は、ハンス・カストルプも知っていたように、オペラの全体をその破滅的な大団円に至るまで一貫して流れていて、若い兵隊のアリアの序奏ともなっていた。このアリアの部分はつぎにかける新しい盤に入っていた。

「この胸に深く秘めし」——とホセは実に美しく歌った。ハンス・カストルプはこのアリアの部分を、このいつも聞いて親しんでいるレコードの筋とは無関係に、なんどもかけてみて、いつもしんみりした共感とともにそれに耳を傾けた。このアリアは、内容からすればそれほど深いものではなかったが、その哀願的な気持の表現はこの上もなく感動的であった。兵士はカルメンをはじめて見たときに彼女が投げてよこした花のことを歌った。彼がカルメンのことで営倉に入れられていた間も、この花は彼の唯一《ゆいいつ》の慰めであったと歌った。自分はカルメンと逢うようになった運命を、一時は呪《のろ》ったこともあった、と彼はひどく感動して告白した。しかし、彼はすぐにそのような冒瀆《ぼうとく》的な考えに堕《お》ちたことを烈しく悔い、彼女にふたたび会えるように、とひざまずいて神に祈ったのだ。「そして」——この「そして」はすぐその前の「ああ、いとしき乙女《おとめ》」のはじめと同じ高い調子で歌われ、それと同時に、若い兵士の苦しみ、憧《あこが》れ、報いられぬ愛、甘美な絶望を表現するのにふさわしい、あらゆる管弦楽の粋を尽した伴奏が流れはじめる——「そして」彼女はこんどもその宿命的な魅力に充ちた姿を彼の眼前に現わしたので、彼は「いよいよ破滅だ」、永遠に自分は破滅だということをはっきりと悟るのである。（この「破滅（getan）」という言葉は、最初の音節にすすり泣くような全音の装飾音をつけて歌われた）「君よ、わが歓《よろこ》び、わが仕合せ」、彼は、なんどもくり返される旋律で絶望的に歌うと、オーケストラはこの旋律をもう一度訴えるようにくり返した。この旋律は主音から二音上がっていて、そこから切々とした調子で一オクターヴ下の第五音まで下がった。「わが心は君のもの」と彼は同じ旋律で、大真面目《まじめ》に甘ったるい誓いをたて、次いで第六音まで上がって、「永遠《とわ》に変らじわが心」といい添え、それから声を十音下げて、感じ入ったように例の「カルメン、われ君を愛す」の告白を歌ったが、この言葉の終りは、刻々と変化する和音に保たれた繫留音によってせつないまでに引延ばされてから、「愛す」の音はそのすぐ前の音節とともに基礎和音へと流れこむのであった。

「そうだろう、そうだろうとも」とハンス・カストルプはメランコリックな満足を味わいながらいって、次いでフィナーレもかけた。以前、カルメンから脱走をすすめられたときには愕然《がくぜん》とした若いホセも、今度は上官と衝突したために隊に帰れなくなって、否応《いやおう》なく脱走兵とならざるをえなかったのだが、レコードのこの場面ではそのホセがみんなにお祝いをいわれている。

「おお、われらとともに岩多き谷間に来《きた》れ、
荒々しけれども清らかなる風ぞ吹く――」

と、彼らは合唱でホセに向って歌ったが、――彼らのその言葉は実によく理解できた。

「世界は広く――心悩ます憂《うれ》いなし、
君が祖国に境なし、
ただ君の意《こころ》のみ最高の力、

　されば進め、至福なる歓喜、
　自由は微笑《ほほえ》み、自由は笑う！」

「いや、そうだろう、そうだろうとも」とハンス・カストルプはもう一度いって、第四番目の非常に可憐《かれん》な好ましい曲をかけた。

　これもまたフランスの音楽で、しかもやはり軍隊的精神を主題とするものであったが、こんなふうに続くのも別に私たちの責任ではないし、私たちの思いどおりになることでもない。これは挿入曲、独唱《ソロ》のレコードで、グノーのオペラ『ファウスト』の中の「祈り」の歌であった。ここにあるきわめて好感の持てる人物、名をヴァーレンティーンという青年が登場するが、ハンス・カストルプはこの青年に、ひそかに別のもっと懐《なつ》かしい哀愁のこもった名前、つまり、いまは亡《な》きいとこの名前を与えていて、このふたりをほとんど同一の青年と感じていたのであった。もっとも、ボックスの中で歌っている青年はいとこよりもずっと美しい声を持っていたが。その声は力強い暖かな感じのバリトンであって、歌詞は三節から成っていた。はじめと終りの節は似かよっていて、敬虔《けいけん》な感じであり、ほとんどプロテスタントの讃美歌《さんびか》のスタイルを保っており、それに反して中の節は勇壮で軍人的、戦闘的で軽快な感じであったが、やはりこれも敬虔な調子であった。そういうところが本質的にフランス的で軍隊的であった。姿の見えない歌手は歌った。

「いまや祖国を
　あとにして――」

そして彼は、出征にあたって、天なる神に、自分の留守の間、愛する妹を護《まも》らせたまえ、と祈った。次いで歌は一変して戦争の場面となり、リズムは転じて勇壮活潑《かっぱつ》になり、心痛や不安はどこかへ消えうせたようであった。姿の見えないヴァーレンティーンは、戦いが酣《たけなわ》で危険がもっとも大きい所へ赴《おもむ》き、勇敢に、敬虔に、フランス人らしく敵に当ろうとした。しかし、神が自分をいと高きところへ召されるならば、自分はそこから「お前」を見おろして護ってあげよう、と彼は歌った。この「お前」とは妹のことであったが、しかしハンス・カストルプはこの言葉に心の底まで感動して、その感動はこの歌の最後まで消え去らなかった。終りになるとこの健気《けなげ》な兵士はボックスの中で、力強い讃美歌ふうの和音に合わせて歌った。

「おお、天なる主よ、わが祈りを聞きたまえ、
　マルガレーテを御手《みて》に護らせたまえ！」

このレコードについてはこれ以上いうことはない。私たちがこのレコードについてここに簡単に述べておかねばならないと思ったのは、ハンス・カストルプはこのレコードが特別好きであったし、またもっと後になって、ある奇妙な機会に、これがある役割を演ずることになるからである。さてここで彼が愛していたごく少ないレコードの中の五

番目の、最後の曲に移ろう。――もちろんこれはフランス音楽でなくて、特に典型的なドイツ音楽であり、またオペラものではなくて、歌曲《リート》であった、――民衆的な愛唱歌であるとともに立派な芸術的作品でもあり、このようなふたつの性格によって特別な精神的世界観的な意義を帯びるようになっているあのドイツ歌曲《リート》のひとつであった……。だがこう回りくどくいう必要はあるまい。それはシューベルトの『菩提樹《リンデンバウム》』である。つまり、ほかならぬあの誰もが知っている「泉のほとりに」なのである。

テノール歌手がそれをピアノの伴奏で歌う。歌手は格調の正しい味わいに富んだ歌い方をする青年であったが、この単純でしかも高雅な歌を、深い理解と繊細な音楽的感覚と細心な歌い方とで歌った。誰でも知っているように、このすばらしい歌は正式に歌われる場合には、民衆や子供たちが歌うのとは少し違った歌い方で歌われる。すなわち、普通の歌い方では節回しが単純化され、基調をなす旋律がそのまま各節を通して歌われるのだが、原曲ではこのよく知られた旋律が、八行一節になっている第二節目ですでに短調に転調し、そしてその第五詩行で非常に美しく長調へ戻るが、それに続く「冷たき風」と頭から吹き飛ばされる帽子のところでこの旋律が劇的に崩《くず》れ、第三節の最後の四行ではじめて元の旋律に戻り、二度それがくり返されて終るのである。この旋律のまことに圧倒的な転回は三度、それも転調する後半部に現われる。だから三度目の転回は最後の半節「われ幾ときも」の反復に際して現われるのである。この旋律の魅惑的な転回については、あえて説明しないほうがいいと思われるが、それは「美《うま》し言葉」、「いざなう如《ごと》く」、「かしこより離《さか》りいて」の三つの句の断片に置かれていて、テノールはほどよいすすり泣きを思わせるような明るく暖かい声で、息使いも巧みに、三回ともこの転回の美しさに対する深い知的な理解を示して歌い、とくにあの「訪《と》いしその蔭《かげ》」「ここに汝《な》が憩《いこ》いあり」との二カ所で、非常に心のこもった高調子で効果を高めたので、聞いていて思いがけないほどに感動させられた。さらにくり返される最後の句「ここに汝が憩いあらん」のところで、歌手は一度目は「あらん」を胸いっぱいの憧《あこが》れに充《み》ちた声で歌い、二度目には非常に優しい木管楽器《フラジョレット》のような声で静かに歌った。

　このリートとその歌い方についてはこれくらいにしておこう。ハンス・カストルプが夜のコンサートでとくに好きなプログラムに対してどんなに親密な関心を寄せていたかは、これまで述べた他のレコードの場合ではだいたい読者にわかっていただけたものと信じたい。しかし、この最後のレコード、リート、この懐かしい『菩提樹』が、ハンス・カストルプにとってどんな意義を持っていたかを説明するのは、これはもちろん非常に厄介で微妙な仕事なので、下手《へた》な説明でぶちこわしてしまわないためには、極度の慎重さが必要なのである。

　私たちはこれをつぎのように説明してみよう。すなわち、精神的なもの、つまり、意義ある存在というものは、それがそれ自体を超《こ》えるものを指《さ》し示すことによって、すなわち、それがそれ自体よりもより精神的、普遍的なある世界、ある感情と志向とを持ったひとつの世界を表現し、代表し、かつそれ自体、この世界をなんらかの意味で象徴することによって「意義」ある存在となるのであり、――したがってあるものの意義如何《いかん》は、それがこのような象徴となりうる程度によって決せられるのである。さらにこのような意義ある存在に対する愛もやはり「意義」ある愛である。この愛はそれをいだく人間についても示唆《しさ》するところがあるのであって、それは、あの意義ある対象が象徴している普遍的な世界、意識するとしないとにかかわらずそこにおいて愛されている世界に対するその人間の関係を如実《にょじつ》に示すものなのである。

私たちの単純な主人公ハンス・カストルプは、すでにもうかなり長い間、あの錬金術的教育的高揚の経験を積んで、いまでは精神的な世界の中へ深く入りこみ、自分の愛とその愛の対象との「意味深さ」を十分に意識するに至っていた、と考えてもいいだろうか。私たちは彼がそこまでに至っていたのだと主張し、そのようにお話しするのである。この『菩提樹』の歌は彼にとって非常な意義を持ち、ひとつの世界全体を意味し、しかも彼はこの世界を愛さざるをえなかったのである。そうでなかったら、彼はこの世界をかくも代表的に象徴する『菩提樹』の歌にこれほど夢中にはならなかったであろう。この歌が実に濃《こま》やかに神秘的に包括している感情の世界、この普遍の精神的態度の魅力に対して、彼の気持がこれほど感じやすくなっていなかったとしたら、彼の運命はいまとは別の方向をたどったことであろう。——いささか曖昧《あいまい》なことをいうようであるが——これは思いつきでいっているのではない。まさにこの運命が彼の精神を高揚せしめ、冒険と認識をもたらし、「鬼ごっこ」の課題を課したのであり、それによって彼はこの『菩提樹』の世界、この世界の実に讃嘆に値する象徴をなしているその歌自体、そしてそれに対する彼みずからの愛に対して、含蓄に富んだ批判を下し、この三つのものを良心的な懐疑の眼をもって見ることができるまでに、彼を成熟せしめていたのである。

このような懐疑によって愛がそこなわれるなどと考えるひとがあったら、そのひとはそもそも愛の事柄に無縁のひとだといわなければなるまい。懐疑というものは逆に愛の味わいを増し、愛に情熱の刺《とげ》を与えるのであって、したがって私たちは情熱を懐疑的な愛と規定することもできるであろう。ところで、ハンス・カストルプはこの魅惑的な『菩提樹』の歌とこの歌に象徴される世界とに対する自分の愛が、より高い精神的な意味において許されたものであるかどうかを、良心的に、疑ったり、または「鬼ごっこ」の哲学的問題として考えてみたりしたのであったが、このような懐疑のよって来《きた》るところはそもそもなんであったろうか。彼の良心の声によれば、この歌の背景をなす世界は、愛を禁ぜられた世界であるはずであったが、ではそれはどんな世界なのであろうか？

それは死であった。

しかしそれはなんといってもおかしい。あんなにすばらしい歌が！　民衆の心情の最奥のもっとも神聖なる深みから生れいでた純粋な傑作、何ものにも勝《まさ》る宝、親密なるものの原型、可憐そのもののような歌が死を象徴するとは。なんという忌《い》まわしい暴言であろうか。

いや、そうだろう、ごもっとも、ごもっとも、あの歌は本当に美しい、正直な人間なら誰しもそういうにちがいない。だがしかし、この優しい歌の背後にはやはり死が潜んでいるのだ。死とあの歌との間にはつながりがある。そしてこのつながりを愛するのはいいが、しかし、そういう愛がある意味では許されない愛なのだということを、予感と「鬼ごっこ」の思索によってはっきりさせておかなければならないのである。この歌そのものは、それ自身の本来の性質からいえば、死への親愛感などではなく、きわめて民衆的な生命にあふれたものというべきであろうが、しかし、この歌に精神的な親愛を感じることは、実は死に親愛を寄せることにほかならないのである。――最初は純粋に敬虔な愛、瞑想《めいそう》的ともいえる愛だということは決して否《いな》めないが、しかしこの愛がもたらす結果は陰鬱《いんうつ》な死への親愛なのである。

彼はまたなんということを考えているのだろう。しかし諸君がどんなにいって聞かせても、彼はこう信じて疑わないだろう、あの愛は死への親愛という不吉な憂うべき結果を招来するのだと。皿形の襟飾《えりかざ》りのあるスペインふうの黒服を着た拷問吏《ごうもんり》の心、その反人間性、そして愛ではなくて情欲――これが一見誠実そのものに見える敬虔な歌の結果なのである。

むろん、文学者セテムブリーニはハンス・カストルプが絶対に信頼していた人物ではなかったが、しかし、彼はかつてもう何年か前に、つまり、彼の錬金術的人生行路のはじめのころに、この頭脳明晰《めいせき》な師からある種の世界へ精神的に「うしろ髪を引かれる」ことを戒められた言葉をここで思いだし、この言葉を問題の歌に慎重に当てはめてみるのが賢明だと考えた。セテムブリーニ氏はこのように精神的にうしろ髪を引かれる現象を「病気」と規定したが、——しかし、セテムブリーニ氏の教育者的感覚には、このようにうしろ髪を引かれるような世界の姿、精神的時代そのものも、「病的」と感じられたのかもしれない。だがそれはまたなぜであろう。ハンス・カストルプが愛している美しい郷愁の歌、この歌に象徴されている心情の世界、そしてこの世界に対する愛着——これをしも「病的」といっていいであろうか。いや、絶対にそんなことはない。それはこの世でもっとも心地《ここち》よい健康なものなのである。だがそれは、いまこの瞬間、あるいはつぎの瞬間までは、新鮮で艶々《つやつや》として健康的であるが、非常に傷《いた》みやすく腐りやすい果実のごときものであって、まだ新鮮なうちに食べれば非常に気分を爽快《そうかい》にしてくれるが、食べるのが少しでも遅れると、これを食べるひとびとに腐った傷んだものを与えることになるのである。つまり、この歌は生命の果実ではあるが、死から生じ、死を孕《はら》んでいるのだ。これは魂の奇蹟《きせき》であった。——良心のない美の観点からはおそらく最高のものであり、その祝福を一身に受けたものであるのだが、責任感をもって「鬼ごっこ」をする人間愛、有機的なるものへの親愛感という観点からは、当然うなずける理由から不信の眼をもって見られるべきものであり、良心の最後の判定によれば、これは自己克服の対象にほかならないのである。

そう、自己克服、――これこそこの愛、この不吉な結果を伴う魂の魔術に打勝つということの真の意味であろう。ハンス・カストルプの瞑想、もしくは予感に充ちた物思いは、夜ふけにひとり、ぽつねんとしてずんぐりした音楽箱の前に坐《すわ》っている間にぐんぐん高揚していった。――それは彼の知力を越えるまでに高まり、錬金術的に高揚された瞑想となった。ああ、魂の魔術は強力である。私たちはみなこの魔術の子である。そしてみながこの魔術に帰依《きえ》することによって、地上に強大な世界を作りあげることもできるのである。『菩提樹』の歌の作者より天才的でなくても差支《さしつか》えはない。ただもっと多くの才能さえあれば、魂の魔術師としてこの歌に巨大な規模を与え、世界をそれで圧倒することもできる。おそらくその歌の上にいくつもの国を樹《た》てることもできるだろう――現世的な、あまりに現世的な国、非常に逞《たくま》しく、進歩を喜び、実際郷愁など少しも知らない国、――そして『菩提樹』の歌さえ電気蓄音機の音楽に堕落させてしまうような国を建設することもできるであろう。しかし、この歌に真に帰依する者は、この歌の世界、その魔術を克服するために自らの生命を燃焼し、いまだいい現わす術《すべ》のない新たな愛の言葉を唇《くちびる》に浮べて死んでゆくひとであろう。この魅惑的な魔法の歌のために死ぬのはまったく意義深いことなのだ。しかし、この歌のために死ぬひとは、実はこの歌のために死ぬのではなくて、愛と未来との新しい言葉を心に秘めながら、すでに新しい世界のために死ぬのであって、そのひとはそのゆえにこそ英雄ともいうべきひとなのである。――

つまりこれがハンス・カストルプの愛したレコードであった。

ひどくいかがわしいこと

エトヒン・クロコフスキーの講演はこの何年間の間に思いがけない方向転換を遂げていた。精神分析や人間の夢の生活を取扱っている彼の研究は、いつも地下や墓穴を連想させるような性質のものであったが、最近では誰もがはっきりとは気がつかないうちに、魔法めいた、ひどく神秘的な方向をとりはじめていた。「ベルクホーフ」最大のアトラクションとして、案内書にも喧伝《けんでん》されている、あの二週間ごとに食堂で行われる講演――フロックコートを着用してサンダル靴をはいたドクトル・クロコフスキーが、テーブル掛けをかけた小卓を前に、息をひそめて耳を傾けている「ベルクホーフ」の聴衆に向って、外国人らしい引きずるようなアクセントで聞かせている講演は、いまではもう仮装した愛の活動だとか、病気の意識化された情動への逆転だとかいった問題を取扱わなくなり、催眠術や夢遊病などという底知れぬ不思議な現象や、精神感応《テレパシー》、正夢、千里眼などの現象、ヒステリーの怪奇などというテーマを扱っていたが、そういう話の進展につれて哲学的視野が展開してきて、聴衆の眼には突如として、物質と精神との関係、いや、それどころか、生命そのものの謎《なぞ》までが神秘的に明らかになってくるようにさえ感じられ、この謎を解くには、健康な道によるよりも、無気味な病的な道によるほうが有望なのではないかとさえ思われるのであった。

私たちがなぜこんなことをいうかというと、ドクトル・クロコフスキーは彼の講演がどうしようもない単調さに陥らないように、つまり、そういう純然たる気分転換の目的で、このような隠微な事柄に話を向けたのだ、などとわけ知り顔に陰口をいう軽率なひとびとを恐れ入らせるのは、私たちの義務だと心得るからである。こういう口のうるさい連中はどこにもいるものであるが、ここでもやはりそういう陰口がさかんであった。月曜日の講演では男たちは以前よりも忙しく耳を揺すぶってもっとよく聞えるようにし、レーヴィ嬢は以前にもまして胸にゼンマイ仕掛けが入っている蠟《ろう》人形そっくりに見えてきたのは事実である。しかし、こういう効果が見られたのは、この学者の精神がたどった発展がそうであるようにきわめて当然な結果なのであって、彼自身その思索の展開は論理的に無理がないだけでなく、実に必然的であると主張することもできたであろう。

人間の魂の中の潜在意識と呼ばれるあの暗い広汎《こうはん》な領域は以前からクロコフスキーの研究領域であった。この潜在意識という領域は、あるいは超意識界というのが正しいかもしれない。なぜなら、この世界からときには個人の意識的知性の及ぶところをはるかに超《こ》えるような洞見《どうけん》が閃《ひらめ》きいでて、個人の魂のもっとも深い暗い領域と全知全能の宇宙の魂との間には、何かあるつながり、関係があるのではないかと考えさせるからである。潜在意識の領域は、本来の字義どおりに「潜在的（okkult）」であるが、もっと狭い意味で「神秘的（okkult）」でもあることはすぐにわかる。つまり、この潜在意識の領域は、私たちが仮に神秘的と呼んでいる現象を生む源泉のひとつなのである。そればかりではない。有機体における病気の症状なるものは、意識された心の営みから追放されヒステリー化した情動によって生ずると考えるひとは、物質的世界においても心の営みがある創造的な力を有するという事実をも認めなくてはならないのである。――そして心的機能に備わったこの創造的な力こそは、魔術的な現象の第二の源泉と見なさざるをえないであろう。病理学的観念論者といわないまでも、病理学における観念論者は、その思考過程の出発点においてまず、せんじつめれば存在一般の問題、すなわち精神と物質との関係という問題に直面するであろう。ただ頑丈《がんじょう》なだけの哲学の嫡子《ちゃくし》である唯物論者《ゆいぶつろんじゃ》は、精神的なるものを物質の燐光的《りんこう》産物と考えるのをやめないであろうが、観念論者はこれに反して、ヒステリーの創造性という原理から出発して、精神と物質のいずれに優位を置くべきかという問題については、唯物論とは全然正反対の考えを持つであろうし、やがてはその考えの正当性を断然主張するに至るであろう。結局この問題は、鶏が先か卵が先かという、あの古くからの論争と同じものなのである。——しかもこの論争は、鶏から生れなかった卵は考えられないのと同様に、予《あらかじ》め生れて存在した卵から生れなかった鶏も考えられない、というこのふたつの事実によっておそろしく複雑な問題になるのである。

こういう問題を最近ドクトル・クロコフスキーはその講演で論じはじめたのであった。彼は有機的な正当な論理的な過程を経て、この問題に到達したのである。この点は私たちはなんど強調してもいいと思っている。だからこれは念のために付け加えておくのであるが、彼がこういう問題を云々《うんぬん》しはじめたのは、エレン・ブラント嬢が登場して、問題が現実的な実験的な段階に入ったのよりも、ずっと前のことだったのである。

エレン・ブラントとは何者か。私たちにはむろんこの名前はお馴染《なじ》みであるが、読者にはまだ知られていないのを、うっかりして忘れるところであった。彼女はいったい何者だったのか。一見したところではほとんど特徴のない少女であった。十九歳の愛らしいお嬢さんで、エリーとも呼ばれ、亜麻色の髪をしたデンマーク娘であったが、コペンハーゲン生れではなく、オランダのフューネン島のオーデンセ生れであって、父親はそこでバター会社を経営していた。彼女自身も職業に就《つ》いていて、首都の銀行の地方支店で右腕に執務カバーをはめ、回転椅子《いす》に腰をかけ、厚い帳簿の上に屈《かが》みこんで、もう二、三年働いていて、――ついに熱がでたのであった。症状はたいしたことはなく、実はほんの疑いがあるという程度であった。もっともエレンは華奢《きゃしゃ》なからだつきであった。華奢で明らかに貧血していたが、――なんといっても実に愛らしい娘であって、誰もが思わずその亜麻色の髪の上に手を置きたくなるほどであった。顧問官も食堂で彼女と話をするときにはいつもそうした。彼女の身辺には北国人らしい清爽《せいそう》な感じ、玉のように純潔な無邪気で処女らしい雰囲気が漂っていて、それが実に愛らしかった。無邪気に見つめる澄んだ青い目つきも、その言葉つきも愛らしかった。きびきびして調子が高く上品な話しぶりであったが、「肉《フライシュ》」といわないでフライヒと発音するような小さな類型的な発音の間違いのある、いくぶんブロークンなドイツ語をしゃべった。容貌《ようぼう》には別に人目にたつようなところはなかったが、少し頤《あご》が短かった。彼女はクレーフェルトのテーブルに坐《すわ》っていて、クレーフェルトが母親のように面倒を見ていた。

このブラント嬢、このエレン、この自転車を乗りまわす可愛《かわい》い小さなデンマーク娘、銀行の帳簿係は、その明るい人柄を一目や二目見ただけでは夢にも知られないような半面を持っていたのである。彼女のそういう半面は、彼女がここへきてから二、三週間後にはもう明るみにでてきはじめたのであったが、そのまったく異常な性質を解明するのがドクトル・クロコフスキーの仕事となったのである。

夜の集《つど》いでみないっしょに室内遊戯をしたときのことが、まずこの学者を驚かせることになった。みなはいろいろな当てっこ遊びをした。またピアノの音の助けを借りて隠し物を捜しだす遊戯もやった。捜す者が隠したものに近づくとピアノの音が高くなり、見当違いの方向に行きはじめるとピアノの音は低くなるのである。それに続いてこんな遊戯になった。つまり、あるひとにしばらく部屋の外へでてもらってその間にある相談を決め、そのひとに決められたとおりのことを間違わずにやってもらうというのである。たとえば、あるふたりの指輪を取換えさせるとか、誰かの前にいって三度お辞儀をしてからダンスの相手を申しこむとか、図書室から印をつけておいた本を持ってきてそれを誰それに渡すとか、そういう類《たぐい》のことである。こういう種類の遊戯がいままでまだ「ベルクホーフ」の仲間の遊びになっていなかったのは不思議である。誰がこれをやろうといいだしたのか、今になってはもうわからないが、とにかくエリーでないことはたしかであった。しかしとにかく、彼女がここにいるようになってから、ひとびとはこれに思いついたということもまたたしかであった。

この遊びをやったひとびとは――彼らはほとんどが私たちにお馴染みの古参ばかりであって、ハンス・カストルプもそのひとりであったが――どうにかうまくやりおおせた者もあれば、全然お手あげの者もあった。ところが、エリー・ブラントの勘のよさは異常なほど、不思議なほどであって、何かありうべからざるもののように思われた。隠したものを確実に捜しだす彼女のすばらしい直観には、喝采《かっさい》したり感心して笑ったりですんだことであろうが、もっとこみいった遊びになってくると、みんなは息をのみはじめた。みんながこっそりとどんな難題を相談しておいても、彼女は部屋に入ってくるなり、穏やかな微笑を浮べて、いささかのためらいも見せず、ピアノの音の導きも借りないで、課題をやり遂げてしまうのであった。たとえば、彼女は食堂から塩をひとつまみ取ってきて、それをパラヴァント検事の頭にふりかけ、それから彼の手をとってピアノの前へ連れていき、彼の人差し指を使って「一羽の鳥が飛んできた」という歌のはじめの部分を弾《ひ》き、それから検事をその席へ連れて帰り、その前で膝《ひざ》を曲げてお辞儀をし、足台を彼の足もとに引寄せて、その上に腰をかけ、それで終り、といったふうの課題がだされたが、――彼女はみながさんざん頭を絞って考えだしたこの課題を注文どおりみごとにやってのけるのであった。

エリーはきっと盗み聞きしたんだろう、とみんなはいった。

彼女は赤くなった。みなは彼女が恥ずかしそうにしているのを見て安心して、口々に彼女に文句をいいはじめた。すると彼女は憤然としていった。「いいえ、そうじゃないわ、そんなふうに考えないで。部屋の外で、ドアのところでこっそり聞いたりなんかしませんん、そんなことはするものですか」

外で、ドアのところで聞いたんじゃないんだって？

「ええ。そんなことをするものですか、失礼ですけど」と彼女はいった。彼女は部屋に入ってきたときに、この部屋の中で聞いたので、それを聞かないわけにはいかないのだというのである。

聞かないわけにはいかない？　この部屋の中で？

誰かが耳に囁《ささや》くのよ、とエリーはいった。何をしなければならないかが耳に囁かれるのである。そっと小声にではあるが、明瞭《めいりょう》にはっきりと囁かれるのである。

これはたいへんな告白だ。彼女はある意味では潔白ではないのを知っていて、みんなを欺《あざむ》いたわけである。全部耳もとで囁いてもらうのだったら、こういう遊戯に加わる資格がないことをはじめから申しでるべきであったろう。競技に参加する者のひとりが超自然的な優越的能力を持っていれば、その競技には人間的な意味がなくなってしまう。スポーツの本義からいってエリーはその資格を奪われることになるわけだが、それも多くの者が彼女の告白を聞いて背筋が寒くなったような理由によるのである。何人かが異口同音にドクトル・クロコフスキーを呼ぼうといった。誰かが急いで彼を迎えにいった。そして彼はやってきた。逞《たくま》しいいかにも男らしく頼もしげな微笑を見せて、ただちにその場の模様をのみこんだといった様子を見せ、安心して信頼してくれと促すような態度を示した。みなは息もつけないような調子でたいへんなことが起った旨《むね》を告げ、千里眼の娘、なんでも耳もとに囁いてもらう少女が現われたといった。――おや、おや、それで？　お静かに、皆さん、では診察して見ましょう、と代診はいった。これは彼の専門の分野なのだ。――なにびとにもとらえがたい泥沼のように不安定な世界であるが、彼は自信のある親しみをもってこれに対処することができた。彼は質問し、報告させた。おや、おや、それは！「そう、ではあなたにはそんなところがあったんですか、お嬢さん」そういって、彼は誰もがしたがるように少女の頭に手をのせた。興味をそそられる点は多々あるが、別段驚くには当らない、と彼はいった。彼は手をそっと少女の頭から肩、腕と撫《な》でるようにおろしながら、異国人らしい鳶色《とびいろ》の眼でエレン・ブラントの空色の眼を見つめた。神妙に彼女は彼の眼差《まなざ》しに応《こた》えた。つまり、頭が徐々に胸と肩の方へ垂れてくるにつれて、だんだん伏し眼がちになりながら、ますます神妙に彼の眼を見あげた。少女の眼がとろんとしはじめると、学者は彼女の顔の前で無造作に手を振上げてみて、これで万事心配ないといい、興奮している患者たちをみんな夜の安静療養に帰らせたが、エリー・ブラントとだけはまだ少し「おしゃべり」をしたいことがあるから、といって後に残した。

「おしゃべり」をする。それは想像するに難《かた》くなかった。しかし、快活な同志《カメラート》クロコフスキーにふさわしいその言葉を聞いて、誰もいい気持がしなかった。誰もが背筋を冷たいものが走るような思いがした。ハンス・カストルプも同様であった。彼がいつもよりも遅れて寝心地のよい寝椅子に寝ながら、先刻エリーのありうべからざるもののような不可思議な仕業《しわざ》を見たり、それを彼女が恥ずかしそうに説明するのを聞いたりしたときに、足下の地面が揺れるような思いがして、なんだか気分が悪くなり、肉体的にも脅《おびや》かされるような感じを受け、軽い船酔いに似た気持に襲われたのを思いだして、彼はあらためてぞっとした。彼はまだ地震を経験したことはなかったが、地震のときもこれと似た、まがうかたない恐怖感に襲われるにちがいなかろうと思った。——もっとも恐怖感だけでなく、エレン・ブラントの運命的な能力には好奇心を感じさせるものもあった。そしてこの好奇心には、これ以上の深遠なことは結局わからないのだという諦《あきら》めに似た気持、すなわち、この好奇心の対象となっている領域は精神的に領略できないのだという意識、したがって、こういう好奇心は無益であるばかりでなく、罪あるものではないだろうかという疑惑、こういった要素を含んでいたが、それにしてもこれはやはり好奇心には変りはなかった。ハンス・カストルプは他の誰でもと同じように、これまでに神秘的な現象、もしくは超自然的な現象について、あれこれ聞いていた。——遠い先祖に千里眼の婦人があったことは前にも述べたことがあるが、このひとについての物悲しい言い伝えも彼は聞き知っていた。そして彼はこういう超自然的世界の存在を理論的に客観的に認めないわけにはいかなかったのだが、しかし、直接この世界に接触したことはいままでになかったし、実際にそれを見聞したのはこんどがはじめてであった。そして、そういう経験に対して感じた嫌悪《けんお》、趣味からくる嫌悪、審美感からくる嫌悪、人間としての誇りにもとづく嫌悪――こんな大仰な言葉を私たちの至極単純な主人公に対して使ってよろしければであるが――こういう嫌悪感は、いまの経験によって烈《はげ》しくそそりたてられた好奇心と同じくらいに強かった。こういう経験は、それがたといどういう推移をたどろうとも、結局愚かしく、不可解な、人間の品位を傷つけるような結果にしかなりえないのを、彼ははっきりと予感していた。にもかかわらず彼はそういう経験をしてみたいという熱望に燃えていたのであった。彼はこの場合、「無益か、さもなくば罪か」という二者択一は、そのいずれであっても相当に悪質であるのに、ここではそれはそのどちらかどころではなくて、そのどちらでもあるということを理解していたし、また、彼は、この経験の合理的究明に絶望を覚えるような気持は、実はそれが禁断のものである所以《ゆえん》を、道徳的ならざる仕方で表現しているのだということを、十分承知していたのである。しかし、こういう実験をやろうものなら、たちまち例の撥《は》ね返すような調子で非難するにちがいないある人物に教えこまれた「試験採用（placet experiri）」という考え方は、ハンス・カストルプの心の中にもうどっかり根をおろしてしまっていた。彼の道徳的な意識は次第に好奇心と区別がつかなくなってきたが、おそらく本当のところはいつでもそうだったのであろう。修業途上にある青年の無際限の好奇心は、ペーペルコルンなる人物の神秘に接したときから、すでにいまここに明るみにではじめた世界にほど遠からぬところにまで及んでいたのであって、禁断の世界に対しても一度それが眼前に出現した以上は尻《しり》ごみしないという意味では、軍隊的ともいうべき性質のものでもあった。そんなわけでハンス・カストルプは、今後エレン・ブラントに実験が行われるようなことがあれば、新たなる探究への部署について、おくれをとるまいと決心したのであった。

ドクトル・クロコフスキーは、今後ブラント嬢の不思議な能力を素人《しろうと》が実験してはならないと厳命した。彼は学者としての立場から少女に封印を施し、地下分析室に少女を坐らせ、催眠術をかけ、彼女の中に眠っている能力を覚醒《かくせい》させ、それを訓練し、彼女のこれまでの心的生活を解明すべく努めているということであった。彼女の面倒をみてやっている友達兼パトロンのヘルミーネ・クレーフェルトもやはり同じようなことをやっていて、秘密厳守の約束であれこれと聞きだし、それをまた秘密厳守の約束で院内全部に触れまわり、話は門衛の詰所にまで広まってしまった。たとえば彼女は、遊戯のときにエリー少女の耳に囁いてくれた者もしくは物は、ホルガーという名であることを聞きだした。——それは青年ホルガーという彼女と仲良しの霊《スピリット》であり、浮世を離れたエーテルのような存在で、エリー少女の守護神のようなものであった。——ではそのホルガーがひとつまみの塩のことやパラヴァント検事の人差し指のことを話してくれたのか——そうなのである、影のような唇をわたしの耳もとに優しく寄せて囁いてくれたのだけれど、わたしは耳が少し擽《くすぐ》ったくって、思わず笑い顔になってしまった。——昔、学校の宿題をやっていかなかったときでも、ホルガーが答えを耳打ちしてくれて、うまくいったことでしょうね。——これに対してはエレンは返事をしなかった。ホルガーはそういうことをしてはいけなかったんでしょう、そういう真面目《まじめ》なことに口を出すのは禁じられていたし、それにホルガー自身も宿題の答えなどはよくわからなかったんでしょう、と少女はのちになってそう答えた、ということであった。

さらに、エレンは幼い頃から、めったにないことであったが、眼に見えるのや見えないのや、さまざまな幻影を見たことがあるということがわかってきた。——いったいその眼に見えない幻影というのはどういうものなのか、とヘルミーネがきいた。——たとえばこういうことである。彼女が十六歳のときのある明るい午後、両親の家の居間で円いテーブルの前で手仕事をしていたが、かたわらの敷物の上には父親の愛犬、フライアという牝《めす》のグレート・デーンが寝ていた。テーブルには、きれいな色のクロースがかけてあったが、これは年配の婦人が三角にたたんで肩にかけるようなトルコふうのショールで、その端がテーブルの縁から少しはみだして垂れ下がっていた。突然、エレンは真向いに垂れている縁がゆっくりと巻きあがっていくのを見た——音もなく、じわじわと、規則正しくテーブルの真ん中あたりまで巻きあがっていって、巻いた横幅はもうかなり長くなっていた。この椿事《ちんじ》が起っている間、フライアは荒々しく起きあがって、前脚をふんばり、毛を逆立て、後脚を突き立て、吠《ほ》えながら隣室へ退却して、ソファの下へ潜《もぐ》りこんでしまい、それからまる一年間というものは、フライアはどうしても居間の中へは一歩も足を入れようとはしなかった。

ショールを巻きあげたのはホルガーだったのか、とクレーフェルト嬢は尋ねた。――少女にもそれはわからなかった。――そんなことがあったときあなたはどんなことを考えていたのか、とクレーフェルトはさらに尋ねた。――そんなときには何も考えられるものではないから、エリーも何も考えなかったそうである。――で両親にはその話をしたのか――いいえ、――話さなかったというのである。それは変ね、とクレーフェルトはいった。そのときには全然何も考えられなかったが、そのときにもこれと似た他のときにも、エリーはこれは胸の中におさめておかなければいけない、決してこの恥ずかしいような秘密を他に洩《も》らしてはならないという感じがしたそうであった。――あなたはそれで苦しんだの？　いいえ、それほど苦しまなかったわ、ということであった。テーブル・クロースが巻きあがるくらいではそれほど苦しむには当らないだろう。しかし他のことでは彼女もずいぶん苦しんだそうである。たとえばつぎのようなことであった。

一年前のこと、やはりオーデンセの両親の家で、エリーは朝早く、爽《さわ》やかな気分で一階の自分の部屋を出て、習慣どおりに両親が食堂にくる前にコーヒーを沸かしておこうとして、玄関から階段をのぼって食堂へいこうという途中のことであった。階段が折れ曲っている踊場のところにさしかかったとき、エリーはその踊場の端の階段ぎわに、結婚してアメリカにいる姉のゾフィーが立っているのを見た――ゾフィーそのままの、ありありとした姿であった。姉は白い服を着て、不思議にも睡蓮《すいれん》、蘆《あし》のような睡蓮の花冠を頭に戴《いただ》き、肩のあたりで手を合わせて、エレンにうなずきかけた。「まあ、ゾフィー、あんた、きてたの？」と、その場に釘《くぎ》づけになったエレンは半ば喜び、半ば愕然《がくぜん》として尋ねた。するとゾフィーはもう一度うなずいてみせてから、朦朧《もうろう》と霞《かす》んできた。姿は透明になり、やがて熱い大気の立ちのぼる陽炎《かげろう》のようにしか見えなくなり、ついには影も形もなくなって、エレンの前にはもう誰もいなかった。ところが、その同じ朝の同じ時刻に姉のゾフィーはニュージャージーで心臓炎のために死んだことがわかったのである。

ハンス・カストルプはこの話をクレーフェルトから聞いたときに、それはとにかくかなりうなずける話である、これは聞いておく値打ちがある、といった。一方に姉の幻が現われ、他方にはその姉の死という事実、――そこにはとにかく何か注目すべき関連がありそうだ、と彼はいった。そして彼は、みんなが我慢しきれなくなって、ドクトル・クロコフスキーの嫉妬《しっと》めいた禁令をこっそり破って、交霊術めいた室内遊戯、つまり、「こっくりさん」をエレン・ブラントといっしょにやることになったときに、自分もそれに加わることを承知した。

この集まりの舞台はヘルミーネ・クレーフェルトの部屋であったが、ここへこっそり招じ入れられたのはごく少数のひとたちだけであった。主人役のクレーフェルトとハンス・カストルプとブラント少女のほかには、女性ではシュテール夫人とレーヴィ嬢、男ではアルビン氏とチェッコ人のヴェンツェル、ドクトル陳富《チンフー》だけであった。夜の十時になるのを待ってみなはこっそりと集まってきて、ヘルミーネが用意しておいたものを囁き合いながら仔細《しさい》に眺《なが》めた。それはこういうものであった。部屋の真ん中にある中ぐらいの大きさの、円い覆《おお》いを取除いたテーブルの上に、ワイン・グラスが逆様《さかさま》に、脚を上向きにして伏せてあり、テーブルの縁には、適当な間隔でぐるりと小さい骨製の札が置いてあった。これは元来はトランプの数取りに使うものであったが、今夜はこれにアルファベットの二十五文字がインクとペンで書きこんであった。クレーフェルトはまずお茶をだした。今夜の実験は子供らしい罪のないものであったのに、シュテール夫人とレーヴィ嬢は、手足が冷え胸がどきどきして困るといっていたところであったから、このお茶はありがたがられた。お茶を飲んで温まると、みんなはテーブルを囲んで腰をかけた。主人役のクレーフェルトが気分をだすために天井の明りを消して、覆いをしたサイド・テーブルのスタンドだけを点《つ》けておいたので、部屋は鈍い薔薇《ばら》色に照らしだされていたが、その中でみんなは右手の指を一本それぞれグラスの脚に軽く当てがった。これがこの遊戯のやり方であった。みんなはグラスが動きだすのをいまかいまかと待った。

これは容易に考えられることであった。テーブルの面はつるつるしていたし、グラスの縁もすべすべしていて、その上に軽く置かれた指は震えており、その圧力はむろんどこも一様ではなく、あるところでは垂直に、あるところでは斜めに働いていたから、しばらくそうしているうちにグラスが真ん中の位置からずれてくるのは当然であった。グラスがテーブルの周辺に沿って動けば文字に衝突するであろう。もしその文字の組合せが言葉となって何か意味を持つようになれば、これは内面的には不潔といえるほどに厄介な現象を意味するのであって、それは意識的な、半ば意識的な、無意識的な諸要素の複合によって生じ、各人の——承認すると否《いな》とにかかわらない——願望によって助長せられ、一同の魂の暗い層における秘《ひそ》かな了解、無意識的なる協調といったものの混合によって生ずる現象であって、しかもそれによって一見各人とは無関係の結果が生れてくるのである。この結果には各人の暗い無意識のあるものが多少とも関与しているのであるが、愛らしい少女エリーの潜在意識がそこにもっとも強く働いていたのは明らかである。このことはみなが内心予《あらかじ》め知っていたことであって、ハンス・カストルプなどは、みなが震える指をグラスに当てて待っている間に、例の調子でそのことを口にだしていいさえした。そして婦人たちの手足が冷え、胸がどきどきするのも、男たちの妙にそわそわした陽気な様子も、みな彼らがそのことを意識していたからであった。つまり、自分たちがその魂と不潔に戯《たわむ》れ、自分の魂の未知の部分をこわいもの見たさで試《ため》してみようと相語らってこの深夜にこうして集まり、普通に魔術といわれている似非《えせ》現実的な、もしくは半現実的な現象の起るのを待ち構えているのだということを意識していたからであった。死者の霊がグラスを通じて一座のひとびとに語りかけるというふうにみんなは納得していたが、これはいわばほとんど体裁だけのものであり、世間態《せけんてい》を慮《おもんぱか》った約束にすぎなかった。アルビン氏は以前にも交霊術の会にときどき参加したことがあるということで、司会役を志願して、霊が出現したらこれと言葉をかわす役目を引受けた。

二十分かそれ以上の時がすぎ去った。囁《ささや》き合うにも話の種が尽きてしまい、最初の緊張も弛《ゆる》んできた。みんなは右手の肘《ひじ》を左手でささえていた。チェッコ人ヴェンツェルは居睡《いねむ》りをしそうになっていた。エレン・ブラントは可愛《かわい》い指をグラスに軽く当てがって、大きな澄んだ子供のような眼を、あたりのものを越えてじっと電気スタンドの光に注いでいた。

突然グラスが傾いて跳《は》ねあがり、周囲に坐《すわ》ったひとびとの手の下をすり抜けて逃げだした。みんなは指でそれを追うのにひと苦労した。グラスはテーブルの縁まで滑《すべ》っていって、縁に沿って少し走り、そこからまっすぐにテーブルの真ん中辺に戻ってきた。そこでグラスはもう一度跳ねあがってから、動かなくなった。

みんなの驚きには、半ばうれしいような、半ば心配なようなふうがあった。シュテール夫人はおろおろして、もう止《よ》したほうがよくはないかしらといったが、そんなことは前もって考えてみるべきことであって、いまは黙って静かにしているより手がないのだ、ときめつけられた。いよいよ事がはじまりそうであった。みなはグラスが「然《しか》り」と

「否」との返事をする場合には、グラスは文字を一々たどらなくても、「然り」のときには一回、「否」のときには二回跳ねればいいことにしようといい合わせた。

「霊はもうきているか」と、アルビン氏は真面目くさった顔をしてみんなの頭越しに中空を睨《にら》みながら尋ねた。……ためらう気配が感ぜられた。それからグラスは傾き、一回跳ねてそれを認めた。

「汝《なんじ》の名は」と、アルビン氏は語調を強めるように頭を振って、ほとんど咎《とが》めるような調子で尋ねた。

グラスは動きはじめた。さっさとジグザクの線を描きつつ、文字から文字へとたえずテーブルの真ん中にほんの少し戻りながら走った。まずhにゆき、次いでoへ、lへ走ってから、くたびれ、まごつき、どう進むのかわからなくなったようであったがすぐに持ち直して、g、e、r、と綴《つづ》った。案の定であった。ひとつまみの塩やその他のことならよく知っているが、学校の宿題にはむろん答えてくれなかったあのホルガー自身、霊《スピリット》ホルガーが現われたのである。彼はここに現われ、空中に飛びまわり、みんなの頭の周《まわ》りを漂っているのである。さて彼をどうしたものであろうか。みなはいささか臆《おく》病風《びょうかぜ》に吹かれたようであった。そしてホルガーに何をきいたらよかろうかと、小声でいわば口の前に手をかざしてこっそり相談した。アルビン氏は、ホルガーの生きていたときの身分と職業をきくことにした。彼はさっきのように訊問《じんもん》口調で、真面目くさって、眉根《まゆね》を寄せながらそれを質問した。

グラスはしばらく沈黙した。それから傾いたりよろめいたりしながらdへ進み、引返してつぎにiを指した。さてどうなるのだろう。みなは緊張のあまり息をのんだ。ドクトル陳富《チンフー》は、ホルガーは泥棒（Dieb）だったのじゃないか、とくすくす笑いながら心配した。シュテール夫人はヒステリックに笑いだしたが、グラスはそれには構わずに仕事を続け、よろめいたり、カタカタ鳴ったりしながら、cとhとへ滑り、tに触れ、それから誤って一字落したらしくrのところへいって、それでお終《しま》いになった。Dichtr（詩人）と綴《つづ》られたのであった。

これは、これは驚いた。ではホルガーは詩人（Dichter）だったのか。——すると、おまけとして、たぶん自慢したかったのだろう、グラスはわざわざもう一度傾いて跳ね、それを肯定した。——抒情詩人《じょじょうしじん》だったの、とクレーフェルトはきいたが、彼女が抒を「ちょ」と発音したのに気がついて、ハンス・カストルプは不愉快になった。……ホルガーはそういう分類をするのがおもしろくないらしく、返事をしなかった。彼はもう一度前にいった詩人（Dichter）という言葉をくり返し、こんどは前に落したeを入れてさっさと間違いなく判然と綴った。

結構、結構、それでは詩人なんですね。みんなは困惑しはじめた、——これは、自分たちの制御できない魂の無意識の部分がこういうふうに現われてきたことに対する困惑であったが、しかしその現われ方が、猫かぶりな半具象的な形を与えられているがために、かえって外的な現実的な方向をも取ることとなってしまったということに対する困惑であった。ホルガーが現在の状態を幸福に感じているのかどうか、みんなはそれを知りたがった。——グラスはあたかも夢みるがごとくに「悠々《ゆうゆう》」という言葉を綴った。あ、そう、「悠々」なのか。いや、たしかに、誰も自分ではこんな言葉は思いつかなかったろう。しかし、グラスがそう綴るところを見ると、なるほどこれは考えられぬことではないし、うまい言葉だと思った。——ところで、ホルガーはその悠々たる状態にもうどれくらいいるのだろうか。——こんども誰しも考えつきそうにない言葉が夢みるように綴られた。それは「永きひととき」というのであった。——これはいい！　あるいは「永くかかりそめに」といったようでもあったが、とにかく、この腹話術みたいないい方にはさながら天来の詩人が話しかける言葉のような趣があって、ハンス・カストルプはこれを名文句だと思った。「永きひととき」がホルガーの時間単位であった。これは当然であった。ホルガーが浮世の言葉や時間単位を扱うすべを忘れてしまっているのは当然であろうから、彼としてはああいう質問をする者は格言めかした言葉をもって片づけるほかなかったのであろう。——ホルガーからまだ何かききたいことはないだろうか？　レーヴィ嬢はホルガーがどんな様子をしているか、あるいは生前にどんな風采《ふうさい》であったか、それを知りたいという気持を白状した。彼は奇麗な若者だったろうか？——

自分でおききなさい、とそんなことを尋ねると自分の威厳に関《かか》わるとでも思ったのか、アルビン氏はそう命令した。そこでレーヴィ嬢は霊《スピリット》ホルガーに向って、あんた《ドゥ》と呼びかけ、彼はブロンドの巻毛をしているのではないか、と尋ねてみた。

「奇麗な鳶色《とびいろ》の、鳶色の巻毛」と、グラスは「鳶色の」という言葉をご丁寧に二度も綴って答えた。みなは喝采《かっさい》して一座は陽気になった。婦人たちはみなホルガーが好きになったわなどと、あけすけにいって、斜め上の天井のあたりへ投げキスを送った。ドクトル陳富《チンフー》はくすくす笑いながら、ミスター・ホルガーは相当自惚《うぬぼ》れが強そうだ、といった。

するとグラスはいきりたった。気が違ったように凄《すご》い勢いでテーブルの上を走りまわり、乱暴に揺れ動き、ひっくり返り、ついにはシュテール夫人の膝《ひざ》に転《ころ》がり落ちたので、シュテール夫人はたまげて真《ま》っ蒼《さお》になり、手をひろげたまま膝の上のグラスを見おろしていた。みなは恐るおそるそれを取って、しきりにお詫《わ》びをいいながらグラスをもとの場所に戻した。シナ人は叱《しか》られた。どうしてそんなばかなことをいうのか。

　そういうつまらないことをいうからこんなことになるのです、見てごらんなさい！ホルガーが怒って、いってしまって、もう一言も聞けなくなったら、どうするつもりです。みなは一所懸命にグラスをなだめた。恐れ入りますが何か詩を作っていただけないでしょうか。「永きひととき」の間空中に漂う身になる以前は、詩人だったそうですが。ああ、みなはどんなにあなたの詩を聞きたがっていることでしょう。みなは心から喜んで拝聴させていただきますからぜひひとつ御披露願います。

するとどうだろう、善良なグラスは一回テーブルを叩《たた》いて承諾した。実際その様子には何か気のいい、和解的なところさえ感じられた。さて、霊《スピリット》ホルガーは詩を作りはじめた。長々しくていねいに、しかもなんの淀《よど》みもなく、いつ果てるともなく作りつづけた。――まるでもう黙らせることはできないのではないかとさえ思われるほどであった。それはまったく驚き入るほど変った詩であった。ホルガーはいわば腹話術的に朗読したのであり、それをみなは感嘆しながら拾い読みしていった。それは魔法のような現実感を持った詩であって、内容の大部分をなしている海のように渺茫《びょうぼう》たる感じであった――そそり立つ砂丘の連なる島国、その大きく彎曲《わんきょく》した入江、細長い砂浜に沿うて流れる海の霧、おお、見よ、茫漠《ぼうばく》たる大海原はその死せるがごとき緑を湛《たた》えて永遠の彼方《かなた》へ消えなんとし、ヴェールのごとく霧の棚引《たなび》くなかに、夏の陽は暗い真紅と乳色の柔らかい光に包まれてたゆたいつつ沈んでいく。この白銀に輝く水の反射が、いつ、どんなふうに、ただ一色の真珠色の微光に変り、淡く多彩な乳光を発する月長石の名状しがたい輝きに移っていくか、これをたとえいうべきすべを知るひとはないであろう。……ああ、しかしこのひそやかな魔術は、現われたと同じようにひそかに消えていった。海は睡りに入った。しかし落日の淡い名残《なご》りはあの遠い彼方に漂っている。あたりは夜の更《ふ》けるまで暗くならない。薄白い鬼火が砂丘の松林の中に漂い、その白い砂地は雪のように見える。

冬の森とも思い紛《まご》う静寂の森の木の間を梟《ふくろう》が一羽重い羽搏《はばた》きを響かせつつ飛んでいく。このしばしがほどをこの森の中にたたずもう。踏む砂は柔らかく、夜は深く穏やかだ。足下では海がゆったりと深く息づき、夢みつつ静かに囁いている。君はもう一度海を見たいか。さらば青白い砂丘の氷河のような絶壁へいって、君の靴に冷たく流れこんでくる柔らかい砂を踏んで上りたまえ。粗《あら》い灌木《かんぼく》が生《お》い茂った陸地は急勾配《こうばい》に石多き渚《なぎさ》へと連なり、さだかならぬ彼方には、残照がなお薄白く漂っている。……しばしこの砂の上に腰をおろして憩《いこ》いたまえ。なんという冷たさであろう。小麦粉か絹のような柔らかさではないか。手に握る砂は指の間から青白い細い光のように流れ落ちて、傍《かたわら》の地面に愛らしい丘を形づくる。君はこの美しい砂の流れを知っているだろう。それは隠者の庵《いおり》を飾る厳粛な繊細な道具、あの砂時計の真ん中のくびれを通って音もなく糸のように流れ落ちる砂の姿である。庵の中には一巻の開いた書物、一個の髑髏《どくろ》、それから台の上には簡単な枠《わく》の中に嵌《は》めこまれた薄いふたつの中空のガラス管がある。その中には永遠の砂原から掬《すく》いとられた一握りの砂が入れられて、ひそかに、神聖な、不安を覚えさせるあのときの営みを続けている……。

このように霊ホルガーの「ちょ情的」即興詩は奇妙な思考の流れをなして、故郷の海を歌ってから、隠者とその瞑想《めいそう》生活の伴侶《はんりょ》たる砂時計にまで及び、さらに人間のことや神のことやおそろしくたくさんのことを歌いつづけたが、テーブルの周りにぐるりと集まったひとびとは、その夢のような大胆な言葉を綴りながら、えもいわれぬほど感嘆してしまった。グラスはせわしなくあちらからこちらへ、こちらからあちらへと、ジグザグに走りつづけて、いつ止るとも知れないふうであって、みんなは喝采をしてやる暇もないほどであった。一時間たっても詩作は一向に終る様子もなく、母親の苦しみ、愛し合う者の最初の接吻《せっぷん》、荊棘《いばら》の冠、父なる神の厳格な慈愛の心など、疲れも知らずに歌いつづけ、人間の営みの神秘に沈潜し、さまざまな時代や国や天体についての空想に没頭し、一度はカルデア人と十二宮のことにも触れたが、ほうっておいたら一晩じゅうでも歌いつづけたにちがいなかった。そこで交霊者たちはとうとう指をグラスから離して、ホルガーに恭々《うやうや》しく感謝の意を表し、今夜のところはこれくらいで結構です、といった。まったく思いがけなかったほどおみごとな詩であったが、ただまことに残念なことに誰も書き手がいなかったので、いまの詩も間違いなく忘れられてしまいそうだし、実は悲しいかな、夢を憶《おぼ》えておくのが困難であるのと同じで、残念ながらもう大部分は忘れてしまっている。このつぎのときには予め筆記者を決めておいて、紙に書き取り、まとめて読めばどんなにすばらしい詩になるかを試してみたいと思うが、しかしきょうのところはもう結構です。そして、ふたたび「永きひととき」の悠々たる状態に還《かえ》られる前に、一座の者たちの二、三具体的な質問にお答えくださるなら幸甚《こうじん》至極であるが——まだどんな質問をいたしたらいいか決めていないが、とにかくお尋ねしたときには、特別のご好意でそれにご返事してくださるだろうか。

「よろしい」という返事であった。しかし何をきいたらいいかということになると、みんなはとほうに暮れた。ちょうど仙女《せんにょ》か侏儒《こびと》に何かひとつだけ質問することを許されたのに、大事なときにきくことが見つからなくなってせっかくのチャンスをむだにしてしまいそうになるというお伽噺《とぎばなし》のようであった。現在のことや未来のことできいたいことはたくさんあるようであり、それでいて、その中からひとつを選ぶのはたいへんであった。誰も決心がつきかねているようだったので、ハンス・カストルプは指をグラスに当て、左の頬《ほお》を握り拳《こぶし》でささえながらいった——自分はもともと三週間の予定でここの上へやってきたのだが、今後滞在の期間はどれくらいに延びるであろうか、これをお尋ねしたい。

よかろう、これより気の利《き》いた質問が考えだせないというのなら、霊ホルガーはそのふんだんな知識によってこの唯一《ゆいいつ》最上の質問に答えてくれるだろう。ちょっとためらったのち、グラスは動きはじめた。しかしグラスはまったく奇妙な動きを見せて、質問とはまったく関係がないとしか思えない文字を綴《つづ》ったので、みなはそれをどう解すべきか、皆目見当がつかなかった。はじめグラスは「ゆけ」と動き、それから「斜めに」という言葉を拾いだしたが、これではなんのことかさっぱりわからない。さて、それからグラスはハンス・カストルプの部屋というようなことを示したらしかった。したがってこの短い指示をまとめると、質問者は「自分の部屋を斜めにゆけ」ということになる。——自分の部屋を斜めに？　三十四号室を斜めにゆけというのか？　それはまたどういうことなのだろう？　みなは坐《すわ》って相談し合い、首をひねっていたが、不意にドアを拳で強く叩《たた》く音がした。

みなは血が凍る思いがした。誰かが不意打ちを食わせたのだろうか？　ドクトル・クロコフスキーが厳禁の交霊会をやめさせようとしてやってきたのであろうか。みなはとほうに暮れてドアの方を見つめ、だしぬかれた代診が入ってくるのを予期した。するとこんどはテーブルの上でふたたび誰かが拳骨《げんこつ》で力いっぱいドカンと叩く音がした。いわばさっきの音も部屋の外からでなく部屋の中からであったのを思い知らせるかのようであった。

アルビン氏のくだらぬ冗談にちがいない。——彼は誓って自分の仕業《しわざ》ではないと断言した。むろん彼がそういうまでもなく、みなは仲間の中の誰かがやったのではないことは十分承知していた。それではホルガーがやったのか。みなは期せずしてエリーの方を見た。その際《きわ》だってもの静かな様子が変に感じられたのである。彼女は手首を下げて指先でテーブルの端を押え、椅子《いす》に背をもたせかけ、首を横にかしげ、眉《まゆ》を引上げ、小さな口もとをさらに小さくして、やや引下げ、どこか神秘的な、しかも無邪気な微笑をほんのかすかに浮べながら、青い子供のような眼で見るともなしに斜め上の中空をじっと見つめていた。みなは彼女に呼びかけたが、彼女は一向に気がついたようなふうはなかった。その瞬間、サイド・テーブルの電気スタンドが消えた。

消えた？　シュテール夫人はもう我慢がならなくなって、ひいとかきゃあとか悲鳴をあげた。彼女はスイッチをひねる音を聞いたのではなくて、電灯は自然に消えたのではなくて、「誰かの手」によって消されたのであった。もっとも、この「誰かの手」を「誰か他の人の手」といえばなかなか含みがあるのだが。ではそれはホルガーの手であったろうか？　彼はいままでは実に優しくて、行儀よく、詩人らしかったが、そろそろ本性を発揮して子供じみた悪戯《いたずら》や悪ふざけをやりはじめたのである。ドアやテーブルを拳固で叩いたり、ふざけて電気を消したりするような手なら、こんどは誰かの咽喉《のど》を絞めないとも限らないではないか。彼らは真《ま》っ暗闇《くらやみ》の中でマッチだ、懐中電灯だと叫んだ。不意にレーヴィが金切り声をあげた。額の髪を引っぱられたというのである。恐怖のあまりシュテール夫人は恥も外聞もなく、大声で神様にお祈りをはじめた。「ああ神様、せめてこんどだけは」と叫び、このように地獄を試みるような大それたことをいたしましたが、どうかご慈悲でお見のがしください、と啜《すす》りあげた。いちばん冷静だったのはドクトル陳富《チンフー》であったらしく、天井の電気のスイッチをつけるのに気がついた。たちまち部屋は明るくなった。みんながサイド・テーブルの電気スタンドはたしかに偶然に消えたのではなく、スイッチをひねられたのだということを確かめたり、したがって見えない手によってなされた操作を人間の手がもう一度くり返してやりさえすれば、ふたたび明るくできるものなのだということを試してみたりしている間に、ハンス・カストルプはひとりひそかに驚くべき発見をした。それは今夜ここに子供っぽい示威行動にでた無意識界の勢力が彼に特別な関心を寄せているとも考えさせるような意外な出来事であった。彼の膝《ひざ》の上に何か軽いものが載っていたのである。それはかつて彼の叔父が甥《おい》の簞《たん》笥《す》の上から手に取ってみて驚いたあの「形見《スーヴニール》」、クラウディア・ショーシャの内面を写し取ったガラスの透明陽画であったが、ハンス・カストルプはそれをこの部屋に持ってきた覚えは全然なかった。

彼は、こういうものが現われたなどといって人騒がせはしないで、こっそりそれをしまいこんだ。みなはエレン・ブラントのほうにばかり気を取られていた。彼女はまださっき述べたような姿勢で空《うつ》ろな眼をし、変に気どったような表情で椅子に腰かけていた。アルビン氏が彼女に息を吹きかけて、ドクトル・クロコフスキーの真似《まね》をして、彼女の眼の前で煽《あお》ぎあげるような手つきをすると、彼女はやがて少し気を取戻して――なぜかわからないが――少し泣いた。みなは彼女を撫《な》でたり、額に接吻《せっぷん》してやったりして、寝にいかせた。少し足りないシュテール夫人は、こわくて今夜はとても独《ひと》りでは寝られないというので、レーヴィ嬢は今夜は夫人の部屋でいっしょにすごしてあげてもいいといった。ハンス・カストルプは何者かの手による持参の品物を胸に納めて、他の男性諸氏といっしょにアルビン氏の部屋にいき、コニャックを飲んで、今夜のこの変な結果になった会をおしまいにすることに賛成した。彼は今夜のような出来事は魂や精神にはそれほどでもないが、胃の神経にこたえるような気がしたからであった。――しかもそれはなかなかおさまらなくて、ちょうど船酔いした者が上陸してからも何時間もふらふらして吐き気を感じるのと同じような感じであった。

さしあたり彼の好奇心は充《み》たされた。ホルガーの詩はその場ではそう悪くないように思われたが、予期していたとおり、全体の感じが内面的にひどく侘《わび》しく低俗なのはいかんともなしがたかったから、彼は業火《ごうか》の火の粉をわずかにかぶったのを機会に、今後こういう実験の仲間入りはやめようと決心した。ハンス・カストルプからこの話を聞いたセテムブリーニ氏は、予想どおり青年の決心を極力支持した。「そこまでは」と彼は叫んだ。「まさかそこまではと思っていましたが。ああ、なんと情けない」そして彼は少女エリーを悪賢いまやかし者だとあっさり片づけてしまった。

弟子はそれに賛成も反対もしなかった。彼は肩をすくめながらいった。現実とは何かということは、どこからどこまでも明瞭《めいりよう》に説明できるというわけのものではないだろうし、したがってまやかしについてもそれと同様であろう。たぶん現実とまやかしと、このふたつのものの境界は曖昧《あいまい》であろう。ふたつの間には中間的な移行部分があるだろう。すなわち言語も価値づけもない自然界には現実性の程度にいくつもの段階があるのであって、そもそも道徳的な感じが強く伴っている、現実かまやかしかといった断定を拒むもののように思われる。セテムブリーニさんが「まやかし」なる言葉をどうお考えになっているかは知らないが、とにかくこの概念には夢と現実のふたつの要素が混在していて、自然にとっては、夢と現実のこの混合なるものは、われわれの粗雑な常識的な考え方にとってほど異様なものではないのではないだろうか。生命の神秘は文字どおり底の知れないものだから、その生命からときに「まやかし」めいた現象が出現したとしても別に不思議ではあるまい——といったふうに私たちの主人公は、愛想のいい、妥協的な、まったくとりとめのない例の調子で話した。

　セテムブリーニ氏は適当に弟子の頭を冷やし、実際その瞬間だけでもその良心を呼びさまし、今後ああいう怪しげな遊びには二度と仲間入りをしない、という約束のようなことまでさせた。「あなたは」と彼は促した。「ご自分の中の人間性をもっと尊重することです、エンジニア。明快な人間らしい思想を信頼なさって、気違いじみた妄想《もうそう》や精神の泥沼を嫌悪《けんお》なさってください。まやかし？　生命の神秘？　ねえ、親友（caro mio!）断定し区別する道徳的勇気、まやかしと現実とを見分ける道徳的勇気が挫《くじ》けると、生活全体がだめになり、判断、価値、革新的努力がすべて失われ、道徳的懐疑の壊敗作用が進行して恐るべき結果を招くのです」彼はさらに、人間は万物の尺度であるとか、善悪真偽を識別する人間の権利は絶対に手離せないものである、かかる創造的権利に対する信仰をぐらつかせんと企《たくら》む者に禍《わざわ》いあれ！　そのような人間は首に石臼《いしうす》をつけて、深き井戸に沈められたほうがいいなどといった。*

ハンス・カストルプはうなずいて、実際当分の間この実験には参加しなかった。彼はドクトル・クロコフスキーがその地下の分析室でエレン・ブラントを相手に実験を行い、またその際に客たちの中から選ばれたひとびとがそれに参加しているということを聞いていた。しかし彼はそれに加わることはあっさり断わってしまった。——むろん、その実験の結果については、参会したひとびとやドクトル・クロコフスキー自身の口から聞いて知っていないでもなかった。クレーフェルトの部屋で乱暴に思いがけなく起ったと同じような一種の暴力ともいうべき現象、すなわちテーブルや壁を叩《たた》いたり、電気スタンドのスイッチをひねるとか、その他もっと複雑な現象が、この会合のときには、仲間《カメラート》クロコフスキーが型どおりに少女エリーに催眠術を施し夢幻的状態に移したうえで、組織的に、かつできるだけ不純な要素を排除しておいて、実験された。音楽の伴奏があると実験がスムーズにいくことがわかったので、会のある晩には蓄音機はその位置を変え、魔術に参加するひとたちの専用となった。その晩に器械を扱うボヘミア人ヴェンツェルは音楽がわかる男で、器械を乱暴に扱ったり、傷《いた》めたりするおそれはまずなかったので、ハンス・カストルプは多少心配であったが、まず安心して器械をまかせておくことができた。彼はこの特殊な用途に適したレコードを選んで一冊のアルバムを作り、これを会に提供した。彼はその中にいろいろの軽い曲、ダンス曲、小さい序曲、その他調子のよい小曲ばかりを集めておいたのだが、エリーは別に高尚な音楽を必要としなかったから、それで結構間に合った。

さて、ハンス・カストルプが聞いたところでは、こういう音楽の伴奏につれて、ハンカチがひとりでに、というよりむしろその折り目のところに隠れている「爪《つめ》」に引きずられて、床から宙に浮んだり、ドクトルの紙屑籠《かみくずかご》がふわふわと天井に舞いあがったり、柱時計の振子が「誰でもないあるひと」によって暫時《ざんじ》止められたり、ふたたび動かされたり、テーブルの呼鈴が「取上げられて」鳴らされたり、こういった心の滅入《めい》るような、つまらぬことが次ぎつぎに起ったのであった。学識ある実験指導者クロコフスキーはこれらの成果をものものしい学術的なギリシア語の名称で呼んで得意そうであった。これは、と彼は講演や内輪の談話の中で説明した、「テレキネーゼ」現象、すなわち、隔動現象という心霊現象の一種の遠距離作用である。ドクトルはこの現象を、科学が「物質化」と呼ぶ現象のひとつに分類したが、エレン・ブラントの実験において、彼が意図するところは実はこの「物質化」現象の研究にほかならなかったのである。

彼の言葉によると、これは潜在意識的観念複合体《コムプレックス》が物質的なるものへ投影される生物心理学的現象であり、その根源をなすものは、いわゆる霊媒の体質、催眠状態と見るべきである。すなわち、この現象において自然の観念形象化の能力、つまり、観念が物質を惹《ひ》き寄せ、その物質において一時的に観念が物質的実在性を帯びるという、ある一定の条件の下において観念が獲得する能力が実証せられるかぎり、この現象を客観化された潜在観念ということができる。この物質は霊媒のからだから放出されて、その外部で、生物学的に生動する末端器官、たとえば物を把握《はあく》する四肢、手などを一時的に形成し、これがドクトル・クロコフスキーの実験室で見られたような、あの度胆《どぎも》を抜くようでいて実はくだらない奇蹟《きせき》を行うのである。この四肢は、場合によっては眼に見えたり、手で触れられたりすることもあるし、パラフィンや石膏《せっこう》によって形を取ることもできる。さらにときによっては、こういう四肢の形成にとどまらず、頭や、特定の個人の顔や、全身の幻像などが、実験者の眼前に現われて、実験者とある程度の交渉を行うことさえある、――このあたりからドクトル・クロコフスキーの説は飛躍して、横道にそれはじめ、「愛」についての講演に見られたのと同様な曖昧模糊《あいまいもこ》たるいかがわしい様相を帯びてくる。というのは、これまでは霊媒やその受動的な協力者の主観が現実に反映するのだということは、疑いの余地がなく、学問的に取扱えたのであるが、もはやここではそうはいかなくなってくる。つまり、ここからは全部とはいわないまでも少なくとも半々ぐらいには、自己の外部にある我、あの世の我なるものが作用するようになるのである。――それはむろんそうであるかもしれないという仮定の程度であって、はっきり認識された事実ではないのだが、とにかく、生命を持たないある存在、一瞬の複雑な不可思議なチャンスを利用してふたたび物質の形へ還《かえ》ってきて、自分を呼んでいるひとびとに姿を見せるというある存在が、そこでは問題になってくるのである。――要するに、交霊術によって死者を呼びだすということがそれである。

最近、仲間《カメラート》クロコフスキーがその腹心の一味と協力して追求していたのはこういう現象であった。逞《たくま》しく快活な微笑を浮べ、明朗に信頼してくれと促すような様子で、このずんぐり肥《ふと》った学者は実験を指導していた。彼自身はいまここで問題になっている泥沼のように疑わしい潜在的人間現象に精通しており、この方面に対して気おくれを感じたり疑惑をいだいたりする者にとっては優《すぐ》れた指導者でもあった。彼はエレン・ブラントの並はずれた能力をさらに発達させ訓練することに努めていて、ハンス・カストルプが聞いたところによると、彼女のこの並はずれた天分のおかげで実験は成功しかけているらしかった。参会者の中の二、三人がいわゆる「物質化」した手に触れられるという現象が起った。パラヴァント検事はあの世から横面《よこつら》をいやというほどひっぱたかれたそうであった。――検事は紳士で、法律家で、学生決闘団体の先輩であったから、そういう体面上、この世の者からそういう侮辱を蒙《こうむ》ったら、とてもただですますことはできなかったであろうに、このときは学者らしく笑ってすませたばかりか、もっと殴《なぐ》ってもらいたくて、もう一方の頰《ほお》をさしだしたのであった。高尚な問題にはすべて縁がない単純な忍従者A・K・フェルゲは、ある晩、あの世の手を自分の手に握ってみて、触感によってその手の形がまともで完全なものだということを確かめたが、その手は、礼儀を失しない程度に熱烈に握りしめている彼の手から、なんともはっきりいい現わしがたいふうにすり脱けてしまったそうであった。この会合はかなりの期間、おそらくは二カ月半ぐらい毎週二回続けられたが、ある晩ついに、赤い紙で包まれた電気スタンドの光を薄赤く受けて、あの世からの手が、——おそらくは青年の手と思われるが——テーブルの上方に指を動かしながらみんなの眼前に現われ、粉を入れた陶器の皿にその形を残していった。ところがその一週間後に、ドクトル・クロコフスキーの協力者の面々、つまり、アルビン氏、シュテール夫人、マグヌス夫妻が、真夜中になって、興奮のあまりに顔をひきつらせ、熱に浮かされたような陶酔の色を浮べて、ハンス・カストルプのバルコニーに現われ、膚を刺す寒夜《さむよ》の薄暗がりにうとうとしていた青年に、われ先にと、エリーの友達のホルガーがついに姿を現わしたと告げた。催眠術にかかっているエリーの肩のところに彼の頭が現われたのだが、たしかに「美しい、鳶色《とびいろ》の、鳶色の巻毛」の持主であって、忘れがたいほど優しく悲しげに笑って消えた、ということであった。

ハンス・カストルプは考えた、ホルガーの上品なメランコリーは、先夜のもうひとつの振舞い、つまらない子供じみた悪戯《いたずら》や幼稚な茶目、たとえば検事がちょうだいした全然メランコリックではない一撃のごとき酔狂といったいどう調和するのだろうか。こんな場合首尾一貫した性格を期待するのは明らかに無理である。おそらくはホルガーの気持には、あの歌にでてくる傴僂《せむし》の小男「永遠のユダヤ人」アハスヴェールスの気持に似た、憂《うれ》い多くして憐憫《れんびん》を求めるあまりの意地悪さのようなものがあったのであろう。ホルガーの讃美《さんび》者《しゃ》たちは、そんなことは少しも考えてみないらしかった。彼らが躍起になって考えていたことは、ハンス・カストルプを説得してその引っこみ思案をやめさせ、会に出る気にならせることであった。とにかく、こんどこそぜひおいでなさい、何もかもまったくおもしろくなってきたから。今夜眠っているエリーが、このつぎはみなさんのお好みにまかせて誰かある死者を呼びだしてあげようと約束したんですからね。

お好みにまかせて誰でも？　ハンス・カストルプはそれでも我慢して断わった。しかし、誰かある死者というこの言葉がどうしても忘れられないで、三日たたないうちに彼は決心を翻《ひるがえ》してしまった。正確にいえば、そう決心するのに三日間もかかったわけではなく、たった二、三分しかかからなかったのである。彼の気が変ったのは、孤独な夜の音楽室で、またもやあのヴァーレンティーンの非常に印象的な人柄を偲《しの》ばせるレコードに聞き入っていたときであった。——彼が椅子《いす》にもたれて、光栄の戦場へと勇躍出征する勇士ヴァーレンティーンの祈りに耳を傾けていたときのことであった。彼は歌った。

「もし神われを召したまわば
われ空より汝《なんじ》を見守らん
おお、マルガレーテよ！」

するとハンス・カストルプの胸の内に大きな感動が湧《わ》いた。いつもこの歌を聞くとそうであったが、こんどはある希望がかなえられるかもしれないという考えに勇気づけられ、感動は憧憬《どうけい》にさえ変った。彼は考えた。「無意味であろうと罪であろうと、とにかくこれはまったく不思議な、なかなか味のある冒険にちがいあるまい。たとい彼を巻きこむことになったとしても、それで悪く思うような彼ではないはずだ」と彼は考えた。そしてハンス・カストルプは、かつてレントゲン室で不謹慎にもいとこに、君の秘密を覗《のぞ》きこんでいいか、と許しを求めたときに、頭の上の暗闇《くらやみ》の中で無頓着《むとんじゃく》に寛大に「いいとも、いいとも」と答えたいとこの言葉を思いだした。

翌朝彼は、その晩に行われる会に参加する旨《むね》を通告し、夕食後三十分たってから、無気味な世界の常連の客たちが、屈託もなしにおしゃべりしながら地下室へおりていくのに同行した。階段やドクトル・クロコフスキーの部屋で顔を合わせたひとびとは、ここの上に根を生《は》やした古顔か、ドクトル陳富《チンフー》やボヘミア人ヴェンツェルのような、すでにここの住人になりきってしまったひとびとであった。すなわち、フェルゲ氏、ヴェーザル氏、検事、レーヴィ嬢、クレーフェルト嬢などであり、ホルガーの頭の出現を報告にきたひとびとや霊媒エリー・ブラントはむろんのことであった。

この北国の少女エリーは、ハンス・カストルプが名刺を貼《は》ったドアを入ってみると、もうドクトルの保護の手のもとにあった。クロコフスキーは例の黒い診察着を着ていかにも父親のような様子で彼女の肩を抱いていたが、少女はこれと並んで、地下室の床から代診の部屋へおりている石段の下に客たちを待っていて、代診といっしょに挨拶《あいさつ》した。誰もがその挨拶に明るく屈託のない親しい調子で答えた。重苦しい気づまりな気分を楽にしたいという心づかいが誰にも感じとれた。みなは口々に大声で冗談をいい、おだやかに脇腹《わきばら》をつつきあって悪戯《ふざけ》たりして、いろんな形で平気をよそおっていた。ドクトル・クロコフスキーはひげの間から黄色い歯をのぞかせ、たえず例の信頼を促すような逞《たく》しい微笑を浮べながら、「ごギゲンよう！」をくり返していたが、黙りがちに思い迷った顔つきをしたハンス・カストルプにはとくに力をこめてそういった。彼は青年の手を痛いほど握りしめ、反《そ》りかえるように頭を斜めうしろに振り動かしたが、それは「元気をだしなさい、親友」とでもいっているようであった。「なんでそうしょげこんでいるのです。ここでは偽善者ぶったり信心家ぶったりする必要は少しもない。ただ偏見なく探究する男性的な明朗さがあるのみです」とでもいっているようであった。身ぶりでそんなふうに話しかけられても、彼は一向に気分が明るくならなかった。私たちは彼が参会の決心をしたときに、あのレントゲン室の出来事を思いだした次第を述べたが、この連想だけでは彼のいまの心の状態を決して十分に示したことにはならない。それはむしろ、彼が何年か前に一杯ひっかけた揚句《あげく》、友達といっしょにはじめてハムブルクのザンクト・パウリの女郎屋にでかけようとしたときの、あの陽気と興奮と好奇心と嫌悪《けんお》と軽蔑《けいべつ》と敬虔《けいけん》との入りまじった、なんともたとえようのない忘れがたい気持をまざまざと彼に思いださせた。

さて、顔が揃《そろ》ったので、ドクトル・クロコフスキーは今夜の助手に指名されたマグヌス夫人と象牙色《ぞうげいろ》のレーヴィ嬢とを従えて、霊媒のからだの調子を整えるためにつぎの部屋に退いたが、その間ハンス・カストルプは残った九人の仲間とともに、ドクトルの書斎兼診察室で、規則的にくり返し行われているのに何回も失敗に終るらしいこの精密な科学的準備が終るのを待った。この部屋は、彼が一昔前に、ヨーアヒムには内緒でこの分析家とある種のおしゃべりをしたことがあるので、勝手はよくわかっていた。そこには左奥の窓のところに事務机が肘掛《ひじかけ》椅子や客用の安楽椅子と並べて置いてあり、脇のドアの両側には必要な書籍を並べた本棚《ほんだな》があり、右手の奥には折畳みの屏風《びょうぶ》で事務机の一画から仕切って、蠟引《ろうび》き布の長椅子が斜めに置かれ、その隅《すみ》には医療器械を入れたガラス戸棚が、他の隅にはヒポクラテスの胸像が置かれ、右の側壁のガス煖炉《だんろ》の上にレンブラントの「解剖」の銅版画がかかっていて、ありふれた、他の医者の応接室と別に変ったところはなかったが、今夜は特別の目的のために、二、三模様変えがしてあった。普通は中央のシャンデリアの真下に、ほとんど床の全部を覆《おお》っている赤い絨毯《じゅうたん》の上に据えられているマホガニーの円いテーブルは、前方の左寄りの石膏の胸像が立っているあたりに寄せられていて、部屋の真ん中からずれた、乾《かわ》いた熱気を発しながら燃えている煖炉に片寄ったところに、小さな何か薄い卓布をのせた小卓が置かれ、その上に赤い覆いをした電気スタンドがのせてあり、さらにその上方に、天井からもうひとつの同様に赤い布の上を黒の紗《しや》で包んだ電球が下がっていた。小卓の上とその横に例の悪名高い品物が置かれていた。それは卓上呼鈴、というか、構造の違うふたつのベル、つまり、ひとつは手に持って振るもの、ひとつは上から押して鳴らすものであり、さらに粉の入った皿と紙屑籠《かみくずかご》とであった。いろいろ形の異なった一ダースばかりの腰掛や安楽椅子が、この小卓を半円形に囲んでいて、その一方の端は長椅子の脚の近くに連なり、他の端はほぼ部屋の真ん中、天井のシャンデリアの下にまで及んでいた。そしてこの端の方の椅子に近く、脇のドアまでの中ほどのところに、蓄音機が置かれていた。軽い曲目のレコードのアルバムは、そばの椅子の上に置いてあった。部屋の模様はこんなふうであった。赤い電灯はまだつけてなくて、天井のシャンデリアが昼を欺《あざむ》く光を放っていた。事務机が横向きに置いてあるすぐ上方の窓には、黒っぽい色のカーテンが垂れ、その上にさらにレースのように孔《あな》の多いクリーム色のいわゆるストールが下がっていた。

十分もすると、ドクトルは三人の婦人と隣の小部屋から出てきた。エリー少女の服装はさっきとは違っていた。彼女は自分の服を着ていないで、白いクレープの寝間着《ネグリジェ》のような一種の交霊会用の衣裳《いしよう》のようなものを着て、腰を紐《ひも》のような帯で締め、ほっそりした腕をむきだしにしていた。そのいかにも乙女《おとめ》らしい胸の線が柔らかに、くっきりと現われているところを見ると、この衣服の下にはほとんど何もつけていないらしかった。

　みなは陽気な調子で彼女を迎えた。「やあ、エリー！　すばらしい様子だね。まるで仙女みたいだ！　うまく頼むよ、可愛《かわい》い天使」彼女はこの衣裳が自分に似合うのを知っているらしく、みなにそう呼びかけられて微笑した。「予備コントロールはネガティヴ」と、ドクトル・クロコフスキーは断定した。「ではじめます、諸君」と、彼は舌音のｒを一回弾《はじ》いただけでいかにも外国人らしく発音しながらいった。ハンス・カストルプはこの呼び掛けにぞっとするのを覚えたが、掛声をかけたり、おしゃべりしたり、肩を叩《たた》き合ったりしながらみなが半円を描いた椅子に席を占めはじめるので、急いでどこかに席を捜そうとしていると、ドクトルはこんどはとくに彼に向って話しかけた。

「友人《フライント》（彼は友人《フロイント》をフライントと発音した）」と彼はいった。「あなたは今夜はいわば客人ないしは新入会員としてわれわれのところにおいでになったのですから、今晩はとくに敬意を払って大事な役目をお願いいたしましょう。あなたには霊媒の監督をお願いします。それはこういうふうにやるわけです」そして彼は青年に、長椅子と屏風《びょうぶ》の隣り合っている、半円形に並んだ椅子の末端にきてもらった。そこにはエリーが、頭を部屋の中の方よりは、階段の下にある入口のドアの方へ向けて、ありふれた籐椅子《とういす》に腰をかけていた。ドクトルは少女と触れ合うくらい近くに向い合って同じような籐椅子に坐《すわ》り、彼女の両手をとって相手の両膝《りょうひざ》を自分の膝で挟《はさ》むようにして見せた。「こういうふうにしてください」と彼は命じてハンス・カストルプと代った。「これで押えが完璧《かんぺき》だということがおわかりでしょう。必要はないでしょうが、助手をつけてあげましょう。クレーフェルトさん、お願いできますか？」こう慇懃《いんぎん》に外国人らしい言葉つきで命令されたクレーフェルトは、ハンス・カストルプといっしょにエリーの弱々しい手首を両手でしっかりと握った。

ハンス・カストルプはこの自分がしっかり摑《つか》まえている清浄無垢《むく》の不思議な娘と顔をつき合せているので、どうしても相手の顔を見ないわけにはいかなかった。ふたりの眼と眼が合うと、エリーは恥ずかしそうに眼をそらせたり伏せたりしたが、それはその場の状況からいって当然であった。彼女は先日のグラスの実験のときのように、首をかしげて軽く唇《くちびる》を尖《とが》らせ、少し気どって微笑した。彼女の監督係のほうは、このひそかに内心をごまかすような表情を見て、他のこれとは別のもうずっと昔起ったあることを思いだした。彼がかつてヨーアヒムやカーレン・カールシュテットといっしょに「村」の墓地のまだ空《あ》いている地面の前に立ったとき、カーレンがいまのエリーとそっくり同じような微笑を浮べたことが思いだされたのである。……

みなは半円形に並んだ椅子に腰かけた。そこに着席しているのは十三人で、ボヘミア人ヴェンツェルはその中に加わらずに、例のごとく蓄音機「ポリュヒュムニア」の世話をするために、からだを空けておいて、蓄音機の仕度《したく》を終えると、部屋の真ん中に向って並んでいるひとびとのうしろに、蓄音機をわきにして足台に腰をおろした。彼はそばに自分のギターも用意していた。ドクトル・クロコフスキーはまず二個の赤い電灯を点じ、次いで天井のシャンデリアを消してから、その下に半円を描いて坐っているひとびとの反対側の端、つまりシャンデリアの下にいって腰をおろした。室内には穏やかな赤い薄闇が拡《ひろ》がり、離れたあたりや隅の方は何も見えなくなってしまった。小卓の上とその周辺だけがぼんやりと薄赤く照らしだされているだけであった。はじめの数分間は隣の者の顔すら見分けることができなかった。少しずつ目が闇に慣れてきて、煖炉にちょろちょろ燃える火によっていくぶん明るさを増した赤い薄明りの中で目が利《き》くようになってきた。

ドクトルは配光について二、三述べ、それが科学的に完全ではない点について弁明した。それは気分を醸《かも》しだしたり、神秘めかした雰囲気を作りだしたりするという意味のものではない。残念ながらこれ以上明るくすることは実はいまのところはどうしてもできかねる。いまここに実験しようとする問題の霊力は、その性質上、白色光線の中では発現し活動しえないのである。これはさしあたり、了解していただかねばならない、と彼はいった。――ハンス・カストルプに異存はなかった。暗いのはその場の異様な雰囲気を和らげて、むしろありがたいくらいのものであった。それに彼はこの薄暗がりの弁明を聞いて、自分がかつてレントゲン室の同じ暗がりで、何かを「見る」前に、神妙に気持を落着かせて、昼の光を眼から洗い落したのを思いだした。ドクトル・クロコフスキーは、明らかにとくにハンス・カストルプに注意する口調で、前口上を続けた。霊媒はもう医者の手で催眠させなくてもいい状態になっている。監督する者もすぐ気がつくだろうが、霊媒は自然に夢遊状態に陥るのだが、そうなれば、霊媒の守護神である例のホルガーが彼女の口を通して話しをするから、何か願い事があるひとはホルガー自身に――彼女にではなく――注文しなければならない。それに、これから起る現象に対して、無理に気持や考えを集中させねばならないと考えるのは間違いであって、実験がうまくいかなくなるおそれがある。むしろおしゃべりして注意を散漫にしておくほうが望ましい。ハンス・カストルプはとくに霊媒の手と膝とをしっかり摑まえておくように注意していただきたい。

「みんな手をつないで」と彼は最後にいった。みなは暗闇の中で隣の者の手がなかなか見つからなくて笑い合いながら命令に従った。ドクトル陳富《チンフー》はヘルミーネ・クレーフェルトの隣に坐っていて、その右手を彼女の肩に置き、左手を彼に続くヴェーザルの方へさしだした。ドクトルの隣にはマグヌス夫妻がおり、そのつぎにA・K・フェルゲが坐っていて、ハンス・カストルプの見当違いでないとすれば、自分の右側にいる象牙色のレーヴィの手を握っている――といった具合に順々に並んでいた。「音楽」とドクトル・クロコフスキーが命令した。するとドクトルやそのあたりのひとびととの背後に待機していたチェッコ人がレコードを回しはじめて、針を当てた。オーストリアの作曲家ミレッカーの序曲の最初の節が流れてくると、クロコフスキーは「雑談」とふたたび命令を下した。みんなは従順に身を起して一斉に会話をはじめた。それはまるでつまらぬ話で、そこではこの冬の雪の模様について、向うではさっきの食事について、あそこでは到着した患者のこと、正式の、及び独断の退院のことなどが話し合われ、会話は音楽にほとんど消されたり、やんだり、ふたたびはじめられたりしながら意識的に続けられた。こうして数分たった。

レコードがまだ終らないうちに、エリーは烈《はげ》しく身悶《みもだ》えた。戦慄《せんりつ》が彼女の総身を走ると、彼女は溜息《ためいき》をつき、上半身が前に傾き、額がハンス・カストルプの額に触れた。同時に彼女の腕は監督者の腕といっしょに奇妙なポンプを動かすような前後運動をはじめた。

「夢遊状態《トラーンス》」と慣れたクレーフェルトが報告した。音楽がやんだ。話も中止された。緊張した沈黙の中で、ドクトルの柔らかい緩慢なバリトンが質問するのが聞えた。

「ホルガーは現われましたか」

エリーはふたたび震えだし、彼女の上体は椅子の上で揺れた。それからハンス・カストルプは彼女が両手できゅっと自分の手を握りしめるのを感じた。

「彼女はぼくの手を握りしめました」と彼は報告した。「彼がです」とドクトルは訂正した。「彼があなたの手を握りしめたのです。つまり、彼が現われたのです。――ゴギゲンよう、ホルガー君」と彼は感激した口調でいいつづけた。「よくきてくれましたね。では思いだしていただきましょう。君がこの前ここにきたときに、兄弟か姉妹か、そのいずれをも問わず、死んだ者を誰でも呼び寄せて、それを指名したこの世のわれわれの仲間に見せてくれると約束しましたね。きょうその約束をはたしてくれますか。はたすことができそうですか」

ふたたびエリーは戦慄した。彼女は溜息をつき、返事をためらった。彼女はゆっくりと自分の手を向い合った青年の手ごと額へ持っていき、しばらくそのままにしていた。それから彼女はハンス・カストルプの耳もとに唇を寄せて、熱っぽく「ええ」と囁《ささや》いた。

このように熱い息とともに耳もとにじかに「ええ」と囁きかけられて、私たちの友人は肌《はだ》に粟《あわ》を生じた。一般にこれは「鳥肌」といわれているもので、いつであったか顧問官がこの現象の性質について説明して聞かせたことがあった。私たちが、肌に粟を生じたといったのは、純然たる肉体的現象を心的現象と区別するためなのである。なぜなら、この場合は恐怖のあまり鳥肌になったわけではなかったのである。このとき彼が心の中で考えていたことは、「いやはや、たいへんなことを引受けるお嬢さんだ」というくらいのことであったが、同時にまたある感動を、いや興奮を覚えた。それは、手を握っている若い女が耳もとで「ええ」と囁いたという、奇妙なちょっと勘違いしそうな状況によって惹《ひ》き起された、感動と興奮の入りまじったような狼狽《ろうばい》した気持であった。

「彼は『ええ』といいました」と彼は報告して、ひとりで赤くなった。

「よろしい、ホルガー」とドクトル・クロコフスキーはいった。「われわれは君の言葉を信じよう。たしかに約束をはたしてくれるものと信頼しましょう。さて、私たちが呼び寄せたいと願う懐《なつ》かしい故人の名前をさっそく申しあげることにしましょう。仲間《カメラート》の皆さん」と彼は一座の方に向っていった。「遠慮なく申しでてください。誰か呼んでもらいたいひとはありませんか。われわれの友人ホルガーに誰を呼び寄せてもらいましょうか」

みなは黙ったままであった。みなは誰かがいいだすのを待っていた。各人ともに内心ではこの数日間には自分なら何に、誰にしよう、というふうに考えていたことであろう。しかしいざとなると、死者の帰還、すなわち死者の再現を望むということが許されるかどうかは、ややこしい危惧《きぐ》の念を感じさせずにはおかない問題である。したがって、率直にいえば、実はこのような望みは誰も持っていなかったし、それを望むのは間違いでもあるのである。よく考えてみると、そんなことを望むのは、死者の生還というそのこと自身と同じように不可能なのである。死者の帰還ということがいったんは不可能でなくなったとしても、結局はこの現象が本来そうあるべきように、不可能であることがわかるのである。私たちが死者に対して感ずる悲しみというものは、死者をこの世でふたたび見られない苦痛というよりも、元来そういうことは望みえないのだというところからくるのであろう。

みんなは漠然《ばくぜん》とそう感じていた。そして、ここでは実際死者を生還させるわけではなくて、ただ気分的な芝居がかった催しにすぎず、ただ死者を見るだけなのだから、別に生命の危険があるわけでもなかったが、それでもみんなは、内心に考えている死者を見るのは恐ろしくて、望みを口にする権利は隣の者に譲りたいと思っていた。ハンス・カストルプも、あの気さくで寛大な「いいとも、いいとも」という返事を闇《やみ》の中から聞くような気がしたけれども、やはり控えていて、最後の瞬間まで他の誰かに発言の権利を譲るつもりでいた。しかし、みなの沈黙があまりに長く続くので、彼はとうとう顔を実験指導者の方に向けて、かすれた声でいった。

「ぼくは亡《な》くなったいとこのヨーアヒム・ツィームセンを見たいと思います」

みんなほっとした。一座の中ではドクトル陳富《チンフー》、チェッコ人ヴェンツェル、そして霊媒自身だけが注文された死者を知らなかった。その他の者は、フェルゲもヴェーザルも、アルビン氏も検事も、マグヌス夫妻も、シュテール、レーヴィ、クレーフェルトのご婦人連も、喜んで大きな声で賛成の意を表した。ヨーアヒムは生前精神分析に好意を寄せていなかったから、ドクトル・クロコフスキーとはあまりうまくいっていなかったのだが、その彼さえも満足の面持でうなずいた。

「大いに結構」とドクトルはいった。「聞きましたか、ホルガー君。指名された故人は君が知らなかったひとです。あの世で彼を見分けて、ここへ連れてきてもらえるでしょうか」

非常な緊張が部屋じゅうにみなぎった。夢遊状態の少女はからだを揺り動かし、溜息《ためいき》をつき、ぶるぶるっと震えた。彼女は右へ左へ倒れかかりながら、あるいはハンス・カストルプの耳に、あるときはクレーフェルトの耳に意味のわからないことを囁《ささや》き、何かを求め戦うような様子であったが、ついにハンス・カストルプは、「ええ」という返事を意味する彼女の両手の握手を感じた。彼はすぐにそれを報告した。――

「結構！」とドクトル・クロコフスキーは叫んだ。「ではじめてください、ホルガー君。音楽」と彼は叫んだ。「雑談」、そして彼はみんなに気持を昂《たか》ぶらせないよう、これから起ろうとしていることばかりを考えすぎないように、もっぱら楽な寛《くつろ》いだ気持で注意を遊ばせていることが実験のためには望ましい、という注意をくり返し強調した。

こうして、私たちの若い主人公がそれまでの生涯に経験した最も奇異な何時間かがはじまった。私たちは彼の運命が後々どうなるか全然知らないし、また私たちはこの物語のある個所で不意に彼を見失ってしまうことになるのであるが、しかし彼がこれほど奇妙な時間を体験するようなことは、その後もおそらくなかったであろうと思われる。

その奇妙な時間は、はっきりいえば二時間以上の時間であった。つまり、ホルガーの

「仕事」、というよりも実はエリー嬢の「仕事」がはじまって、それが途中でしばらく中断された時間も入れると、二時間以上にもわたる間のことであった。――この仕事はおそろしく長く続いて、ついにはみんなが成功を疑いはじめた。それればかりか、エリーの仕事は見ていてかわいそうになるくらい辛《つら》そうであったし、その繊弱な体力は課せられた重荷に耐えかねるように見えたので、みなは同情からだけでももういい加減に切りあげたほうがいいという気持にさえなった。私たち男性というものは、人間としての生活から眼をそむけないかぎり、一生の中のある時期においてこの耐えがたいほどの憐憫《れんびん》の情を味わわされずにはいない。そして、おかしなことにこの憐憫の情は誰からも理解されないし、またそもそも見当違いのものでもあろうが、しかし、私たちの胸の奥からは、覚えず知らず「もう結構」という腹だたしい叫びが洩《も》れそうになるのである。しかし、「それ」はもう結構で片づくものではなく、また片づいてはならないので、とにかくなんとしても最後まで続けさせなくてはならないのである。こういえば誰ももう推察がついたと思われるが、私たちは私たちの夫としての、また父親としての気持、お産というう仕事のことをいっているのである。エリーの苦しむ様子が実によく陣痛の苦しみに似通っていたので、ハンス・カストルプ青年のように、まだその経験の全然ない者にも、そのことは感じとられずにはいなかった。彼は人間の営みから眼をそむけるような人間ではなかったから、眼前のエリーの苦しむ姿のうちに、有機体の神秘に充《み》ちた分娩《ぶんべん》という行為を連想したのであった。——だがそれはなんという姿だったろう！　そしてそれはなんという目的のためであったろう！　またなんという状態においてであったろう！　とにかくこれはまったくけしからんというよりほかはなかった。赤い光に照らしだされた浮きうきした産室の様子や、薄いネグリジェを着て、腕をむきだしにしている産婦のまだ娘らしい姿も、その他のいろいろな状況、たとえばたえず聞えてくる軽薄なレコード音楽といい、半円形に坐《すわ》ったひとびとが命令で無理に続けているわざとらしいおしゃべりといい、「そら、ホルガー！　しっかり！　もうすぐだ！　休まないで、ホルガー、やりぬくんだ、必ずうまくいくから」などといいながら、苦闘する少女を陽気に激励している掛け声といい、どれもこれもいかがわしいものばかりであった。そして私たちはここで「夫」の姿や立場を演じている者をも、このいかがわしい例からはずすことはできない。——もしあの希望を述べたハンス・カストルプをこの産婦の夫と考えるとすればである——事実、この「夫」は「母親」の膝《ひざ》を自分の膝に挟《はさ》み、その両手を握っているのである。エリーの小さな手は、かつてのライラ少女の手のように汗ばんで濡《ぬ》れており、滑《すべ》らないように幾度もいくども握り直さなければならなかった。

というのも、ここに坐っているひとびとのうしろのガス煖炉《だんろ》は熱く燃え輝いていたからであった。

神秘な、厳粛な光景であったろうか。いや、とんでもない話である。みんなの眼は次

第に慣れて、部屋の中がかなりよく見えるようになってきたが、赤い電灯に照らされた薄暗い部屋の中はやかましくて俗悪であった。音楽や掛け声には救世軍の派手な伝道のやり方を思わせるものがあった。ハンス・カストルプのように救世軍の熱烈な狂信者たちの礼拝にまだ一度も同席したことがない者にも、すぐにそれが思いだされた。神秘的で、不可思議で、感じ易《やす》いひとびとを何か敬虔《けいけん》な気持に誘う光景であったが、それは決して怪しい薄気味の悪い意味においてそうなのではなくて、ただ自然的な有機的な意味においてなのである。——そしてそれがどういう身近かな親しい場面を連想させるかは、さっきもいったとおりである。エリーの苦しみは陣痛のように鎮《しず》まってはまたやってきて、鎮まっている間は、彼女は椅子《いす》からぐったりと横に傾き、まるで魂が抜けたようなありさまになっていたが、ドクトル・クロコフスキーはこれを「深い夢遊状態」だといった。しばらくすると、彼女はまた急に起きあがり、呻《うめ》き、左右にからだを動かし、前にのめり、監督者たちから逃《のが》れようともがき、彼らの耳もとに熱っぽいうわ言を囁き、何かを自分の中から追いだそうとするように横に投げだすような身ぶりをするかと思うと、歯ぎしりをし、一度はハンス・カストルプの袖《そで》を嚙《か》みさえした。

これが一時間かそれ以上も続いた。そこで指導者はこの辺で一休みするのがどの点から見ても必要だと考えた。チェッコ人ヴェンツェルは趣向を変えようと思って蓄音機をやめ、非常に巧みにギターをかき鳴らしていたが、これもその楽器をわきへおろした。

みんなはほっと溜息《ためいき》をつきながら、つないでいた両手を離した。ドクトル・クロコフスキーは壁際《かべぎわ》に歩み寄って、天井の電灯を点《つ》けた。不意に白い明りがぱっと眩《まぶ》しいくらいに輝いたので、みんなは暗がりに慣れていた眼をくらまされて、驚いたように眼をぱちぱちさせた。エリーは依然として眠りつづけ、顔をほとんど膝に伏せるような格好をしていた。彼女はやはりまだしきりに何かやっている様子で、何か奇妙な動作をしていた。みんなには珍しくないようであったが、ハンス・カストルプにはそれは不思議に思えて、注意深くそれを見守った。すなわち、数分間彼女は手の平をくぼめて腰のあたりをなで廻し、――こんどはその手をからだからさし伸ばして何か汲《く》むか掻《か》き集めるように動かしながら、まるで何かを引寄せ集めるようなしぐさをしたのである。――やがて彼女は数回総身をぴくぴくさせてからわれに返り、やはり眩しそうに、眠りからさめたような驚いた顔で瞬《まばた》きしながら微笑した。

彼女は微笑した――可憐《かれん》な、幾分はにかんでいるような色が見えた。彼女の苦悶《くもん》に憐《れん》憫《びん》を感じたのは、本当は余計なことであったように思われた。特別疲れはてているふうにも見えなかった。おそらくいままでの苦しみも覚えがないのであろう。彼女は窓際《まどぎわ》の事務机の向う側、つまり、長椅子を囲むスペイン式の側壁と窓の間にあるドクトルの来客用の安楽椅子に腰をかけていた。彼女は椅子の向きを少し変えて、片腕を事務机の上にのせ、そういう様子で部屋の中を見つめていた。こうして彼女はみなの興奮からさめない眼に見つめられ、あちこちから力づけるようにうなずきかけられながら、約十五分ほども続いた休憩の間、終始無言のまま坐っていた。

それはまったく一休みといった形であった――みなは緊張から解き放たれ、これまでにやり遂げた仕事を振返ってみて、ゆったりとした満足な気分に浸っていた。男たちのシガレット・ケースの開く音がした。彼らはのんびりと煙草《たばこ》をくゆらせながら、そここに集まって今夜の会の経過について語り合った。これまでの経過で気落ちして、まったくの不首尾に終るものと決めこむのはまだ早いらしかった。そういう悲観的な考えを完全に抑《おさ》えることができそうな徴候があった。半円形の向う側のドクトルの近くにいたひとびとはみな、いつも何か現象が起ろうとするたびに霊媒のからだからある方向に向って流れる冷気のごときものを一再ならず明瞭《めいりよう》に感じた、と口をそろえていっていた。他の者は何か光るものに気がついた、と主張した。白い光の斑点《はんてん》、すなわちある力の浮遊する塊《かたまり》が、スペイン式側壁の前にいろいろな形で現われた、というのである。つまり、ここでやめてはいけないのだ。なにも失望することはない。ホルガーは約束したのだし、彼が約束を守らないのではないかなどと疑う権利は誰にもないはずだ。

ドクトル・クロコフスキーは会を再開する合図をした。みながそれぞれの席につきはじめている間に、彼はエリーの髪を撫《な》でながら例の拷問台《ごうもんだい》のような椅子に連れていった。すべてがさっきと同じように進行した。ハンス・カストルプは霊媒の第一監督係の役目をやめさせてほしいと申しでたが、実験指導者はこれを却《しりぞ》けた。霊媒に瞞着《まんちやく》的な操作を加える余地は事実上完全に排除されているのだが、この点を実験に注文を述べた者に直接感覚的に確かめてもらうことは、たいへん大事なことだからというのであった。そこでハンス・カストルプはふたたびエリーとともにあの奇妙な姿勢をとらなければならなくなった。明りが消え、ふたたび部屋の中は赤い薄暗がりとなった。音楽がまたはじまった。二、三分ののちにまたもやエリーは烈《はげ》しく痙攣《けいれん》し、ポンプを動かすような動作をはじめた。今度はハンス・カストルプが「夢遊状態《トラーンス》」と報告した。ふたたびあのいかがわしい分娩の苦しみが続いた。

なんと恐ろしい難産であったろう。分娩の努力はこれ以上続けていけそうには見えなかった。――いったいそんなことが可能だろうか。なんという気違い沙汰《ざた》だろう。どうして懐妊が可能であろう。――分娩、何を、どうしてやるというのか。「助けて、助けて」と少女はうめいたが、その陣痛は産科医が子癇《しかん》と呼んでいるあの無益で危険な持続性痙攣に移ろうとしていた。少女は陣痛の合間にドクトルを呼んで手を当ててくれるように頼んだ。彼は頼みになりそうな調子でいい聞かせながら、手を当ててやった。すると、一種の催眠術的作用が働いて、少女になおも闘いつづける力が湧《わ》いてきた。

このようにして、二時間目がすぎていった。この間かわるがわるギターが鳴らされたり、蓄音機が軽い音楽の調べを室内に響かせたりした。明るさに慣れたみんなの眼はやっとまた部屋の薄暗い光に慣れてきた。そのときちょっとしたことが起った。――それを起したのはハンス・カストルプであった。彼はみなの注意を促して、もうずっと前から、本当は会のはじめからひそかに考えていた希望と考えとを述べたのだが、これはむしろもっと早くいいだすべきであっただろう。ちょうどエリーは摑《つか》まれている手の上に顔を伏せて、深い「夢遊状態《トラーンス》」に陥っており、ヴェンツェル氏はレコードをとり替えるか、または裏返すかしようとしていたが、そのとき私たちの友人ハンス・カストルプは思いきっていいだしたのである。ひとつ提案がある、――むろんたいしたことではないが、やってみたら効果があるかもしれない。自分のところに……つまり音楽室のレコード集の中に、グノーの「マルガレーテ」の中の、ヴァーレンティーンの祈りを、オーケストラの伴奏でバリトンが歌うのがある。非常に感じがいいレコードであるが、これをひとつかけてみてはと思うのだが、と彼はいった。

「それはまたなぜです」と、ドクトルは赤い薄明りの向うからきいた。……

「ムードを作るため、つまり、感じの問題です」と青年は答えた。この曲の精神はまったく独得のものであり、格別な感じがある。だからこのレコードを試みてはどうかと思う。彼の考えでは、この曲の精神と性格とが、ここに行われている実験の経過を早めることにならないともかぎらないと思われるのだが、というようなことをいった。

「そのレコードはここにあるのですか」とドクトルは尋ねた。

いや、ここにはないが、ハンス・カストルプ自身行って取ってくることができる、と彼は答えた。

「なんということをお考えです」クロコフスキーはきっぱりとこれに反対した。なんですって？　ハンス・カストルプは部屋から出たり入ったり、何かを取りにいってまた帰ってきて、それからまた一度中断した実験を続けるつもりなのか？　何も知らないからそんなことがいえるのだ。いや、そんなことは絶対にできない。いままでの努力はみなむだになってしまって、はじめからやり直さねばならなくなるかもしれない。しかも学問的に厳密に考えれば、そんなふうに勝手気儘《きまま》に部屋を出入りすることは、考えるだけでも禁物なのである。ドアには鍵《かぎ》がかかっており、その鍵は彼、ドクトルがポケットに保管している。要するにレコードがここですぐ使えるならとにかく、そうでないのなら、やむをえず――などと彼がしゃべっていると、蓄音機のそばにいたチェッコ人が突然口を挟んだ。

「そのレコードならここにありますがね」

「ここに？」とハンス・カストルプは尋ねた。……

さよう。ここに。マルガレーテ、ヴァーレンティーンの祈り、ごらんください。いえ、どういたしまして、とヴェンツェルはいった。どうした加減か軽い曲目のアルバムの中にひとつだけまぎれこんでいて、このレコードの整理番号の緑色のアリア集第二番のほうには入ってなかったのである。

偶然というか、奇怪というか、不注意にもまたありがたいことに、そのレコードはどさくさにまぎれてここに迷いこんできていた。かけようと思えば、すぐにでもかけられた。

それに対してハンス・カストルプはなんといったか。彼は黙っていた。「それなら結構です」といったのはドクトルで、何人かがそれをくり返した。針が当てられ、蓋《ふた》が閉められた。聖歌ふうの伴奏につれて、男らしい歌声が聞えてきた、「いまわれ故郷を出《い》で立ちて――」

誰も黙って耳を傾けていた。歌がはじまったとたんにエリーはふたたび仕事をはじめた。彼女は身を起し、震え、喘《あえ》ぎ、ポンプを動かすような動作をし、汗で滑る湿った手をふたたび額にもっていった。レコードは回りつづけた。中ごろになると、急調子のリズムとともに、勇敢で敬虔で、フランス的な戦いの危機の場面が展開された。それがすぎると最後の部分になって、最初の歌がオーケストラの力強い伴奏で朗々とくり返された、「おお天なる主よ、わが願いを聞き入れたまえ――」

ハンス・カストルプはエリーをつかまえておくのが精いっぱいであった。彼女は突っ立とうとし、咽喉《のど》をしぼって息を吸い、それから長く溜息をつきながら、ぐったりと身をくずして静かになった。彼は心配になって彼女の上に屈《かが》みこんだ。そのとき彼はシュテール夫人の泣くようなか細い声を聞いた。

「ツィーム――センー――！」

ハンス・カストルプは顔をあげなかった。口に苦い味がした。ほかの声が低く冷静に答えるのが聞えた。

「私にはとっくに見えていた」

レコードは終り、最後の管楽器の和音が消えた。しかし誰も器械を止めようとしなかった。静まり返った部屋の中に針がレコードの真ん中で空回《からまわ》りする音だけが聞えた。ついにハンス・カストルプは頭をあげた。捜すまでもなく彼の眼はしかるべき場所へ向いた。

部屋の中では人数がいままでより一人だけ多くなっていた。一座から離れた部屋の奥の方に、後方の赤い光が薄れて暗がりになり、ほとんど何も見えなくなっているあたり、つまり、事務机の長い方の一辺とスペイン式側壁との間にある、さっき休憩したときエリーが腰かけていて、今は部屋の方に向いているドクトルの来客用安楽椅子《いす》の上に、ヨーアヒムが坐《すわ》っていた。たしかにヨーアヒムであった。死ぬころのように、彼の頰《ほお》は暗く落ちくぼみ、兵隊ひげを生《は》やし、そのひげの間にふっくらと誇らし気に反《そ》りかえった唇がのぞいていた。彼は椅子に倚《よ》りかかって坐り、両脚を組み合せていた。彼は頭に何かかぶっていたので蔭《かげ》になり、その瘦《や》せ衰えた顔ははっきりとは見えなかったが、苦悩のあとが認められ、また、かつてその顔を男らしく美しく見せていたあの真面目《まじめ》できびしい表情をも見せていた。眉間《みけん》には二筋の皺《しわ》が刻まれ、眼は骨ばった眼窩《がんか》の中に落ちくぼんでいたが、美しい大きな暗い眼差《まなざ》しの穏やかな感じは失われていないで、静かに優しく見守るように、ハンス・カストルプに、ハンス・カストルプだけにじっと注がれていた。彼がかつて多少気に病んでいたあの突きでた耳も、頭を覆《おお》っている変なものの下に認められた。その奇妙な帽子のようなものは、どんなものかよくわからなかった。いとこヨーアヒムは普通の背広姿ではなかった。サーベルは組み合せた脚の腿《もも》に立てかけてあるらしく、手はその柄を握っていた。また、何かピストルのサックのようなものを腰のバンドにつけているようであった。しかし彼が着ていたのは、実は正式の軍服ではなかった。ぴかぴか光るものも色とりどりの装飾もなく、作業服のような襟《えり》がついていて、両脇《りょうわき》にポケットがあり、どこかかなり下の方に十字勲章がつけてあった。ヨーアヒムの足は非常に大きく見えたが、脛《すね》は非常に細く、何かをきつく巻きつけているらしかった。彼の様子は軍人よりはむしろスポーツマンを思わせた。その頭を覆っている帽子のようなものはいったいなんであろうか。それはあたかもヨーアヒムが兵隊用の飯盒《はんごう》か鍋《なべ》を頭からかぶって、頤紐《あごひも》でもかけたようなふうに見えた。しかし、その様子はかえって時代がかって、傭兵《ようへい》か何かのような勇ましい扮装《いでたち》に見え、不思議なことに彼によく似合っていた。

ハンス・カストルプはエレン・ブラントの息を手の上に感じた。彼の横にいるクレーフェルトのせわしない息づかいも聞えた。その他には、誰も止め手がないので、おしまいになってもなおぐるぐる回っているレコードの上を引きずる針の絶え間のない雑音が聞えるばかりであった。彼は仲間の誰の方を見向きもせず、まるで彼らのことは眼にも入らず、考えもしなかった。彼は自分の膝《ひざ》の上の少女の手と頭の上から斜めにからだをぐっと乗りだし、薄赤い暗がりを通して、安楽椅子に腰をかけた訪問客をじっと見つめた。一瞬、彼は自分の胃が煮えかえるような思いに襲われた。咽喉が締めつけられ、四度五度ひきつるように心の奥底から嗚咽《おえつ》がこみあげてきた。「すまない」と彼は声をのんで心の中で囁《ささや》いた。眼には涙があふれでて、何も見えなくなった。

「話しかけてみなさい」と囁かれるのが聞えた。――ドクトル・クロコフスキーがバリトンでおごそかに朗らかに彼の名を呼び、くり返して命ずる声が聞えた。彼はその命令に応じないで、エリーの顔の下から手を抜いて立ちあがった。

ふたたびドクトル・クロコフスキーが彼の名を呼んだ。今度はきびしく叱《しか》りつけるような調子であった。しかし、ハンス・カストルプは五、六歩進んで入口のドアの階段のところにいき、手ばやくスイッチをひねって煌々《こうこう》と明りをつけた。

ブラント嬢は烈《はげ》しいショックを受けて身を縮め、クレーフェルトの腕の中で痙攣した。あの安楽椅子の上にはもう誰もいなかった。

ハンス・カストルプは立ちあがって抗議しているクロコフスキーの方へ歩み寄って、彼のすぐ前に立ちどまった。彼は何かいおうと思ったが、しかし、言葉が出てこなかった。彼はただ無愛想に何か要求するようなふうに頭を動かし、手を突きだした。そして、鍵を受取ると、ドクトルに面と向ってなんども威嚇《いかく》するようにうなずきかけ、踵《きびす》を返して部屋から出ていってしまった。

立腹病

このようにして歳月が経《た》つにつれて、「ベルクホーフ」療養所にはある悪霊《あくりょう》が徘徊《はいかい》しはじめた。

ハンス・カストルプは、この悪霊が前にその不吉な名をあげておいたあの悪魔《デーモン》の直系の一族であることにはばくぜんと感づいていた。修業の旅にある者特有の責任のない好奇心をもって、彼はこの悪魔《デーモン》を研究してみたし、それどころか、周囲のひとびとがこの悪魔に捧《ささ》げている奇怪な奉仕ぶりに、自分もまた簡単に同調してしまいそうな危険さえ確かめてみたのであった。いままた起りはじめた現象は、あの以前の鈍感状態と同じく、以前からそのきざしがあり、ここかしこにその兆《しるし》を示しながら、つねに存在してきたのであるが、ハンス・カストルプはその気質からいって、そういう危険に陥る心配はあまりないほうであった。それにもかかわらず、彼は自分も少し気をゆるめたりすると、たちまち、顔つき、言葉、挙動などが、この周囲のひとびとの誰もがやられている伝染病に冒されそうであることに気がついて、慄然《りつぜん》とした。

では何がはじまったというのか。何が起りはじめたのか。――それは喧嘩《けんか》であった。一触即発の状態、名状しがたい焦《い》らだたしさであった。毒々しい口論、憤怒《ふんぬ》の爆発、いや、摑《つか》み合いが起りそうな気配が広まっていた。激烈な口論、無遠慮などなり合いが毎日のようにふたりの人間の間に、またグループの間に持ちあがった。そして変ったことには、全然喧嘩に関係のない連中が、当事者たちのやることに嫌気《いやけ》がさして逃げだしたり、仲裁に入ったりするかというと、そうではなくて、かえって自分たちも乗り気になって仲間に入ってきて、ついにその渦中《かちゅう》に巻きこまれ、その喧嘩のご本尊になってしまうのである。みな蒼《あお》くなって身震いし、眼を挑戦的に光らせ、激情に口をゆがめる。そしてわめきたてる権利と口実を持つ当事者を羨《うらや》むのである。当事者と同じように渡り合ってみたいという烈《はげ》しい欲望はひとびとの心身を苛《さいな》んだ。孤独な場所に逃避するだけの力を持たない者は、否応《いやおう》なしに渦中に巻きこまれてしまう。こうして「ベルクホーフ」ではくだらないもめごとや事務当局の面前での罪のなすり合いが頻々《ひんぴん》として持ちあがり、当局は一応調停に努めはするものの、驚くほど簡単に患者たちの粗暴なわめき合いに巻きこまれてしまうのであった。なんとか健全な気持で外出した者も、どんな状態でここへ帰ってくるか、はかり知れないありさまであった。上流ロシア人席にミンスクからきた非常に上品な田舎《いなか》貴夫人がいた。まだ若くて症状も軽く、三カ月の滞在をいい渡されているだけであった、――ある日のこと、この婦人が街のフランス人経営のブラウス店に買物におりていったが、そこで彼女は女店員と激しい口論をやり、ひどく興奮して帰ってきて、喀血《かっけつ》し、以来不治の病人になってしまった。呼び寄せられた夫は、妻のこの地の滞在が永久的なものになるだろうと宣告された。

だが、これはいま起っている現象の単なるひとつの例にすぎない。あまり気が進まないが、他の実例をお話ししよう。読者の中には、ザーロモン夫人と同じ食卓にいる丸い眼鏡をかけた生徒、あるいは、かつての生徒のことを憶《おぼ》えておられる方があるだろう。つまり、あのいつも料理をごった煮のように細かく切り刻んでおいて、食卓へ肘《ひじ》をついてそれをがつがつと鵜《う》呑《の》みにし、その合い間にときどきナプキンを厚い眼鏡の玉のうしろに突っこむ癖のある若いみすぼらしい男のことである。彼は依然として生徒、あるいは、かつての生徒であって、ずっと同じ食卓に坐《すわ》り、がつがつと食べ、眼を拭《ぬぐ》っていたが、これまではただそこにいるというだけで、たいして注意をひく存在ではなかった。ところがある朝のこと、最初の朝食のときに、まったく思いがけず、青天の霹靂《へきれき》といった具合に、彼は癇癪《かんしゃく》の発作を起して、みんなの注目をひき、食堂中が総立ちになった。彼が坐っているあたりで大声にわめくのが聞えた。見ると、そこに彼は真っ蒼な顔をしてどなっていた。そばに立っている侏儒《こびと》の給仕娘にくってかかっているのであった。「あんたのいうのは嘘《うそ》だ」と彼は上ずった声で叫んだ。「紅茶は冷たい。あんたが持ってきたこの紅茶はまるで氷だ。ぼくはこんなものは絶対飲まん。ごまかす前に自分で飲んでみるがいい。こんな生ぬるい汚《よご》れ水のような紅茶があるか。まともな人間が飲める紅茶と思ってるのか。よくまあこんな冷たい紅茶をぼくのところへ持ってこられたものだ。こんなものをぼくが飲むだろうなんて少しでも考えて、こんなぬるま湯のようなものを持ってくるなんて、いったいあんたはどういうつもりなんだ。ぼくは飲まん。断然ご免こうむる」と彼は金切り声をあげると、両手の拳《こぶし》で食卓を叩《たた》きはじめたので、食卓の上の食器が鳴ったり踊ったりした。「熱い紅茶がほしいんだ。やけどするほど熱いやつがほしいんだ。それは神様にも人間様にも通してもらえるぼくの権利なんだ。こんなものはご免だ。やけどするほど熱いのがほしいんだ。こんなものは死んでも一口だって――いまいましい片輪者め」と彼はいわば最後の抑制を一気にかなぐり捨て、恥も外聞もない大暴れが存分にできる最後の境地へ恍惚《こうこつ》として突入しながら、突然ここを先途というような大声をあげ、エメレンティアに向って拳を振りあげ、文字どおりあぶくだらけの歯をむきだした。そして食卓を叩いたり、地だんだ踏んだりしながら「ほしい」の「ほしくない」のと吠《ほ》えつづけたが、――一方、食堂の他のひとびとには、いつものような反応が見られた。この荒れ狂う生徒には恐ろしいほどの興奮した同情が集まった。二、三の者は飛びあがって、同じように拳を握り固め、歯を食いしばり、眼をぎらぎらさせて生徒の方をにらんでいた。また他の者は蒼い顔をして坐り、眼を伏せて、わなわなと震えていた。生徒がもうとっくにどなり疲れて、とりかえられた熱い紅茶を前にして、飲みもせずぐったり坐っているときになっても、みなはまだそうやって興奮していた。

いったい、これはどういうことなのであろうか。

最近ひとりの男が「ベルクホーフ」の住人の仲間入りをした。以前は商人だった男で、年は三十歳、もう何年も熱があって、数年来療養所から療養所へと渡り歩いていた。この男はユダヤ人ぎらいでアンティセミティストで、主義として、あるいは、スポーツとして、道楽でもやるようにユダヤ人排斥に熱中していた。——この気紛《きまぐ》れなユダヤ人否定が彼の誇りであり、その生活のすべてであった。彼は商人であった。しかしそれは昔のことであって、今ではこの世になんの商売も持っていなかったのだが、ただユダヤ人の敵ということだけが変らなかった。彼の病気はかなり重く、非常に苦しそうな咳《せき》をし、ときどき肺でくさめをするように、高い音で、短く、一回だけ、気味の悪い咳をした。しかし、とにかく彼はユダヤ人ではなかった。そしてこれだけが彼の唯一《ゆいいつ》の取柄であった。名前はヴィーデマンといって、立派なキリスト教徒の名前で、けがらわしいユダヤ系の名前ではなかった。彼は『アリアン人の灯』という雑誌をとっていて、たとえばこんなふうな話をするのであった。

「私はA高地のX療養所にいきました……ところが安静ホールで私に指定された寝椅子《ねいす》に身を横たえようとしたときにどんな目に遭《あ》ったと思われますか。——私の左の椅子に何者が寝ていたと思われます。ヒルシュという男です。右には、ヴォルフという男です。むろん、私はすぐにそのサナトリウムを出発しました」云々《うんぬん》。

「なるほど、そんなこともあろう」とハンス・カストルプは不快を感じながら思った。

ヴィーデマンは近眼のような、人をうかがうような目つきをしていた。それはまったく文字どおりに、彼の鼻先に何か目ざわりなふさのようなものがぶら下がっていて、それを意地悪く斜めににらんで、そのうしろのものはまるで何も見えないといった様子であった。彼がとりつかれている偏狭な思想は、むずむずするような不信、とどまるところを知らぬ迫害への執心となって現われ、そのために彼は身近かに隠れひそんでいたり、仮面をつけて横行したりしている汚らわしいユダヤ系の存在を引きずりだして凌辱《りょうじょく》を加えずにはいられないといった様子であった。彼はどこへいっても厭味《いやみ》をいい、猜疑《さいぎ》し、毒づいた。要するに、彼の唯一の取柄はユダヤ人でないことであって、この取柄がない者をすべて摘発攻撃するのが彼の毎日の仕事であった。

私たちがさっきほのめかしておいたこの院内の不穏な空気は、この男の病癖を異常なまでに悪化させた。当然彼はここでも自分が持たずにすんだ欠点を持つ者に会わないわけにはいかなかったので、周囲の空気も手伝って、ついに浅ましい場面を惹《ひ》き起してしまった。ハンス・カストルプもその場面を見物させられたが、私たちはそれをもうひとつの例としてここに述べておかなければなるまい。

ここにもうひとりの男がいた。――この男に関しては何もその正体をあばく必要はなく、事は明瞭《めいりょう》であった。この男は名をゾンネンシャインといったが、これ以上汚らわしい名前はありえなかったから、ゾンネンシャインの存在はそもそものはじめからヴィーデマンの鼻先にぶら下がっている目ざわりなふさのごときものであって、彼はそれを近眼か藪《やぶ》にらみのように意地悪くにらみつけ、それを手をだして打とうとしたが、それはその目ざわりのものを払いのけるためというよりは、むしろそれを眼の前でぶらぶらさせて一層腹をたてようとするためのもののようにも思われた。

ゾンネンシャインはヴィーデマンと同じくその前身は商人であって、やはり相当の重症であり、また病的に焦らだちやすかった。愛想のいい男で、ばかではなく、なかなかに諧謔《かいぎゃく》に富んでさえいたのだが、ヴィーデマンが厭味をいったり目の敵《かたき》にしたりするので、彼もヴィーデマンを憎悪《ぞうお》するようになり、やがてその憎しみは病的にまで昂《こう》じていった。ある日の午後、ヴィーデマンとゾンネンシャインとはロビーで獣のように物すごい摑み合いの大喧嘩をおっぱじめて、みんなはロビーに駆けつけた。

それは実に恐ろしい目も当てられない光景であった。ふたりは悪童のように取っ組み合っていたが、ここまできてしまった大人同士であるからそれこそ死物狂いであった。

ふたりは、互いに敵の顔を引《ひ》っ掻《か》き、鼻や咽喉《のど》を摑まえて、両方からひっぱたき合い、からみ合い、恐ろしいほど猛烈な勢いで床の上をころげ回り、唾《つば》を吐き合い、踏んだり、突いたり、引きずったり、なぐったり、泡《あわ》を吹いたり、というありさまであった。事務局の者が大急ぎでやってきて、やっとのことで、この噛み合い引っ掻き合っているふたりを引離した。ヴィーデマンは泡を吹き、血を流し、憤怒のあまり呆《ぼ》けたような顔をして、文字どおり怒髪天を衝《つ》く形相《ぎょうそう》をしていた。ハンス・カストルプはいままでこんなもの凄《すご》い形相は見たことがなかったし、こんなことが実際にありえようとは思っていなかった。ヴィーデマン氏はその髪の毛を逆立てたまま、その場から走り去った。一方、ゾンネンシャイン氏は片方の眼を青黒く腫《は》らし、豊かな黒い巻毛の頭髪の中に朱《あけ》に染んだ傷を受けていたが、事務局に連れていかれ、そこに腰をおろして顔に手を当てたままおいおい泣いていた。

　ヴィーデマンとゾンネンシャインとの騒動はこんなふうであった。この光景を目撃した連中はそれから何時間も震えていた。だがこの惨《みじ》めな話にくらべると、やはりちょうどこのころに起った本式の名誉毀損《きそん》の裁判沙汰《ざた》をお話しするのは、まだしも気持がいい。これは、いかにも勿体《もったい》ぶった、形式ぶったやり方で処理されたために、名誉裁判というものものしい呼び方が滑稽《こっけい》なほどによく似合うような事件なのである。ハンス・カストルプはこの事件の一々の局面に立ち会ったわけではなく、そのややこしいドラマチックな成行きを、それに関する文書や声明書や記録によってのみ知ったのである。この一件は「ベルクホーフ」の内にも外にも、すなわちこの土地やこの地方やこの国のみならず、外国やアメリカにもその写しが流され、この事件にまったく関心を持たず、また持ちそうにもないことがはっきりしているようなひとびとにも、研究の資料として配付されたのであった。

それはポーランド人の間に起った問題、最近「ベルクホーフ」へ集まってきていたポーランド人のグループの中で起った名誉毀損事件であった。このポーランド人たちは上流ロシア人席を占領して、さながら小さな植民地を形づくっていた。――(ここに付言すれば、ハンス・カストルプはいまではもうこの食卓にはいず、それからクレーフェルト、次いでザーロモン夫人の食卓へと移り、現在はレーヴィ嬢の食卓にいた)このグループの面々はみな非常に粋《いき》で騎士的にきちんとした身装《みなり》をしていたから、誰でも眉《まゆ》を吊《つ》りあげるだけでも決闘を申しこまれかねないほどの、ありとあらゆる事態を覚悟していなければならなかった。――そのグループというのは、一組の夫婦と、その紳士たちの一人と特に親しい関係にある令嬢と、そのほかは紳士ばかりであった。彼らの名はフォン・ズタフスキー、チーシンスキー、フォン・ロシンスキー、ミチェル・ロディゴフスキー、レオ・フォン・アサラペティアンとかなんとかいった。さてあるとき、この面々が「ベルクホーフ」のレストランでシャンパンを傾けているとき、ヤポル某という者が他のふたりの紳士の面前で、フォン・ズタフスキー夫人と、ロディゴフスキー氏と親しい関係にあるクリーロフ嬢とに関して、なにか取返しのつかぬことをしゃべったのであった。それがきっかけとなって、さまざまな手続き、処置、形式が着々としてとられ、それが外国にまで頒布《はんぷ》され送付された文書の内容をなすに至ったのである。ハンス・カストルプが読んだところによるとこうである。

「声明書、ポーランド語原文よりの翻訳。――一九……年三月二十七日、シスタニスラウ・フォン・ズタフスキー氏の請《こ》いによりアントーニ・チーシンスキー博士及びステファン・フォン・ロシンスキー氏は、同氏の名においてカシミール・ヤポル氏のもとに赴《おもむ》き、『カシミール・ヤポル氏がヤヌシュ・テオーフィル・レーナルト氏及びレオ・フォン・アサラペティアンとの談話において、ヤドヴィーガ・フォン・ズタフスキー夫人に関して弄《ろう》されたる重大なる侮辱誹謗《ひぼう》の言辞』に対し、名誉権に関し法律の規定するところに従い、決闘による名誉回復の処置を取るべく依頼せられたり。

「フォン・ズタフスキー氏は、十一月末における上述の言辞に関し、数日前にこれを間接に聴取するに及び、当該事件の、並びに侮辱の内容の完全なる調査を行わんため、即刻処置を講じたり。而《しこう》して昨日、一九……年三月二十七日に至り、侮辱的言辞及び諷刺《ふうし》のなされたる前記談話の直接証人たりしレオ・フォン・アサラペティアン氏の言により、侮辱誹謗の事実が確認せられたり。仍《よ》って、シスタニスラウ・フォン・ズタフスキー氏はカシミール・ヤポル氏に対する名誉権に関する審理手続を署名者に委任するに至れり。

「署名者は左の如《ごと》く声明す。

『一、一九……年四月九日付カシミール・ヤポル氏に対するラディスラフ・ゴドゥレツニー氏の訴訟事件に関し、一方の当事者によって、ズジスタフ・ジグルスキー及びタディウシュ・カディュ両氏の手に仍《よ》りてレムベルクにて作成せられたる調書、並びに一九……年六月十八日付当該事件に対するレムベルク名誉裁判所の判決の両文書は、カシミール・ヤポル氏が再三名誉の観念に合致せざる態度を執りたるにより、同氏を紳士《ジェントルマン》と見做《みな》し難き旨《むね》を確認せる点において一致せり。

二、署名者は右の文書に基づき、これによりて結論せらるるところを全面的に確認し、カシミール・ヤポル氏は如何《いか》なる形式に於《おい》ても決闘による名誉回復を計る資格を欠くものと断定す。

三、署名者は、名誉の何たるかを解せざる如き者に対し、名誉問題に関する係争をなし、あるいは当該問題に関して仲介者を勤めることの不可能を確認するものなり』

「右の事情に鑑《かんが》み、署名者はシスタニスラウ・フォン・ズタフスキー氏に対し、名誉権の規定する手続によりて、カシミール・ヤポル氏に対する権利回復の処置を取ることの無意義を指摘し、かつ、カシミール・ヤポル氏の如く決闘申しこみを受くる資格なき人物により、今後さらに名誉を毀損せらるるおそれのなからんがため、本件を刑事裁判に移すことを勧告す。――

（年月日および署名）

ドクトル・アントーニ・チーシンスキー、ステファン・フォン・ロシンスキー」

ハンス・カストルプはさらにこういうのを読んだ。

「調書

「一九……年四月二日、ダヴォス療養ホテル内バーにおいて、午後七時半より四十五分までの間、シスタニスラウ・フォン・ズタフスキー、ミチェル・ロディゴフスキー両氏と

「カシミール・ヤポル、ヤヌシュ・テオーフィル・レーナルト両氏との間に行われたる事件の経緯に関する証人の記録。

「シスタニスラウ・フォン・ズタフスキー氏はその代理人、ドクトル・アントーニ・チーシンスキー及びステファン・フォン・ロシンスキー氏の報告に基づき、一九……年三月二十八日におけるカシミール・ヤポル氏の事件に関し、反復熟慮の結果、その配偶者ヤドヴィーガ夫人に対する『重大なる侮辱誹謗』に関して、先に右代理人により勧告せられたる如く、カシミール・ヤポル氏を刑事訴訟の手段に於《あら》て弾劾《だんがい》する件は、左の理由により、何ら期待せらるるが如き名誉回復をもたらす所以《ゆえん》に非ずとの確信に到達せり。

一、カシミール・ヤポル氏は指定の時刻に裁判所に出頭せざる疑いあり、かつ同氏がオーストリア国籍の所有者なることを考慮すれば、氏に対する法的弾劾の手続を続行するはきわめて困難なるのみならず、まったく不可能と懸念《けねん》せらるるため、

二、さらにカシミール・ヤポル氏がシスタニスラウ・フォン・ズタフスキー氏及びその配偶者ヤドヴィーガ夫人の名誉及び家名を誹謗の言辞によって傷つけたる侮辱は、氏に対する刑事的処罰を以《もっ》ては償い得ざるため、

シスタニスラウ・フォン・ズタフスキー氏はカシミール・ヤポル氏が近日当地を退去せんとする意図あるを確聞せるにより、最も簡単にして、かつ同氏の確信によれば最も徹底し、事態に鑑みて最も適切なる処置を講ぜり。

「すなわち、シスタニスラウ・フォン・ズタフスキー氏は一九……年四月二日午後七時半より四十五分の間、その配偶者ヤドヴィーガ夫人、ミチェル・ロディゴフスキー氏及びイグナス・フォン・メリン氏の立会いの下に、当地療養ホテル内アメリカン・バーに於て、ヤヌシュ・テオーフィル・レーナルト氏及び未知なる二名の女子とともにアルコール性飲料を喫しおりしカシミール・ヤポル氏の顔面を数回殴打《おうだ》せり。

「引続きミチェル・ロディゴフスキー氏は、カシミール・ヤポル氏を殴打し、これをクリーロフ嬢及び同氏に加えられた重大なる侮辱に対するものと言明せり。

「また引続きミチェル・ロディゴフスキー氏はズタフスキー夫妻に加えられたる理由

なき不正に対してヤヌシュ・テオーフィル・レーナルト氏を殴打せり。またさらに、寸刻を逸せず、シスタニスラウ・フォン・ズタフスキー氏は氏の配偶者及びクリーロフ嬢に対する誣言《ぶげん》的言辞による侮辱に報ぜんため、ヤヌシュ・テオーフィル・レーナルト氏を反復殴打せり。

「カシミール・ヤポル及びヤヌシュ・テオーフィル・レーナルトの両氏はこの間終始完全なる消極的態度を持しいたり。

(年月日、署名)

ミチェル・ロディゴフスキー、イグナス・フォン・メリン」

ハンス・カストルプはいつもならこの形式ばった殴打の連発事件をおかしがったことであろうが、現在当地の雰囲気の中にあってはこれは笑ってすますわけにはいかなかった。彼はこれを読んだとき慄然《りつぜん》とした。一方の非の打ちどころのない作法と、もう一方の破廉恥《はれんち》な女々《めめ》しい卑屈さとは記録の文面によって、読者の眼にも一目瞭然《りょうぜん》であろうが、やや誇張的ではあるが、いかにも印象的なその対照が、彼に非常に深刻な興奮を与えた。誰もがそうだった。このポーランド人の名誉毀損問題はいたるところで熱心に研究され、誰も彼も歯を食いしばりながらこれを論じ合った。カシミール・ヤポル氏の反駁《はんばく》のパンフレットは、みんなの興奮をいくらかさます効果があった。それにはこうあった。フォン・ズタフスキー氏は、彼ヤポルがかつてレムベルクにおいてある高慢ちきなばか者どもによって勝手に名誉回復能力なきことを宣言せられた事実を先刻承知していて、自分が決闘の申しこみに応ずる心配はないという形勢をあらかじめ心得ていたから、氏の電光石火の行動のすべてはまったくの猿芝居にすぎない。さらに、フォン・ズタフスキー氏が彼ヤポルを告訴するのを断念したのは、何よりもまずつぎのような理由によるのである、つまり、それは世間も、ご当人もよくご承知のとおり、ヤドヴィーガ夫人がいたるところでたくさんの男と通じ合っていたからであって、この事実を証明することは彼にとってなんの造作もないことであるし、またクリーロフ嬢の日ごろの行状も、法廷へ持ちだせば決して名誉にならないことも明らかである。いずれにせよ、彼ヤポル自身が決闘申しこみに応ずる資格なき点のみが不必要に強調せられたのに、彼の談話の相手レーナルトの資格は問題とせられず、フォン・ズタフスキー氏は前者の資格を楯《たて》にとって危険が身に及ぶのを避けたのである。アサラペティアン氏がこの事件において演じた役割については、ヤポル氏はあえて語ることを欲しない。そして、療養ホテル内のバーにおける場面について一言すると、彼ヤポルは論戦を得意とし、また諧謔《かいぎゃく》を解するほうであるが、肉体的には非常に非力な人間であるし、そのうえ彼及びレーナルトの同伴していたふたりの女性は陽気な性質であったが牝鶏《めんどり》のようにもの怯《お》じし易《やす》かったのにひきかえ、フォン・ズタフスキー氏のほうは何人もの友人たちのほかに恐るべき腕力の持ち主である夫人を従えていて、肉体的にずっと優勢であったので、ヤポル氏は野蛮な乱闘を演じて公衆の面前に醜態をさらすことを恐れて、抵抗しようとするレーナルトをなだめて平静を保ち、フォン・ズタフスキー及びロディゴフスキー氏の軽い社交的接触を神の御名《みな》において甘んじて忍ばしめたのであったが、それは別に痛くもなんともなくて、周囲にいたひとびともそれを友人同士の冗談と考えたくらいだったと主張した。

このようにヤポルにはどう見ても分がなかった。彼の反駁《はんばく》は、相手方の主張から感じられる名誉と卑劣との著しいコントラストをほんの上っつらだけ弱めているにすぎなかった。ことにヤポルはズタフスキー側のような大量の複写を作成する技術を持たず、その抗弁をタイプでコピーしたものをただ二、三枚配付しただけだったからである。これに反してかの文書は先にも述べたように誰の手にも入り、まったく関係のないひとびとの手にも渡った。たとえばナフタやセテムブリーニもそれを受取っていた。――ハンス・カストルプはふたりがそれを手にしているのを見たが、驚いたことにふたりとも気むずかしそうな顔をして異常に熱中してそれに見入っていた。彼自身は周囲の雰囲気に支配されてその余裕はなかったが、少なくともセテムブリーニ氏だけはこういうものを明朗に嘲笑《ちょうしょう》してくれるものと期待していた。しかしハンス・カストルプが認めた蔓延《まんえん》中の伝染病は、このフリーメイスンの明晰《めいせき》な精神にも明らかにその影響を及ぼしていて、そのために彼は嘲笑し去ることができなくなり、この殴打事件の刺激的な興奮に敏感に反応するようになっていた。さらにこのつねに生活を愛する彼の健康状態が、まるで揶《や》揄《ゆ》するようにときどき快方へ向うように見えながら、たえず徐々に悪化していくことも、その気持を暗くさせる原因であった。彼は自分の病気を呪《のろ》い、憎み、自嘲しながらそれを恥じたのであった。だが病いは重く、彼はこのごろでは数日おきに寝こまなければならなくなっていた。

彼の同居人であり論敵でもあるナフタの容態もよくはなかった。彼の有機体の内部でも病気は進行しつつあった。この病気こそは、彼のイェズス会士としての出世に時ならずして終止符を打ってしまった肉体的原因――もしくは表面的理由というべきかもしれない――であったが、いま住んでいる高山の希薄な空気もこの病気の進行を食いとめることはできなかったのである。彼もやはり床につきがちであった。罅《ひび》の入った皿を叩《たた》くようなナフタの声は次第にその響きが強くなり、熱が上がるのにますますよくしゃべるようになり、話しぶりもさらに鋭く辛辣《しんらつ》になってきた。かの病気と死とに対する観念的な反抗、セテムブリーニ氏を苦しめた卑《いや》しむべき自然の優勢に対する敗北、このような感じは小さいナフタには無縁であった。自分の肉体的衰弱に対する彼の態度は、悲観や懊悩《おうのう》ではなく、異様な嘲笑的な陽気と論争癖であり、知的懐疑、否定、混乱を事とする病的な傾向であったが、それがセテムブリーニの憂鬱《ゆううつ》な気分をひどく焦《い》らだたせ、ふたりの理論的な小競合《こぜりあい》は日ごとに尖鋭《せんえい》化していった。ハンス・カストルプはむろん彼が立ち会ったときの論戦についてこういったのであるが、しかし、彼は自分が知らないような論争は一度もないと確信していた。重大な論戦の火蓋《ひぶた》が切って落されるには、教育的対象たる彼の存在が必要であることは、ほぼ確実だったからである。そして彼は、ナフタの陰険な議論をいつか傾聴に値すると評してセテムブリーニ氏を悲しませたことがあったが、しかし彼もナフタの議論が次第に常軌を逸してきて、精神的に健康な埒《らち》をはずすことがしばしばあるのを認めずにはいられなかった。

このナフタという病人は、病気に打勝とうという力もその意志もなく、かえって、世界を病気の具象、その兆《きざし》だと考えていた。一所懸命耳を傾けている弟子を部屋から立去らせるか、その耳を塞《ふさ》ごうと焦慮し、憤慨しているセテムブリーニ氏を尻目《しりめ》に、彼は、物質なるものは、精神を現実化する素材としてあまりにも不適当な素材である云々《うんぬん》と説明して聞かせた。物質によって精神に形を与えるなどということはばかげた目論見《もくろみ》である。そんなことをして何が得られるというのか。まったくの茶番である。賞讃《しょうさん》の的であったフランス革命の現実の所産は資本主義的ブルジョワ国家である――なんと結構な贈り物ではないか。これを改良しようと試みた結果は、このぞっとするような事態を普遍化したにすぎない。世界共和国、これはさぞかしおめでたいお国だろう、間違いなく！　進歩？　いや進歩などというものは、しょっちゅう寝床を変えてみて、それで病気が軽くなると考えている有名なあの病人の話と同じことである。誰もそれとは認めないが、ひそかに世界じゅうに広まっている戦争待望の心理も、この事態のひとつの現われである。結局戦争は起るだろう。それは結構なことではあるが、しかし、この戦争はこれを企てた連中がひそかに期待したものとは別の結果をもたらすであろう。ナフタはブルジョワ国家の安全を軽蔑《けいべつ》した。彼がこの点について一席ぶつきっかけとなったのは、ある秋の日にみなが大通りを歩いていて突然雨が降りだしたので、そこらじゅうの人がみな一斉に号令をかけられたように雨傘《あまがさ》を頭上にかざしたときのことであった。彼によれば、こういうことはまさに文明の所産たる意気地なさと卑しむべき懦弱《だじゃく》とを象徴するものにほかならないのである。汽船「タイタニック号」の沈没のごとき不吉なる椿事《ちんじ》は文化の逆戻りともいうべきものであるが、しかし実はやはりある爽快《そうかい》な感じを与える。だがその直後、交通の安全強化を要望する声はいっそう高くなった。いずれにせよ、この「安全」が脅かされる場合には非常な非難攻撃が起るのが常なのである。まことに情けない話であるが、その通俗的ヒューマニズムの柔弱ぶりは、ブルジョワ国家が行なっている経済的角逐の修羅場《しゅらじょう》に見る貪婪《どんらん》な非人道性や破廉恥と好一対をなしている。戦争! 戦争! 大いに賛成である。世界じゅうが戦争熱に浮かされているのは、まだしももっともなことと考えられるとナフタはいった。

しかし、セテムブリーニ氏が「正義」という言葉を持ちだして、この崇高なる原理を国政の内憂外患の破綻《はたん》に対する予防手段と見なそうとするやいなや、ナフタはその本領を発揮して、ついさっきまでは、精神なるものは、これに現実的形態を与えうるにはあまりにも高尚な存在であると主張していたのに、こんどはこの精神に嫌疑《けんぎ》をかけ、これにけちをつけるのに躍起となった。正義？　正義がそれほど崇拝に値するような概念だろうか？　神聖な、第一義的な概念だろうか？　神も自然も公平とはいえない。それらは寵児《ちょうじ》を作り、依怙贔屓《えこひいき》をし、ある者には危険きわまりない優遇を与えるかと思うと、ある者には安易で平凡な運命を与える。そして常に意欲する人間はどうであろう？　こういう人間にとっては正義は一方ではその意欲を麻痺《まひ》させる弱さを意味し、疑わしきかぎりのものであるが、――他方では断乎《だんこ》たる行為へ駆りたてるラッパの音となるのである。したがって、人間は常に道徳的であるためには、後者の意味の「正義」を前者の意味の「正義」で修正するというふうにやっていかなければならないが――そうすると、どこに観念の絶対性と徹底性があるのか。いずれにせよ、この観点における「正しさ」、あの観点における「正しさ」というものがあるだけである。その他いずれの観点においても「正しい」と称するものはリベラリズムであるが、こんなものは今日では犬も食わない。正義などというものは俗衆の単なる修辞的空言《そらごと》であるということは自明の理である。いざというときには、何よりもまずその意図する正義のなんたるかを弁《わきま》えなくてはならない、つまり、各人にそれぞれの権利を与えようとする正義なのか、それとも、万人に平等の権利を与えようとする正義なのか、と。

　私たちはここに、ナフタがどのように理性の攪乱《かくらん》を目論《もくろ》んだかについて、数かぎりない実例の中から適当にひとつの例を選んだにすぎない。だが彼が科学に言及したときには、もっと始末の悪いことになった、――彼は科学を信じなかったのである。自分は科学を信じない、と彼はいった。科学を信ずる信じないは各人の自由である。科学は他のあらゆる信仰と同様に単なる信仰にすぎぬ。ただ他のいかなるものよりも悪質でばかげた信仰である。この「科学」なる言葉がすでに、最もばかげた現実主義からでてきた言葉だ、つまり、人間の知性に反映する対象の曖昧《あいまい》きわまりない映像を実在と考え、あるいは実在なりと称し、これまで人類が知りえた最もばかげた救いがたい精神的独断論をそこから導きだして恥じない現実主義の言葉なのである。たとえば、それ自体客観的に存在する現象界などという概念は、それこそ最も笑うべき自己矛盾ではないか？　ドグマとして存在する近代自然科学はもっぱら、人間という有機組織の認識形式、つまり、あらゆる現象界の成立条件である空間、時間、因果律なるものが、われわれの認識とは無関係に存在する実在的関係なのだという形而上学的《けいじじょうがく》仮定の上に成り立っているのである。このような一元論的主張はいままでに精神に対して示された最も露骨厚顔な態度といわなければならない。空間、時間、因果律、これを一元論的にいえば、進化ということになる。――そしてこれこそ自由思想的《リベルタン》、無神論的似非《えせ》宗教の核心をなすドグマである。これによって彼らはモーゼの第一書を廃棄せしめ、人間を蒙昧《もうまい》化するモーゼの神話の代りに、まるでドイツの生物学者ヘッケルが地球の発生に立ち会っていたかのような啓蒙的知識を掲げるのである。経験的知識？　宇宙のエーテルは精密に測定できるのか？　原子、この「最小の、それ以上分割し能《あた》わざる小断片」と称するすばらしい数学的機知は証明できるのか？　空間や時間の無限性という説はたしかに経験にもとづいているのか？　実際、少しでも論理的に考えるならば、空間や時間の無限性とか実在性とかいうドグマはおもしろい経験や結果を、つまり「無」という結果を導くであろう。すなわち、リアリズムとは真実のニヒリズムなりという認識に到達するであろう。なぜか？　理由は簡単だ、無限との関係から見るとどんな大きさも結局無に等しいからである。無限の空間においては大きさは存在しないし、永遠の時間の中には持続も変化も存在しない。無限の空間においては距離はすべて数学的には零《ゼロ》に等しいから、ふたつの点が並ぶなどということは考えることができない。まして物体などは存在しえないし、運動も存在しえないことはむろんである。あえてこういうことをいうのは、とナフタはいった、唯物論的科学が、その「宇宙」に関する天文学的ごまかしやその空虚な放言を絶対的認識なりと称している不遜《ふそん》に対抗しようがためなのである。空虚な数字を誇示され、自己自身の存在の空虚さを痛感せしめられ、自己の価値に対する正当なる情熱をも失ってしまった憐《あわ》れむべき人類よ！　人間の理性と認識とがこの地上の現実を離れないで、そこにおける主観的＝客観的な現象に関する体験を実在的なものと考えているならばまだしも許せる。しかしそれにとどまらないで、いわゆる宇宙論とか宇宙開闢《かいびやく》説とか称して永遠の謎《なぞ》に手を触れようとするに至っては、もはや笑ってはすませなくなり、不遜も極《きわ》まれりというべきである。地球から百億の何千倍キロメートル離れているかわからないある星への「距離」だとか、光年だとかを計算し、そういうこけ脅《おど》しの数字によって人類に無限と永遠の本質を解明してみせるなどと自惚《うぬぼ》れるのは、実際なんという冒瀆《ぼうとく》的な無意味な考えか！――事実は、無限というものは大きさとは全然関係がなく、永遠なるものは持続とか時間的距《へだた》りとはおよそ関係がなくて、いずれも自然科学的概念とはなりえないものであり、むしろ、私たちが自然と呼んでいるものの止揚をさえ意味するのである。まったく、子供が星は天傘《あまがさ》の孔《あな》で、そこから永遠の光が射《さ》してくるのだと信じている、あの単純な考えのほうが、一元論的科学が「宇宙」について喋々《ちょうちょう》する空虚な、厭《いと》わしい、尊大な主張にくらべれば、はるかに好ましく思われる。

これに対してセテムブリーニは、ナフタ自身も星については子供と同じようなことを信じているのかときいた。ナフタはこれに答えて、自分は懐疑の謙遜と自由とを失わないつもりだといった。このような言葉から、ナフタが「自由」なるものをどういう意味に解しているか、またそういう考え方がどういう結論へと導きうるかが、またしてもよく見てとれるのであった。ただセテムブリーニ氏に、ハンス・カストルプがこういう議論をおもしろいと思いはしないかと懸念《けねん》するような理由がなければ幸いなのだが、といわなければなるまい。

ナフタの陰険な底意は、自然に打勝っていく進歩に伴う弱点を発《あば》き、また進歩の指導者、開拓者にもある非合理的なものへの人間的な逆戻りの現象を指摘しようとして、そのチャンスを窺《うかが》っていた。飛行家、飛行士などという連中には、と彼はいった、とかく不快ないかがわしい人物が多いが、とりわけ彼らは非常に迷信的である。彼らはマスコットとして豚や鴉《からす》を飛行機に持ちこんだり、三度あちこちへ唾《つば》を吐いたり、幸運な操縦士の手袋をつけたりする。こんなおよそ幼稚な非合理な態度と彼らの職務の根本にある世界観とはどこでどう一致するのだろうか。——ナフタは自分がいま指摘した矛盾をおもしろがり、それにご満悦らしく、長々とこの例についてしゃべりまくった。私たちはナフタの悪意ある議論の実例をお目にかけるために、無数の諸例の中からあれこれとお話ししてきたが、ここになお、あるきわめて特殊の具体的な出来事でお話ししなければならないことがひとつある。

二月のある日の午後、みんなは毎日起居している場所から橇《そり》で一時間半のところにあるモンシュタインへ散歩にいこうということになった。一行はナフタとセテムブリーニ、ハンス・カストルプ、フェルゲとヴェーザルであった。彼らは一頭だての橇二台に分乗した。ハンス・カストルプは人文主義者といっしょに乗り、ナフタはフェルゲと、馭者《ぎょしゃ》台《だい》に坐《すわ》ったヴェーザルと同乗していた。みな十分に着こんで、午後三時に、ナフタとセテムブリーニの下宿を出発し、雪に覆《おお》われた静かな付近一帯に心地いい鈴の音を響かせながら、右手の斜面沿いにフラウエンキルヒとグラーリスの麓《ふもと》を通りすぎ、南へ向けて橇を走らせた。雪もよいの雲が行く手の空に突然現われてきて、やがてはるか後方のレティコン連峰の上方に一条のうす青い空が見えるばかりとなった。寒さはきびしく、山々には霧が湧《わ》いていた。橇の進む道は崖《がけ》と谷とに挟まれた、細い柵《さく》もない平らな道で、荒涼たる樅林《もみばやし》の中を急勾配《きゅうこうばい》に登っていた。橇はのろのろと進んだ。ときどきひとり乗りの橇でおりてくるひとびとに途中で出会ったが、そのひとたちは橇からおりなければならなかった。曲り角の向うから鈴の音が優しく警告するように響いてきて、二頭の馬を縦に並べて引かせた橇が通りすぎていったが、避けるのには注意を要した。目的地近くなってツューゲンシュトラーセの岩壁の一部のすばらしい眺望《ちょうぼう》が開けてきた。一行はモンシュタインの「療養ホテル」と看板を掲げる小さな旅館の前で、からだに巻きつけた毛布から抜けだして、橇をあとにして少し歩き、南東にあたる「シュトゥルゼルグラート」を眺《なが》めた。高さ三千メートルのその巨大な岩壁は霧に包まれていた。ただある一個所だけ、天を摩すような巌《いわ》の尖端《せんたん》が、この世ならぬ天の堂宇のように、はるかに、神々《こうごう》しく、近づきがたい感じで、煙霧の中に屹然《きつぜん》と聳《そび》え立っていた。ハンス・カストルプはひどくそれに感嘆して、他の者にも感嘆するように促した。圧倒されたような気持になって、「近づきがたい」という言葉を口にしたのもやはり彼であったが、それを聞くとすかさずセテムブリーニ氏は、あの岩壁を征服したひとはいくらもいるはずだ、だいたい近づきがたいものなどは存在しない、人間の足跡が印せられていない自然などというものは存在しない、といった。するとナフタが、それは少し誇張でいいすごしでしょうと応酬した。そして、彼はエヴェレスト山を引合いにだして、この山は今日まで人間の衒気《げんき》に対して冷たい拒否的な様子を見せているが、今後ともこの形勢はずっと続きそうだなどといった。人文主義者は気を悪くした。みんなは「療養ホテル」へ引返した。旅館の前には彼らの橇と並んで、馬を解いた他の橇が二、三台止めてあった。

ここは泊れるようになっていて、二階には番号のついたホテル式の部屋もあった。この階には食堂もあって、田舎《いなか》ふうの作りだが、暖房は行きとどいていた。旅行者たちはサービスのいいお上《かみ》さんにお八つの用意をしてもらった。コーヒー、蜂蜜《はちみつ》、白パン、それに土地の名産の乾燥梨《かんそうなし》をきざみこんだ梨パンであった。橇の馭者《ぎょしゃ》へは赤ぶどう酒を届けさせた。スイス人とオランダ人の客たちが他のテーブルに坐っていた。

五人のテーブルでは、熱い結構なコーヒーで温まって、高尚な話に花が咲きはじめた、といいたいところであるが、実はそうではなかった。話はほとんどナフタのモノローグに終始してしまい、誰かが二言三言、言葉を挿《はさ》むと、彼はただちにそれを引取ってひとりで話を続けた。――それはいかにも奇妙な、礼儀を無視したモノローグであった。すなわちかつてのイェズス会士は、いわば懇々と教え訓《さと》すようにもっぱら隣のハンス・カストルプにばかり話しかけ、横にいるセテムブリーニ氏には背中を向け、他のふたりなどは完全に無視してしまうありさまであった。

ハンス・カストルプは適当に賛意を表して、いい加減にうなずきながら聞いていたが、ナフタの即興的モノローグのテーマをはっきりといい表わすのは困難であった。むろん彼は一貫した対象についてしゃべったのではなく、精神的な問題を漫然とあさりまわり、あれこれの問題に言及していたが、だいたいにおいて、その本質的な狙《ねら》いは、精神的な生活現象の疑わしさを指摘し、さらに、そこから導きだされる高遠な抽象的概念の虹《にじ》のごとき不安定な性質、その抗論的な勇ましさと現実的な無能力などということを、ひとの意気を阻喪させるようなやり方で指摘し、絶対と称せられるものがこの地上においてはいかに変貌《へんぼう》に富む装《よそお》いの下に出現するか、ということを納得させようとする点にあった。

とにかく彼の訓話は自由という問題をテーマにしたものにはちがいなかったが、しかし彼はこの概念を混乱させようとしてかかった。その中で彼はとくにロマン主義についても論じ、この十九世紀初頭に生起したヨーロッパ的運動の眩惑《げんわく》的な二面的性質について話した。すなわちこの運動に関しては、反動と革命というふたつの概念は、より高次の第三の概念に統一されないかぎり、その意味を失うという点を指摘した。なぜなら、革命という概念をもっぱら進歩とか勇往邁進《まいしん》する啓蒙《けいもう》とかいうものにのみ結びつけようとするのは、むろん笑止のかぎりである。ヨーロッパのロマン主義は何よりも自由運動であった。すなわち、ロマン主義とは反擬古主義、反アカデミズムであり、フランスの擬古趣味、時代遅れの理性主義に反抗する運動であり、理性主義の擁護者を時代遅れの石頭と嘲笑《ちょうしょう》した運動である、とナフタはいった。

さらにナフタはナポレオンに対する自由戦争、フィヒテの感激、耐えがたい圧制に対するあの熱情的な多くの詩歌《しいか》に歌われた民族的高揚などに言及した。——ところがその相手の圧制なるものは、へへ、残念なことに自由が、つまり、革命的諸理念が具体化したものにほかならないのだ。なかなか愉快ではないか、ロマン主義者たちは反動的君主専制に味方して革命的専制を粉砕しようとして、声高らかに歌いつつ蹶起《けっき》したのである。しかもこれが自由のためになされたのだ。

若くして聞く耳を持てるお方は、とナフタはいった、以上のことから外的自由と内的自由との相違もしくは対立ということにお気づきであろう——そして同時に、いかなる隷属《れいぞく》が一国民の名誉と最もよく調和しうるか、へへ、調和しえないか、といういきわどい問題の所在にもお気づきであろう。

自由という概念はそもそも啓蒙的というよりはむしろ本来ロマン的な概念である、とナフタはいった。なぜなら自由の概念には、ロマン主義におけると同様に、人類の外延的拡大への衝動と強い収斂《しゅうれん》的傾向を持った内向的自我主張の意欲とが、分離できないほどに交錯し混在しているからである。個人主義的自由の欲望は、歴史的＝ロマン的な国民的伝統の讃美《さんび》を生ぜしめた。この讃美には好戦的傾向があり、人道主義的リベラリズムの側ではこれを陰惨だとして非難するのだが、彼らといえども同様に個人主義を説いているのであって、ただちょっとそのやり方が違うだけなのだ。個人主義は個人の無限的な宇宙的な重要性を確信し、ここから霊魂不滅説、地球中心説、占星術を導きだそうとする点ではロマン的＝中世的であるともいえるのである。しかし他面、個人主義はリベラルなヒューマニズムの相貌《そうぼう》をも持っているけれども、これは無政府主義へ赴《おもむ》く傾向があり、とにかく個人が集団の犠牲になることを極力避けようと努める。これはいずれも個人主義であって、ひとつの言葉が多くの意味を持っているわけである。

しかし、自由に対する熱情が、自由に対するきわめて優《すぐ》れた敵対者を招き寄せたことは、認めないわけにはいかない。これらのひとびとは不信心な破壊を事とする進歩と戦って、過去の伝統を擁護した才気煥発《かんぱつ》の騎士たちであった。そしてナフタは、重工業主義を呪《のろ》って貴族主義を讃美したアルントや、「キリスト教的神秘主義」を著述したゲレスの名前をあげた。実際、神秘主義は自由となんの関係もないといえるだろうか？　神秘主義なるものは、反スコラ派、反独断主義、反教権主義だったはずではないか。教権政治の中にはある自由の実現に対する力を認めざるをえない。なぜならそれは君主制の過大な要求を阻止したからだ。しかし、中世末期の神秘主義は宗教改革の先駆という意味で、リベラリズムの傾向を持っていた。——そしてこの宗教改革なるものは、へへ、自由と中世的反動とが解きがたく緊密に結ばれてできあがった織物だったのである。……

ルターの仕事……さよう、彼のやったことには、行為自体、行為一般の疑わしい性質をきわめて明瞭《めいりよう》に、露骨なほどまざまざと実証してくれるという功績を認めることができるとナフタはいい、聞き手のハンス・カストルプに、そもそも行為とは何を意味するか知っているかと尋ねた。行為とはたとえば愛国学生団員《ブルシエンシヤフト》ザントが枢密院《すうみついん》顧問官コッツェブーを暗殺したというようなことである。犯罪学者の口調を藉《か》りると、何が若いザントをして「凶器を手にさせたか」ということである。むろん、それは自由に対する熱情である。しかし、さらに立ち入って観察すると、実は自由に対する熱情などではなくて、むしろ道徳的狂信、非国民的軽浮に対する憎悪《ぞうお》にほかならなかったのだ。たしかにコッツェブーはまたロシアの手先であり、したがって神聖同盟の片棒を担《かつ》いでいたのだから、ザントはやはり自由のために彼を撃ったということになる。――ところが、これもまた怪しい。なぜなら、ザントの親友の中にイェズス会士がいたという事情があるからである。要するに、行為というものはどんなものであろうと、思想を闡明《せんめい》するには不十分な手段であるし、精神的な問題の解決に寄与するところはほとんどない、とナフタはいった。

「失礼ながらお尋ねいたしますが、そろそろそのいかがわしいお談義はお終《しま》いになさってはいかがでしょうか」

そう尋ねたのはセテムブリーニ氏であったが、その口調は鋭かった。彼はそれまで黙って坐っていて、指でテーブルの上を叩《たた》いたりひげをひねったりしていたが、とうとう堪忍袋《かんにんぶくろ》の緒を切らせたのだ。彼はまっすぐに坐り直した。まるでうしろに反《そ》りかえっているような様子であった。――真《ま》っ蒼《さお》な顔をして、いわば坐ったまま爪立《つまだ》ちするような格好になったので、ただ腿《もも》のうしろの方が椅子《いす》の上に触れているだけであった。彼はこの姿勢で、その黒く輝く眼で敵をじっと睨《にら》んだ。ナフタはわざと驚いた顔をして見せながら彼の方を振返った。

「あなたはいまなんとおっしゃいましたか」

とナフタはきき返した。……

「私は」とイタリア人はいって、唾を呑《の》んだ。「私はまったく無防禦《むぼうぎょ》の状態にある青年を、あなたのそのいかがわしい話でこれ以上悩ますことはやめていただこうと決心した、ということを申しあげておきます」

「あなた、私は要求します、言葉に気をつけていただきたい」

「そのご要求には及びません、あなた。私は自分の言葉にはいつも気をつけています。あなたの態度はただでさえ動揺しがちな青年の精神を乱し、惑わし、道徳心を阻喪させるものだ。こんな言語道断な破廉恥はどんなにきびしい言葉で懲らしめても足らないというべきです。私のこの言葉はいささかも事実と違っていないはずです……」
「破廉恥《はれんち》」という言葉を口にしたとき、セテムブリーニは平手でテーブルの上を叩き、椅子をうしろにはね飛ばしてすっくと立ちあがった。それを合図のようにみんなも同時に立ちあがった。他のテーブルの客たちは耳をそばだててこちらを見た。――スイス人たちのほうはもういなかった。もうひとつの食卓を占めていたオランダ人たちは驚いて、この突発した口論に耳をすませて、こちらを見た。

こちらのテーブルではみんな凝然と突っ立ったままであった。ハンス・カストルプとふたりの仇《かたき》同士はこちら側に、そしてフェルゲとヴェーザルとは向う側に立っていた。五人とも真っ蒼な顔をし、眼を見開き、唇《くちびる》を震わせていた。仇同士以外の三人がなだめるとか、冗談でもいって緊張した空気を和らげるとか、何か親切にいって聞かせてその場を事なく終らせるとか、何かそういう試みができなかったものであろうか。しかし、誰もそうしようとはしなかった。一般に広まっている精神状態がそれを妨げているようであった。みんなは立ったまま震え、思わず手を握り締めていた。すべて高尚なことはご免を蒙《こうむ》って、この口論の重大な意味を判断することなどはじめから完全に諦《あきら》めているA・K・フェルゲ――その彼でさえ、もうのっぴきならぬ、自分たちも巻きこまれている以上、もはや成るようにしか成らぬと観念したらしい。彼の善良そうなふさふさした口ひげは烈《はげ》しく上がったり下がったりしていた。

しーんとした中で、ナフタの歯ぎしりするのが聞えた。それはハンス・カストルプにはヴィーデマンの怒髪が逆立つさまを見たのと同様にはじめての経験であった。彼はこんなことは単なる形容としていうだけで、実際にはありえないことと思っていた。ところがナフタはしーんと静まり返った中で本当に歯ぎしりをしたのである。それはひどく不快な、野蛮な、恐ろしい響きであったが、しかしこれはとにかく彼が内心烈《はげ》しく自制心と戦っている証拠であった。彼は喚《わめ》いたりせずに、喘《あえ》ぐように、えもいわれぬ声をだして笑いながら、低い声でいった。

「破廉恥？　懲らす？　謹厳居士《こじ》もとうとうご立腹ですか？　文明の教育的警察官はいよいよ鯉口《こいぐち》を切るというところまでこられたな――これは成功というべきでしょう、まずね。――つまらぬことですが、ちょっと付け加えれば、実に簡単な成功でした。なぜなら、道徳の監視人をいきり立たせるには、ちょっとからかうだけで十分だったのですからな。あとのことは当然の成行きになるでしょう、あなた、その『懲らす』ほうもです。礼儀を弁《わきま》えておられるあなたのことだから、あなたが私に負った義務がなんであるか、おわかりにならないなどということはないと思います。もしおわかりにならないとしますと、私は余儀なくあなたの心得ておられる礼儀なるものの原則をある手段で試《ため》してみなければならなくなるのですが、それは――」

セテムブリーニ氏が険しい様子を示したので、ナフタは続けていった。

「ああ、わかりました、ではわざわざ試す必要はないようですね。私はあなたの邪魔になるようですし、あなたは私の邪魔になる――よろしい、このつまらぬいざこざの決着は後刻適当な場所でつけることにしましょう。ここではこれだけをいっておきます。あなたはジャコバン党革命のスコラ哲学的観念国家に対して感傷的な恐れを感じていて、私が青年を懐疑させ、範疇《はんちゅう》をくつがえし、いっさいの理念からそのアカデミックな尊厳を奪うやり方を、教育に対する犯罪的行為だといわれるのでしょう。あなたのその恐れは当然すぎるくらいのものです。なぜならあなたのいわれる人道主義は、すでに破滅に瀕《ひん》しているからです。――よろしいか、すでに終りなのです。そんなものは今日ではもはや前世紀の遺物だ、陳腐な擬古主義のお飾りだ。続けざまに欠伸《あくび》を催すような精神的なアンニュイです。それらのすべてを清算するためにこそ、私たちの新しい革命が起ろうとしているのです。私たちが教育者として、あなた方の微温的な啓蒙《けいもう》思想が夢想だにしなかったような深刻な懐疑を植えつけようとしているのも、私たちは自らの言説の意味を知って、ひそかに期するところがあるからなのです。徹底した懐疑、道徳的な混沌《こんとん》の中からのみ、時代の要求する絶対的なもの、聖なるテロルが生れでるのです。これは私自身の弁明であり、かつあなたへの啓蒙です。これ以上のことは他の機会に譲ります。いずれご挨拶《あいさつ》をいたします」

「とっくりと伺いますぞ」とセテムブリーニは、テーブルから離れて、毛革の外套《がいとう》を取りに衣裳《いしよう》掛けの方に急ぐナフタに大声で浴びせかけた。共済秘密組合員《フリーメイスン》はどっと椅子に倒れこんで、胸の上に両手を当てた。「破壊者（Distruttore!）狂犬（Cane arrabbiato!）血に飢えた男（Bisogna ammazzarlo!）」と彼は息も切れぎれに呻《うめ》くように呟《つぶや》いた。

他の三人はまだテーブルの前に立ったままであった。フェルゲの口ひげは依然上下運動を続けていた。ヴェーザルは下顎《したあご》を歪《ゆが》めていた。ハンス・カストルプは頸《くび》が震えてしようがないので、祖父の真似《まね》をして頤《おとがい》を引いていた。みなは、出発するときにはこんなことになろうとは夢にも思わなかったのにと考えていた。一台の橇に乗らないで、二台の橇に分乗してきたのは不幸中の幸いだったと考えた。セテムブリーニ氏さえもその例外ではなかった。これでさしあたり帰り道の心配はとにかくしなくてもすんだ。しかしその後にくるものは？

「彼はあなたに決闘の申しこみをしたんですね」とハンス・カストルプは胸苦しい気持でいった。

「そうです」とセテムブリーニは答えて、かたわらに立ちつくしているハンス・カストルプを一瞥《べつ》したが、すぐ眼をそらせて頭を手でささえた。

「お受けになりますか」とヴェーザルがきいた。……

「それをおききになるんですか」とセテムブリーニは答えて、やはりヴェーザルをちらと見た。……「みなさん」と彼は言葉を続けながら、すっかり落着きを取戻して立ちあがった。「私は愉快なるべき行楽がこんな結果に終ったのを悲しく思います。しかし、一生のうちには誰でもこういう突発的な出来事にでくわすものと覚悟していなくてはなりません。主義としては私は決闘を認めません。法律に従って争いたいと思います。しかし、実際問題となると話は別です。場合によっては、――反対の考え方が、――要するに、私はあのひととの要求に応じます。幸いに若いころ、少しばかり剣を使ったことがあります。二、三時間も練習すればまた手首が柔らかになるでしょう。さて、帰るとしましょう。これから委細を打合せなければなりません。もうあのひとは馬橇《ばそり》の用意をさせたのではないでしょうかね」

ハンス・カストルプは帰る途中でも、また、その後でも、間もなく起ろうとしていることの奇怪さにめまいを覚えるような瞬間を経験した。ことに、ナフタが切ったり突いたりだけの決闘には耳を藉《か》さないで、ピストルの撃ち合いを主張しているということ、――そして名誉権の考え方からいって侮辱を受けたのはナフタのほうであるから、実際彼が武器を選ばなければならないのだということがわかったとき、ハンス・カストルプは一瞬くらくらとするほどであった。そして、そういう瞬間、ハンス・カストルプ青年はすぐに気を取直して、例のみなを麻痺《まひ》させ朦朧《もうろう》とさせている精神状態からある程度自分の精神を解き放つことができて、こんなことは正気の沙汰《さた》ではない、これは是が非でもやめさせねばならない、と真剣に考えるのであった。

「たしかに侮辱という事実があったのなら話は別ですが」と彼はセテムブリーニ、フェルゲ、ヴェーザルと話しながら叫んだ。ヴェーザルはすでに帰りの橇の中でナフタに介添人の役を頼まれ、双方の取次ぎをしていた。「これが一般にいう民事的、社会的な侮辱といえますか。あるひとの名誉ある名前を汚したとか、女に関することだとか、何かそういうはっきりした理由があって、調停のしようのないことだとかいうのなら話は別ですが。そういう場合には最後の手段として決闘に訴えるのもいいでしょう。これによって名誉を償うことができ、事件が円満に片づき、つまり、対立した両者が和解して去ることができるという場合には、それは適当な処置であり、ある種の紛争には有効で実用的であるともいえるでしょう。だが、いったい、ぼくたちの場合、彼は何をしたというのです。むろんぼくは彼を弁護しようという気は毛頭ありませんが、ただ、彼はあなたを侮辱するようなことを何かやったのかとお尋ねするだけです。なるほど彼はあらゆる範疇をくつがえしました。彼の言葉を借りれば、すべての観念からアカデミックな尊厳なるものを奪い取りました。あなたはそれを侮辱ととられたのです。――まあ、むろんそうだと仮定しても――」

「仮定する」とセテムブリーニ氏は問い返して、彼を見つめた。……

「むろん、むろんです。彼はそれによってあなたを侮辱しました。ですが、彼はあなたの悪口をいったわけではありません。これは同じことではありません、失礼ですが。すべては抽象的、精神的な問題だったのです。問題が精神的なものに関するかぎり、それによってひとは侮辱を与えることはできますが、悪口をいうことにはなりません。これはどこの名誉裁判所でも認められる原則です。これは絶対断言できます。ですから、あなたが彼に答えて『破廉恥』とか『厳重な懲戒』とかおっしゃったのも、決して悪口にはなりません。なぜならあれも精神的意味でいわれたものであり、すべて精神的な領域におけることであり、個人的なものに関しているのではないのですから。個人的な問題においてのみはじめて悪口するなどということも起りうるのです。精神的問題は決して個人的な問題となりえません。これはいまいった原則の補足と説明です。そういうわけですから――」

「それは間違いです、あなた」とセテムブリーニは眼を閉じて答えた。「あなたは第一に精神的な問題が個人的性格を持ちえないと仮定される点ですでに間違っておられます。そう考えてはいけません」そういって、彼はあの独得な上品な痛ましげな微笑を浮べた。「しかし、あなたは何よりも精神的な問題の評価という点でまったく間違った考え方をしていらっしゃる。現実の生活はときとして武器を取って立つよりほかに解決策がないような葛藤《かっとう》や情熱を伴うのに反して、精神的な問題にはそれほどの烈《はげ》しさ、きびしさで争われるほどの力はない、とあなたはお考えのようです。ところが逆です。（All'incontro!）抽象的な、純粋な、観念的な問題はまた同時に絶対的な問題でもあるのです、これこそ本当に真剣な問題なのです。これこそ社会生活におけるよりもはるかに深刻に、かつ過激に、憎悪《ぞうお》を刺激し、絶対的な和解不可能な敵対関係を生ぜしめる可能性をはらんでいるのです。あなたはこういう問題が普通の社会生活よりも直接に峻烈《しゅんれつ》に、おれか、きさまかという真に過激な情勢に、肉体をもって相争う決闘という急迫した情勢に立ち至ったので唖然《あぜん》としておられることでしょう。決闘というものは、あなた、『ありふれた手段』などというものではありません。これはいわば最後的なもの、自然の原始状態への復帰なのです。ただ騎士道的な一種の粉飾によってわずかに和らげられてはいますが、これとてもほんの形式にすぎないのです。その本質は依然として原始的で、肉体の闘争にほかならないのです。男なら何人《なんぴと》も、いかに自然的状態から離れた文化生活をしていても、常にこの原始的状態に備えておく必要があります。いつそういう状態に陥るかわからないからです。精神的問題に対して自分の全部、自分の腕、自分の血を賭《か》けてその責任をとりえないような人間は、そういう問題にたずさわる資格はありません。人間が精神的であろうとすれば、それだけまず一個の男子たることが必要なのです」

これではハンス・カストルプのほうが訓戒された形であった。これに対してなんと答えられたであろう。彼は沈鬱《ちんうつ》な気持で思い悩みながら黙っていた。セテムブリーニ氏の言葉は冷静で論理的な感じであったが、それでも彼の言葉としてはそこには何か異様な不自然な調子があった。彼が述べた考えは実は彼の本当の考えではなかったのである。

――決闘にしても決して彼自身が申しでたのではなくて、テロリストの小男ナフタから挑《いど》まれたものであった。――彼の考えはまさに周囲の一般的な精神状態のしからしめたひとつの現われにほかならず、セテムブリーニ氏の明晰《めいせき》な知性さえもその奴隷《どれい》になり、その道具と化したのであった。精神的な問題はその峻厳さのゆえに、容赦なく動物的行動によって肉体的争闘によって決着させられなければならないとはまたなんということであろう。ハンス・カストルプはそんな考えは認めまいとした。少なくともそうしようと努めた。――そしてそれができないことを知って愕然《がくぜん》とした。周囲の精神状態は彼の内部をも強力に支配していて、彼もやはりそれから逃《のが》れることはできなかった。ヴィーデマンとゾンネンシャインとがまるで獣のように摑《つか》み合って転げまわっているさまがまざまざと思いだされて、恐ろしい、いよいよお終《しま》いだという予感に襲われた。彼は最後にものをいうのは結局爪《つめ》とか歯とかいう肉体的なものであるのを悟って、身の毛のよだつ思いをした。そうだ、結局彼らは決闘しなければならないのだ。そうだとすれば、騎士道的粉飾によってあの原始的状態が和らげられるだけ、せめてもの救いになるわけだ。……ハンス・カストルプはセテムブリーニ氏の介添人になることを申しでた。

これは拒絶された。いや、それはよろしくない、適当でない、という返答であった。

――まずセテムブリーニ氏が例の上品な痛々しい微笑を浮べながらそういったが、またフェルゲもヴェーザルも、しばらく考えてから、別にこれという理由はあげずに、ハンス・カストルプが介添人という資格で決闘に関係するのはよろしくないといった。第三者の立会人としてなら——そういう人間が立ち会うことは決闘の動物性に対する騎士道的緩和の規定として必要とされているのだから——彼は決闘場に臨んでも差支《さしつか》えないだろう、と彼らはいった。ナフタ自身もその介添人ヴェーザルを通じて同じ意味のことを伝えてきたので、ハンス・カストルプはそれに従った。とにかく、彼は立会人であれ判定人であれ、決闘場の状況を決定するに当って自分の意見を加えることができる立場になった。そして、これが大いに必要なことがわかってきた。

というのもナフタがとほうもない条件を持ちだしてきたからであった。彼は、間隔を五歩とし必要とあれば三度ずつ撃ち合うことにしたいと要求した。彼はこの狂気に類する申し出を、衝突のあった日のその晩にヴェーザルを通じて通告してきた。ヴェーザルはまったくその野蛮な関心の代弁者、代表者になりきっていて、半ばはナフタの委任により、半ばは自分自身の趣味から、頑強《がんきょう》にこの条件を主張した。むろん、セテムブリーニにはなんの異存もなかったが、介添人のフェルゲと中立を保っていた立会人ハンス・カストルプとは大いに怒り、ハンス・カストルプのごときはわれを忘れて卑《いや》しむべきヴェーザルをどなりつけさえした。具体的な侮辱など何ひとつあったわけではない純然たる抽象的な決闘だというのに、こういう無謀な不都合きわまりないいい分を主張していったい恥ずかしくないのか、と彼は詰問《きつもん》した。ピストルでやるというのでさえひどいのに、こんな殺人的な条件を持ちだしてくるとはなんたることか。もうそうなれば騎士道も何もありはしない。いっそ鼻を突き合せて撃ち合ったらよかろう。ヴェーザルはこんな距離から、自分が撃たれるのではないからこそ、そんな血に飢えたような無慈悲なことを平気で口にできるのだ——云々《うんぬん》。ヴェーザルは肩をすくめて、事態はそこまで切迫しているのだ、というような意味を無言のうちにほのめかしたので、この事実をともすれば忘れそうになる相手側はそれによっていくらか気勢を殺《そ》がれた形であった。とにかく、翌日も一日じゅう押し問答をくり返したあげく、まず三回の撃ち合いを一回に減らすことに成功し、次いで距離の問題については、双方が十五歩の間隔を置いて対峙《たいじ》し、撃つ前に五歩だけ前進する権利を与える、ということに訂正することができた。しかもこれさえ、決して和解の試みを行わないという保証の下に、やっと承諾されたのであった。ところでピストルがなかった。

アルビン氏がこれを持っていた。ご婦人方をこわがらせては喜んでいたあの小型のピカピカしたレヴォルヴァーのほかに、ビロードの同じケースに収めた一対の将校用ピストルを持っていた。それはベルギー製の自動式のブローニングで、褐色《かっしょく》の木製の柄の中に弾倉があり、鋼鉄製の機械装置の部分は薄青く光り、きらきらした銃身の先に小さな照尺がしっかりとついていた。ハンス・カストルプはいつだったか法螺《ほらふ》吹きのアルビン氏の部屋でこのピストルを見たことがあった。彼はそれを思いだして、決闘を悪と見なす自分の確信に背《そむ》くことではあったが、まったく何気ない調子で、それを借りることを申しでたのであった。ピストルの使途については別に隠しだてはしなかったが、それは自分の名誉にかかわる秘密だというように取繕い、法螺吹き男の騎士的精神に訴えるようにに持ちかけて、簡単に借りだすことに成功した。アルビン氏は装塡《そうてん》の仕方を教えてくれたうえ、ハンス・カストルプと戸外で双方のピストルから弾丸を試射して見せた。

こんなことで時間がかかったので、決闘の対面となるまでに二日と三晩が経過した。決闘の場所はハンス・カストルプの思いついたところに決った。彼が申しでた場所というのは、彼が「鬼ごっこ」をするために引きこもる例の隠遁所《いんとんじょ》、夏になると一面に青い花が咲くあの絵のように美しい場所であった。ここで事件があってから三日目の朝、夜が白みはじめるとともに、争いのかたをつけることになった。ひどく興奮していたハンス・カストルプには、やっと決闘の前夜になって、それもかなり晩《おそ》くなってから、決闘場へ医者を連れていく必要があるのではないかという考えが浮んだ。

彼はさっそくそれをフェルゲに相談したが、これは非常に困難であることがわかった。ラダマンテュスは学生組合の先輩として決闘には理解があるだろうが、現にサナトリウムの院長である彼はこういう非合法行為に加担するわけにいかないし、ことに決闘をやろうというのが患者同士なのだから問題にならない。いずれにせよ、重症患者ふたりのピストルの撃ち合いに手をかしてくれそうな医者をここで捜しだす見込みは、ほとんどなかった。クロコフスキーはというと、この霊界の学者には傷の手当の心得があるのかどうか、それさえ怪しいものであった。

ヴェーザルに相談してみると、彼は、ナフタがすでに医者を必要としないといっている旨《むね》を報告した。彼は薬を塗ってもらったり包帯してもらったりするためにかの場所に臨むのではない。撃ち合いにいくのだ、真剣な決闘をしにいくのだ。その先のことはどうなろうと知ったことではない、そのときになればわかることだ、とナフタはいったそうであった。それは何か不吉な宣言のように思われたが、ハンス・カストルプは、それを、ナフタが医者の必要はたぶんなかろうとひそかに考えているのだ、というふうに努めて解釈してみた。セテムブリーニもまた彼のところへ使いにいったフェルゲを通じて、その問題は考えないでほしい、自分には興味がない、といっているではないか。決闘の当事者が本当はいずれも相手の血を流す気がないのだと期待しても、それほど不条理だとはいえないはずである。あの口論をやってからどちらも二晩眠ったことだし、今夜もう一晩眠るわけだ。そろそろ興奮がさめて、頭が冷静になるはずだ。こういう感情というものは時の動きに左右されずにはいないからである。あすの朝早く、武器を手にしたときには、相対峙するふたりはもうあの口論をした日の晩とは違った気持になっているにちがいない。あの晩ならふたりとも望むところとばかりに断乎《だんこ》として戦ったろうが、明朝になればもはや現在の自由意志に従ってではなく、せいぜい名誉心から余儀なく機械的に行動するにすぎないであろう。そしてふたりとも、過去の気持に拘泥《こうでい》して現実の自分を否定するようなことは、とにかくなんとか防ぎとめることができるだろう。

ハンス・カストルプのこの予想は必ずしも間違ってはいなかった。――まさに正しかったのだが、残念なことにそれは彼が夢にも考えなかったような具合に証明されたのである。セテムブリーニ氏に関するかぎり彼の予想は完全に正しかったといってよい。だがしかし、レオ・ナフタがどのような意味で、最後の瞬間に至るまでに、もしくは、最後の瞬間に至って、その決心を変えるかということを予感することができたならば、たといこれらすべての事件を生ぜしめた一般の精神的雰囲気が彼を虚脱状態に陥らせていたにしても、彼は目前に迫った決闘をなんとかして食いとめずにはおかなかったであろう。

七時には朝の太陽はまだ山の上に姿を現わすには至らなかったが、立ちこめる霧が少しずつ明るくなりはじめていた。不安な夜をすごしたハンス・カストルプは、約束の場所に急ごうとして「ベルクホーフ」療養所を後《あと》にした。広間を掃除していた女中たちが手を休めて訝《いぶ》かしげに彼を見送った。しかし表玄関にきてみると、もう門には鍵《かぎ》がかかっていなかった。ヴェーザルとフェルゲとが、いっしょにか別々にか知らないが、ひとりはナフタを、ひとりはセテムブリーニを決闘場に連れていくために、もうここを通ったに相違ない。彼、ハンスは立会人という資格からいってどちらの側にもつくわけにいかなかったから、ひとりで決闘の場所へ赴《おもむ》いた。

彼はいまの情勢を考えると気が重くなるばかりであったが、機械的にただ体面を考えて余儀なくでかけていった。彼が決闘に立ち会うことはむろん必要であった。それを避けて、結果をベッドの中で待っていることはできなかった。なぜなら、第一に——と彼は考えたが、第一の理由を考えることは憚《はばか》って、すぐ第二の理由を付け加え、事態をこのままほうっておくことはできないからだ、と考えた。ありがたいことに、まだ何も悪いことは起っていないし、必ず起るともかぎらないし、いやそれどころか、起りそうにもないともいえるのである。まだ電気が点《つ》いている時間に起きなければならなかったし、朝飯も食べずに、酷寒の夜明けに野天で落ち合わなければならないのだが、これはこう申合せたことなのである。だが、いよいよという瞬間には、ハンス・カストルプがその場に居合せるということだけで、きっと事態がなんとかいいほうに、明るいほうに変っていくのではないだろうか。——どんな具合にということはいまから予想できないことだし、予想してみようなどと思わないほうがいい。どんなに小さな事柄も、予《あらかじ》め思い描いていたものとはまったく違った成行きになってしまうのは、経験の教えるところではないか、とハンス・カストルプは考えた。

それにしても、その朝は彼が思いだすかぎりでの最も不愉快な朝であった。疲れと不眠で、彼は神経質になって歯の根が合わなくなり、意識の少し奥のほうではいま考えたばかりの気休めが信じられなくなりそうであった。実際このごろはまったく異常なことばかり起っている——口喧嘩《くちげんか》でからだをこわしてしまったミンスクの婦人、猛《たけ》りたった生徒、ヴィーデマンとゾンネンシャイン、ポーランド人の殴打《おうだ》事件などが、無残な感じで思いだされた。彼は自分の眼の前で、自分の立ち会っている前で、ナフタとセテムブリーニとが撃ち合い、血を流し合うなどということは想像もできなかった。しかし、現に彼の眼の前でヴィーデマンとゾンネンシャインとが実際に演じてみせた場面のことを考えると、彼は自分をも自分の周囲のものをもすべて信ずる気がなくなり、毛革の上着を着ていながらぞくぞくと寒気がするのであった。——しかし、その一方ではやはり、自分のいま置かれている事態の異常な悲愴《ひそう》な感じが、早朝の爽《さわ》やかな鼓舞するような感じといっしょになって、彼の気持を引きたて、生気をよみがえらせてくれた。

こうして入りまじり移り変るさまざまな気持や考えに見舞われながら、ハンス・カストルプは次第に明るくなってくる薄明の中を、「村」の二連橇《ボッブスレー》のコースの終点から細い坂道を伝って斜面をのぼり、深い雪に埋もれた森に達し、二連橇《ボッブスレー》のコースの上にかかった木橋を渡り、樹間を抜ける、シャベルというよりは人の足でできたような道を踏みつけながらのぼっていった。彼は急いで歩いていったのですぐにセテムブリーニとフェルゲとに追いついた。フェルゲは裾《すそ》の長いマントの下に片手でピストルの函《はこ》をしっかり抱《かか》えていた。ハンス・カストルプは躊躇《ちゅうちょ》なくふたりの仲間に加わった。そして彼らと並んでいくとすぐ、彼は少し前方にナフタとヴェーザルが歩いていくのに気がついた。

「寒い朝ですね、少なくとも零下十八度には下がっているでしょう」と彼は気を利《き》かしたつもりでいったが、すぐに自分の言葉がいかにも軽々しかったのにはっとして、こう付け足した。「皆さん、ぼくは確信しています……」

他のふたりは黙っていた。フェルゲは善良そうな口ひげを上下に震わせていた。しばらくするとセテムブリーニは立ちどまって、ハンス・カストルプの手をとらえ、その上へもう一方の手をのせていった。

「あなた、私は殺しはしません。そんなことはしません。私は彼の弾丸に身を曝《さら》すだけにします。私が名誉にかけてやらなければならないことはそれだけです。私は殺しはしません。安心していてください」

そして彼は青年の手を放してふたたび歩きだした。ハンス・カストルプは深く感動させられたが、二、三歩、歩いてからいった。

「実にご立派です、セテムブリーニさん、ただ向うが……もし彼のほうが……」

セテムブリーニ氏はただ頭を振っただけであった。ハンス・カストルプは一方が撃たなければ、相手も撃つわけにはいくまいと考えたので、これで万事うまくゆきそうに思え、予想が的中しそうな感じがした。これで彼の気持は大分軽くなった。

みんなは山峡の上にかかった小橋を渡った。ここは、夏には、いま下の方に音もなく凍《い》てついている滝が飛沫《ひまつ》をあげて流れ落ちており、この場所の絵のような感じを一段と深めていた。ナフタとヴェーザルとが雪の中で、厚い白い褥《しとね》に覆《おお》われたように見えるベンチの前を行きつ戻りつしていた。このベンチの上でかつてハンス・カストルプは、いつになく鮮《あざ》やかによみがえってきた回想にふけりながら、横になって鼻血の止るのを待ったものであった。ナフタは巻煙草《まきたばこ》を吸っていた。それを見てハンス・カストルプは、自分ものみたいかどうか試《ため》してみたが、全然のむ気が起らないので、ナフタがのんでいるのはどうしても平静を装《よそお》っての気どりにちがいないと考えた。ここへくるといつも感ずるあの愉《たの》しい気持で、ハンス・カストルプは馴染《なじみ》の場所の雄大な親しみ深い景色を見まわしたが、いま氷雪に閉ざされている眺《なが》めも、青い花の咲きそろう夏のころにいささかも変らぬ美しさであった。斜めに眼の前に突きでている樅《もみ》の幹にも枝にも、雪が重そうに積っていた。

「お早う」と、彼は明るい声で挨拶《あいさつ》した。彼はいきなりその場になんとか自然な調子を持ちこんで、険悪な空気を追い払うのに一役買おうと思ったのであるが、――しかし、これは成功しなかった。返事をする者は誰もなかった。とにかく互いに挨拶は交《か》わしたが、無言で、ほとんど目につかないくらいに、ぎごちなく頭を下げただけであった。それでもハンス・カストルプは、ここに到着した興奮、ひどく早くて大きい息づかい、冬の早朝を大急ぎでやってきたためにからだの中にみなぎる暖かさ、そういったものをすぐに利用して、その勢いに乗って事をうまく運ぼうというつもりで、こういいはじめた。

「皆さん、ぼくは確信しています……」

「あなたの確信とやらをお述べになるのはまたいつか別のときにしていただきましょう」と、ナフタは冷やかに遮《さえぎ》った。「武器をいただきます」と、ナフタは同じように傲《ごう》然《ぜん》とした態度でいった。出鼻を挫《くじ》かれて黙りこんだハンス・カストルプはぼんやりして、フェルゲがマントの下から恐ろしい箱を取出し、ヴェーザルがフェルゲのところへ歩み寄ってピストルの一梃《ちょう》を受取り、それをナフタに手渡すのをじっと見ているよりほかはなかった。セテムブリーニはフェルゲの手から他の一梃を受取った。それからみなはわきへ寄って場所を作らなければならなかった。フェルゲはぶつぶついいながらみなにそれを頼み、距離を足で測り、目印をつけにかかった。靴の踵《かかと》で雪の中に短い線を引いて外側の境界を示し、内側の境界はフェルゲ自身のとセテムブリーニの散歩用ステッキを横に置いて示した。

善良な忍従者フェルゲ、この男はいったいまたなんということをやりだしたのか。ハンス・カストルプは自分の眼が信じられなかった。フェルゲの足は長かったし、しかもかなりの大股《おおまた》で距離を測ったので、約束の十五歩は相当大きな間隔になった。もっともその内側には呪《のろ》われた二本のステッキが横たえられていて、この二本のステッキの間隔は実際にそうたいして離れていなかった。むろん、フェルゲは真面目《まじめ》にやっているのであった。しかし、それにしても、こういう恐ろしい準備を平気でやっているこの男は、いったいどんな悪魔に魅入られて、その頭を狂わせてしまったのか。

ナフタは毛革のマントを脱いで、てんの裏地を見せたまま雪の上へはね飛ばし、ピストルを片手に、いま靴の踵でつけられたばかりの外側の線のところへ歩み寄った。フェルゲはまだそのとき、つぎの線を引くためにしきりに靴の踵で雪の上を蹴《け》っていた。フェルゲが終るのを待って、セテムブリーニも擦《す》り切れた毛革の上着の前を開いたまま、自分の位置についた。それまで茫然《ぼうぜん》と麻痺《まひ》したように突っ立っていたハンス・カストルプは、もう一度勇気を奮い起して、急いで前へ進みでた。

「おふたりとも」と彼は苦しそうな声でいった。「急がれることはないのです。何はともあれ、ぼくは義務として……」

「お黙りなさい」とナフタが鋭く叫んだ。「合図を願います」

しかし誰も合図をしなかった。これはよく打合せてなかったのである。誰かが「はじめ」といわなければならなかったのだが、その恐ろしい号令を下すのが中立の立会人の役目だということには、誰も考え及ばなかったし、とにかくその話は出なかったのである。ハンス・カストルプは依然として黙っていたし、誰も彼の代りを勤めようとする者もなかった。

「はじめよう」とナフタは叫んだ。「前へおでなさい、そして、お撃ちください」と彼は相手に呼びかけると、腕を伸ばしてピストルをセテムブリーニの胸のあたりに擬して前へ進みはじめた——信じられない光景であった。セテムブリーニもやはりこれに倣《なら》った。彼は三歩進んだとき——そしてナフタはこのとき発砲しないままですでに内側の線のところへまで達していた——ピストルをぐっと上へ向けて、いきなり引き金を引いた。鋭い銃声が何回もあたりにこだました。周囲の山々に反響し、それがまた反響し合って、谷全体をどよめかせた。ハンス・カストルプはひとが駆けつけてきはしないかと心配した。

「あなたは空に向けて発射された」と、ナフタはピストルを下げて、怒りを抑《おさ》えながらいった。

セテムブリーニは答えた。

「どこへ撃とうと私の自由です」

「もう一度撃ちたまえ」

「そのつもりはない。さあ、あなたの番だ」セテムブリーニ氏は頭をぐっと仰向けて天を望み、正面を向かずに斜《しゃ》に構えて立った。感動的な姿だった。敵に正面を向けるものではない、という決闘の作法を彼は聞き知っているのであろう。彼が作法どおりの姿勢を取っているのが、はっきりと見てとれた。

「卑怯者《ひきょうもの》！」とナフタは絶叫した。それは、撃たれるよりはむしろ撃つほうがより多くの勇気を要する、という事実を認めざるをえなくなった者のきわめて人間的な叫びであった。彼は決闘とは無関係なようなやり方でピストルをあげ、自分の頭に弾丸を撃ちこんだ。

悲惨な、忘れがたい光景であった。周囲の山々がこの惨事の鋭い銃声を幾度もいくどもくり返して響かせているなかで、ナフタはよろよろと二、三歩うしろへ倒れかかり、よろめき、足を前に投げだし、からだ全体を右へ振りまわすようによじりながら、うつ伏せに雪の上へ倒れた。

みなも一瞬茫然《ぼうぜん》として突っ立っていた。セテムブリーニはピストルを遠くへ投げ棄《す》てて、まっ先に駆け寄った。

「なんと哀れな男だ（Infelice）」と彼は叫んだ。「これが、神への愛からなされたことか（Che cosa fai per l'amor di Dio!）」

ハンス・カストルプはセテムブリーニを手伝ってナフタのからだを仰向けにした。こめかみの横に赤黒い穴が見えた。顔は正視するに耐えなかったので、彼らはナフタの胸のポケットから片隅《かたすみ》をのぞかせていた絹のハンカチでそれを覆った。

霹《へき》　靂《れき》

七年間、ハンス・カストルプはここの上にいた。――七という数は、十進法の信奉者には半端《はんぱ》な数であるが、しかしこれはこれなりに、立派な、手ごろな数で、いわば神話的、絵画的な意味を持つ時間単位なのである。たとえば、半ダース、「六」などという平凡な無味乾燥な数よりも心を満足させてくれる。ハンス・カストルプは食堂の七つの食卓のいずれにも坐《すわ》ってまわった。それぞれにほぼ一年ずつの割だった。最後には下層ロシア人席に坐ったが、ここではふたりのアルメニア人、ふたりのフィンランド人、ひとりのロシアのブハーラ人、ひとりのイランからきたクルド人といったひとびとといっしょだった。彼は小さな頤《あご》ひげを生《は》やしてその食卓に坐っていた。いつとはなしにそんなひげを生やしていたのだが、麦藁《むぎわら》のようなブロンドの、いくぶん散漫な格好をした頤ひげであった。自分の外貌《がいぼう》に対する一種の哲学者めいた無頓着《むとんじゃく》の結果と見なしてしかるべきようなひげであった。いや、私たちはさらに進んで、彼がこのように自分自身のことに無関心になった傾向の意味を、周囲のひとびとの彼に対する同じ閑却の傾向と関連させて説明しなければなるまい。「ベルクホーフ」当局は、彼のために気分転換を計ってやるのをやめてしまっていた。顧問官は毎朝「すやすや」眠れたかときいたが、これは例の外交辞令の略式挨拶《あいさつ》で、それ以外にはとくに言葉をかけなくなっていた。そして、近ごろまた例の大きなものもらいをこしらえていたアドリアティカ・フォン・ミュレンドンクも数日に一度ほども言葉をかけてくれなかった。さらによく注意すると、そもそもそんな挨拶はめったにされず、あるいは皆無といっても差支《さしつか》えなかった。彼は放置されていた——原級にとどめられるのが決って、問題にされなくなって、質問もされないし、何も勉強しなくてもいいという、一風変った愉快な特権を享受《きょうじゅ》する学校生徒——ハンス・カストルプの状態もいくぶんこれに似ていた。この自由は、名前は同じ自由でも、放恣《ほうし》な形式の自由である、と私たちは付け加えたいのだが、しかし自由というものに、これ以外の意味や形式の自由などというものがありうるだろうか、と疑ってみたくもなる。いずれにせよ、ここにいるのは、もはや当局が今後とも心配して世話をしてやる必要のない人物であった。なぜなら、彼の胸中には決して乱暴な反抗的な決心が熟するようなおそれのないことはたしかになっていたからである。——こうして彼はもう確実に終身的にここの上に縛りつけられた完全無欠の人間であって、ここを離れてどこへいけばいいのか、もうとっくに見当がつかなくなり、低地へ帰ろうなどということはすでに考えられないことになってしまっていたのである。……当局がある意味で彼に対して冷淡になっていたのは、たとえば、彼が下層ロシア人席に坐らされたという事実にも現われていたのではなかろうか。こういったからといって、いわゆる下層ロシア人席にけちをつけようというつもりはいささかもない。七つの食卓の間に何かはっきりとした優劣があるわけではなかった。あえていうならば、そこにはどの食卓にも共通する民主制が支配していた。他の食卓と同じように、ここにも内容豊富な食事が運ばれてきたし、ラダマンテュス自身もその食事時には、ここにも坐りにやってきて、大きな手を皿の前で重ねていた。そして、ここで食事をする各国人たちは、まったくラテン語を解さなかったし、食事のときにはそれほどお上品に気どってはいなかったが、みな人類の名誉ある一員であることに変りはなかった。

時間、それは停車場の時計の長針のように五分ごとにぎくり、ぎくりと動いていくのではなくて、いわば針の動きがほとんど見えないごく小さな時計のように進んでいくのであり、あるいは、草がひそかにその成長を続けているのに、それは誰の眼にも見えず、あるときがきてはじめてそれが紛《まが》うかたなく明らかになるように、時間はそんなふうにその歩みを続けていくのである。時間、それは延長を持たない点からのみ構成されている線のごときものである（こんなことをいうと、あの不幸な死に方をしたナフタならおそらく、なぜ長さのない点ばかりの集合が長さのある線となりうるのかと詰問《きつもん》するであろうが）。さて、この時間は抜き足、差し足で人目をたぶらかし、こっそりと隠れて、しかし着実にその営みを続けて、さまざまな変化を生じさせていた。ひとつだけ例をあげると、あのテディ少年は、ある日――といっても、むろん特定の「ある日」ではなくて、きわめて漠然としたいつとも知れないある日から、というべきであろうが――もう少年ではなくなっていた。彼がときどきベッドから起きあがって、パジャマを運動着に着換えて下へおりてきても、婦人たちはもう彼を膝《ひざ》に抱くことはできなくなっていた。

いつの間にか様子が変って、そんなときには彼のほうが婦人を膝へのせたが、それは双方にとって、これまでと同じように、いやむしろそれ以上に楽しいことであった。彼はもう青年になっていた——いかにも若々しい青年になったとはいえなかったが、とにかく、背丈《せたけ》だけはたいそう伸びた。ハンス・カストルプはたえずそれを見ていたわけではなかったが、ある日不意にそれに気がついたのである。だが結局、時間が経《た》ち、背丈が伸びても、それはテディ青年にはなんの役にもたたなかった。そういうことは彼には向かなかったのである。時の幸《さち》を彼はついに享《う》けなかった——二十一歳を一期《ご》として、彼はその弱い体質を冒していた病気のために死んだ。そしてその部屋は消毒された。私たちはこうして落着いて彼の死をお話ししている。それは彼のこの新たな水平状態とそれまでの状態との間にはたいした相違がなかったからなのである。

しかし、もっと重大な意味を持つ死があった。私たちの主人公にもっと近い関係を持つ、またはかつて持っていた低地のひとの死である。つまり遠い記憶の中にあるハンスの大叔父《おおおじ》であり養父であった領事ティーナッペル老人の死である。老人は健康に悪い気圧を細心に避けて、そんな気圧の中で恥を曝《さら》すのはジェイムズ叔父に委《まか》せたのであったが、それでもついに卒中を免れることはできず、ある日、寝心地のいい寝椅子《ねいす》に横になっていたハンス・カストルプのところに、大叔父逝去《せいきょ》の電報が届けられた。——もっとも、文面は電文らしく簡潔であったが、優しくいたわりをこめて綴《つづ》られていた。

しいいたわりのある心づかいは、電報の受取人のためというよりも、故人そのひとのためであるのにちがいなかった。ハンス・カストルプはすぐ黒枠《くろわく》の紙を買ってきて、いとこのような叔父たちに宛《あ》ててこう書いた、幼くして両親を失った自分は、いままたもう一度、三たび孤児となったようなものである、しかもこの地の滞在を打切って御地へ赴《おもむ》くことは禁じられているし、かつ不可能であるために、大叔父の野辺の送りにつらなることもかなわず、悲しみはまたひとしおである。

彼は喪に服した、といっては奇麗事になるだろうが、それにしても、当時彼の眼がふだんよりも瞑想《めいそう》的な色を帯びていたのは事実である。この大叔父の死という事実は、決して彼に強い印象を与えたとはいえなかったし、またこの何年か現実離れのした絶縁状態のおかげでほとんどなんの感じもなくなってしまっていたのであるが、しかし、大叔父が死んだことはやはり彼と下の世界とを結んでいた糸がまた一本切れたのに等しく、ハンス・カストルプが正しくも自由と呼んでいるものに最後の仕上げを与えたということができた。実際、私たちがいま話しているこのころには、彼と低地との感情上のつながりはまったく失われていた。彼は低地へ便りもしなかったし、低地からも便りはこなかった。彼はもう低地からマリア・マンツィーニを取寄せることもしなくなった。ここの上で気に入った葉巻を見つけて、以前の友マリア嬢と同じく、もっぱらこれを愛用していた。それは、極地探検家が氷雪に閉ざされた最悪の状況にあっても、これさえあればなんとか凌《しの》げるとでもいえそうな葉巻で、またこれを手にするとあたかも海辺に横になるような心地がして、どんなことでも辛抱できそうであった。——特別に精製された下葉で巻いたこの葉巻は「リュットリの誓い」という名であった。マリアより少しずんぐりしていて、色は鼠色《ねずみいろ》で、胴に薄青い帯が巻いてあり、味は軽くて非常に口当りがよく、灰は真っ白で崩《くず》れないで、外葉の葉脈がはっきりと見えた。また燃え方は一様でむらがなかったから、ハンス・カストルプはこれをくゆらせながら、砂が均等に流れ落ちる砂時計の代りにすることさえできそうだったし、また実際彼は必要に応じてこれを時計代りに使った。というのも、彼はいまでは懐中時計を身につけていなかったからである。時計は止ったままになっていた。ある日、サイド・テーブルの上から落ちて動かなくなったのだが、彼はこれを、ふたたび時を刻んで回るようにしてもらうのをよした。——これは彼が、毎日一枚ずつめくるためにせよ、祭日平日の出来事を予知するためにせよ、もはやカレンダーを備えておこうなどという気がなくなったのと同じ理由からであった。それはつまり「自由」という理由のためであった。かの海浜の散歩、不断にくり返される「現在なる永遠」を尊重するためでもあり、また、この低地の人々の生活圏を離脱した者がみずから喜んで陥《お》ちていった、あの錬金術的魔術を尊重するためでもあった。この魔術は彼の魂の最も重大な冒険となり、単純な実験材料ハンス・カストルプのあらゆる錬金術的冒険はこの魔術の中で行われたのであった。

こうして彼は寝椅子に寝て暮し、こうしてまた彼がここの上にやってきた真夏の季節がめぐってきた。あれから年は七回――といっても彼はそれを知らなかったが――循環したのである。

このとき轟然《ごうぜん》と世界がどよめいた。――

だが羞恥《しゅうち》と畏《おそ》れとのために、私たちはこのとき轟然と爆発した出来事をここでくだくだしく物語ることは控えておこう。何もこの期《ご》に及んで得意になって饒舌《じょうぜつ》を弄《ろう》する必要はない。私たちのすべてが知っている、あの青天の霹靂《へきれき》が轟《とどろ》いたのだ、と平静に語ればいい。長い間鬱積《うっせき》されていた無感覚と興奮との積弊が、ついにこの耳を聾《ろう》するような爆発となったのである。――それは、適当な注意を払っていえば、地球の屋台骨を震撼《しんかん》させた歴史的な霹靂であり、私たちにとっては魔の山を木端微塵《こっぱみじん》に打砕き、七年間の惰眠をむさぼっていた青年を荒々しくこの魔境の外にほうりだすようなすさまじい轟音であった。度重なる訓戒にもかかわらず、新聞に眼を通すのを怠っていた青年は草の中に呆《ぼう》然《ぜん》と坐って、眼をこすった。

かの地中海沿岸生れの友人兼先生は、かねて新聞を読まぬ弟子をいささかでも啓発しようと心がけて、この教育上の厄介息子に下界の出来事のあらましを説明してやろうとしたが、弟子のほうはたいして注意して聞いてもいなかった。この弟子は、現実の事物の精神的影像については「鬼ごっこ」によっていろいろ瞑想することはあったが、事物そのものに対しては一向に注意を払わなかった。これは影像を現実と考え、現実を影像にすぎないと考えたがる彼の傲慢《ごうまん》な性向のしからしむる結果であったが——だからといって、ハンス・カストルプをあまりきびしく咎《とが》めることはできない。なぜなら、この現実の事物と影像との関係はまだ究極的には説明されていないからである。

かつては、セテムブリーニ氏が不意に部屋の明りをつけてから、水平状態のハンス・カストルプのベッドのかたわらに坐って、死と生との問題について青年に矯正的影響を与えようと試みたが、いまでは様子が変っていた。いまではハンス・カストルプのほうが両手を膝の間に入れて、人文主義者の小さな私室のベッドのかたわらか、炭焼党員《カルボナロ》の祖父が使った椅子と水瓶とがある、離れていて気のおけない屋根裏部屋の寝椅子のそばに坐って、セテムブリーニのお相手をしながら、先生が世界情勢を論ずるのを行儀よく傾聴していた。というのも、ロドヴィコ氏はこのごろではもう起きていることはあまりなかったのである。ナフタの酷烈な最期、あの絶望的に尖鋭《せんえい》な論戦家の凄惨《せいさん》なテロ行為は、セテムブリーニの感じやすい心身に烈《はげ》しい衝撃を与えたが、彼はその打撃から立ち直ることができず、それ以来すっかり弱りこみ、衰えてしまった。彼の『社会病理学』の仕事は停頓《ていとん》した。人類の苦悩を対象とするあらゆる文学的傑作の集大成はもはや進捗《しんちょく》しなかった。例の進歩組成同盟は、その編纂《へんさん》する百科辞典中の彼の担当する一巻が完成する日を空《むな》しく待たなければならなかった。こうして、セテムブリーニ氏は進歩組成に関する彼の協力を、もっぱら口頭の伝達のみにかぎらなければならなかったのだが、ハンス・カストルプの友誼《ゆうぎ》的な訪問は、彼にその機会を与えてくれた。この訪問がなかったら、彼はその貴重な機会をも持つことなくすごさなければならなかったであろう。

　彼は弱々しい声で、しかも、雄弁に、美しい言葉で、社会的手段による人類の自己完成を熱烈に説いた。彼の話は鳩《はと》の足どりのように穏やかな調子であったが、しかし、彼が解放された諸民族の結合によって実現される全人類の幸福に言及すると――彼自身はおそらくそんなつもりはなかったろうし、それに気づきもしなかったであろうが――彼の声には鷲《わし》の羽搏《はば》きを思わせるような響きがまじった。疑いもなく、そこには政治が感じられた。それは、ロドヴィコの中で、父親の人文主義的遺産と結合して文学を生ぜしめていた祖父の遺産であった。――それは人文主義と政治とが結合して、文明という高《こう》邁《まい》にしてかつ親近な理想を生んだのとまったく軌を一にするものであった。鳩の柔和と鷲の勇猛とに充《み》ちたこの文明という理想は、保守の原理が打倒されて市民的民主主義の神聖同盟が実現されるかの民族の暁を待望していた。……そして要するに、ここに彼の矛盾があった。セテムブリーニ氏は人道主義者であったが、同時にまたそのためにこそ、半ば公然と戦闘的でもあった。彼はあの激烈なナフタと決闘する際には人間らしい振舞いを見せたが、しかし大きくいって、かの熱狂的な人道的博愛主義が政治と手を結んで文明という勝利赫々《かっかく》たる支配者の理想の形成に邁進《まいしん》し、市民の長槍《ちょうそう》を人類の祭壇に奉献しようというときに至って、彼がはたして依然非個人的態度を持して、流血から手を引っこめているかどうかは疑問であった。――いや、セテムブリーニ氏の立派な信念の中でも、周囲の精神状態の影響で、鷲の勇猛の要素が次第に鳩の柔和の要素を圧迫していたのである。

世界の情勢に対するセテムブリーニ氏の態度はしばしば分裂し、疑惑に乱され、困惑の様相を呈した。このごろも、といっても二年か一年半か前のことであるが、彼の祖国イタリアがアルバニアでオーストリアと外交的協調の挙にでたことが、彼の話を落着かせなくしてしまった。この協調というのは、これがラテン語を解さない半アジア的ロシアに対して、ロシアの専制主義に対してとられた措置という点で彼を感激させたが、不《ふ》倶《ぐ》戴天《たいてん》の宿敵、停頓と民族隷属《れいぞく》の原理たるヴィーンとの野合的結託であるという点で、彼の心を悩ませもした。昨年の秋、ロシアがポーランドに鉄道網を敷設《ふせつ》するに際して、フランスがロシアに巨額の融資をしたことも、同様に、彼に矛盾した感情を起させた。というのも、彼は祖国イタリアにあっては親仏《しんふつ》派に属していたからであるが、これは彼の祖父が七月革命の数日間を天地創造の六日間と同一視していたことを考えれば、別段驚くには当らない。しかし、その光輝ある共和国フランスがビザンティン的スキチア人の国と通じたということは、彼を道徳的な意味で当惑させずにはおかなかった。――ところが、彼のその胸苦しい気持も、この鉄道網の持つ戦略的意義を考えると、やはりまた、息の弾《はず》むような希望と歓喜とに変りそうになるのであった。そして、そこにあのオ*ーストリア・ハンガリー皇太子夫妻の射殺事件が起った。これは七年間の眠りに陥ちている一ドイツ人以外には、他のすべてのひとびとにとって、やがて襲いかかってくる嵐《あらし》の前ぶれであったし、見る眼のあるひとには、これは決定的な事態と映じたのであったが、この慧眼《けいがん》なひとびとのうちにセテムブリーニ氏を数え入れていいことはいうまでもない。ハンス・カストルプはセテムブリーニ氏が私人として人間として、こういう凶行に対して慄然《りつぜん》とするのを見たが、同時に、その行為が氏の憎悪《ぞうお》する反動の牙城《がじょう》ヴィーンに対する民族の自由解放を求める動向であることを考えて、氏が胸を高鳴らせるのを見もした。しかし、その行為はモスクワの教唆《きょうさ》による結果とも考えられたので、セテムブリーニはまた憂鬱《ゆううつ》そうになった。にもかかわらず、三週間後にオーストリアがセルビアに最後通牒《つうちょう》を送ったとき、彼はそれを人類の汚辱、恐るべき犯罪だと断言するのに躊躇《ちゅうちょ》しなかった。その事態の結果に関しては、慧眼なる彼はそれを予測することができたし、かつそれは彼が胸を弾ませつつ待望したところであった。……

要するに、セテムブリーニ氏の胸のうちは、いまや急速に破局へ突入しつつあるヨーロッパの恐ろしい運命と同じように、きわめて複雑であった。そして彼はこのヨーロッパの運命に対して、弟子が眼を開くようにと暗示的な言葉で懸命に説いた。一種の国民的な遠慮と同情のために、彼は決定的な表現をすることだけは避けていた。最初の動員、最初の宣戦が行われたころには、彼は訪《たず》ねてきたハンス・カストルプにいつも両手をさしだし、青年の手を握り締めた。この迂濶《うかつ》な青年はその意味をよく理解できなかったものの、やはり感動させられた。「親友」とイタリア人はいった。「火薬と印刷機――たしかに、これはあなた方が発明されたものです。しかし、私たちがそもそも革命の国フランスに向って弓を引くような挙にでるとお考えになるならば……親友（Caro）……」

重苦しい不安な期待の日々が続いて、ヨーロッパの神経が極度に緊張していった間、ハンス・カストルプはセテムブリーニ氏に会わなかった。荒々しい内容の新聞が、嵐のように遠い下の方から直接ハンス・カストルプのバルコニーへも吹きあげられてきて「ベルクホーフ」全体を揺がせ、食堂ばかりか重症患者やモリブンドゥスの部屋まで息苦しい硫黄《いおう》の臭気で満たした。そして、それは七年間の眠りからさめた青年が、何が起ったとも知らずに、草の中からのろのろと起きあがり、坐《すわ》って眼をこすった瞬間であった。……彼の動揺した心の動きを理解するために、その模様を終りまで描きだしてみよう。彼は両脚を引寄せ、立ちあがり、あたりを見まわした。彼は魔法を解かれ、救いだされ、自由になったのを知った。――残念ながら、彼自身の力によってではなく、恥ずかしい話だが、彼一個人の解放などということはおよそ問題としないほどの、巨大な自然力のごとき外力によって、一挙に魔法の圏外へと吹き飛ばされたのであった。しかし、たとい彼の小さな運命が世界全体の運命に覆《おお》い隠されて見えなくなったとしても――そこにはやはり、何か彼のために計ってやる存在、つまり神の慈悲と正義といったようなものが現われているのではないだろうか。人生はもう一度この罪深い厄介息子を引取ろうとした。——だがこんどはもはやそうやすやすと迎え入れようとはしなかった。それはやはり、こういう厳粛な峻厳《しゅんげん》な態度で、すなわち一種の神罰を下すという形でのみ行われたのであった。そしてその神罰とは、この罪深い青年にとって、おそらくは故郷への生還を意味するのではなくて、この場合にはまさに三度の小銃斉射を意味するものであるかもしれなかった。そして彼は跪《ひざまず》いて、空を見あげながら、両手を高くさしあげた。その空は暗く硫黄の匂《にお》いがしたが、もはやそれは罪深い魔の山の洞窟《どうくつ》の天井ではなかった。

セテムブリーニ氏は彼がそういう姿勢で草の上にいるのを見いだした。——むろんこれは非常に比喩《ひゆ》的ないい方であって、実際には、私たちも知っているように、私たちの主人公は芝居がかったことをきらう地味な性格であったから、そういう大げさなしぐさをやるはずがなかった。散文的な現実においては、セテムブリーニ先生は弟子が荷作りをしているところを見たのである。——というのは、ハンス・カストルプは眼をさました瞬間から、谷全体を爆破するように轟き渡った霹靂に驚いたひとびとが無謀な出発に狂奔する大混乱の渦中《かちゅう》に引きずりこまれていたのである。「故郷」といわれた「ベルクホーフ」はさながら引っかきまわされた蟻塚《ありづか》のような混乱に陥った。ここの上のひとびとは、災禍に見舞われた五千フィート彼方《かなた》の低地へと真っ逆さまに雪崩《なだ》れ落ちていった。彼らは小さな汽車に殺到して、昇降口にまであふれ、場合によっては、荷物を駅のプラットフォームに山のように並べ残したまま、それを捨てて出発した。——そのごった返す駅の上空へ、焦《こ》げ臭い鬱陶《うっとう》しい風が低地から吹きあげてくるように思われた。——そして、ハンス・カストルプもいっしょに雪崩れ落ちていった。雑沓《ざっとう》の中でロドヴィコはハンスを抱擁した。——文字どおり、彼はハンスを腕に抱きしめ、南国人らしく（あるいはロシア人のように）ハンスの両頬《ほお》に接吻《せっぷん》したが、これは無謀な出発を敢行する私たちの主人公を大いに感動させるとともに、少なからず照れさせた。しかし、いよいよ汽車が発車するという間際《まぎわ》にセテムブリーニ氏が「ジョヴァンニ（Giovanni）」と名前で呼んで、儀礼的なヨーロッパふうの普通の呼び掛けの形式、すなわち「あなた《ジー》」をやめて、しきりに「君《ドゥ》」と呼んだときには、彼はすっかりとまどってしまって、ほとんどわれを忘れそうになった。

「いよいよお別れか（E cosi in giù）」とイタリア人はいった。「とうとうお別れですね（in giù finalmente）さようなら、ジョヴァンニ（Addio, Giovanni mio）私は君がもっと違った形の出発をするところを見たかった。でも、これもいいでしょう。これがきっと神々が定めたもうた結果なのであって、これ以外の形はありえなかったのでしょう。私は実は、有意義な仕事に帰ってもらうために君を手放したかった。しかし、君はいま祖国の同胞といっしょに戦いにでる。ああ、君はそういう定めにあったのか。それは君であって、あの少尉《しょうい》君ではなかったのだ。人生はなんというういたずらをやるのだろう。……勇敢にお戦いなさい、あの、君たちの血と血がつながるところで。誰もいまはそれ以上のことはできないのです。もし私に余力があったら、私も自分の祖国を、精神と神聖なるエゴイズムの命ずる側に立って戦わせる努力を惜しまないつもりだが、どうかそれを私に許していただきたい。さようなら（Addio!）」

ハンス・カストルプは、車室の小さな窓にひしめいた他のひとびとの頭の間から頭をさしだした。彼はそれらの頭越しに手を振った。セテムブリーニ氏もまた右手を振って、左手の薬指の先でそっと眼がしらを押えていた。

私たちはいまどこにいるのか。あれは何だろう。私たちは夢に誘われてどこに流れついたのだろうか。薄暗がり、雨、泥濘《でいねい》、赤い炎に染められた暗い空、その下ではたえず轟《とどろ》く殷々《いんいん》たる砲声が湿気を含んだ空気を充たし、その中をつんざくように落下点で炸裂《さくれつ》し、弾《はじ》け跳《と》び、粉砕し、炎上させる弾丸のひゅうひゅうという鋭い音がし、地獄のように荒々しく通りすぎていく唸《うな》りが行き交い、呻《うめ》き声と叫喚、破れるように吹き鳴らされるラッパの音、次第に急調子になる太鼓の音がその中から聞えてくる。……向うに森が見える。その森から灰色の一団が次ぎつぎと現われ、駆け、倒れ、跳《は》ね起きる。また、向うには一連の丘がはるか後方の戦火を背景に浮びあがり、その赤い火の手はときどきひとつに集まってめらめらと燃えあがる。私たちの周囲は起伏する畑地で、いたるところ砲弾に掘り返され、掘り崩《くず》されている。泥濘の街道が一条走っており、折られ砕かれた枝が一面に散り、さながら森の中の小径《こみち》のようだった。掘り返されて泥濘と化した一筋の野道が、街道から分岐して弧を描きながら丘の方へ伸びている。冷たい雨に打たれて幾本もの木の幹が枝を折取られたまま寒々と突っ立っている。……ここに道標がある――だが見てもむだである。薄暮で字が読めないだけでなく、標板は弾丸にめちゃめちゃに撃ち砕かれている。東か西か。これが下界だ、これが戦争なのだ。私たちは路傍に怯《お》ずおずと佇《たたず》む影であり、影の安全な状態を恥じている。安息した境遇で得意になって長々しく饒舌《じようぜつ》を弄《ろう》しようというつもりは毛頭ない。私たちがこうして「物語の精神」に導かれてここへやってきたのは、あの森から一団となって現われ、走り、殺到し、太鼓の音につれて前進する灰色の戦友《カメラート》の中に、私たちの知人、長年の道連れ、その声も私たちに親しい、あの善良で罪深い青年がいるからである。私たちとしては彼の姿が視界から消え去る前に、もう一度あの単純な顔をよく見ておきたかったからである。

これらの戦士たちは、すでに一日じゅう続いた戦闘にとどめを刺し、二日前に敵に占領されたあの丘の陣地と、その向うに燃えているいくつかの村落を奪還するために出動したのであった。そしてこれは志願兵ばかりの連隊で、青年、大部分は学生であって、戦場へきてからまだいくらも経《た》っていなかった。彼らは夜中に出動命令を受け、朝方まで汽車で運ばれ、昼過ぎまで雨中の泥濘の道――それはとても道とはいえなかったが――を行軍した。街道はすべて遮断《しゃだん》されていたので、彼らは畑地と沼沢とを七時間も、雨で重くなった外套《がいとう》を着て、突撃装備のまま、強行軍してきたのであったが、これはあの結核療養所の「そぞろ歩き」などというものとは似ても似つかないものであった。長靴を泥濘に取られまいとすれば、ほとんど一足ごとに屈《かが》んで指を靴の締め革にかけ、ぬかるみから引抜かねばならなかった。こうして彼らは小さな野原を越えるのに一時間もかかった。そして彼らはやっといまここに到着したのである。若い肉体はあらゆる困難を乗りきった。興奮し、すでに疲労困憊《こんぱい》の極に達してはいたが、しかもなお最後のエネルギーを振りしぼって緊張に耐えている肉体は、睡《ねむ》らず食わずの強行軍をものともしなかった。彼らの濡《ぬ》れた、泥のはねかかった、軍帽の頤紐《あごひも》をきりりと締めた顔は、灰色の覆いをした鉄兜《てつかぶと》がずれている下に燃えるように紅潮している。彼らの顔は緊張のために、また泥濘の森を進撃中に蒙《こうむ》った味方の損害を見たために、赤く燃えていた。彼らの進撃を知った敵は、榴霰弾《りゅうさんだん》と大口径の榴弾の集中砲火を浴びせて、その進出を阻止しようとした。その砲火はすでに森の中を進撃しているときから隊列中に撃ちこまれて炸裂し、咆哮《ほうこう》し、跳ねあがり、火を吹き、広い鋤《す》き返された畑地へたたきつけられた。

この三千の熱狂した青年は突破しなければならなかった。彼らは増援隊として、一連の丘陵の前後にある塹壕《ざんごう》と、炎上する村落に向って一挙に銃剣突撃を敢行し、指揮官がポケットにしまっている指令に示された一定の地点まで、味方の戦線を進めるのに力をかさなければならなかったのである。彼らは三千人編成の隊をなしていたが、これは彼らが丘陵へ、そして村落へ達するときにもなお二千の数は保有しているようにという見込みなのであった。これが三千という数の持つ意味であった。彼らは甚大《じんだい》な損害を蒙ってもなお戦いつづけ、しかも勝たなければならない——たといひとりひとり離ればなれになって倒れていく者が続出しようとも、なお千の声を合わせて勝利の万歳を叫ぶのでなければならない。彼らはそのような意図の下に編成されたところの、いわば一個の大きな肉体なのである。もう幾人も幾人もが孤立し落伍《らくご》し、倒れていった。若く弱い者はこの強行軍には耐えられなかった。彼らは顔を蒼白《そうはく》にし、よろめき、歯を食いしばりながら頑張《がんば》ろうとするが、ついに落伍していった。それでもしばらくの間は進撃する縦隊の横を身を引きずるようにして歩いたが、次ぎつぎに隊伍に追い抜かれて、ついには姿を消し、泥の中に倒れたまま不運な最期《さいご》を待つのである。さて、やがて彼らは砲弾の炸裂する森に入った。だが、そこから群がりでてくる者の数はまだかなりあった。三千の者にはなお一条の血が通い、依然として密集した部隊をなしていた。すでに彼らは私たちの眼前の、雨に打たれ、砲火の降り注ぐ一帯へ、街道、野道、ぬかるみの畑へとあふれるように進出してきた。路傍に佇《たたず》む影である私たちは彼らの中に呑《の》みこまれてしまった。森のはずれに出ると彼らは次ぎつぎに熟練した操作で銃剣を銃につけた。ラッパがけたたましく吹き鳴らされ、太鼓が鈍い響きで連打される。彼らは破れたような喚声をあげ、畑の泥が鉛のようにまつわりついた無格好な長靴を、悪夢の中でのように重苦しく引きずりながら、遮二無二《しゃにむに》突撃していった。

彼らは唸《うな》りをたてて飛んでくる砲弾に伏せをし、すぐにまた跳ね起き、弾丸に当らないかぎり、若々しい破れたような喚声をあげつつ、ひたすら前進を続ける。彼らはあるいは弾丸に当り、額を、心臓を、腹部を撃たれ、腕をのばしながら倒れる。ある者は顔を泥の中に伏せて横たわり、動かなくなる。ある者は仰向きに倒れて、背嚢《はいのう》に背中を持ちあげられ、後頭部を地面に突っこんだまま横たわり、両手で虚空《こくう》を掴《つか》んでいる。しかし、森からは新たな一団が姿を現わし、伏し、跳ね起き、倒れている戦友の間を、あるいは叫び、あるいは黙々と、よろめきながら突進していく。

背嚢を背負い、剣付き鉄砲を担《にな》い、外套も長靴も泥だらけにした青年たち、この青年たちを見ながら、私たちは人文主義的な審美的な仕方で、彼らのもっと別の姿を想像することもできるのだ。たとえば、入江の海に馬を駆りたてて乗り入れるすばらしい騎馬の姿、恋人と海浜を逍遥《しょうよう》する姿、優しい許嫁《いいなずけ》の耳に唇《くちびる》を寄せて囁《ささや》く姿、楽しそうに仲よく弓の射方を教え合っている姿などを想像してみることができるだろう。だがここではそうではない。彼らは弾雨の降り注ぐ泥濘の中に顔を伏せて横たわっている。彼らは計りがたい不安と、名状しがたい母への慕情を胸に、欣然《きんぜん》としてここに赴《おもむ》いてきたのであった。それはまことに崇高な、そして私たちを恥じ入らせずにはおかない姿である。だがしかし、それは彼らをこういう姿に陥れていいという理由にはならないであろう。

あそこに私たちの知人、ハンス・カストルプがいる。彼が下層ロシア人席で生やしていた小さなひげで私たちはもう遠くからそれが彼だということに気がついていた。彼も戦友たちと同じようにぐっしょり濡れて顔を真っ赤にしている。剣付き鉄砲を垂れ下げた拳《こぶし》に握り、畑の泥のついた重い靴を引きずりながら走っている。見たまえ、彼は倒れている戦友の手を踏みつけた——鋲《びょう》を打った重い靴で、木の枝の飛び散った泥土の中へその手をぎゅっと踏みつけた。だがやはり彼にちがいない。なんとしたことだ、彼は歌を歌っている。凍《い》てついたような、頭のしびれるような興奮のさなかに、それとは気づかず茫然《ぼうぜん》と口ずさむように、彼は切れぎれの息づかいをしていながら、低い声で『菩提樹《リンデンバウム》』を歌っている。

幹には刻《え》りぬ
美《うま》し言葉——

彼は倒れた。いや、身を伏せたのだ。地獄の弾丸が、巨大な爆裂弾が、無気味な円錐《えんすい》形《けい》の塊《かたまり》が、悪魔のような唸り声をたてながら飛んできたからだ。彼は顔を冷たい泥土に埋め、脚を開き、両足先をねじり、踵《かかと》を地につけて伏せていた。野生化した科学の産物が最も恐ろしい力を秘めて飛来し、彼の斜め前方三十フィートのところに、あたかも悪魔の化身のように深く突きささり、地中で凄《すさ》まじい勢いで炸裂し、土塊《つちくれ》と火と鉄と千切れた人体とを噴水のように家の高さほどの空中へと跳ねあげた。そこにはふたりの兵士が身を伏せていた。――ふたりは友人で、危険を感じてとっさに並んで伏せたのだった。だが、いまや彼らはもうごっちゃになって、消えうせていたのである。

ああ、私たちは影の安全な場所から眺《なが》めているのが恥ずかしい。もう引っこもう。そして物語はやめにする。だが、私たちの知人ハンス・カストルプはやられたのか。彼自身一瞬やられたと思った。大きな土塊が脛骨《けいこつ》に当った。かなり痛かったが、そんなことは問題ではない。彼は立ちあがり、泥だらけの重い靴を引きずり、跛《びっこ》をひきながらふたたび蹌踉《そうろう》として前進を続けて、われ知らず口ずさんだ。

枝はそよぎぬ、
いざなう如《ごと》く――

かくして、混乱の中、雨の中、薄闇《うすやみ》の中で、彼の姿は私たちの視野から消えうせていったのである。

さようなら、ハンス・カストルプ、人生の誠実な厄介息子。君の物語は終った。私たちは君の物語を語り終えた。短くも長くもない、錬金術的な物語だった。私たちは物語のために話したのであって、君のために話したのではなかった。なぜなら、君は単純な人間なのだから。だが、考えてみればこれは結局君の物語であった。この物語が君の身に起ったところを見ると、君も見かけによらぬ曲者《くせもの》だったにちがいない。また、私たちはこの物語を物語りながら、君に多分に教育者らしい愛情をいだきはじめたことを否定しはしない。またそのゆえにこそ、私たちはこんごもう君を見ることも聞くこともあるまいと考えると、眼がしらをそっと指先で押えたいような気がする。

さようなら——君が現実に生きているにせよ、あるいは単なる物語の主人公としてとどまるにせよ、これでお別れだ。君のこんごは決して明るくはない。君が巻きこまれた邪悪な舞踏は、まだ何年もその罪深い踊りを踊りつづけるだろう。君がそこから無事で帰ることはあまり期待すまい。正直なところ、その疑問は疑問としてあまり気にしないことにしているのだ。君が味わった肉体と精神の冒険は、君の単純さを高め、君が肉体においてはおそらくこれほど生き永らえるべきではなかったろうに、君をなお精神の世界において生き延びさせてくれたのだ。君は「鬼ごっこ」によって、死と肉体の放縦との中から、予感に充《み》ちて愛の夢が生れてくる瞬間を経験した。この世界を覆《おお》う死の饗宴《きょうえん》の中から、雨の夜空を焦《こ》がしているあの恐ろしい熱病のような業火《ごうか》の中から、そういうものの中からも、いつかは愛が生れ出てくるであろうか？

終り　（FINIS OPERIS）

注

（数字はページ数を示す）

六　**「ざくろは」云々《うんぬん》**　旧約聖書（雅歌、第四章十三節）に処女のからだをざくろの園に譬《たと》えてある。

三一　**「我はバビロンの王なり」**　バビロンの増上慢のネブカドネザル王のことか（旧約聖書、ダニエル書、第四章）。

三三　**地獄の第二圏**　ダンテの『神曲』地獄編の邪淫《じゃいん》獄。

五九　**ティル・オイレンシュピーゲル**　十四世紀に実在したドイツのいたずら好きの男。

八七　**フリーメイスン**　秘密共済組合 Freemason は中世の石工組合から起り、十八世紀初めにロンドンで結成されて、全ヨーロッパに広まった秘密結社で、国際的な人道主義、平和主義の達成を目的とする。

一〇一　**ピエタ**　キリストの死体を抱き、その死を嘆き悲しむマリアを現わした絵画や彫刻を Pieta という。

一二〇　**プトレマイオス**　二世紀のエジプトの天文学者で、その所説は永く権威を持っていた。

一二〇　**主意説**　主知主義の反対物で、意志を知性より上に据える哲学上の立場。

一三〇　**自由貿易主義**　自由貿易学派はイギリスの穀物条例に反対して生れた政治団体。経済に対する国家の干渉を拒否する急進的な自由貿易を主張した。

一三三 **「ローマは発言せり」** 「事は決着す」と続くラテンの諺《ことわざ》。

一三三 **イェズス会士** イグナティウス・ロヨラが創《はじ》め、宗教改革運動に対してローマ教会を守り、伝道を行い、純潔、清貧、服従を旨《むね》とした。

一五四 **トレード** ナポリの目抜きの通り。

一九二 **ポルタ・ヌオヴァ** シシリー島の町パレルモの市門の名称。

一九二 **カプチン派** 十六世紀に創始されたフランシスコ会の分派。

二三八 **照明派** Illuminatenorden 十八世紀に創始された啓蒙《けいもう》主義的な世界市民主義運動。

二五八 **メルクリウス** ギリシア神話ではヘルメス。足に翼のついたサンダルを穿《は》いた商業の神、神々の使者であるが、死への案内者でもあり、その神はのちにマンの『ヨゼフ物語』中では重要な意味を持つ。しかし『魔の山』のこの個所ではこの神の死への関係は考えられてはいない。

二八五 **「どうどうめぐり」** この原語 umkommen には「死ぬ」の意もある。

二九七 **群像** ローマ神話の豊饒《ほうじょう》の神ケレスとその娘プロセルピナの像か。ケレスはのちギリシア神話のデメテルと同一視されるようになった。

三〇六 **「勇敢な軍人として」** ゲーテの『ファウスト』第一部、ヴァーレンティーンのせりふに「己《おれ》は勇敢な軍人として／死んで神さまのところへ行くのだ」(詩行三七七四—五)とある。

三一四 **犢《こうし》を料理して** 新約聖書ルカ伝、第十五章二十三節参照。

三三一 **薔薇十字団《ローゼンクランツ》** 十八世紀オランダの錬金術的秘密結社。

三三四 **化体** Transsubstantiation カトリック教のミサの用語で、パンとぶどう酒がキリストの肉と血に変ずる。ハンス・カストルプはここ「魔の山」の上で一種の「化体」を閲《けみ》する。

三四二 **マッツィーニ** Giuseppe Mazzini（1805—72）イタリアの革命家、炭焼党員。

三四五 **聖書に** 新約聖書マタイ伝、第二十二章十五—二十二節参照。

三六〇 **怪物ゴルゴン** ギリシア神話の女怪、髪の毛は蛇、この怪物の眼で見つめられると人は石になってしまう。

三六〇 **マリーニふうの文体家** Giambattista Marino（1569—1625）イタリアの詩人。虚飾的な文体家。マリニスムスの語は彼に因《ちな》んでいる。

三八一 **ある機知に富んだ……以下** ショーペンハウアー『意志と表象としての世界』補説第四一章に、「エピクロスはこの観点に立って死を考え、それ故《ゆえ》全く正しくも『死はわれわれに無関係である』と言っている。そしてこう説明している。われわれは生きている時は死んでいないのであり、死んでいる時は生きてはいない（Diog. Laert. X, 27)。持っていないものを失うということは明らかに何らの不都合でもない」ショーペンハウアーの著書は、若かったころのトーマス・マンの愛読書であった（『ブデンブローク家の人々』その他数多くの論文参照）。

四〇九 **七人の聖者たち** 中世伝説。キリスト教徒迫害時代に、迫害を避けて岩窟《がんくつ》の中で二百年間眠りつづけたという聖者たち。

四四〇 **「じょう」** ドイツ語 menschlich（メンシュリヒ・人間味のある、情味のある）をショーシャ夫人は mähnschlich と書かなければならないように発音する。menschlich と mähnschlich の相違を日本語に訳出することは不可能である。この種の発音上の特殊な使い方で、ある人物を活《い》きいきと描きだす手法はこの小説中にふんだんに用いられている。

四六六 **「かくてペテロ……以下** 新約聖書マタイ伝、第二十六章三十七節参照。

六三三 **シュピネット** ピアノの前身に当る楽器。

六八五 **首に石臼《いしうす》をつけて** 新約聖書ルカ伝、第十七章二節参照。

七七九 **オーストリア・ハンガリー皇太子夫妻の射殺事件** この事件がきっかけとなって第一次世界大戦（一九一四―一八）が起った。

解　説

高橋義孝

トーマス・マン Thomas Mann は一八七五年六月六日、北ドイツのハンザ同盟に属する自由都市リューベクの豪商の家に生れた。父ヨーハン・ハインリヒ・マンは市参事会員や副市長の公職を勤めた人で、トーマス・マンはこの父の血統から、人生を厳粛に生きる市民気質を受継いだ。母ユーリア・ダ・ブルーンスは、南米で農園を経営するドイツ人とポルトガル系ブラジル婦人とのあいだに生れた女性で、このラテン的・南方的な血を持った母からマンが享《う》けたのは楽天的な芸術家気質であった。マンはこの一見相反する気質を一身に兼ね享けたという意味で、父からは市民的精神を、母からは豊かな芸術家的天分を受継いだゲーテに似ている。ちなみに四歳年長のハインリヒ・マン（一九五〇年没）は小説家兼評論家として大きな存在であるし、二人の妹のうち、カルラは女優になる（彼女は一九一〇年に自殺し、妹ユーリアもそれから十七年後に自殺し、トーマス・マンの長男、作家クラウス・マンも一九四九年に自殺した）というように、商人だったマン家の人々はすべて芸術家へと転身している。そしてこの一家をあげての転身を促すかのようにして起ったのが、一八九〇年の父ヨーハン・ハインリヒの死と、それに続く商会の解散、一家のミュンヘン移住であった。トーマスは一年志願兵の資格をとるために、リューベクにとどまって実業学校へ通学しつづけたが、すでにこのころ同人雑誌を作って詩や短編を発表した。一八九三年、学校を中途退学してミュンヘンへ移った彼は、火災保険会社の見習い社員になるが、一年後には文士志望を宣言して会社をやめ、大学の聴講生となり、やがて兄ハインリヒに誘われてイタリアに赴《おもむ》き、ローマ近郊で読書三昧《ざんまい》の一年間を送った。

ミュンヘンに帰ったマンは、雑誌『ジンプリチシムス』の編集に関係し、『転落』にはじまるいくつかの短編小説を発表するが、一九〇〇年にはマン家の歴史を扱った長編『ブデンブローク家の人々・ある家族の没落』が出版されて、彼は新進作家の輝かしい名声を獲得する。三年後には珠玉の短編『トニオ・クレーゲル』が発表された。世紀末のミュンヘンで作家への道を歩み始めたマンは、ボヘミアン的な、あるいは頽廃《たいはい》的な芸術家タイプを目《ま》のあたり見て、芸術家の生き方を深刻な問題として考えざるをえなかった。彼の血の中には、いわゆる芸術家気質に警告を発するものが流れていた。そしてそれは、父から受継いだ人生を生真面目《きまじめ》に生きようとする市民気質であった。ここに、芸術家気質と市民気質とをどのように融和させるかという問題が生ずる。自分自身の資性の中にひそむ二つの憬《あこが》れの矛盾に苦しみ、長い遍歴ののちに平凡な人生を愛することによって自己の芸術を高貴ならしめようと決意する青年詩人トニオ・クレーゲルを描いたこの小説は、作者自身の若き日の自画像であり、また作者自身の青春の危機克服の記念碑でもあった。

一九〇五年、マンはミュンヘン大学の数学教授プリングスハイムの娘カーチャと結婚する。夫妻のあいだに三男三女が生れるが、いずれも各方面で有能な人物となっている。長男クラウスは作家、次男ゴローは歴史家となり、三男で末子のミヒャエルはヴィオラ演奏家で、日本を訪れたこともある。一九〇九年に発表された小説『大公殿下』は幸福な結婚生活をたのしむマンのメルヒェンである。『大公殿下』に続いて『詐欺師《さぎし》フェーリクス・クルルの告白』の筆がおろされ、一九一一年には「第一部・幼年時代の巻」のある章が発表された。すでに『トニオ・クレーゲル』の中に、芸術家というものは犯罪者の親類のようなものだという文句が見えるが、詐欺師ゲオルク・マノレスクの回想録からヒントを得て書きはじめられたこの悪漢物語の意図は、そういう芸術家の一つの特性を犯罪者的なものに翻案してみようということであった。マンは、この作品の執筆を一時中断して、ヴェニスに旅行し、それに続いて書かれたのが、芸術家の悲劇を扱った『ヴェニスに死す』である。

一九一二年、カーチャ夫人が病気になってスイスのダヴォスの療養所に入院する。付き添っていってそこで三週間をすごしたマンは、その高原療養所での見聞をもとにして短編小説を書き、『クルルの告白』の中へ一挿話《そうわ》として入れることを計画する。ところがこれが、完成までに十二年の年月を費やす長編小説『魔の山』となってしまった。

一九一四年、第一次世界大戦が勃発《ぼつぱつ》する。この戦争に愛国者マンは武器を持っては参加しなかったが、ペンを執って祖国を護《まも》ろうとした。一九一五年発表した論文『フリードリヒと大同盟』はドイツ弁護の書である。さらに彼は一九一八年に厖大《ぼうだい》な論文『非政治的人間の考察』を発表した。押しよせてくる西欧民主主義の波から、ドイツ文化の伝統を擁護しようとするのが、この大論文の基本的態度である。西欧の民主主義を単に政治的なものと考えて、精神的な、「非政治的」なドイツ文化と相容《あいい》れないものだとする当時のマンの考え方には、人間性の尊厳に根ざす民主主義の本質への理解が欠けていた。彼の戦いが最初から負けいくさであることはわかっていた。そして、その考え方の誤謬《ごびゅう》に気づき、精神の高貴と民主主義とを和解させるには、人間性探究の苦しい作業がさらに続けられなければならなかった。たとえば『ドイツ共和国について』や『ゲーテとトルストイ』のような論文は、彼の新しいヒューマニズムを確立するための努力の現われであり、そしてそれが文学作品として結晶したのが、ここに訳出した『魔の山』Der Zauberberg なのである。

一九二二年には『フェーリクス・クルルの告白・第一部』が発表され、翌々二四年、『魔の山』が完成出版されて、ヨーロッパの知識人たちを熱狂させた。翌二五年、五十歳の誕生を祝われたマンは、またまた大きな仕事に取組むことになる。それは十六年後に完成を見る四部作『ヨゼフとその兄弟』である。人間性のいわば原型というものを求めて、マンは遠い過去の旧約聖書の時代へと遡《さかのぼ》っていく。しかしその十六年間はマンの生涯の最も波瀾《はらん》に富んだ一時期でもあった。二九年は、『ブデンブローク家の人々』を主な対象としてノーベル賞が授与された輝かしい年であると同時に、ファシズムの出現を予言するかのように、小説『マーリオと魔術師』が書かれ、またレッシングやフロイトについての講演が行われるなど、はなはだ活動的な年であった。三〇年には自伝の『略伝』を発表し、三二年にはゲーテ百年祭を記念して『市民時代の代表者としてのゲーテ』、『文士としてのゲーテの経歴』という二つの講演を行なった。

翌三三年一月、アードルフ・ヒトラーが政権を握り、十二年間にわたるドイツの暗黒時代が始まる。マンは二月一〇日ミュンヘン大学で『リヒャルト・ワーグナーの苦悩と偉大』と題する講演を行なったあと、その日のうちに講演旅行に出たが、これは十数年間にわたる亡命の旅となった。ひとまずスイスのツューリヒ近郊に居を定めた彼は、翌三四年アメリカへ旅行し、またヨーロッパの各地を講演して回った。ナチスも最初のうちは偉大な作家マンの宣伝的価値を認めて協力を要請したが、マンがそれを承諾するはずはなく、ここに彼のナチズムに対する闘争が開始された。一九三六年、彼のドイツ市民権は剥奪《はくだつ》され、続いてボン大学から名誉博士号を剥奪する旨《むね》の通知を受ける。三七年にはスイスで『尺度と価値』と題する雑誌を創刊し、この雑誌をナチスの文化破壊政策に抵抗する言論活動の拠《よ》りどころとした。そして翌三八年、マンはついにアメリカに移住した。こういう不安な時期にあって、マンの文学活動やヒューマニズム研究に一層の熱がこもってきたことは特筆に値する。三三年四部作の第一巻『ヤコブ物語』が、翌三四年『若きヨゼフ』が、三六年『エジプトのヨゼフ』が出版されたほか、小説『ワイマルのロッテ』が書きはじめられ、また三五年には評論集『巨匠の苦悩と偉大』が出版され、三六年には『フロイトと未来』という重要な講演が行われた。

アメリカに渡ってからも、この活動は引きつづいて活潑《かっぱつ》に進められ、創作のかたわら彼はプリンストン大学その他で、ドイツの文学、文化について数多くの講義や講演を行い、また『来たるべきデモクラシーの勝利について』の講演や、政治論文集『ヨーロッパに告ぐ』の刊行を通じて、かつての「非政治的人間」は今や偉大な民主主義者として登場してくる。それと同時にアングロ・サクソン民族の文化に親近することにより、ドイツの国民性や文化の特質に関してもさらに深い洞察が得られ、四三年に『養う人ヨゼフ』の完成後に書きはじめられた長編小説『ファウストゥス博士』は過去のドイツ文化に対する複雑深刻な批評の書となった。四一年に、ニューヨークからカリフォルニアに移住したマンは、四四年にはアメリカ市民権を獲得した。しかしこれは彼がドイツ人としての自己を否定したことを意味するものではない。むしろ彼は一ドイツ人から一世界市民へと成長していったと見るべきであろう。ナチスに対する敵意がますます激しくなるのと同時に、故国に対する愛情は一層強まっていった。その愛情は、たとえば戦争中五年間にわたってBBC放送を通じて行われた対ドイツ放送の原稿集『ドイツのみなさん』などにもよく現われている。ヒトラー治下のドイツには、野蛮はあっても文化は存在しなかった。ドイツの文化は、アメリカを初めとする各国に亡命していたドイツ文化人たちによって保たれていた。カリフォルニアにも多くのドイツ芸術家、学者が集まって、文化的な仕事を続けていたが、その中心はマンであった。戦争終結までのマンの文学作品、論文、講演などの題目を並べてみれば、彼の盛んな創造力がどういうものであったかは一目瞭然《りょうぜん》であろう。小説には、すでにあげたものの他《ほか》に『すげかえられた首』『十誡《じっかい》』があり、論文、講演には『ゲーテのファウスト』『アンナ・カレーニナ論』『ゲーテの「ヴェールテル」』『自由の問題』『ドイツとドイツ人』などがある。

戦後、一九四七年に完成した『ファウストゥス博士・一友人によって語られるドイツの作曲家アードリアン・レーヴェルキューンの生涯』は、またしても芸術家の問題を扱った長編であるが、主題をなす問題の重要さもさることながら、小説技術の極致をゆく作品構成は空前絶後のものといっていい。四九年、この小説の成立ちを書いた小説『ファウストゥス博士の成立』が出版される。そして五一年には、すでに七十六歳の作者の手によって中世のグレゴーリウス伝説に取材する罪と恩寵《おんちょう》の物語『選ばれし人』が発表された。そしてその間にも彼は、ドストエフスキー、ニーチェ、ゲーテに関する評論や講演によって、過去の文化遺産の現代的意義を追求した。

一九五二年、マンは永年住みなれたアメリカを去ってヨーロッパ(スイス)に帰ってきた。そして翌年発表されたのが、短編小説『欺《あざむ》かれた女』である。そのあと、久しく中断したままだった『クルルの告白』がふたたび取りあげられて、五四年にその第一巻が漸《ようや》く一応の完結を見た。また同年、評論『チェホフ試論』を発表し、『クライストとその小説』という講演をしている。

一九五五年、八十歳になったマンは全世界の友人たちから誕生日を祝われた。しかし彼はその老齢にもかかわらず活動をやめなかった。あたかもシラーの百五十年忌に当るこの年、彼は記念講演の旅行にでかけたが、この旅行中に発病し、八月一二日ツューリヒで死去した。原文で百ページ余にわたるこの『シラー試論』が彼の最後の著作となった。

マンが『ヴェニスに死す』の対《つい》になるようなユーモラスな短編を書くつもりで『魔の山』の仕事を始めたのは一九一三年七月ごろであり、このとき彼は三十八歳であったが、これが一千二百ページの大作『魔の山』として世に出たのは一九二四年一一月二八日であり、彼は四十九歳になっていた。これは、初めてこの小説のための筆をおろしたときには彼自身も予想できない事態であった。

『魔の山』はドイツ文学史家のいわゆる教養小説（あるいは発展小説）の系列に属する。純真で無知な少年が成長していくにつれていろいろの経験を重ね、いろいろの人間に出会い、次第に一人前の人間として成長していく過程を描いた小説をそう名づける。主人公は最初「白紙《タブラ・ラサ》」である。この白紙の上にいろいろな色が塗られていき、最後に主人公は独立の一人格として、一人前の人間として世の中を生きていくのである。近代日本文学の例でいえば漱石《そうせき》の『三四郎』、鷗外《おうがい》の『青年』などがこの「教養小説」で、ことに鷗外は『青年』によって意識的に「教養小説」を試みようとしたらしい。『青年』の主人公小泉純一は「生」を代表する坂井夫人によって肉の世界へと開眼《かいげん》され、「精神」を代表する大村荘之助によって精神的世界へと導き入れられる。『魔の山』でもハンス・カストルプの魂をめぐって、精神の側にはセテムブリーニ、ナフタ、ベーレンスが、生命の側にはショーシャ夫人、ペーペルコルン、ツィームセンがあって相争う。「これらの人物は読者の感情にとっては、ここに描かれているものであるより以上のものなのです。彼らは唯《ただ》ただ、いくつかの精神的領野、原理、世界の代弁者、代表者、使者なのです」とトーマス・マンは一九三九年の『「魔の山」手引き・プリンストン大学の学生のために』の中でいっている。

ところでこの小説の山場はどこか。一読それは第六章第七節「雪」であろうかと思われる。マン自身もさきのプリンストン大学での講演中にこの「雪」と題をつけられた一節がそれだといっている。三十五年以前この小説を初めて読んだときから、こんどで何度目かにまた隅々《すみずみ》まで読んでみた私はこの種の小説にはよくよく山場などというものはありえないのではないかと考え始めている。この小説は「雪」の節で終らせることもできただろうし、あすこで終っていて決して不自然でもぶざまでもない。もし「雪」の節で終っていたなら、「雪」は山場と呼ばれるにふさわしい一節であろうが、見られる通りこの小説はその後も連綿として続いて、第一次世界大戦というものがなかったとしたならば、そして「畢《おわり》」FINIS OPERIS というラテン語がなかったとしたならば（マンはこの作品の最後をこのラテン語で締め括《くく》っている）いつ果てるとも知れなかったことであろう。ということを別の面からいうと、あらゆる教養小説の例に洩《も》れず、この『魔の山』も、小説が終ったような終らないような、何か片づかないような感情を読後われわれのうちに惹《ひ》き起すからである。ここには本来終るということのないものが描かれているのである。だからこそ作者もフィニス・オペリスというラテン語を持ってきて、ほうっておけばいつまで経《た》っても終ろうとしないこの小説を強引に終らせてしまったのである。

さてただでさえ言葉の魔術師であるマンは、この小説の中では殆《ほとん》ど傍若無人と評したいほどに言葉を操《あやつ》り駆使する。ドイツ人にならこの小説の表現のニュアンスはわれわれとは比較にならぬほど正しく受けとめられるだろう。くすぐりが実に多い。言語の壁のためにわれわれには味わい尽しえないものもかなりあるように思う。

　こんど読んでみて新たに発見したことだが、人物の退場のさせ方が実にたくみである。たとえば顧問官ベーレンス博士はこんなふうに姿を消していく、「もう一度、私たちはベーレンス顧問官の声を聞くことになる。――よく聞いておこうではないか。彼の声を聞くのもたぶんこれが最後になるだろうから。この物語にしてもいつかは終るのである。もうずいぶん長いこと続いてきた。というよりはむしろ、この物語の内容的時間がもはやとどまるところを知らないほどに進展し、かたがたそれを物語る音楽的時間のほうもそろそろなくなりかけているから、定《き》まり文句を愛用するラダマンテュスの、あの陽気なおしゃべりに耳を傾ける機会ももうないかもしれないからである。彼はハンス・カストルプに向っていった。」

　うまく消えていく――これは『魔の山』に登場するすべての人物に当てはまることであるが、ではあのマダム・ショーシャは――ハンス・カストルプにとって運命的に重大な役割を演じたクラウディア・ショーシャはどんなふうに消えていくのか。彼女はなんと一つの副文章の中で消え去っていくのである。「大人物ペーペルコルンとの交渉があいう異常な結末を遂げ、その結末が『ベルクホーフ』にさまざまな動揺をもたらし、クラウディア・ショーシャがあの偉大なる敗北の悲劇に打ちのめされて、パトロンの生き残った親友ハンス・カストルプと慎み深く遠慮がちに『さようなら』をいい合って、ここの上のひとたちのところからふたたび去っていってしまって以来――」これは作家の腕というべきものである。

作品の中でもプシービスラフ・ヒッペとショーシャ夫人との音楽的共鳴があるが、『魔の山』はマンの他の諸作品との間にも音楽的に隠秘な関係を結んでいる。ハンス・カストルプは「小サナ浸潤個所ノアル小粋《こいき》ナ市民サン」であるが、『トニオ・クレーゲル』の主人公は「迷える俗人」である。インゲボルク・ホルムもショーシャ夫人のように片手で後頭部を押えるしぐさをする。マンがワーグナーに学んだ主導楽句 Leitmotiv の手法はマンの全作品にわたって使用されている。

それでも山場をというのであれば、私は第五章第七節「まぼろしの肢体《したい》」をあげたい。ことにこの章あたりに見られるきわめて「厳粛な冗談」（ゲーテ）の趣にこそこの極度に知的で高級なユーモア小説の真面目《しんめんもく》が窺《うかが》い知られるのではあるまいか。私はシュニッツラーがこの小説に与えた批評がこの小説に対する批評中の最高のものだと考えているが、その原文がいまどうしても書架に見当らないのである。「ひとりのユーモリストが無限界を遊歩している」Ein Humorist lustwandelt im Unendlichen.

（一九六九・二・一三）

本作品中には、今日の観点からみると差別的表現ととられかねない箇所が散見しますが、作品自体のもつ文学性ならびに芸術性、また訳者がすでに故人であるという事情に鑑み、原文どおりとしました。

（新潮文庫編集部）

トルストイ
木村 浩訳
アンナ・カレーニナ
（上・中・下）

文豪トルストイが全力を注いで完成させた不朽の名作。美貌のアンナが真実の愛を求めるがゆえに破局への道をたどる壮大なロマン。

トルストイ
工藤精一郎訳
戦争と平和
（一〜四）

ナポレオンのロシア侵攻を歴史背景に、十九世紀初頭の貴族社会と民衆のありさまを生き生きと写して世界文学の最高峰をなす名作。

トルストイ
木村 浩訳
復 活
（上・下）

青年貴族ネフリュードフと薄幸の少女カチューシャの数奇な運命の中に人間精神の復活を描き出し、当時の社会を痛烈に批判した大作。

トルストイ
原 卓也訳
クロイツェル・ソナタ
悪 魔

性的欲望こそ人間生活のさまざまな悪や不幸の源であるとして、性に関する極めてストイックな考えと絶対的な純潔の理想を示す2編。

トルストイ
原久一郎訳
光あるうち
光の中を歩め

古代キリスト教世界に生きるパンフィリウスと俗世間にどっぷり漬った豪商ユリウス。二人の人物に著者晩年の思想を吐露した名作。

トルストイ
原 卓也訳
人 生 論

人間はいかに生きるべきか？ 人間を導く真理とは？ トルストイの永遠の問いをみごとに結実させた、人生についての内面的考察。

カミュ
窪田啓作訳
異邦人

太陽が眩しくてアラビア人を殺し、死刑判決を受けたのちも自分は幸福であると確信する主人公ムルソー。不条理をテーマにした名作。

カミュ
清水徹訳
シーシュポスの神話

ギリシアの神話に寓して〝不条理〟の理論を展開、追究した哲学的エッセイで、カミュの世界を支えている根本思想が展開されている。

カミュ
宮崎嶺雄訳
ペスト

ペストに襲われ孤立した町の中で悪疫と戦う市民たちの姿を描いて、あらゆる人生の悪に立ち向うための連帯感の確立を追う代表作。

カミュ
高畠正明訳
幸福な死

平凡な青年メルソーは、富裕な身体障害者の〝時間は金で購われる〟という主張に従い、彼を殺し金を奪う。『異邦人』誕生の秘密を解く作品。

カミュ
大久保敏彦
窪田啓作訳
転落・追放と王国

暗いオランダの風土を舞台に、過去という楽園から現在の孤独地獄に転落したクラマンスの懊悩を捉えた「転落」と「追放と王国」を併録。

カミュ・サルトル他
佐藤朔訳
革命か反抗か

人間はいかにして「歴史を生きる」ことができるか——鋭く対立するサルトルとカミュの間にたたかわされた、存在の根本に迫る論争。

ヘミングウェイ
高見浩訳

武器よさらば

熾烈をきわめる戦場。そこに芽生え、激しく燃える恋。そして、待ちかまえる悲劇。愚劣な現実に翻弄される男女を描く畢生の名編。

ヘミングウェイ
高見浩訳

日はまた昇る

灼熱の祝祭。男たちと女は濃密な情熱と血のにおいに包まれて、新たな享楽を求めつづける。著者が明示した〝自堕落な世代〟の矜持。

ヘミングウェイ
高見浩訳

誰がために鐘は鳴る（上・下）

スペイン内戦に身を投じた米国人ジョーダンは、ゲリラ隊の娘、マリアと運命的な恋に落ちる。戦火の中の愛と生死を描く不朽の名作。

ヘミングウェイ
高見浩訳

われらの時代・男だけの世界
—ヘミングウェイ全短編1—

パリ時代に書かれた、ヘミングウェイ文学の核心を成す清新な初期作品31編を収録。全短編を画期的な新訳でおくる、全3巻の第1巻。

ヘミングウェイ
高見浩訳

勝者に報酬はない・キリマンジャロの雪
—ヘミングウェイ全短編2—

激動の'30年代、ヘミングウェイは時代と人間を冷徹に捉え、数々の名作を放ってゆく。17編を収めた絶賛の新訳全短編シリーズ第2巻。

ヘミングウェイ
高見浩訳

蝶々と戦車・何を見ても何かを思いだす
—ヘミングウェイ全短編3—

炸裂する砲弾、絶望的な突撃。スペインの戦場で、作家の視線が何かを捉えた——生前未発表の7編など22編。決定版短編全集完結！

新潮文庫最新刊

ブレイディみかこ著
ぼくはイエローでホワイトで、ちょっとブルー 2
ぼくの日常は今日も世界の縮図のよう。変わり続ける現代を生きる少年は、大人の階段を昇っていく。親子の成長物語、ついに完結。

矢部太郎著
大家さんと僕
手塚治虫文化賞短編賞受賞
1階に大家のおばあさん、2階には芸人の僕。ちょっと変わった〝二人暮らし〟を描く、ほっこり泣き笑いの大ヒット日常漫画。

岩崎夏海著
もし高校野球の女子マネージャーがドラッカーの『イノベーションと企業家精神』を読んだら
累計300万部の大ベストセラー『もしドラ』ふたたび。「競争しないイノベーション」の秘密は〝居場所〟――今すぐ役立つ青春物語。

永井隆著
キリンを作った男
――マーケティングの天才・前田仁の生涯――
不滅のヒット商品、「一番搾り」を生んだ男、前田仁。彼の嗅覚、ビジネス哲学、栄光、挫折、復活を描く、本格企業ノンフィクション。

ガルシア＝マルケス
鼓直訳
百年の孤独
蜃気楼の村マコンドを開墾して生きる孤独な一族、その百年の物語。四十六言語に翻訳され、二十世紀文学を塗り替えた著者の最高傑作。

M・ラフ
浜野アキオ訳
魂に秩序を
〝26歳で生まれたぼく〟は、はたして自分を虐待していた継父を殺したのだろうか？ 多重人格障害を題材に描かれた物語の万華鏡！

Title: DER ZAUBERBERG (vol. II)
Author: Thomas Mann

魔《ま》の山《やま》(下)

新潮文庫　マ－1－3

昭和四十四年三月二十五日 発行
平成十七年六月二十五日 三十三刷改版
令和六年六月二十五日 四十六刷

訳者 高《たか》橋《はし》義《よし》孝《たか》
発行者 佐藤隆信
発行所 株式会社 新潮社
郵便番号 一六二―八七一一
東京都新宿区矢来町七一
電話 編集部(〇三)三二六六―五四四〇
読者係(〇三)三二六六―五一一一
https://www.shinchosha.co.jp

価格はカバーに表示してあります。

乱丁・落丁本は、ご面倒ですが小社読者係宛ご送付ください。送料小社負担にてお取替えいたします。

印刷・TOPPAN株式会社　製本・加藤製本株式会社

ISBN978-4-10-202203-0 C0197